누구나 한 번은 꼭 읽어야 할

삼국지

나관중 원작
남종진 · 이항규 편역

도서
출판 문장

누구나 한 번은 꼭 읽어야 할 **삼국지**

1판 1쇄 인쇄 2010년 7월 20일 | 1판 8쇄 발행 2010년 7월 25일
발행처 도서출판 문장 | 발행인 김택원
등록번호 제10-35호 | 등록일 1977년 10월 24일
주소 서울시 성북구 보문4가 78-1 평화빌딩 201호
전화 02-929-9495 | 팩스 02-929-9496
E-mail munjangb@naver.com

ISBN 89-7507-046-4 13820

누구나 한 번은 꼭 읽어야 할

중국문학 전문가가 원전의 재미와 감동을
생생하게 되살려 낸

〈누구나 한 번은 꼭 읽어야 할 삼국지〉

논술과 한문 학습에 도움이 되는 한문 기본 문장과 고사성어 수록

우리가 알고 있는 〈삼국지〉의 원제목은 〈삼국지통속연의(三國志通俗演義)〉이다. 〈삼국지(三國志)〉는 진수가 쓴 역사서인데, 이를 나관중(羅貫中)이 소설화한 것이 바로 〈삼국지통속연의〉이다. 〈삼국지통속연의〉에서는 선을 상징하는 인물로 유비를, 악을 상징하는 인물로 조조를 묘사하고 있지만 정사에서는 조조를 엄연히 역사의 주인공으로 기록하고 있다. 역사서와 문학서에서의 상반되는 평가. 이는 실제 역사에서는 영원한 승자와 영원한 패자, 영원한 선인과 영원한 악인도 없다는 것을 〈삼국지통속연의〉가 방증하고 있는 것으로 이해해야 할 것이다.

지나간 역사뿐만 아니라 변화의 시대를 맞이한 새 천년의 삶 역시 마찬가지다. 어느 한 주인공에 의해 전개되는 것이 아니라 영웅호걸(英雄豪傑)과 필부필부(匹夫匹婦)들의 활약상이 씨줄과 날줄처럼 얽혀 형성되는 것이다. 다만 밀려드는 거센 물결은 복잡다단한 과거를 이해할 충분한 시간을 허락지 않는다. 〈누구나 한 번은 꼭 읽어야 할 三國志〉는 변화무쌍한 시대인 2000년대에 걸맞은 시의적절한 책이다. 지리멸렬한 장면들은 과감히 생략하여 원전의 감동을 생생하게 되살렸으며, 한문투의 문체는 쉬운 한글체로 바꿔 재미를 더했다.

사실 나관중의 〈삼국지〉는 우리가 생각하는 것처럼 방대한 분량이 아닌데, 후세 편찬자와 번역자들이 자신의 주관에 따라 가필을 하여 끝까지 읽어 내기 어려운 분량으로 만든 감이 없지 않다. 따라서 중국문학 전문가인 편역자들은 그 늘어난 〈삼국지〉를 원문과 대조하여 원문에 없는 부분을 과감히 삭제하고 군더더기를 가능한 한 없애 전체의 의미를 제대로 이해하면서 원전의 재미와 감동 그대로 생생하게 느낄 수 있게 했다. 이 책 〈누구나 한 번은 꼭 읽어야 할 三國志〉는 바로 나

관중의 소설가적 정신을 제대로 되살려 낸 책이라고 자부한다.

　아울러 편역 작업을 하면서 한문을 해석하는 데 꼭 알아야 할 기본 문장과 중요 구절은 원문을 밝혀 적었다. 또한 부록으로 '〈삼국지〉에 나오는 고사성어'를 수록하였는데, 이는 논술 등의 글쓰기에 깊이를 더해 줄 뿐만 아니라 일상의 생활에서 품격 있는 언어를 구사하는 데 도움을 줄 것이다.

　편역 작업은 중국문학 연구에 매진하여 일가를 이루고 강단에서 후학을 양성하는 현직 교수와 출판 현장에서 원고를 갈고 다듬는 편집인이 함께했다. 이들은 동문수학한 사이로 평소 전체의 의미가 통하면서 제대로 번역된 압축본의 〈삼국지〉가 없다는 데에 안타까워하던 차에 인연이 닿아 오역을 바로잡되 번역자의 주관이 배제된 원전 그대로의 삼국지를 출간하기로 의기투합하여 마침내 그 뜻을 이루게 되었다. 편역 작업을 계기로 해후지교(邂逅之交)로 시작하게 되었지만 〈論語〉의 가르침대로 이문회우(以文會友)를 실천한 셈이 되었다.

　그러나 혹시 '티끌 자욱한 이 세상에 아무 보탬이 되지 않는 물건 하나 더 보태는 부질없는 일'이 되지 않을까 편역 작업 내내 노심초사하였다. 관우 스스로 유비와의 관계를 설명하는 '생사지교(生死之交)' 장면을 공들여 번역한 것도, 특히 조조의 죽음을 탄식한 '업중가(鄴中歌)'와 조조의 아들 조식의 시를 번역할 때는 조사 하나를 놓고 서로 이견을 보인 것도 위와 같은 이유에서였다.

　끝으로 이러한 난산의 고통을 이겨 낸 결과물이라 할지라도 사람이 하는 일이 실수가 있게 마련이라 아낌없는 독자들의 질정(叱正)을 바란다. 또한 〈누구나 한 번은 꼭 읽어야 할 三國志〉 출간이 〈삼국지〉뿐만 아니라 〈수호지〉 등 독자들에게 널리 애독되고 있는 중국소설에 대한 중국문학 전문가들의 관심을 촉발하는 계기가 되었으면 한다.

2010년
이항규 · 남종진 識

제4장 영웅들 눈을 감다

제5장 천하는 다시 하나로

"세 사람 각기 성은 다르나 형제가 되었으니, 마음과 힘을 합쳐
어려울 때는 서로 돕고 위태로울 때는 서로 구하겠습니다.
위로는 나라의 은혜에 보답하고 아래로는 만백성을 편안하게 하리이다.
비록 태어난 생년월일은 다르나 같은 해 같은 달 같은 날에
함께 죽기를 원하오니, 황천후토(皇天后土)는 우리를 굽어 살피소서.
만일 우리 세 사람 중에서 의리를 저버리거나 은혜를 잊는 자가 있거든,
하늘이여! 땅이여! 그를 죽이소서!"

제1장

불타는 수도, 낙양

삼형제의 도원결의

무릇 천하대세란 나뉜 지 오래면 반드시 합하며, 합한 지 오래면 반드시 또 나뉜다. 한나라는 고조(高祖)가 대의를 일으킨 데서 시작하여 마침내 천하를 통일한 것이다. 그 뒤 광무제(光武帝)가 후한(後漢)을 세워 한나라를 다시 일으키고 헌제(獻帝) 때까지 내려오더니, 천하는 마침내 세 조각으로 나누어졌다.

천하가 다시 어지러워진 원인을 살펴보면, 환제(桓帝)·영제(靈帝) 때부터 모든 문제가 시작되었다 해도 과히 틀린 말은 아니다. 그것은 환관(宦官)의 득세와 외척(外戚) 세력의 발호를 황제가 방관했던 것. 환제는 환관들의 말만 믿고 어진 신하들을 잡아 가두다가 세상을 떠나게 됐다. 뒤를 이은 영제 때에 이르러서는 외척 두무 등이 환관을 죽여 없애려다가 일이 탄로 나서 도리어 죽음을 당했는데, 이를 계기로 환관의 횡포는 날로 심해졌다.

건녕(建寧) 2년(서기 169년) 4월 보름날이었다. 영제가 온덕전(溫德殿)에 나와 용상(龍床)에 앉으려는데, 난데없이 푸른 뱀 한 마리가 대들보에서 용상 위로 날아 내려와 똬리를 틀었다. 건녕 4년 2월에는 도읍 낙양(洛陽)에서 지진이 일어나고 바닷물이 넘쳐서 해변에 사는 수많은 백성들이 파도에 휩쓸려 목숨을 잃었다. 이뿐만 아니라 암탉이 수탉으로 변하는 등 상서롭지 못한 일들이 잇달아 벌어졌다.

이런 불상사는 다 '여자와 환관이 나라 정치를 간섭하는 데에 원인이 있다.'고 의랑(議郎) 벼슬에 있던 채옹(蔡邕)이 상소를 올렸다. 이에 환관들이 채옹을 중상모략하여 결국 채옹은 삭탈관직당하고 시골로 쫓겨나야 했다.

환관의 대표적인 인물은 십상시(十常侍) 즉 장양(張讓)·조충(趙忠)·봉서(封諝)·단규(段珪)·조절(趙節)·후람(侯覽)·건석(蹇碩)·정광(程曠)·하운(夏惲)·곽승(郭勝)인데, 영제는 장양을 끔찍이 존중한 나머지 '아버지'라고 불렀다. 황제가 이 꼴이니 정사가 말이 아니었다.

마침내 천하 백성은 반란할 생각을 품게 되고, 도둑들이 벌 떼처럼 일어났다. 이 와중에 거록군(鉅鹿郡)에 살던 장각(張角)·장보(張寶)·장량(張梁) 삼형제가 난을 일으켰다. 장각은 신선으로부터 받은 〈태평요술(太平要術)〉이란 책을 익혀 바람과 비를 부르는 힘을 얻게 되자 스스로를 '태평도인'이라고 칭했다. 그는 궁중의 환관과 내통하여 운수가 다한 한나라를 무너뜨리고 천하를 얻기 위해 모반을 꾀했다.

그러나 모반이 사전에 발각되자 그는 스스로를 '천공장군(天公將軍)', 장보는 '지공장군(地公將軍)', 막냇동생 장량은 '인공장군(人公將軍)'이라 칭하고 군사를 일으켰다. 그를 따라 모반한 군사들은 머리에 누런 수건을 둘러 세상 사람들은 그들을 '황건적(黃巾賊)'이라고 일컬었는데, 그 수만도 40, 50만 명에 이르렀다.

이에 조정에서는 황건적의 난을 진압하기 위해 대장군 하진

(何進)과 중랑장(中郎將) 노식(盧植)·황보숭(皇甫嵩)·주준(朱儁)을 급파했다. 한편 장각의 군사 1대(隊)는 유주(幽州) 경계로 쳐들어갔다. 이때 유주태수 유언(劉焉)은 중과부적임을 깨닫고 방(榜)을 내걸고 의병을 모집했다.

기우는 한 왕조에 환관과 황건적의 무리와 같은 난신적자(亂臣賊子)만 있었던 것은 아니었다. 유주 탁현(涿縣) 땅에 한 영웅이 있었으니, 그의 이름은 유비(劉備)라고 했다. 현덕(玄德)은 그의 자이고, 그는 중산(中山)의 정왕(靖王)인 유승(劉勝)의 후손이며 한(漢) 경제(景帝)의 현손(玄孫: 고손자)뻘이었다.

유비는 어려서 아버지를 잃고 홀로 된 어머니에 대한 효성이 지극하였는데, 워낙 집이 가난해서 짚신을 삼고 돗자리를 짜서 시장에 내다 파는 걸로 생계를 이었다. 그의 성격은 너그럽고 별로 말이 없어 기쁨과 분노를 겉으로 나타내지 않으나, 본시 큰 뜻이 있어 오로지 천하호걸들과 사귀는 것이 소원이었다.

그는 키가 8척(1척은 오늘날 23cm 정도, 환산하면 유비의 키는 약 184cm)이요, 양쪽 귀는 어깨까지 닿고, 두 손은 무릎 밑까지 내려오며 눈은 제 귀를 볼 수 있을 정도로 길었다. 얼굴은 관옥처럼 깨끗한데, 입술은 연지를 바른 듯이 붉었다. 유비가 열다섯 살 나던 해, 어머니의 뒷바라지로 대처로 나가 정현(鄭玄)과 노식을 스승으로 섬기며, 공손찬(公孫瓚) 등을 친구로 사귀었다.

유비가 의병 모집 방문(榜文)을 본 것은 그의 나이 스물여덟이었다. 이날 방문을 바라보면서 개연히 탄식하는데, 등 뒤에서 우렁찬 목소리가 들려왔다.

"사내대장부가 나라를 위해 분발하지 않고 무슨 일로 길이
탄식만 하는가!"

유비가 돌아보니 그의 키는 8척이요 머리는 표범 같은데, 눈
은 고리눈이고, 턱은 제비 같고, 수염은 범 같고, 목소리는 우
레 같고, 기상은 달리는 말 같았다.

"나는 성이 장(張)이요, 이름은 비(飛)며 자는 익덕(翼德)이
니, 대대로 이 탁군(涿郡)에서 살아왔소. 이 몸은 오로지 천하
호걸들과 사귀기를 좋아하오."

곧이어 두 사람은 의병을 일으키기로 의기투합하여 기분이
매우 좋았다. 그리하여 유비는 장비와 함께 마을 주막으로 들
어가서 술을 마셨다. 이때 위풍이 늠름한 사나이가 주막 안으
로 들어와 자리에 앉았다.

"어서 술을 다오. 내 시원하게 마시고 성안으로 들어가 의병
을 모집하는 데 참여하리라."

유비가 본즉 그 사람은 키가 9척이요, 수염 길이가 2척이요,
얼굴은 대춧빛 같은데, 입술은 연지를 바른 듯 빨갛고 봉황의
눈에 누에 같은 눈썹을 지니고 있었다. 당당하고 위엄 있는 풍
채였다.

유비가 그 사람을 동석하게 한 뒤 이름을 물으니 대답이 이
러했다.

"나의 성은 관(關)이며 이름은 우(羽)며 자는 운장(雲長)이오.
나는 원래 하동(河東) 해량(解良) 땅 사람이오. 그곳에서 되지
못한 수작을 일삼는 세도가 자식을 죽여 몸을 피해 세상을 떠
돌아다닌 지도 5, 6년이 지났소. 황건적을 치기 위해 군사를 모

집한다기에 이렇게 달려왔소이다.”

이튿날 그들은 장비의 집 뒤에 있는 '도원에서 형제의 의를 맺고[桃園結義]' 희생을 바치며 향을 살라 두 번 절하고 엄숙히 맹세했다.

“세 사람 각기 성은 다르나 형제가 되었으니, 마음과 힘을 합쳐 어려울 때는 서로 돕고 위태로울 때는 서로 구하겠습니다. 위로는 나라의 은혜에 보답하고 아래로는 만백성을 편안하게 하리이다. 비록 태어난 생년월일은 다르나 같은 해 같은 달 같은 날에 함께 죽기를 원하오니, 황천후토(皇天后土)는 우리를 굽어 살피소서. 만일 우리 세 사람 중에서 의리를 저버리거나 은혜를 잊는 자가 있거든, 하늘이여! 땅이여! 그를 죽이소서!”

맹세를 마치자 나이에 따라 유비가 맏형이 되고 관우는 둘째, 장비는 막냇동생이 되었다.

이튿날 고을에서 의병을 모으니 3백 명이 왔으나 무기가 없는 것이 문제였다. 하늘의 도우심이었는지 그곳을 지나가던 상인 두 사람이 자진해서 말 50마리와 금은 5백 냥과 강철 천 근을 내놓았다. 그들은 해마다 북쪽으로 말을 팔러 다녔는데, 황건적의 난리로 길이 막혀 도중에서 되돌아오는 길이었다.

유비는 그들에게 사례하고 대장장이에게 분부하여 그들이 준 강철로 쌍고검(雙股劍)을 만들었다. 관운장은 청룡언월도(靑龍偃月刀), 장비는 '1장 8척 길이의 사모[丈八蛇矛]'를 각기 만들었다. 그런 후 유비 삼형제는 장정 5백 명을 모아 거느리고 태수 유언을 찾아갔다.

황건적 토벌에 공을 세운 삼형제

유비 일행을 맞은 유언은 유비와의 촌수를 따져 보더니 자기 조카뻘이 된다며 크게 기뻐했다.

며칠 후 황건적의 두목 정원지(程遠志)가 군사 5만을 거느리고 탁현군을 침범했다.

이에 유비는 관우, 장비와 함께 추정(鄒靖)의 휘하에 들어가 의병 5백을 거느리고 황건적 토벌에 나섰다.

유비가 군사를 거느리고 대흥산 아래에서 바라보니, 황건적이 오는데 모두가 머리를 풀어헤친 채 누런 수건을 이마에 두르고 있었다.

양편 군사가 대치하자, 유비가 왼쪽에 관우를, 오른쪽에 장비를 거느리고 말을 달려 나갔다. 유비는 말채찍을 들고 크게 외쳤다.

"나라를 배반한 역적아! 어째서 속히 항복하지 않느냐?"

정원지는 흥분하여 부장(副將) 등무를 내보냈다. 이에 장비가 장팔사모를 들고 말을 달려 나가 손을 한 번 놀리니, 등무는 심장을 찔려 말 아래로 거꾸러졌다. 그것을 본 정원지가 화가 나서 쌍칼을 휘두르며 장비에게 달려 들어왔다. 그러자 관우가 큰칼로 유유히 춤을 추며 나는 듯이 말을 달려 나오더니 순식간에 정원지를 청룡언월도로 두 토막을 냈다. 정원지가 단번에 거꾸러지자 황건적들은 창과 칼을 버리고 뿔뿔이 달아났다. 유비가 군사를 휘몰아 추격하니 항복하는 자가 무수했다. 첫 전투에서 승리를 거두고 삼형제가 돌아오니 유언은 친히 성에서 나와 영접했다.

이튿날, 청주(清州) 태수 공경(龔景)이 황건적의 무리에게 성이 함락될 위기에 있으니 구원병을 보내 달라고 요청했다. 유비 일행은 다시 추정의 지휘를 받으며 청주로 돌진해서 황건적을 물리치고 청주를 지켜 주었다. 청주 싸움이 끝나자 유비는 추정을 탁군으로 돌려보내고 자신은 휘하의 5백 의병을 거느리고 광종(廣宗) 땅으로 향했다. 광종에는 스승 노식 장군이 중랑장으로 황건적의 두목 장각과 교전 중이었다.

노식은 옛 제자 유비가 의병을 거느리고 오자 크게 기뻐했다. 노식은 곧 관군 1천 명을 내주며 유비에게 영천의 황건적을 소탕하라고 했다. 영천에는 황보숭과 주준이 장각의 동생 장보와 장량의 황건적과 대치 중이었다. 유비는 스승의 분부를 받자 군사를 거느리고 밤낮없이 달려 영천으로 향했다.

황보숭과 주준은 영천 땅에서 군사를 잘 통솔하여 황건적을 물리쳤다. 황건적은 퇴각하여 장사(長社) 땅 수풀 속에 진을 쳤다. 이에 황보숭과 주준은 야간 화공 작전을 펴 황건적의 진지를 불살랐다. 황건적들이 당황하는 틈을 놓치지 않고 관군이 총공격하니 황건적의 무리들은 사방으로 흩어졌다.

장보와 장량이 급히 패잔병을 이끌고 한편으로는 싸우고 한편으로는 활로를 찾아 정신없이 발버둥을 치니 어느새 날이 밝아 오고 있었다. 이때 문득 난데없이 한 떼의 군마(軍馬)와 함께 앞장서 달려 나오는 장군이 있었다. 그가 바로 패국(沛國) 초군(譙郡) 땅 출신 기도위(騎都尉: 친위 기병대장) 조조(曹操) 였다. 그의 자는 맹덕(孟德), 성은 원래 하후(夏侯) 씨였다. 그 런데 그의 아버지가 출세를 위해 조정의 실력자인 환관 조등의 양자로 들어갔기 때문에 조씨가 되었다.

조조는 어렸을 때부터 기개와 지혜가 남달랐다. 조조가 세상 에 두각을 나타내기 전이었다. 허소(許劭)라는 유명한 관상쟁 이가 조조를 보고 "그대는 태평시대엔 훌륭한 신하가 될 것이 고, 난세에는 간특한 영웅이 될 것이다[治世之能臣 亂世之奸 雄]."라고 조조의 인물됨을 평한 적이 있었다. 조조는 관리로서 엄정했다. 효자와 청렴한 자가 관리로 등용될 수 있는 효렴(孝 廉)이라는 제도를 통해 벼슬살이를 시작하여 기도위 벼슬에 오 르기까지 법을 어기는 자가 있으면 부자건 양반이건 간에 몽둥 이로 마구 두드려 죄를 다스렸다. 한번은 중상시(中常侍) 건석 의 아저씨뻘 되는 사람이 법을 어기자 그를 초주검으로 만들었 다. 이러한 일이 있은 뒤 조조의 명성이 널리 떨치게 되었다.

기도위 조조는 장보·장량의 퇴각로를 막고 황건적의 목 만 여 개를 참했다.

한편 유비 일행이 노식 장군의 명령으로 영천 땅에 도착했을 때는 황건적의 잔당이 조조에게 패해 도주하여 싸움은 이미 끝 난 상태였다. 그리하여 유비는 다시 광종 땅을 향해 급히 말머 리를 돌릴 수밖에 없었다. 조조에게 패한 장보와 장량이 광종 땅의 장각과 연합하면 스승 노식이 위험에 빠질 게 뻔했다.

유비가 광종을 향해 왔던 길을 반쯤 되돌아갔을 때였다. 저편에서 한 떼의 기병들이 죄수를 실어 나르는 함거(檻車) 한 대를 압송해 오고 있었다. 유비가 이상히 여겨 살펴보니 수레 속에는 뜻밖에도 스승 노식 장군이 묶인 채 호송되고 있는 게 아닌가.

"스승님, 이게 어찌 된 일입니까?"

수레 속에서 노식은 길게 탄식했다.

"조정에서 파견한 환관 좌풍의 참소 때문이라네. 좌풍이 나에게 뇌물을 요구했는데, 군량도 부족한 터에 그에게 줄 돈이 어디 있겠나. 거절했더니 좌풍이 조정에 돌아가 내가 장각의 요술에 신중하게 대처한 것을 꼬투리 삼아 군사 사기를 저하시켰다고 참소한 것이라네. 그러자 천자께서 노하시어 내 휘하의 군사들을 동탁(董卓)에게 넘기고, 나를 잡아 올려 죄를 묻도록 하신 것일세."

이 말을 듣자 장비는 대로하며 노식을 구출하겠다며 군사들을 죽일 기세였다. 유비가 장비를 진정시켰다.

"조정에 공론이 있을 테니 너는 경솔한 짓을 말라."

노식 선생을 태운 함거가 유비의 눈에서 사라지기 시작했다. 스승이 붙들려 가니 광종에 가도 의탁할 곳이 없었다. 결국 유비는 관우의 의견을 받아들여 고향 탁군을 향해 말머리를 돌렸다.

유비가 북쪽으로 행군한 지 이틀이 못 되는 날이었다. 홀연 산 뒤에서 함성이 들려와 세 사람이 급히 높은 언덕 위로 올라갔다. 아래를 내려다보니 관군이 한 떼의 황건적에게 쫓기고 있었다. 황건적의 깃발에 씌어 있는 '천공장군(天公將軍)' 글자로 보아 장각의 군대임이 분명했다.

유비가 군사를 휘몰아 산 아래로 내려가 난군 속에 뛰어들었다. 당황한 장각의 군대는 크게 무너져 50여 리나 달아났다. 삼형제가 관군의 진지로 돌아오니 장군이 물었다.

"세 분은 지금 무슨 벼슬에 있소?"

묻는 이는 동탁이었다. 동탁이 원래 어떤 사람인가. 그는 농서(隴西) 땅 출신으로 하동(河東) 태수를 지낸 바 있으나 천성이 오만했다.

"아무 벼슬도 없소이다."

유비가 대답하니 동탁은 멸시한 나머지 인사도 하려 들지 않았다. 장비가 화를 내며 소리쳤다.

"우리가 애써 싸워 죽어 가는 놈을 살렸더니, 이런 무례함이 어디 있단 말인가! 이런 놈을 그냥 두고는 내 직성이 풀리지 않겠다."

장비가 장팔사모를 빼 들고 동탁을 죽이겠다고 하니 유비가 타일렀다.

"동탁은 조정에서 보낸 고관이다. 어찌 맘대로 죽일 수 있겠느냐."

"저런 놈을 살려 두어 저놈 밑에 들어가는 일만큼 아니꼬운 일이 어디 있겠소. 두 형님과 달리 난 나대로 내 길을 가겠소."

장비가 분을 삭이지 못해 씩씩거렸다.

"우리 세 사람은 생사를 함께하기로 맹세한 사이다. 어찌 헤어질 수 있으랴. 가려면 다 함께 가자."

세 사람은 밤 새워 주준의 군대가 있는 진중을 찾았다. 마침

중과부적으로 곤경에 빠져 있던 주준은 삼형제를 반가이 맞이하며 극진히 대접했다.

유비는 주준의 명령으로 선봉이 되었다. 이때 장보는 무리 8, 9만을 거느리고 산 뒤에 진을 치고 있었다. 장보가 부장 고승을 내보내 싸움을 걸자 유비는 장비를 내보냈다. 장비가 장팔사모를 들고 말을 달려 나가 싸운 지 불과 수합 만에 고승을 찔러 말 아래로 거꾸러뜨렸다. 이를 본 유비가 군사를 휘몰아 적진으로 진격했다. 그 순간 괴이한 일이 벌어졌다. 갑자기 바람이 일어나며 우렛소리가 진동하면서 한 줄기 검은 기운이 하늘로부터 내려오는데, 그 검은 기운 속에서 무수한 사람과 말이 내달려 오는 것이었다. 장보가 말 위에서 머리를 풀어 산발하더니, 칼을 짚고 주문을 외운 후에 일어난 일이었다.

유비는 큰 혼란 속에 빠져 패하고 진지로 퇴각할 수밖에 없었다. 유비가 군사를 수습하고 다시 진을 친 뒤 주준에게 보고했다. 그러자 주준이 말했다.

"저것들의 요술을 깨뜨릴 수 있소. 내일 군사를 산 위에 매복시켰다가 쫓아 올라오는 적에게 돼지와 양과 개의 피를 뿌리면 되오."

이튿날이었다. 이날도 어제처럼 장보가 요술을 부리니 갑자기 광풍과 우레가 일어났다. 모래가 날리고 돌이 날아왔다. 하늘에 검은 기운이 가득 차고 그 속에서 무수한 인마(人馬)가 달려오고 있었다. 유비는 주준의 작전대로 급히 말머리를 돌려 산모퉁이로 달아나니 장보가 군사를 휘몰아 뒤쫓아왔다. 이때였다. 미리 매복해 기다리고 있던 군사들이 짐승의 피를 뒤쫓아오는 인마들을 향해 뿌렸다. 순간 종이로 만든 사람과 풀로 만든 말들이 분분히 땅으로 떨어졌다. 바람도 멎고 우레도 멎고, 모래와 돌도 휘날리지 않게 되었다.

장보는 자기의 요술이 깨진 것을 알자 군사를 돌려 달아나려고 했다. 그러나 그보다 먼저 관우와 장비가 좌우에서 나오고, 등 뒤에선 유비와 주준이 함께 쫓아왔다. 장보는 혼비백산하여 달아나기에 바빴다. 유비가 장보의 등을 향해 화살을 날렸다. 화살은 장보의 왼쪽 팔에 정통으로 꽂혔다. 장보는 한쪽 팔에 화살이 꽂힌 채 양성(陽城)으로 들어가 성문을 굳게 닫고 지킬 뿐 나오지 않았다.

한편 곡양 땅에서 황보숭은 이미 장량의 목을 베어 거기장군(車騎將軍)에 임명되었고, 유비의 스승 노식은 황보숭의 변호 덕분에 무죄임이 밝혀지어 본래의 벼슬인 중랑장의 직위에 임명되어 있었다.

이 소식을 들은 주준은 군사를 독촉하여 일제히 양성을 총공격했다. 성안의 황건적들은 형세가 위급해지자 장보의 부하가 배반하여 장보의 목을 베었다. 그리고 성문을 나와 장보의 목을 바치며 항복했다. 주준은 기세를 몰아 여러 군을 평정하고 조정에 승리를 아뢰었다.

황건적의 주동인 장각 삼형제를 진압했으나 황건적은 섬멸되지 않았다. 조홍(趙弘), 한충(韓忠), 손중(孫仲) 세 사람이 이끄는 잔당이 남아 '장각의 원수를 갚아야 한다.' 며 이곳저곳을 떠돌아다니며 노략질을 일삼았다. 조정에서는 주준에게 황건적 잔당을 소탕하라는 조서(詔書)를 내렸다. 이에 유비, 관우,

장비 삼형제가 주준과 함께 황건적 잔당 소탕에 나섰다. 이때 한충 등은 완성(宛城)을 점령하고 있었다.

유비가 먼저 완성 서남쪽을 쳤다. 이에 맞서 한충이 유비와 대전하자 주준이 기마병을 이끌고 동북쪽을 공격해 들어갔다. 동북쪽이 위급해지자 한충은 서남쪽을 버리고 주준과 맞서자 유비가 한충을 뒤쫓으면서 마구 베니, 한충은 성안으로 도주해서 성문을 굳게 닫아걸었다.

주준은 성을 사방으로 철통같이 에워쌌다. 양식이 떨어진 한충은 사자를 성 밖으로 보내 항복을 청했다. 그러자 주준은 이 청을 거절했다. 유비가 말했다.

"옛날 우리 고조[劉邦]께서 천하를 얻은 이유는 항복하는 자를 환대하고 귀순하는 자를 용납하셨기 때문입니다. 그런데 왜 한충의 항복을 받아들이지 않습니까?"

"그때는 그때, 지금은 지금[彼一時 此一時]이라는 말이 있소. 한고조께서 통일의 위업을 이루기 전에는 천하가 크게 혼란하여 백성들 위에 임금이 없었던 때라 항복하는 자들을 받아들여 민심을 수습하는 일이 급선무였소. 그러나 지금은 천하의 주인이 있는 시대에 반역한 그들의 항복을 받아들인다면 무엇으로 착한 것을 권하며 악한 것을 징계한단 말이오. 지금 그들을 용납한다면 언제라도 상황이 불리해지면 항복만 하면 된다는 인식을 심게 되오. 오히려 역적질하는 놈들의 뜻을 길러 주는 길밖에 안 되니 용서하는 일은 현명한 계책이 아닌 것이오."

유비의 생각은 달랐다.

"역적의 항복을 용납 않는 것은 마땅합니다. 그러나 물샐틈

없이 포위당한 그들이 항복의 길마저 없으면 반드시 죽기를 각오하고 싸울 것입니다. 그러면 성을 함락한다 해도 우리 쪽의 피해도 자연 크게 됩니다. 이 점을 생각하시어 성의 동남쪽을 터 주고, 서문과 북문 쪽을 공격하십시오. 그러면 역적들은 반드시 달아날 것입니다. 이때 우리가 공격하면 한충을 쉽사리 사로잡을 수 있을 것입니다."

그제야 주준은 유비를 말을 받아들여 성의 서북쪽만을 공격했다. 그러자 예상대로 한충은 군사들과 성을 버리고 달아나기 시작했다. 주준과 유비 삼형제는 달아나는 적병을 삼면으로 무찌르면서 한충을 활로 쏘아 죽였다.

그러나 완성에 남아 있던 황건적 잔당의 저항은 끈질겼다. 주준이 할 수 없이 성에서 10리쯤 떨어진 곳에 주둔하고 다시 군마를 정돈하고 있을 때, 보라! 동쪽에서 1대의 기병을 끌고 오는 장수가 보이지 않는가. 그가 제일 먼저 성 위로 올라가 단숨에 적군 20여 명을 쳐 죽이자 황건적은 무너졌다.

인솔 장군은 오나라 부춘 사람 손견(孫堅)이었다. 그의 자는 문대(文臺)니 바로 〈손자병법〉을 쓴 손자(孫子)의 후손이었다. 그의 용맹과 지략은 어렸을 때부터 남달랐다. 그가 17세 때였다. 전당호(錢塘湖)에서 장사꾼 물건을 빼앗은 해적에게 단신으로 나아가 칼을 뽑아 들고 큰소리로 외쳤다.

"빨리 와서 이 도둑들을 잡아라!"

이 말을 들은 해적들은 포교들이 몰려오는 줄 알고 빼앗은 물건을 버리고 우왕좌왕하자 그는 달아나는 놈 중에 한 놈을 칼로 찔러 죽였다. 이 일로 그의 이름이 고을에 널리 알려져 교위(校尉)로 천거되었다. 후에 회계 땅의 허창이란 자가 스스로 양명황제라 일컫고 반역하자 손견은 의병 천여 명을 이끌고 허창과 그 아들 허소를 베었다. 이 공으로 그는 염독승이 되었고 아울러 우이현과 하비현의 현승(縣丞)도 맡게 되었는데, 완성에서 황건적 잔당을 무찌른 것은 이때의 일이었다.

조정에서는 황건적 잔당 소탕에 공을 세운 주준을 거기장군에 임명하고, 하남윤(河南尹)에 봉했다. 손견에게도 소속이 정해져 있지 않은 군대의 사령관인 별군사마(別軍司馬)에 임명했다. 그러나 유비는 황건적 소탕에 공을 세웠지만 이렇다 할 벼슬을 얻지 못했다. 그러다가 가까스로 정주(定州) 안희현(安喜縣)의 현위(縣尉)라는 작은 고을의 치안 책임자라는 벼슬을 얻었을 뿐이었다.

하지만 이 벼슬도 오래가지 못했다. 유비가 현위로 있은 지 4개월 만에 독우(督郵: 지방 관리의 잘잘못을 감독하는 태수 소속의 감찰관)가 안희 고을에 왔다. 유비는 몸소 성 밖으로 나가 독우를 정중히 영접하며 인사했다. 그러나 독우는 말 위에 높이 앉아 겨우 말채찍을 약간 들어 보일 뿐이었다. 관우와 장비는 독우가 하고 있는 꼴을 보자니 화가 치밀어 올랐다.

독우가 대청 위의 높은 자리에 앉고, 유비는 댓돌 밑에 두 손을 모으고 섰다.

"유 현위는 어디 출신인고?"

"저는 중산정왕의 후예로 탁현에서 약간의 공로를 세웠기 때문에 지금 이곳에서 벼슬을 살고 있습니다."

그러자 독우가 큰소리했다.

“네 어찌 황상(皇上)의 먼 친척뻘 운운하며 공을 세웠다고 말하느냐? 이런 허위 보고를 하는 너 같은 관리 때문에 이번에 조정에서 탐관오리를 내쫓으라는 조서를 내린 것이다.”

유비는 머리를 수그린 채 그 자리에서 물러 나왔다. 유비가 자기의 처소로 돌아와 현리를 불러들여 대책을 논의했다. 경험이 많은 현리는 독우가 생트집을 잡는 것은 뇌물을 바치라는 수작이라고 했다. 이에 유비는 단호하게 말했다.

“뇌물을 바치기 위해 백성의 물건에 추호도 손을 댈 수는 없습니다.”

유비가 뇌물을 바치지 않자 독우는 고을의 아전을 괜히 잡아들여 유비의 허물을 실토하라고 으박질렀다. 이 소식을 전해 듣고 달려온 장비는 앞뒤 가리지 않고 독우를 말뚝에 묶어 놓고 버드나무 열 개가 부러지도록 팼다. 관가에서 떠드는 소리가 들려오자 유비가 관사의 후당으로 황망히 들어갔다.

“현덕 공, 내 목숨을 살려 주시오!”

사태를 파악한 유비는 장비를 꾸짖어 물리쳤다. 유비는 원래 인자한 사람이었다. 곁에 있던 관우가 말했다.

“형님께서 큰 공을 세웠는데도 시골구석 현위 자리밖에 얻지 못한 데다 독우 놈에게 모욕을 당하기까지 했습니다. 형님, 난(鸞) 새와 봉(鳳) 새는 가시덤불 속에서 살지 않습니다. 차라리 독우를 죽이고 고향에 돌아가서 따로 원대한 계책을 세워 봅시다.”

유비는 머리를 끄덕이고 패인(牌印)을 꺼내어 독우의 목에 걸어 준 다음에 준엄하게 꾸짖었다.

"네놈의 소행을 생각한다면 당장 죽여도 마땅하겠지만 오늘은 잠시 참는다. 이 패인을 상부에 갖다 주어라."

안희현을 나온 유비는 고향 탁군을 향했다. 그러나 독우로부터 안희현의 사건을 보고받은 정주태수는 유비를 잡으러 탁군으로 군사를 보내니 유비는 할 수 없이 대주태수 유회(劉灰)에게 몸을 의탁했다.

대주에서 몸을 숨기고 살아야 했던 유비가 관직에 다시 진출할 수 있는 기회가 주어졌다. 유주의 어양 땅에서 장거와 장순이 천자를 사칭하고 반란을 일으켰다. 조정에서 반란 진압을 명하자 유회가 유주목사 유우에게 유비를 천거했다.

고향 땅이 속해 있는 유주로 돌아온 유비는 도위(都尉)가 되어 장거를 섬멸하고 큰 승리를 거뒀다. 유비의 공적을 적은 표문(表文: 신하가 임금께 올리는 글)이 조정에 바쳐지고, 유비는 독우를 매질한 죄에서 사면되었다. 얼마 후 유비는 공손찬의 천거로 다시 평원(平原) 현령의 직책까지 얻게 되었다.

삼형제는 땅이 넓고 비옥한 평원에서 형제간의 우의를 다지며 평온한 시간을 보냈다. 이때에 대궐에서는 환관과 외척 간의 권력 투쟁으로 피바람이 불어닥쳤는데, 이 바람을 당대의 영웅 삼형제도 비껴 갈 수 없게 되었다.

동탁, 낙양을 점령하다

대궐에서는 십상시(十常侍)들이 권력을 잡아 조정 대신들은 기를 못 피고 있는 상황이었다. 천하 곳곳에서 반란이 일어났건만 영제(靈帝)에게 간언하는 신하들은 환관들의 참소에 의해 제거되었다. 눈과 귀가 가려진 영제는 천하가 어떻게 돌아가는지 몰랐다.

중평 6년(189년) 여름 4월이었다. 사리 판단에 어두운 영제는 병이 위독해지자 대장군 하진(何進)을 궁으로 불러들였다. 하진은 원래가 백정 출신이었는데, 누이동생이 환관의 추천으로 귀인(貴人: 황제 비의 관명으로 后 다음의 벼슬)으로 있다가 변(辯)을 낳고 일약 황후가 되자 누이의 후광에 힘입어 높은 벼슬에 오른 인물이었다.

하후(何后)는 질투가 심한 여자였다. 황제가 왕 미인(美人: 귀인 다음의 아랫벼슬)을 총애하여 황자 협(協)을 낳자 왕 미인을 독살했다. 때문에 황자 협은 할머니 동 태후(董太后)의 손에서 자라났다. 동 태후는 전부터 황자 협을 황태자로 책봉하도록 권했고, 영제도 변보다는 협을 더 사랑하여 장차 황태자로 책봉하려던 참에 병이 위독해진 것이다.

환관 십상시 중의 한 명인 건석이 아뢨다.

"협을 태자로 세우시려거든, 먼저 하진을 죽이십시오. 그래야만 뒷날에 탈이 없으리다.”

이 말을 따라 영제가 하진을 없애기 위해 궁으로 불러들인 것이었다.

황제의 부름을 받고 하진이 궁중으로 들어가려는 순간 궁문 앞에서 사마(司馬: 오늘날 대장급의 무관) 반은(潘隱)이 앞으로 나와 귀띔을 했다.

“궁에 들어가지 마시오. 건석이 대감을 죽일 것이오.”

하진은 깜짝 놀라 집으로 돌아오는 즉시 대신들을 소집하고 환관들을 죽이기로 상의했다.

“환관들이 조정에 좍 깔려 있는데, 그들을 다 죽인다는 것은 어려운 일이오. 만일 이런 계책이 바깥으로 새나가면 오히려 여기 있는 중신들은 멸족을 당할 터이니 신중히 생각해야 될 일이오.”

대신들이 쳐다보니 그는 전군교위(典軍校尉: 군법을 시행하는 하급 무관) 조조였다. 조조의 말에 모두가 주저하고 있는데, 반은이 들어왔다.

“황제는 운명하셨소. 건석 등 십상시 놈들이 황자 협을 황제로 추대하기 위해 군사들을 매복시킨 채 대장군이 궁으로 들어오기만을 잔뜩 벼르고 있소.”

하진이 좌중을 둘러보며 말했다.

“누가 나와 함께 황제의 자리를 바로잡고 환관들을 칠 테요?”

“군사 5천 명만 주시면 즉시 궁으로 쳐들어가 고자 놈들을 모조리 죽이고 천하를 편안케 하리다.”

원소(袁紹)였다. 그는 4대(四代)에 3명의 공(公)을 배출한 명문가의 자손으로 자는 본초(本初)요, 현재는 범법자를 다스리는 사례교위(司隷校尉)란 무관 벼슬에 있었다. 하진은 곧 원소에게 정예 친위병 5천을 주었다.

원소는 궁중으로 쳐들어가 내시들을 보는 대로 처치했다. 하진은 곧 하후의 소생인 황자 변을 황제 위에 오르게 하니 궁중의 문무백관들은 절하고 만세를 불렀다.

건석은 궁궐 내 정원의 꽃그늘에 숨어 있다 같은 환관 곽승의 칼에 죽었다. 환관 장양 등은 살아남기 위해 급히 내궁으로 달려가 하후에게 매달렸다.

"하진 대감을 처치하려던 일은 건석이란 놈의 소행입니다. 저희와는 아무런 관계가 없습니다. 그런데 지금 대장군께서 원소의 말만 곧이듣고 신들을 다 죽이려 합니다. 태후 마마는 신들을 살려 주소서!"

하 태후는 장양의 말이 끝나자 즉시 하진을 불러들였다.

"나나 너나 본래 미천한 집 출신이다. 오늘날 이처럼 부귀를 누리게 된 것은 장양의 도움 덕분이 아니냐. 건석이 죽었으면 됐지 너는 누구의 말만 믿고 환관을 모조리 죽이려 드느냐?"

하 태후의 말에 하진의 마음은 흔들렸다. 이때 원소가 충고했다.

"풀은 뿌리째 뽑지 않으면 다시 화근이 자라나서 신세를 망치게 된다는 걸 모르십니까?"

그러나 하진은 원소의 말을 듣지 않았다. 이튿날 하 태후는 대장군 하진에게 황제의 조서를 담당하는 녹상서사(錄尙書事)

란 벼슬을 겸하게 하고, 자기 소생 변을 황제 위에 등극시킨 대
신들의 벼슬을 높여 주었다.

한편 영제의 어머니 동 태후는 살아남은 환관 장양 등을 궁
으로 불러들였다.

"협 황자를 황제로 세우려던 계획은 실패로 돌아가고, 지금
대궐의 대신들은 모두 하진의 심복이 되었으니 어쩌면 좋으
냐?"

전날 하 태후에게 매달려 죽음을 면했던 장양이 이번에는 동
태후를 위해 계책을 아뢨다.

"태후 마마는 수렴청정(垂簾聽政)을 하십시오. 우선 황자 협
을 진류왕으로 봉하시고, 태후 마마의 친정 오라버니 동중에게
표기장군(驃騎將軍)을 삼아 병권을 잡게 하되, 중대한 일은 저
희에게 맡기시면 앞일을 도모하실 수 있습니다."

동 태후는 그 말을 듣고 크게 기뻐하였다. 이튿날 대신들이
보는 가운데 동 태후는 장양의 계책대로 일을 처리했다. 그러
자 하 태후가 동 태후 앞에 나가 두 번 절하고 말했다.

"여자들이 정사에 참여하는 일은 피해야 합니다. 옛날 고조
의 황후인 여후(呂后)도 권력을 쥐더니 나중에 결국 그 종족 천
여 집이 몰살을 당했습니다. 여자들은 궁궐 안에 깊이 들어앉
고, 나라의 대사는 대신과 원로들에게 맡기시는 것이 나라를
위해서 좋은 일입니다."

동 태후는 크게 화를 냈다.

"질투심 많은 네가 왕 미인을 독살하더니 이제는 네 소생이
황제가 되고 네 오라비가 권세를 잡았다고 감히 내 앞에서 못

하는 소리가 없구나! 내가 표기장군에게 명령만 하면 네 오라비의 목 하나쯤 끊는 것은 쉬운 일이란 걸 왜 모르느냐?”

이 말에 크게 화가 난 하 태후는 그날 밤 하진을 궁으로 불러들였다.

궁에서 나온 하진은 곧 조정의 최고 벼슬인 삼공(三公)과 상의한 다음 동 태후를 하간이라는 벽촌으로 쫓아내었다. 동 태후는 하간에 가는 도중 하진이 보낸 자객에 의해 독살됐다. 동중은 금군에게 잡히기 전 후당에서 칼로 목을 찔러 자결했다.

외척 동씨의 죽음을 지켜본 십상시 장양과 단규 등은 목숨을 부지하기 위해 이번에는 다시 외척 하씨에게 매달렸다. 하진의 동생 하묘와 하진의 어머니 무양군에게 환심을 사기 위해 뇌물을 바쳤다. 이리하여 환관들은 살아남아 또다시 궁중에서 신임을 받는 존재가 되었다.

하진은 혼자 힘으로 환관을 제거하는 일이 불가능한 것임을 깨달았다. 그리하여 하진은 원소의 계책을 받아들여 지방의 태수들을 조정으로 불러들여 그들의 군사력을 빌려 환관을 모조리 죽이기로 마음먹었다. 그러나 주부(主簿) 진림이 말렸다.

“지방 태수들이 황성(皇城)에 머무르면 중앙의 병권을 장악하려고 용양호보(龍驤虎步: 용이 날뛰고 호랑이가 뛰어다니는 것)할 것입니다. 환관을 죽이는 일쯤은 머리털 하나를 태우는 것보다도 쉬운 일인데, 지방 태수들을 불러들여 대궐을 치게 한다는 일은 말도 안 됩니다. 그야말로 창을 거꾸로 잡고 창자루를 남에게 주는 격이니, 성공 여부는 고사하고 반드시 대란이 일어날 것입니다.”

조조 역시 마찬가지 의견이었다. 소란을 일으킨 환관만 처치하면 될 일인데, 남은 환관까지 모조리 죽이려 들면 기밀이 새나가 성공하기 힘들다고 하진에게 말했다. 그러나 하진은 듣지 않았다. 조조는 하는 수 없이 물러 나와 혼잣말로 중얼거렸다.

"하진 때문에 천하가 어지럽게 되겠구나!"

결국 조조와 진림의 간언에도 불구하고 하진은 자신의 생각을 밀어붙였다. 하진은 심복 부하들에게 황제의 비밀 조서를 주어 각 지방 진중으로 보냈다. 동탁도 황제의 조서를 받게 되었는데, 이때 동탁은 십상시와 조정 대신들에게 많은 뇌물을 바치고서 서량자사(西涼刺史) 벼슬을 맡고 있었다. 동탁은 수하 병사가 20만 명에 이르게 되자 은근히 야심을 품고 있던 터였다. 황제의 조서를 받자 그는 둘째사위 우보만 서량에 남겨둔 채 이각(李催), 곽사(郭汜), 장제(張濟), 번주(樊稠) 등 장수를 앞세워 20만 전 병력을 거느리고 수도 낙양으로 출발했다.

동탁이 낙양에 입성한다는 소문을 들은 사법 관리의 직위인 시어사(侍御史) 정태가 하진에게 간했다.

"동탁은 승냥이 같은 자입니다. 그가 도성에 들어오면 반드시 사람을 물어뜯을 것입니다."

노식 또한 충고했으나 하진은 듣지 않았다. 그러자 정태와 노식뿐만 아니라 조정을 버리고 시골로 떠나 버린 대신들이 많았다. 한편 장양 등의 십상시들은 장락궁(長樂宮) 가덕문에 매복병들을 배치해 놓고 하 태후에게 말했다.

"대장군 하진이 군사를 불러들여 저희들을 모두 없애려 합니다. 태후 마마께서는 대장군을 궁으로 불러들이시어 직접 타이르소서. 그렇지 않으시면 신 등은 태후 마마 앞에서 자결하겠습니다."

하진이 하 태후의 부름을 받고 궁중에 들어가려 할 때, 진림이 간했다.

"태후의 조서에는 십상시들의 계략이 숨어 있습니다. 가시면 불길한 일이 일어납니다."

원소와 조조도 진림과 같은 뜻으로 간언했으나 하진이 남의 말을 들을 사람이 아니었다.

"참으로 그대들의 소견은 유치하다. 천하 권력을 잡은 나를 감히 십상시들이 어찌하겠소."

원소가 다시 청했다.

"정 입궐하시겠다면 저희들이 무장한 호위병을 거느리고 함께 가겠습니다."

원술(袁術)이 청쇄문 밖에서 날쌘 군사 5백 명을 거느리며 지키는 가운데 원소와 조조는 허리에 칼을 차고 하진을 호위하여 대궐 문 안으로 들어가려 했다. 하지만 하진 혼자만 입궐하라는 하 태후의 명을 환관으로부터 전해 듣고 원소와 조조 등 호위병들은 할 수 없이 궁궐 바깥에서 머물러야 했다.

하진이 위세를 뽐내는 듯 당당히 걸어가 가덕전 앞에 도착하니 장양과 단규가 영접하러 나왔다. 이것이 신호였던지 숨어 있던 도부수(刀斧手) 50명이 일제히 나타나 하진을 좌우로 에워쌌다. 그러더니 장양이 큰소리로 꾸짖었다.

"너는 동 태후가 무슨 죄가 있기에 독살하였느냐? 또 너 같은 백정 놈이 오늘날의 영화를 누리게 된 것은 다 우리 덕이건만 은혜를 갚을 생각은 않고 우리를 없애려 하니 이 무슨 배은 망덕이냐?"

하진이 황급히 달아나려 했으나 궁문은 모두 잠긴 뒤였다. 도부수들이 칼을 뽑아 일제히 치니 하진은 피투성이가 되어 죽어 자빠졌다.

대궐 내의 상황을 몰랐던 원소는 장양 등에 의해 담 너머로 넘겨진 하진의 머리를 본 다음에야 하진의 죽음을 알게 되었다. 원소는 분이 나서 부르짖었다.

"대신을 시해한 저 환관 놈들을 모조리 쳐 없애자!"

이 소리를 들은 하진의 부하 장수 오광은 청쇄문에 불을 질렀다. 원술은 군사를 이끌고 궁 안으로 들어가 환관이면 닥치는 대로 죽였다. 원소와 조조도 함께 궁중 깊이 쳐들어가 취화루(翠花樓) 아래 숨어 있던 조충, 정광, 하운, 곽승의 목을 베었다. 원소는 군사를 여러 갈래로 나누어 십상시의 권속이면 모조리 죽였다. 그 바람에 수염 없는 사람들은 무조건 고자로 오인되어 억울하게 죽은 자도 많았다.

장양, 단규, 후람은 하 태후와 어린 황제 그리고 진류왕을 끌어내 뒷길로 해서 북궁(北宮)으로 달아났다. 이때 노식이 비록 벼슬은 버렸으나 낙양을 떠나지 않고 있었다. 그는 궁중에서 변란이 일어났다는 소식을 듣고 곧바로 무기를 들고 신속히 달려와 환관에게 끌려가는 하 태후를 제일 먼저 구출해 내었다. 관군의 추격병이 바싹 죄어들자 장양은 강물에 몸을 던져 자살했고, 단규는 칼을 맞고 죽었다.

십상시 난이 완전히 진압되고, 민가에 피해 있던 황제와 진류왕이 대궐로 돌아오는 길이었다. 대군을 이끌고 도성으로 들어오는 동탁과 마주쳤는데, 동탁의 행동은 오만방자하기 그지없었다. 맞은편에서 다가오는 일행이 황제와 호위 병사임을 뻔히 알고서도 말에서 내리지도 않는 등 신하의 예조차 표하지 않았다. 그리고 낙양성 인근에 군사를 주둔시킨 다음 매일 1천여 기마병을 거느리고 성내로 들어와 누비고 다녀 백성들을 불안에 떨게 했다. 뿐만 아니라 궁궐 안을 마음대로 드나들면서 천자의 신하로서 조금도 삼가는 기색이 없었다.

드디어 동탁이 본심을 드러냈다. 모사 이유(李儒)에게 말했다.

"황제를 폐하고 대신 진류왕을 세울까 하는데, 어떻겠소?"

"내일 온명원(溫明園)에 문무백관을 소집하여 자사의 뜻을 밝히십시오. 만일 복종하지 않은 자가 있으면 즉석에서 참하십시오. 그러면 자사의 뜻을 이룰 수 있습니다."

이튿날 온명원에 동탁이 칼을 차고 나왔다. 공경대신들은 동탁이 두려워 온명원에 미리 나와 있었다.

"지금 천자는 너무 나약하니, 총명하고 학문을 좋아하는 진류왕이 황제의 위를 계승하는 것이 마땅하오. 황제를 폐하고 진류왕을 세우려 하는데, 모든 대신의 뜻은 어떠하시오?"

백관들은 안색이 싹 변했다. 이때 한 사람이 상을 밀어젖히며 앞으로 나와 큰소리로 외쳤다.

"천부당만부당하다. 네가 어떻게 그런 말을 함부로 하느냐? 천자는 아무 허물이 없거늘 네가 어찌 망령되이 폐위 운운할 수 있느냐? 네가 분명 역적질할 심산이구나!"

형주(荊州) 자사 정원(丁原)이었다. 그러자 동탁은 화를 내며 크게 말했다.

"순종하는 자는 살고, 항거하는 자는 죽을 것이다!"

동탁이 말을 마치고 허리에 찬 칼을 뽑아 들었다. 이유가 옆에서 지켜보니 정원의 뒤에 한 사람이 우뚝 서 있는데, 그의 기상이 씩씩하고 늠름함이 단연 눈에 들어왔다. 그 장수는 손에 방천화극(方天畵戟)을 들고 성난 눈으로 동탁을 노려보고 있는 게 아닌가. 장수의 이름은 여포(呂布)였다. 여포의 자는 봉선(奉先)이요, 그는 정원의 수양아들이었다.

이유가 황망히 나서서 말했다.

"이런 잔치 자리에서 나랏일을 논하는 것은 옳지 못합니다. 내일 다시 상의하셔도 늦지 않을 것입니다."

정원이 말을 타고 떠나가자 동탁은 남아 있는 문무백관들을 을러댔다. 그러자 이번에는 노식이 반대했다. 동탁이 칼을 들어 노식을 죽이려 하자 대신들이 말렸다. 이튿날 다시 황제 폐위를 의논하기로 하고, 온명원의 잔치는 파했다.

황제 위의 정승, 동탁

황제 폐위를 재차 의논하기로 한 날이었다. 동탁의 진중에 황급한 보고가 들어왔다.

"정원이 군사를 거느리고 성 밖에 와서 싸움을 청합니다."

동탁이 크게 노해 군사를 거느리고 성 밖으로 나가 진을 치니 정원이 손가락으로 동탁을 가리키며 꾸짖었다.

"고자 놈들이 권세를 농단(壟斷: 깎아 세운 듯이 높은 언덕, 이곳에 한 상인이 올라가 시장을 살펴보고 자기 물건을 팔기에 적당한 곳으로 가 이익을 독점했다는 일에서 연유하여 '이익이나 권리를 독점한다.'는 뜻으로 변함)하여 만백성을 도탄에 몰아넣더니 이젠 눈곱만큼도 공을 세우지 못한 주제에 어찌 감히 황제 폐위 운운하며 다시 조정을 어지럽히려 든단 말이냐?"

동탁이 미처 대답할 틈도 없이 여포가 방천화극을 들고 쏜살같이 달려 쳐들어왔다. 동탁이 황급히 달아나니, 정원이 군사를 휘몰아 들이닥쳤다. 동탁의 군사는 크게 패하여 30리 바깥으로 달아나 겨우 진지를 세웠다.

동탁이 심복 부하들을 모아 놓고 상의했다.

"여포는 참으로 비범한 장수다. 여포만 우리 편이 돼 준다면 내가 천하를 얻는 데 무엇을 염려하리오."

"주공은 염려 마십시오. 여포와 저는 한고향입니다. 그자는 용맹하나 꾀가 없고, 이익을 위해서는 의리를 저버리는 성격입니다. 저의 세 치 혀로 여포를 주공의 장수로 만들겠습니다.”

동탁이 기뻐서 보니 호분중랑장(虎賁中郞將: 친위 사령관 격) 이숙(李肅)이었다.

얼마 후 이숙은 여포의 진지로 가다가 군사들에게 포위당했다. 이숙은 여포의 군사들에게 말했다.

“나는 여포 장군을 만나러 왔다. 어서 가서 옛 친구가 찾아왔다고 전하여라.”

이숙은 군사들의 안내로 여포를 만나게 됐다.

“나는 지금 호분중랑장 벼슬에 있네. 이번에 아우가 국가를 위해 큰일을 한다기에 좋은 말 한 필을 끌고 왔네. 이 말은 하루에 천리를 뛰며 물을 건너며 산을 오르기를 평지 달리듯 하는데, 이름은 적토마(赤兎馬)라네.”

여포가 이숙이 끌고 온 말을 보니 과연 명마였다. 온몸이 숯불처럼 빨간 데다 잡털 하나 없으며 머리에서 꼬리까지의 길이가 1장(丈)이요, 키가 8척(尺)인데, 코를 불며 소리치는 모양은 바로 하늘에 날아오를 듯, 또는 바다 속으로 들어갈 듯한 자세였다.

여포는 적토마를 받자 기쁜 나머지 감사의 말이 저절로 나왔다.

“이런 용 같은 말을 주시니 무엇으로 보답해야 좋을지 모르겠소.”

“내 오직 의리를 위해 왔는데, 어찌 갚기를 바라겠나.”

여포는 이숙에게 술을 청했다. 서로가 술이 얼근해지자 이숙이 수작을 걸었다.

"자네와 오랫동안 못 만났지만 춘부장 어른은 늘 뵈었네."

"형이 취했구려. 세상을 떠나신 지 여러 해인데, 어떻게 형이 우리 아버지를 만나 봤단 말이오."

"내 말을 못 알아듣는구려. 정원을 두고 하는 말일세."

"비꼬지 마시오. 내가 정원 밑에 있는 것은 어쩔 수 없어서 그런 것이오. 참다운 주인을 못 만나는 게 한일 뿐이오."

이숙이 갑자기 엄숙한 표정을 지었다.

"영리한 새는 나무를 골라 둥지를 틀고[良禽相木而栖], 현명한 신하는 주군을 골라서 섬긴다 하네[賢臣擇主而佐]."

"형이 보시기에 조정의 사람 중 누가 당대의 영웅이오?"

"내가 조정에서 여러 신하를 봤지만 동탁 장군만 한 인물은 없었네. 그분은 유능한 자를 존중하며 상벌이 분명하니, 반드시 큰일을 하실 것이네."

여포는 그 말을 듣고 탄식했다.

"내 그를 따르고 싶어도 연줄이 없어 한이라오."

이숙은 황금과 값진 옥대를 내놓았다.

"이건 동탁 대감이 자네에게 갖다 주라고 한 예물이네. 실은 대감은 오랫동안 자네의 용맹을 흠모해 왔다네. 아까의 적토마도 동탁 대감이 보낸 것이라네."

"동탁 대감이 이렇듯 나를 생각해 주시니, 장차 무엇으로 보답해야 합니까?"

"나처럼 재주 없는 사람도 호분중랑장에 있으니, 자네는 가기만 하면 굉장한 지위에 오를 것이라네."

"추호의 공로도 세우지 못하고 찾아가 뵙는 처지가 원통하기만 하오."

"공로를 세우는 거야 손바닥 뒤집기보다 쉬운 일이지만, 자네가 하려 들지 않을 것이네."

이 말에 여포는 잠시 생각에 잠겼다 마침내 입을 열었다.

"정원을 죽이고 군사를 거느리고 가면 어떻겠소?"

"아우가 그렇게 한다면 그보다 더 큰 공이 어디 있겠나. 일이란 주저하면 쓸모없게 되네. 매사는 속히 결정짓는 법이라네."

그날 밤 2경(밤 9시에서 11시 사이)이었다. 여포는 칼을 차고 정원의 장막(帳幕) 안으로 들어갔다. 정원은 불을 밝히고 병서를 읽다가 여포를 바라보았다.

"아들아, 무슨 일로 왔느냐?"

여포는 눈을 부릅뜨고 정원을 보며 큰소리로 외쳤다.

"나는 당당한 대장부다. 왜 내가 너의 아들이란 말이냐?"

여포는 한칼에 정원의 목을 쳐서 떨어뜨렸다.

"나를 따를 자는 남고, 따르지 않을 자는 가라."

좌우를 돌아보며 여포가 말하자 군사들 태반이 여포를 버리고 떠나가 버렸다.

이튿날 여포는 정원의 머리를 들고 동탁을 찾아갔다. 동탁은 매우 흡족해했다.

여포는 동탁에게 두 번 절하고 말했다.

"대감께서 저를 버리시지 않으면 대감을 의부(義父)로 모실까 합니다."

동탁은 여포에게 황금 갑옷과 비단과 전포(戰袍)를 하사하고 흔쾌히 여포의 청을 받아들였다.

여포를 얻은 동탁의 위세는 더욱 커졌다. 그는 스스로 전장 군(前將軍)이 되고, 동생 동민을 좌장군(左將軍) 겸 호후(鄠侯)로, 여포를 기도위중랑장(騎都尉中郎將) 겸 도정후(都亭侯)로 봉했다.

이제 동탁이 해야 할 일이란 다시 황제 폐위에 나서는 일뿐이었다. 동탁의 마음을 누구보다도 잘 아는 이유가 동탁에게 황제 폐위를 권했다.

동탁이 마련한 궁중의 잔치 자리에 모든 문무백관들이 모여들었다. 여포는 무장한 군사 천여 명을 거느리고 동탁을 호위했다.

술이 여러 순배 돌았을 때 동탁은 칼을 짚고 말했다.

"황제는 어리석고 나약해서 종묘사직을 받들 수 없다. 나는 이제 하(夏)의 무도한 걸왕을 폐위시키고 은의 탕왕을 즉위시킨 이윤, 소제(昭帝)가 죽은 뒤 선제를 즉위시킨 곽광의 옛일을 본받아 황제를 폐위해 홍농왕(弘農王)으로 삼는 대신 진류왕을 황제로 삼을 것이다. 복종하지 않는 자는 참하리라."

모든 신하들이 겁이 나서 감히 대답도 못하는데, 중군교위 원소가 앞으로 나섰다.

"폐하께서 즉위한 지 얼마 되지 않았으며, 아울러 덕을 잃은 일이 없으신데, 네가 폐위 운운한단 말이냐. 이는 반역이 아니고 무엇이냐?"

"천하 모든 일이 내 뜻에 달렸거늘 어느 누가 복종치 않는가. 네 눈에는 이 칼이 보이지 않느냐?"

동탁이 칼을 빼어 드니 원소 또한 칼을 빼 들었다.

동탁이 먼저 원소에게 칼을 겨누니 이유가 말렸다. 원소가 문무백관에게 작별을 고하고 연회장을 나왔다. 원소는 그 길로 벼슬을 하직하고 기주(冀州) 땅으로 향했다.

원소가 간 후에 동탁은 연회장에 있던 모든 대신들을 다시 위협했다.

"감히 내 일을 막는 자가 있으면 군법으로 다스리리라."

문무백관들은 겁이 나서 일제히 죽어 가는 소리로 말했다.

"분부대로 거행하리다."

동탁은 신하들의 의견을 받아들여 벼슬을 버린 원소를 발해(渤海) 태수로 임명했다. 원소는 사대삼공(四代三公)의 명문가의 자손이었다. 만약 그가 동탁에게 반기를 든다면 그를 보고 각지의 영웅들이 일어날 것이니 후환 제거책에서 그를 관리로 재임명했던 것이다.

9월 초하룻날, 동탁은 황제를 가덕전으로 청해 앉히고 모든 문무백관이 보는 앞에서 칼을 뽑아 들었다.

"천자가 사리에 어둡고 나약해서 천하의 임금 노릇을 못하는지라. 여기 책문(策文)이 있으니 읽어 드리시오."

이유가 황제 폐위와 진류왕을 새 황제로 즉위시킨다는 내용이 적힌 동탁의 책문을 읽어 내렸다.

동탁은 곧 황제를 전각 아래로 끌어내리고 또 하 태후를 불러내어 태후 복장을 벗기고 새 황제의 어명을 기다리도록 호령했다. 황제와 하 태후는 통곡하고 신하들은 모두 슬퍼했다. 분노를 참을 수 없는 대신 한 명이 있었다.

"역적 동탁아! 하늘의 법도를 거스르는 술수를 쓰니 마땅히 내 목에 피를 뿌리리라!"

그러면서 상아홀(象牙笏)로 동탁을 쳤다. 그는 상서(尙書) 벼슬에 있는 정관이었다. 동탁은 곧 그를 끌어내 목을 베었다. 정관은 죽으면서도 동탁을 꾸짖었다. 그는 목이 떨어지기 전까지 얼굴빛 하나 변하지 않았다.

동탁은 이어 진류왕을 전상에 오르게 하고 문무백관에게 하례를 드리라고 했다. 이어 하 태후와 홍농왕과 부인 당씨(唐氏)는 영안궁에 가두고 궁문을 굳게 닫아 백관들의 출입을 금했다. 이로써 4월에 등극한 소제(少帝)는 9월에 동탁에 의해 폐위됐고, 동탁이 새로 황제로 즉위시킨 이가 바로 헌제(獻帝)였다. 이때 그의 나이 겨우 9살이었다.

동탁은 스스로 정승이 되어 황제에게 절을 할 때 자기 이름을 말하지 않고 '나' 라고 말하고, 조정에 들어갈 때에는 다른 신하들처럼 몸을 숙이지 않았으며, 언제나 허리에 칼을 차고 전각에 올라가니, 그의 위엄과 세력은 비할 데가 없었다.

얼마 후 소제는 독주로, 당비는 흰 비단줄에 목을 졸려, 하 태후는 누각 아래 떨어져 죽었는데, 이 모두가 동탁의 극악무도한 소행이었다.

동탁과 17진 연합군의 전투

원소는 발해태수로 있으면서 동탁이 조정에서 황제를 시해하고 갖은 못된 짓을 다한다는 소문을 듣자 사도(司徒) 왕윤에게 밀서를 보냈다. 왕윤이 읽어 보니 타도 동탁을 위해 안팎에서 호응하자는 내용이었다. 그렇지만 별로 뾰족한 계책이 떠오르지 않았다.

얼마 후 왕윤의 후당에서 잔치가 벌어졌다. 생일이라고 왕윤이 조정의 대신들을 초청한 잔치였다. 밤이 되자 술이 몇 순배 돌았을 때였다. 갑자기 왕윤이 얼굴을 소매로 가리더니 방성통곡했다.

"생신날 대감은 왜 그리 슬피 우시오?"

"사실 오늘은 내 생일이 아니오. 여러분과 함께 소회를 펴고 싶어 생일이라 핑계를 댔소. 지금 나라는 동탁이 임금을 속이고 권세를 농단하는 바람에 조만간에 결딴 날 지경에 이르렀소. 고조 황제께서 천하를 정하셨던 이 나라가 오늘 동탁의 손에 무너질 줄 누가 알았으리오. 울음을 참을 수 없구려."

왕윤이 말을 마치자 대신들도 통곡했다. 이때 좌중에서 껄껄 웃는 한 사람이 있었다.

"어디 울기만 한다면 동탁이 저절로 죽습니까?"

왕윤이 보니 그 사람은 효기장군(驍騎將軍) 조조였다.

"맹덕도 한나라 녹을 먹고 있는 터에 보답할 마음은 않고 되레 왜 우리들을 비웃느냐!"

"달리 웃는 것은 아니오. 조정 여러 대신들이 모인 자리이지만 동탁을 죽일 계책 하나 나오지 않아 웃었던 것이오. 이 조조는 비록 재주 없지만 동탁의 머리를 끊어 도성 성문 위에 높이 매달고 천하에 사례하리다."

왕윤이 자리를 비켜 앉으며 물었다.

"맹덕의 높은 계책을 듣고 싶소."

"제가 요즘 몸을 굽히고 동탁을 섬기는 뜻은 기회를 얻기 위해서요. 듣자 하니 사도께는 칠보도(七寶刀)가 있으시다니 제게 빌려 주시면 그 칼로 동탁을 찔러 죽이겠소."

"맹덕이 그런 생각을 하다니, 정말 다행이오."

이튿날, 조조는 칠보도를 허리에 차고 정승 부중(府中)에 갔다. 동탁은 누각 안에 있었다.

"맹덕은 어째서 이제야 오는가?"

"늙은 말이라 걸음이 늦습니다."

동탁은 여포를 돌아보며 말했다.

"지난번 서량에서 진상받은 좋은 말이 있지 않느냐. 봉선이 가서 한 필 골라 맹덕에게 주어라."

여포가 밖으로 나가자 조조는 생각했다.

'이 역적 놈이 죽을 때가 됐구나.'

그러나 조조는 경솔히 행동하지 못했다. 동탁이 워낙 힘이 센 위인이기 때문이었다. 너무 살이 쪄서 몸이 둔한 동탁은 오래 앉아 있지 못했다. 조조에게 등을 돌리고 누웠다.

‘지금 이 순간이 이 역적 놈의 최후다.’

조조는 급히 칠보도를 빼 들고 동탁을 찌르려는 순간, 동탁이 돌아누운 벽에 걸린 거울에 비친 조조의 모습을 보고 급히 몸을 돌리면서 물었다.

“맹덕, 뭐 하는가?”

이때 여포는 말을 이끌고 누각 밖에 서 있었다. 실로 아슬아슬한 찰나였다. 조조는 엉겁결에 무릎을 꿇고 동탁에게 칼을 바쳤다.

“이 칠보도를 승상께 바치려던 참이었습니다.”

칠보도를 보고 동탁이 감탄하자 조조는 칼집까지 바쳤다. 동탁은 조조를 데리고 누각에서 나왔다. 한 필의 좋은 말이 눈앞에 있었다.

“시험 삼아 한 번 타 보겠습니다.”

말을 끌고 부중에서 나온 조조는 말 위에 훌쩍 올라타더니 동남쪽으로 나는 듯이 가 버렸다.

조조를 이상하게 생각한 동탁과 여포는 이유에게 조조의 행동을 소상히 설명했다. 이에 이유가 말했다.

“조조의 처소로 사람을 보내어 조조를 오라고 하십시오. 놈이 오면 별일 아닌 거지만 놈이 오지 않으면 무슨 음모를 꾸민 것이 분명하니 즉시 잡아다 문초하십시오.”

이유의 말대로 동탁은 즉시 조조에게 옥졸들을 보냈다. 옥졸들의 보고는 ‘조조가 동문으로 갔는데, 승상의 급한 심부름으로 가는 길이라고 하면서 뒤도 안 돌아보고 달려가 버렸다.’ 는 것이었다.

"그놈이 승상을 해치러 왔던 것이 분명합니다."

이유가 말하자 동탁이 크게 노했다. 이유가 다시 말했다.

"이 일은 조조 혼자서 꾸민 일이 아닐 겁니다. 조조를 잡아 배후 세력을 캐야 합니다."

동탁은 즉시 조조를 잡아 오라는 방문을 내걸게 했다. 조조를 사로잡는 자는 천금의 상을 내리고, 숨겨 두는 자는 조조와 같은 죄로 다스린다는 글이 조조의 화상과 함께 각 지방에 발송됐다.

조조는 밤낮 없이 길을 재촉하여 중모 땅과 성고(成皐) 땅을 지나 진류 땅에 도착하여 아버지를 뵙고 그동안 벌어진 일을 이야기했다. 아버지에게 지난 일을 말했으니 성고 지방에서 자기와 여백사(呂伯奢)와의 사이에 벌어졌던 사건도 말했으리라.

여백사는 조조의 아버지와 의형제를 맺은 사람. 동탁의 군사에게 쫓기는 조조를 여백사는 반가이 맞아 주었다. 그리고 조조를 대접하려고 식구들에게 돼지를 잡으라고 했다. 그런데 의심 많은 조조가 여백사 가족이 돼지를 잡으려고 칼을 가는 것을 자신을 죽이려는 것으로 오해하여 여백사 일가족을 칼로 베었다. 뿐만 아니라 조카를 대접하겠다며 술을 사 갖고 돌아오는 여백사마저 후환을 제거한다며 죽여 일가족을 몰살했던 것이다.

옆에서 조조의 행동을 지켜보던 진궁(陳宮), 그가 조조에게 '여백사 가족을 죽인 것은 오해로부터 일어난 일이지만 굳이 여백사까지 죽일 필요는 없지 않느냐?'는 물음에, 조조는 "내가 천하 사람을 저버릴지언정 어찌 천하 사람이 날 저버리게 뇌둘 것인가[寧使我負天下人 休敎天下人負我]!"라고 태연하게 대답했다.

그러자 진궁은 조조를 버리고 제 갈 길을 갔다. 그는 중모의 현령(縣令)으로서 조조를 현상 수배범으로 체포했으나 조조의 영웅 됨에 감복하여 조조를 풀어 주고 자신의 관직을 버리며 동행을 해 왔지만 여백사 일가족 살해 사건에서 나타났던, 인간적인 실수를 넘어선 조조의 과단성과 잔인성에 실망을 느꼈기 때문이었으리라.

조조는 자초지종을 다 말하고 나서 아버지에게 의병 모집의 뜻을 밝혔다. 조조의 아버지는 위홍이라는 부자를 조조에게 소개해 줬고, 위홍의 지원에 힘을 얻은 조조는 거짓 조서를 천하 각 지방으로 보내고 의병 모집의 흰 기를 세웠다. 그 흰 기에는 '충의(忠義)' 두 글자가 또렷이 적혀 있었다.

조조가 동탁을 치기 위해 의병을 모집한다는 소문이 퍼지자 며칠 만에 젊은 장정들이 소나기처럼 몰려들었다. 가장 먼저 찾아온 사람은 악진(樂進)과 이전(李典)이었다. 이어 하후돈(夏侯惇)과 하후연(夏侯淵)이 각기 천여 명의 장정을 이끌고 조조를 찾아왔다. 하후돈과 하후연은 인척간의 형제 사이였다. 그런데 이 두 사람은 본래 조조의 종형제뻘이었다. 조조가 원래 하후씨였는데, 조조의 아버지가 출세를 위해 환관 조등의 양자로 들어가 성을 조씨로 바꿨던 것.

하후돈과 하후연이 찾아온 지 며칠이 지나자 이번에는 조씨 형제인 조인(曹仁)과 조홍(曹洪)이 각기 군사 1천 명을 거느리고 찾아왔다.

의병이 속속 자기 수하로 모여들자 조조는 크게 기뻐했다. 이때 원소는 조조가 보낸 거짓 조서를 받자 3만 명의 군사를 거느리고 조조를 찾아와 서로 동맹했다. 이에 힘을 얻은 조조는 마침내 천하 평정을 위한 동탁 토벌의 격문을 전국 모든 고을로 발송했다.

조조의 격문이 전국에 퍼지자 천하 각 진(鎭)의 제후들은 다 군사를 일으켜 호응했다. 그 인물들은 이렇다.

제1진은 남양태수 원술(袁術), 제2진은 기주자사 한복(韓馥), 제3진은 예주자사 공주(孔伷), 제4진은 연주자사 유대(劉岱), 제5진은 하내태수 왕광(王匡), 제6진은 진류태수 장막(張邈), 제7진은 동군태수 교모(喬瑁), 제8진은 산양태수 원유(袁遺), 제9진은 제북의 상(相) 포신(鮑信), 제10진은 북해태수 공융(孔融), 제11진은 광릉태수 장초(張超), 제12진은 서주자사 도겸(陶謙), 제13진은 서량태수 마등(馬騰), 제14진은 북평태수 공손찬(公孫瓚), 제15진은 상당태수 장양(張楊), 제16진은 장사태수 손견(孫堅), 제17진은 발해태수 원소(袁紹).

각 지방에서 일으킨 군사의 수효는 많으면 3만 적으면 1, 2만 명씩이었는데, 그 고을 문관이거나 무장이거나 각기 군사를 거느리고 사방에서 오는 중이었다.

북평태수 공손찬이 군사 1만 5천을 거느리고 덕주 평원현을 지나가는 중이었다. 저 멀리 우거진 뽕나무 사이에 누런 기가 있는 곳으로부터 몇 사람이 말을 달려 나왔다. 맨 앞 사람은 유비였다.

"지난날 형님의 천거 덕분에 평원 현령이 되어 지금까지 잘 지내고 있습니다. 형님이 이곳을 지나간다기에 뵈러 나왔습니다. 성안에 들어가 쉬었다 가십시오."

"뒤의 사람들은 누구요?"

"이 사람은 관우요, 또 한 사람은 장비니 나와 결의형제한 사이입니다."

"그럼 황건적을 무찌른 장수들이란 말이오?"

"결국 이 두 사람이 세운 공로였습니다."

"그럼 지금은 무슨 벼슬을 하고 있소?"

"관우는 마궁수(馬弓手)요, 장비는 보궁수(步弓手)랍니다."

마궁수나 보궁수는 오늘날 장교급도 안 되는 계급의 보병이었다. 유비의 말에 공손찬은 탄식했다. 영웅들이 초야에 묻힌 꼴이었다. 공손찬이 영웅들을 역사의 현장으로 불러들일 수밖에 없었다.

공손찬은 유비를 대동하고 사수관(汜水關)에 있는 동탁 토벌의 집결지로 향했다. 모든 제후들이 속속 모여들어 각기 진중을 세우니 그 길이가 3백여 리나 달했다. 장막 안에서는 17명 영웅들이 동탁을 칠 작전을 수립하고 있었다. 맨 먼저 동탁 토벌의 연합 맹주를 정해야 했다.

"원소 대감은 4대 3공의 명문가 출신입니다. 그러니 우리의 맹주로 추대합시다!"

조조가 제안하자 원소는 사양했지만 모든 제후들이 동의하여 원소가 맹주(盟主)가 되기로 했다. 이튿날 17진의 연합군은 희생을 바치며 원소를 맹주로 추대하는 의식을 마치고 동탁과의 첫 전투에 나섰다.

맹주 원소가 말을 꺼냈다.

"내 아우 원술은 군량과 마초(馬草)를 맡아서 각 병영에 대어 주는 책임을 맡을 것이오. 첫 전투이니만큼 중요한 싸움인데, 누가 선봉이 되겠소?"

"원컨대 제가 선봉에 서겠소."

여러 장수들이 보니 장사태수 손견이었다. 손견은 선발대가 되어 군마를 거느리고 사수관을 향해 출병했다. 손견은 휘하 장수 4명을 거느리고 있었으니, 그들은 정보(程普)·황개(黃蓋)·한당(韓當)·조무(祖茂)였다.

사수관을 지키고 있던 동탁의 장수는 화웅(華雄)이었다. 그는 키가 9척에 범과 같은 체격이요, 늑대 허리와 표범 머리에 원숭이 팔을 가진 장수였다. 원래 동탁이 사수관을 지킬 장수로 여포를 보내려고 하자, 화웅이 "닭 잡는 데 어찌 소 잡는 칼을 사용할 수 있습니까[割鷄焉用牛刀]!" 하고 여포를 소 잡는 칼, 손견을 닭, 자신을 닭 잡는 칼로 비유하며 출전을 자청하여 사수관을 수비하는 장수가 된 것이다.

손견이 화웅과 맞서기 전 제9진의 포신이 손견에게 공을 빼앗기게 될까 봐 아우 포충에게 지름길로 달려가 손견보다 먼저 화웅과 맞서라고 했다. 하나 포충은 화웅의 단칼에 맞아 말에서 떨어져 죽었다.

사수관에 도착한 손견도 화웅에게 패배했다. 손견이 사수관 함락 직전까지 전세를 몰고 갔으나 손견을 시샘한 원술이 손견의 군량 지원을 거절한 데에 원인이 있었다. 양식이 떨어지고 군사는 사기를 잃은 상태에서 화웅의 야간 공격을 받아 도망치다 휘하 장수 조무의 희생 덕분으로 화웅의 칼날을 비켜 간신히 목숨만 건지게 되었다.

원소의 휘하 장수 유섭과 한복의 휘하 장수 반봉이 화웅과 나가 승부를 겨뤘으나 역시 패배했다. 화웅의 단칼에 아군의 장수들이 잇달아 쓰러졌다는 보고만 들어오자 17진 연합군의 사기는 말이 아니었다.

원소가 제후들을 모아 놓고 작전회의에 들어갔으나 별 뾰족한 수가 나오지 않았다.

"소장이 나가서 화웅의 머리를 베어 오겠소!"

모두 고개를 돌려 보니, 그는 키가 9척이요, 수염 길이가 2척이요, 봉의 눈썹에 얼굴은 삶은 대춧빛 같고, 목소리는 큰 쇠북처럼 울렸다.

"지금 무슨 벼슬에 있소?"

원소의 물음에 공손찬이 대답했다.

"유현덕 휘하의 마궁수요."

공손찬의 대답이 미처 끝나기도 전에 원술이 목청을 돋우어 꾸짖었다.

"한낱 마궁수의 신분으로 출정하겠다고 입을 놀리느냐? 어서 저놈을 끌어내라!"

이에 조조가 한마디 했다.

"그렇게 노여워하지 마시오. 뭔가 있기 때문에 큰소리치는 것 같소. 시험 삼아 내보내서 이기지 못하거든 그때 문책해도 늦지 않으리다."

"마궁수 따위를 내보내면 화웅이란 놈이 우리 연합군 전체를 비웃을 것이오."

원소의 말에 조조가 거듭 말했다.

"저 사람 풍채가 속되지 않으니 화웅이 어찌 마궁수인 줄 알겠소."

그리고 더운 술을 한 잔 따라서 관우에게 마시라고 권했다.

"거기 두십시오. 내 곧 갔다 오리다."

말을 마치자 관우는 청룡언월도를 들고 달려 나갔다. 잠시 후에 장막 밖에서 북소리와 함성이 진동했다. 금세 하늘이 무너지는 듯, 땅이 뒤집어지는 듯, 산이 흔들리는 듯했다. 말방울 소리 급하게 나더니 관우가 장막 안으로 들어와 화웅의 머리를 땅바닥에 던졌다. 조조가 따라 놓은 술잔에서는 아직도 따뜻한 김이 솔솔 오르고 있었다.

흥이 올랐는지 장비가 나서며 말했다.

"우리 형님이 화웅을 참했으니, 이때가 바로 동탁을 사로잡을 절호의 기회요!"

그러자 원술이 장비를 보고 소리 질렀다.

"대신들이 겸손한데, 일개 현령의 졸개 따위가 분수 넘게 건방을 떠느냐?"

이에 조조가 장비를 두둔하듯 한마디 했다.

"전장에서 공이 있는 자는 상을 주는 것이 법인데, 어찌 신분의 귀천만 따지오."

조조의 말에 원술은 발끈 성을 냈다.

"공들이 이처럼 현령 따위를 존중한다면 난 여기서 물러나겠소."

“이런 사소한 말로 큰일을 그르쳐서야 되겠소.”

조조가 원술을 만류하고 공순찬더러 유비 삼형제를 데리고 장막 밖으로 나가라고 권했다.

그날 밤 조조는 몰래 술과 고기를 유비 삼형제에게 보내어 은근히 경의를 표했다.

불타는 수도 낙양,
연합군의 자중지란

화웅이 죽었다는 보고를 받은 동탁은 이각과 곽사에게 군사 5만을 주어 사수관으로 보냈고, 자신은 여포와 함께 군사 15만을 이끌고 호뢰관(虎牢關)으로 갔다. 이에 원소는 왕광, 도겸, 공손찬 등 8명의 제후들을 호뢰관으로 보냈다.

8진의 제후들이 거느리는 장수들은 여포의 상대가 되지 못했다. 싸우는 족족 여포의 방천화극에 찔려 말 아래 떨어졌다. 북평태수 공손찬도 예외는 아니었다. 여포가 적토마를 달려 공손찬을 뒤쫓았다. 적토마는 하루에 천 리를 달리는 말이니 공손찬이 여포의 추격을 따돌릴 수 없었다. 여포가 공손찬의 등 뒤를 찌르려고 방천화극을 번쩍 쳐들었다. 바로 이때였다.

"아비 성을 셋씩이나 가진 쌍놈의 새끼야! 게 섰거라! 이 장비를 몰라보느냐!"

이 말을 듣자 여포는 바로 말머리를 돌려 씩씩거리며 장비에게 달려들었다. 장비는 여포와 어우러져 50여 합을 싸웠으나 승부가 나지 않았다.

두 사람의 승부를 지켜보던 관우가 말에 박차를 가했다. 82근 청룡언월도를 춤추듯 휘두르며 장비와 함께 여포를 협공했다. 세 마리의 말이 싸운 지 30합이 지나도록 승부가 나지 않았다. 이 싸움을 지켜보고 있던 유비는 쌍고검을 뽑아 들고 말에 박차를 가했다.

삼형제가 삼면으로 여포를 에워싸고 돌아가면서 공격했다. 참으로 놀라운 싸움이었다. 8진의 연합군은 압도되어 넋을 잃고 바라보기만 할 뿐이었다.

천하 용장 여포라 해도 세 영웅을 당해 낼 수 없어 말머리를 돌렸다. 8진의 제후들은 삼형제를 초대하여 공로를 치하한 다음 원소에게 승리를 보고했다.

믿었던 여포가 패하니 동탁은 난감하기 그지없었다. 이각을 보내 손견을 포섭하려 했던 것도 실패로 돌아갔다는 보고도 들어왔다. 이유를 불러 대책을 논의했다.

"여포가 패한 후 군사들의 사기가 떨어져 싸울 생각이 없으니 우선 낙양으로 돌아가십시오. 그리고 천자를 모시고 장안으로 도읍을 옮기십시오. 하늘의 운수는 도는 법입니다."

낙양에 돌아온 동탁은 문무백관을 모아 놓고 도읍을 옮길 것을 명령했다.

"이곳 낙양은 도읍한 지 2백여 년이 흘러 도읍으로서 운수가 쇠했으니 장안으로 새 도읍지를 정하겠다. 내일 안으로 떠날 준비를 하라."

이유가 다시 동탁에게 고했다.

"모자란 군자금과 군량미는 낙양 부자들의 재산을 몰수하여 마련하십시오."

동탁이 이유의 말대로 군사들에게 명령하니 낙양 부자들이 모조리 체포되어 재산을 빼앗기고 반역자로 몰려 죽었다. 이각과 곽사 역시 군사들로 하여금 수많은 부녀자들을 마구 겁탈케

하고 민가의 양식을 약탈하도록 하니 백성들의 울음소리가 천지에 진동했다. 동탁의 명령을 받은 여포는 역대 황제와 황후들의 묘를 파헤쳐 금은보화를 도굴케 했는데, 군사들도 우쭐해서 관리와 백성의 무덤 가릴 것 없이 마구 파헤쳐 도둑질했다. 이로 인해 낙양은 불타는 도시로 변하고 말았다.

동탁이 천자를 모시고 장안으로 도망간다는 보고를 받은 조조는 군사 1만여 명을 이끌고 밤을 새워 동탁을 추격했다. 쫓기는 동탁은 이유의 계책을 받아들여 조조가 올 만한 길목에 형양태수 서영에게 매복하도록 했고, 여포에게는 조조의 후방을 끊게 했다.

동탁을 추격하던 조조는 동탁의 작전에 말려들어 여포, 이각, 곽사로부터 세 방면에서 공격받으니 오히려 정신없이 쫓기는 신세가 되었다. 형양으로 도망갔으나 형양태수 서영의 매복병이 쏜 화살에 어깨를 맞았다. 조조가 화살이 어깨에 박힌 채 달아나다 날아오는 두 개의 창을 맞고 말과 함께 쓰러졌다. 그러자 양쪽에서 군사들이 달려들어 조조를 덮쳤다. 이때 조홍이 나는 듯이 달려와 한칼에 두 졸개를 베어 죽였다.

"어서 말을 타십시오. 저는 걸어가겠습니다."

"적군이 몰려오는데, 넌 맨몸으로 어찌하려느냐?"

"천하는 조홍이 없어도 되지만 조홍은 주공(主公)이 없으면 안 됩니다."

조조가 조홍의 말을 탔고, 조홍은 조조가 탄 말을 뒤따라 알몸으로 뛰었다. 날이 샐 무렵 그들은 강을 헤쳐 나와 어느 언덕 밑에서 겨우 숨을 돌리는 참이었다. 문득 함성이 일어나는 것이었다. 쳐다보니 서영이 이끄는 추격병이 강 상류로 돌아서 얕은 곳을 건너 뒤쫓아오는 모습이 눈에 들어왔다. 조조의 목숨이 경각에 달려 있었다. 바로 그때였다.

"우리 주공을 범하지 말라!"

맞은편에서 하후돈과 하후연 두 장수가 기병 수십 명을 거느리고 나는 듯이 달려오고 있었다. 비로소 조조는 긴 안도의 한숨을 쉴 수 있었다. 위기일발의 순간에 부하들의 도움으로 기적같이 살아난 조조는 동탁의 목 대신 패잔병 5백 명을 이끌고 하내(河內) 땅으로 돌아와야 했다.

한편 낙양에 군사를 주둔하고 있던 연합군의 제후들은 일단 동탁 토벌의 의거가 성공한 듯싶으니 자중지란이 벌어졌다. 그 시작은 손견이 진시황 때부터 전해 내려온 한나라의 옥새를 손에 넣고서부터였다. 손견이 장사로 돌아가겠다고 하니 옥새가 손견에게 있다는 것을 안 원소가 보내 줄 리 없었다.

"속히 옥새를 내놓아라. 그렇지 않으면 온전하지 못할 것이다."

"내가 만일 옥새를 감추었다면 칼과 화살에 맞아 죽으리라."

손견이 완강히 부인하니 원소도 어쩔 수 없었다. 원소는 대신 형주자사 유표에게 옥새를 빼앗으라는 서신을 보내 손견과 유표를 대결케 했다. 이때부터 손견과 유표는 서로 원수 사이가 되었다.

제후들 간에 다툼이 일어나자 제후들은 하나 둘 낙양을 버리고 떠나기 시작했다. 조조는 양주 땅으로 떠났고, 공손찬은 북평으로, 유비는 평원으로 떠났다.

원소도 낙양에서 하내(河內)로 돌아와 있었다. 그는 군량미와 마초가 부족한 것이 늘 걱정이었다. 이때 뜻밖에 기주목사 한복이 군량미를 대주었다. 그러자 모사 봉기(逢紀)가 원소에게 말했다.

"기주의 양식을 차지할 계책이 있습니다. 공손찬에게 서신을 비밀리에 보내 기주 땅을 쳐서 나누어 갖자고 해 보십시오. 공손찬이 기주를 치면 미련한 한복은 반드시 장군께 구원을 청할 것입니다. 그러면 쉽게 기주를 손에 넣게 될 것입니다."

원소는 봉기의 계책대로 공손찬에게 한복을 치라는 밀서를 보내는 동시에 한복에게도 공손찬이 공격해 올 것이라는 밀서를 보냈다.

밀서를 받은 한복은 예상대로 원소에게 구원을 청해 왔다. 그러자 원소는 군사를 거느리고 공손찬보다 먼저 기주에 입성했다. 그는 한복을 분위장군(奮威將軍)으로 삼았지만, 전풍·저수·봉기 등 자기 참모에게 기주를 다스리게 했다.

한편 공손찬은 원소가 이미 기주 땅을 독차지한 사실을 알자 동생 공손월을 보내 서신대로 기주 땅 반을 내놓으라고 했다. 그러나 원소는 '공손찬과 직접 협상을 원한다.' 며 공손월을 돌려보냈다. 그리고 매복병을 시켜 공손월을 몰래 죽이고 동탁이 죽인 것처럼 위장을 했다. 전후사정을 살아 돌아온 병사를 통해 알게 된 공손찬은 크게 노했다. 곧 본부 군사를 모조리 동원해 기주로 향했다.

원소 역시 군사를 거느리고 마주 나와 양군은 반하교(盤河橋)에서 대치했다.

공손찬이 말을 달려 다리 위에서 큰소리로 외쳤다.

"지난날 네놈이 충성이 대단한 체하기에 맹주로 추대했더니, 지금 보니 네놈은 참으로 마음은 늑대 같고 행동은 개 같은 놈이로구나. 네놈이 무슨 면목으로 세상 빛을 보겠다는 거냐?"

이 말을 듣자 원소도 화가 머리끝까지 치밀어 올랐다.

"누가 나가서 저놈을 사로잡겠느냐?"

말이 끝나기도 전에 문추(文醜)가 말을 달려 다리 위로 쳐들어갔다. 공손찬이 십여 차례 맞섰으나 대적하지 못하고 달아났다. 문추는 공손찬을 진중까지 추격하면서 헤집고 다녔다. 장수 몇을 베는 가운데 공손찬을 발견하고 다시 달려들었다. 공손찬이 진을 벗어나 사력을 다해 언덕 아래로 내려갈 때였다. 말이 앞발굽을 꿇으며 데굴데굴 굴러 떨어졌다. 뒤쫓아온 문추가 창을 들어 공손찬을 찌르려고 했다. 바로 그때였다. 갑자기 왼편 덤불 속에서 한 소년 장수가 나는 듯이 달려와 창을 들고 문추에게 덤벼들었다. 이 틈에 공손찬은 고개 위로 허둥지둥 기어 올라갔다.

공손찬이 내려다보니 소년 장수의 키는 8척이요, 큰 눈에 눈썹은 검었으며 위풍이 당당했다. 문추와 50, 60합 겨뤘으나 승부가 나지 않았다. 공손찬의 구원군이 오자 문추가 달아나니 싸움은 멎었다.

"장군은 뉘시오?"

소년 장수는 허리를 굽혀 예를 표했다.

"소장은 상산 진정 사람으로 이름은 조운(趙雲)이요, 자는 자룡(子龍)입니다. 본래 원소의 휘하에 있었으나 그의 사람됨에 실망해서 장군의 휘하에 들려고 오는 중이었습니다.”

공손찬은 크게 기뻐하며 조운과 함께 진지로 돌아와 군사를 수습했다.

이튿날 공손찬과 원소는 다시 격돌했다.

원소 군의 작전에 말려들어 공손찬은 원소 군에 쫓겨 도망다니기에 바빴다. 이때 또다시 공손찬을 구출한 것은 조운이었다. 그는 공손찬을 쫓아오는 국의를 창으로 찔러 말 아래로 거꾸러뜨린 뒤 원소의 적진 속으로 뛰어들어 좌충우돌하기를 무인지경 드나들 듯했다.

한편 원소는 전세가 유리하다는 보고를 받고 진지에서 나와 전황을 살피던 중이었다. 조운이 원소를 발견하고 원소 쪽을 향해 말을 몰아 달려들자 원소가 위험하게 되었다. 이때 전풍이 급하게 말했다.

“위험합니다. 주공은 속히 저 빈집 담 너머로 피하십시오!”

원소가 투구를 벗어 내던지고 큰 소리로 외쳤다.

“대장부가 전쟁터에서 싸우다 죽으면 죽었지, 어찌 담 뒤로 숨어 목숨을 구걸한단 말이냐!”

원소의 군사들이 감격하여 죽기로 싸우니 조운이 더 뚫고 들어오지 못해서 전세가 다시 역전되었다. 조운이 공손찬을 보호하며 포위를 뚫고 반하교를 건너 돌아왔으나 원소의 급습에 미처 다리를 건너지 못하고 물에 빠져 죽은 군사가 무수했다.

원소가 기세를 올리며 앞장서서 공손찬을 바짝 뒤쫓고 있을 때였다. 문득 산 뒤에서 함성이 크게 일어나며 달려오는 군사들이 있었다. 앞장선 세 장수는 유비, 관우, 장비였다. 삼형제는 평원에 있다가 공손찬이 원소와 싸운다는 소식을 듣고 말을 달려온 것이다. 세 사람이 쌍고검과 청룡언월도 그리고 장팔사모를 휘두르니 원소는 크게 놀라 허둥지둥 지나왔던 반하교를 건너 달아났다.

"유현덕이 도와주지 않았다면 크게 낭패할 뻔했소!"

공손찬은 세 사람을 치하하고 조운을 불러 인사시켰다. 유비가 조운을 한번 보자 예사롭지 않은 그 풍모에 절로 마음이 끌렸다.

'내 이 사람을 언젠가 얻으리라!'

조운과 유비 삼형제에게 혼이 단단히 난 원소는 진중을 지킬 뿐 싸움을 걸지 않았다. 공손찬과 원소는 반하교를 사이에 두고 한 달 동안 서로 노려보고만 있었다. 이렇게 전투가 끝날 줄 모르게 되자 장안에서는 이유가 동탁에게 화해책으로 생색을 내라고 했다.

"두 사람 당대의 호걸인데, 서로 싸우게 해서야 되겠습니까. 태사(太師)께서 천자의 명으로 사신을 보내어 화해시키면 두 사람 반드시 태사를 따르리이다."

동탁이 이유의 말대로 조서를 보내니 과연 쌍방 간의 전투는 중지되었다.

공손찬과 원소와의 종전은 17진 연합군의 자중지란의 서막에 지나지 않았다. 유표와 손견의 싸움이 시작된 것이다.

원술이 형 원소가 기주 땅을 차지했다는 것을 알자 형에게 말 천 필을 청했으나 거절을 당했다. 이번에는 유표에게 군량미 20만 석을 꾸어 달라고 하자 이것도 거절당했다. 이에 원술

은 두 사람에게 앙심을 품고 손견에게 서신을 보내 지난날 손
견이 유표에게 공격당한 것은 원소의 이간질에 의해 벌어진 일
이라고 알려 주었다. 그리고 손견이 유표를 치면 자신은 원소
를 치겠다고 했다.

원술의 서신을 받아 본 손견 측에서는 정보, 황개 등이 믿을
수 없는 원술의 인간성을 들어 반대했으나 손견의 생각은 확고
했다.

"나는 나의 원수를 갚을 뿐이다. 어찌 원술의 도움 따위를 염
두에 두리오!"

손견은 아들 손책을 데리고 배를 타고 번성으로 향했다.

손견이 번성을 깨고 잇달아 등성까지 함락하니 유표의 장수
황조(黃祖)는 새로운 성을 찾아 달아나기에 바빴다. 황조가 패
퇴해 양양성으로 들어가 성문을 굳게 닫아걸 뿐 성 밖으로 나
와 손견 군과 맞서 싸우지 않았다.

손견 군이 양양성을 공격한 지 닷새째 되는 날이었다. 난데
없이 바람이 불어 중군의 깃발이 뚝 부러졌다.

"장군의 기가 부러진다는 것은 좋은 징조가 아닙니다. 군사
를 거두어 일단 돌아가도록 합시다."

한당의 말에 손견은 고개를 흔들었다.

얼마 후 군마 하나가 양양성에서 빠져나왔다. 이를 안 손견
이 휘하 장수들에게 알리지 않고 급히 뒤를 쫓았다. 숲에서 사
라진 군마를 손견이 사방을 두리번거리며 찾고 있을 때였다.
갑자기 징소리가 한 번 쾅! 나더니 산 위에서 무수한 바위와 큰
돌들이 굴러 내려왔다. 동시에 숲속에서 화살이 빗발치듯 날아

왔다. 이 지경이 되니 쾌걸(快傑) 손견도 어쩔 도리가 없었다.
자신이 원소에게 장담한 대로 화살과 돌에 맞아 최후를 마쳤던
것이다. 이때 그의 나이 서른일곱이었다.

원로대신 왕윤의 미인계

낙양에서 장안으로 천도를 성사시킨 동탁의 오만방자함은 극에 달했다. 자신을 상부(尙父: 임금이 아버지처럼 존경하는 신하)라 일컫게 하고, 출입할 때는 천자와 똑같은 의장을 앞뒤로 늘어세웠다. 뿐만 아니라 자신이 거처하기 위해 미오(郿塢)라는 성을 세웠다. 이 성의 규모는 천자의 장안궁과 높이로나 넓이로나 똑같았다.

그의 방탕과 극악무도성은 하·은대의 폭군 걸·주의 주지육림(酒池肉林: 술이 못을 이루고 고기가 수풀을 이룬다는 뜻으로, 매우 호화스럽고 방탕한 생활을 이르는 말)과 포락지형(炮烙之刑: 기름을 바른 구리기둥을 달궈 단근질하는 형벌)을 무색케 했다. 항복한 포로들의 팔다리를 끊거나 눈알을 후벼 파기도 했고, 혓바닥을 뽑는가 하면 큰 가마솥에 집어넣어 부글부글 끓어오르는 물에 삶았던 것이다.

어느 날이었다. 동탁이 성으로 문부백관을 불러 모아 잔치를 벌였다. 술이 몇 순배 돌았을 때였다. 여포의 귓속말을 듣고 동탁은 껄껄 웃었다.

"사공(司空: 토지를 관리하는 관직. 太尉·司徒와 함께 삼공 벼슬의 하나) 장온을 끌어내라!"

여포가 곧 장온을 끌고 밖으로 나갔다. 잠시 후 시종이 붉은 소반에 장온의 머리를 받쳐 들고 와서 동탁에게 바쳤다. 백관이 모두 겁을 먹고 벌벌 떨었다.

"모두들 놀라지 마라. 장온이 원술과 내통해 나를 해치려다 발각되었기에 참한 것이다. 제공들은 아무 죄 없으니 놀라워할 필요 없다."

백관들은 그저 "예, 예" 하며 허리를 굽실거릴 뿐이었다.

사도 왕윤은 자기 부중(府中)에 돌아와서도 마음이 편치 못했다. 밤이 깊고 달이 밝자 후원으로 갔다. 하늘을 우러러 눈물을 흘렸다. 그때 긴 한숨, 짧은 탄식소리가 들려왔다. 보니 모란꽃 심은 정자 옆에서 초선(貂蟬)이 서 있었다. 초선의 나이 16세, 그녀는 어려서부터 부중에 뽑혀 들어와 노래와 춤을 배웠다. 미모와 재주를 겸비했기 때문에 왕윤이 친딸처럼 아끼는 여자였다.

"역시 천한 것은 할 수 없구나. 사내 생각이 나서 그러느냐?"

"천첩이 어찌 감히 딴생각을 하오리까."

왕윤이 다시 다그치니 초선이 말했다.

"첩은 대감의 은혜를 입어 노래와 춤을 배웠으며, 분수에 넘치는 대우를 받았습니다. 그런데 요즘 대감께서는 늘 수심에 쌓여 있어 나랏일 때문에 그러는 것이라고 짐작은 하나 감히 여쭈지 못했습니다. 오늘 밤엔 더욱 불안해하시는 걸 보니 저절로 탄식이 나왔습니다. 대감의 근심을 덜 수 있는 일이라면 첩은 만 번 죽어도 아깝지 않습니다."

왕윤은 지팡이로 땅을 치며 말했다.

"한나라 천하가 네 손에 달렸을 줄이야 누가 알겠는가! 별당으로 나를 따라오너라."

왕윤은 첩들과 종들을 내보낸 다음에 그녀를 높은 자리에 앉혔다. 그런 후에 너부시 절하고 머리를 조아렸다. 초선이 깜짝 놀라 곧 엎드렸다.

"대감께서 어찌하사 이러십니까?"

"부디 이 나라 만백성을 불쌍히 여기소서!"

왕윤은 울기만 했다. 초선이 말했다.

"소첩은 분부만 내리신다면 만 번 죽는대도 사양하지 않겠나이다."

그러자 왕윤이 무릎을 꿇고 고했다.

"역적 동탁이 천자의 자리를 빼앗으려 하는데, 조정의 신하들은 아무런 계책도 없는 실정이다. 내 눈에는 동탁과 여포 둘 다 호색한으로 보일 뿐이다. 내 장차 미인계를 쓸 작정이다. 먼저 너를 여포에게 시집보낸다고 하고, 실제로는 동탁에게 바칠 작정이다. 너는 그 둘 사이에서 그들을 이간시켜 여포가 동탁을 죽이게 해 다오. 종묘사직이 다시 서고 이 나라 강산을 바로 잡는 일은 다 너의 공로에 달려 있다. 네 생각은 어떠하냐?"

"첩은 이미 대감께 허락한 몸이니 대감의 뜻대로 하소서. 그러면 뒷일은 첩이 알아서 하겠나이다."

"만약 이 일이 누설되면 우리 가족은 멸족을 당할 것이다."

"걱정 마소서. 첩이 은혜에 보답하지 못한다면 차라리 죽음을 달게 받겠나이다."

왕윤은 눈물을 머금고 다시 초선에게 절했다.

며칠 후 왕윤의 후당에선 왕윤과 여포의 술자리가 벌어졌다.

왕윤은 여포를 윗자리에 앉혔다.

"나는 한낱 승상부의 장수이고 대감은 조정 대신인데, 어찌 이렇게 후대하십니까?"

"오늘날 천하에 영웅이 있다면 오직 장군뿐이십니다. 장군의 직책이 아니라 장군의 재주를 존경하오."

이 말에 여포는 기분이 좋아졌다. 왕윤은 곧 술을 내어 권하며 말끝마다 동탁과 여포의 덕을 치켜세웠다. 이러니 여포가 취하지 않을 수 없었다. 왕윤이 안쪽을 향해 조용히 말했다.

"초선이를 나오라고 해라."

이윽고 푸른 옷을 입은 두 시녀의 부축을 받은, 휘황찬란하게 치장한 초선이 들어왔다. 여포의 눈이 휘둥그레졌다.

"내 딸 초선이라 하오. 우리 사이가 지친과 다를 바 없기에 이렇게 불러 장군을 뵙게 하는 것이오."

왕윤이 초선에게 분부했다.

"장군께 잔을 올려라."

초선이 술을 따르면서 눈에 정을 담뿍 담아 방긋이 웃음을 던졌다. 여포가 초선에게 슬며시 눈길을 주며 연거푸 잔을 들이켰다. 왕윤이 말했다.

"이 애를 장군께 첩으로 보낼까 하는데, 의향이 어떻소?"

여포는 자리를 비켜 앉으며 감사의 말을 했다.

"그렇게만 해 주신다면 이 여포는 견마지로(犬馬之勞)를 다해 보답하겠습니다."

여포가 한없이 기뻐서 초선을 자꾸만 쳐다봤다. 초선도 역시 같은 눈짓으로 정을 보냈다.

며칠 후였다. 왕윤의 대청 안에서 동탁과 왕윤의 술자리가 벌어졌다. 왕윤은 먼저 옛 성군의 이름을 들어가며 지금의 천자도 받지 못할 과분할 갖은 칭찬을 동탁에게 올렸다. 그리고 초선을 춤추게 했다. 여포와 마찬가지로 동탁도 호색한이니 초선에게 아니 빠질 수 없었다.

왕윤이 당장 초선을 마차에 태우고 승상부로 보냈다. 그러자 동탁도 자리에서 일어났다. 왕윤이 동탁을 승상부까지 배웅하고 집으로 돌아오는데, 불타는 눈길을 한 여포가 손에 방천화극을 비껴 잡은 채 달려왔다.

왕윤이 말을 멈추고 반갑게 맞았으나 여포는 대꾸도 없이 달려들어 왕윤의 옷깃을 덥석 잡고 큰소리했다.

"내게 초선이를 주겠다고 하고 동 태사에게 보내니, 날 이렇듯 농락하느냐!"

왕윤이 여포를 진정시키고 후당으로 데리고 갔다.

"내가 자세히 말씀 드리리다. 어제 동 태사가 오시겠다기에 오늘 약간의 잔치를 차려 모신 것이었소. 태사께선 누구한테 들으셨는지 이미 초선이를 장군에게 준다는 것을 알고 계셨소. 태사께서 '오늘 일진이 좋으니 데리고 가 내일 초선이와 장군을 짝지어 주시겠다.' 고 말씀하셨소. 태사의 말씀을 내가 무슨 수로 거절한단 말이오."

왕윤의 말을 듣자 여포는 사죄했다.

"대감은 용서하시라. 잘못 알고 버릇없이 굴었소이다. 죄인이 가시덩굴을 지고 와서 죄를 비는 것처럼 내일 다시 와서 사죄하겠소."

"여기 혼수품도 그대로 있소이다. 초선이 장군 집으로 들어가면, 곧 사람을 시켜 보내드리리다."

왕윤이 좋은 말로 달래자 여포가 감격하더니 거듭 사과하고 돌아갔다.

이튿날 여포는 승상부에 가서 동정을 엿보았으나 전혀 소식이 없었다. 바로 내당으로 들어가서 시첩들에게 물어 봤다.

"간밤에 데리고 온 새 사람과 함께 주무시느라 지금까지 일어나지도 않았소."

여포는 화가 머리끝까지 뻗쳤다. 동탁의 침실을 엿봤다. 이때 초선은 향내 나는 비단 수건으로 흐르는 눈물을 닦으며 흐느껴 울고 있었다. 그러면서 여포에게 몰래 눈짓으로 연정을 보냈다. 여포는 동탁이 가까이 있어 애간장만 태울 뿐이었다. 동탁은 거동이 의심스러운 여포를 중당 밖으로 나가게 했다.

동탁은 초선을 들어앉힌 뒤로 한 달이 넘도록 조정 일을 보지 않고 침실에만 들어박혀 있었다. 그러자니 천하장사 동탁도 자연 병이 나서 앓게 됐다. 그런데 동탁을 간호하는 초선의 정성은 놀라웠다. 그녀의 극진한 간호에 동탁은 너무나 기뻐서 행복하기만 했다.

어느 날 여포는 문병을 핑계로 동탁의 내실로 들어갔다. 이때 동탁은 낮잠을 자고 있었다. 초선이 침상 뒤에서 몸을 반쯤 내밀고 여포를 보며 손가락으로 자기 가슴을 가리키더니, 또 손가락으로 잠든 동탁을 가리키며 연방 눈물을 닦았다. 여포는 순간 간장이 찢어지는 듯했다.

동탁이 게슴츠레 실눈을 뜨고 보니 침상을 사이에 두고 여포와 초선이 서 있지 않은가. 동탁이 곧 일어나 여포를 꾸짖었다.

"네가 감히 내가 총애하는 여자를 희롱하느냐!"

화가 난 동탁은 좌우 무사에게 분부했다.

"여포를 끌어내라. 다시는 내당에 못 들어오게 하라."

이후로 여포는 동탁을 좌우에서 호위하면서도 마음은 늘 초선에게만 있었다.

어느 날이었다. 동탁이 궁에서 헌제와 조정 대사를 의논하고 있었다. 이틈을 놓치지 않고 여포가 말을 달려 승상부로 가 바로 후당으로 뛰어 들어가서 초선을 찾았다. 초선이 꽃가지를 헤치며 버드나무 사이로 오는데, 과연 월궁(月宮) 선녀 같았다.

"사도께서 친딸처럼 사랑하시어 장군과 짝을 지어 주신다기에 평생소원이 이뤄지는가 했습니다. 그러나 음탕한 동 태사가 첩의 마음을 더럽혀 놓을 줄 뉘 알았으리이까. 한이 맺혀 곧 죽으려 했으나 장군께 이별의 말씀을 드린 다음에 죽으려고 오늘까지 치욕을 참고 살았던 것입니다. 이제 다행히 장군을 뵈었으니 첩의 마지막 소원이 이루어졌습니다. 더럽혀진 몸으로 영웅을 섬길 수 없는 법입니다. 장군 앞에서 목숨을 끊어 첩의 뜻을 밝히겠습니다."

초선이 연못으로 뛰어들려고 하니 여포가 황망히 초선을 끌어안고 울었다. 초선이 여포에게 매달렸다.

"소첩이 금생엔 아내 노릇을 못하게 됐으니 내생에는 서로 부부가 되어지이다."

"내 금생에 너를 아내로 삼지 못한다면 결코 영웅이 아니다. 하지만 지금은 늙은 도적이 나를 의심할지 모르니 속히 돌아가야 한다.”

여포가 움직이지 않는 발을 간신히 떼어 방천화극을 들고 나가려는데, 초선이 앞을 가로막았다.

“첩은 내실에 있어 왔으나 일찍부터 장군의 높은 이름을 들었기에 당대의 제일 인물인 줄 알았더니 이렇듯 남에게 목 매인 존재인 걸 어찌 알았으리이까.”

여포는 부끄러워서 얼굴을 붉히더니, 창을 난간에 기대 놓고 초선을 얼싸안았다. 두 사람은 차마 떨어지지 못하여 언제까지나 그렇게 있었다.

이때 동탁이 들어와 두 사람의 모습을 보고 노하여 버럭 소리를 질렀다. 여포가 질겁을 하여 몸을 돌려 달아났다. 뚱뚱한 동탁이 난간에 기대 있던 여포의 방천화극을 집어 들고 달아나는 여포를 향해 던졌다. 여포는 날아오는 방천화극을 슬쩍 피한 뒤 문 밖으로 달아나 버렸다.

동탁이 여포에게 자기 여자가 농락됐다고 생각하니 분을 참을 수 없었다. 초선을 불러 추궁하니 초선이 대답했다.

“첩이 후원에서 꽃을 감상하고 있는데, 갑자기 여포가 뛰어들어왔습니다. 첩이 흉악한 기세를 눈치 채고 연못에 몸을 던져 죽으려 하는데, 여포가 꽉 끌어안는 바람에 죽느냐 사느냐 실랑이 벌이는 중이었습니다. 그때 태사께서 들어오셔서 첩의 목숨을 구해 주신 것입니다.”

얼마 후 동탁이 초선을 데리고 미오 별장으로 갔다. 여포는 많은 사람 속에 끼여 서서 수레 위에 앉은 초선을 쳐다보고만 있을 수밖에 없었다. 수레 행렬이 누런 먼지를 일으키며 눈밖에 사라지니, 여포는 초선의 얼굴을 떠올리며 탄식이 절로 나왔고 동탁을 생각하니 분하기 그지없었다.

누구보다도 여포의 마음을 잘 알고 있는 사람은 왕윤이었다. 그런데도 왕윤은 자초지종을 듣고 싶다 하여 단순한 여포를 집으로 데려와 밀실로 안내했다.

"태사가 내 딸을 더럽히고 장군 아내를 빼앗은 격이니 이는 참으로 천하의 비웃음거리가 됐소. 태사를 비웃는다는 말이 아니라 이 왕윤과 장군을 비웃는다는 말이오. 나는 늙어빠진 무능한 사람이라 그런 말 들어도 괜찮지만 천하의 영웅이 이런 망신을 당하니 참으로 기가 막힌 일이오."

그 말을 듣자 여포는 노기충천해서 주먹으로 술상을 냅다 치고 소리를 버럭 질렀다.

"이 늙은 것이 실언했소이다. 노여워하지 마시오."

왕윤이 다독거리니 여포가 결연하게 말했다.

"맹세코 그 늙은 도적을 죽여서 이 수치를 씻으리다!"

왕윤이 황급히 손을 들어 여포의 입을 막았다.

"함부로 그런 말 마오. 까딱하면 나까지 죽소."

여포는 더욱 분개했다.

"대장부가 천지간에 태어나서 남 밑에서 어찌 이런 모욕을 받으며 살고 있겠소."

왕윤이 은근히 여포를 부추겼다.

"장군이야말로 동 태사(太師) 밑에서 썩기에는 아까운 인물이지요."

"내 벌써 그 도적을 죽이고 싶었으나 아비와 자식의 정을 끊는다면 후세 사람들이 날 뭐라 하겠소?"

이 말을 듣자 왕윤이 입가에 웃음을 띠었다.

"엄연히 장군의 성은 여씨요, 동탁의 성은 동이오. 장군에게 죽으라고 창을 던졌을 때 이미 증명된 일이 아니오. 게다가 어느 아비가 자식의 여자를 빼앗겠소."

여포가 뒤늦게 깨달은 듯 말했다.

"그렇소! 대감이 말씀해 주시지 않았다면 하마터면 앞일을 그르칠 뻔했소."

여포의 결심에 왕윤이 결정적인 말로 못을 박았다.

"장군이 만일 동탁을 해하고 한실(漢室)을 건진다면 장군의 이름은 청사에 길이 빛날 것이오. 그렇지 않고 동탁을 돕는다면 역신이란 이름을 남겨 만대에까지 그 더러운 이름이 전해질 것이오."

그 말을 듣던 여포는 자리에서 일어나 왕윤에게 절했다.

"내 결심은 이미 섰으니 의심하지 마오."

왕윤도 무릎을 꿇고 여포에게 사례했다.

"행여 장군이 일을 성공하지 못하여 큰 화가 내게 미친다고 해도 두렵지 않소이다."

여포는 칼을 뽑아 자기 팔을 찔러 피를 흘리며 맹세했다. 그러자 왕윤이 다시 무릎을 꿇고 사례했다.

"한나라의 사직은 다 장군의 손에 달렸습니다. 함부로 입 밖에 내지 마시고 기회가 오기만을 기다립시다."

동탁의 최후와 이각과 곽사의 난

여포가 돌아가자 왕윤은 지체 없이 천자의 조서를 담당하는 복야사(僕射士) 손서를 집으로 초청하여 동탁을 제거할 계책을 짜냈다. 며칠 후, 동탁 제거 계획에 동탁이 신임하는 이숙이 가담하게 됐다. 이숙은 전날 여포를 꼬드겨 의붓아버지 정원을 살해하도록 만들었던 인물. 이숙은 벼슬이 오르지 않자 동탁에게 감정을 품고 있던 차였다.

얼마 후 이숙이 천자의 조서를 들고 미오궁으로 동탁을 찾아 갔다. 이숙을 보고 동탁이 물었다.

"천자께서 무슨 분부가 있더냐?"

"천자께서 문무백관을 모아 놓고 태사께 선위(禪位: 살아서 천자 자리를 신하에게 양도하는 것)할 일을 의논하실 작정입니다."

"사도 왕윤의 뜻은 어떤가?"

이숙이 기다렸다는 듯이 대답이 술술 나왔다.

"사도는 사람들에게 수선대(受禪臺)를 쌓으라고 분부했습니다. 태사께서 입성하시기만을 고대합니다."

그 말을 듣고 동탁은 크게 기뻐했다.

"간밤에 용 한 마리가 내 몸을 감더니 오늘 과연 이 기쁜 소식을 듣는구나."

동탁이 내당으로 가서 90세의 노모에게 하직 인사를 하니 노모가 이유를 물었다.

"제가 한나라 천자의 위를 물려받기 위해서입니다. 모친은 곧 황태후가 되십니다."

"내가 요즘은 까닭 없이 살이 자꾸 떨리고 가슴이 두근거리니 좋은 징조는 아닐 성싶구나."

"장차 국모가 되실 터인데, 어찌 그런 놀라운 징조가 없겠습니까?"

곁에 있던 초선에게도 한마디 던졌다.

"내가 천자가 되면 널 귀비(貴妃)로 삼으마."

초선은 이제야 때가 왔나 보다 짐작했지만 동탁에게 절까지 하면서 기뻐서 어쩔 줄 모르는 시늉을 했다.

동탁은 수레를 타고 앞뒤로 호위를 받으며 장안을 향해 갔다. 30리를 못 갔을 때였다. 동탁이 탄 수레바퀴 하나가 갑자기 부러졌다. 수레에서 내려 말로 바꿔 탔다. 다시 10리도 못 갔을 때였다. 말이 갑자기 코를 불고 소리치며 날뛰더니 고삐 줄을 끊어 버렸다. 동탁이 마음이 언짢아서 이숙에게 물었다.

"앞으로 태사께서 옛것을 버리고 새것으로 바꾸실 것입니다. 이는 천자의 황금 안장에 오르실 징조입니다."

이숙의 말에 흥분된 채 한참을 갔다. 문득 광풍이 몰아치며 노을빛 안개가 하늘을 덮었다.

"이는 무슨 상서냐?"

"용위에 오르시기 전 반드시 붉은 광명과 자줏빛 안개가 일어나고, 하늘이 위엄을 장식하는 법입니다."

동탁은 기뻐서 추호도 의심하지 않았다. 동탁이 장안성에 당도하자, 문무백관들이 다 나와서 영접했다. 동탁이 승상부에 들어서자 여포가 하례(賀禮)를 했다.

"내가 천자의 위에 오르면 너에게 천하 병마(兵馬)를 통솔케 하리라."

그날 밤, 멀리서 들려오는 수십 명 아이들의 노랫소리에 동탁은 잠이 깨었다.

'천리 풀이 어찌 푸르리요, 열흘 넘어 못 산다네'
千里草何靑靑 十日上不得生

동탁은 이숙을 불러 물었다.

"저 동요는 좋은 징조인가, 흉한 징조인가?"

"유씨의 나라는 망하고, 동씨의 나라가 일어난다는 뜻입니다."

그러나 이숙의 말은 사실이 아니었다. '천리초(千里草)'는 '동(董)' 자를 분해한 글자요, '십일상(十日上)'은 '탁(卓)' 자를 분해한 글자이고, '부득생(不得生)'은 죽는다는 뜻이니 이 노래를 풀이하면 동탁이 죽는다는 뜻이었다.

이튿날 동탁이 의장을 앞뒤로 늘어세우고 궁으로 가는 도중이었다. 한 도사가 손에 긴 장대를 들었는데, 그 끝에는 1장(丈) 가량의 베[布]가 묶여 있었다. 그 베에는 양쪽으로 각각 입 구(口) 자 한 자씩 적혀 있었다. 이숙이 가만히 생각해 보니 베 양쪽으로 입 구 한 자씩을 썼으니, 풀이하면 여포(呂布)가 됐다.

동탁이 여포에게 죽는다는 암시였다.

"도사가 저렇게 서 있는 것은 무슨 뜻이냐?"

동탁의 물음에 이숙은 거들떠보지도 않고 답했다.

"미친놈입니다."

동탁이 북액문에 이르렀다. 바라보니 왕윤 등이 각기 칼을 짚고 문 앞에 서 있었다. 왕윤이 동탁이 탄 수레를 향해 큰소리로 외쳤다.

"역적이 여기 왔거늘 무사들은 무엇들을 하느냐!"

말이 떨어지기가 무섭게 숨어 있던 무사 백여 명이 뛰어나와 동탁을 창과 칼로 마구 찔렀다. 그러나 두꺼운 갑옷을 입었기 때문에 팔만 찔린 채 수레에서 굴러 떨어졌다.

"내 아들 여포야! 어디 있느냐?"

수레 뒤에서 여포가 뛰쳐나오며 소리쳤다.

"역적을 죽이라는 어명이시다!"

여포가 방천화극을 들어 단칼에 동탁의 목을 찌르자, 이숙이 선뜻 머리를 베어 들었다. 여포는 창을 왼손으로 옮겨 들더니, 오른손으로 품속에서 조서를 꺼내 보이고 큰 소리로 읽었다.

"어명을 받들어 역적 동탁을 죽였다. 나머지 사람에게는 죄를 묻지 않을 것이다."

모든 장수와 신하들은 일제히 만세를 불렀다.

곧이어 모사 이유는 참형에 처해지고, 동탁의 시체는 큰길에 던져졌다. 시체는 살이 쪄서 뚱뚱했는데, 시체를 지키는 군사들이 동탁의 배꼽에 등잔 심지를 꽂고 불을 켜 대니 지방이 흘러 땅바닥에 가득하였다. 지나가는 백성들은 누구나 동탁의 머리를 때리고 시체를 밟았다.

왕윤은 여포에게 미오궁에 가서 동탁의 재산을 몰수하고 잔당들을 잡아오게 했다. 여포가 미오궁에 도착해 보니 이각, 곽사, 장제, 번주는 이미 양주로 도망친 후였다. 여포는 동탁의 동생 동민과 그 조카 동황의 목을 참했다. 별장에 쌓인 동탁의 재산을 몰수하니, 황금이 수십만 근이요, 백금이 수백만 근이었다. 그 외에도 값진 보물들이 이루 헤아릴 수 없이 많았다.

여포가 돌아오자 왕윤은 군사들에게 상금을 내리고 대궐에서 잔치를 베풀고 문무백관을 모아 동탁 제거를 경축했다.

그러나 왕윤이 마련한 경축의 분위기는 오래가지 못했다. 동탁의 심복 이각과 곽사, 모사 가후(賈詡)가 반기를 들어 천하가 이내 어지러워졌다. 그들은 동탁이 죽자 즉시 섬서(陝西) 땅으로 도망쳤다. 그리고 장안에다 귀를 세우고 동탁 제거를 경축하는 천자의 대사면령이 들려오기를 기대했다. 그런데 왕윤이 이각 등 동탁 잔당마저 소탕해야 한다고 하자, 이 소식을 전해 들은 그들은 이래 죽으나 저래 죽으나 마찬가지 심정이므로 서로 손발이 쉽게 맞아 반기를 들었던 것이다.

이각과 곽사는 먼저 민심을 자극하는 유언비어를 퍼뜨렸다. ‘왕윤이 섬서 지방 사람을 몰살하러 온다.’는 것이었다. 그러니 섬서 사람들은 크게 놀라 “개죽음을 당하느니보다 반항하는 것이 낫다.”며 결사 항전을 위해 똘똘 뭉치게 되니 이각과 곽사의 군사는 10만이 넘게 됐다.

한편 왕윤은 이각과 곽사의 반군이 쳐들어온다는 보고를 받자 여포에게 진압 명령을 내렸다. 이에 여포는 군사를 몰고 성 밖으로 나갔다. 그러나 첫 전투는 관군의 패배였다. 선봉인 이숙이 우보에게 대패해 오히려 30여 리를 후퇴해 여포에게로 돌아왔다. 그러자 여포는 크게 노했다.

"네가 우리 군사의 사기를 꺾어 놓았구나!"

여포는 칼을 뽑아 그 자리에서 이숙을 참했다. 그리고 이숙의 머리를 군문에 높이 단 다음 즉시 군사를 거느리고 우보를 공격했다. 우보가 여포와 맞섰으나 여포의 상대가 못 되었다. 곧이어 이각의 구원군이 왔으나 이들도 여포의 적수가 될 수 없었다. 10만의 군사가 있다고 하나 말 그대로 오합지졸이었다. 이각의 군사는 50여 리나 달아나 산을 의지하고 진지를 세워야 했다.

"여포가 비록 용맹하나 어리석은 자이니 크게 근심할 필요 없소. 내가 여포의 군사를 유인할 테니 곽사 장군은 후방을 치시오. 한고조를 도운 팽월이 초나라 군사를 공격하던 방법대로 우리가 징을 치거든 장군이 공격하고 북을 치거든 장군은 물러서시오. 우리의 지연작전에 여포가 힘이 빠지거든 그때 장제 · 번주 두 장군은 두 길로 나누어 장안을 향해 쳐들어가시오."

이각의 지시대로 반군들이 움직이니 성질 급한 여포는 미칠 것만 같았다. 싸우려 하면 도망가고, 쉬려고 하면 어디선가 나타나서 싸움을 거니 답답하기도 하고 화가 나서 괴로워하던 참이었다. 그때 장안에서 급보가 들어왔다. 장제와 번주가 장안을 공격한다는 것이었으니 군사를 급히 몰아 장안으로 되돌아올 수밖에 없었다.

여포가 장안에 도착하니 이미 함락 직전이었다. 얼마 후 성

안에 있던 이몽과 왕방이 이각과 내통하여 성문을 열어 주었다. 여포가 천하 용장이라 해도 천하대세를 막을 수는 없는 일이었다. 여포는 아내와 자식들도 성안에 버려 둔 채 기병 백여 명만 거느리고 관 바깥으로 달아나 원술에게로 향했다.

장안성을 점령한 이각은 군사들이 마구 노략질하는 대로 놔두었다. 그리고 왕윤을 찾아내어 단칼에 목을 자르고 끊어진 그의 몸을 수없이 난도질했다.

도적들의 손에 백성과 충신들이 참혹하게 죽는 것을 보고 헌제는 가슴 아파했다. 헌제는 문루 위에서 이각과 곽사에게 말했다.

"왕윤이 이미 죽었거늘 어째서 물러가지 않느냐?"

"신들은 황실에 공을 세웠는데도 아직 벼슬을 받지 못했기 때문입니다."

"경들은 무슨 벼슬을 할 수 있는가?"

이각, 곽사, 장제, 번주 네 역적은 각기 원하는 벼슬을 글로 써서 바쳤다. 헌제는 그들의 요구를 들어줄 수밖에 없었다. 이각은 거기장군(車騎將軍), 곽사는 후장군(後將軍), 번주는 우장군(右將軍), 장제는 표기장군(驃騎將軍)이 되어 군사를 거느리고 장안에서 나왔다.

그들은 먼저 동탁의 시체를 찾았으나 온전하지 않는 살과 뼛조각만 남아 있었다. 시체 대신 향목으로 동탁의 형체를 깎아 제사를 지내고 왕이 입는 옷차림에 관을 씌워 큰 널에 넣은 후 미오 땅에 묻었다. 그런데 하늘이 노했는지 장례 치르는 날엔 천둥소리가 일어나고 큰비가 내려 안장을 세 번이나 연기해야 했다. 그동안 널은 뇌성벽력에 맞아 쪼개지기를 반복하고, 널 바깥으로 드러난 동탁의 살과 뼛조각은 다시 뇌성벽력에 맞아 모조리 타 버려서 재도 찾아볼 수가 없었다. 하늘도 동탁을 미워하심이 이렇듯 심했다.

동탁의 잔당이 조정 대권을 잡으니 천하는 더 어지러워졌다. 서량태수 마등과 병주자사(幷州刺史) 한수가(韓遂)가 군사 10만을 동원하여 장안으로 들어오고 있다는 보고가 들어왔다.

이각이 곽사, 장제, 번주와 대책을 의논했다.

"적의 군사가 많은 게 오히려 우리에게 유리합니다. 싸움을 청해도 응하지 않으면 100일이 못 되어 군량미가 떨어져 물러갈 것입니다. 그때 뒤를 공격하면 마등과 한수를 사로잡을 수 있습니다."

참모 가후의 말에 이몽과 왕방이 한결같이 반대했다.

"맞서 싸우지 않고 적이 스스로 물러가기를 기다린다는 것이 무슨 계책이란 말이오. 정병 1만 5천만 주면 마등과 한수의 머리를 바치겠소."

이각은 이몽과 왕방에게 정병 1만 5천을 주어 맞서 싸우게 했다. 두 군사는 장안 2백 80리 밖에 진을 쳤다.

"누가 역적들을 사로잡겠느냐?"

마등의 말이 끝나기도 전에 한 소년 장군이 손에 긴 창을 잡고 준마에 올라 적진을 향해 내달렸다. 그의 얼굴은 관옥 같고, 눈은 샛별같이 빛났고, 체구는 범 같고, 팔은 원숭이 같고, 배는 표범 같고, 허리는 늑대 같았다. 그는 마등의 아들 마초(馬超)로서 이제 나이 17세에 불과했다.

왕방은 상대가 어리자 칼을 휘두르며 덤벼들었다. 그러나 그는 수합을 견디지 못하고 마초의 창에 찔려 말 아래 떨어져 죽었다. 마초는 아무 일도 없었다는 듯 태연한 얼굴로 말머리를 진중으로 돌렸다. 왕방이 싱겁게 당하자 이몽이 철창을 잡고 혼자서 말을 급히 몰아 뒤쫓았다.

"네 등 뒤에 따라오는 놈이 있다!"

마등의 외치는 소리가 끝나기도 전이었다. 어느새 마초는 이몽을 잡아 자기 말 위로 끌어올리고 있었다. 원래 마초는 이몽이 따라오는 것을 알면서도 모르는 체하다가 이몽이 바로 등 뒤에서 창을 들어 찌르는 순간 가볍게 몸을 비키면서 원숭이 같은 긴 팔로 이몽을 감아 올렸던 것이다. 참으로 눈 깜짝할 사이에 벌어진 놀라운 광경이었다.

장수를 잃은 졸개들은 앞을 다투어 도망가기에 바빴다. 한편 장안의 이각과 곽사는 패전 보고를 받자 뒤늦게야 가후의 계책대로 성문을 굳게 닫아걸고 철벽같이 지키기만 했다. 그러자 가후의 예상대로 마등과 한수의 군사들은 군량이 떨어지자 자진 회군했다.

유비, 조조와 서주성에서 대립하다

마등과 한수의 군대가 철수한 뒤로는 제후들 중에서 감히 군사를 일으키는 자가 없어 천하가 안정되는 듯했다. 단지 청주(靑州) 땅에서 황건적의 잔당들이 말 먼지를 일으키며 소란을 피울 뿐이었다. 그들은 별 뚜렷한 두목은 없는 채 수십만이 떼를 지어 백성들의 재산을 노략질했다. 조정에서는 마땅히 황건적 잔당을 소탕하기 위해 장수를 내보내야 했다.

"한 사람을 천거하겠소. 이 사람이야말로 황건적을 무찌를 수 있을 것이오."

태복(太僕) 주준이 말하니 이각과 곽사가 물었다.

"그 사람이 누구요?"

"바로 조맹덕이오. 그가 아니면 황건적을 무찌를 수 없소."

"맹덕은 지금 어디 있소?"

"지금 동군(東郡) 태수로 있소이다. 그라면 도적떼들을 소탕해 버릴 것이오."

이각은 곧 조서를 쓰게 한 뒤 사람을 조조에게 보냈다.

천자의 조서를 받은 조조는 곧 제북(濟北)의 상(相) 포신과 합세하여 군사를 일으켜 수양(壽陽) 땅으로 쳐들어갔다. 조조는 투항해 온 도적 군사들을 선봉으로 내세워 황건적을 소탕하니 황건적과 싸울수록 그의 군사는 늘어나 그의 군사 중 투항한 황건적만 30여 만 명이나 됐다. 나머지 황건적들은 고향에 돌려보내어 농사를 짓게 하니 이때부터 조조의 이름이 크게 떨쳤다.

천하 각 인사들이 조조의 명성을 듣고 속속 그의 밑으로 들어왔다. 맨 먼저 찾아온 사람은 숙질간인 순욱(荀彧)과 순유(荀攸)였다. 조조가 순욱과 세상사를 논하더니 이렇게 말했다.

"순욱은 내게 있어 한고조를 도와 천하통일의 위업을 이룬 장자방이로다!"

조조는 크게 기뻐하고 그를 행군사마(行軍司馬)로 삼고, 순유를 행군교수(行軍敎授)로 삼았다. 뒤이어 순유의 천거로 정욱(程昱)이 조조의 사람이 됐고, 다시 정욱의 천거로 곽가(郭嘉)가 조조의 사람이 되었다. 이에 그치지 않고 곽가가 다시 유엽(劉曄)을, 유엽이 다시 만총(滿寵)과 여건(呂虔)을, 여건은 다시 모개를 천거하여 조조는 수하에 많은 병법 참모를 거느리게 되었다.

이번에는 한 사람이 군사 수백 명을 데리고 조조를 찾아왔다. 그는 활 솜씨와 말을 다루는 솜씨가 뛰어난 무장 우금(于禁)이었다. 우금도 역시 한 장수를 추천하니 그의 이름은 전위(典韋)였다.

"나에게 창 쓰는 법을 보여 달라."

조조의 말에 전위는 쌍창을 끼고 말을 달려 나는 듯이 오가는데, 갑자기 맹렬한 바람이 일어나더니 장하(帳下)의 큰 기가 금세 쓰러지려고 했다. 모든 군사들이 달려들었으나 깃대는 바람에 날려 더욱 요동쳤다. 이를 본 전위가 말에서 내려와 한 손으로 깃대를 잡고 폭풍 속에 버티니 깃대는 높이 솟아 꼼짝을 하지 않았다.

"전위는 내게 있어 그 옛날 은나라 때의 천하장수 오래(惡來)로다!"

조조는 감탄하여 자기가 입던 비단옷을 벗어 주고 날쌘 말을 하사했다.

이렇게 조조가 인재를 귀히 대우한다는 소문에 사방곳곳에서 인재들이 조조 밑으로 몰려드니 조조는 문신으로는 지략을 갖춘 모사(謀士)와 무신으로는 용맹한 무장들을 많이 거느리게 되었다.

제법 군사가 갖추어지니 조조는 아버지 조숭을 모셔 오도록 했다. 이때 조숭은 진류에서 난을 피하여 낭야에 숨어살고 있었다. 조숭은 가족과 하인들을 데리고 조조가 있는 연주를 향해 출발했다.

서주태수 도겸(陶謙)은 조조가 천하의 영웅임을 알고 서주를 지나는 조숭 일행을 성으로 불러들여 잔치를 베풀어 극진히 환대했다. 이틀 후 도겸은 도위(都尉) 장개에게 군사 5백을 주어 조숭의 갈 길을 호위하게 했다.

하현 땅과 비현 땅의 경계에서였다. 큰비가 내려 조숭은 한 사찰에서 여장을 풀고 가속(家屬) 일행을 쉬게 했다. 그러나 도겸의 군사들은 군복과 장비가 흠뻑 젖었다. 황건적 출신인 장개가 이에 불만을 품었다. 그는 다른 황건적 출신의 호위 병사와 작당하여 조숭을 비롯한 조조의 가족과 하인 등 1백여 명을 모조리 죽이고 재물을 빼앗아 회남으로 달아나 버렸다. 이 사실을 태산태수 응소가 조조에게 일러주었다.

조조는 집안이 몰살당했다는 소식을 듣자 엎드려 통곡했다. 모든 사람이 부축해 일으키자 이를 갈았다.

"도겸이 딸려 보낸 군사가 부친을 죽였으니 도겸은 나의 불구대천지원수(不俱戴天之怨讐)로다. 군사를 일으켜 서주를 쑥대밭으로 만들어 한을 풀 것이다."

조조는 곧 원수를 갚아 원한을 씻는다는 '보수설한(報讐雪恨)'이라는 네 글자가 씌어진 기를 앞세우고 군사 3만만 남겨둔 채 나머지 군사를 모조리 일으켜 서주 땅으로 쳐들어갔다.

한편 조조가 서주를 공략한다는 소문을 듣고 도겸을 변호하기 위해 조조의 진중으로 찾아온 사람이 있었다. 그는 옥에 갇힌 조조를 석방시켜 준 은인이기도 했고, 여백사 일가의 몰살 사건에서 나타난 조조의 잔인성에 실망하고 조조를 등진 사람, 바로 진궁이었다. 얄궂게도 다시 만나게 된 계기가 이번에는 조조의 가속이 살해된 것 때문이니 상황이 묘했다.

조조는 처음엔 만나고 싶지 않았으나 지난날 은혜를 생각해서 진궁을 진중으로 불러들였다. 진궁은 자리에 앉자마자 조조에게 말했다.

"태수께서 부친의 원수를 갚기 위해 서주 땅을 친다 하기에 한 말씀 드리러 왔소이다. 도겸은 인품이 높고 도량이 큰 군자요. '결코 이익을 위해서 의리를 저버리는 그런 사람'은 아니오. 사실 춘부장께서 피살된 것은 장개가 저지른 죄지 도겸의 죄는 결코 아니오. 더구나 서주 땅 백성들이야말로 태수와 무슨 원한이 있겠소. 깊이 생각해 주시길 바라오."

조조는 노기를 띠었다. '이익을 위해서 의리를 저버린다.'는 진궁의 말, 이 말은 지난날 자신이 여백사와 그 집안사람을 몰살한 행동에 대해 진궁이 비꼰 것으로 해석될 수 있기 때문이었다.

잠시 침묵을 깨고 조조가 입을 열었다.

"지난날 그대가 날 버리고 가더니, 오늘은 무슨 면목으로 다시 찾아왔소? 도겸이 우리 집안을 몰살했으니 내 맹세코 도겸을 잔인하게 죽여 원한을 풀겠소. 이 일을 그대는 막지 못할 것이오."

이에 진궁은 길이 탄식하고 조조의 진중에서 나와 서주로 가지 못하고 진류태수 장막에게 몸을 의탁했다.

이리하여 조조의 군사는 이르는 곳마다 백성들을 살육하고 함부로 무덤을 파헤치는 만행을 저질렀다.

한편 도겸은 자기 백성들을 조조가 닥치는 대로 죽이고 쳐들어온다는 보고를 받자 하늘을 우러러 통곡했다.

"내가 하늘에 무슨 죄를 지었기에 서주 땅 백성들이 이런 참혹한 변을 당하는가!"

이때에 한 사람이 도겸 앞으로 나와서 고했다.

"주공께서 오랫동안 서주를 다스리며 덕을 쌓았기 때문에 백성들은 은혜에 감사하고 있습니다. 조조의 군사가 비록 많으나 우리 서주성을 깨뜨리지는 못할 것입니다. 이제부터는 군사와 백성을 굳게 지키고 조조와 대전하지 마십시오. 제가 비록 재주는 없지만 계책을 세워 조조가 죽어서도 묻힐 땅이 없도록 하리다."

모든 사람이 쳐다보니 벼슬은 별가종사(別駕從事)요, 서주 땅에서 대대로 부를 누린 미축(糜竺)이었다. 미축은 계속해서 말했다.

"제가 직접 북해군(北海郡)에 가서 공융(孔融)에게 구원을 청하고, 한 사람은 청주로 가서 전해에게 구원을 청하면 됩니다. 두 곳 군사가 도와주면 조조는 물러가지 않을 수가 없을 겁니다."

도겸이 좌우를 둘러보며 물었다.

"청주에는 누가 갔다 오겠소?"

"제가 가리다."

청주에 가겠다고 나선 사람은 광릉 사람 진등(陳登)이었다. 도겸은 먼저 진등을 청주로 떠나보내고, 미축에게 서신을 주어 공융에게 보냈다. 그리고 자신은 서주성을 굳게 지키어 조조의 공격을 막았다.

도겸의 서신을 받고 미축이 찾아간 북해태수 공융은 어떤 사람인가. 그는 도겸과 교분이 두터운 사이인데, 노(魯) 나라 곡부 땅 출신으로 공자의 20대 후손이었다. 그는 어린 시절부터 총명하여 다음과 같은 일화를 남겼다.

공융이 열 살 때 하남윤(河南尹)인 이응(李膺)을 뵈러 갔었다. 문지기가 공융이 어린 것을 보고 들여보내지 않자, 공융이 꾀를 내어 말했다.

"우리 집은 이 대감 집과 '대대로 친하게 지낸 사이요[累世通家].'"

문을 통과한 공융이 이응에게 절하자, 이응이 물었다.

"너의 조상과 나의 조상이 대대로 친했다니 도무지 모를 소리구나."

공융이 대답했다.

"옛날에 공자께서 노자(李耳가 노자의 본명이다)께 '예란 무엇입니까?' 라고 물으신 바도 있으니, 어찌 양가가 대대로 내려오는 친한 사이가 아니겠습니까!"

이 말에 이응이 크게 웃으며 공융을 기특하게 생각하고 있는데, 때마침 태중대부(太中大夫: 황제의 정치 고문) 진위가 들어왔다.

이응이 공융을 가리키며 진위에게 말했다.

"참으로 기특한 아이입니다."

"어렸을 때 총명한 아이가 커서도 총명한 건 아니더군요."

진위의 말에 공융이 곧바로 받아쳤다.

"그 말을 들으니 그대는 어렸을 때 참으로 총명했던 모양이군요!"

공융의 말에 좌중 사람들은 크게 웃으며 말했다.

"이 아이가 장성하면 반드시 당대의 큰 인물이 되리라."

공융이 도겸의 친서를 다 읽었으나 자신은 도겸을 도와줄 처지가 못 되었다. 황건적의 남은 무리를 규합한 관해(管亥)에게 성을 공격당하여 서주를 구원하기는커녕 자신도 발등의 불을 끄기 위해선 원군이 필요했기 때문이었다. 이때에 동래군 황현 출신인 태사자(太史慈)가 황건적을 무찌르겠다고 나섰다.

"적이 많으니 너무 경솔히 나가지 말라. 내가 듣기론 유현덕은 당대 영웅이라 그가 도와준다면 이 위기를 벗어날 것이다.

다만 포위망을 뚫고 갈 만한 사람이 없는 게 문제로다.”

공융이 이렇게 말하니 당연히 태사자가 유비에게 원군을 청하겠다고 자원했다. 공융의 허락이 떨어지자 태사자는 단신으로 황건적의 포위망을 뚫고 밤낮없이 달려가 평원현에 있는 유비에게 공융의 서신을 바쳤다. 이때에 유비의 평원현은 북평태수 공손찬의 관할하에 있었다.

공융의 서신을 읽은 유비는 옷깃을 여기며 혼잣말했다.

“세상에서 공융이 나를 알아주는가.”

그날로 유비는 관우, 장비와 함께 날쌘 군사 3천 명을 거느리고 북해군을 향하여 떠났다.

며칠 뒤 북해에서 유비 삼형제가 황건적의 두목인 관해와 맞서게 되었다. 관해는 구원병의 숫자가 적자 마음 놓고 달려들었다. 이를 보고 태사자가 싸우러 달려 나가는데, 어느새 관우가 앞서 나가서 관해와 어우러져 싸웠다. 관해가 어찌 관우를 대적할 수 있으리오. 싸운 지 수합 만에 관우의 청룡언월도가 번쩍 하더니 관해는 두 조각이 나서 말 아래로 떨어졌다.

마침내 유비 삼형제가 북해성을 구원하자 공융이 잔치를 벌이며 사례했다. 이 자리에서 공융은 유비에게 미축을 소개하면서 서주성 구원을 간곡히 부탁했다. 이러니 다시 한 번 군사를 재촉해 말을 달릴 수밖에 없었다. 하나 조조와 맞서기에는 군사가 너무 적었다. 유비가 공손찬에게 달려가 병력 지원을 요청했다.

“그대는 조조와 원수 진 일이 없거늘, 뭣 때문에 사서 고생을 하시오?”

“이 유비가 약속을 어겨 신용을 잃기는 싫습니다.”

공손찬이 썩 내키지 않는 투로 말했다.

“그러면 기병과 보병 합쳐서 2천 명만 빌려 주겠소.”

유비가 다시 청했다.

“바라건대 장수 조자룡을 함께 보내 주십시오.”

이 요구엔 두말 않고 허락했다.

얼마 후 서주성 근처에 공융의 지원군 그리고 청주태수 전해의 군사와 연합한 유비가 도착했다. 그러나 조조의 군사력이 워낙 강해 함부로 나서지 못했다. 조조 또한 서주성 안에 있는 도겸을 치기 위해 군사를 둘로 나눈 상태라 함부로 공격할 수 없었다. 양군은 팽팽히 대치하고 있을 뿐이었다.

공융이 먼저 말을 꺼냈다.

“조조 군이 워낙 강한 데다 용병술이 뛰어나니 가볍게 움직여서는 안 될 것이오. 저들의 동정을 보아 가면서 군사를 움직여야 하오.”

그러나 유비의 생각은 달랐다.

“그럴 만큼 서주성이 여유가 없습니다. 양식이 달려서 오래 버티지 못하니 운장과 자룡에게 군사 4천을 주어 귀공을 돕게 하겠습니다. 저는 장비와 함께 1천을 거느리고 조조의 군대를 헤치면서 서주성으로 들어가겠습니다.”

“좋은 생각이오.”

유비의 계책대로 곧 군사가 둘로 나뉘었다. 이날 유비가 장비를 거느리고 조조 군을 헤치고 앞으로 나아가는데, 순간 조조의 진중에서 북소리가 나더니 군사들이 성난 파도같이 달려

들었다. 보니 선봉장은 우금이었다.

장비가 우금을 보자 바로 덤벼들었다. 서로 말을 부딪치며 싸운 지 수합에 유비가 쌍고검을 휘두르며 군사를 몰아 진격하니 우금이 패하여 달아났다. 장비가 우금을 뒤쫓으면서 닥치는 대로 적을 죽이니 어느덧 서주성 아래까지 이르렀다.

도겸이 성 위에서 싸우는 군사를 내려다보니 '평원 유현덕'이라는 글자가 바람에 나부끼고 있었다. 도겸이 급히 성문을 열게 하여 유비를 맞아들였다. 도겸은 곧 잔칫상을 마련하여 유비를 환대했다.

마주앉고 보니 도겸은 유비의 정중한 풍신과 늠름한 기상과 활달한 화술에 크나큰 기쁨을 느꼈다. 도겸은 미축에게 서주성의 패인(牌印)을 가져오게 했다.

"귀공은 이것을 받아 주오."

"이게 무슨 뜻이오리까?"

유비가 놀라자 도겸이 대답했다.

"귀공은 한실의 종친이시며 당대의 영웅이오. 천하가 요란할 때 나같이 늙고 무능한 사람은 서주 고을을 못 지키오. 귀공에게 이 서주 고을을 맡겨 지키려는 뜻이니 사양 마시오. 곧 조정에 표문을 바쳐 나의 뜻을 알리겠소."

유비는 곧 자리에서 일어나 두 번 절하고 말했다.

"이 유비가 비록 황실의 종친이기는 하나 공이 적고 덕이 없어 평원 땅을 지키는 일도 송구합니다. 또한 대의명분을 위해 이곳으로 왔거늘, 태수의 말씀은 이 유비가 서주 땅을 탐내어 온 줄로 의심하는 것을 뜻하는 거 아닙니까. 그런 흉측한 마음을 품었다면 하늘이 결코 이 유비를 돕지 않을 것입니다."

"의심이라니, 이 늙은 사람의 솔직한 심정이오."

도겸이 재차 서주를 맡아 달라고 청하나 유비 역시 계속 사양했다. 이때 옆에 있던 미축이 말을 꺼냈다.

"지금은 성 아래 있는 적병을 물리칠 계책이 필요한 때입니다. 사태를 수습한 후에 양도하는 것이 좋습니다."

유비가 곧 계책을 내놓았다.

"우선 조조에게 서신을 보내어 화해를 권하되, 그래도 듣지 않거든 싸워도 늦지 않습니다."

유비는 삼군에게 움직이지 말도록 분부하고, 서신을 조조에게 보냈다.

조조가 받아 보니 유비의 글이었다.

'유비가 아뢰오. 지난날 귀공을 뵈온 후로 멀리 떨어져 있었기에 그동안 뵙지 못했소. 최근 귀공의 부친께서 세상을 떠나신 것이 흉악한 장개의 소행이지 도겸 태수의 죄는 아니외다. 지금도 황건적의 잔당들이 난을 일으키고 조정에서는 동탁의 잔당들이 천자를 농락하고 있소. 바라건대 귀공은 조정의 위급부터 먼저 근심하시고, 사사로운 원한은 뒤로하여 서주에서 군사를 거두고 조정을 도우러 가시오. 그러면 이는 서주의 다행뿐만이 아니라 천하의 다행이라.'

서신을 읽은 조조는 농락당한 것 같아 분개했다.

"유비란 자가 도대체 뭐기에 감히 나를 타이르고 꾸짖는가. 이런 방자한 글을 가져온 놈을 즉시 참하고, 총공격에 나서라!"

 누구나 한 번은 꼭 읽어야 할 삼국지

그러자 곽가가 급히 나서서 말했다.

"유비가 먼저 예를 청하니 주공도 좋은 말로 화답하십시오. 상대를 안심시킨 다음에 총공격하면 성을 함락시킬 수 있습니다."

조조는 곽가의 말대로 유비의 사자를 관대하게 대하고 답장을 쓰려고 할 때 파발꾼이 말을 달려 와 급보를 전했다.

"여포가 이미 연주 땅을 격파하고, 복양 땅마저 점령했습니다."

참으로 놀라운 소식이었다. 조조로서는 생각지도 않게 뒤통수를 맞은 격이었다.

원래 여포는 이각과 곽사에게 장안성을 내주고 원술에게 몸을 의탁하러 갔었다. 그러나 원술이 여포가 이리 붙었다 저리 붙었다 하는 믿지 못할 자로 점찍고 받아주지 않았다. 그러자 여포는 원소를 찾아가 몸을 의탁했다. 그런데 여포가 전공을 세우면서 원소의 부하 장수를 얕보며 우쭐대자 원소가 죽이려 했다. 그러니 또 다른 사람을 찾아가 몸을 의탁할 수밖에 없었다.

장양에게 찾아가 몸을 의탁했는데, 여기서도 오래 있지 못했다. 여포가 장안성의 방서와 내통했는데, 이각과 곽사가 방서를 죽이고 장양에게 여포를 죽이라는 서신을 보냈으니 또 다른 곳으로 떠날 수밖에 없었다.

그래서 찾아간 사람이 장막이었다. 그런데 장막이 있는 곳에 이미 진궁이 와 있었다. 진궁은 조조와 사이가 좋지 않은, 그리고 조조의 약점을 너무나 잘 아는 인물. 그가 장막에게 여포로 하여금 조조가 없는 연주를 치면 천하를 제패할 수 있다고 충동질했다. 진궁의 말대로 여포가 조조가 없는 연주의 여러 고을을 쳐서 빼앗았던 것이다.

"연주를 잃었으니 이제 우리는 어디로 간단 말이냐!"

조조가 걱정하고 있을 때에 곽가가 말했다.

"주공은 이런 때에 유비에게 선심을 쓰고 군사를 거두어 연주를 회복하셔야 합니다."

조조는 거듭 머리를 끄덕였다. 유비에게 좋은 말로 답장을 써 보내고, 즉시 진영을 거두어 연주로 돌아갔다.

"조조의 군사는 이미 물러갔습니다."

도겸은 크게 기뻐하여 사람을 보내어 공융, 전해, 관우, 조운 등을 성안으로 초청하여 잔치를 베풀어 사례했다. 잔치가 끝났을 때였다. 도겸은 유비를 윗자리에 앉힌 뒤 정중히 부탁했다.

"나는 이미 늙은 데다 두 아들 다 변변치 못해서 국가의 중임을 감당하기 어렵소. 유공으로 말하면 황실과 친척 간이며 덕이 높고 재주가 뛰어난 분이오. 오늘부터 유공에게 서주 땅을 넘겨주고 나는 한가히 병이나 조섭하는 것이 소원이오."

유비가 황망히 대답했다.

"이 몸이 서주를 구원하러 온 것은 대의명분을 위해서였습니다. 그런 사람이 아무 까닭 없이 서주를 차지한다면 천하가 저를 의리 없는 사람이라 하리다."

이번에는 미축이 다시 청했다.

"한 황실이 쇠약하여 천하가 극도로 혼란하니 지금이 공훈을 세우고 대업을 이룰 때입니다. 서주는 물산이 풍족하고 인구 또한 백만이나 되니, 사양 마시고 귀공이 다스립시오."

“이 일만은 결단코 맡을 수 없습니다.”

유비가 사양하자 진등도 도겸의 청을 받아들이라고 권했다. 그러나 유비는 고개를 흔들면서 말했다.

“원술은 4대 3공의 명문가 집안입니다. 천하의 존경도 받고 있으니 그에게 양도하시지요.”

“원술은 안 되오. 오늘 이 일은 하늘이 주시는 것이니 사양하시면 후회하리다.”

그래도 유비가 받지 않겠다고 하자 도겸은 눈물을 흘렸다.

“귀공이 이 땅을 버리고 떠나면 나는 죽어도 눈을 감지 못하겠소.”

관우가 보다 못해서 나섰다.

“이렇게 간절하게 청하시니 잠시 서주를 맡도록 하십시오.”

장비도 불쑥 한마디 했다.

“우리가 강제로 빼앗는 것도 아니고, 상대방이 호의로 내주겠다는 걸 괜스레 사양할 건 뭐요?”

“너희들이 나를 불의에 빠뜨리려고 그런 말을 하느냐?”

유비가 관우와 장비를 꾸짖었다. 도겸이 유비의 뜻을 알았는지 힘없이 말했다.

“정 그러시다면 이 늙은 사람의 마지막 청은 들어주오. 이 서주성 가까이 소패(小沛)라는 작은 고을이 있소. 이곳은 군사를 주둔할 만한 곳이니 귀공은 이곳에 주둔하면서 서주 땅을 보살펴 주오.”

여러 사람이 권하는 바람에 유비가 겨우 승낙했다. 그런 후에야 구원 연합군들이 각기 자기 고을로 떠나게 되었다. 유비는 떠나는 조운의 손을 잡고 눈물을 흘리며 슬퍼했다.

유비는 관우, 장비와 함께 소패에 가서 군사를 주둔시키고 성벽을 보수한 다음에 백성을 다스려 나갔다.

조조는 술수로, 유비는 겸손으로

조조는 조인으로부터 여포에게 연주성을 빼앗긴 과정을 보고받았다.

"연주 일대는 거의 잃었습니다. 다만 견성, 동아, 번현 세 곳만 순욱과 정욱이 결사적으로 성을 지키고 있습니다."

조조는 괘념치 않다는 듯 말했다.

"여포는 용맹하기는 하나 꾀가 없는 놈이니 크게 염려할 것 없다."

한편 여포는 조조와 맞서기 위해 연주성은 부장(副將) 설난과 이봉에게 지키게 한 뒤 복양으로 군사를 이동시켰다. 이에 조조는 여포를 치러 군사를 재촉했다. 태산 길에 이르렀을 때였다. 곽가가 충고했다.

"이런 곳에 여포의 복병이 숨어 있을지 모릅니다."

"여포는 모자라는 놈이다. 연주를 놔두고 복양 땅으로 가 버린 자가 이런 곳에 군사를 매복할 줄 알겠는가. 조인은 연주성을 포위하라. 나는 복양으로 달려가서 여포를 치겠다."

이튿날 허허벌판에 조조의 군대가 진영을 세우니 맞은편에서 여포가 여덟 장수를 거느리고 나왔다. 조조는 여포를 손가락질하며 외쳤다.

"난 여태 너와 원수 진 일이 없거늘, 어째서 나의 고을을 빼앗았느냐?”

“한나라 황실의 모든 성을 여러 사람이 차지하는 세상인데, 어찌 너만의 성이 있을쏘냐!”

이 말에 조조의 군영에서 여러 장수가 잇따라 나와 전투를 벌였으나 여포를 당해 내지 못했다. 조조는 크게 패하여 40리 바깥으로 물러나야 했다. 정공법으로 여포를 당해 낼 수 없음을 알고, 조조는 밤을 틈타 여포의 서쪽 군영을 습격해 차지했다. 하늘을 보니 먼동이 트고 있었다. 이때 여포가 들이닥쳤다. 군영을 차지하느라 힘이 빠질 대로 빠진 조조는 다시 달아날 수밖에 없었다.

우금과 악진이 조조를 지키려고 뒤쫓아오는 여포에게 달려들었다. 이 틈을 이용하여 조조는 말고삐를 급히 돌려 북쪽으로 달아났다. 그때 바로 산 뒤에서 한 떼의 적군이 나오니 왼쪽은 장료(張遼)요, 오른쪽은 장패(臧霸)였다. 또한 정면에서 함성이 크게 일더니 학맹·조성·성염·송헌 네 장수가 조조를 가로막았다. 조조의 장수들이 기를 쓰고 막아 내는 동안 조조가 전후좌우를 둘러봐도 벗어날 길이 없었다. 죽게 됐다고 생각하니 저절로 부르짖었다.

“나를 도와 다오!”

말이 끝나자마자 전위가 손에 철창 한 쌍을 들고 나타나 외쳤다.

“주공은 근심 마소서!”

말에서 뛰어내리자 옆구리에 철창을 끼고 단창 10여 개를 들고 뒤따르는 군사에게 분부했다.

"적이 내 뒤 열 걸음 안에 들어오거든 알려 달라!"

말을 마치자 전위는 날아오는 화살을 무릅쓰고 큰 걸음으로 나아갔다. 여포의 기병 수십 명이 전위의 뒤를 쫓아왔다. 뒤따르는 군사가 외쳤다.

"적이 열 걸음 안으로 들어왔습니다!"

"다섯 걸음 안으로 들어오거든 알려 달라!"

전위의 말이 끝나기도 전에 군사가 외쳤다.

"다섯 걸음 안에 들어왔습니다!"

그 순간 전위는 몸을 돌려 단창 하나를 던졌다. 그러자 적 한 명이 말 아래로 떨어져 죽었다. 전위의 손에서 단창이 연달아 날아갔다. 단 하나도 빗나가는 것이 없었다. 전위가 선 자리에서 눈앞까지 육박해 온 적군 수십 명을 죽이자 나머지 적군이 겁을 먹고 다 달아났다.

전위가 조조를 구출하니 그제야 모든 장수가 와서 조조를 호위했다. 조조는 자기 군영으로 돌아오는 중에 여포의 공격을 또 받았으나 큰비가 내린 데다 하후돈의 원군이 도착하여 여포의 추격에서 벗어날 수가 있었다.

첫 전투에서 승리를 거둔 여포가 복양성 안으로 들어오니 진궁이 계책을 내놓았다. 성안에 있는 전씨(田氏)라는 부자에게 '여포가 복양성을 비우고 여양 땅으로 가니, 이때에 성문을 열어 두겠다.'는 거짓 정보로 유인하여 조조를 사로잡는다는 계책이었다.

전씨 부자의 밀서가 조조에게 전달된 그날, 달이 뜨지 않는 초경(初更: 저녁 7시에서 9시 사이) 때였다. 복양성의 성문이 활짝 열리고 육중한 조교(弔橋: 들어올렸다 내렸다 하는 다리)가 내려졌다.

조조가 말에 박차를 가하여 성안으로 들어갔다. 그러나 이상하게 거리에 사람이 하나도 없었다.

"아뿔싸, 속았구나!"

비로소 여포의 계략에 빠져든 것을 알아챘으나 때는 너무 늦었다. 조조가 말머리를 돌려 성문 밖으로 빠져나가려고 할 때 갑자기 포 소리가 탕 터지더니 하늘을 찌를 듯한 불길이 치솟았다. 태징 소리와 북소리도 일제히 울리더니 강물이 뒤집어지는 듯 바다가 끓는 듯한 함성이 진동했다.

전후좌우에서 여포의 장수가 들이닥치니 조조는 죽는 순간만 남았을 뿐이다. 간신히 정신을 차려 앞을 보니 전위가 자기를 구하러 여포 군을 헤치고 달려오고 있었다. 전위를 바라보고 빠져나가려 했으나 사방에서 몰려드는 적군 때문에 북문 쪽으로 달아났다.

외나무다리에서 원수를 만난 격일까. 불길 속에서 여포가 창을 들고 말을 달려왔다. 조조는 순간 정신이 아찔해서 손으로 자기 얼굴을 가리고 달리는 말에 채찍질하여 여포 곁을 슬쩍 지나 마구 달아났다.

그런데 여포가 어느새 뒤쫓아와서 방천화극으로 조조의 투구를 탁 치며 물었다.

"조조는 어디 있느냐?"

"저기 누런 말을 타고 내빼는 자가 조조올시다."

엉겁결에 손을 들어 반대 방향을 가리키면서 둘러댔다. 여포는 즉시 조조가 가리키는 방향으로 말을 몰았다. 그제야 조조는 긴 숨을 몰아쉬고 동쪽 성문으로 달아나다 전위와 만났다. 전위는 조조를 호위하고 한편으론 혈로를 열어 성문가에 이르렀다.

성문뿐만 아니라 땅바닥도 모두 불이었다. 전위는 창으로 불더미를 헤치고 먼저 나갔다. 뒤이어 조조가 따라 나갔다. 바로 성문 앞이었다. 대들보가 불덩어리째로 떨어져 조조의 말 뒷다리를 쳤다. 말이 고꾸라지는 바람에 조조도 쓰러졌다. 삽시간에 조조의 손과 팔과 수염은 몽땅 타 버리고 온몸에 화상을 입었다.

전위가 말을 돌려 다시 조조를 구출하고 마침 하후연이 합세하여 불길을 뚫었기에 날이 제법 밝은 뒤에야 군영에 돌아올 수 있었다. 모든 장수가 엎디어 절하며 문안하니 조조는 화상 당한 얼굴을 뒤로 젖히며 껄껄 웃었다.

"모자란 놈의 계책에 걸려들다니, 내 결단코 보복하리라."

"계책이 있으면 신속히 실천해야 합니다."

곽가의 말에 조조가 답했다.

"적의 계략을 역이용하는 '장계취계(將計就計)'를 쓸 것이다. 내가 화상으로 죽었다고 거짓 소문을 퍼뜨려라. 그러면 반드시 여포가 공격해 올 것이다. 나는 미리 마릉산 속에 군사를 매복했다가 여포 군의 가운데를 끊어 두 토막을 내면 여포를 사로잡을 수 있을 것이다."

복양성의 여포는 조조가 화상으로 죽었다는 보고를 받았다. 얼마 후 이번에는 여포가 조조의 계책에 말려들어 마릉산에서 많은 군사를 잃고 간신히 복양으로 돌아와야 했다. 조조와 여포가 싸우던 해는 수많은 메뚜기 떼가 곡식을 먹어 치워 백성들이 서로 잡아먹는 참극이 속출했다. 양식이 절대 부족하니 군량미가 바닥이 날 것은 시간문제였다. 할 수 없이 조조와 여포와의 싸움은 군량미 때문에 중단됐다.

한편 소패에 있던 유비는 다시 도겸으로부터 서주의 패인(牌印)을 받아달라는 간청을 받았다.

"태수께선 두 아들이 있는데 왜 자리를 물려주지 않습니까?"

"두 아들 다 이런 중임을 맡을 만한 인물이 못 되오. 늙은 이 몸이 죽은 뒤라도 귀공은 그들을 잘 교훈하시되 서주 고을 일만은 맡기지 마오."

"제가 혼자 몸으로 어찌 이런 큰일을 감당할 수 있겠습니까?"

"귀공을 위해 한 사람을 천거하겠소. 북해 사람 손건(孫乾)이 귀공을 잘 보필할 것이오."

도겸은 미축을 돌아보고 당부했다.

"유공은 당대의 인걸이니 부디 잘 섬기라."

그래도 유비는 서주의 패인을 받지 않았다. 마침내 도겸은 유비 앞에서 손을 들어 자기 가슴을 가리켜 보이더니 자는 듯이 숨을 거두었다. 도겸의 발상이 끝난 뒤 서주의 관리들이 유비에게 패인을 바쳤다. 그래도 유비는 받지 않았다.

이튿날이었다. 이번에는 서주 백성들이 유비 앞에 모여들어 엎드려 절하며 통곡했다.

"우리 고을을 맡아 주지 않는다면 우리는 편안히 살 수가 없소이다."

관우와 장비도 거듭거듭 권했다. 이에 유비도 더 이상 어쩔 도리가 없음인지 서주 고을을 맡기로 했다. 곧 손건과 미축을 보좌(補佐)로 진등을 막관(幕官: 참모)으로 삼은 뒤, 소패의 병력을 서주로 주둔시키고 방문을 내걸어 백성을 안정시켰다. 그런 후 도겸이 남긴 표문(表文)을 조정으로 보내어 사유를 보고토록 했다.

한편 조조는 견성에 있으면서 도겸이 죽고, 유비가 서주목사가 됐다는 보고를 받자 크게 노했다.

"난 아직 원수를 못 갚았는데, 놈은 화살 한 개 쏘지 않은 채 가만히 앉아서 서주를 몽땅 얻었단 말이냐! 유비를 먼저 죽인 후 도겸의 시체를 관에서 끌어내어 목을 잘라 아버지의 원한을 씻어 드릴 것이다."

조조가 곧 서주 땅을 치기 위해 군사를 일으키려 하자 순욱이 간했다.

"옛날 한고조와 후한의 광무제께서 대업을 성취했던 것은, 관내(關內)를 지키고 하내(河內)를 견고하게 하신 후에 천하 평정에 나섰기 때문입니다. 지금 연주와 하내 땅이 천하의 요지이고, 옛날로 치면 관내와 하내보다 못할 바 없습니다. 이런 땅을 놔두고 서주 정벌에 나설 경우 그 사이 여포가 쳐들어오면 연주 땅이 위험해집니다. 게다가 정작 서주를 함락시키지 못하면 그때 주공은 어디로 가시렵니까. 연주 땅을 버리고 서주 땅을 취하러 가는 것은 큰 것을 버리고 작은 것을 취함이니, 부디 깊이 생각하소서!"

그래도 조조는 생각을 바꾸지 않았다.

"나도 그 점을 잘 알고 있소. 하지만 금년처럼 흉년이 들어 군량이 넉넉지 못한 터에 이대로 군사를 잡아 둔다는 것은 좋은 계책이 아니오."

"여남군과 영천군엔 아직도 황건적 패거리인 하의, 황소의 무리가 있습니다. 그들에겐 노략질하여 얻은 금은과 식량이 풍부하다는 말이 들립니다. 놈들을 쳐서 식량을 빼앗으면 삼군을 먹일 수 있고, 조정에서도 기뻐할 것입니다."

결국 조조는 순욱의 말대로 곧바로 군사를 거느리고 여남, 영천으로 향했다. 이에 하의와 황소는 군사를 거느리고 나와 양산에 진을 쳤다. 조조가 보니 도적 떼는 수는 많지만 오합지졸뿐이었다. 그는 전위를 선봉으로 내세워 양산의 방어선을 뚫고 공격을 계속했다. 곧이어 이전이 적진으로 뛰어들어 황소를 생포했다. 전위는 하의를 잡으려고 뒤쫓았으나 눈앞에서 홀연히 사라졌다. 한 장수가 산속에서 나오더니 하의와 졸개들을 낚아채 갔던 것이었다.

전위가 그들의 발걸음을 좇아 뒤따라가던 중에 그 장수가 다시 나타났다. 전위가 따지듯 물었다.

"네놈도 황건적이냐?"

"황건적은 이미 내가 산골 속에 잡아 가두었다."

"그럼 어서 놈들을 내놓아라."

"나의 보검을 빼앗는다면 놈들을 내주마."

전위는 화가 치밀어 쌍창을 높이 들고 그에게 달려들었다. 두 사람은 진시(辰時: 아침 7시부터 9시)부터 오시(午時: 오전

11시부터 오후 1시)까지 싸웠으나 승부가 나지 않았다.

"좀 쉬었다 싸우자."

누가 먼저라고 할 것 없이 두 사람은 지쳐 창을 내려놓고 잠시 쉬고 싸웠으나 황혼이 되도록 승부가 나지 않았다. 말들이 지쳐서 더 싸울 수가 없었다. 이튿날 날이 밝자 시작된 두 사람의 싸움은 하루를 더 가서야 그치게 되었다. 조조가 파 놓은 함정에 정체불명의 장수가 걸려들었던 것이다.

그 장수가 여러 장수들에 의해 조조 앞으로 묶여 오고 있었다. 조조는 곧 계단으로 내려가 장수들을 꾸짖어 물리친 다음 친히 그를 풀어 주고 이름을 물었다.

"나는 초국 사람 허저(許褚)입니다. 황건적과 싸웠으나 식량이 부족해 화해하고 내가 가지고 있던 소를 그들에게 주고 식량을 받았지요. 그런데 그들에게 끌려갔던 소가 가기 싫었던지 나에게 도망쳐 왔었지 뭡니까. 그래서 소 두 마리의 꼬리를 비끄러맨 다음에 잡아당겨 소들을 뒷걸음질시켜 그놈들에게 끌고 갔습니다. 그랬더니 황건적들은 크게 놀라 소들을 놓아 둔 채 도망쳤습니다. 그런 후 다시는 놈들이 찾아오지 않아 산채에서 한가하게 지내고 있던 중이었습니다."

조조는 부드러운 말로 청했다.

"그대의 높은 명성을 들은 지 오래요. 휘하에 들어와 일할 생각은 없소?"

"분부대로 따르겠습니다."

조조는 허저를 도위(都尉)로 삼고 극진히 대접했다. 그런 다음 하의와 황소를 참하고 여남과 영천 땅을 평정했다. 조조가 군사를 거느리고 견성에 돌아오니 하후돈이 보고했다.

"설난과 이봉의 군사가 나돌아 다니면서 노략질을 일삼기 때문에 연주성이 거의 비다시피 합니다. 승리한 기세를 몰아 공격하면 연주성을 탈환할 수 있을 겁니다."

조조는 곧 연주 땅으로 군사를 돌려 나아갔다. 허저의 용맹스런 무공으로 연주성을 쉽게 탈환할 수 있었다.

"이 기세를 몰아 복양 땅도 탈환해야 합니다."

정욱의 계책을 받아들여 조조는 다시 군사를 재촉해 여포가 있는 복양 땅으로 향했다.

여포는 조조의 군사가 오는 것을 보자 제 힘만 믿고 성문을 나가 먼저 싸움을 걸었다. 이에 조조 군영에서는 허저가 나와 여포를 향해 큰 칼을 춤추듯 휘두르며 돌진했다. 두 장수의 칼과 창은 허공에서 불꽃을 튕기며 맞부딪쳤다. 여포의 방천화극이 허저의 겨드랑이를 스치는가 싶더니 어느새 허저의 큰 칼이 여포의 앞가슴을 파고들었다. 말과 사람이 한데 어우러져 20여 합을 겨루니 마치 두 마리의 용이 하늘로 오르는 듯하였다.

양편 군사는 서로 적이라는 것도 잠시 잊은 듯 숨을 죽이고 손에 땀을 쥔 채 이 광경을 넋을 놓고 바라보았다. 이때 조조가 전위에게 분부했다.

"혼자서 여포를 대적할 수는 없다. 어서 나가서 허저를 도와 줘라."

전위가 허저와 힘을 합쳐 여포를 협공했으나 여포의 방천화극은 조금도 흔들림이 없었다. 곧이어 왼편에서는 하후돈과 하후연이, 오른편에서는 이전과 악진이 여포 한 사람을 에워싸고

맹공을 가하였다. 여포가 천하의 맹장이라 하나 여섯 장수를
혼자서 대적할 수가 없었다. 여포는 급히 말고삐를 돌려 복양
성을 향해 달아나기 시작했다.

여포가 해자(垓字: 성 둘레에 판 도랑)를 건너려고 할 때였
다. 성루 위에서 여포가 도망쳐 오는 것을 본 전씨가 해자와 성
문 사이에 걸쳐져 있는 조교(弔橋: 성문 바깥의 양쪽 언덕에 걸
친 다리)를 급히 올리게 했다. 이에 여포가 '성문을 열라, 냉큼
조교를 내려라!' 고 다급히 소리쳤으나 성루 위에 있던 전씨는
고개를 가로저으면서 '조조에게 투항하기로 했으니, 조조가 오
면 성문을 열어 주겠다.' 고 대답할 뿐이었다. 전씨가 이번에야
말로 진짜로 여포를 배신한 것이었다.

복양성을 잃은 여포는 정도성으로 가 조조 군과 일전을 벌였
으나 또다시 패배하여 성을 내주어야 했다. 장수가 근거지를
잃으면 따르던 군사들도 가뭄에 강물 줄 듯 줄어든다. 여포의
군사들은 제각기 살길을 찾아 뿔뿔이 흩어졌다. 이에 진궁이
여포에게 간했다.

"조조 군의 사기가 하늘을 찌르니 지금은 싸워 봤자 이득이
없습니다. 우선 안주할 곳을 구한 다음에 훗날을 도모하는 것
이 좋습니다."

몸을 의탁할 곳을 생각해 보니 원소가 떠올랐다.

"사람을 보내 먼저 그쪽의 분위기부터 파악하신 다음에 결정
하시지요."

진궁의 계책을 받아들여 여포는 원소에게 자신의 뜻을 전했
다. 그러나 원소는 여포의 인간성을 아는지라 오히려 여포를

치는 데 조조에게 군사 5만을 지원해 주었다는 소식이 들려왔
다. 여보가 진궁에게 물었다.

"일이 이렇게 됐으니 어쩌면 좋겠소?"

진궁이 깊은 생각 끝에 묘안을 짜냈다.

"유비가 서주목사가 되었으니 그곳이 어떻습니까?"

여포는 진궁의 말대로 유비를 향해 말머리를 돌렸다. 유비는
여포가 온다는 보고를 받고 좌우를 돌아보며 말했다.

"여포는 당대의 영웅이니 나가서 영접해야겠다."

"여포는 호랑이 같은 자이니 들여놓아서는 안 됩니다. 그런
자는 은인을 해칩니다."

미축이 반대했으나 유비의 뜻을 꺾지 못했다.

"지난날 여포가 연주를 치지 않았다면 이곳 서주는 조조의
군사에게 결딴이 났을 것이오. 그런 여포가 이제 곤경에 빠져
나에게 구원을 청하는데, 어찌 거절할 수 있으리오."

장비가 투덜댔다.

"형님은 너무 마음이 좋아서 탈이오. 그래도 어찌하우. 형님
말을 따를 수밖에."

유비는 성 밖 30리나 나가 여포를 영접하여 성으로 돌아왔
다. 유비는 잔치를 베풀고 예를 갖춘 후 자리를 나누어 앉았다.
그러자 여포는 자신의 과거 행적을 장황히 늘어놓으며 유비에
게 말했다.

"이제 귀공과 손을 잡고 천하를 평정하고자 하니, 귀공의 뜻
은 어떠시오?"

"그러잖아도 도겸 태수가 세상을 떠나셔서 이곳 서주를 다스

릴 사람이 없었습니다. 저야 잠시 이 고을을 맡아보는 터이니, 장군께 이 자리를 물려드리는 것이 합당한 줄 압니다."

유비는 말을 마치면서 곧 서주 패인을 여포에게 내밀었다. 굶주린 여포가 손을 내밀어 패인을 받으려고 했다. 그런데 유비의 등 뒤에서 관우, 장비 두 사람이 노기를 띠고 노려보고 있었다. 여포는 기가 질려 억지웃음을 지었다.

"나는 용맹만 있을 뿐이오. 어찌 서주를 맡겠소."

그래도 유비는 다시 권했다. 옆에서 지켜보고 있던 진궁이 유비에게 한마디 했다.

"손님이 강하다고 해도 어떻게 주인을 누를 수 있겠습니까! 우리는 주인에게 의심 살 만한 일은 하고 싶지 않습니다."

유비는 그때서야 서주 패인을 거두며 연회를 베풀고 여포에게 숙소를 마련해 주었다.

이튿날이었다. 여포는 답례로 자기 숙소에 유비 삼형제를 초청해 잔치를 베풀었다. 술자리가 무르익자 여포는 유비를 후당으로 데리고 갔다.

"아내와 딸을 나오라 할 테니, 절을 받으시오."

여포의 말에 유비는 거듭거듭 사양했다. 그러자 여포는 술에 취한 척 씩 웃으면서 말했다.

"아우는 너무 겸손하실 필요가 없네."

순간, 장비가 눈을 딱 부릅뜨더니 호령했다.

"네 이놈! 우리 형님은 황실의 후예이신데, 네까짓 게 감히 우리 형님을 동생이라 부르느냐? 밖으로 나가자. 누가 죽든 사생결단 싸워 보자."

유비가 장비를 꾸짖자 관우가 장비를 달래 바깥으로 데리고 나갔다. 유비가 여포에게 사과했다.

"내 동생이 취해서 한 미친 소리니, 마음에 담아 두지 마시오."

여포는 입을 다물고 한동안 말이 없었다.

이튿날이었다. 여포가 유비를 찾아와 하직 인사를 하니 유비가 말했다.

"장군이 떠난다면 이는 다 나의 잘못이오. 버릇없는 동생을 반드시 사과하게 하리다. 우선 소패 땅에 가 있으면 어떻겠소. 작고 보잘것없는 읍내지만 지난날 내가 군사를 주둔시킨 곳이라 그곳이 어떤지는 내가 잘 아오. 군량미와 군수품은 넉넉히 대어 드리리다."

여포는 냉큼 소패로 떠났고, 유비는 장비를 불러 책망한 것은 더 말할 나위 없다.〈제1장 끝〉

••• 삼국 형세의 지도 •••

유비(蜀)·조조(魏)·손권(吳)이 삼국을 정립하고,
천하를 놓고 패권을 다투던 형세의 지도

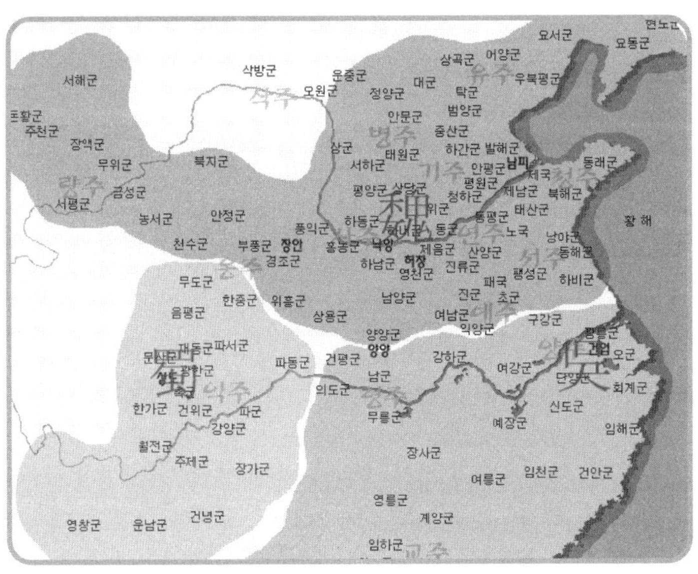

조조가 말했다.
"영웅이란 가슴에 큰 뜻을 품고 뱃속에 뛰어난 계책을 숨기고,
우주를 포용하는 기틀과 천지를 삼키며 토하는
의지가 있는 자라야만 하오."
"그런 인물이 어디 있겠습니까?"
조조는 손가락으로 먼저 유비를 가리킨 후 다시 자기 자신을
가리키며 말했다.
"오늘날 천하의 영웅은 그대와 나뿐이오!"

제2장

천하 영웅은 조조와 유비뿐이다

조조, 천자를 끼고
지방 제후들을 농락하다

산동 지방 일대를 평정한 조조는 표문을 써서 조정에 바쳤다. 이에 조정에서는 조조에게 건덕장군(建德將軍) 비정후(費亭侯)라는 벼슬을 내렸다. 이때 조정의 기강은 날로 무너졌다. 동탁의 뒤를 이어서 이각이 국방장관 격인 대사마(大司馬), 곽사가 대장군이라는 요직을 차지하여 조정을 마음대로 휘젓고 다녔으니 한 왕조는 기울어질 수밖에 없었다.

어느 날 태위 양표(楊彪)와 대사농 주준(朱儁)은 헌제에게 비밀히 아뢨다.

"조조는 20만 대군을 거느리고 휘하에 수십 명의 모사와 장수를 두었습니다. 폐하께서 조조를 얻을 수 있다면 종묘사직을 바로 세우고 역적들의 목을 벨 수 있습니다."

헌제는 울면서 대답했다.

"짐은 이각과 곽사 두 놈에게 구박을 받아 온 지 오래다. 그 두 놈을 죽일 수 있다면 내 소원이 풀어지겠다."

양표가 아뢨다.

"염려 마십시오. 신의 늙은 아내에게 곽사의 부중에 들어가 곽사의 처를 통해 반간계(反間計: 이간질시키는 계책)를 쓰게 한다면 두 역적은 서로 죽일 것입니다. 그런 후에 폐하는 군사에게 명해 그들의 무리를 소탕하고 조정을 편안히 하소서."

다음날이었다. 양표의 아내가 곽사의 아내를 찾아가 말했다.

"요즘 들리는 소문에 의하면 곽 장군께서 이 사마(司馬) 부인과 보통 사이가 아니랍니다. 서로 배가 맞은 지는 오래고 둘이서 깨가 쏟아진다고 합니다. 이런 말은 부인을 위해서 귀띔해 드리는 겁니다."

곽사의 아내가 파랗게 질렸다. 얼마 후였다. 이각이 곽사의 집으로 술을 보냈다. 곽사가 마시려고 하는데 아내는 술을 빼앗아 개에게 주었다. 개는 술을 몇 번 핥다가 죽어 자빠졌다. 술에 독약을 탄 것인데, 이는 질투심 많은 곽사의 아내의 소행이었다.

하루는 조회를 마치고 곽사가 궁에서 나오는 참에 이각의 초대를 받았다. 곽사는 이각의 집에서 술을 마시다가 밤늦게야 헤어졌다. 그런데 집에 돌아온 곽사가 우연히 배가 아팠다.

"필시 독약을 탔을 거예요."

곽사의 아내는 이렇게 말하고 곽사에게 똥물을 먹였다. 곽사는 술을 죄 토하고 뱃속이 진정되자 격노했다. 이제는 아내의 말을 믿지 않을 수가 없었던 것이다.

이튿날, 곽사는 비밀리에 군사를 무장시키고, 이각을 칠 준비를 했다. 비밀리에 추진한 일이 이각의 귀에 들어가게 됐다. 이각도 군사를 일으켜 곽사를 치러 갔다. 양쪽 수만 명의 군사는 장안성 아래서 만나 일대 접전을 벌였다. 그들은 접전을 벌이면서도 백성 집들을 노략질하기를 잊지 않았다.

어린 천자 헌제는 이각과 곽사의 방패막이에 지나지 않았다. 천자를 끼고 있어야 반란이 미화되는 법. 이각은 천자를 자기 수중에 유폐시키고, 곽사는 조정의 대신들을 볼모로 한 채 서로 맞붙어 싸웠다. 두 도적의 싸움이 오십여 일 계속되니, 산과 들 그리고 거리가 시체로 뒤덮였다.

어느 날 섬서 지방에서 파발꾼이 들어와 보고했다.

"장제가 대군을 거느리고 장안으로 오고 있습니다. 두 장군에게 화해를 붙여 보되 말을 듣지 않는 쪽은 싹 쓸어버리겠다고 장담합니다."

이각과 곽사는 이미 서로 간의 전투로 병력이 소진된 상태라 장제의 요구를 들어주지 않을 수 없었다. 이렇게 하여 장안에서 말먼지와 창소리가 잠시 그치게 됐다.

장제는 이어 헌제에게 다시 낙양으로 천도하자는 표문을 바쳤다. 황제가 허락하니 신하들은 어가를 모시고 낙양을 향해 출발했다. 한편 이각과 곽사는 헌제가 출발했다는 것을 뒤늦게 알았다. 어제까지 원수처럼 싸우던 두 도적들은 다시 힘을 합쳐 어가를 뒤쫓았다. 천자를 끼지 못하면 천하 모든 제후들이 역적을 소탕한다며 자신들을 치게 될 게 뻔했던 것이다.

이각과 곽사의 추격에 여러 번 위기를 겪고 온갖 고생 끝에 황제가 드디어 낙양으로 돌아왔다. 그러나 이미 예전의 낙양이 아니었다. 대궐은 불에 타서 잿더미로 변했고, 성안에는 민가도 별로 남은 것이 없었다. 궁안에 남은 것이라곤 무너진 담과 부서진 벽뿐이었다.

황제는 기도위(騎都尉: 친위 기병대장) 양봉에게 명하여 조그만 궁실을 지어 거처하니, 문무백관들은 가시덤불 속에서 조례(朝禮)를 드렸다. 이때가 건안(建安) 원년(서기 196년)이었다.

그해에도 또 흉년이었다. 낙양의 백성이라고는 겨우 수 호에 불과하지만 그나마 먹을 것이 없어 성 바깥으로 나가 나무껍질을 벗기거나 풀뿌리를 캐어서 근근이 연명했다. 모든 관리들도 사정이 다를 바 없었다.

양표가 아뢨다.

"지난날 폐하의 조서를 받았으나 난중이라 미처 보내지 못했습니다. 지금도 조조가 산동에서 뛰어난 장수들과 대병력을 거느리고 있습니다. 조조를 불러들여 황실을 지키도록 하면 어떻겠습니까?"

"짐이 이미 조서를 내린 바 있으니 시급히 행하도록 하라."

조조는 산동에 있으면서 이미 천자의 낙양 재천도(再遷都) 소식을 보고를 통해 알고 있었다. 그래서 휘하의 모사들을 모아 놓고 회의 중이었다. 순욱이 계책을 내놓았다.

"옛날 진(晋) 나라 문공(文公)은 주(周)의 양왕(襄王)을 천자로 받들었기 때문에 여러 제후들이 그를 따랐습니다. 한고조 역시 초(楚)의 의제(義帝)를 위해 장례를 치름으로써 천하의 민심을 얻게 되었습니다. 그러므로 천자께서 몽진(蒙塵)하셨으니, 이 기회에 장군이 먼저 의병을 일으키고 천자를 받든다면 이야말로 만년대계(萬年大計)라 할 수 있습니다. 서둘지 않으면 천재일우(千載一遇)의 좋은 기회를 뺏길 것입니다."

바로 조조가 고대하던 말이었다. 조조가 크게 기뻐한 나머지 군사를 일으키려 할 때, 마침 천자의 조서가 당도하자 조조는 그날로 대군을 몰아서 낙양을 향하여 출발했다.

한편 낙양의 헌제는 오로지 산동에서 조조가 오기만을 학수

고대하고 있었다. 이각과 곽사가 다시 낙양을 침범하려 한다는 급보에 불안하기만 했다. 기다리다 못해 조조가 있는 산동으로 어가를 타고 떠나니, 문무백관들은 말없이 걸어서 뒤따를 뿐이었다.

천자의 일행이 낙양성을 떠나 한 마장도 못 갔을 때였다. 문득 자욱하게 솟는 먼지가 해를 가리더니, 태징소리·북소리가 하늘을 진동하며, 무수한 기병이 마주 달려 나오고 있었다. 천자는 벌벌 떨면서 아무 말 못하고 바라볼 뿐이었다. 그때 기병대보다 먼저 말 한 필이 달려왔다. 보니 지난날 산동으로 조조에게 조서를 전하러 갔던 천자의 사신이었다. 사신은 어가 앞에 이르러 절하고 아뢨다.

"조조 장군이 폐하의 부르심을 받들어 산동의 군사를 모조리 일으켜 오다가, 이각과 곽사가 낙양을 침범한다는 소식을 들었습니다. 지금 오는 5만의 병사들은 장군이 먼저 급파한 것이니, 폐하의 호위병인 셈입니다."

헌제가 비로소 안심했다. 이윽고 하후돈·허저·전위 등이 군사를 거느리고 와서 군례(軍禮)를 갖추었다. 이때 다른 파발꾼이 와서 동쪽에서도 대군이 달려온다고 아뢨다. 나중에 알고 보니 그 군대는 조조의 동생 조홍이 이끄는 산동 보병이었다. 조홍·이전·악진 등도 속속 이르러 천자께 절했다. 헌제는 감탄하고, 조조를 황실의 사직을 지키는 신하라고 칭찬했다. 바로 그때 급보가 들어왔다.

"이각과 곽사의 군사가 이리로 쳐들어옵니다."

황제는 즉시 하후돈에게 두 길로 나누어 적군과 대결하도록 분부했다. 그러자 하후돈과 조홍은 좌우로 기병을 앞세우고 보병을 뒤따르게 하여 일제히 달려갔다. 이각과 곽사의 군사를 시살하여 목 만여 개를 참하니 도적의 무리는 크게 패하여 달아났다. 헌제는 곧 조조 군사의 호위를 받아 낙양에 다시 돌아왔다.

이튿날 조조는 낙양성 안으로 들어가 어전 댓돌 밑에 이르러 절하고, 천자를 뵈었다. 천자가 먼 길 온 수고를 위로하니 조조가 아뢨다.

"신은 나라의 은혜에 보답할 길을 찾고 있었습니다. 신에게 용맹한 군사 20여 만 명이 있으니, 하늘의 이치로써 이각·곽사 두 역적을 치는 데 어찌 이기지 못할 리가 있겠습니까. 폐하께서는 더욱 용체를 보중하사 국사를 돌보소서."

황제는 조조를 사례교위(司隷校尉)에 봉하고 절월(節鉞)을 하사한 뒤 녹상서사(錄尙書事)를 겸임시켰다.

한편 이각과 곽사는 조조의 군사가 먼 지방에서 달려온 것을 알자 속전속결로 싸움을 끝내려고 했다. 이에 모사 가후가 충고했다.

"안 되오. 조조는 당대에 드문 효장(驍將: 용맹스러운 장수)인 데다 그의 휘하에는 뛰어난 책사와 용맹한 장수들이 많습니다. 뿐만 아니라 군사들 역시 모두 다 정예병들이니, 차라리 항복하고 지난날의 죄를 면하는 게 낫소."

"싸우기 전에 사기부터 꺾으려 드느냐!"

즉시 칼을 뽑아 가후를 죽이려 하자, 여러 장수가 말렸다. 그날 밤 가후는 홀로 말을 타고 고향을 향하여 떠나 버렸다.

이튿날 이각과 조조의 군대가 맞섰다. 서로 군영을 벌이는 중에 이각의 조카 이섬과 이별이 섣불리 싸움을 걸어왔다. 그러자 허저가 나는 듯이 말을 달려와 이섬을 한칼에 베어 죽였다. 이를 보고 이별이 기겁하여 말에서 떨어졌다. 순간 허저가 이별의 목을 싹둑 잘랐다. 그런 후 두 놈의 목을 들고 진영으로 돌아왔다. 조조가 허저의 등을 쓰다듬었다.

"그대는 참으로 나에게 있어 한고조의 수하 명장 번쾌로다!"

조조는 하후돈에게 군사를 주어 오른편으로 나아가게 하고, 자신은 친히 중군을 거느리고 나아갔다. 북소리가 울리자 조조군은 일제히 적진을 향해 달려들어 마구 무찔렀다. 조조가 친히 보검을 휘둘러 지휘하여 밤이 샐 때까지 추격하니, 죽은 적군도 많았지만 항복하는 자가 무수했다.

이각과 곽사는 서쪽으로 열심히 달아나니, 그 꼴이란 마치 상갓집 개 같아서 정처도 없었다. 마침내 그들은 산속으로 들어가서 자취를 감춰 버렸다.

대승을 거둔 조조는 군사를 거두어 돌아와서, 낙양성 바깥에 주둔했다. 이때 낙양성 안에서 양봉과 한섬이 서로 의논했다. 양봉은 이각의 수하 장수였고, 한섬은 산적 출신이었다.

"조조가 큰 공을 세웠으니 천하가 반드시 그의 손아귀에 들어갈 것이오."

"그렇게 되면 조조가 우리 두 사람을 용납할 리 없다."

두 사람은 곧 천자께 아뢨다.

"이각 · 곽사 도적의 잔당들이 산속으로 숨어 들어갔으니, 저희들이 뒤쫓아가 죽이고 오겠습니다."

양봉·한섬은 이렇게 핑계를 댄 뒤 군사를 거느리고 대량(大梁: 하남성) 땅으로 떠나가 버렸다.

이각과 곽사에게 시달리던 어린 황제는 조조가 이각과 곽사 그리고 그 잔당까지 모조리 물리쳐 주자 조조에게 의지하는 바가 날로 커져 갔다.

조조의 장중(帳中)에서였다. 조조 앞에서는 황제의 칙사가 앉아 있었다. 그는 헌제의 뜻을 전하러 왔는데, 조조가 예를 갖추고 보니 칙사의 미목이 수려하고 얼굴에 광채가 그득한 것이 예사 사람 같지 않았다. 그는 원소·장양의 수하에 있다가 장안에서 낙양으로 도읍을 다시 옮긴다는 소식을 듣고 조정에 들어와 의랑(議郎: 직무만 있고 권한은 없는 벼슬)으로 일하고 있는 동소(董昭)였다. 동소는 조조와의 대화에서 시세에 막힘없이 말을 이어 나갔다. 조조가 천하대사에 관해 물으니 동소가 대답했다.

"귀공이 그냥 낙양에 머물면 여러 가지 불편한 점이 많아질 것이외다. 천자를 모시고 허도(許都)로 옮겨가는 것이 상책이오. 물론 이제 바로 환도하였기 때문에 다시 어가를 옮긴다면 반대가 일어나겠지요. 이렇게 달래면 됩니다. '낙양엔 식량이 없으므로 어가를 허도에 모신다.'고 하면 반대는 아니할 것이오. 그런 후 '허도로 말할 것 같으면 노양 땅이 가까워 식량을 들여오기에 여러 가지로 편리하다.'고 분명히 말하십시오. 모두가 굶주려 있는지라, 대신들도 그 말을 들으면 기뻐하고 복종하리다."

조조가 동소의 말대로 어가를 모시고 허도로 출발했다. 황제가 싫어하는 내색을 드러내지 않으니 신하들은 그저 조조의 위세에 눌려 어가를 뒤따를 뿐이었다. 어가가 몇 십 리 못 갔을 때였다. 한 장수가 길을 막으며 큰소리 쳤다.

"조조는 천자를 납치하여 어디로 가느냐?"

양봉과 한섬의 휘하 장수 서황(徐晃)이었다. 조조의 명령을 받은 허저가 달려 나갔다. 두 장수는 서로 도끼와 칼을 휘둘러 싸운 지 50여 합이 지나도록 승부가 나지 않았다. '참으로 비범한 사람이다.' 조조는 서황을 자기 사람으로 만들고 싶었다.

얼마 후 서황의 장막에는 조조가 보낸 만총이 서황을 회유하고 있었다.

"조조 장군은 오늘 싸움에서 그대의 용맹을 보시고 크게 흠모하사 날 보내신 것이오. 귀공은 듣지 못했소. '영리한 새는 나무를 골라 둥지를 틀고 현명한 신하는 주군을 골라서 섬긴다.' 하오. 이를 알고도 행하지 않으면 대장부가 아니오!"

서황이 벌떡 일어나 사례했다. 그러자 다시 만총이 말했다.

"뜻이 그렇다면 양봉과 한섬의 목을 베어 가서, 조조 장군을 뵙는 예물로 삼읍시다."

"아랫사람이 주인을 죽이는 것은 의가 아니오. 나로서는 할 수 없소이다."

"그대는 참으로 의리 있는 분이오."

그날 밤 서황이 조조의 군영으로 찾아갔음은 물론이었다.

서황을 잃은 양봉과 한섬은 더 이상 어가 행렬을 막지 못했다. 조조 군이 공격하니 양봉과 한섬은 군사를 반이나 잃고 패잔병을 이끌고 원술한테로 달아났다. 그 이후로 어가의 행차는 일사천리였다.

낙양에서 허도로 수도를 옮긴 뒤, 조조는 자기 마음대로 휘하의 가신과 장수들을 승진시켰다. 자신은 대장군 무평후(武平侯)라는 고위 관직을 차지했다. 그런 후 후당에다 잔치를 베풀고, 모든 모사와 장수들을 모아 놓고 앞일을 의논했다.

"서주의 유비가 여포를 받아주어 소패에 살게 했다는 말이 들린다. 만일 두 사람이 손을 잡고 이리로 쳐들어온다면 큰 걱정이 아닐 수 없다. 묘한 대책이 없는가?"

"정예군사 5만 명만 주시면 유비와 여포를 참하여 승상께 바치겠나이다."

허저가 나서자 순욱이 한마디 던졌다.

"장군의 기상은 용맹하나, 이런 일에는 계책을 써야 하오."

그런 후 조조에게 말했다.

"허도로 도읍을 옮긴 지 얼마 되지 않으니 함부로 군사를 출동시킬 때가 아닙니다. 저에게 한 가지 계책이 있습니다. 즉 '이호경찬지계(二虎競餐之計: 두 범이 먹이를 두고 서로 잡아먹게 하는 계책)' 입니다. 유비가 비록 서주를 점령하고 있지만 천자의 윤허를 받지 못했습니다. 주공은 우선 천자께 청하여 유비를 서주목사로 임명하는 동시에 밀서를 보내 여포를 죽이라고 분부하십시오. 우리 뜻대로 된다면 유비는 힘이 약해질 것이고, 만약 그렇게 안 된다 하더라도 유비가 자신을 죽이려 한다는 사실을 안 여포가 반드시 유비를 죽이고 말 것입니다. 이것이 바로 서주란 먹이를 두고 두 범을 다투게 하는 '이호경찬지계' 입니다."

조조가 천자께 청하여 유비를 정동장군(征東將軍) 의성정후에 봉하고, 서주목사로 삼는다는 칙명과 함께 칙사에게 밀서 한 통을 주어 서주로 파견했다.

유비는 성 바깥으로 나가 칙사를 영접했다. 그리고 성안으로 안내하여 잔치를 베풀어 대접했다. 칙사는 곧 유비에게 조조의 밀서를 내어 줬다. 유비가 한동안 생각하더니 입을 열었다.

"좀 생각해 봐야 할 것 같소."

잔치가 파하자 칙사를 관역에 보내고 측근들을 소집하여 의견을 물었다.

장비가 불쑥 말을 던졌다.

"여포는 본시 의리 없는 놈입니다. 그깟 놈을 죽이는데, 의논이 뭐가 필요합니까?"

"갈 곳이 없어서 나를 찾아온 사람을 죽이는 것은 의리가 아니다."

유비가 타이르듯 말하자 장비가 퉁명스레 내뱉었다.

"형님은 사람이 너무 좋아서 탈이우!"

이튿날 여포가 정식으로 서주목사가 된 유비를 축하하러 찾아왔다. 유비가 사례하며 겸손해하는데, 갑자기 장비가 칼을 들고 대청 위로 뛰어올라 여포를 치려고 했다. 유비가 황급히 두 사람 사이에 끼어들고 장비를 꾸짖었다.

여포가 놀라 말했다.

"익덕은 왜 나만 보면 죽이려 드오?"

장비가 씹어 뱉듯 대답했다.

"조조가 너를 의리 없는 놈이라 하여 우리 형님에게 죽이라고 했다.”

유비가 연방 소리를 질러 장비를 물러가게 했다. 그런 후 여포를 데리고 후당으로 들어가 밀서를 내어 보이고 사실대로 말했다.

“이는 간특한 조조가 우리 두 사람을 이간시키려는 거외다.”

밀서를 보고 여포가 울먹이며 말하니 유비가 안심시켰다.

“형은 염려 마오. 맹세코 그런 의롭지 못한 짓은 하지 않을 거요.”

여포는 일어나 거듭 절하고 사례했다. 유비는 술자리를 베풀어 대접했다. 날이 저물어 여포가 소패로 돌아가자 관우와 장비가 들어와서 물었다.

“형님은 왜 여포를 죽이지 않으셨소?”

“조조는 내가 여포와 함께 허도를 칠까 봐 겁이 나 밀서를 보낸 거야. 여포와 나를 서로 잡아먹게 하고 자기는 그 결과만을 앉아서 지켜보겠다는 ‘두 영웅이 함께 병립할 수 없다는 계책[二雄不得竝立之計]’이지. 이 유비가 그 따위 꾀에 넘어갈 사람이 아니지.”

관우가 유비의 말을 알아듣고 머리를 끄덕이는데, 장비는 투덜댔다.

“그런 놈은 죽여 없애야 후환이 없단 말이오.”

유비가 조용히 타일렀다.

“그러면 못쓴다. 그건 대장부가 할 바 아니니라.”

이튿날 칙사가 허도로 돌아갈 때 유비는 조조에게 보내는 답장을 칙사에게 주어 보냈다. 그 답장은 다음과 같았다.

'뜻 잘 알았습니다. 그러나 시간을 두고 좀 더 생각해 보지요.'

허도로 돌아온 칙사는 유비의 편지를 조조에게 바치고 고했다.

"유현덕은 여포를 죽이지 않았습니다."

순욱이 다시 조조에게 계책을 일러주었다.

"또 한 가지 계책이란 '범을 몰아서 이리를 잡아먹게 하는 계책[驅虎呑狼之計]'입니다."

"그 계책이란 어떤 것이오?"

"원술에게 밀사를 보내시지요. '유비가 천자께 표문을 바치고 남군을 공격할 계획'이라고 알려 주면 화가 난 원술은 반드시 유비를 칠 것입니다. 그때 승상께서 유비에게 원술을 치라는 조서를 보내십시오. 천자의 명령을 유비가 거절할 리 없습니다. 이렇게 하여 유비와 원술이 싸우게 되면 여포는 반드시 딴생각을 품고 배반할 것입니다. 이것이 바로 호랑이를 시켜서 이리를 잡아먹게 하는 계책입니다."

조조는 매우 기뻐했다. 먼저 밀사를 원술에게 보내는 동시에 거짓 조서를 꾸며 유비에게 보냈다. 천자의 조서를 읽은 유비는 원술을 치겠다고 대답하고 칙사를 돌려보냈다.

미축이 조조의 숨은 뜻을 꿰뚫고 말했다.

"이것 또한 조조의 계책이올시다."

유비는 고개를 끄덕였지만 미축의 말을 듣지 않았다.

"그런 줄은 알지만 천자의 명령이니 따를 수밖에 없지 않은가!"

유비가 군사를 정돈하여 출동하려고 할 때였다. 손건이 한마디 했다.

"떠나기 전에 우선 이 서주성을 지킬 사람부터 정하십시오."

유비가 관우와 장비를 돌아보고 물었다.

"둘 중에 누가 남아서 성을 지키겠느냐?"

"제가 남아서 지키겠습니다."

관우가 나서자 유비가 말했다.

"앞으로 매사를 너와 의논할 일이 많으니 너와 떨어져 있을 수는 없다."

"그럼 내가 남아서 지키면 되지 않습니까?"

장비의 말에 유비는 고개를 가로저었다.

"글쎄, 네가 이 서주성을 잘 지킬 수 있을까. 너에게 서주성을 맡길 수 없는 이유가 있어. 첫째로 너는 취하면 군사를 심하게 매질하는 버릇이 있다. 둘째로 너는 모든 일을 쉽게만 생각하고 남의 충고를 듣지 않은 버릇이 있으니 내가 마음을 놓을 수 없구나."

"형님, 이제부터 술은 입에 대지도 않겠소. 군사도 때리지 않겠소. 또 부하들의 충고를 잘 들어서 일을 처리하리다."

장비가 다짐하니 미축이 한마디 던졌다.

"말뿐일까 두렵소."

그러자 장비는 대뜸 눈알을 부라렸다.

"난 형님을 모신 뒤로 단 한 번도 신용을 잃지 않았다. 넌 어째서 날 업신여기냐?"

유비는 잠시 생각하다가 끝내 허락했다.

"그래, 알았다. 하지만 도통 마음이 놓이질 않는다."

그렇게 말한 뒤에 진등에게 부탁했다.

"내가 없는 동안 장비를 잘 도와 성을 지켜 주오."

진등이 남아서 장비를 보좌하기로 하고, 제반 업무에 대한 지시를 마친 유비는 기병과 보병 3만을 거느리고 서주를 떠나 남양으로 행군했다. 한편 유비가 쳐들어온다는 소식을 조조로 부터 전해 들은 원술은 벌컥 화를 냈다.

"돗자리나 짜고 짚신이나 삼던 천한 놈이 이제는 제후들과 어깨를 나란히 하기에 그러잖아도 버릇을 고쳐 줄 참이었다. 그런데 이놈이 도리어 나한테 덤벼들어. 참으로 괘씸한 놈이 로다!"

원술은 당장 상장 기영(紀靈)에게 10만 대군을 주어 서주로 출발시켰다. 양쪽 군대가 드디어 우이에서 대치했다. 유비는 군사가 적기 때문에 물가에 배수진(背水陣)을 쳤다.

삼첨도(三尖刀)를 잘 쓰는 기영이 먼저 싸움을 걸었다.

"촌놈 유비야. 네 어찌 감히 우리 경계를 침범하느냐?"

유비가 응수했다.

"천자의 조서를 받자와 충성 없는 신하를 치러 왔거늘, 네가 감히 거역하느냐? 네 죄 죽어 마땅하다."

화가 뻗친 기영이 말에 박차를 가하고 삼첨도를 휘두르며 유비를 향해 달려 나왔다.

"되지 못한 놈아! 어딜 함부로 달려오느냐?"

관우가 크게 외치고 쏜살같이 나가서 기영과 맞붙었다. 두 장수가 맞닥뜨려 싸운 지 30합이 지나도 승부가 나지 않았다.

기영이 지쳤는지 외쳤다.

"잠시 쉬었다가 싸우자."

그러자 관우가 말고삐를 돌려 진영으로 돌아왔다. 얼마 후 다시 나가서 기영이 나오기를 기다렸더니, 부장 순정이 나왔다. 관우가 크게 소리 질렀다.

"기영을 나오게 하여라. 내 자웅(雌雄)을 결정하리라!"

순정이 응수했다.

"이름도 없는 너 따위는 우리 기영 장군의 적수가 못 된다."

관우가 격노했다. 말을 달려 나가 단 1합에 순정을 베어 죽였다. 이에 유비가 군사를 휘몰아 무찌르니 기영은 대패하여 회음현 강물 어귀까지 후퇴했다. 기영은 맞대전은 하지 못하고 군사를 몰래 보내 기습전을 시도했으나 이도 번번이 실패했다. 이리하여 양쪽 군사는 싸우지 않고 대치하고만 있었다.

여포에게 서주성을 빼앗긴 유비

유비가 바깥에서 원술의 군대와 싸우고 있을 때 서주성(徐州城)에 남아 있는 장비는 성의 기밀에 관한 중대사는 도맡아 처리했고, 일반 사무에 관한 일은 진등에게 떠넘겼다. 처음 며칠 동안은 술을 입에 대지 않고 잘 버티었다. 그러던 어느 날 장비는 잔치를 베풀고 모든 관리를 모아 놓고 일장연설했다.

"형님이 떠나실 때 나더러 술을 많이 마시지 말도록 분부한 것은 혹시 내가 실수할까 걱정돼서 그런 거요. 그러니 오늘 한 번만 함께 질리도록 마셔 취해 봅시다. 내일부터 술을 삼가고 서주성을 지키는 나를 힘껏 도우면 아무 탈이 없다. 자, 오늘 하루만 진탕 마셔 봅시다."

말을 마치자 자리에서 벌떡 일어나 모든 관리에게 손수 술잔을 안기며 권했다. 그러나 조표(曹豹)는 잔을 들지 않았다.

"나는 금주함으로써 나 자신을 경계합니다."

장비는 대뜸 눈알을 부라렸다.

"이런 죽일 놈이 있나. 나는 꼭 너에게 술을 먹여야만 직성이 풀리겠다."

조표는 겁에 질려 겨우 한 잔을 마셨다. 장비는 모든 관리에게 술을 한 차례 돌린 뒤 자신은 엄청난 큰 잔에다 술을 콸콸 부어 수십 잔을 물 마시듯이 들이켰다. 그러자 자기도 모르는 사이에 만취해 버렸다. 다시 일어나 모든 관리에게 일일이 잔을 권했다. 조표의 차례였다.

"저는 참으로 술을 못합니다."

"조금 전에 마시지 않았느냐? 왜 딴말이냐?"

장비의 힐책에 그래도 두 번 세 번 사양했다. 장비는 취한 데다 발작이 났다.

"네 이놈, 장수의 명령을 어기면 어찌 되는지 응당 알렷다!"

버럭 화를 내며 군사들에게 호령했다.

"당장 이놈을 끌어내어 곤장 백 대만 쳐라!"

조표를 끌어내려는데, 보다 못한 진등이 말렸다.

"현덕 공께서 그대에게 뭐라 하시던가? 벌써 잊었는가?"

"너는 문관이니 너 할 일이나 하지 간섭 말라."

일이 이쯤 되니 조표가 애걸했다.

"익덕(翼德) 공은 제발 내 사위의 체면을 봐서라도 나를 용서해 주오."

"네 사위라니. 그게 누구냐?"

"여포가 바로 내 사위요."

여포의 전처가 바로 조표의 딸이었던 것이다. 이 말을 듣자 장비가 더욱 흥분했다.

"내 실은 너를 때릴 생각이 없었다. 그런데 여포를 내세우고 날 협박해. 어디 견뎌 봐라. 내가 너를 때리는 것은 바로 여포를 때리는 것인 줄 알아라."

모든 사람들이 몰려들어 말렸건만 소용이 없었다. 장비는 매를 들어 그 무서운 힘으로 조표를 쳤다. 모두가 말리고 사정해서, 곤장 50대를 치고서야 매를 놓았다. 술자리는 파하고 모든 관리는 각기 흩어졌다.

집으로 돌아온 조표는 분을 참지 못했다. 그날 밤으로 편지 한 통을 써서 소패에 있는 여포에게 전달하도록 했다. 그 편지 에는 장비의 무례한 소행과 유비가 회남으로 떠나고 없으니 장 비가 술이 깨기 전에 오늘 밤 안으로 서주성을 습격하라는 내 용이 적혀 있었다.

여포는 조표의 편지를 받아 보고 진궁의 생각을 물었다. 진 궁의 대답 역시 예상대로였다.

"이곳 소패는 오래 있을 땅이 못 되오. 지금 칠 기회를 놓치 고 후회한들 무슨 소용이 있겠소."

여포는 크게 머리를 끄덕였다. 즉시 갑옷을 입고 기병 5백을 거느리고 서주성으로 출동했다. 소패에서 서주성까지는 불과 40, 50리니 말에 올라타기만 하면 금방 도착할 수 있는 거리 였다. 여포가 서주성에 이르렀을 때는 밤 4경(새벽 1시에서 3 시 사이)이었다. 달빛이 밝았으나 성 위에서는 소패 군사가 들 이닥친 것도 전혀 몰랐다.

여포가 성문 가에 이르러 외쳤다.

"현덕 공께서 긴급히 보낸 사자요!"

성 위에 있던 조표 수하의 군사들이 즉시 달려가서 보고했 다. 곧 조표가 부하들을 시켜 성문을 활짝 열어 주었다. 성문이 열리자 여포의 군사는 밀물처럼 밀고 들어가면서 고함쳤다. 그 때 장비는 크게 취하여 부중(府中)에서 자고 있었다.

"큰일 났습니다. 여포가 속임수를 써서 성문을 통과해 쳐들어오고 있습니다.”

장비는 잠결에도 여포라는 소리가 들렸는지 버럭 화를 내며 황망히 일어났다. 갑옷을 챙겨 입고 장팔사모를 들었다. 장비가 겨우 부중 문 앞으로 나와서 말을 탔을 때였다. 여포의 군사가 들이닥쳤다. 술이 덜 깬 장비는 제 실력을 마음대로 발휘하지 못했고, 여포 또한 장비의 용맹을 알기 때문에 선뜻 대들지 못했다. 이때 마침 같은 고향 출신 연나라 여덟 명의 장수가 도와주어 장비는 동문 쪽으로 빠져나올 수 있었다. 현덕의 가족이 다 성안 부중에 있었건만 장비는 돌아볼 여가가 없었다.

달아나는 중에 조표가 쫓아오는 것을 보고 장비는 분기탱천(憤氣撑天)하여 즉시 말을 돌려 조표에게로 달려들었다. 싸운 지 3합에 조표가 패하여 달아났다. 장비는 나는 듯이 뒤쫓아가서 강가에 이르러 장팔사모를 들어 단번에 조표의 등을 냅다 찔렀다. 왼쪽 심장까지 꿰뚫린 조표는 탔던 말과 함께 강물 속으로 떨어져 죽었다.

서주성을 점령한 여포는 백성들을 안심시키는 한편, 유비의 가족이 머무는 관사 주변에 군사 1백 명을 배치하여 함부로 드나들지 못하도록 감시했다.

한편 장비는 기병 10여 명과 함께 우이현으로 찾아가 유비에게 자초지종을 고했다. 이 말을 듣자 모든 사람이 아연실색했다. 유비가 탄식했다.

“성을 얻었다고 해서 무슨 기쁨이요, 잃었다고 해서 무슨 근심할 것이 있으리오!”

관우가 물었다.

"그래 형수씨는 지금 어디 계시는가?"

장비는 고개를 떨구었다.

"다 서주성 안에 계십니다."

유비는 아무 말이 없었다. 관우가 발을 구르며 장비를 원망했다.

"당초에 서주성을 지키겠다며 자청했을 때 네 입으로 뭐라고 맹세했느냐? 또 형님은 너에게 뭐라고 당부하셨냐? 서주성을 잃은 데다 형수씨마저 적군 속에 두고 왔다니 이 일을 어찌하면 좋단 말이냐!"

이때에 장비가 칼을 뽑아 자기 목을 치려 했다. 깜짝 놀란 유비는 달려들어 칼을 빼앗아 땅바닥에 던졌다.

"'형제는 손발 같고 아내는 의복과 같다 하였다. 옷은 떨어지면 갈아입을 수 있지만 손발이 끊어지면 어찌 다시 붙일 수 있으리오!' 우리 세 사람이 지난날 도원결의 의형제를 맺었을 때 한날한시에 태어나지 않았지만 같은 날에 죽기를 원했으니, 서주성과 가족을 잃었대서 어찌 형제를 죽게 하리오. 더구나 서주성은 원래부터 내 것이 아니었다. 가족은 붙들려 있지만 여포가 해치지는 않을 것이다. 그렇거늘 아우는 어째서 한때의 잘못을 가지고 죽으려 하느냐?"

유비가 말을 마치고 크게 우니, 관우와 장비도 목놓아 울었다.

한편 원술은 여포가 서주성을 차지했다는 소식을 듣고 즉시 사람을 여포에게 보냈다. 여포가 유비를 치면 곡식 5만 석, 말 5백 필, 황금과 은 만 냥과 채색 비단 천 필을 주겠다고 약속했다. 여포는 흐뭇해서 고순에게 군사 5만 명을 주어 유비의 뒤를 습격하라고 했다. 이 소식을 들은 유비는 우이를 떠나 광릉(廣陵) 땅을 취할 생각으로 동쪽을 향해 달아났다. 고순이 우이에 도착했을 때는 유비는 이미 멀리 달아난 뒤였다.

여포는 사자를 보내어 원술에게 약속을 지키라고 했다. 그러나 원술은 '유비를 없애기 전까지 약속을 미룬다.'고 딴소리했다. 부아가 치밀어 오른 여포는 즉시 원술을 치려고 했다. 그러자 진궁이 말렸다.

"수춘성(壽春城)에 웅거한 원술은 군대가 강하고 군량도 풍족하니 가벼이 칠 수 없소. 그러느니 차라리 유비를 돌아오도록 청해서 소패 읍내에 주둔시키고, 우리의 우익(右翼)으로 삼읍시다. 그를 선봉으로 삼아 먼저 원술과 원소를 깨뜨리면 천하를 잡을 수 있소."

여포는 진궁의 계책대로 곧 유비에게 전령을 파견했다. 그때 유비는 광릉을 손에 넣으려다가 오히려 원술의 기습을 당하여 군사를 절반이나 잃고 돌아오던 중이었다. 유비는 여포의 서신을 받아 보자 매우 반가워했다. 그러나 관우와 장비는 입을 모아 말렸다.

"여포는 의리 없는 자입니다. 그 말을 어떻게 믿는단 말입니까?"

"남의 호의를 내 어찌 의심하겠는가."

유비는 마침내 서주로 갔다. 여포는 유비가 자기를 의심할까 염려되어 유비의 가족을 돌려보냈다. 감 부인과 미 부인은 유비를 만나 말했다.

“여포가 군사를 보내어 우리를 호위해 주었고, 또 필요한 물건을 대 주었기 때문에 조금도 군색하지 않게 지냈어요.”

유비가 관우, 장비를 보고 말했다.

“내가 뭐랬나. 여포는 우리 가족을 해칠 사람이 아니라고 했잖아.”

유비는 여포에게 사례하기 위해 성안으로 들어갈 준비를 했다. 그러나 여포라면 원한이 사무친 장비는 두 형수씨를 모시고 먼저 소패 읍내로 떠났다.

“내가 서주성을 빼앗은 것은 아니오. 귀공의 아우 장비가 술만 먹고 사람을 죽인다고 했기에 혹 실수나 하지 않을까 염려되어 내가 와서 관리하는 중이오.”

유비가 다시 사례하며 말했다.

“나는 오래전부터 형에게 서주성을 양도할 생각이었소.”

여포가 괜히 서주 패인을 유비에게 내주는 척하나 유비가 받을 사람인가. 유비는 형제들을 데리고 소패로 갔다. 소패에 도착한 관우와 장비가 계속 투덜대자 유비는 타이르듯 말했다.

“자신을 굽혀 분수를 지키며 하늘이 기회를 주실 때까지 기다릴 줄도 알아야 한다. 함부로 목숨을 걸고 다투어서는 못쓴다.”

소패왕 손책과 태사자의 용맹

원술은 자신의 계책 안에서 여포가 놀아난 것에 대해 기뻐 어쩔 줄을 몰랐다. 잔치를 크게 베풀어 모든 장수를 위로하는데, 보고가 들어왔다.

"손책(孫策)이 여강태수 육강에게 대승리를 거두고 돌아왔습니다."

원술은 곧 손책을 들어오도록 했다. 손책이 들어와 당하(堂下)에서 절하니, 원술은 손책을 위로하고 잔치에 참석하게 했다.

유표와 싸우다가 전사한 손견의 아들 손책은 어느새 21세의 늠름한 청년으로 성장했다. 손견이 죽었을 때 그의 나이 17살. 아직 뭇 영웅들과 자웅을 다투기에는 너무 어렸다. 영웅도 제 힘을 발휘할 때까지는 상처받지 않아야 하는 것. 그래서 손책은 천하 제국(諸國)을 편력하며 각국의 지리와 산물을 익히다 2년여 전, 스스로 원술에게 몸을 의탁했던 것이다.

이제 고향 강동(江東: 양쯔 강의 동쪽 일대)으로 가 웅지를 펼 때가 됐다. 손책은 아버지 손견으로부터 전해 받은, 원술이 그토록 탐내던 옥새를 바치고 그 대신 외숙(外叔)의 원수인 유요(劉繇)를 친다는 명분으로 군사 3천 명을 빌려 선친 때의 장수인 정보·황개·한당 등과 함께 강동을 향해서 길을 떠났다.

역양(歷陽)에 이르렀을 때였다. 한 떼의 군사를 거느리고 오는 한 장수가 손책을 보더니 말에서 내려 손책에게 절을 했다. 여강 서성 출신인 주유(周瑜)였다. 그는 손책과 동갑내기로 의형제를 맺은 사이였다.

손책을 본 주유가 말했다.

"제가 충성을 다하여 함께 대업을 도모하리다!"

그러면서 손책에게 모사들을 소개해 줬다. 그들은 장소(張昭), 장굉(張紘)이었다. 그들에게 예를 다하여 자기 사람으로 만든 손책은 곧 군사를 몰아 유요가 있는 곡아로 출동했다.

한편 양주자사(揚州刺史) 유요는 손책이 쳐들어온다는 보고를 받자 장수들을 모아 놓고 대책을 논의하고 있었다. 장막 아래서 한 사람이 높이 외쳤다.

"제가 선봉에 서겠습니다."

모두 돌아보니 태사자였다. 북해에서 포위망을 뚫고 공융을 구출한 뒤 유요를 찾아와 그의 휘하에 있었던 것이다.

"자넨 아직 대장 직책을 맡기에는 나이가 젊어. 내 곁에서 거들기나 하라."

유요가 말하니 태사자는 마지못해 물러섰다.

유요 군에서는 부장 장영을 내보냈으나 손책의 적수가 되지 못했다. 손책은 장영의 군량미 10만 석을 거두어 신정(神亭) 땅으로 향했다. 손책이 신정령 남쪽 기슭에 군영을 세우고 지방 백성들에게 물었다.

"이 근처에 혹시 광무제(光武帝)를 모신 사당이 있느냐?"

"바로 신정산 위에 있습니다."

지방 백성이 가르쳐 준 대로 손책이 가려고 했다. 광무제라면 끊어졌던 한 황실을 다시 일으킨 후한의 초대 황제. 손책이 광무제를 찾은 이유는 자신도 광무제처럼 난세를 평정하고 천하 통일의 위업을 이룬 주인공이 되겠다는 각오에서였으리라.

장소가 말렸다.

"안 됩니다. 신정령 남쪽에 유요가 진을 치고 있는데, 만약 복병이라도 있으면 큰일 아닙니까?"

그러나 손책은 갑옷 차림으로 정보, 황개, 한당, 장흠, 주태 등 열세 명만 거느린 채 신정령 위로 갔다. 사당에 이르자 말에서 내려 분향하고 절한 다음 무릎을 꿇고 축원했다.

"만일 제가 강동에서 대업을 세우고 선친의 유업을 이어받게 된다면, 즉시 사당을 중수하여 철마다 제사를 받들겠나이다!"

그런 뒤에 손책이 말에 올라 장수들에게 말했다.

"여기까지 온 김에 저 너머 유요의 진영을 살펴보리라."

모든 장수들은 위험한 일이라고 말렸지만 손책은 듣지 않았다. 손책이 마침내 높은 곳을 올라 남쪽을 바라보았다. 이때 숲 속에 있던 유요의 정탐병이 나는 듯이 달려가 보고했다.

"손책이 우리를 유인하려는 수작이니 쫓아가지 마라."

유요가 전군에게 명령했으나 갑옷 차림으로 창을 들더니 말을 달려 나서며 크게 외친 장수가 있었다.

"담력 있는 자는 나를 따르라!"

놀라서 바라보니 지난번 선봉에 나설 것을 자원했다가 유요에게 꾸지람만 들었던 태사자였다. 태사자를 따라 나서는 장수는 하나도 없었다. 다만 지체 낮은 부장 하나만 따를 뿐이었다.

손책이 한동안 적진을 바라보다가 말을 돌려 고개를 내려가고 있을 때였다.

"손책은 달아나지 마라!"

뒤를 돌아보니, 두 장수가 나는 듯이 말을 달려 언덕을 내려오고 있었다. 손책은 곧 장수들을 일렬로 늘어세웠다. 태사자는 달려 내려오면서 크게 외쳤다.

"누가 손책이냐?"

"너는 누구냐?"

손책이 반문했다.

"내가 바로 동래의 태사자다. 손책을 잡으러 왔다."

손책이 껄껄 웃으면서 대꾸했다.

"내가 바로 손책이다. 너희 둘이 한꺼번에 덤벼들어라. 너희 따위를 겁낼 손책이 아니다."

"너희 열셋이 모두 덤벼도 겁낼 태사자가 아니다."

태사자가 창을 들고 말을 몰아 손책과 맞붙었다. 서로 싸운 지 50합이 지나도 승부가 나지 않았다. 정보 등 장수들은 모두 감탄해 마지않았다.

손책의 창 솜씨는 추호도 빈틈이 없었다. 이에 태사자는 손책을 유인하려고 패한 체 산 뒤로 달아났고, 손책이 그 뒤를 추격했다. 손책이 태사자를 바짝 뒤쫓아가며 크게 꾸짖었다.

"비겁한 놈만 달아나는 법이다!"

태사자는 그대로 말을 달리며 속으로 궁리했다.

'상대는 13명이니 내가 손책을 사로잡는다 해도 도로 빼앗길 것은 뻔하다. 그러니 좀 더 멀리 유인해서 처치하리라.'

이런 생각으로 태사자는 싸우는 척하다가 달아났고, 달아나는 척하다가 싸웠다. 손책이 끝까지 뒤쫓아가니 어느새 평지의 냇가에 이르렀다. 태사자가 갑자기 말을 돌려, 바로 뒤쫓아오는 손책에게 달려들었다. 싸운 지 50합에 손책이 창을 겨누고 냅다 찌르니, 태사자는 나는 듯이 몸을 비끼면서 손책의 창을 옆구리에 꽉 껴안고 역시 창을 겨누어 냅다 찔렀다.

손책 역시 잽싸게 몸을 피하면서 태사자의 창을 옆구리에 꽉 껴안고 서로 놓지 않았다. 두 사람은 순간 동시에 허리에 찬 칼을 뽑아 상대를 쳤으나 맞지 않고 칼끼리 공중에서 쟁그랑 소리를 내며 서로가 함께 말 아래로 굴러 떨어졌다. 주인이 떨어지자 말은 각각 어디론가 가 버렸다.

두 사람은 어느새 창도 칼도 다 버리고 맨주먹으로 달라붙어 서로 치며 차며 드잡이를 했는데, 그 바람에 전포가 찢어지고 갑옷까지 부서져서 보기에도 흉했다.

손책은 재빨리 손을 놀려 태사자의 등 뒤에 메고 있는 짧은 창을 뽑아 콱 찌르니 순간 태사자는 빠져나오면서 어느새 손책의 투구를 벗겼는지 그 투구로 짧은 창을 받아쳤다. 그때 뒤에서 갑자기 함성이 크게 일어나면서 유요의 군사 천여 명이 달려왔다. 손책이 당황하고 있는데, 정보 등 열두 명의 장수들이 또한 달려왔다. 손책과 태사자는 그제야 손을 놓고 떨어졌다.

태사자는 구원 온 군사들 중에서 말 한 필을 얻어 타더니 창을 들고 다시 손책에게로 달려들었다. 손책도 말 한 필을 얻어 타더니 태사자와 싸움을 벌였다.

이에 유요의 천여 명 군사와 손책의 장수 정보 등 열두 명 사이에 신정령 아래를 오가며 서로 일대 접전이 벌어졌다. 이것을 시작으로 유요와 손책의 본군 사이의 전면전이 벌어졌다. 그러나 이미 해는 저물어 어두워지기 시작했다. 게다가 비바람이 몰아쳐서 각기 군사를 거두어야 했다.

이튿날, 유요의 군사와 손책의 군사가 거리를 두고 진영을 벌였다. 손책이 자신의 창끝에 어제 빼앗은 태사자의 창을 비끄러매어 군사에게 외치게 했다.

"태사자가 도망치지 않았다면 벌써 죽었을 것이다!"

이에 태사자가 어제 빼앗은 손책의 투구를 군사에게 주고 진영 앞에서 외치게 했다.

"보아라. 손책의 대가리가 여기 있노라!"

이에 양쪽 군사는 자기 편이 이겼노라고 각기 함성을 질렀다. 태사자가 승부를 지으려고 말을 타고 나왔다. 이를 본 손책이 나가려고 하니 정보가 대신 나서며 말렸다.

"주공은 더 큰일을 하실 분입니다. 제가 가서 저놈을 사로잡겠습니다."

태사자가 정보가 오는 것을 보고 꾸짖었다.

"너 따위는 내 적수가 못 된다. 빨리 손책을 나오라고 해라!"

그러나 태사자는 손책과 승부를 결정짓지 못했다. 유요가 급히 태징을 쳐서 싸움을 중지시켰던 것이다.

"적장을 잡을 찰나에 왜 불러들입니까?"

태사자의 불평에 유요가 답했다.

"주유가 곡아 땅을 습격했는데, 성안에서 내통한 자가 있어 적을 성안으로 끌어들였다는 보고가 왔네. 곡아는 나의 기반인데, 이 땅을 잃었으니 속히 말릉의 군사와 합세하여 곡아 땅을 탈환해야겠네.”

그러나 유요는 곡아 땅을 탈환하지 못했다. 뒤쫓아온 손책 군에게 습격을 당해 처참하게 패배하여 제각기 줄행랑치기에 바빴던 것이다. 태사자가 있다고 하나 혼자 힘으로 손책의 대군을 당할 수는 없는 일. 태사자는 밤새껏 말을 달려 경현 땅으로 갔다.

한편 곡아 땅을 탈환하지 못한 유요는 대신 우저 땅을 함락시켰다. 손책이 격노하여 친히 대군을 거느리고 우저 땅으로 갔다. 손책을 맞아 유요의 장수 우미가 나왔다. 손책이 싸운 지 3합이 안 되어 우미를 냉큼 사로잡아 옆구리에 끼고 진영으로 돌아오는 중이었다. 손책의 진영에서 군사들이 일제히 외쳤다.

“적장이 등 뒤를 노립니다!”

손책이 급히 돌아보니 유요의 장수 번능의 말이 바로 눈앞까지 이르렀다. 순간 손책이 대갈일성했다. 그 소리는 우렛소리 같았다. 번능은 그 소리에 깜짝 놀라 그만 말에서 굴러 떨어져 죽었다. 손책이 유유히 자기 진영으로 돌아와 옆구리에 끼고 있던 우미를 문기(門旗) 아래 내려놓았다. 그런데 그는 꼼짝하지 않았다. 이미 죽어 있었던 것이다. 한 장수는 숨이 막혀 죽었고, 한 장수는 놀라서 죽은 셈이었다. 이런 일이 있은 뒤 세상 사람들은 손책을 항우와 비견하여 ‘소패왕(小覇王)’이라고 불렀다.

손책이 우저성을 함락시킨 기세를 몰아 말릉성마저 함락하니 양주(揚州)의 주인이었던 유요는 형주자사 유표에게 가 몸을 의탁할 수밖에 없었다.

손책은 곧 경현으로 말을 달렸다. 경현은 손책에게 패한 태사자가 후퇴해 있는 곳. 태사자의 무용에 감탄한 손책은 그를 사로잡아 자기 사람으로 만들고 싶었다.

경현성은 비록 작은 성이었으나 산을 등지고 늪지대에 위치해 있는 데다가 태사자가 성문을 닫아걸고 응전하지 않으니 함락시키기가 어려웠다. 이에 주유가 태사자를 사로잡을 계책을 내놓았다.

그날 밤, 주유의 명령을 받은 진무라는 장수가 성벽을 기어올라 불을 지르고 성문을 열어 군대가 일시에 쳐들어오게 했다. 손책의 군대가 동문에 활로를 터 주고 서남북 삼면에서 공격하니 계획대로 태사자는 동문으로 도망칠 수밖에 없었다. 잠시 후, 추격해 오는 손책의 군대를 따돌리려다가 늪지대에서 말이 발을 헛디디는 바람에 태사자는 진흙땅에 처박히고 말았다. 이때를 놓치지 않고 미리 매복해 있던 병사들이 달려들어 태사자를 사로잡아 손책에게 끌고 갔다.

멀리서 온몸이 묶인 채 끌려오는 태사자를 보더니 손책이 군막 바깥으로 나가서 군사들을 꾸짖었다.

"모셔 오지 못할망정 이렇게 무례하게 포박할 수 있느냐?"

그리고 친히 결박을 풀어 주고 비단 전포를 입히고 군막 안으로 안내했다.

손책이 태사자를 위로하듯 말했다.

"나는 그대가 참된 대장부임을 알고 있소. 다만 어리석은 유요를 만났기 때문에 오늘과 같은 일을 당한 것뿐이오."

그리고 손책은 자기의 전포를 벗어 태사자에게 입혀 주었다. 손책의 말과 행동에서 거짓 없는 따뜻한 진정을 느끼게 된 태사자도 마침내 마음이 움직이기 시작했다. 손책이 허심탄회하게 물었다.

"지난번 신정령의 싸움에서 그대가 나를 사로잡았다면 죽였겠소?"

태자자가 조금도 주저하지 않고 호기롭게 대답했다.

"그야 알 수 없는 일이지요."

"하하하, 그야 그렇겠지!"

손책이 껄껄 웃으며 태사자를 상좌(上座)에 앉히고 주연을 베풀었다.

잠시 후 태사자가 먼저 입을 열었다.

"유요의 휘하 군사들은 지난번 전투에서 패한 이후 주군을 잃고 떠돌고 있습니다. 제가 찾아가서 그 군사들을 공(公)에게 귀순시키려는 생각입니다. 제 말을 믿을 수 있겠습니까?"

이에 손책이 선뜻 허락하니 태사자가 곧바로 떠났다.

태사자가 떠난 사실을 알고 손책의 장수들은 대경실색했다.

"태사자는 결코 돌아오지 않을 것입니다."

"태사자는 신의가 있는 용사요. 결코 나를 저버리지는 않을 것이오."

그러나 모든 장수는 손책의 말을 믿으려 하지 않았다.

다음날, 손책은 군막 앞에 긴 막대를 세워 놓고 군사들에게 햇빛에 비쳐 생긴 막대 그림자를 보게 했다.

막대의 그림자가 줄어들더니 해가 바로 하늘 한복판에 이르렸을 때였다. 군사가 큰 소리로 보고했다.

"태사자가 돌아옵니다."

손책이 바라보니 과연 태사자가 약속한 대로 정병 천여 명을 이끌고 돌아오고 있었다. 손책은 크게 기뻐하고, 모든 장수들은 사람을 알아보는 손책의 안목에 감복했다.

얼마 후, 손책의 군사가 오군(吳郡) 성을 포위하고 있었다. 태사자가 손책을 주인으로 모시는 사람으로서 나선 첫 전투였다.

오군의 군사들은 일차 전투에서 패해 전의를 상실한 채 성문을 굳게 걸어 잠그고 나오지 않았다. 이에 손책은 부하 장병들을 지휘하며 성문 앞까지 가서 큰 소리로 항복하라고 외치게 했다. 그러자 성루에서 한 장수가 상반신을 내민 채 왼손으로는 기둥을 붙들고 오른손으로는 성 아래 손책을 가리키며 심한 욕설을 퍼부었다. 태사자가 말 위에서 활과 화살을 잡으며 외쳤다.

"저놈의 손등을 꿰뚫어 버리겠습니다!"

말이 끝나기도 전에 시윗소리를 내면서 번개처럼 날아간 화살은 보기 좋게 적장의 왼손을 꿰뚫고 나뭇기둥에 깊숙이 꽂혔다. 이 광경을 본 군사들은 성의 위아래 할 것 없이 일제히 갈채를 보내고 태사자의 무예에 감탄해 마지않았다.

부하 장수가 화살에 매달린 기막힌 꼴을 보니 오군의 우두머리 엄백호는 싸울 엄두도 나지 않았다. 이윽고 엄백호의 동생 엄여가 손책의 칼에 머리가 잘려 나가고, 엄백호는 성을 버리고 회계태수 왕랑에게 도망갔다. 손책은 승세를 몰아 회계성까지 함락시키니 강동 지방은 손책의 수중에 들어오게 되었다.

여포, 유비와 원술을 화해시키다

강동 땅을 평정하여 날개를 펼 든든한 근거지를 확보한 손책은 사람을 보내어 조조와 교제를 텄으며, 원술에게 지난날 맡긴 옥새를 반환하라는 서신을 보냈다.

한편 옥새를 손에 쥔 원술은 은근히 황제가 될 야심을 품고 있었다. 옥새를 반환하라는 손책의 서신에 응할 리 없었다.

"당초에 내가 군사를 빌려 주지 않았더라면 손책이 강동 땅을 장악할 수 있었겠는가. 은혜를 갚을 줄 모르는 괘씸한 놈 같으니. 손책을 처치할 방법이 없겠소?"

이에 좌중에서 장사(長史) 벼슬에 있는 양(楊) 대장이 계책을 내놓았다.

"손책은 이미 커 버려 그를 단시일 내에 치기는 곤란합니다. 대신 유비를 먼저 쳐서 지난날 원한부터 갚은 다음 손책을 치십시오. 다만 마음에 걸리는 사람은 여포입니다. 서주에 범처럼 웅크리고 있는 그는 전에 우리가 군량미를 주겠다는 약속을 지키지 않은 것에 대해 괘씸하게 생각하고 있을 겁니다. 그런 그가 유비를 지원한다면 낭패입니다. 그러니 지금이라도 군량미를 주어 그의 환심을 사서 군사를 동원하지 못하게 만드십시오. 그러면 유비는 힘들이지 않고 사로잡을 수 있습니다. 그 다음에 여포를 치면 서주 땅 전체를 차지할 수 있을 겁니다."

원술이 기꺼이 한윤에게 비밀 서신과 좁쌀 20만 석을 주어 여포에게 보냈다. 여포는 막대한 군량이 생기자 기쁨에 넘쳐 한윤을 극진히 대접했다. 한윤이 돌아오자 원술은 곧 기영을 대장으로 하여 소패를 공격하게 했다. 이 소식을 들은 유비는 걱정했다. 10만 대 5천, 승부가 뻔한 싸움인 것이다. 유비는 곧 여포에게 원조를 요청하는 서신을 보냈다. 유비의 서신을 읽고 난 여포가 진궁에게 말했다.

"유비를 도와주지 말라는 원술의 서신이 오자마자 이번에는 원조를 요청하는 유비의 서신이 왔소. 유비가 소패에 주둔해도 내게 해로울 것은 없지만 만약 원술이 유비를 격파하고 나면 반드시 북쪽 태산의 모든 장수와 손을 잡고 나를 칠 게 뻔하오. 그렇게 되면 내 어찌 베개를 높이 베고 잠인들 편히 잘 수 있겠소. 차라리 유비를 돕는 것이 낫소."

여포가 소패 땅에 들어가니 기영 군과 유비 군이 한 판 맞설 태세로 진영을 벌이고 있었다.

얼마 후 여포가 유비를 자신의 장막 안으로 불러들였다. 여포는 유비를 보자 대번 으스댔다.

"내가 그대의 위급함을 풀어 줄 테니, 다음날 내 은혜를 잊지 마시오."

유비가 거듭 사례하니 그제야 여포는 유비에게 자리를 권했다. 유비의 뒷자리에는 관우와 장비가 서 있었다. 그때 바깥에서 한 병사가 들어와 고했다.

"기영 장군이 왔습니다."

의외의 사태에 깜짝 놀란 유비가 벌떡 일어나 피하려 했다.

여포가 손을 들어 말렸다.

"두 사람을 한꺼번에 청한 것은 내가 특별히 의논할 게 있어서 그랬으니, 안심하시오."

유비는 여포가 왜 이러는지 알 수 없어서 불안하기만 했다. 기영도 유비를 보자 놀라 황급히 돌아서서 나가려 했다. 좌우 사람들이 만류해도 기영은 듣지 않았다. 그러자 여포가 나가서 기영의 뒷덜미를 잡더니 마치 어린아이 다루듯이 끌고 들어왔다. 기영은 허둥대며 외쳤다.

"장군은 나를 죽일 작정이오?"

"아니다."

"그럼 저 귀 큰 놈을 죽일 테요?"

"아니다."

"그럼 어쩌자는 거요!"

"유현덕은 나와 형제간이다. 장군 때문에 곤경에 빠졌으니, 구해 주려는 거다."

"그건 나를 죽이겠다는 말이구려."

"그럴 리가 있나. 이 여포는 여태까지 싸움을 좋아하지 않고 말리기를 좋아했소. 이제 양쪽을 화해시키려는 것이다."

여포가 가운데 앉고, 기영을 왼쪽에 유비를 오른쪽에 앉히고는 술자리를 베풀었다. 술이 몇 순배 돌았을 때였다.

"그대들 두 장군은 나를 보아 군사를 거두시오."

유비가 말이 없는데, 기영이 대꾸했다.

"유비를 잡기 위해 10만 군사를 거느리고 왔는데, 어찌 빈손으로 돌아가겠소."

장비가 분노하여 칼자루를 잡았다.

"우리 군사가 비록 숫자가 적지만, 황건적의 백만 대군도 무찔렀다. 이에 비하면 너희들 10만 졸개는 아무것도 아니다. 네까짓 게 우리 형님에게 손끝 하나 댈 성싶으냐?"

관우가 급히 말렸다.

"여 장군의 묘안이 뭔지 들어 본 뒤에 나서거라. 정 뜻에 맞지 않으면 그때 싸워도 늦지 않다."

여포가 언성을 드높였다.

"너희들에게 화해하라고 했지 싸우라고 하지는 않았다!"

그러나 기영도 흥분했다. 장비는 기영을 죽이려고만 들었다. 이에 여포는 격분하여 버럭 소리를 질렀다.

"내 창을 이리 가져오너라!"

여포가 방천화극을 집어 들자, 기영과 유비의 얼굴이 순간 흙빛으로 변했다. 여포는 양쪽을 흘겨봤다.

"내가 너희들에게 싸우지 말라고 하는 것은 하늘의 뜻이다."

말을 마치고는 군사에게 지시했다.

"이 화극을 진문(陣門) 밖에 내다 꽂아 놓아라."

즉시 방천화극이 진문 밖에 세워졌다. 여포는 기영과 유비를 돌아보고 말했다.

"여기서 저 진문까지는 1백 5십여 보의 거리다. 내가 활을 쏘아 저 방천화극 끝에 달린 곁가지를 맞힌다면, 너희들은 모두 회군해야 된다. 그러나 화살이 빗나간다면 너희들 서로 죽이든지 살리든지 맘대로 하라. 만일 내 말을 듣지 않을 때는 너희들을 그냥 두지 않을 것이다."

기영이 속으로 생각했다.

'창을 맞히기에는 아득한 거리다. 더구나 창끝의 작은 곁가지를 맞힌다는 것은 불가능한 일이다. 화살이 빗나가면 그때 가서 유비를 쳐도 늦지 않으리라.'

기영이 승낙하니 유비도 승낙하지 않을 수 없었다. 여포는 두 사람을 앉히고 돌려가며 술 한 잔씩을 마신 다음에 활을 가져오라고 지시했다.

유비는 마음속으로 가만히 축원했다.

'비나이다. 제발 적중하기를!'

여포가 소매를 걷어 올리더니 시위에 화살을 끼우고 잔뜩 잡아당겼다가 손을 떼자 시위를 떠난 화살은 유성이 땅에 떨어지는 모습이었다. 한 치도 어김이 없이 화살은 방천화극의 작은 끝가지에 정통으로 들어박혔다. 장막 아래에 서 있던 모든 장수는 일제히 소리를 지르며 박수갈채했다.

여포가 호탕하게 웃으면서 활을 땅에 던진 다음 기영과 유비의 손을 잡고 말했다.

"이건 하늘이 너희들에게 싸우지 말라는 뜻이다."

마치 천자라도 된 듯이 뽐내며 다시 군사들에게 술을 내오게 했다. 그리고 자기가 먼저 큰 잔에 술을 가득 부어 마신 뒤 두 사람에게 차례로 권했다. 유비는 왠지 모르게 부끄럽기도 하고 창피하기도 했다. 기영이 한참 만에 여포에게 말을 꺼냈다.

"그냥 돌아가면 주공이 날 의심할 텐데 뭐라고 보고해야 할지 참 난감하오."

"내 손수 서신을 써 줄 테니 염려 말라."

기영이 여포의 서신을 받고 나가자 여포가 유비에게 말했다.
"내가 아니었더라면, 귀공은 큰일 날 뻔했소."
이튿날 세 사람이 지휘하는 군사는 싸우지 않고 각기 방향을 달리 하여 떠나니 일단 일은 원술의 계략대로 돌아가지 않았던 것이다.

미녀에게 홀린 간웅 조조

원술은 여포가 유비를 공격하지 않았다는 보고를 받자 크게 화를 냈다. 이번에는 자신이 직접 군사를 이끌고 여포와 유비를 치려고 했다. 그러자 기영이 만류했다.

"주공은 서두르지 마십시오. 일단 쌍방을 이간시키는 계책을 써야 합니다. 여포의 딸이 혼기가 찼다고 하는데, 장군께서 사돈을 맺으면 어떨까 합니다. 성사된다면 그 뒤로는 여포는 장군의 지시를 절대로 거역하지 못하고 유비를 죽일 것입니다."

원술은 고개를 끄덕이고 즉시 한윤을 보내 혼인 교섭을 하도록 했다. 원술로부터 청혼을 받은 여포는 부인과 의논한 끝에 청혼을 받아들였다. 여포가 송헌과 위속에게 신부의 가마를 호위하여 한윤과 함께 떠나라고 지시했다. 풍악을 울리며 여포의 딸을 태운 수레가 서주성 바깥으로 넘어가고 있었다. 이때 진등의 아버지 진규가 여포를 급히 찾아와 원술의 흉계를 일러주었다.

"원술의 청혼은 따님을 인질로 삼아 유비를 치게 하고, 소패를 점령하려는 흉계가 숨어 있습니다. 소패가 망하면 틀림없이 장군의 서주도 위태롭게 됩니다. 원술이 장군에게 군량과 군사를 빌려 달라고 별의별 요구를 하면 장군은 어찌하겠소. 따님이 원술에게 잡혀 있어 일일이 응낙하게 되면 장군은 지쳐 쓰러질 것입니다. 더욱이 원술은 스스로 황제라고 참칭(僭稱: 분수에 넘친 칭호를 사용하는 것)할 작정이라던데, 이것은 대역죄를 짓는 일이오. 그가 반역하면 귀공은 바로 역적과 사돈 간이 아닙니까. 천하는 아무도 귀공을 용납하지 않을 것입니다.”

여포가 크게 놀라며 곧 삼십 리 밖까지 쫓아가서 딸이 탄 수레의 방향을 돌려 서주로 돌아오게 했다. 그리고 원술의 사신 한윤을 옥에 가두었다. 이렇게 되니 다행히 여포와 유비의 사이에 아무런 일이 없게 된 것 같았다. 그러나 일은 엉뚱한 데서 틀어졌다. 장비가 산적으로 가장해 여포의 말 150필을 빼앗았던 것. 이 사실을 안 여포가 화가 머리끝까지 올라 군사를 몰고 소패를 철통같이 포위하면서 맹렬하게 공격했다.

소패성 안에서 유비는 좌우를 모아 놓고 상의했다. 손건이 말했다.

“여포를 미워하는 자는 바로 조조입니다. 그러니 소패성을 버리고 허도로 가 조조의 군사를 빌려 여포를 치는 것이 상책입니다.”

“그럼 누가 포위를 뚫고 나갈 테요?”

유비가 물으니 장비가 선뜻 나섰다.

“형님, 제 목숨을 걸고 길을 열겠소.”

장비의 무공으로 유비는 다행히 큰 상처 없이 소패의 포위를 뚫고 허도에 닿을 수 있었다. 우선 허도성 바깥에 진영을 세우고 손건을 조조에게 보냈다. 손건이 자초지종을 말하니 조조가 쾌히 유비를 성안으로 초청했다.

이튿날 유비가 관우와 장비를 성 밖에 남겨 둔 채 손건과 미축을 데리고 성으로 들어가 조조와 대면했다. 조조가 극진하게 예를 갖추니 유비는 여포에게 당한 일을 구구절절이 호소했다.

"여포는 원래 의리 없는 놈이오. 내가 아우님과 함께 힘을 합쳐 그놈을 죽이겠소."

조조가 즉시 술자리를 마련해서 정성껏 유비를 대접했다. 날이 저물어 유비가 돌아가니 순욱이 조조에게 말했다.

"유비는 보통 인물이 아닙니다. 지금 없애지 않는다면 훗날 화근이 됩니다."

조조는 아무 대답이 없었다. 순욱이 나가고 곽가가 들어오니 조조가 물었다.

"순욱이 유현덕을 처치하라는데, 어찌하면 좋겠소?"

"그건 안 될 말입니다. 주공께서 신의로써 천하 호걸들을 초청하건만 그래도 사람들이 겁을 먹고 오지 않는 실정입니다. 이러한데, 영웅의 칭호를 듣는 사람이 갈 곳이 없어 찾아왔거늘 그를 죽인다면 어떤 소문이 나겠습니까. 천하 인재들은 주공을 찾지 않을 것입니다. 그러면 주공은 누구와 손잡고 천하를 평정하겠습니까? 화근 하나를 덜기 위해 천하 인망을 잃는 우를 범해서는 안 됩니다."

조조는 흐뭇해하며 말했다.

"그대 말이 내 생각과 같도다."

다음날 조조는 천자께 표문을 올려 유비를 예주목사(豫州牧使)로 추천했다. 이번에는 정욱이 유비를 없애 버리자고 간하니 조조가 말했다.

"지금은 영웅을 일으켜 쓸 때다. 한 사람을 죽이고 천하 인심을 잃을 수는 없다. 이미 곽가와 합의를 봤으니 아무 말 말라."

조조가 군사 3천과 군량미 만 석을 유비에게 내주고 예주로 가서 부임하도록 했다. 그러면서 유비에게 여포를 치도록 지시를 내렸다.

조조가 유비와 손을 잡고 여포를 치려고 출병할 때였다.

"죽은 장제의 조카 장수(張繡)가 가후를 모사로 삼고 형주자사 유표와 동맹하여 허도로 쳐들어와서 천자를 납치할 작정이랍니다."

조조가 격노했다. 당장 군사를 일으켜 장수를 치려 했으나, 그 틈을 타 여포가 허도를 침범할까 걱정이 되어서 순욱에게 계책을 물었다.

"여포는 원대한 계책이 없는 무리로서 '눈앞의 이익을 보면 반드시 기뻐할 것입니다[見利必喜].' 여포의 벼슬을 높이고 상을 내리면서 현덕과 화해하라고 권고하시면 됩니다."

조조가 순욱의 계책을 따르는 한편 15만의 군사를 거느리고 하남성 남영 부근 장수의 진영 앞에 진영을 세웠다. 조조의 진영을 보니 장수의 모사 가후는 도저히 승산이 서지 않는다고 판단했다. 장수의 승낙을 받아 화평을 맺기 위해 조조를 찾아갔다. 조조는 가후를 맞아들였다. 몇 마디 나눠 보니 언변이 흐르는 물처럼 능숙해 조조는 감동을 받아 가후에게 자기 모사가 되어 달라고 청했다. 그러나 가후는 사양했다.

"저는 과거 이각을 따르다 천하에 죄를 지었는데, 주인을 바꿔 현재는 장수를 위해 계책을 바치고 있습니다. 이러할진대 어찌 또 주인을 버릴 수 있나이까."

이튿날 가후는 장수를 이끌고 다시 왔다. 조조가 두 사람을 후히 대접하니 조조와 장수 군대 간에 화평이 맺어지는 듯했다. 며칠 후 이번에는 장수가 조조를 불러들여 잔치를 베풀었다. 이날 밤. 술에 취하여 숙소로 돌아온 조조는 좌우를 둘러보며 물었다.

"이 성안에는 기생도 하나 없느냐?"

조조의 조카 조안민이 눈치를 알아차리고 대답했다.

"어젯밤에 제가 관사 곁에서 빼어난 부인을 엿본 일이 있습니다. 어떠신지요?"

조조는 술김에 여자를 데려오라고 조안민에게 말했다. 얼마 후 조조의 앞에 한 여인이 들어왔다. 과연 미인이었다. 남편이 죽은 추씨(鄒氏)라는 여인으로서 죽은 남편의 이름은 장제, 그러니 장수의 작은어머니였다.

"부인은 내가 누군지 아시오?"

"승상의 높은 명성을 들었더니 다행히 오늘 저녁에야 뵙게 되었나이다."

"다 부인을 위해 장수의 항복을 받아들인 것이오. 그렇지 않았다면 장씨 일가는 멸족을 당했을 거요."

그러자 추씨가 몸을 일으켜 절했다.

"거듭 살려 주신 은혜 감사하나이다."

"부인을 보게 된 것은 참으로 천행(天幸)이오. 오늘 밤 나와 잠자리를 함께하고, 허도에 가서 부귀영화를 누리는 게 어떻소?"

추씨는 거듭 절하고 사례했다. 그날 밤 추씨는 베갯머리에서 조조에게 말했다.

"성안에 이렇게 오래 머물러 있으면 장수가 의심할 것이며, 사람들의 구설수에 오를까 두려워요."

이튿날 조조는 추씨와 함께 성 바깥 진영의 처소로 옮겼다. 그리고 쌍철극을 잘 쓰는 전위에게 분부했다.

"너는 장막 바깥에서 숙직하되, 내 분부 없이는 아무도 들여보내지 말라!"

이리하여 장막 안과 바깥은 출입이 끊어졌다. 조조는 날마다 재미를 보느라, 허도로 돌아갈 생각도 하지 않았다.

이 사연을 장수의 친척 되는 사람이 장수에게 고자질했다. 장수가 치를 떨며 말했다.

"역적 조조 놈이 나를 이렇듯 모욕하다니!"

장수가 곧 모사 가후를 불러들여 상의했다.

이튿날이었다. 장수가 조조를 찾아가 말했다.

"저의 수하 군사들 중에 도망치는 자가 날로 늘어나니, 이곳 중군 가까이 군사를 옮기면 어떨까요?"

조조의 허락이 떨어지자마자 장수는 조조의 군영 근처 네 곳에다 진을 쳤다. 그리고 가후를 보내어 전위를 초청하고 술을 권했다. 전위는 밤늦게까지 장수가 따라 주는 술잔을 연거푸 받고 보니 잔뜩 취하지 않을 수 없었다. 술대접을 받고 군사들을 거느리고 돌아왔는데, 군사들 틈에 낀 장수의 부하가 자신의 쌍철극을 몰래 가져간 것도 몰랐다.

한편, 이날 밤도 여느 때와 마찬가지로 조조가 장막 안에서 추씨와 함께 술을 마시고 있었다. 바깥에서 사람 소리와 말 소리가 시끄럽게 났다. 무슨 일인가 알아보라고 하니 장수의 부하들이 밤 순찰 중이라는 보고였다. 밤이 2경쯤(밤 9시에서 11시 사이) 됐을 때였다. 문득 진영 뒤에서 함성이 들려왔다. 알아보니 '마초(馬草)를 쌓아 둔 수레에서 불이 붙었다.' 는 보고가 들어왔다. 조조가 아무렇지도 않게 말했다.

"군중에 잘못 불이 날 수도 있다. 너무 놀라지 말라."

조금 지나자 사방에서 불길이 치솟았다. 그제야 황급히 일어나 전위를 불렀다. 그때 전위는 몹시 취하여 곯아떨어져 자고 있었다. 갑자기 진동하는 태징 소리와 북소리와 살기 띤 함성을 듣고 벌떡 일어났으나 암만 둘러보아도 쌍철극이 보이지 않았다.

이때 장수의 기병들이 진문 입구에서 달려들었다. 전위가 부하의 칼을 빼앗아 순식간에 적 20여 명을 베어 죽였다. 기병들이 물러서자 이번에는 보병들이 쳐들어왔는데, 창들이 하늘을 찌를 듯한 기세로 전위를 향했다. 전위는 무서운 힘으로 싸웠으나 갑옷을 입지 않았기 때문에 위아래로 창에 찔려 수십 곳에 상처를 입었다. 전위가 사력을 다해 싸웠지만 칼날이 무디어져 쓸모가 없게 되었다. 그러자 칼을 버리고 달려드는 적을 맨주먹으로 때려눕혔다. 8, 9명이 주먹 한 방에 죽어 자빠지니 적군은 더 이상 가까이 오지 않고 물러섰다.

보병이 물러서자 궁수들이 일제히 활을 당겼다. 전위는 사력을 다해 조조가 있는 진문에 버티고 서서 빗발치듯 날아오는 화살을 양팔을 휘둘러 막았다. 그때 뒤에서 적군이 던진 창이 전위의 등을 관통해 버렸다. 전위가 죽은 지 한 시간이 지난 후에도 무서워서 감히 진문 안으로 들어서는 적군은 없었다.

한편 조조는 전위가 진문에서 싸울 때 이미 말을 타고 군영 뒤로 내뺐다. 뒤쫓아오는 장수의 군사들을 간신히 따돌리고 목숨을 구할 수 있었는데, 그의 뒤를 따라오며 호위하던 큰아들 조앙과 조카 조안민의 희생을 치르고 난 후의 일이었다.

청주성에서 우금이 장수를 물리치자 조조는 곧 제물을 바쳐 전위의 제사를 지내 줬다. 조조가 친히 통곡하고 손수 술을 따라 바친 다음에 모든 장수를 돌아보며 말했다.

"두 피붙이의 죽음이 전위의 죽음보다 슬프지는 않다. 전위를 생각하니 울음을 참을 길이 없구나!"

이 말을 듣자 모든 장수는 감복해 마지않았다.

조조가 원소를
이길 수밖에 없는 10가지 이유

회남의 원술은 스스로 황제라고 참칭(僭稱)하고 중앙과 지방의 관직 및 제도를 공표하는 한편, 풍씨 부인을 황후로, 맏아들을 태자로 삼았다. 이때 원술의 흥을 깨는 보고가 들어왔다. 여포가 통혼을 작파한 데다가 자신이 보낸 사신 한윤을 조조에게 보내 처형시켰다는 보고였다. 원술은 노발대발하여 장훈(張勳)에게 20만 대군을 주어 일곱 갈래 즉 칠로(七路)로 나누어서 서주의 여포를 공격하게 했다.

칠로군이 하루에 50리씩 전진한다는 보고를 받은 여포는 간담이 서늘했다. 여포가 급히 모사들을 소집했다. 이 자리에서 진궁이 계책을 내놓았다.

"이 사태의 책임은 통혼을 작파하게 한 진규 부자에게 있소. 그들의 머리를 참하여 원술에게 바치면 칠로군이 싸우지 않고 물러갈 것이오."

여포는 진궁의 말을 듣자 곧 진규 부자를 뜰 아래로 잡아 내렸다. 그러나 진등은 오히려 껄껄 웃으며 원소 군을 물리칠 계책을 내놓았다.

"원술의 군사는 오합지졸에 불과합니다. 자기네끼리 죽이도록 만들면 원술도 사로잡을 수 있습니다. 칠로군 가운데 한섬과 양봉은 조조가 무서워 원술에게 몸을 의탁한 사람이 아닙니까. 그런데 이들이 원술의 푸대접에 불만을 품고 있습니다. 장군의 서신 한 장이면 그들과 내통할 수 있으며 또 예주목사로 있는 유비와 동맹하여 안팎으로 호응하면 반드시 원술을 사로잡을 수 있을 것입니다.”

여포가 고개를 끄덕였다. 곧 진등에게 밀서를 주어 한섬과 양봉을 찾아가라고 했다. 그리고 자신은 천자가 있는 허도에 표문을 보내어 원술의 침략 사실을 보고하는 한편 예주에 사신을 보내어 유비에게 지원을 요청했다.

여포가 원술의 칠로군과 맞서기 위해 군사를 거느리고 서주성에서 30리 떨어진 곳에다 진을 쳤다. 칠로군의 대장 장훈은 여포를 맞설 자신이 없어 20리 후퇴하여 진을 치고 구원군이 당도하기를 기다렸다. 그날 밤, 양봉과 한섬의 부하들이 사방에 불을 지르니 이것을 신호로 여포의 군사가 장훈의 진영에 들이닥쳤다.

날이 밝도록 달아나던 장훈이 기영의 구원군이 당도하자 다시 여포와 대항하려 했다. 그때 좌우에서 함성이 크게 일며 한섬과 양봉의 부대가 공격해 왔다. 장훈은 다시 패하여 기영과 함께 달아났다.

여포가 승세를 몰아 매섭게 추격하는데, 갑자기 산 뒤에서 1대의 군사가 나타났다. 용봉일월(龍鳳日月) 깃발을 휘날리며 황제의 행차 차림으로 황금 갑옷을 입은 원술을 호위하고 있었다. 원술이 호통쳤다.

“언제나 아버지를 배신만 하는 역적 놈아!”

원술의 말을 듣자 여포는 화가 치밀어 방천화극을 바로잡고 달려들어 원술의 부하 이응을 단 3합 만에 물리쳐 버렸다. 여포가 군사를 휘몰아 마구 베니 원술의 군사는 정신을 못 차리고 달아나기에 바빴다.

원술이 패잔병을 이끌고 몇 마장 못 갔을 때였다. 문득 산 뒤에서 1대의 군사가 원술을 가로막았는데, 앞장 선 장수는 관우였다.

"역적 놈은 여기가 마지막 길이다!"

관우가 호령하니 원술은 부하 장수와 군사를 미처 돌볼 겨를도 없이 줄행랑을 쳤다. 관우가 그 뒤를 쫓아가며 마구 베니 원술은 회남 땅으로 돌아가는 수밖에 없었다.

대승을 거둔 여포는 서주로 돌아와 관우와 양봉·한섬 등에게 사례를 하고 잔치를 벌여 극진히 대접했다. 이튿날 관우는 군사를 이끌고 예주로 돌아갔다. 여포는 양봉·한섬 두 사람을 자기 사람으로 만들고 싶어 서주에 남게 하려고 했으나 진규가 말렸다. 결국 여포는 진규의 의견대로 한섬을 기도현령, 양봉을 낭야현령으로 임명하여 산동으로 파견했다. 진등이 아버지 진규에게 가만히 물었다.

"두 사람을 서주에 두게 하여 여포를 죽이도록 하는 게 낫지 않습니까?"

"그러다가 두 사람이 진심으로 여포를 섬긴다면, 오히려 호랑이에게 날개를 달아 주는 셈이 아니냐?"

진등은 아버지의 통찰력에 감탄할 따름이었다.

회남으로 돌아온 원술은 생각할수록 분이 치밀어 올랐다. 복수를 위해 강동의 손책에게 사신을 파견해 지원군을 요청했다.

그러나 손책은 화를 벌컥 냈다.

"원술은 내가 맡겨 둔 옥새만 믿고 스스로 황제라고 참칭(僭稱)한 황실의 대역 죄인이 되었다. 그러잖아도 군사를 일으켜 치려던 참에 원군을 청하다니! 가당치도 않다."

사신으로부터 보고를 받은 원술이 노기충천했다.

"주둥이가 누런 어린놈이 못하는 말이 없구나. 이놈부터 쳐서 없앨 것이다."

그러나 양(楊) 대장이 간곡히 간하는 바람에 원술은 군사를 일으키지 못했다. 한편 손책은 원술의 공격에 대비하여 군사를 정돈하고 장강 어귀를 지키고 있었다. 그때 조조의 사신이 조서를 들고 찾아왔다. 조서를 보니 자신을 회계태수로 삼으니 원술을 치라는 내용이었다. 손책이 출전을 서두르자 장소가 간했다.

"원술이 비록 패했지만 대병력을 보유한 데다 군량미 또한 풍족히 갖고 있어 경솔히 대적할 순 없습니다. 그러니 조조에게 먼저 군사를 이끌고 남쪽으로 진군하라고 하십시오. 우리는 북쪽으로 쳐들어가서 양군이 협공한다면 원술의 군사는 쉽게 무너질 것입니다. 혹 우리가 실수하는 경우에는 조조의 지원을 받을 수 있지 않겠습니까?"

얼마 후 조조는 원술을 정벌하기로 결심했다. 출전하기 전 손책, 유비, 여포에게 군사를 동원하도록 통지하고 허도의 수비는 조인에게 맡겼다. 그런 후 나머지 군사를 모조리 동원하니 17만의 대군사에 군량과 무기를 실은 치중(輜重: 군수품)만도 천여 수레에 달했다.

조조가 장계산에 이르자 유비가 나와 영접했고, 유비와 함께 서주성에 이르자 여포가 나와 맞이했다. 조조가 좋은 말로 여포를 위로하고 좌장군에 봉하면서 싸움 후엔 서주목사로 정식 임명하겠다고 하니 여포가 여간 기뻐하지 않았다.

조조는 여포의 군대를 왼쪽에, 유비의 군대를 오른쪽에 배치하고 중앙에서 대군을 지휘하면서 하후돈과 우금을 선봉으로 세워 전진했다. 한편 원술은 장수·교유를 선봉장으로 삼아 군사 5만을 거느리게 했다. 양쪽의 군사는 수춘 땅 접경에서 마주쳤다. 원술의 군영에서 교유가 나오니 조조의 군영에서 하후돈이 나왔다. 싸운 지 불과 3합이 안 되어 교유는 하후돈의 창에 찔려 죽으니 원술의 군사는 수춘성으로 내빼 들어갔다.

성안에 있던 원술은 부하들을 모아 놓고 긴급 작전회의를 열었다. 조조, 여포, 유비뿐만 아니라 손책까지 합세하여 수춘성을 사방팔방 죄어들고 있었다. 양 대장이 계책을 내놓았다.

"수해로 수춘에 양식이 부족한 터에 군사를 동원하면 백성의 원성이 자자하게 됩니다. 그러니 정면 대결은 피하고 성을 철통같이 지켜 지구전을 펴야 됩니다. 그러다 보면 적의 원정군은 군량이 떨어져 자중지란이 일어날 것입니다. 그동안에 폐하께서는 어림군(御林軍: 황실 친위군)을 거느리시고 회수를 건너십시오. 그러면 우리는 부족한 군량미를 해결하고 적의 날카로운 기세를 피하는 두 가지 이득이 있게 됩니다."

원술이 고개를 끄덕였다. 이풍·악취·양강·진기 네 장수에게 군사 10만을 주어 수춘성을 굳게 지키게 하고, 자신은 창고 안 금은패물을 모조리 싸 가지고 회수로 몸을 피했다.

전세는 원술의 의도대로 흘러갔다. 조조의 군대가 싸움을 걸었으나 수춘성에서는 원술의 병사 한 명도 나오지 않았다. 그런 데다 조조의 17만 대군 군량미는 점점 바닥이 나기 시작했다. 손책이 군량미 10만 석을 지원했으나 17만 대군을 오래 먹일 수는 없었다. 어느 날이었다.

조조가 군량을 맡아보는 왕후라는 부하에게 명령했다.

"우선 군량을 말로 주지 말고 되로 나눠 주어 당분간 굶주림이나 피하게 하라."

"군사들이 원망하면 어찌하리까?"

"내가 알아서 할 테니, 너는 시키는 대로만 하여라."

왕후는 조조가 지시한 대로 했다. 조조는 사람을 비밀리에 보내 각 진영의 반응을 살폈다. 과연 자신의 예상대로 모든 군사가 자신을 원망했다.

"승상은 우리를 속였다!"

조조는 곧 왕후를 불러들였다.

"내가 네 물건을 한 가지 빌려야만 모든 군사들의 원성을 진정시킬 수 있겠다. 그러니 날 언짢게 생각 말라."

"승상께서 제게 무엇이 필요합니까?"

"바로 네 머리를 베어서 모든 군사들에게 보이는 일이다."

왕후는 크게 놀랐다.

"제게 무슨 죄가 있다고 이러십니까?"

"죄가 없다는 것은 잘 안다. 그러나 너를 죽이지 않으면 모든 군사가 동요한다. 네 처자들은 책임지고 보호할 테니 조금도 염려 마라."

왕후가 입을 열려고 할 때 조조가 불러들인 도부수가 왕후를 끌어내어 단칼에 목을 쳤다. 이윽고 왕후의 머리가 긴 장대에 높이 매달렸고, 그 곁에 방문이 나붙었다.

'왕후가 말로 주어야 할 군량을 되로 나눠 주고, 그 나머지를 빼돌렸기에 군법에 의해 처형했다.'

그제야 군사들은 조조에 대한 원망을 풀었다. 이튿날, 조조는 각 진영의 장수들에게 엄명을 내렸다.

"3일 안에 함락시키지 못하면 지위고하를 막론하고 참(斬)하리라."

그러고는 몸소 수춘성 아래로 내려가서 군사들과 함께 흙과 돌을 운반하여 참호를 메우는 일을 지휘했다. 성 위에서 화살과 돌멩이가 빗발치듯 날아오니 무장 두 사람이 몸을 피해 돌아섰다. 이를 본 조조가 즉시 칼을 뽑아 참한 다음 말에서 내려 참호에 흙을 메우는 일에 달라붙었다. 이를 본 군사들이 앞을 다투어 전진하니 마침내 성은 함락되고 말았다.

조조는 원술의 궁궐을 전부 태워 버렸다. 그리고 즉시 회수를 건너 원술을 추격하려고 하자, 순욱이 만류했다.

"흉년이 들어 양식이 부족한 터에 또 진군시킨다면 군사는 피로하고 백성은 많은 피해를 입습니다. 차라리 허도로 잠시 들어갔다가 명년 봄에 보리가 익어 군량이 마련되거든 원술을 치도록 하십시오."

조조가 주저하며 결단을 내리지 못하고 있는데, 파발꾼이 급히 말을 달려와 보고했다.

"장수(張繡)가 유표와 결탁하여 다시 반란을 일으키자 남양,

강릉 모든 고을도 따라서 반기를 들었습니다. 이미 조홍이 연전연패한 상태입니다.”

조조는 서신을 써서 급히 손책에게 보냈다. 그 서신은 유표의 군사를 움직이지 못하게 하라는 내용이었다. 그리고 유비와 여포 두 사람을 불러 화해를 당부했다.

여포가 군사를 거두어 먼저 서주로 떠났다. 그러자 조조가 유비에게 속삭였다.

“현덕 공을 소패에 주둔시킨 것은 ‘구덩이를 파서 범을 잡을 때까지 기다리는 계책이오.’ 귀공은 진규, 진등 부자와 함께 의논하여 기회를 놓치지 말도록 하오. 나도 힘닿는 대로 도와주리다.”

이 말을 끝으로 조조와 유비는 군사를 거느리고 각자 자기 땅으로 돌아갔다.

조조가 군사를 거느리고 허도(許都)로 돌아오자 기쁜 일이 기다리고 있었다. 단외와 오습이 이각과 곽사를 참하여 두 놈의 머리를 가지고 온 것이었다. 조조가 천자께 아뢨다.

“장수(張繡)가 또 반란을 일으켰으니 군사를 일으켜 쳐야겠습니다.”

천자가 어가를 타고 나가 조조가 군사를 거느리고 떠나가는 것을 전송하니, 이때가 건안 3년(서기 198년) 여름 4월이었다. 조조가 친히 대군을 거느리고 행군하는데, 사방에서 보리가 금빛으로 익어 갔다. 조조는 마을의 노인들과 각 지방 관리에게 명령했다.

“내가 역적을 치러 가는 뜻은 백성들을 편안케 하고자 함이다. 지위고하를 막론하고 보리밭을 함부로 밟는 군사가 있다면 목을 참하리라. 그러니 백성들은 안심하여라.”

조조가 말을 타고 가는 중이었다. 갑자기 보리밭에서 비둘기 한 마리가 놀라서 날아올랐다. 이에 조조가 탄 말이 놀라 보리밭으로 뛰어 들어가서 보리를 짓밟았다. 조조는 행군주부(行軍主簿)를 불러 물었다.

“내가 군법을 어겼으니 무슨 죄에 해당하느냐?”

주부는 난처해했다.

“승상을 어찌 죄로써 다스리겠습니까?”

“내가 법을 정하고 스스로 법을 어겼으니 이러고야 군사들이 명령에 복종하겠는가.”

말을 마치고 허리에 찬 칼을 뽑더니 자기 목을 치려고 했다. 모든 사람들이 깜짝 놀라 일제히 달려들어 말렸다.

“공자께서 펴낸 〈춘추(春秋)〉를 보면 ‘법은 존귀한 데에는 미치지 못한다[法不加於尊].’고 하였습니다. 어찌 자결하려 하십니까?”

조조는 한참 동안 생각하더니 말을 꺼냈다.

“〈춘추〉에 그렇게 나왔으니 죽을 수도 없겠구나!”

말을 마치자 자기 머리카락을 한 움큼 자르더니 땅바닥에 던지며 분부했다.

“내 머리털로 목을 대신하니, 삼군에게 이것을 두루 보여라.”

장수들은 조조의 머리털을 모든 군사들에게 두루 보이며 말했다.

"승상께서 보리밭을 밟은 것에 모발을 끊어 그 벌을 대신하셨노라."

그 순간 모든 군사들은 소름이 쫙 돋았다. 그 뒤로는 감히 군령을 어기는 자가 없었다.

한편 장수는 조조가 대군을 거느리고 온다는 보고를 받자 형주의 유표에게 지원군을 요청했다.

조조는 장수·유표 연합군을 맞아 일진일퇴의 공방을 벌였으나 항복을 받아 내지 못하고 급히 말머리를 허도로 돌릴 수밖에 없었다. 원소가 조조가 없는 틈을 타 허도를 공격하려 한다는 보고가 들어왔기 때문이었다.

허도로 돌아온 조조는 천자께 손책의 공로를 아뢴 다음에 그를 토역장군(討逆將軍)으로 봉하고, 오후(吳侯) 벼슬을 준다는 조서를 전함과 동시에 형주의 유표를 소탕하라는 칙명을 내렸다.

조조가 승상부로 돌아와서 모든 고관대작들의 인사를 받았다. 이때 곽가가 들어와 소매 속에서 서신을 꺼내 바쳤다.

"원소가 자기는 공손찬을 칠 터이니 군량과 군사를 빌려 달랍니다."

"허도로 쳐들어오려 할 때는 언제고, 내가 돌아오니 엉뚱한 수작을 하는군."

원소의 서신을 읽어 보니 그 글이 자못 교만하고 무례했다. 조조가 곽가에게 의견을 구했다.

"원소가 이처럼 오만불손하니 그를 치고 싶어도 군사가 열세이니 한이오."

"옛적에 한고조께서 항우를 이긴 것은 오직 지혜로써 싸웠기 때문입니다. 이제 원소가 군사력이 강하다고 하지만 원소에게는 패할 이유가 열 가지 있지만 승상은 이길 이유가 열 가지 있습니다.

첫째로 원소는 허례허식을 좋아하지만 승상은 자연의 이치를 거스르지 않고 도로써 상대를 대합니다. 둘째, 원소는 천하를 거스르는 행동을 하지만 승상은 순리로써 모든 것을 대처합니다. 셋째, 원소는 정치 문란을 방관했는데, 승상은 법으로써 천하를 바로 세웠습니다. 넷째, 원소는 겉으로만 너그러운 체하면서 시기심이 많아 되도록 자기 일가친척에게만 요직을 맡기지만 승상은 간소하게 일을 처리하고 마음이 밝아서 재능이 있는 이에게 일을 맡깁니다. 다섯째, 원소는 꾀는 많으나 결단력이 부족하지만 승상은 계책이 서면 즉시 실천합니다. 여섯째, 원소는 소문만 듣고 사람을 대우하지만 승상은 지혜로써 사람을 대합니다. 일곱째, 원소는 남의 눈에 띄게 선행을 자랑하지만 승상은 보이지 않는 곳까지 배려합니다. 여덟째, 원소는 귀가 얇아 누가 중상모략하면 곧이듣고 흔들리지만 승상은 한 번 결정하면 흔들림이 없지요. 아홉째, 원소는 시비흑백을 분간 못하지만 승상은 법도로써 엄격히 구별합니다. 열째, 원소는 허세를 좋아하여 병법의 요점을 소홀히 하지만 승상은 병법의 요점을 정확히 파악해 군사를 신출귀몰하게 쓰십니다.

이렇게 열 가지 장점이 있기에 어렵지 않게 원소를 제압할 것입니다."

조조가 웃으며 대답했다.

"과분한 칭찬이오."

그러자 순욱이 거들었다.

"곽봉효의 '십승십패설(十勝十敗說)'에 저도 동감합니다. 원소의 군사가 많다지만 무엇을 두려워하십니까?"

곽가가 다시 고했다.

"진실로 우리의 걱정은 서주(徐州)의 여포입니다. 우리가 원소를 치면 여포가 이 틈을 타서 허도를 침범할 겁니다. 그러니 원소가 북쪽의 공손찬을 치게 만드십시오. 이 기회에 우리는 먼저 여포를 쳐서 동남쪽을 평정하고 그 다음에 원소를 토벌하는 것이 상책이지요."

조조가 그 말에 고개를 끄덕이고 여포를 칠 일을 상의했다.

모든 게 조조의 뜻대로 되었다. 순욱의 계책대로 원소를 대장군 태위(太尉)에 임명한다는 천자의 조서를 보내니 원소는 조조의 밀서에 적힌 대로 즉시 군사를 거느리고 북쪽의 공손찬을 공격했다. 한편 유비는 여포를 치라는 조조의 서신을 받고 '조조가 먼저 치면 자신이 선봉에 나서겠다.'는 답신을 보냈다. 그런데 이 서신이 여포의 손에 들어가니 여포가 대군을 이끌고 소패성(小沛城)으로 향했다. 위기를 느낀 유비는 급히 조조에게 서신을 보내 원군을 청했다.

이에 조조가 휘하의 장수 하후돈(夏侯惇)을 소패로 보냈다. 하후돈이 소패로 오다가 여포의 장수 고순을 만나자 창을 높이 들고 말을 달려 싸움을 걸었다. 고순은 하후돈을 맞이하여 서로 말을 부딪치며 싸운 지 40,50합에 대적할 수 없음을 깨닫고 자기 진영을 향해서 달아났다. 하후돈이 말을 달려 뒤쫓으니 고순은 피할 틈을 찾기에 바빴다. 하후돈은 고순을 놓치지 않으려고 뒤쫓다 어느새 적진에 발을 들여놓게 되었다. 이때 여포의 장수 조성이 이 광경을 보자 활에 화살을 먹이고 잔뜩 노려보다가 손을 뗐다. 순간 화살은 하후돈의 왼쪽 눈에 들어박히고 말았다.

"으악!"

하후돈은 크게 외마디소리를 지르며, 눈에 박힌 화살을 뽑았다. 눈알이 화살에 꽂힌 채 빠져나왔다. 하후돈이 크게 외쳤다.

"부모의 정기와 피로 이루어진 것이다. 어찌 버릴 수 있으리오!"

그리고 한입에 눈알을 씹어 삼키고 다시 창을 들고 말을 달려 화살을 쏜 조성에게로 달려들었다. 순간 조성은 하후돈의 창을 막지 못하고 얼굴 정면에서 뒷골까지 관통하여 말 아래로 떨어져 죽었다.

그러나 하후돈은 고순의 기습 작전에 말려들고, 소패성은 여포에게 유린되어 유비는 조조를 바라고 달아날 수밖에 없었다.

조조는 조인에게 군사 3천을 주어 소패를 공략하라고 지시했다. 서주성에 있던 여포는 급히 군사를 모아 소패를 지키기 위해 떠났다. 그 전에 군량미와 처자식은 하비성(下邳城)으로 옮겨 놓았다. 조조의 결사적인 공격에 서주성이 함락될지 모른다는 염려에서였다.

소패성으로 가던 여포는 소관(蕭關) 땅이 위급하다는 보고를 받았다. 진등을 소관으로 보내 사정을 알아 오라고 했는데, 진등은 오히려 거짓 정보를 꾸며 여포를 함정에 빠트렸다. 여포에게는 진궁이 성을 결사적으로 지키고 있으니 조조가 소관을 공격할 때 조조의 등 뒤를 습격하라는 계책을 내놓았고, 진궁에 게는 여포의 명령이라며 성 밖에 나와 조조와 맞서라고 했다.

이날 밤이었다. 진궁이 약속한 작전대로 조조를 치기 위해 소관 성에서 나왔다. 이 틈을 타 조조의 군대가 샛길을 이용해 빈 성에 들어갔다. 여포는 성 바깥에 나와 있는 부대를 향해 총공격했다. 진궁도 상대가 조조의 군대라고 여기고 총공격령을 내렸다. 캄캄한 밤에 양쪽 군사 간에 치열한 전투가 벌어졌다. 날이 훤히 밝을 무렵에야 같은 편끼리 싸웠다는 것을 깨달은 여포가 서둘러 성을 향해 군사를 재촉했지만 소패성은 이미 함락되어 있었다.

이제 여포가 지킬 수 있는 성은 하비성뿐이었다. 하비성은 천연의 요새였다. 그런데 진궁이 여포에게 성 밖을 나가 조조 군의 보급로를 끊으라는 계책을 내놓았다. 그러나 여포는 이미 조조의 추격군에 혼이 난 상태라 진궁의 계책을 따르지 못했다. 게다가 부인 엄씨와 첩 초선도 입을 모아 말렸다.

"저는 어쩝니까. 저희를 위해서라도 성 바깥으로 경솔히 나가지 마십시오."

이러지도 못하고 저러지도 못하며 고민하던 여포는 원술에게 구원을 청하는 편지를 써 허사와 왕해 두 부하를 성 밖으로 몰래 내보냈다. 얼마 후 서신을 읽어 본 원술은 화를 냈다.

"지난날 나의 사신까지 죽이고 혼인을 거절하더니, 이제 와서 원병을 청할 수 있는가?"

왕해가 입을 열었다.

 누구나 한 번은 꼭 읽어야 할 삼국지

"우리를 돕지 않으면 폐하도 이롭지 않습니다. '자고로 입술
이 없으면 이가 시린 법입니다[脣亡齒寒].' 조조를 치는 일이
바로 폐하의 복입니다."

원술이 잘라서 말했다.

"여포는 이리 붙었다 저리 붙었다 도무지 신용할 수 없는 자
다. 먼저 딸을 보내 주면 짐은 군사를 보내 주겠다."

하비성으로 돌아온 두 사람은 여포에게 원술의 뜻을 전했다.

"그럼 어떻게 보내야 할까?"

여포의 물음에 허사가 대답했다.

"포위망이 철통같으니 장군이 직접 딸을 호위해서 나가는 방
법뿐이 없습니다."

이튿날 밤이었다. 솜옷을 두둑이 입힌 데다 다시 갑옷으로
싼 딸을 등에 업고 여포가 성을 나섰다. 사방이 고요하여 여포
가 조심에 조심을 거듭하여 앞으로 나가는데, 갑자기 북소리가
크게 울리더니 시커먼 것이 나타나 큰소리로 외쳤다.

"게 섰거라! 여포는 달아나지 마라!"

목소리만 들어도 관우와 장비라는 것을 대뜸 알 수 있었다.
아무리 용맹을 자랑하는 여포라 해도 등에 업힌 딸이 상처를
입을까 몸을 마음대로 놀리지 못했다.

"여포를 놓치지 말라!"

"여포를 놓치지 말라!"

조조의 장수 서황과 허저도 달려오면서 외치니 여포는 급히
하비성으로 되돌아올 수밖에 없었다.

풍운아 여포의 최후

하비성에 되돌아온 여포는 깊은 수심에 잠겨 날마다 술만 마셨다. 한편 조조도 초조감에서 벗어나지 못했다. 하비성을 공격한 지 두 달이 지났건만 성은 함락되지 않았던 것이다. 그런 데다 북쪽에선 원소가, 동쪽에선 유표와 장수가 칼끝을 자신을 향해 겨누고 있는 상황이었다.

곽가가 슬며시 말했다.

"하비성을 당장에 함락시킬 계책이 있습니다. 아마 군사 20만 명을 동원하는 것보다 효과가 있을 겁니다."

순욱이 빙긋이 웃으며 화답했다.

"근수(近水)와 사수의 물줄기를 하비성 안으로 몰아넣자는 것이 아니오?"

곽가가 껄껄 웃었다.

"바로 그거요."

조조가 크게 기뻐하며 즉시 전군에게 명령했다. 얼마 후 하비성은 동쪽 성문 하나만 남고 그 나머지 성문은 모두 물에 잠기었다. 성안의 군사들은 소스라치게 놀라 여포에게 보고했다.

"나의 적토마는 물도 평지처럼 건널 수 있다. 무엇을 두려워하겠는가."

여포는 여전히 아내 엄씨와 초선을 끼고 좋은 술만 마셨다.

주야장천 그짓을 하다 보니 얼굴 꼴이 말이 아니었다. 그런데다 자신은 술에 절어 살면서 부하들에겐 금주 엄명을 내리니 장수들이 불만 끝에 조조의 진영으로 하나 둘 건너갔다. 그 중에 송헌, 위속, 후성은 여포의 적토마를 훔쳐 조조에게 충성을 약속하고, 성 위에 백기가 꽂히는 것을 신호로 동쪽 문을 열기로 했다. 적토마를 손에 넣은 조조의 군사는 공격 준비를 끝냈다.

이튿날 새벽, 조조의 군사가 일제히 함성을 지르니 땅이 진동했다. 깜짝 놀란 여포가 방천화극을 들고 성 위로 올라갔다. 이때 성 위에는 백기가 나부끼고 있었다. 조조의 군사들이 총공격을 개시했다. 여포가 방천화극을 들고 새벽부터 한낮까지 싸우자 조조의 군사들은 물러갔다.

여포가 성 위 문루에서 의자에 앉았는데, 술과 여자에 몸이 상한 데다가 싸움에 지쳐서 깜빡 잠이 들고 말았다. 기회를 노리고 있던 송헌이 방천화극을 훔쳐 감추고는 위속과 함께 달려들어 오랏줄로 단단히 결박했다. 잠에서 깬 여포가 몸을 비틀고 악을 썼다. 그러자 송헌과 위속이 품속에서 흰 기를 내어 휘둘렀다. 약속대로 조조의 군사들이 성안으로 물밀 듯이 쳐들어왔다.

"여포를 이미 사로잡았다!"

성안에 들어온 조조는 성안의 백성을 안정시키는 한편 강물을 전처럼 돌려놓도록 명령한 다음 유비와 함께 백문루(白門樓)에 앉았다. 유비의 뒤편에는 관우와 장비가 양쪽으로 늘어섰다.

여포가 비록 용맹하지만 결박을 단단히 했으니 별수 없었다.

"갑갑하구나. 결박을 좀 늦춰라."

조조가 대답했다.

"범을 허술하게 결박하는 법이 어디 있느냐."

여포는 조조 곁에 후성, 위속, 송헌이 늘어서 있는 것을 발견하고 큰소리 질렀다.

"너희들을 박대한 일이 없거늘, 어찌 나를 배반했느냐?"

송헌이 대답했다.

"계집과 첩년의 말만 듣고 장수의 계책은 듣지 않았으니, 이게 박대가 아니고 무어란 말이냐!"

여포는 할 말이 없었다.

이어서 서황이 진궁을 끌고 들어왔다.

과거 생각이 났는지 조조가 이렇게 물었다.

"그대는 그간 별고 없었는가?"

"일찍이 나는 네가 의롭지 못한 자라는 것을 알았기 때문에 너를 버렸노라."

"그렇다면 저 따위 여포를 왜 섬겼느냐?"

"여포는 꾀가 없지만 너처럼 음흉하고 간사하지는 않다."

조조가 다시 물었다.

"스스로 지혜와 꾀가 있다고 자부하더니 웬일로 오늘은 이 꼴이 되었는가?"

진궁이 여포를 돌아보고 나서 대답했다.

"여포가 내 말을 듣지 않았기 때문이다. 내 말만 들었다면 결코 네게 잡히지는 않았을 것이다."

"그렇다면 그대를 어찌하면 좋겠는가?"

진궁이 큰 소리로 대답했다.

"빨리 목을 베라!"

"그대가 죽는다면 늙은 모친과 처자는 어찌할 테냐?"

진궁이 태연히 대답했다.

"효도로써 천하를 다스리는 자는 남의 부모를 해치지 않으며, 어진 덕으로써 천하를 다스리는 자는 남의 제사 지낼 후손을 끊지 않는다고 하더라. 나의 노모와 아내, 자식이 살고 죽는 것은 오직 네게 달렸도다. 난 사로잡힌 몸이니 별수 없다. 어서 죽이기나 해라."

조조는 진궁을 살리고 싶은 생각이 간절했다. 그러나 진궁은 문루 아래로 유유히 내려갔다. 좌우 장수들이 조조의 뜻을 알아차리고 제지했으나 진궁은 끝내 뿌리쳤다. 조조가 일어서서 눈물 어린 눈으로 뒷모습을 전송했지만 진궁은 끝내 돌아보지 않았다. 조조가 큰 소리로 분부했다.

"진궁의 노모와 처자식을 허도에 모시고 가서, 잘 부양하라. 만일 소홀히 하는 자가 있으면 참하리라."

진궁은 조조의 말이 들렸건만, 아무 말 없이 바깥으로 나가 목을 내밀고 참형을 당했다. 모든 사람들이 울며 그의 죽음을 애석해했다.

조조가 진궁의 죽음을 전송하러 백문루에 내려간 사이에 여포는 유비에게 한마디 했다.

"어째서 나를 위해 조조에게 한마디 말도 해 주지 않느냐?"

유비는 아무 대답이 없었다. 조조가 다시 성루 위에 올라오자 여포가 외쳤다.

"앞으로 귀공이 대장이 되고 내가 부장이 되면 천하를 잡는 데 어려운 일이 없을 것이오."

조조는 유비를 돌아보고 물었다.

"여포의 뜻을 어떻게 생각하시오?"

"귀공은 여포가 정건양과 동탁을 죽인 것을 직접 보지 않았습니까? 그런 일이 되풀이되어서는 안 됩니다."

그 말에 여포가 유비를 무섭게 노려봤다.

"너야말로 믿을 수 없는 놈이구나!"

조조가 추상같이 명령을 내렸다.

"당장 여포를 끌어내어 목을 베어라."

여포는 끌려 나가면서 유비를 돌아보고 욕질했다.

"이 귀 큰 놈아! 내가 진문에다 방천화극을 세우고 쏘아 맞히어 너를 구해 준 일을 잊었느냐?"

이때 한 사람이 크게 외쳤다.

"여포야 추태를 떨지 마라. 사내대장부가 죽음을 뭘 그렇게 두려워하냐?"

모든 사람이 보니, 도부수에게 끌려 들어오던 여포의 부하 장료였다.

조조는 여포의 목을 벤 뒤 그 머리를 일반 백성이 볼 수 있도록 네거리에 전시했다.

무사들은 조조 앞에 장료를 끌어내었다. 조조가 장료를 손가락으로 가리켰다.

"저자는 어디서 본 듯한 얼굴이구나!"

장료가 되물었다.

"지난날 복양성 안에서 서로 봤는데, 그새 잊었느냐?"

조조가 껄껄 웃었다.

"오오, 네가 바로 장료로구나!"

"지금 생각해도 아까운 일이다."

조조가 물었다.

"아깝다니? 무엇이 아깝단 말이냐?"

"그때 불길이 좀 더 세었더라면 역적인 너를 태워 죽일 수가 있었는데."

조조는 분이 치밀어 올랐다.

"패장이 감히 나를 모욕하다니!"

조조는 칼을 뽑아 번쩍 쳐들었다. 이때 유비가 뒤에서 조조의 팔을 붙들고, 관우는 조조 앞에 무릎을 꿇고 말했다.

"이렇듯 충성심이 지극한 사람은 마땅히 살려 써야 하오."

"장료의 충성심은 익히 들어 왔습니다. 너그러운 마음을 베풀어 그를 살려 주십시오."

두 형제가 잇따라 부탁하니 조조가 장료를 살려 주지 않을 수 없었다. 백문루 아래로 내려가 직접 결박을 풀어 주고 자기 옷을 벗어 입혀 준 뒤 백문루 윗자리에 앉히었다. 그러자 장료가 감격하여 드디어 진심으로 항복하게 되었다.

장료가 항복하니 여포의 장수들은 잇따라 조조에게 항복했다. 마침내 조조가 서주를 평정하고 군사를 거느리고 허도로 출발했다.

천하 영웅은 조조와 유비뿐이다!

조조가 여포를 죽이고 허도로 개선하는 길이었다. 서주를 통과할 때, 백성들이 길에 나와서 엎드려 절하면서 간청했다.

"유현덕 어른을 우리 고을 서주목사로 임명해 주십시오."

이에 조조는 안색이 좋지 않더니 곧 미소를 띠면서 말했다.

"이번 싸움에 공로가 크니, 허도로 돌아가 천자께 자세히 보고한 뒤 조처를 취하겠소."

백성들은 승상 말씀만 믿는다며 연신 머리를 숙였다.

허도로 돌아온 조조는 우선 유비를 자신의 승상부에 거처하도록 했다. 이튿날 조조가 헌제에게 유비의 공로를 아뢰니 헌제가 유비를 불러들였다. 헌제가 유비의 계보를 조사하게 하니 유비의 말대로 경제의 일곱째 아들인 중산정왕 유승의 후손임이 확인되었다. 헌제는 곧 유비에게 숙질간의 예를 표하고 좌장군 의성정후에 봉했다. 이때부터 사람들은 유비를 '유황숙(劉皇叔)'이라고 불렀다.

조조가 조정의 모든 권세를 잡고 헌제를 능멸했다. 이에 헌제는 조조를 제거하고자 했으나 조정 신하들이 거의 조조 심복이고, 그들이 가까이에서 자신의 일거수일투족을 감시하니 함부로 나설 수는 없는 일이었다. 그래서 국구(國舅: 임금의 장인) 동승(董承)에게 밀조(密詔)를 주어 자신의 뜻을 몰래 알리니, 동승이 연판장을 만들어 시랑 왕자복(王子服)·장수교위 충즙(种輯)·의랑 오석(吳碩)·서량태수 마등(馬騰) 등의 서명을 받아 냈다.

한편 유비도 연판장에 서명했으나 경솔히 행동할 수는 없었다. 자신이 거처하는 곳은 승상부, 조조의 손아귀에 있었던 것이다. 유비는 공관 후원에다 채소밭을 가꾸고 친히 물을 주며 자기 존재를 감추었다. 관우와 장비가 불평했다.

"큰일에 뜻을 둘 분이 한갓 농부의 흉내만 내십니까?"

개의치 않다는 듯 이렇게 말했다.

"동생들은 알 바 아니다."

어느 날이었다. 유비가 이날도 후원의 채소에 물을 주고 있는데, 허저와 장료가 부하 수십 명을 이끌고 들어왔다. 마침 관우와 장비는 출타하고 없었다.

"승상의 분부로 공을 모시러 왔습니다."

유비가 놀라서 물었다.

"무슨 긴한 일이라도 생겼소?"

"모르겠습니다. 모셔 오라는 분부만 받았습니다."

불안하였다. 그러나 이유 없이 초청을 거절할 수 없어 두 장수를 따라 승상부로 갔다.

조조는 웃으면서 말을 꺼냈다.

"요즘 집에서 큰일을 하신다지요?"

유비의 얼굴빛이 순식간에 변했다. 조조는 유비의 손을 덥석 잡더니 후원으로 이끌었다.

"채소 가꾸는 일이 쉬운 일은 아닐 거요."

유비는 그제야 놀란 가슴을 겨우 진정시켰다.

"심심풀이로 채소를 가꿉니다."

조조는 매실이 주렁주렁 달린 매화나무 가지를 가리키며 말했다.

"마침 매화나무에 매실이 푸른 것을 보니 생각나는 게 있어 이리로 오시라 한 것이오. 지난해에 장수(張繡)를 토벌하러 갔을 때 행군 도중 물이 없어 모든 군사들이 갈증에 시달린 적이 있었소. 그때 내가 일부러 채찍을 들어 먼 곳을 가리키며 군사들에게 '저기 매화나무 숲이 있다.'고 말했소. 그랬더니 내 말을 들은 군사들은 매실을 생각하자 입안에 자연스레 군침이 생겨 갈증을 면했소. 이 일이 생각나던 차에 저번에 담근 술이 잘 익었기에 저 정자에서 한잔 하려고 귀공을 청한 것이오."

유비가 그제야 안심하고 조조를 따라 정자로 올라갔다. 두 사람은 마주앉아 유유히 대작했다. 서로 술기운이 얼근히 돌았을 때였다. 갑자기 검은 구름이 하늘을 뒤덮더니 댓줄기 같은 빗발이 쏟아졌다. 시종하는 자가 하늘을 가리키며 고했다.

"용이 하늘로 올라갑니다!"

회오리바람에 말려 치솟은 검은 구름의 모습이 과연 여의주를 얻고 승천하는 용과 흡사했다.

"공은 용의 변화를 아시오?"

"아직 자세한 건 모릅니다."

조조가 설명했다.

"용은 자기 마음대로 몸을 크게도 만들고 작게도 만드는 짐승이오. 클 때는 구름과 안개를 토하며 작을 때는 티끌 속에 몸을 감추고 우주 사이를 날아다니기도 하고, 파도 속에 깊이 숨기도 하오. 바야흐로 이제 봄이 됐은즉 용이 때를 만나 변화하는 것은 마치 영웅이 큰 뜻을 세워 천하를 종횡으로 치닫는 것 같소. 현덕은 오랫동안 두루 천하를 돌아다녔으니 반드시 당대의 영웅을 알 것이오. 말해 주오. 누가 당대의 영웅이오?"

"이 속된 눈으로 어찌 영웅을 알아보겠습니까?"

"그 얼굴이야 못 알아본다 할지라도, 이름만은 들었을 것 아니오?"

유비가 마지못해 대답했다.

"글쎄요. 회남에 있는 원술은 군사와 곡식이 풍족하니, 영웅이라 할 만하지요."

조조가 웃었다.

"원술은 무덤 속의 마른 뼈나 다름없으니, 조만간 내 손에 잡힐 것이오."

"그럼 하북의 원소가 영웅이겠지요. 그는 명문가 출신에다 기주 땅에 범처럼 웅거하고 유능한 부하를 많이 거느리고 있는 사람입니다."

조조가 껄껄 웃었다.

"원소는 모습만 대단할 뿐이오. 계책 쓰기를 좋아하는 척만 하고 실행에 못 옮기는 마음 약한 사람이오. 게다가 결단력이 없어 큰일에는 자기 몸을 아끼면서 작은 일에는 목숨을 걸고 덤비니 그는 결코 영웅이라 할 수 없소."

"그러면 아홉 주(州)에 위엄이 떨친다는 유표야말로 영웅이라고 할 만하지요."

"유표는 명색뿐 실속이 없으니, 영웅이 못 되오."

"그럼 혈기 왕성한 강동의 손책은 어떻습니까?"

"죽은 아버지 덕분에 이름을 떨치니 영웅은 못 되오."

"그럼 익주의 유장이 영웅일까요?"

"그는 황실의 친척이지만, 주인을 위해서 집이나 잘 지키는 개 정도요."

"장수(張繡), 장로, 한수 등은 어떤지요?"

조조가 손뼉을 치면서 크게 웃었다.

"그런 것들은 녹록한 소인이라 말할 가치도 없소."

"유비는 더 이상 아는 사람이 없습니다."

조조가 말했다.

"영웅이란 가슴에 큰 뜻을 품고 뱃속에 뛰어난 계책을 숨기고, 우주를 포용하는 기틀과 천지를 삼키며 토하는 의지가 있는 자라야만 하오."

"그런 인물이 어디 있겠습니까?"

조조는 손가락으로 먼저 유비를 가리킨 후 다시 자기 자신을 가리키며 말했다.

"오늘날 천하의 영웅은 그대와 나뿐이오!"

이 한마디에 유비는 소스라치게 놀라 젓가락을 떨어뜨렸다. 이 순간 비가 억수로 쏟아지며 뇌성벽력이 천지를 진동했다. 유비는 조용히 머리를 숙여 떨어진 젓가락을 주워 올리고 변명했다.

"뇌성벽력에 그만 실수했습니다."

조조가 껄껄 웃었다.

"뇌성벽력이야 천지의 자연스런 현상인데, 어째서 두려워하시오?"

"성인 공자도 뇌성벽력을 들으면 얼굴빛이 변한다고 하셨습니다."

유비가 젓가락을 떨어뜨린 이유를 공자 운운하며 자연스럽게 둘러대니 꾀 많은 조조도 마침내 유비를 더 이상 의심하지 않았다.

조조 그도 영웅이었으나 유비 역시 만만치 않은 영웅이었다. 상대가 영웅임을 알고 속마음을 떠 본 조조, 이에 놀랐으나 뇌성벽력 소리를 끌어대어 위기를 넘기는 유비. 능소능대(能小能大) 자유자재(自由自在) 하는 것이 용이라 하였던가. 형편 따라서 응변하는 솜씨를 가진 유비야말로 용의 모습을 한 영웅이 아니고 무엇이겠는가.

큰비가 쏟아지는 가운데 밖에서 칼을 빼어 든 두 장수가 후원으로 뛰어 들어왔다. 관우와 장비였다. 두 사람은 활을 쏘러 성 밖에 나갔다가 돌아왔는데, 유비가 허저와 장료에게 연행되었다는 보고를 받고 혹시 유비가 조조에게 해를 당하지나 않나 하고 정신없이 조조의 후원에 뛰어든 것이었다.

의외로 유비가 조조와 마주앉아 술을 마시고 있는 모습을 보자, 두 사람은 마음이 놓였다. 그들은 조용히 유비의 곁에 가서 칼을 짚고 시립했다. 조조가 두 사람에게 물었다.

"두 사람은 어째서 왔는가?"

관우가 대답했다.

"승상이 우리 형님과 술을 드신다기에, 검무로 흥을 돋우러 왔소이다.”

조조가 껄껄 웃었다.

“여기는 홍문(鴻門)의 잔치 자리가 아닌데, 항장(項莊)과 항백(項伯)이 무슨 필요 있으리오.”

조조의 말에 유비도 따라 웃었다.

홍문은 항우(項羽)가 유방(劉邦)을 제거하기 위해 잔치를 핑계로 불러들인 곳. 검무를 추겠다고 하면서 유방의 목을 향해 칼끝을 겨누면서 가까이 다가간 장수가 항장이요, 항장의 속셈을 알고 역시 검무를 추면서 맞대응하여 유방의 목숨을 지켜주었던 장수가 항백이었다.

옛 고사를 인용하여 현재의 상황을 적절하게 설명하는 조조의 말은 계속되었다. 조조가 시중드는 하인에게 이렇게 분부했다.

“두 번쾌(樊噲)에게 술을 주어 놀란 가슴을 진정시켜라.”

번쾌 역시 유방을 구하고자 문을 지키는 항우의 병사들을 헤치고 번개같이 뛰어 들어왔던 장수.

얼마 후 술자리를 끝내고 유비가 돌아오는 길에 말했다.

“오늘 그 음흉한 자에게 죽을 뻔했다.”

유비가 관우와 장비에게 그들이 오기 전까지의 상황을 설명해 주었다.

“내가 요즘 채소밭을 가꾸는 것은 다 뜻이 있어서 한 일이네. 조조에게 내가 아무런 큰 뜻이 없다는 것을 알려 주어 나에 대한 경계심을 풀기 위해서지. 그런데 그런 나를 뜻밖에 영웅이라고 지칭하는 말에 당황하여 나도 모르게 젓가락을 떨어뜨리게 되었지. 순간 조조에게 발각될까 위험했는데, 마침 일어난 뇌성벽력에 놀란 체하여 위기를 피해 간 것이네.”

“형님은 사세에 따라 대처하는 안목이 참으로 높으십니다.”

관우와 장비가 거듭 머리를 끄덕였다.

이튿날에도 조조가 유비를 초청했다. 두 사람이 술을 마시고 있는데, 원소를 정탐하러 갔던 만총이 들어왔다. 조조가 만총에게 물었다.

“원소와 공손찬의 싸움은 어떻게 됐는가?”

“원소가 공손찬을 죽이고 대승을 거두었습니다.”

곁에 있던 유비가 황급히 물었다.

“좀 자세히 설명해 주시오.”

“공손찬은 원소와 싸우다가 전세가 불리해지자 성을 굳게 지키면서 수시로 군사를 내보내 싸우게 했습니다. 그런데 성 밖으로 싸우러 나간 군사들이 원소의 군사들에게 포위돼도 공손찬은 구원병을 내보내지 않았답니다. 그 이유를 묻는 부하에게, ‘늘 구출해 주면 다음에 나가서 싸우는 군사들도 또 응원군이 와서 구출해 주겠지 하는 안이한 생각이 생겨서 아무도 목숨 걸고 싸우지 않을 것이다.’ 하면서 싸움만 독려했다고 합니다. 장수가 이러니 밑의 부하들이 결사 항전할 리 있겠습니까.

공손찬이 위기를 깨닫고 이곳 허도로 원조를 청하기 위해 밀사를 보냈으나 원소에게 발각되어 이도 뜻을 이루지 못했습니다. 결국 땅굴을 파고 들어온 원소의 군사에게 성이 함락되니 공손찬은 먼저 아내와 아들들을 죽인 연후에 목을 매고 자결한 것입니다. 이러니 원소의 위세가 얼마나 대단하겠습니까. 마침

교만한 데다 사치까지 심해 민심을 잃은 원술이 원소에게 옥새를 바치기 위해 회남 땅을 떠나 화북으로 간다는 소문이 자자합니다. 만일 원소와 원술 두 형제가 서로 힘을 합쳐 들고일어난다면 천하대세는 승상의 뜻대로 흐르지 않을 것입니다. 승상께선 즉시 조치를 세우십시오.”

조조가 고개를 끄덕였다.

유비는 공손찬이 죽었다는 소식을 듣고 매우 슬펐다. 지난날 자기를 맨 처음 천거해 준 사람이 공손찬이었던 것이다. 그러면서 공손찬의 휘하에 있던 조운의 행방이 궁금했다. 한편, 정작 걱정해야 할 것은 자신의 처지란 생각이 들었다.

‘이곳을 빠져나가지 못하면 영영 조조의 손아귀에서 놀아날 것이다.’

결심하고 마침내 일어서서 조조에게 청했다.

“원술이 원소에게 갈 때 반드시 서주를 통과할 것입니다. 승상께서 군대를 빌려 주시면 원술을 사로잡아 바치겠습니다.”

조조가 반색을 하며 허락했다.

“내일 천자께 아뢰고 군사를 동원하시오.”

이튿날 유비는 조조와 함께 황제께 아뢨다. 조조는 유비에게 군사 5만을 주고 자신의 부하 주령과 노소 두 장수를 딸려 보냈다. 유비가 밤낮없이 군사를 재촉했다. 관우가 물었다.

“이처럼 출정을 서두르는 이유가 무엇입니까?”

“나는 그간 ‘새장 속에 갇힌 새요, 그물 속에 갇힌 고기 신세였다[籠中鳥 罔中魚].’ 이제는 마치 ‘고기가 큰 바다로 들어가고 새가 푸른 하늘로 날아오르는 상황이 되었는데[如魚入海 鳥

上靑霄]’, 어찌 서두르지 않을 수 있겠느냐!”

한편 곽가와 정욱은 유비가 떠났다는 사실을 뒤늦게 알고 황급히 승상부로 들어가 물었다.

“어찌하여 유비에게 군사를 주어 보냈습니까?”

“원술이 원소에게 가는 것을 막기 위함이오.”

정욱이 간했다.

“지난날 유비가 예주목사로 있을 때 저희가 죽이라고 간언했으나 듣지 않으셨습니다. 이제 군사까지 내주었으니 이는 ‘용을 바다로 들여보낸 것이요, 범을 산으로 풀어 준 격입니다[放龍入海 放虎歸山].’ 나중에 무슨 수로 잡겠습니까? 얼른 추격병을 보내 유비를 잡아야 합니다.”

곽가 또한 정욱의 생각과 같았다.

“승상은 큰 실수를 저지르셨습니다. 유비를 죽이지는 않는다 할지라도 붙들어는 뒀어야 합니다. 옛 사람이 말하기를 ‘적을 놓아주는 데에는 하루면 되지만 그 근심은 천대만세(千代萬世)에 이어진다.’고 했습니다. 승상께서는 깊이 살펴 주십시오.”

조조는 머리를 끄덕이며 즉시 허저를 불러들여 유비를 잡아오라고 명령했다. 허저는 기병 5백 기를 이끌고 유비를 뒤쫓아갔다. 유비가 앞만 바라보고 군사를 재촉하고 있을 때, 등 뒤에서 먼지를 뿌옇게 일으키며 기병대가 오고 있었다. 유비가 두 동생에게 말했다.

“조조의 군대가 뒤쫓아오는 게 틀림없다.”

유비의 말이 끝나자마자 진영이 세워지고 관우와 장비는 무

기를 들고 양쪽으로 나섰다. 허저가 말에서 내려 진영 안으로
들어와 유비에게 말했다.

"승상께서 상의할 일이 생겼으니 즉시 돌아오라는 분부입
니다."

"장수는 일단 출정한 뒤에는 천자의 지휘도 받지 않는 법이
오. 이미 천자께 아뢨고, 승상의 허락도 받아서 떠난 마당에 무
슨 의논할 일이 있겠소. 귀공은 속히 돌아가서 내 말을 잘 전하
시오."

허저가 돌아와 조조에게 유비가 한 말을 전하자, 정욱과 곽
가가 입을 모아 말했다.

"소환령을 거부한 유비의 속셈이 뻔합니다. 군사를 동원해
유비를 잡아야 합니다."

그러나 조조는 군사를 동원하지 않았다.

"주령과 노소가 따라갔으니 유비가 당장 배신하지는 못할 거
요. 그리고 떠나보내고서 새삼 후회한들 무슨 소용 있겠소."

그것도 그럴 것이 잡아 오란다고 잡혀 올 유비가 아님을 누
구보다도 조조가 잘 알기 때문이었다.

원소, 유비의 손을 잡아 주다

유비가 서주에 이르자 서주자사 차주가 나와 영접하고 잔치를 베풀어 대접했다. 손건과 미축 등이 달려와서 인사를 한 것은 물론이었다. 유비는 오랜만에 집에 돌아가 식구들을 만나 보는 한편 정탐병을 원술에게 보내 동정을 살펴 오도록 했다.

정탐병이 서주로 돌아와 보고했다. 원술이 교만하여 아랫사람에게 신망을 잃은 데다가 지나친 사치에 재물도 다 탕진해 원소에게 양식 지원을 청하자 눈앞에 동생의 어려움보다는 옥새가 아른거렸던 원소가 옥새와 양식을 맞바꾸는 조건을 다니 원술이 옥새를 가지고 원소를 찾아가려고 서주를 지날 예정이라는 것이었다.

유비는 곧 관우, 장비, 주령, 노소와 함께 군사 5만을 거느리고 서주의 길목을 지켰다. 원술의 선봉장 기영이 눈에 들어오자 장비가 불문곡직하고 바로 달려 나갔다. 싸운 지 불과 10합에 장비가 갑자기 크게 부르짖으면서 기영을 찔러 말 아래 떨어뜨려 죽였다.

드디어 원술과 대치하자, 유비가 채찍을 들어 원술을 가리켜 꾸짖었다.

"역적 원술은 들어라. 황제의 조서를 받고 왔으니, 항복하면 죽음만은 면할 것이다."

원술이 맞받아 소리쳤다.

"짚신 삼고 돗자리 짜던 천한 놈아! 누구 앞에서 주둥이를 놀리느냐?"

원술이 성급하게 군사를 휘몰아 쳐들어왔다. 좌우 양쪽에 있던 유비의 군사들이 빈틈을 노려 원술의 군사를 에워싸면서 마구 무찔렀다. 시체가 들에 가득하고, 피는 흘러 도랑을 이뤘다.

원술은 잔병들을 이끌고 숭산으로 달아났다. 이곳에는 지난날 자신의 부하였던 뇌박과 진란이 틀어박혀 있었다. 신망을 잃을 대로 잃은 원술은 그들에게 남아 있던 마초까지도 몽땅 빼앗기고 말았다. 할 수 없이 말머리를 돌려 오던 길로 되돌아가던 중 수춘 땅에 닿게 됐다. 여기서도 좀도둑놈들의 습격을 받아 강정(江亭)으로 가 머물게 됐다.

이때 남은 군사는 천여 명에 불과했고, 양식은 보리 30석밖에 남지 않았다. 악머구리처럼 외치는 군사들에게 빼앗기듯이 나누어 주고 나니 정작 식솔들이 먹을 양식이 없어서 굶어죽을 형편이었다.

귀하게 자란 원술은 깡보리밥이 목구멍에 넘어가지를 않았다.

"목에 넘어가지를 않는구나. 꿀물이나 가져오너라."

부엌일을 보는 자가 눈을 흘기며 대답했다.

"이 판국에 꿀물이 어디 있소? 있는 거라곤 핏물뿐이오."

침상 위에서 그 말을 들은 원술은 크게 외마디소리를 지르더니 밑바닥으로 굴러 떨어졌다. 이내 피를 한 말 남짓 토하고 죽었다.

조카 원윤이 원술의 영구를 끌고 여강군으로 향했다. 그러나 도중에 서구란 자가 원술 일가족을 몰살하고 원술의 몸속에 있던 옥새를 조조에게 바쳤다. 옥새를 손에 쥔 조조는 크게 기뻐했고, 서구를 고릉태수로 임명했다.

원술의 최후를 전해 들은 유비는 표문을 써서 천자께 바치고 아울러 주령과 노소를 허도로 돌려보냈다. 그러나 조조가 준 5만의 군사는 보내지 않고 서주를 지키게 했다. 군사만 잃고 달랑 두 사람의 얼굴만 보게 된 조조가 노기충천했다. 곁에서 순욱이 계책을 내놓았다.

"서주에 있는 차주(車冑)에게 유비를 암살하라는 밀서를 보내십시오."

조조가 즉시 밀사를 서주로 보냈다. 조조의 밀서를 읽고 나서 차주가 진등에게 계책을 구했다. 진등이 말했다.

"지금 유비는 백성들을 안무하기 위해 돌아다니는 중입니다. 그가 돌아올 때 장군은 복병을 배치했다가 유비를 단칼에 베어 버리십시오. 나는 성 위에서 뒤따라오는 유비의 군사를 활로 쏘아 물리치겠습니다. 그러면 만사는 끝나게 됩니다."

차주는 머리를 계속 끄덕였다. 그날 진등은 집으로 돌아와서 아버지 진규에게 차주와 수작한 일을 자세히 고했다. 진규는 진등과 반대 의견이었다. 결국 아버지의 의견을 좇은 진등은 곧 관우와 장비에게 자세한 내막을 알려 주었다.

얼마 후, 차주는 진등의 말만 믿고 행동하다 성 위에서 퍼붓는 진등의 화살에 쫓기게 되었다. 관우가 곧 차주의 뒤를 뒤쫓아가 그의 목을 한칼에 베어 버렸다.

관우가 차주의 머리를 들고 유비에게 가서 자초지종을 고했다. 유비가 크게 놀랐다.

"어쩌자고 죽였느냐. 조조가 우리를 치러 오면 큰일 아니냐?"

"저와 장비가 조조의 군사를 맞이해 싸우겠습니다."

그래도 유비의 얼굴에 수심이 가시지 않았다. 이때 장비는 이미 차주의 가족을 모조리 죽인 뒤였다.

유비의 근심은 태산 같았다. 그러자 진등(陳登)이 계책을 내놓았다.

"조조가 두려워하는 사람은 원소입니다. 지금 원소는 기주, 청주, 유주, 병주 등에서 1백만 대군을 거느리고 그의 밑에는 모사와 장수들이 헤아릴 수 없이 많습니다. 왜 원소에게 구원을 청하지 않습니까?"

"나는 원래 원소와 친분이 없는 데다 자기 동생 원술을 죽게 했으니 어찌 날 도우겠소."

아무 문제없다는 듯 진등이 말을 이어 나갔다.

"이곳 서주에 원소와 3대를 내려오며 각별한 의를 나누고 있는 분이 계십니다. 그분에게 서신을 부탁해서 원소에게 보내면 반드시 우리를 원조해 줄 것입니다."

"그분이 누구요?"

"귀공도 평소에 예의를 다하여 공경하시는 분입니다."

유비가 그제야 크게 깨달았다.

"정강성 선생이 아니신가요!"

정강성은 정현(鄭玄), 강성(康成)은 그의 자였다. 그는 본시 학문을 좋아하고 재주가 많은 사람으로 일찍이 당대의 선비 마융(馬融)의 문하에서 학업을 닦았다. 그런데 마융의 교수법은 특이했다. 그는 제자들에게 강의할 때 학생들 뒷자리에 노래 잘하는 기생들을 두고, 자기 좌우로는 시녀들을 둘러앉혔다. 그런데도 정현은 3년 동안 공부하면서 그 여자들을 한 번도 거들떠본 적이 없었다. 그래서 정현이 학업을 이루어 문하를 하직할 때, 마융은 "내 학문의 깊은 진리를 터득한 자는 오직 정현뿐이다." 하고 찬사를 아끼지 않았다고 한다.

그 후 정현은 학문에 더욱 정진하여 당대 최고의 유학자로서 벼슬이 상서(尙書)까지 올랐으나 십상시(十常侍)의 난이 일어나자 벼슬을 버리고 표연히 서주 땅 시골로 돌아와서 살고 있었던 것이다. 유비가 탁군에 있을 때 그를 스승으로 모신 적이 있었다.

유비가 진등과 함께 정현을 찾아가 '원소에게 보낼 서신을 써 달라' 며 간곡하게 청했다. 정현은 조용히 응낙하더니 추천서를 써 주었다. 손건이 원소를 찾아가 정현의 서신을 바쳤다.

"내 동생을 사지에 빠트린 유비에게 원군을 보낸다는 것은 말도 안 된다. 그러나 정현 선생의 청을 무시할 수는 없는 일, 유비를 돕지 않을 수 없다."

원소는 곧 휘하의 모든 모사와 장수를 모아 놓고 대책을 논의했다. 모사들의 의견은 양론으로 격론이 벌어졌는데, 심배(審配)와 곽도(郭圖)는 출병론을, 전풍(田豊)과 저수(沮授)는 관망론으로 대립했다. 이에 원소가 주저하며 결단을 내리지 못하고 있을 때, 뒤늦게 참석한 허유(許攸)와 순감(荀諶)이 심배와 곽도와 눈을 맞추며 하나같이 말했다.

"한나라 황실을 일으키고 천하를 바로잡으려면 군사를 일으키는 것이 마땅합니다."

그들은 평소 전풍과 저수와는 사이가 좋지 않으며 심배와 곽도와는 친하게 지내는 사이라 전풍과 저수의 말은 무시하고 심배와 곽도의 의견에 동조했던 것이다.

마침내 원소가 출병을 결심했다. 심배와 봉기에게 군사를 통솔하게 하고, 허유·순감·전풍을 모사로 삼고, 안량과 문추를 장수로 삼아 기병 15만과 보병 15만 도합 30만 대군으로 여양을 향해 진군하기로 했다. 그때 곽도가 고했다.

"조조의 죄악을 적은 격문(檄文)을 천하 모든 고을로 띄워야만 대의명분이 뚜렷이 섭니다."

원소의 지시를 받은 서기(書記) 진림(陳琳)은 즉석에서 격문을 지었다. 조조의 할아버지는 환관 십상시처럼 간악하고, 조조의 아버지는 출세하기 위해 환관의 양자로 들어갔으며, 조조는 본시 아름다운 덕이 없고 교활하기 짝이 없는 잡것으로서 난을 일으키기를 좋아하여 천자를 능멸하고 조정을 유린하는 나라의 도적이므로, 도적을 치기 위해 유주·병주·청주·기주 네 주의 군사가 일제히 나아갈 것이니, 모든 주의 군사는 의병을 일으켜 종묘사직을 바로잡는 일에 동참하라는, 도도히 흐르는 강물처럼 거침없이 이어진 명문장이었다.

격문을 읽은 원소는 크게 기뻐했다.

허도에도 격문이 흘러들게 됐다. 부하가 바친 격문을 읽은 조조는 모골이 송연하고 온몸에서 식은땀이 흐르는 바람에 지

병인 풍증이 순식간에 나아서, 벌떡 일어나 앉아 조홍을 돌아
보며 물었다.

"이 격문을 누가 지었다더냐?"

"진림이 지었다고 합니다."

조조가 껄껄 웃으면서 말했다.

"원래 격문이란 무략(武略)이 뒷받침돼야 효과를 거둘 수 있
다. 진림의 글 솜씨는 대단하나 원소의 무략이 부족하니 걱정
할 것 없다."

유비, 조조에게 패해
원소를 찾아가다

조조는 친히 군사 25만을 이끌고 원소 군과 대전하기로 하고, 유대와 왕충에게 군사 5만을 주어 각기 두 갈래로 나누어 서주를 공격하라고 지시했다.

유대는 원래 연주자사였는데, 연주가 함락되자 조조에게 항복하고 편장(偏將)이 된 사람이었다.

조조 군이 서주에 들어왔다는 보고를 받은 유비가 진등에게 물었다.

"원소가 여양 땅에 진을 치고 있지만 모사들의 불화로 전투를 하지 못하고 있소. 그럼 조조는 어디에 있는 것이오. 소문에 의하면 원소와 대치한 조조의 군사에게는 조조의 기가 없고, 이리로 오는 적군에게 조조의 기가 나부낀다고 하는데, 어찌된 일이오."

"조조는 워낙 속임수를 잘 씁니다. 원소와의 대전을 중요시하여 거기 있으면서도 기를 세우지 않고, 이곳에 있는 것처럼 자기 기를 세우게 한 것입니다."

진등의 말을 듣고 유비가 관우와 장비에게 물었다.

"누가 적의 내막을 알아 오겠는가?"

"제가 가겠습니다, 형님!"

장비가 나서자 유비가 말했다.

“너는 성미가 조급하고 난폭해서 안 된다.”

“만약 조조를 발견하게 된다면 잡아 오리다.”

“안 된다. 조조가 비록 세상의 원망을 듣고 있으나 명분상으로는 황제의 조서를 받들어 사방을 평정한 사람이다. 그런 사람과 칼로 맞선다면 오히려 내가 역적이라는 오명을 쓰게 된다.”

그래도 장비가 자기 고집을 꺾지 않고 가겠다고 하니 유비는 찬찬히 설명해 주었다.

“‘자기를 알고 적을 알면 백전백승이다[知己知彼 百戰百勝].’ ‘자기만 알고 적을 모르면 일승일패이다[知己不知彼 一勝一負].’ ‘자기도 모르고 적도 모르면 백전백패다[不知己不知彼 百戰百敗].’ 이것은 만고에 변하지 않는 병법의 이치다. 그런데 우리는 지금 양식이 부족하고 군사력 또한 조조 군보다 열세이므로 조조와 대적하기에는 부족하다. 그런고로 지금은 정황 판단이 급선무다. 대책 없이 경거망동하면 승리를 거둘 수 없다.”

“제가 가서 동정을 보고 오리다.”

관우가 말하자 그제야 유비는 머리를 끄덕였다.

“운장이 간다면 마음을 놓겠다.”

관우가 군사 3천을 거느리고 서주성 밖으로 나갔다. 얼마 후 관우가 왕충을 끌고 와 유비 앞에 무릎 꿇리며 말했다.

“형님이 생포할 뜻이 있음을 알고 왕충을 끌고 온 것입니다.”

유비가 왕충에게 물었다.

"네가 누군데, 조 승상이 온 것처럼 우리에게 속임수를 쓰느냐?"

왕충이 이실직고했다.

"조 승상이 분부한 대로 한 것뿐입니다. 승상은 여기에 없습니다."

유비는 옥졸에게 왕충을 가두되 정중히 대하도록 했다. 왕충이 나가자 유비가 관우에게 말했다.

"죽여 봤자 아무런 이득이 없다. 나중에 화해할 때나 써먹을까 한다."

이 말을 듣고 장비가 다시 나섰다.

"운장 형님이 왕충을 사로잡았으니, 제가 유대를 잡아 오겠소."

"유대는 지난날 연주자사까지 지낸 인물이다. 호뢰관에서 동탁과 맞상대까지 한 제후였다. 네가 경솔히 대적할 인물은 아니다."

"그까짓 걸 형님은 뭘 염려하십니까. 나도 반드시 사로잡아 오겠소."

"공연히 유대를 죽여 큰일을 망칠까 두렵다."

"유대를 죽이면 대신 제 목숨을 바치겠소."

유비는 그제야 장비에게 군사 3천 명을 주었다.

얼마 후, 장비가 유대의 진영 앞에 나타났다. 유대의 진영에다 대고 장비가 갖은 욕설을 퍼부었다. 왕충이 이미 잡혀간 데다 상대가 장비라는 것을 알고 유대는 진영에서 한 발짝도 나가지 않았다. 그렇게 사흘이 지난 아침이었다. 장비는 야간 습격 명령을 하달하고 대낮부터 술을 퍼 마시고 취한 척했다. 과거의 술버릇이 나타났는지 군사들 중 한 명을 가려내어 호되게 매질한 뒤 진영에 비끄러매었다. 그런 후 부하를 은밀히 시켜서 그 병사를 풀어 주어 유대의 진영 쪽으로 달아나게 했다.

"장비가 오늘 밤 2경(9시에서 11시 사이)에 불길을 신호로 기습할 겁니다."

유대는 탈출한 병사의 심한 상처를 보고 그 말을 곧이들었다. 장비의 작전을 이용하기 위해 진영의 군사를 바깥에 매복시켰다. 한편 장비는 군사를 세 갈래로 나누었다. 중앙 군사 30명만 진영에 불을 지르게 하고 좌우 군사들은 적의 뒤에서 공격하도록 했다.

밤 2경이 되자 유대의 진영에서 불길이 치솟아 올랐다. 불길을 보고 적이 온 줄 알고 유대의 군사가 아우성치며 진영 안으로 쳐들어갔다. 그러자 장비의 군사들이 기다렸다는 듯 좌우 양쪽에서 쫓아가며 무찔렀다. 어둠 속에서 유대의 군사들은 살길을 찾아 달아나기에 바빴다. 유대도 패잔병을 이끌고 우왕좌왕하다 장비와 마주쳤다. 피할 길이 없던 유대가 먼저 달려들었으나 단 1합도 못 되어 장비에게 사로잡혔다.

장비가 부하를 서주성으로 보내어 승전을 보고했다. 유비가 관우를 보며 말했다.

"익덕이 원래 거칠고 사납더니, 이제 계책까지 쓸 줄 아는구나. 걱정 안 해도 되겠구나."

서주성에 들어온 장비가 우쭐했다.

"밤낮 저더러 난폭하고 조급하다고 책망하셨는데, 오늘은 어떠우?”

“내가 너에게 그런 격한 말을 하지 않았으면 네가 꾀를 냈겠느냐.”

이 말을 듣자 장비는 크게 껄껄 웃었다. 이윽고 묶여서 끌려오는 유대를 보자 유비는 급히 말에서 뛰어 내린 뒤 직접 결박을 풀어 주었다.

“장비가 버릇없는 짓을 저질렀으니, 용서하시라.”

유비는 유대를 성안으로 안내하여 이미 잡혀 와 있던 왕충과 함께 극진히 대접하면서 말했다.

“지난날 차주가 날 없애려 하기에 부득이 그를 죽였소. 헌데 승상은 내가 배반할 걸로 오해하고 두 장군을 파견했을 거요. 나는 승상의 은혜를 저버릴 마음이 조금도 없소. 장군들이 허도로 돌아가 이 유비의 심정을 잘 말씀 드려 주시길 바라오.”

유대와 왕충이 입을 모아 말했다.

“목숨을 살려 준 귀공의 은혜를 무엇으로 보답하리까. 돌아가면 우리 두 사람이 귀공을 위해 극력 주선하리다. 믿지 못한다면 우리 두 사람의 가족이 볼모가 되어도 좋습니다.”

유대와 왕충이 서주를 떠나 10여 리쯤 갔을 때였다. 장비가 부대를 지휘하여 길을 막고 큰소리로 외쳤다.

“우리 형님이 분별을 못하시어 너희들을 보낸 거다. 난 너희들을 살려 두지 않겠다.”

유대와 왕충이 말 위에서 벌벌 떨기만 했다. 장비가 고리눈을 부릅뜨고 창을 꼬느어 들고 내달리는데, 등 뒤에서 한 사람이 나는 듯이 말을 달려 나오며 크게 꾸짖었다.

“아우는 무례한 짓을 말라!”

장비가 돌아보니 관우였다. 유대와 왕충은 그제야 가슴이 진정되었다.

“형님의 군령에 거역할 작정이냐?”

“이것들을 놓아 보내면 다음에 또 우리를 치러 오지 않겠소?”

“다시 오면 그때 처치해도 늦지는 않는다.”

두 사람의 오가는 말을 듣고 유대와 왕충은 거듭 고했다.

“조 승상이 저희들의 삼족을 멸해도 다시는 안 오리다.”

장비가 으름장을 놓았다.

“조조가 오기만 해 봐라. 내가 살려서 돌려보내지 않을 것이다. 이번만 특별히 너희들 목을 도려내지 않는 거다.”

유대와 왕충은 목을 움츠린 채 허겁지겁 떠났다. 관우와 장비가 돌아와서 유비에게 말했다.

“틀림없이 조조가 우리를 치러 올 것입니다.”

손건이 계책을 내놓았다.

“서주는 공격을 받기 쉬우니 오래 있을 곳이 못 됩니다. 군사 일부만 소패 땅에 주둔시키고 나머지 군사는 하비성에 주둔시켜 양쪽에서 조조를 막도록 하십시오.”

유비는 손건의 말대로 관우에게 하비성을 맡기고, 감부인(甘夫人)과 미부인(糜夫人)을 머무르게 했다. 그리고 손건·간옹·미축·미방은 서주성을 지키고, 자신은 장비와 함께 소패에 주둔했다.

한편 유대와 왕충은 허도에 돌아가서 조조에게 보고했다.

“저희들이 보건대, 유비는 결코 승상을 배반할 사람이 아닙니다.”

공격하라고 보냈는데, 오히려 설득당하고 돌아오니 화가 머리끝까지 치밀어 올랐다. 조조가 좌우 무사들에게 명령했다.

“국가를 욕되게 한 사신은 그냥 둘 수는 없다. 두 놈을 당장 끌어내어 참하라.”

이에 공융이 간했다.

“두 사람은 원래 유비와 상대가 안 되는 인물들입니다. 그들을 죽여 봤자 장수들의 사기만 떨어뜨립니다.”

조조는 유대와 왕충의 죽음만은 면해 주었다. 그 대신 그들의 벼슬과 녹을 박탈했다.

공융이 조조를 위해 다시 계책을 내놓았다.

“원소를 치기 위해선 먼저 장수(張繡)와 유표를 귀순시켜야 됩니다.”

공융의 계책대로 모사 유엽을 장수에게 보냈다. 그런데 유엽이 장수를 만나 조조의 뜻을 전하고 있을 때, 원소의 사신이 찾아와 장수에게 원소의 뜻이 적힌 서신을 바쳤다. 투항을 권하는 조조의 뜻과 똑같은 내용이었다.

그러자 옆에 있던 가후가 원소의 사신을 꾸짖었다.

“너는 곧 돌아가 이렇게 전하라. 동생 원술도 못 받아들이면서 어찌 천하의 국사를 받아들일 수 있겠냐고!”

얼마 후 장수가 모사 가후와 함께 조조에게 투항했다. 장수가 댓돌 밑에서 절하니 조조가 황망히 부축하여 일으키고 손을 잡으며 말했다.

“지난날의 조그만 허물은 잊어버리도록 하시오.”

조조가 장수를 양무장군(揚武將軍)으로 봉하고, 가후를 집금오(執金吾: 궁성 주변의 경비 업무를 맡은 무관)로 삼았다.

공융이 이번에는 유표를 설득하기 위해서 예형(禰衡)을 천거했다. 공융과 예형은 서로 “공자가 죽지 않고, 안회가 되살아났다[仲尼不死, 顏回回生].”란 말을 주고받으며 서로의 학문적 자존심을 치켜세워 주는 특별한 관계였다. 예형은 삼교구류(三敎九流: 삼교는 유교·불교·도교, 구류는 유가·도가·음양가·법가·명가·묵가·종횡가·잡가·농가)와 천문지리에 통달한 사람이었다. 조조가 예형에게 순욱 등 수하 참모들을 평가해 달라고 하자 다 시정잡배의 한 사람일 뿐이라고 깎아내렸다. 이런 예형에게 조조는 북치는 업무를 맡겼다.

옆에서 예형의 독설을 듣고 있었던 장료가 조조에게 물었다.

“불손한 저놈을 왜 죽이지 않으십니까?”

그러자 조조가 대답했다.

“저놈은 실력도 없이 명성만 자자한 인물이다. 그런 놈을 죽이면 천하 사람들은 나를 그릇이 작은 사람이라고 수군거릴 것이다.”

다음날, 관청의 잔치자리에서 예형이 흥을 돋우기 위해서 북을 치게 됐는데, 처음엔 더러운 누더기 옷을 입고 치더니 나중에는 실오라기 하나 걸치지 않는 벌거벗은 몸으로 북을 쳤다. 조조가 노하여 예형을 꾸짖었다.

“여기가 어딘 줄 아느냐. 묘당(廟堂) 위에서 어찌 이리도 무례하냐?”

예형의 대답은 거침이 없었다.

"가장 더러운 짓은 임금을 속이는 짓이다. 그러나 난 부모로부터 받은 몸을 그대로 나타내어 결백함을 보였을 따름이다."

"그렇다면 더러운 자는 누구냐?"

예형은 불을 뿜듯이 대답했다.

"바로 너다. 너는 눈이 더러워 어진 사람과 어리석은 사람을 분별할 줄 몰랐고, 입이 더러워 시경과 서경을 읽지 못했고, 귀가 더러워 옳은 말을 알아들을 줄 몰랐다. 또한 몸이 더럽기 때문에 고금을 모르며 뱃속이 더럽기 때문에 제후들을 용납할 줄 몰랐다. 그렇기 때문에 천하 유명한 선비인 나에게 북이나 치는 일을 주었다. 소위 천하를 도모하겠다는 자가 이렇듯 사람을 경멸하느냐?"

조조가 예형을 손가락으로 가리키며 말했다.

"너를 형주로 보낼 터니 가서 유표에게 항복을 받아 오라. 그러면 네게 공경대부(公卿大夫)의 벼슬을 주마."

며칠 후, 예형은 조조 때와 같은 거침없는 독설로 유표의 자존심을 짓밟았지만 유표는 예형을 죽이지 않았다.

"강하에 가서 황조를 만나 보아라."

예형이 떠난 뒤 수하 사람이 유표에게 물었다.

"예형이 주공을 농락했거늘, 왜 죽이지 않습니까?"

"조조가 오만방자한 그를 죽이지 않는 것은 세상인심을 잃지 않기 위해서였다. 그래서 내 손을 빌려 예형을 죽이려 했던 것인데, 왜 내가 어리석게도 인재를 죽였다는 누명을 뒤집어쓰겠는가. 예형을 황조에게 보낸 뜻은 조조에게 나의 식견을 보여 주기 위해서다."

　얼마 후 예형이 황조에게 죽었다는 보고가 허도에 있는 조조에게 들어왔다. 조조가 웃으면서 혼잣소리했다.

　"혓바닥을 마구 놀리더니 그게 칼이 되어 제 몸을 찔러 죽은 격이다."

　건안 5년(서기 200년), 이해에 허도에서는 한바탕 피바람이 불었다. 동승의 집 몸종의 밀고로 조조 제거 거사 연판장에 서명한 시랑 왕자복·장수교위 충즙·의랑 오석과 그 집안사람들 그리고 황제의 태의(太醫)로서 독약으로 조조를 죽이려 했던 길평(吉平)이 성문 바깥으로 끌려 나가 처형되니, 죽음을 당한 자가 무려 7백여 명이나 되었다. 조조는 이에 그치지 않고 궁으로 들어가 헌제가 보는 앞에서 헌제의 총애를 받고 있던 동 귀비마저 죽였다. 이때 동 귀비는 헌제의 핏줄을 포태한 지 5달 되는 몸이었다.

　"마등과 유비만 처치하면 연판장에 서명한 사람은 다 제거되는 것이오. 그런데 유비를 치면 그 틈을 타 원소가 이곳 허도를 기습하지 않을까 걱정이오."

　조조의 걱정에 여러 모사가 계책을 내놓았으나 곽가의 것이 마음에 들었다.

　"원소는 의심이 많은 데다 결단력이 없습니다. 더구나 그 밑의 모사들은 서로 질투하고 있으니 승상은 염려 마십시오. 유비의 군은 신규 편성된 부대로 아직 정돈되지 않았으니 당장 유비를 치면 손쉽게 승부가 결정 날 것입니다."

　조조가 크게 기뻐했다.

“그대 생각이 바로 내 생각이오.”

즉시 20만 대군을 이끌고 다섯 부대로 나누어 서주로 진격했다. 이 소식을 보고받은 유비가 군사를 요청하는 서신을 손건에게 주어 하북으로 보냈다. 손건이 보니 원소의 안색이 몹시 창백했다.

“내가 머지않아 죽을 것 같소.”

원소의 말에 모사 전풍이 의아해했다.

“주공께서 그게 무슨 말씀이십니까?”

“아들 5형제 가운데 어린 막내 놈을 특별히 귀여워했는데, 그 애가 옴에 걸려 목숨이 오락가락하고 있소. 그러니 내가 무슨 경황이 있어 다른 일을 의논하리오.”

“조조가 유현덕을 치러 떠나 허도가 비어 있습니다. 즉시 천하 의병을 거느리고 허도에 쳐들어가서 위로는 천자를 모시고 아래로는 만백성을 구제할 때입니다. 주공은 두 번 다시없는 이런 기회를 놓치지 마시고 결단을 내리십시오.”

“나도 이번이 두 번 다시없는 기회인 줄 알고 있소. 하지만 지금 내 마음이 어지럽고 정신이 혼란하니 혹 실수하지 않을까 두렵소.”

원소는 손건에게 말했다.

“유현덕에게 이런 나의 사정을 잘 전달하시오. 만약 조조와 싸워서 위급해지면 내게로 오라고 하시오.”

전풍이 지팡이로 땅을 치며 탄식했다.

“한낱 어린아이의 병 때문에 천재일우(千載一遇)의 좋은 기회를 놓치다니, 만사는 끝났도다!”

손건은 원소가 군사를 일으킬 생각이 없음을 알고 밤낮없이 말을 달려 소패로 돌아와 유비에게 보고했다.

"이 지경이니, 어떡하면 좋겠소?"

장비가 입을 열었다.

"형님은 염려 마시오. 조조의 군대는 먼 길을 행군해서 지칠 거요. 기습 작전으로 나가면 격파할 수 있소."

유비가 고개를 끄덕였다.

"평소 장수로만 알았더니 이런 계책을 내놓을 줄이야. 병법에도 들어맞는 말이다."

유비는 장비의 말을 따라 기습전을 펴기로 했다. 그러나 조조는 유비의 기습 작전을 예상하고 있었다. 전군을 9개 부대로 편성한 뒤 한 부대만 전진하여 빈 진영을 세우게 했다. 나머지 군사들은 사면팔방으로 매복해 두었다.

그날 밤은 달빛이 희미했다. 유비는 왼쪽을, 장비는 오른쪽을 맡아 부대를 거느리고 전진했다. 자기 계책대로 모두가 따르니 장비는 신이 났다. 기병들을 거느리고 적진으로 달려 들어갔다. 그러나 진영 안은 텅 비어 있었다.

사방에서 갑자기 불길이 크게 일어나면서 함성이 일제히 진동했다. 황급히 진영 안에서 나와 보니 동쪽은 장료, 서쪽은 허저, 남쪽은 우금, 북쪽은 이전, 동남쪽은 서황, 서남쪽은 악진, 동북쪽은 하후돈, 서북쪽은 하후연이 팔방에서 군사를 거느리고 말을 달려 들어오고 있었다.

장비는 좌충우돌하여 앞을 막으며 뒤를 쳤다. 그런데 거느리고 온 군사들이 지난날 조조의 수하에 있던 군사들이라 위급한 사태를 보고는 다 항복해 버렸다. 서황과 부딪쳐 어우러져 한 바탕 싸우고 있는데, 뒤에서 악진이 달려들었다. 장비는 간신히 혈로를 찾아 달아났다. 뒤를 따르는 부하는 기병 수십에 불과했다. 소패로 돌아가고 싶었지만 길이 끊겼다.

'서주나 하비성으로 가 볼까?'

그러나 그곳도 조조의 군사가 길을 끊어 놓았다. 생각 끝에 망탕산을 향해 달렸다.

한편 유비도 조조가 파 놓은 함정에 속았다는 것을 뒤늦게 알았다. 하후돈에게 쫓겨 죽을 각오를 하고 달아나니 그를 따르는 군사는 겨우 기병 30여 명에 불과했다. 눈앞에 바라보이는 소패성에선 불길이 치솟아 오르고 있었다. 말머리를 돌려 서주나 하비성으로 달리려고 했지만 가는 곳마다 이미 조조의 군사들이 길을 끊어 놓은 상태였다. 그제야 원소의 말이 떠올랐다.

'원소에게 몸을 의탁하는 수밖에 없다.'

유비는 청주로 뻗은 길을 달렸다. 그러나 이 길도 이전이 막고 있었다. 유비는 산으로 접어들어 북쪽만 바라보고 허둥지둥 달아났다. 하루에 3백 리를 달려 청주성에 도착했다.

"성문을 열어 다오!"

이때 청주자사는 원소의 아들 원담(袁譚)이었다. 원담은 원소에게 서신을 먼저 보내는 한편 유비에게 호위병을 딸려 기주에 있는 원소를 찾아가게 했다.

유비가 평원 경계로 접어들 때였다. 이미 원소가 많은 사람을 거느리고 나와 유비를 기다리고 있었다. 유비가 예의를 갖추어 사례를 표하자 원소가 대답했다.

"어린것이 병이 나서 구원해 드리지 못하여 미안하오. 이제 다행히 만났으니 평생에 그리던 정이 풀린 듯하오."

"궁색한 유비는 오래전부터 문하에 오려고 했으나 기회가 없어 늦어졌습니다. 장군께서 평소 천하의 인물을 받아들인다는 도량이 있다 하기에 부끄러움을 무릅쓰고 왔습니다. 거두어 주시면 맹세코 은혜에 보답하리다."

자기를 낮추고 상대를 칭찬하는 유비의 말에 원소는 크게 기뻐하고, 함께 기주로 돌아와 유비를 극진히 대접했다.

관우가 조조를 떠날 3가지 조건

원소의 신세를 지고 있는 유비는 늘 수심이 가득했다.

"현덕은 어째서 우울해하시오?"

유비가 탄식했다.

"두 동생의 소식도 모르고 처자는 조조에게 붙들려 있습니다. 위로는 나라에 보답하기는커녕 아래로는 가정도 보호하지 못하는 신세인데, 걱정이 없을 수가 있겠습니까?"

"오래전부터 허도를 치려고 생각해 왔소. 날씨도 따뜻한 봄이 되었으니 군사를 일으키기에 좋은 때요."

마침내 원소는 모든 모사들을 모아 놓고 조조 칠 계책을 구하였다.

"지난번 조조가 허도를 비웠을 때 기회를 놓친 것이 큰 실수였습니다. 이제 서주는 결딴났으며 조조의 군사는 사기충천하니 다음 기회를 봐야 합니다."

전풍(田豊)이 반대 의견을 내놓자 원소가 유비를 따로 불러 말했다.

"전풍은 지금 허도를 칠 때가 아니라고 말했소. 현덕의 생각은 어떻소?"

"조조는 천자를 능멸하는 도둑입니다. 귀공께서 그런 놈을 치지 않아 대의명분을 잃을까 두렵습니다."

“공의 말이 옳소!”

원소가 흔쾌히 대답하고 군사 동원령을 내렸다. 안량(顔良)이 선봉장이 되어 백마현에다 진영을 세웠다.

한편 관우는 유비의 두 부인 감 부인, 미 부인을 보호하며 하비성을 지키고 있었다. 조조는 관우가 하후돈과 성 밖에서 싸우고 있는 틈을 타 하비성을 점령했다. 조조는 관우를 자기 사람으로 만들고 싶어 예전부터 안면이 있는 장료를 보내 회유했다. 그러나 관우는 장료 앞에서 결사 항전의 각오를 밝혔다.

“나는 죽는 일을 고향에 돌아가는 정도로 생각하니 너는 썩 물러가라.”

“형이 그런 말씀을 하시면 천하에 웃음거리가 됩니다.”

“내가 충의를 위해 죽는데, 어째서 천하의 웃음거리가 된단 말이냐?”

“형이 지금 죽으면 세 가지 죄를 짓게 되어 그럽니다.”

관우의 다그침에 장료가 말을 이었다.

“첫 번째 죄는 애초에 현덕 공과 한날한시에 죽는다고 결의했는데, 그 맹세를 저버리는 것이요, 두 번째 죄는 현덕 공이 형에게 두 부인의 안전을 부탁했는데, 현덕 공의 부탁을 저버리는 것이요, 세 번째 죄는 한 황실을 일으켜 세우려 하지 않고 한낱 필부의 용기로 충의를 다하지 못하는 것입니다.”

관우가 한동안 말없이 생각하더니 장료에게 물었다.

“나더러 어쩌라는 것이냐?”

“쓸데없이 죽으면 아무 이익도 없습니다. 일단 조 승상에게 항복했다가 현덕 공의 소식을 알아본 뒤에 뜻을 펼치십시오.”

'관우가 고개를 끄덕이는 것 같더니 이내 3가지 조건[關公三約]'을 내세웠다.

"나에게도 항복하기 위한 3가지 조건이 있다. 첫째는 내가 항복하는 것은 조조에게 항복하는 것이 아니라 한나라 황제께 항복하는 것이며, 둘째는 두 형수의 안전을 책임지며 황숙의 부인으로서 사는 데 조금도 군색함이 없게 할 것이며, 셋째는 유황숙이 계시는 곳만 알면 천리건 만리건 곧 떠나가도록 해줘야 한다. 이 조건을 들어주지 않는다면 결코 항복하지 않을 것이다. 가서 알아보고 속히 회답하라."

장료는 곧 말을 달려 조조에게 보고했다. 조조는 세 번째의 조건에는 머리를 흔들었다.

"그럼 관운장을 내 사람으로 만들 수 없지 않은가."

"유현덕이 대우한 것보다 더 극진히 승상께서 대우하면 관우가 복종할 것입니다."

"그대의 말이 옳소. 내 3가지 조건을 다 받아주겠소."

얼마 후 관우가 오자 조조는 진문 밖까지 나와 영접했다. 관우가 말에서 내려 절하니 조조가 황망히 답례했다.

"내 오래전부터 관공의 충의를 흠모하고 있었소. 오늘 다행히 만나게 되니 평생 바라던 바가 거의 이루어졌소."

조조는 관우를 맞아 크게 잔치를 베풀었다.

어느 날 조조는 관우의 전포(戰袍)가 낡은 것을 보고 곧 더 좋은 비단 전포를 만들어 줬다. 관우는 새 전포를 받아 입더니 그 위에다 낡은 전포를 겹쳐 있었다.

조조가 웃으며 물었다.

"관운장은 어째서 그렇듯 검소하시오?"

"검소해서가 아닙니다. 헌 전포는 옛 주인이신 유황숙께서 주신 것입니다. 새 전포로 옛 전포를 가리게 할 수는 없습니다. 이것은 새로운 후의를 입었다고 해서 옛정을 버리지 못하는 이치와 같은 것입니다."

조조는 감탄했다.

"역시 관공은 의사(義士) 중의 의사로다!"

조조가 보니 관우의 말이 너무나 여위었다. 여포가 생전에 탔던 적토마(赤兎馬)를 관우에게 주었다. 관우가 두 번 절하고 사례하니 조조는 양미간을 찌푸렸다.

"내가 여러 번 미인과 황금 비단을 주었건만 귀공은 내게 한 번도 절을 한 적이 없소. 그러더니 말을 받고서 이렇게 기뻐하니 어째서 사람을 천대하고 말을 더 귀중히 여기시오?"

"저는 이 말이 하루에 천리를 달리는 것을 압니다. 이제 형님이 어디에 계시든지 있다는 것만 알면 단 하루 만에 가서 뵐 수 있지 않겠습니까?"

조조는 아연실색하고 적토마를 준 것을 크게 후회했다.

조조의 군막에서였다.

"안량이 또 싸움을 걸어왔습니다."

원소 군의 안량을 상대로 해서 조조가 송헌과 위속을 보냈으나 대적한 지 삼합이 못 되어 두 사람 목이 잘려 나갔으니 고민이 이만저만이 아니었다. 이때 정욱이 속삭였다.

"관운장을 보내시어 대적하게 하십시오."

"나는 그가 공을 세우고 곧 떠나가 버릴까 두렵노라."

"유비가 만일 살아 있으면 틀림없이 원소에게 가 있을 것입니다. 이제 관운장을 보내 안량을 물리치면 원소는 유비를 의심하고 죽일 것 아니겠습니까. 유비가 일단 죽기만 하면 관운장은 떠날래야 갈 데가 없습니다."

조조가 정욱의 계책대로 관우를 불러 안량과의 일전을 부탁했다. 그러자 관우가 말했다.

"제게 그자를 한번 보여 주십시오."

조조가 관우를 데리고 흙산 위로 올라갔다. 손가락으로 안량의 군영을 가리키며 말했다.

"저기 비단 일산(日傘: 고관이 행차할 때 받치던 양산) 아래 황금 갑옷 차림으로 무장한 채 칼을 든 자가 안량이오."

관우가 한 번 바라보고 조조에게 간단히 말했다.

"제가 보기에는 나뭇가지에 제 목을 꿰고 팔러 나온 사람 같습니다."

곁에서 장료가 쏘아 붙였다.

"군중에서는 농담이 용납되지 않소."

이에 관우가 분연히 적토마를 타고 청룡언월도를 비껴들고 산 아래로 내려갔다. 봉황의 눈을 부릅뜨며 눈썹을 곤추세우며 바로 상대편 진 안으로 돌격하니 하북의 군사들은 일시에 파도가 부서지듯 흩어졌다. 관우가 곧 안량에게 덤벼들었다. 말을 타고 있던 안량은 관우를 보자 무슨 말인가를 물어 보려고 막 입을 놀리는 참이었다. 순간 관우의 청룡언월도가 한 번 번쩍하더니 안량은 말 아래로 떨어져 굴렀다. 이때를 놓칠세라 조조가 총공격령을 내려 원소 군을 마구 짓밟아 엄청난 숫자의 군마와 무기를 빼앗았다.

관우가 조조 앞에 안량의 머리를 바쳤다. 조조가 찬탄했다.

"장군은 참으로 무예의 신인(神人)이오!"

"과찬입니다. 제 아우 장익덕은 '백만 적군 속에서도 적장 목을 마치 주머니 속 물건 꺼내듯 베어 올 수 있습니다[于百萬軍中取上將之頭, 如探囊中取物].'"

그 말에 간담이 서늘해진 조조는 좌우 장수들에게 주의를 주었다.

"앞으로 장익덕을 만나거든 함부로 덤벼들지 마라. 혹 잊으면 안 되니 전포 속에 그 이름을 적어 두어라."

한편, 안량의 패잔병들이 원소의 장막으로 달려와 안량의 죽음에 대해 자세히 보고했다. 저수가 원소에게 고했다.

"적장은 유현덕의 동생 관우가 분명합니다."

원소는 얼굴에 노기를 띠고서 유비를 손가락질했다.

"네 동생이 내 장수를 죽였으니, 내통한 게 틀림없다. 도부수들아! 이놈을 썩 끌어내어 당장 참하라."

그 말을 듣고도 유비는 태연히 고했다.

"명철한 귀공이 한쪽 말만 믿고 우리의 정리를 끊으려 하십니까? 서주에서 뿔뿔이 흩어진 이후 관운장의 생사조차 모릅니다. 얼굴이 대춧빛 같고 수염이 길다 해서 다 관운장일 리 있겠습니까?"

원소는 원래 줏대가 없는 사람이었다. 유비의 말을 듣고 저수를 꾸짖었다. 유비를 다시금 윗자리로 청해 앉히고 안량의 원수를 어떻게 갚을지 의논했다.

이때 장막 아랫자리에서 문추(文醜)가 나서며 자원했다. 원소가 고개를 끄덕였다. 군사 10만을 주어 황하를 건너 공격하라고 했다. 그러자 유비가 청했다.

"문추와 함께 참전하겠습니다. 귀공의 은혜에 보답할 뿐 아니라 안량을 벤 적장이 누구인지 확인을 해야 하겠습니다."

원소는 기뻐하며 문추에게 명했다.

"유현덕과 함께 선봉이 되어 즉시 떠나라."

그러나 문추가 이의를 제기했다.

"현덕은 여러 번 패배한 장수라서 선봉에 세우긴 어렵습니다. 그러나 주공의 명령도 있으니 유비에게 3만 군사를 주어 후방에서 따라오라고 하십시오."

결국 문추는 7만 대군을 거느리고 선봉에 서고, 유비는 3만 군사를 이끌고 뒤를 따랐다.

한편 조조는 관우의 무용을 직접 본 뒤로 더욱 마음에 들어 조정에 표문을 보내어 관우를 한수정후(漢壽亭侯)에 봉했다. 또한 관우를 직접 데리고 천자를 알현하게 했다. 이때 길게 늘어뜨린 관우의 수염을 보고 헌제(獻帝)는 관우에게 "참으로 아름다운 수염을 가졌구려! 앞으로는 공을 '미염공(美髥公)' 이라고 불러야겠소."라고 했다.

어느 날, 문추가 황하 건너편 연진에 진을 쳤다는 보고가 들어왔다. 조조는 즉시 백성들을 서하(西河)로 옮긴 다음 직접 대군을 거느리고 출전했다.

"군량과 마초를 앞서 보내고 군사들은 뒤를 따르라."

휘하 장수들은 의문에 사로잡혔으나 조조의 명령이라 그대로 따랐다. 연진을 향해 군량과 마초를 출발시키고 조조는 후방에서 천천히 행군하였다. 조조의 계산대로 문추가 정면에서 밀어닥쳤다. 군량과 마초를 지키던 군사들은 사방으로 달아났다. 초전에 적의 군량과 마초를 빼앗는 데 신이 난 문추의 군사들은 이미 대오가 흩어질 대로 흩어졌다. 이때를 놓치지 않고 조조가 공격 명령을 내리자 군사들이 언덕에서 일제히 달려 내려가 마구 무찌르니 문추의 군사는 일대 혼란에 빠졌다. 문추만이 조조의 군사들과 고군분투하다 말머리를 돌려 달아났다.

조조가 언덕 위에서 문추가 달아나는 것을 바라보다 손가락으로 가리키며 물었다.

"문추는 하북의 명장이다. 누가 사로잡아 오겠는가?"

말이 떨어지기가 무섭게 장료와 서황이 달려갔으나 문추의 적수가 되지 못했다. 장료가 문추의 화살에 말이 맞는 바람에 땅에 떨어졌고, 장료를 구하러 서황이 큰 도끼를 휘두르며 달려들어 맞닥뜨렸으나 수합을 견디지 못하고 오히려 꽁무니를 뺐다. 문추가 서황을 뒤쫓아가다 보니, 어디선가 10여 기의 기병을 거느린 관우가 청룡언월도를 들고 바람같이 나타났다.

"이놈, 게 섰거라!"

관우가 달려들어 문추와 서로 싸운 지 불과 3합에 이르렀을 때였다. 문추는 덜컥 겁이 나서 말고삐를 홱 돌려 황하를 따라 달아났다. 그러나 관우가 탄 적토마가 너무나 빨았다. 어느새 관우의 청룡언월도가 한 번 번득이자 문추의 목이 달아나 말 아래로 떨어졌다.

조조는 언덕 위에서 문추를 참하는 광경을 보고 즉시 군사를 휘몰아 달려 내려가 총공격했다. 하북 군사의 태반이 황하에 빠져 죽었고, 조조는 빼앗겼던 군량과 마초와 말을 모두 되찾았다.

후방에 선 유비가 전방의 문추가 죽었다는 보고를 받았다.

"이번에도 얼굴이 대춧빛 같고 수염 긴 장수가 문추를 죽였소."

유비가 황급히 말을 달려가 바라보니, 황하 건너 벌판에서 한 떼의 기병이 나는 듯이 오고 있었다. 기병들이 든 기에는 '한수정후 관운장' 이라는 일곱 자가 선명히 적혀 있었다.

유비가 마음속으로 천지신명께 감사했다.

'아우가 죽지 않고 조조에게 있었구나. 하늘이여, 감사하나이다!'

멀리서 관우도 유비가 원소 군 진영에 있다는 것을 알게 되었다.

관포지교를 뛰어넘는 관우의 생사지교

조조는 대승을 거두고 돌아온 관우를 위해 크게 잔치를 베풀고 전공을 치하했다. 잔치의 여흥이 끝나기도 전 급한 보고가 들어왔다. 황건적 잔당이 여남 땅을 유린하여 조홍이 고전 중이라는 보고였다. 이에 관우가 군사 5만을 거느리고 여남으로 가 황건적을 물리치고 허도로 돌아왔다.

조조는 관우의 전공을 치하했지만 속으로는 걱정이 되지 않을 수가 없었다. 관우가 유비의 행방을 안 이상 곧 자기를 떠날 것이 명백했기 때문이었다. 조조는 관우와 친한 장료를 보내 다시 한 번 관우의 속뜻을 알아 오라고 했다. 장료가 관우에게 말했다.

"현덕 공의 행방을 알게 됐는데, 형은 왜 우울한 얼굴을 하고 계시오?"

"행방을 알면서도 만나 뵙지 못하는데, 어찌 기쁘리오!"

"형은 〈춘추(春秋)〉 전에 나온 '관포지교(管鮑之交)'란 말을 알고 있지 않소?"

"몰라서 묻는 말인가? 관중(管仲)이 포숙(鮑叔)에 대해 항상 이렇게 말했지. '내가 세 번 싸워 세 번 물러났으나 포숙은 나를 겁쟁이라고 하지 않았다. 포숙은 내가 모셔야 할 늙은 부모가 있기 때문이라는 걸 알고 있었다. 또한 내가 세 번 벼슬살이를 하고도 세 번 다 쫓겨났으나 포숙은 나를 무능하다고 하지 않았다. 포숙은 내가 때를 만나지 못했기 때문이라는 걸 알고 있었다. 그리고 내가 포숙과 담론을 할 때 나는 차림이 궁핍하기 짝이 없었으나 나를 어리석다고 하지 않았다. 포숙은 내가 좋은 때를 만나지 못했기 때문이라는 걸 알고 있었다. 게다가 내가 포숙과 장사를 해 이익을 나눌 때 내가 항상 더 많이 가지고 갔어도 나를 탐욕하다고 하지 않았다. 포숙은 내가 가난하기 때문이라는 걸 알고 있었다. 그래서 나는 포숙을 평하길, '나를 낳아 준 이는 부모이지만, 나를 알아주는 자는 포숙이다[生我者父母, 知我者鮑叔].' 라고 말했는데, 이게 바로 '관포지교' 이지 않는가?"

"그렇다면 형과 현덕 공과의 사귐은 어떻습니까?

"나와 형님과는 '생사지교(生死之交)' 로 맺어져 있다. 살면 같이 살고 죽으면 같이 죽으니 관포지교와는 비교할 바가 못 된다."

"저와 형의 사귐은 어떻습니까?"

"자네와 난 해후상교(邂逅相交)이네. 길흉을 만나면 같이 나누고 환난을 만나면 서로 도움 주는 사이이지만 그 도움은 어디까지나 한계가 있는 사이이지. 어찌 형님과 나와의 생사지교와 비교할 수 있겠는가!"

"그렇다면 과거 유현덕이 소패에서 패했을 때 공은 어찌 전사하지 않고 목숨을 지켰습니까?"

관우가 단호히 말했다.

"그때는 형님의 행방조차도 몰랐기 때문이었다. 만약 그때

형님이 세상을 멀리했다면 내가 어찌 홀로 살아 무엇하겠는
가!"

그러자 장료가 본심을 터놓고 물었다.

"지금 현덕 공이 하북에 계신다고 합니다. 형은 하북에 가시
렵니까?"

"과거 승상께서 나에게 약속하지 않았는가? 어찌 약속을 저
버릴 수 있겠는가!"

얼마 후 관우는 유비의 친필로 적힌 서신을 보게 되었다. 이
제 관우에게 행동하는 일만 남았다. 관우가 떠난다고 해도 '유
비의 행방을 알면 언제든지 보내 주겠다.'고 약속을 했으니 조
조로서는 보내 주지 않을 수 없는 일이었다. 그래서 조조는 문
앞에 '회피패(回避牌)'를 내걸고 만나 주지 않았다. 그렇다고
관우가 무작정 기다릴 수는 없는 일이었다.

조조가 모사들을 모아 놓고 작전 회의를 하고 있을 때였다.
한 병사가 급히 달려와 관우의 서신을 바쳤다. 읽어 보니 '승상
께서 베풀어 주신 은혜는 두터우나 옛 주인과의 의리는 저버릴
수 없으므로 떠난다.'는 내용이었다. 곧이어 북쪽의 수문장이
말을 달려와 고했다.

"관운장이 우격다짐으로 북문을 연 뒤, 20여 명을 거느리고
떠나갔습니다."

관우의 집에서 일하던 사람도 와서 고했다.

"관운장은 승상께서 주신 금은보화를 곳간에 봉하고, 한수
정후의 관인도 벽에 걸어 놓고 원래 가지고 있던 짐만 꾸리고
떠났습니다."

휘하 장수들이 추격을 자원하자 조조가 장료를 바라보고 담담히 말했다.

"재물로도 달랠 수 없고 높은 벼슬로도 그의 마음을 움직일 수 없구나. 아마 지금쯤 멀리 못 갔을 것이다. 내 그의 인품을 잘 아는 이상 그냥 있을 수 없으니 노자와 전포를 선물하고 싶구나."

장료가 단신으로 먼저 달려갔다. 관우가 탄 말은 천리마지만 두 부인이 탄 수레를 호위해야 했기 때문에 고삐를 늦추어 천천히 가야 했다.

"관운장은 잠시 기다리시오!"

홀연 등 뒤에서 크게 외치는 소리가 들려왔다. 관우가 돌아보니 장료였다. 수레를 모는 하인들에게 앞으로 계속 전진하라고 명한 뒤 말을 멈췄다.

"나를 데리러 왔소?"

"아니오. 승상께서 형이 떠났다는 말을 듣고 친히 전송하겠다며 나를 먼저 보낸 거요."

"승상이 군사를 몰고 와서 나를 생포할 작정이군. 그렇다면 목숨을 걸고 싸우는 수밖에 없소."

관우가 다리 위에서 말을 세운 채 바라보았다. 조조가 앞장을 서고 허저, 서황, 우금, 이전이 기병 수십 명을 거느리며 달려오고 있었다.

"운장은 이렇게 황급히 떠나시오?"

"이제 옛 주인이 하북 땅에 계신 걸 알았으니 급히 떠나지 않을 수 없었습니다. 승상부로 찾아갔으나 면담하지 못해 서신으로 대신했습니다. 지난날의 약속을 잊지 마소서.”

조조가 껄껄 웃으며 말했다.

“천하의 의사 운장을 내가 박복해서 떠나보내는 것이 한이오. 비단 전포(戰袍) 한 벌을 선물하니 나의 간곡한 정표를 사양 마시오.”

한 장수가 값진 비단 전포를 두 손으로 들고 와서 관우에게 공손히 바쳤다. 관우는 말에서 내리지 않고 청룡언월도 끝으로 비단 전포를 끌어올려 몸에 걸쳐 입더니 말을 돌려 세운 뒤에야 돌아보면서 말했다.

“다음에 다시 뵐 날이 있으리다.”

유유히 다리를 건너 북쪽을 향하여 가 버렸다. 허저가 성을 냈다.

“저렇듯 오만 무례한 사람을 왜 사로잡지 않습니까?”

“그는 혼자뿐이며 우리는 수십 명이 몰려왔으니, 의심했을 것이다. 내 이미 그를 보내기로 했으니 뒤쫓지 말라.”

조조는 모든 장수를 거느리고 성으로 돌아가면서 관우를 잊지 못해 탄식했다.

관우, 조조를 떠나면서
여섯 장수를 참하다

관우가 유비의 두 부인을 수레에 모시고 부지런히 북쪽을 향해 가는 길이었다. 중간에 호화라는 노인의 집에서 하룻밤 묵게 되었는데, 노인은 관우에게 형양(滎陽)에 있는 아들한테 보내는 안부 편지를 부탁했다. 관우는 두말없이 허락했다.

다음날, 관우 일행이 한 관문을 지나가게 되었는데, 동령관(東嶺關)이라는 관문이었다. 이때 관문을 지키는 장수는 공수라는 자로 군사 5백 명을 거느리고 있었다. 공수가 관우에게 물었다.

"장군은 어디로 가시오?"

"나는 조 승상께 하직하고, 형님을 찾아 하북으로 가노라."

"하북 땅 원소는 우리 승상을 적대하는 괴수입니다. 승상의 증빙 문서가 있어야만 통과할 수 있습니다."

"바삐 떠나오느라, 증빙 문서를 받지 못했다."

"그렇다면 승상께 알아본 다음에 통과시키겠소."

"그때까지 기다리지 못하겠다. 우린 갈 길이 바쁘다."

"난 법을 어길 수 없소."

"네가 나를 통과시키지 못하겠다는 말이냐?"

"장군은 통과해도 좋소. 대신 다른 모든 사람을 이곳에 볼모로 남겨 두시오."

격분한 관우는 공수를 죽이려 칼을 들었다. 이 낌새를 알아챈 공수가 황급히 관문 안으로 도망쳐 들어갔다. 곧 군사를 거느리고 나와 전투태세를 취했다. 그러자 관우는 일단 수레를 뒤로 물러서게 했다. 그리고 청룡언월도를 바로 들고 아무 말 없이 달려가 단칼에 공수의 목을 베어 말 아래로 떨어뜨렸다. 공수의 부하들은 기가 질려 일제히 달아났다. 이들의 등 뒤에다 관우가 외쳤다.

"군사들은 달아나지 말라. 공수의 죽음이면 충분하다. 너희들은 승상께 내 말을 전하라. 공수가 나를 죽이려고 하기에 하는 수 없이 죽인 것이라고!"

그제야 달아나던 군사들이 모두 관우의 말 앞에 와서 꿇어엎드렸다.

관우는 동령관을 통과하여, 지난날 도읍지인 낙양으로 길을 재촉했다. 얼마 후 관문 하나가 관우의 눈에 들어왔는데, 이곳은 낙양태수 한복의 관할하에 있는 관문이었다. 한복은 활과 전통(箭筒)을 메고 관문 바깥에 군사 천 명을 늘어세웠다.

"승상의 증빙 문서는 가졌소?"

한복은 관우를 보자 동령관의 공수와 똑같이 물었다.

"창졸간에 떠나오느라 받지 못했다."

"증빙 문서가 없다면 그대는 몰래 도망치는 게 분명하다."

관우가 노하여 언성을 높였다.

"공수가 죽은 것처럼 너도 내 손에 죽고 싶으냐?"

한복은 좌우를 돌아보며 분부했다.

"누가 저놈을 사로잡을 테냐?"

말이 끝나자마자 맹탄이 쌍칼을 휘두르며 말을 달려 관우에
게 덤벼들었다. 관우는 일단 수레를 뒤로 물러서게 했다. 맹탄
이 관우와 싸운 지 3합도 안 돼 말머리를 돌려 달아났다. 맹탄
이 관우를 유인하려는 속셈인데, 관우의 적토마가 너무나 빨라
서 맹탄은 순식간에 뒤따라온 관우가 내리치는 청룡언월도에
두 조각이 나서 말 아래로 떨어졌다. 이때 관문 뒤에 숨었던 한
복은 관우를 노리고 힘껏 활을 쐈다. 화살은 곧장 날아가 관우
의 왼쪽 팔에 들어박혔다. 관우가 입으로 화살을 물어 뽑고 즉
시 군사를 무찌르며 달려들자 한복은 급히 달아났다. 그러나
그도 관우가 내리치는 청룡언월도에 맞아 말 아래로 떨어졌다.

　관우는 비단을 찢어 상처를 매고 밤낮 없이 기수관(沂水關)
으로 향했다. 기수를 지키는 장수는 변희였다. 변희는 쇠사슬
양쪽에 무거운 쇳덩어리를 단 유성추(流星鎚)란 무기를 잘 썼
다. 그는 진국사의 법당 안쪽에 도부수들을 매복해 두었다가
관우를 죽이려는 계책을 꾸몄다. 다행히 진국사엔 관우와 한고
향 출신인 보정이라는 스님이 있었다. 보정이 변희의 계책을
관우에게 귀띔해 주었다.

　"법당에 매복해 있던 도부수들이 장군을 죽이려고 합니다."

　법당엔 칼을 차고 들어가지 못하는 법. 그러나 보정의 귀띔
으로 관우는 무장한 부하를 대동하고 법당에 들어갔다. 잠시
후 법당의 잔치 자리에선 오히려 변희가 관우에게 쫓겨났다.
관우가 청룡언월도를 들고 변희의 뒤를 쫓아갔다. 쫓기던 변희
가 갑자기 유성추를 꺼내어 휙 돌아서면서 관우를 후려쳤다.
순간 관우는 청룡언월도로 날아오는 유성추를 쳐 뿌리치고 뒤

쫓아가 단번에 변희를 베었다.

관우가 형양(滎陽) 땅을 향하여 말을 재촉하니 또 관문이 나타났다. 그런데 형양태수 왕식은 관우가 관문을 지나면서 네 명의 장수를 죽였다는 보고를 받고 관우를 암살하기로 계책을 꾸몄다.

왕식은 관우를 영접하고 숙소에 머물게 했다. 왕식은 관우가 잠들기만을 기다렸다. 관우가 자는 틈을 이용해 숙사에 불을 질러 관우를 불태워 죽이는 계략이었던 것이다. 그런데 왕식의 명을 받은 부하는 호반, 그는 관우의 명성을 듣고 먼발치에서나마 관우의 얼굴을 직접 보고 싶어 했다.

호반이 관우의 숙사 대청 앞으로 다가갔다. 관우는 촛불을 밝힌 채 왼손으로 수염을 쓰다듬으면서 책을 읽는 중이었다. 호반은 자기도 모르게 감탄이 저절로 나왔다.

"참으로 하늘이 낸 영웅이지 티끌세상의 인물은 아니로다!"

고개를 들어 관우가 어둠 속을 향해 물었다.

"거기 누구냐?"

"태수 밑에 종사로 있는 호반이올시다."

관우가 다시 물었다.

"그렇다면 허도성 밖에 사는 호화 노인의 자제가 아니냐?"

관우가 즉시 하인을 불러 호화가 부탁한 편지를 가져오라고 했다. 아버지의 편지를 읽고 난 호반은 소스라치게 놀랐다.

'하마터면 충의지사를 죽일 뻔했구나!'

호반은 관우에게 왕식의 음모를 털어놓았다. 호반의 말을 듣고 관우는 즉시 갑옷을 입고 청룡언월도를 들고 적토마에 올라

탔다. 그리고 두 부인을 수레에 태워 숙소를 벗어났다. 관역을 나오면서 보니, 과연 횃불을 든 군사들이 무슨 명령이 있기만을 기다리는 표정을 하고 있었다. 관우가 수레를 재촉하여 급히 성문을 빠져나갔다.

관우가 수레를 호위하고 몇 리를 못 갔을 때였다. 뒤늦게 알아챈 왕식이 한 떼의 기병을 몰고 관우의 뒤를 쫓아왔다. 관우는 즉시 적토마를 돌려 세우며 왕식을 크게 꾸짖었다.

"이놈! 너와 원수 진 일이 없거늘, 어째서 날 태워 죽이려 했느냐?"

왕식이 창을 꼬느어 들고 불문곡직하고 관우에게 달려들었다. 그러나 어찌하리오. 관우가 내리치는 한칼에 왕식은 두 토막이 나서 떨어졌다. 이를 본 기병들은 뒤돌아서서 허둥지둥 달아나기에 바빴다.

황하의 나룻가에서 하후돈의 부하 진기가 또 관우의 갈 길을 막았다.

"승상의 공문을 내놓지 않으면 여길 지나갈 수가 없소."

관우의 음성이 거세어졌다.

"나는 승상의 지시를 받지 않거늘, 공문은 무슨 공문이냐!"

"나는 상부의 명령도 받은 적 없으니, 네게 날개가 있다 한들 결코 여기를 날아 건너지는 못할 줄 알라."

결국 둘이 싸우게 됐으나 관우는 전기를 단 1합에 베고 황하를 건너갔다. 이곳에서부터는 원소의 영지였다. 관우가 뒤돌아보니 '지나온 관소가 모두 다섯 곳이요, 그 사이에 죽인 장수는 도합 여섯 명이었다[五關六斬].'

관우가 적토마에 올라타면서 길게 탄식했다.

"조 승상의 사람을 죽일 뜻은 전혀 없었다. 그가 이 사실을 알면 날 은혜를 저버린 사람이라 할 것이리라!"

다시 길을 재촉하는데, 맞은편에서 누군가 다급하게 말을 달려오면서 외쳤다.

"운장은 거기 멈추시오!"

말을 멈추고 보니 손건이었다.

"여남에서 헤어졌는데, 여긴 어인 일로 오셨소?"

"그때 장군이 여남을 평정한 이후 황건적의 잔당인 유벽과 공도가 여남을 다시 탈환하였소. 저는 원소에게 가서 우호를 맺고 주공을 모셔다가 함께 조조를 칠 작정이었소. 그런데 한심하게도 원소의 장수와 모사란 것들은 서로 시기 질투합디다. 전풍은 아직도 옥에 갇혀 있고, 저수는 추방당했고, 심배와 곽도는 서로 권력 다툼만 하고 있었소. 게다가 원소는 의심이 많고 주견이 없어서 결단을 못 내리고 있으니 참으로 보기에도 딱합디다. 이 꼴을 보다 못한 주공과 나는 원소의 곁을 빠져나와 여남 땅 유벽에게로 갔소. 이런 사정도 모른 채 장군이 원소에게 갔다가 해를 입을까 염려되어 이렇게 급히 달려온 거요. 장군은 이제 여남으로 가면 주공을 만나실 수 있소."

손건의 말을 듣던 두 부인이 유비의 안부를 물으니 원소가 두 번이나 유비를 없애려 했다고 알렸다. 두 부인은 소매로 얼굴을 가리며 울었다. 손건의 말에 따라 관우 일행은 하북이 아니라 여남으로 말머리를 돌렸다. 그때 뒤에서 먼지가 가득히 일어나면서 한 장수가 한 떼의 기마병을 거느리고 쫓아왔다.

“이놈, 관우야 꼼짝 말고 게 섰거라!”

관우가 돌아보니 바로 조조의 장수 하후돈이었다. 손건이 얼른 수레를 호위하며 앞서 갔고, 관우는 말을 돌려 세우며 청룡언월도를 바로 들었다.

“네가 나를 추격하면, 승상의 큰 도량이 훼손된다는 걸 모르느냐?”

“승상께서 정식으로 허가서를 준 적이 없다. 게다가 넌 나의 부하 장수마저 참했다. 네놈을 사로잡아 승상께 바친 후 널 끝장내 주겠다.”

하후돈이 창을 꼬느며 말을 달려 싸우려 하는 순간, 뒤에서 나는 듯이 사자가 말을 달려오며 외쳤다.

“두 장군은 싸우지 말라!”

사자가 와서 하후돈에게 공문을 내보이며 말했다.

“승상께서 혹 이런 일이 벌어질까 염려하여 이 공문을 보내신 것이오.”

하후돈이 사자에게 물었다.

“이자가 오는 도중에 관을 지키는 장수들을 죽였다는 사실을 승상께서 아시는가?”

“아직 모르시오.”

“그렇다면 관우를 잡아다가, 승상께 바치고 처분을 기다리리라.”

관우가 격분했다.

“너 따위를 두려워하면 관우가 아니다.”

청룡언월도를 휘두르면서 하후돈에게 달려들었다. 창과 칼이 어우러져 싸운 지 10합이 채 못 되었을 때였다. 또다시 말을 탄 사자가 와서 싸움 중지 명령을 크게 외쳤다. 모든 사람이 보니 그는 바로 장료였다.

"승상께선 운장이 관문 장수들을 죽였다는 보고를 받았소. 그래서 또 길을 막는 자가 있을까 염려하시고 특별히 나를 보내신 거요. 관운장을 통과시키라는 전지요."

하후돈이 불평했다.

"채양이 날 믿고 자기 조카 진기를 맡겼소. 진기를 죽였는데도 가만있으란 말이오?"

"그 일은 내가 채양 장군에게 잘 말해 주겠소. 관운장을 떠나보내신 승상의 큰 도량을 장군이 훼손시켜서는 안 될 일이오."

장료의 설명에 하후돈은 하는 수 없이 군사를 뒤로 물렸다. 장료가 관우에게 물었다.

"형은 지금 어디로 가실 거요?"

"형님이 원소 곁에 없다는 소식을 들었소. 이제 천하를 두루 돌아다니면서 찾아볼 작정이라네."

장료가 슬그머니 권했다.

"그럼 나와 함께 다시 승상에게 돌아가는 것이 어떻소?"

관우가 미소를 지었다.

"어찌 그럴 수 있는가. 그대는 돌아가서 승상께 내가 사죄하더라고 말이나 잘 전해 주라."

관우가 허리를 굽혀 작별하니 장료와 하후돈도 함께 군사를 거느리고 돌아갔다.

관우는 앞서 간 수레를 뒤쫓아가 손건과 함께 말머리를 같이

하여 길을 재촉했다. 며칠을 못 갔을 때였다. 관우·손건 두 사람이 수레를 호위하여 산길로 접어들어 30리쯤 깊숙이 들어갔을 때였다. 한 떼의 산적이 달려들었는데, 상대가 관우임을 알고 오히려 관우를 따르겠으니 받아주기를 간청했다. 그 중에 주창(周倉)이라는 산적은 황건적의 잔당으로서 평소 관우를 흠모하던 자였다.

"장군, 장군은 저를 버리지 마십시오. 하다못해 졸개라도 시켜 주시면 말고삐를 잡고 따라다니면 죽어도 여한이 없겠습니다."

관우가 주창을 앞세워 여남 방향으로 가는 중에 저 멀리 산성이 하나 눈에 들어왔다. 주창이 이 지방 사람에게 물었다.

"저게 무슨 산성이냐?"

"고성(古城)이라고 합니다. 몇 달 전에 장비라는 한 장수가 기병 수십 명을 거느리고 와서 성내 관리들을 모조리 내쫓고 지금은 군량과 마초를 비축하면서 군사 5천 명을 훈련시키고 있답니다."

이 말을 듣자마자 관우는 크게 기뻐하면서 손건에게 말했다.

"어서 장비에게 가서 두 형수씨를 영접하라고 이르시오."

손건이 떠나고 잠시 후, 관우는 성에서 달려 나오는 장비를 바라보자 기쁨을 참을 수 없었다. 관우는 주창에게 청룡언월도를 맡기고 말을 가벼이 달려 나갔다. 그러나 가까이서 보니 장비의 표정은 뜻밖이었다. 장비는 고리 같은 두 눈을 딱 부릅뜨더니 범 같은 수염을 곧추세우고 우레와 같이 소리 지르며 관우를 향해 장팔사모를 휘둘렀다.

관우가 크게 놀라 장비의 칼을 이리저리 피하면서 황망히 외쳤다.

"이 무슨 짓인가? 아우는 옛날의 도원결의를 잊었는가?"

"의리를 저버린 자가 무슨 낯짝으로 날 보겠다는 거냐?"

"내가 왜 의리를 저버렸다는 거냐?"

"잔말 마라. 형님을 배반하고 조조에게 들러붙더니 이제는 나까지 유인하러 왔구나. 니가 죽든 내가 살든 끝을 보자."

장비의 큰소리를 듣고 있던 두 부인이 수레에 드리워진 발을 걷어 올리고 장비를 불렀다. 두 부인으로부터 자초지종을 듣고 나서도 장비의 격분은 풀리지 않았다. 장비가 계속하여 관우를 향해 장팔사모를 휘둘렀다. 그런데 관우의 뒤에서 채양이 이끄는 군사가 말먼지를 일으키며 달려오고 있었다. 관우의 청룡언월도에 진기가 죽었다는 것을 알고 조카의 원수를 갚겠다며 달려온 것이었다.

관우가 급히 창을 피하며 외쳤다.

"동생은 잠깐 참으라. 저기 뒤쫓아오는 장수의 목을 베어 내 진심을 보여 주마."

"오냐, 그렇다면 내가 북을 세 차례 칠 때까지 목을 베어 오너라."

관우가 말없이 채양에게 덤벼들어 청룡언월도를 번쩍 드는 순간, 장비는 직접 북채를 들어 북을 치기 시작했다. 장비가 치는 북소리가 한 차례 끝나기도 전이었다. 번개같이 내리치는 관우의 청룡언월도에 채양의 머리는 날아 떨어져 땅바닥에 굴렀다. 이를 본 채양의 군사들이 일제히 달아났다.

그제야 장비는 관우의 말을 믿게 되었다. 곧이어 미축과 미방 두 형제가 고성으로 찾아왔다. 고성에서 두 부인이 장비에게 자초지종을 말하니 장비는 관우에게 크게 절했다. 밤이 깊도록 낡은 성에서 두 형제의 재회를 경축하는 잔치가 크게 벌어졌다.

유비 삼형제의 재회,
소패왕 손책의 최후

관우가 장비와 상봉한 다음날이었다. 관우는 장비에게 두 형수를 모시게 하고 혼자 유비가 있다는 여남으로 갔다. 그러나 관우는 홀로 다시 고성으로 돌아와야 했다. 유비가 유벽을 떠나 다시 원소에게 몸을 의탁하러 떠났다는 것이었다. 관우가 두 형수와 장비를 고성에 남기고 하북으로 향했다. 산적 출신으로 수하 사람이 된 주창은 와우산에 남겨 두었다.

하북의 원소는 관우를 살려 보낼 리 없었다. 자신의 부하 장수 안량과 문추를 관우가 베었기 때문이었다. 관우는 만일을 염려하여 손건을 먼저 원소에게 보냈다. 그리고 자신은 하북 경내의 장원을 찾아가 사세를 관망하기로 했다. 장원에서 한 노인이 지팡이를 짚고 나오며 관우에게 말했다.

"나의 성 또한 관(關)이며 이름은 정(定)이라 하오. 장군을 만나 뵈니 더없는 영광이오."

이어서 자기 두 아들 관녕(關寧)과 관평(關平)을 불러서 관우에게 인사를 시켰다.

한편 손건을 만난 유비는 원소가 조조와 대항하려면 형주의 유표와 손을 잡아야 하는데, 자신이 유표를 설득하겠다는 명목으로 원소의 손아귀에서 벗어났다.

유비는 손건의 안내로 관정 노인의 집으로 갔다. 관우가 곧

문 밖으로 달려 나와 엎드려 절하니 유비가 관우의 손을 잡고 하염없이 눈물을 흘렸다. 유비의 권유대로 관우가 관정의 둘째 아들 관평을 양자로 받아들였다.

관우가 유비를 모시고 서둘러 주창이 있는 와우산을 향해 가는데, 맞은편에서 주창이 몸에 피를 흘리며 허둥지둥 달려왔다. 와우산의 산채를 지키고 있던 중에 정체불명의 한 장수가 산채를 쑥대밭으로 만들고 자신은 그 장수에게 부상당한 채 쫓겨나던 참이라고 했다.

유비가 관우를 앞장세워 와우산으로 갔다. 정체불명의 장수가 졸개들을 거느리고 달려왔다. 유비가 말에 채찍을 하여 앞으로 썩 나서며 크게 외쳤다.

"거기 오는 사람이 자룡(子龍)이 아니더냐?"

그 장수는 유비를 보더니 말에서 황급히 뛰어내려 길에 엎드렸다. 과연 그 장수는 조운이었다. 유비와 관우가 말에서 내려 조운의 손을 덥석 잡으며 이곳까지 온 사연를 물었다.

"유황숙과 헤어진 뒤의 일들은 들어서 아실 것입니다. 모시던 공손찬이 원소에게 패해 자결하니 원소가 절 받아주겠다는 겁니다. 그러나 유황숙을 모시고 싶어 밑으로 들어가지 않았습니다. 그런데 유황숙뿐만 아니라 두 형제 분들까지도 조조에게 패해 행방이 묘연했습니다. 그래서 황숙을 찾기 위해 이리저리 찾아다니던 차에 와우산에 흘러들게 되었는데, 산적 한 놈이 제 말을 탐내어 빼앗으려 하기에 죽였던 겁니다."

유비와 관우도 각각 그동안 어떻게 지냈는지 자세히 털어놓았다. 그런 후 유비가 조운에게 간곡히 청했다.

“자룡을 맨 처음 본 순간부터 함께 일하고 싶었소. 이제 다행스럽게도 고락을 함께할 시간인 것 같소.”

“저도 천하를 떠돌아다니면서 여러 주인을 섬겨 보았지만, 유황숙 같은 분은 만나지 못했습니다. 이제 참다운 주인을 만나 섬기게 되었으니 오장육부를 땅에 뿌려 죽는 한이 있더라도 아무 여한이 없습니다.”

조운은 도적의 산채를 불살라 버린 다음, 부하들을 이끌고 유비를 따라 장비의 성으로 갔다. 유비는 성안에서 두 부인을 만나 관우의 활약을 듣고 더없이 감격했다. 뿐만 아니라 형제가 다시 모인 데다가 조운까지 얻게 되었으니 기쁨이 말할 수 없이 컸다. 또한 관우도 관평, 주창 두 사람을 얻었으니 고성에서 잔치가 여러 날 걸쳐서 벌어졌다.

유비의 군사는 관우, 장비, 조운, 손건, 간옹, 미축, 미방, 관평, 주창의 명령을 받는 군사로 도합 4, 5천 명 정도 되었다. 고성에서 군사를 이끌고 여남 땅을 칠 작정이었는데, 마침 유벽과 공도가 찾아와 여남을 바쳤다. 유비는 곧 모든 군사를 일제히 일으켜 여남 땅에 도착해 근거지를 마련했다. 이곳에서 연일 군사를 모집하고 말을 사들여 장차 천하를 도모할 준비를 했다.

한편 손책이 강동에서 패권을 잡은 이래로 군사들은 사기충천하고, 곡식은 풍족했다. 여강(盧江)을 빼앗고, 예장군(豫章郡)을 점령하여 자신감을 얻은 손책은 장굉(張紘)을 허도로 보내어 천자께 승전을 고하는 표문을 바치면서 대사마(大司馬) 벼슬을 시켜 달라고 청했다.

"이제는 사자 새끼를 가벼이 다룰 수 없게 됐구나!"

손책의 서신을 읽어 본 조조는 탄식하고 조인의 딸을 손책의 막냇동생 손광과 결혼시켜 양가의 우호를 텄다. 그러나 조조는 손책이 요구하는 벼슬을 허락하지 않았다. 이에 손책은 조조를 원망하고 늘 허도를 칠 생각을 품으면서 때가 오기만을 기다렸다. 이를 눈치 챈 오군태수 허공이 심복 부하 편으로 조조에게 밀고하는 편지를 보냈다. 그러나 이 편지 전달 임무를 맡은 밀사가 손책의 부하들에게 잡혔다. 격노한 손책은 허공을 잡아들여 무사들을 시켜 목을 졸라 죽였다.

허공의 집에 신세를 지고 있던 세 사람의 식객이 있었다. 이들 식객이 사냥을 하고 있던 손책에게 한당의 부하로 가장하여 가까이 접근했다. 손책은 이들에게 칼과 화살을 맞아 목숨이 경각에 달린 순간, 정보의 도움을 받아 오회성 안으로 돌아올 수 있었다. 그러나 병은 깊었다. 사람을 시켜 명의 화타(華陀)를 찾아오도록 했다. 화타는 이미 중원으로 떠나가 버린 뒤였으므로 그의 제자가 치료를 해 주었다.

"독 묻은 화살이 뼈까지 들어갔으니 백일 동안은 절대 안정이 필요합니다. 만일 화를 낸다든지 충격을 받는다면 다시 위험합니다."

손책은 원래 성미가 급한 사람이었다. 한 20여 일 동안만 안정을 취할 뿐이었다. 허도에 있는 장굉이 보낸 사람이 들어와 보고했다.

"조조뿐만 아니라 그의 모사들도 주공을 존경하며 탄복하는데, 유독 곽가만이 대수롭지 않게 여기고 있습니다."

"그래 뭐라고 말하더냐?"

사자는 감히 말을 못하여 주저했다. 그러나 손책의 다그침에 답하지 않을 수 없었다.

"곽가는 조조에게 '강동의 손책은 두려워할 만한 인물이 못 됩니다. 그는 경솔해서 준비가 없고, 성미가 급해서 꾀가 모자라며 그의 용기라는 것도 보잘것없습니다. 언젠가는 이 곽가의 손에 죽을 테니 두고 보십시오.' 라고 말했습니다."

"그놈이 이토록 나를 얕보다니. 내 결단코 허도를 쳐서 빼앗으리라."

손책이 분이 치밀어 상처도 낫지 않았는데, 군사 일으킬 일을 상의하려 들었다. 장소(張昭)가 간했다.

"의원이 백일 동안은 절대 안정하라고 하였습니다. 주공은 어찌하여 한때의 분노로 천금같이 귀중하신 몸을 가볍게 하십니까?"

손책이 겨우 진정하고 자리에 앉아 원소와 동맹하여 조조를 치기로 결심했다. 때마침 원소의 사자가 도착하니 손책이 모든 장수를 불러 성루에 잔치를 벌였다.

잔치가 한창 무르익었을 때였다. 좌우의 신하들 모두가 성루 아래로 내려가더니 한 사람에게 절하며 예의를 표하는 게 아닌가. 그 사람은 신선, 우길(于吉)이었다. 손책이 노할 수밖에 없었다. 강동에 자기 말고 존경받는 사람이 또 있다는 건 수치라고 생각했다. 그래서 좌우 신하와 어머니 오태부인(五太夫人)의 만류에도 불구하고 민심을 현혹한다는 죄를 뒤집어씌워 목을 베어 버렸다. 이 일이 있고 난 후 손책은 우길의 허깨비에 시달리다 죽음을 예감하고 동생 손권(孫權)에게 강동의 인수(印綬)를 넘겨주면서 말했다.

"강동의 군사를 일으켜 적군과 싸워서 승부를 결정짓고, 천하를 다투어 대세를 잡는 일은 네가 나만 못하다. 하지만 어진 사람을 등용하고 유능한 사람에게 일을 맡기고, 그들을 잘 통솔해서 우리 강동을 튼튼히 지키는 일은 내가 너만 못하다. 그러니 너는 부모께서 창업하신 그 고생을 잊지 마라. 이 형의 뜻을 이어서 천하를 바로잡도록 하라."

그리고 흐느껴 우는 어머니에게 마지막으로 고했다.

"소자는 이제 타고난 목숨이 다하여 아우에게 인수를 전했습니다. 만일 안으로 어려운 일이 있거든 장소에게 묻고, 바깥으로 어려운 일이 있거든 주유(周瑜)에게 물어서 결정하십시오."

그리고 모든 아우들을 불러 당부했다.

"너희들은 중모(仲謀: 孫權의 字)를 적극 도와라. 만일 일가 친척 중에 딴마음을 품는 자가 있거든 힘을 합쳐 죽여라. 형제 간에 반역하는 자를 조상 선영에 묻을 수는 없느니라."

또한 아내 교씨(橋氏)에게도 뒷일을 당부했다. 교씨의 친정 동생이 바로 주유의 아내로서 주유와 손책은 동서 간이었던 것이다.

"주유에게 내 동생을 잘 도와서 평생 지기(知己)인 나의 부탁을 저버리지 말라고 전해 주시오."

그리고 손책이 눈을 감더니 이내 세상을 떠났다. 이때 그의 나이 26세였다.

손권이 형 손책의 죽음에 통곡하고 있으니 장소가 고했다.

"장군은 지금 눈물을 흘리고 있을 때가 아닙니다. 계속 슬픔에 젖어 국정을 소홀히 하면 이 틈을 이용하여 외적이 쳐들어올까 두렵습니다. 이는 '문을 열어 두고 도둑을 맞이하는 격입니다[開門揖盜.].' 지금은 상사(喪事)를 다스리는 동시에 군국대사(軍國大事)를 다스려야 합니다."

손권은 그제야 눈물을 거두었다. 손권, 그의 생김새는 턱이 모나고, 입이 크고, 눈은 푸르고, 수염이 붉었다. 지난날 한나라 사신 유완이 오군에 왔다가 손씨 집안의 모든 형제를 보고 이렇게 말한 적이 있었다.

"손씨 형제들이 재주와 기상이 청수하나 오래 복록을 누릴 팔자가 아니다. 다만 중모만이 귀하고 장수할 상이라 많은 형제 중에 중모가 으뜸이다."

손권이 형의 장례를 치르는 중에 주유가 들어왔다는 보고를 받았다. 원래 주유는 군사를 이끌고 파북 땅을 지키다가 손책이 화살을 맞았다는 보고를 받고 병문 차 들어오다가 오군(吳郡) 경계에서 부고를 받고 밤낮없이 달려온 것이었다. 손권이 주유를 보자 한시름 놓았다는 듯 반색을 했다.

'이젠 걱정을 잊게 됐구나!'

주유는 손책의 영구 앞에서 절하며 통곡했다. 이윽고 손권 앞에서 계책을 고했다.

"자고로 인재를 얻는 자는 번영하고 인재를 잃는 자는 망한다고 했습니다. 식견이 높고 지혜가 밝은 인재를 우대해서 강동을 튼튼히 하십시오."

손권이 고개를 끄덕였다.

"돌아가신 형님이 안의 일은 장소에게, 바깥일은 그대의 도움을 받으라고 유언하셨소."

"장소는 당연히 스승으로 받들 만한 인재입니다. 그러나 저는 자격이 없어서 다른 인재를 추천하고 싶습니다."

"그 사람이 누구요?"

"임회군 동천현 사람 노숙(魯肅)입니다. 그는 병법에 통달하고 앞일을 내다보는 지혜가 출중합니다. 어렸을 때 부친을 잃었으나 홀어머니에게 효도가 극진하며 가재(家財)를 풀어 어려운 사람을 구제해 왔습니다. 뿐만 아니라 검술과 기마와 활쏘기에도 일가를 이룬 사람입니다. 그가 벼슬에 뜻이 없으니 주공은 속히 그를 초청하십시오."

손권이 주유를 초빙하라고 지시하자 주유가 노숙을 찾아가 말했다.

"나라가 중흥하려면 왕이 훌륭한 신하를 택하는 것만으론 부족하고, 신하도 훌륭한 왕을 선택해야 한다는 말이 있습니다. 우리 주공은 어진 인물을 존중하는 영걸이시오. 귀공은 나와 함께 동오(東吳)로 가는 것이 어떻소?"

노숙이 주유의 말을 좇아 손권을 찾아갔다. 주유가 또 손권에게 한 사람을 추천했다. 그의 이름은 제갈근(諸葛瑾) 바로 제갈공명의 형이었다. 제갈근이 손권에게 권했다.

"하북의 원소와 동맹하지 말고, 당분간 조조에게 순종하는 체하십시오. 그러다가 기회를 보아 천하를 도모하십시오."

손권은 머리를 끄덕거렸다. 그리고 동오에 와 있던 원소의 사자에게 조조를 공략하기 위한 동맹 제의를 거절하는 서신을 주어 돌려보냈다.

한편 조조는 손책의 사망 소식을 듣자 즉시 대군을 휘몰아 강남을 정복하려고 움직였다. 이때 허도에 머물고 있던, 지난날 손책의 사자 장굉이 간했다.

"초상을 당한 나라를 기회 삼아 친다는 것은 옳지 못합니다. 만일 이기지 못하면 공연히 평생 원수만 만들 뿐입니다. 차라리 이 기회에 서로 친선하십시오."

조조는 이 말에 고개를 끄덕였다. 조조는 천자께 아뢰어 손권을 장군으로 봉하는 동시에 회계태수(會稽太守)로 임명했다. 그런 후에 장굉을 회계 도위(都尉)로 발령하고 태수인(太守印)을 주어 손권에게 전하도록 했다.

장굉의 귀환을 크게 기뻐한 손권이 장굉에게 장소와 함께 국내 일을 맡도록 했다. 장굉이 손권에게 한 사람을 천거했다. 그의 이름은 고옹(顧雍), 동탁의 난 때 고인이 된 채옹의 제자였다. 그는 과묵하고 매사에 활달하고 정대한 인물이었다. 손권은 고옹에게 자기 대신 회계태수의 일을 맡겼다. 이리하여 손권의 위엄은 강동에 크게 떨치어 백성들의 깊은 신임을 얻게 되었다.〈제2장 끝〉

불은 군사를 따라 맹렬히 타오르고 군사는 불의 힘을 입어
용기백배하니 이것이 후세 사람이 말하는 바,
'삼강수전(三江水戰)'이요 '적벽대전(赤壁大戰)'이었다.
창에 찔려 죽고 화살에 맞아 죽고 불에 타 죽고 물에 빠져 죽으니,
조조의 83만의 군사 중에서 죽은 자의 수를 어찌 다 계산할 수
있으리오. 이로써 천하는 조조가 다스리는 북쪽의 위(魏),
손권이 다스리는 동쪽의 오(吳), 그리고 유비가 다스리는
서쪽의 촉(蜀)으로 삼분되었던 것이다.

제3장

적벽대전, 삼분천하

7만 대 70만의 싸움,
조조와 원소의 관도대전

하북의 원소는 강동에서 돌아온 사신으로부터 자신의 예상과는 전혀 다른 내용을 보고받게 됐다.

"손책이 죽고 손권이 뒤를 이었는데, 조조가 손권을 장군으로 봉하고 서로 손을 잡았습니다."

원소는 손권보다는 우선 조조를 쳐 없애야겠다는 생각이 불처럼 일었다. 마침내 원소는 기주, 청주, 유주, 병주 군사 70여 만을 일제히 일으켜 황하(黃河)를 건너 허도를 향해 진격했다. 한편 조조는 원소 군이 쳐들어온다는 보고를 받고 직접 군사 7만을 일으켜 두 군사는 관도(官渡) 땅에서 진을 마주하게 됐다.

70만 대 7만, 원소 군은 수적으로는 우세했는데, 원소는 계속해서 바른 계책을 제시하는 모사의 말에 귀를 닫았다.

원소가 출병하기 전, 출병 불가 계책을 올리다 감옥에 갇힌 전풍이 서신을 띄워 원소에게 간했다.

"지금은 조용히 지키면서 하늘이 기회를 주실 때까지 기다려야지 섣불리 군사를 일으켜서는 안 됩니다."

전풍은 원소가 자신의 계책을 듣지 않고 조조 군을 선공(先攻)한다는 사실을 알게 되자, 패망이 얼마 남지 않았음을 알고 자결하고 말았다.

또한 모사 저수도 간했다.

"수적으로 우리가 우세한 데다가 적은 군량이 부족하니 지구
전으로 가야 합니다."

원소가 군사들의 사기를 꺾는다며 저수를 진영 안의 옥에 가
두지만 저수는 굽히지 않고 다시 한 번 간했다. 그러나 원소의
귀는 열릴 줄 몰랐다.

또한 모사 허유는 원소가 이길 수 있는 결정적 계책을 내놓
았다.

"지금 허도의 방어가 허술하니, 군사를 나누어 공격하면 허
도를 점령할 수 있습니다."

그러나 원소는 오히려 허유가 젊었을 때 조조와 교유한 것을
트집 삼아 간첩 누명죄를 씌우니 허유는 원소 곁을 떠나면서
이렇게 탄식했다.

"'옳은 말은 귀에 거슬린다더니, 이 애송이가 내 말을 안 듣
는구나[忠言逆耳, 豎子不納]!' 보잘것없는 원소 따위와 큰일을
도모할 수는 없다."

조조의 군막 안에서였다. 조조는 허유를 보자 먼저 땅에 엎
드려 절하며 환대했다. 그러자 허유가 당황하여 말했다.

"공은 한나라의 승상이요, 나는 아직 한나라의 녹록도 받지
못한 사람이오. 겸손이 어찌 이토록 지나치오?"

"자네는 이 조조의 옛 친구가 아닌가? 옛 친구 사이에 어찌
하늘이 높고 낮음을 따질 수 있겠나?"

조조의 말에 허유는 원소의 진영 안에서 일어났던 일을 사실
대로 이야기했다.

"그동안 주인을 잘못 골라 몸을 굽혀 오다가 옛 친구인 승상

에게 몸을 맡기러 왔으니 날 의심하지 마오.”

“나는 자네가 신의지사(信義之士)인 걸 일찍부터 알아 왔네. 무슨 의심이라니 당치 않네.”

“일찍이 원소에게 허도를 치라고 계책을 올렸던 적이 있소. 그래서 승상이 급히 허도로 돌아간다면 또 그 뒤를 치는, 즉 머리와 꼬리를 함께 치자는 계책이었소.”

그 말에 조조가 놀라 절을 하며 허유에게 청했다.

“만약 원소가 자네의 계책대로 따랐다면 나는 틀림없이 패하고 말았을 것이네. 어디 원소를 칠 계책이 있으면 알려 주오.”

그러자 허유가 단도직입적으로 물었다.

“군량 남은 게 지금 얼마나 되오?”

“1년은 버틸 만하네.”

조조의 이 대답에 허유가 의문을 제기했다.

“내가 보기엔 아닌 것 같은데…….”

“실은 반년 정도라네.”

이 말을 듣고 허유가 돌연 일어나더니 장막을 헤치고 걸어 나가며 탄식했다.

“나는 진정으로 말하는 것인데, 공은 어찌 이토록 나를 속이오!”

그러자 조조가 급히 허유를 붙잡아 앉히며 말했다.

“여보게, 너무 화내지 말게. 내 바로 말함세. 석 달은 버틸 군량이라네.”

이에 허유가 웃으면서 조조를 쳐다보았다.

“세상 사람들이 말하기를 맹덕을 ‘간웅(奸雄)’이라더니 과연 그러하오.”

그러자 조조도 역시 웃으면서 말했다.

“오해 말게. ‘군사를 쓰는 데 속임수를 꺼리지 않는다[兵不厭詐].’는 말이 있지 않은가.”

그러면서 조조는 허유의 귀에 대고 속삭였다.

“한 달이면 바닥나는 군량일세.”

“이제 헛소리 그만하시오. 지금 군량이 떨어지지 않았소?”

허유는 조조가 허도에 있는 순욱에게 보낸, 군량이 떨어졌으니 어서 군량을 지원하라는 내용이 적힌 서신을 중간에서 가로채어 조조의 다급한 상황을 이미 알고 있었던 것이었다.

조조는 허유의 말에 전율을 느끼며 이내 손을 모아 정중한 자세로 허유에게 청했다.

“원소의 대군을 깰 계책을 일러주시오.”

“지금 원소 군의 군량과 치중(輜重: 군수품)은 다 오소(烏巢)에 쌓여 있소. 이 오소 땅에 원소 군으로 위장시킨 군사를 잠입시켜 군량과 치중을 불태우면 원소 군은 스스로 물러나게 될 것이오.”

결국 조조는 원소의 모사였던 허유의 계책을 받아들여 오소 땅에 원소 군으로 위장시킨 군사를 급파했다. 한편 조조 군이 오소 땅의 군량을 노리고 있다는 정보를 입수한 장군 장합(張郃)과 고람(高藍)도 원소에게 간했다.

“첩보에 의하면 조조 군이 우리의 군량 창고인 오소를 기습한다고 합니다. 어서 군사를 매복했다가 그들의 뒷목을 쳐야 합니다.”

그러나 장합·고람 두 사람은 그들을 질시하는 모사 심배에 의해 간첩 누명죄를 뒤집어쓰니 화를 피하기 위해서 그들도 조조에게 몸을 의탁하는 수밖에 없었다.

결국 조조는 군수 창고가 불타 허둥지둥하는 원소 군을 공격하여 7만의 군사로 70만의 원소 군에 승리를 거두게 되었다. 조조의 군사는 달아나는 원소 군을 닥치는 대로 무찌르니 죽은 자만 해도 8만이었다. 죽은 군사의 피는 내를 이루어 흐르고, 황하 물에 빠져 죽은 군사만도 그 수효를 헤아릴 수 없을 정도였다. 조조 군은 황하 언덕에 이르러 더 뒤쫓지 못하자 원소 군의 버려진 물건을 전리품으로 챙겼다.

조조의 군사들이 무너진 진영을 뒤지다 원소의 문서를 발견하고 조조에게 바쳤다. 조조가 보니 원소의 문서 속에는 원소와 내통한 자기 부하의 이름이 적혀 있는 서류도 있었다.

"내통한 자들을 잡아내어 모조리 죽여 버리십시오."

조조가 머리를 흔들었다.

"원소가 한창 강했을 때는 나도 생명의 위협을 느꼈으며 세상이 어떻게 될 것인지를 몰라서 여러 번 망설였다. 나조차 이러한데, 아랫사람이야 더 말할 것 있느냐."

조조는 그 서신을 몽땅 불태워 버린 뒤에 다시 거론하지 않았다.

저수는 옥에 갇혀 있다 조조의 군사에게 발견되어 조조에게 끌려왔다.

조조와 저수는 서로 잘 아는 터였다. 저수는 조조를 보고 크게 외쳤다.

"나는 항복하지 않을 테니 그런 줄 알라!"

"원소는 지혜가 없어서 자네 말을 듣지 않은 걸세. 그런데 이제 와서 뭘 그리 고집하는가? 내가 그대를 일찍 얻었더라면 천하를 걱정할 일은 없었을 걸세."

조조는 저수를 극진히 대접했으나 저수는 말을 훔쳐 타고 원소에게로 탈출하려다가 붙들리고 말았다. 조조가 저수를 죽이려고 하니, 저수는 죽으면서도 안색이 변하지 않았다.

조조가 탄식했다.

"은혜와 의리를 아는 선비를 내가 죽였구나!"

조조는 저수를 극진히 염(殮)하도록 하고, 황하 나루터에다 성대히 묻어 주었다. 그 무덤의 비석에다 '충렬저군지묘(忠烈沮君之墓)'라고 썼다.

그 후 조조는 황하를 등 뒤에 두고 십면매복(十面埋伏)의 배수진을 치고 있다가, 복수전을 노리는 원소의 30만 대군을 창정(倉亭) 땅에서 다시 격파했다.

원소는 세 아들과 함께 죽음을 무릅쓰고 십면에서 들이닥치는 조조 군의 포위망을 헤치고 간신히 달아나 기주성으로 돌아올 수 있었다. 원소는 이때부터 입에서 피를 쏟으며 병상에 누워 병을 조섭하는 신세가 되었다.

원소와 유비를 격파하고
북방을 정벌한 조조

대승을 거둔 조조가 부하들에게 공로에 따라 푸짐한 상을 준 뒤, 기주(冀州)의 동태를 알아오도록 했다. 첩자의 보고가 곧 들어왔다. 원소는 병들어 누워 있으며, 원소의 아들 원상(袁尙)과 모사 심배(審配)는 기주성의 수비에만 몰두하는 한편, 조조에게 복수전을 치르기 위해 집결해 있던 원소의 다른 아들들은 제각기 자기의 성으로 흩어졌다는 것이었다.

조조의 부하 장수들이 기주성 공격을 권했다. 그러나 조조의 생각은 달랐다.

"기주는 군량이 풍족할 뿐 아니라, 심배는 지혜가 출중하니 단시간 내에 함락시킬 수는 없다. 지금 곡식이 한창 자라는 중이니 백성들의 농사를 망칠 수는 없다. 추수가 끝난 뒤에 공격해도 늦지 않으리라."

작전회의 중에 순욱의 서신이 들어왔다. 펼쳐 보니 놀라지 않을 수 없는 내용이었다. 조조가 원소를 치는 사이를 이용하여 유비가 여남(汝南)의 유벽(劉辟)·공도(龔都)와 연합하여 허도 땅을 치러 출발했다는 것이었다. 조조는 급히 조홍에게 군사 일부만 맡긴 채 수하 장수들을 이끌고 유비의 군사를 막으려고 곧장 여남 땅으로 대군을 돌렸다.

이 무렵 유비는 관우·장비·조운 등과 여남을 떠나 양산에 이르렀는데, 여기서 조조의 대군과 마주쳤다. 유비는 즉시 군사를 3대로 나누었다. 관우는 동남쪽에, 장비는 서남쪽에, 유비 자신은 조운과 함께 남쪽에 진영을 설치했다. 각자의 진영을 뒤에 두고 유비와 조조가 서로 마주봤다.

"내 너를 극진히 대우했는데, 웬 배은망덕이냐?"

조조의 외침에 유비가 대답했다.

"넌 한나라의 승상을 빙자하고 역적질을 해 왔다. 그러나 난 황실의 종친으로서 천자의 비밀 조서를 받고 반역자 너를 치러 왔다."

유비는 지난날 천자가 내린 옥대(玉帶) 속에 간직해 둔 조서를 꺼내 큰 소리로 읽어 내려갔다. 격분한 조조가 허저를 내보내니 유비의 등 뒤에 있던 조운이 창을 들고 말을 달려 나왔다. 두 장수가 싸운 지 30합이 지나도록 승부가 나지 않았다. 이때 함성이 크게 일어나면서 동남쪽에서 관우가 내달아오고, 서남쪽에서는 장비가 군사를 휘몰아 들이닥쳤다. 먼 길을 달려온 조조의 군사는 지쳐 제대로 싸워 보지 못하고 물러나야 했다.

이튿날, 조운이 나와 먼저 싸움을 걸었다. 그러나 조조의 군사는 꿈쩍도 하지 않았다. 이 다음날은 장비가 싸움을 걸었으나 역시 마찬가지였다. 열흘이 지나자 유비는 의심이 들고 불안하기도 하였다. 이때 파발꾼이 들어와 보고했다. 군량을 운반하던 공도가 조조 군에게 포위되었다는 것이었다. 구원군으로 장비를 보내니 더 급한 보고가 들어왔다. 하후돈이 뒷길로 우회해서 여남 땅을 공격한다는 것이었다. 유비는 크게 놀라 곧 관우를 여남으로 보냈다. 관우가 떠난 지 하루도 못 돼 보고가 또 들어왔다.

"여남성이 이미 하후돈에게 함락됐습니다. 유벽은 성을 버리고 달아났고, 현재 관운장이 포위당하셨습니다."

이뿐만이 아니었다. 공도를 구하기 위해 떠난 장비 역시 조조의 군사에게 포위당했다는 것이었다. 유비 혼자로선 조조와 그 장수들을 당해 내기란 힘든 일이었다. 결국 한밤을 틈타 몰래 퇴각해야 했다. 산 밑을 지나고 있는데, 산 위에서 수많은 횃불이 나타나더니 크게 외치는 소리가 들려왔다.

"유비는 도망치지 마라. 오래전부터 승상께서 너를 기다리고 있다!"

달아날 길만을 찾고 있는 유비에게 조운이 말했다.

"주공은 염려 마시고 나만 따라오소서."

창을 휘두르며 말을 달려 길을 여니 유비도 쌍고검(雙股劍)을 뽑아 들고 뒤를 따랐다. 조조 군 쪽에서 허저가 말을 달려오는 것이 눈에 들어왔다. 곧 조운이 허저를 맞아 싸우자 이번에는 우금과 이전마저 합세하여 위급하기 짝이 없었다. 유비는 허둥지둥 도망치기에 바빴다.

점점 등 뒤에선 추격병의 함성이 멀어졌다. 필마단기(匹馬單騎)로 도망쳐 깊은 산속 길을 재촉하는데, 어느새 먼동이 터 있었다. 다행인 듯 멀리서 유벽과 손건·미방이 유비 가족을 호위하면서 1천여 기병을 거느리며 오고 있는 게 보였다. 그러나 이도 오래가지 않았다. 10리도 못 가 앞에서 장합의 기병대와 부딪혀 뒤로 말머리를 돌리니 뒤엔 고람이 기병대를 몰아 달려들었다. 유비가 하늘을 우러러 부르짖었다.

"하늘이여, 왜 나를 이리 핍박하시는가! 이럴 바에야 차라리 죽는 게 낫겠다!"

칼을 들어 스스로 목을 찌르려고 했다. 유벽이 유비의 팔을 잡았다.

"죽음으로써 이 길을 열겠습니다."

유벽이 달려 나갔으나 불과 3합에 고람의 칼에 맞아 말 아래로 떨어져 죽었다. 이번에는 쌍고검을 쥔 유비의 손이 흔들렸다. 이때였다. 갑자기 고람의 기병대 뒤쪽이 무너지기 시작했다. 조운이 적을 무찌르면서 달려와 고람을 단번에 창으로 찔러 말 아래로 거꾸러뜨렸다.

구사일생의 기쁨을 무엇에 비교하겠는가. 고람을 죽인 조운은 곧 반대편에 있는 장합의 군사에게 달려들어 혼자 싸웠다. 장합이 맞섰으나 30합도 못 되어 말을 달려 달아났다. 조운이 승세를 몰아 장합의 뒤를 추격하다가 좁은 길에 빠져 버렸다. 더 추격하지도, 물러날 수도 없었다. 조운이 분발하여 적을 마구 죽이며 활로를 찾기에만 사력을 다하는데, 때마침 관우가 관평·주창과 함께 군사 3백 명을 거느리고 협공했다.

조조 군을 물리쳐 한숨을 돌린 유비 일행은 험한 산 밑에 진영을 세웠다. 이제야 불현듯 위험에 빠진 장비가 생각났다. 장비를 구원하러 즉시 관우를 보냈다. 얼마 후 유비는 산 밑 진영에서 두 아우를 다시 만날 수 있었다. 재회의 기쁨도 잠시, 파발꾼이 또 급하게 와 조조 군이 들이닥친다는 보고를 했다.

도망치면서 싸우고 싸우면서 도망치다 간신히 조조의 추격에서 벗어나게 된 곳은 한강(漢江). 유비를 따르는 패잔병은 천

명도 되지 않았다. 마을 사람들은 유비를 알아보고 고기와 술을 마련해서 바쳤다. 부하 장수들과 모래사장에 모여 앉아 술을 마시던 유비가 술에 얼큰해지자 탄식했다.

"그대들은 다 임금을 보좌할 만한 당대의 인재들이오. 그런데 나를 따른 것이 불행이었소. 다 나의 기박한 팔자 탓이오. 그대들은 훌륭한 주인을 찾아가서 공명(功名)을 후세에 길이 남기라."

이 말을 듣자 모든 사람들은 얼굴을 가리며 통곡했다.

"형님 말씀은 옳지 못합니다. 옛날에 한고조께서는 항우와 천하를 다툴 때 번번이 패했으나 결국 구리산 전투에서 승리를 거둬 한나라의 4백년 기초를 열었소. 이기고 지는 것은 병가지 상사니 어찌 큰 뜻을 버리려 하십니까?"

관우의 말에 손건도 거들었다.

"여기서 멀지 않은 곳에 형주(荊州)의 유표(劉表)가 있습니다. 그의 군사는 막강한 데다 군량도 풍족합니다. 게다가 주공과는 한 황실의 종친이 아니겠습니까? 그곳으로 가실 생각을 왜 안 하십니까?"

유비가 고개를 끄덕였다. 얼마 후 형주의 유표를 찾아간 손건은 유비·유표 두 사람이 한 황실의 종친 이라는 관계를 내세워 유표를 설득했다. 그러자 유표가 말했다.

"유현덕은 바로 나의 동생뻘이오. 오래전부터 만나고 싶었는데, 지금 와 준다면 얼마나 다행스런 일이겠소?"

그러나 곁에 있던 모사 채모(蔡帽)가 간했다.

"안 됩니다. 유비는 일찍이 여포를 따랐다가 조조를 섬겼고,

최근에는 원소에게 갔다가 다시 배반하고 달아났습니다. 어디에 가든지 끝까지 한 사람을 섬기지 못하는 사람이 유비입니다. 더군다나 주공이 유비를 받아들이면, 조조가 반드시 우리를 공격할 겁니다. 차라리 손건의 목을 베어 조조에게 바치십시오.”

손건이 정색하며 반박했다.

“나는 죽음을 두려워할 사람이 아니오. 우리 주공의 충정을 어찌 조조, 원소, 여포 따위와 비교한단 말이오? 과거에 여러 곳으로 떠돌아다니신 것은 사실이나, 그것은 부득이한 사정 때문이었소. 이제 그 어른이 같은 종친을 찾아 천리 먼 길을 오시려는데, 그대는 어째서 시기하여 어지신 어른을 질투하시오?”

그러자 유표가 채모를 꾸짖고 손건을 유비에게 돌려보냈다. 얼마 후 유표는 성 밖 30리까지 나가 유비를 영접했다. 이때가 건안 6년(서기 201년) 9월의 일이었다.

유표가 유비를 받아들였다는 보고를 받은 조조는 당장 형주를 치려고 했다. 그러나 형주의 유비를 치기 위해 복수전을 노리고 있는 원소를 소홀히 할 수는 없는 일. 그래서 조조는 일단 군사를 거두어 허도로 돌아와 때가 오기만을 기다렸다.

다음해, 조조는 원소를 치기 위해 친히 대군을 이끌고 다시 관도 땅으로 나아가 진영을 세웠다. 이때 원소의 셋째아들 원상(袁尙)이 선봉이 되어 싸우겠다고 하니 원소가 허락했다. 이에 원상이 나아가 조조의 장수 장료와 싸운 지 3합도 못 되어 패하여 돌아오니, 이를 보고 원소가 크게 놀라 지난날의 병이 재발하여 시뻘건 피를 몇 번이나 토하더니 까무러쳤다. ‘셋째

아들 원상을 후사(後嗣)로 정해야 한다.' 는 모사 심배 앞에서 몸을 뒤집으며 크게 외마디소리를 지르더니 한 말 남짓 피를 토하고 죽었다. 이때가 건안 7년(서기 202년) 여름 5월이었다.

원소가 죽자, 심배 등은 초상을 치르는 일을 도맡았다. 원소의 부인 유씨(劉氏)는 남편이 평소 사랑했던 첩 다섯 명을 모조리 죽였다. 뿐만 아니라 '그들의 넋이 구천(九泉)에서 다시 원소와 만나 귀여움을 받아서는 안 된다.' 고 말하면서 다섯 시체의 머리털을 모조리 깎아 버리고, 그 얼굴마다 징그러운 자자형(刺字刑: 얼굴에 죄명을 문신해 넣는 형벌)을 가하고 국부를 모두 찢어발겼다. 그녀의 아들 원상은 그 다섯 첩의 유족들이 자기를 해칠까 겁이 나서 모조리 잡아 죽였다.

심배의 의도대로 원소의 셋째아들 원상이 기주성의 주인이 되었다. 그러자 조조에게 호박이 넝쿨째 들어오는 일이 벌어지기 시작했다. 청주성에 있던 첫째아들 원담(袁譚)이 장자(長子)이자 적자(嫡子)인 자신이 후사(後嗣)가 되지 못하고, 서자(庶子)이자 막내인 원상이 기주성을 차지하자 이에 불만을 품고 동생을 공격하기로 하고, 조조에게 연합군을 요청했던 것이다. 혈육 간의 전쟁에 조조가 어부지리를 볼 기회였다. 성주들이 이러니 원씨 형제 밑의 모사, 장수들은 속속 조조에게 투항했다. 원상은 기주성이 함락되기 전 성안의 백성들을 버리고 유주성(幽州城)에 있는 둘째형 원희(袁熙)에게 달아났다. 이때가 건안 9년(서기 204년) 7월의 일이었다.

기주성이 함락되자 원상의 모사 심배는 조조의 회유에 응하지 않고 스스로 사형을 택했다. 곧이어 진림이 잡혀 들어오자 조조가 크게 화를 냈다.

"네 지난날 원소를 위해 격문을 지었을 때 어찌하여 나의 조상과 부친까지 욕하였느냐?"

"말하자면 시위를 당긴 화살과 같으니, 쏘지 않을 수밖에 없는 상황이었소."

좌우 사람들이 조조에게 진림을 죽이도록 권했다. 그러나 조조는 진림의 글재주를 아껴 용서하고 종사(從事)로 삼았다.

기주성이 함락되었을 때 조조의 맏아들 조비(曹丕)는 18살이었다. 그는 솔선해서 군사를 거느리고 성안으로 들어갔다. 원씨의 부중에 이르자 말에서 내리더니 칼을 뽑아들었다.

"원씨 부중으로 아무도 들여보내지 말라는 승상의 엄명이 있었습니다."

그러나 조비는 장수를 꾸짖어 물리친 다음에 칼을 들고 성큼성큼 후당으로 들어갔다. 후당에는 서로 끌어안고 통곡하는 두 부인이 있었다. 원소의 아내 유씨와 둘째며느리 견씨(甄氏)였다. 조비가 가까이 가서 견씨의 얼굴을 젖혔다. 머리는 흐트러지고 얼굴에는 때가 묻었으나 윤곽이 예뻤다. 조비는 소매로 견씨의 얼굴을 닦았다. 과연 견씨의 살결은 백옥같이 깨끗하고 고왔고, 얼굴은 꽃같이 아름다웠다. 나라를 위태롭게 할 정도로 미모를 가진 그야말로 천하절색이었다.

잠시 후 원소의 부중으로 들어온 조조는 조비를 꾸짖었다. 그러자 원소의 부중에서 유씨가 나와서 조조에게 엎드려 절하며 아뢨다.

"세자가 아니었다면 첩의 집안은 목숨을 유지하지 못했을 것입니다. 견씨를 세자에게 바치고 싶으니 허락하소서.”

조조는 곧 견씨를 불러냈다. 견씨가 나와서 조조에게 엎드려 절했다. 조조가 견씨의 용모를 한참 보고 나서 말했다.

“참으로 나의 며느릿감이로다!”

그러고는 조비와 견씨를 결혼시켰다.

기주 평정을 시작으로 해서 조조는 하북 일대를 평정해 나갔다. 청주(靑州)와 병주(并州) 그리고 유주(幽州)까지 함락했다. 청주성을 버리고 도망친 원담은 남피 땅에서 조홍의 칼에 맞아 죽었고, 유주성으로 도망간 원상은 요동 땅까지 도망쳤으나 조조를 두려워한 요동태수 공손강에 의해 목이 베였다. 원씨 일족을 차례차례 없앤 조조는 여세를 몰아 사막을 건너 흉노족까지 공격하여 북방을 토벌했다.

서서, 제갈량을 천거하다

형주의 유표에게 몸을 의탁한 유비는 융숭한 대접을 받으며 한가한 나날을 보내는 듯했다. 그러나 이도 오래가지 못했다. 유비의 야심을 조심하라는 부인 채씨와 모사 채모의 경고에 유표도 마음이 흔들렸다. 그래서 유표는 유비를 양양(襄陽) 신야현(新野縣)으로 보냈다. 건안 12년(서기 207년) 봄에 신야에서 감 부인 소생의 아들 아두(阿斗)를 낳으니, 이 아이가 유비의 뒤를 이은 후주 유선(劉禪)이다.

어느 날이었다. 신야현에 있던 유비가 유표의 초청을 받아 후당에서 술을 마시며 대화를 나누던 중이었다. 유비가 뒷간에 갈 일이 있었다. '뒷간에서 본 자신의 허벅지가 전에 없이 살이 찐 것이었다. 그러자 자기도 모르게 눈물이 흘렀다[髀肉之嘆].'

잠시 후 후당에 다시 들어온 유비의 눈언저리에 눈물 자국이 있는 것을 보고 유표가 이상히 여겨 물었다. 유비가 길게 탄식하며 말했다.

"저는 늘 말을 탔기 때문에 허벅지에 살이 없었습니다. 그런데 오랫동안 말을 타지 않으니 살이 쪄 버렸습니다. 세월은 흘러 점점 늙어 가는데, 아무런 업적도 이루어 놓은 것이 없으니 슬픔을 참을 길 없었던 것입니다."

"무슨 말을 하시오. 일찍이 조조는 아우님을 두고 '천하 영웅은 오직 그대와 나뿐이다.' 라고 말한 한 적이 있지 않으오. 40만 군대의 위용을 자랑하는 조조도 아우님을 만만히 보지 않았는데, 어찌 공적을 세우지 못할까 염려하시오?"

유비가 취한 김에 마음속에 있는 말을 털어놓았다.

"제게 군사를 움직일 땅만 있다면, 천하의 녹록한 무리쯤이야 염려할 것이 못 됩니다."

유표는 아무 말이 없었다. 유비는 곧 자기가 경술했다는 것을 깨닫고, 취한 것을 핑계 삼아 관사로 돌아갔다. 유비를 인자한 사람으로만 알고 있던 유표도 유비에 대해 경계심을 갖게 되었다. 그러던 얼마 후 유비가 채모의 간계에 빠져 단계 땅에 흘러 들어가게 되었다. 신의 도움인지, 이곳에서 만난 사람이 사마휘(司馬徽), 그의 호는 수경(水鏡)이었다.

수경의 초당에서 유비가 인사를 마치고 자초지종을 고했다. 말 한 필에 의지해 살길을 찾은 사람의 표정이 좋을 리 없었다.

"귀공의 높은 이름을 들어 왔는데, 어찌 이토록 초라하시오?"

"팔자가 박복하여 그런가 봅니다."

"그럴 리가 있겠소. 장군이 좌우에 훌륭한 인물을 두지 못했기 때문이오."

"제 비록 변변치 못하나 문사로는 손건·미축·간옹 등이 있으며, 무사로는 관운장·장익덕·조자룡 등이 있습니다."

"귀공의 장수가 천병만마를 무찌른다 하나 그들을 부릴 줄 아는 인물이 필요하오. 또한 손건·미축·간옹 따위는 백면서

생(白面書生)에 불과해 경세제민(經世濟民)할 만한 인물이 못
되오.”

“그렇다면 어떤 사람이 경세제민할 인물인가요?”

유비가 바싹 다가서며 물었다.

“복룡(伏龍)과 봉추(鳳雛), 이 두 사람 중에서 한 사람만 얻어
도 천하를 평정할 수 있을 것이오.”

복룡은 제갈공명(諸葛孔明), 봉추는 방통(龐統)의 호였다. 그
러나 유비는 제갈공명과 방통을 만나지 못하고 대신 수경선생
의 제자인 선복(單福)을 군사로 모시고 신야현으로 돌아왔다.

이때 조조는 흉노족을 토벌하고 허도로 돌아온 이후 늘 형주
를 칠 생각을 하고 있었다. 그래서 동생 조인에게 군사 3만을
내주어 번성 땅으로 보냈다. 원소의 부하였던 여광과 여상이
조조에게 투항한 이후 첫 번째 전투에서 공을 세우려고 자원하
니, 조인은 정병 5천을 주어 신야를 치게 했다. 그러나 유비의
군사(軍師)가 된 선복은 좌우 · 중앙 3대로 군사를 나눠 여광과
여상의 군대를 깨트려 자신의 실력을 유감없이 발휘했다.

여광과 여상이 패하여 돌아오자 조인이 군사 2만 5천을 이
끌고 나섰다. 유비의 진영 앞에 새로 진을 친 다음에 병사를 시
켜 크게 외치게 했다.

“유비는 보아라! 내가 어떤 진을 쳤는지 알겠느냐?”

선복이 높은 곳에서 굽어본 후 유비에게 설명했다.

“저건 8문 금쇄진(金鎖陣)입니다. 8문이란 것은 휴(休) · 생
(生) · 상(傷) · 두(杜) · 경(景) · 사(死) · 경(驚) · 개(開) 문을 말
하는데, 생문을 좇아 경문 · 개문으로 들어가면 길하고, 상문 ·

경문·휴문으로 들어가면 죽으며, 두문·사문으로 들어가면 망합니다. 그런데 조인의 8문 배치는 겉으로는 정확한 듯하지만 중심이 허술하지요. 동남쪽의 생문으로 쳐들어가서 서쪽의 경문으로 나오면, 적진이 반드시 무너지리다.”

선복의 계책대로 조운이 기병 5백 기를 거느리고 동남쪽을 치니 조인의 진영이 혼란에 빠졌다. 패배한 조인은 과연 선복의 예측대로 조인이 패배하여 번성(礬城)으로 도망쳤다. 이날 밤 조인이 패배를 만회하기 위해 번성을 비운 채 유비의 진영을 급습했다. 그러나 선복이 조인의 작전을 꿰뚫고 조운에게 역습을 하도록 준비를 갖추게 하는 동시에 무방비 상태인 번성을 점령하도록 했다. 결국 조인은 선복의 작전에 말려 번성 땅까지 유비에게 빼앗기고 허도로 돌아와야 했다.

조인은 조조 앞에 나아가 땅에 엎드려 패장(敗將)의 처벌을 자청했다.

“이기고 지는 것은 병가지상사(兵家之常事)다. 그런데 누가 유비를 보좌했느냐?”

“선복이라는 사람입니다.”

“선복은 어떤 인물이냐?”

조조가 좌우를 둘러보며 묻자 정욱이 말했다.

“선복은 가명이요, 서서(徐庶)가 그의 본명입니다. 남의 원수를 갚아 주기 위해 살인을 저질렀기 때문에 가명을 쓴 채 활동하고 있는 것입니다. 일찍이 수경선생 사마휘와 친분이 두텁습니다.”

그러자 조조는 정욱에게 물었다.

"서서의 재주는 그대와 비교해서 어떠하오?"

"저보다 열 배는 뛰어난 인물입니다."

"그렇게 뛰어난 인물이 유비의 사람이 됐으니 어찌했으면 좋겠소?"

"승상께서 원하신다면 서서를 이리로 불러들이는 일은 쉽습니다."

조조는 귀가 번쩍 띄었다.

"어떻게 불러온단 말이오?"

"서서는 지극한 효자입니다. 승상께서 그 어머니를 속여서 여기로 불러들이고, 이어서 어머니가 서서를 오라고 부르도록 하면 그는 반드시 올 것입니다."

조조가 즉시 서서의 어머니를 모셔 오도록 했다. 그리고 극진하게 대접한 다음에 좋은 말로 구슬렸다.

"서서는 천하에 뛰어난 인재입니다. 그런데 그런 사람이 역적 유비를 섬기고 있으니, 아름다운 옥이 진흙 속에 빠진 것과 같습니다. 아들에게 허도로 오라는 서신만 써 준다면, 천자께 잘 아뢰어 큰 벼슬을 하게 하리다."

좌우 사람들이 지필묵을 내주며 서신을 쓰도록 권했다. 서서의 어머니가 되물었다.

"유비는 어떤 사람이오?"

"탁군 땅 출신의 미천한 자로서 감히 황숙(皇叔)이라 참칭(僭稱)하면서 신의도 없습니다. 성인군자인 체하나 속은 소인배이지요."

조조의 말이 채 끝나기도 전에 서서의 어머니가 큰소리로 꾸짖었다.

"너는 누구를 속이려고 하느냐? 유현덕은 중산정왕의 후손이요, 효경황제의 현손으로 겸손하고 인자하여 명성이 일찍부터 자자한 어른이시다. 그 어른이야말로 당대의 영웅이라 내 아들이 그분을 돕는다면 이는 주인을 바로 만난 것이다. 너는 승상을 자처하고 있지만 사실은 역적이거늘 어찌 유현덕을 역적으로 모느냐? 게다가 내 자식에게 밝은 주인을 버리고 음흉한 자를 섬기러 오라고 망발하느냐? 이러고도 부끄러움을 모른단 말이냐?"

그녀는 벼루를 들어 조조에게 던졌다. 조조는 눈을 부릅뜨고 당장 끌어내 참하라고 무사들에게 호령했다. 그러자 정욱이 급히 말리며 간했다.

"서서의 어머니를 승상께서 죽인다면 불의한 짓을 했다는 지탄을 받을 뿐입니다. 게다가 서서는 앙심을 품고 유비를 도와서 원수를 갚으려 할 것입니다. 우선은 참고 살려 두십시오. 그러면 서서는 어머니를 생각해 자기 실력을 최대한 발휘하지 못할 것입니다. 그동안 제가 계책을 꾸며 서서가 제 발로 걸어오도록 만들겠습니다."

조조는 고개를 끄덕이며 서서의 늙은 어머니를 살려 주었다.

그 후 정욱은 날마다 서서의 어머니를 찾아가서 문안을 드리며 자기가 예전에 서서와 의형제를 맺었다고 거짓말을 했다. 그리고 친어머니처럼 모시고, 문안 편지와 함께 자주 선물을 바쳤다.

서서의 어머니는 답례로 정욱에게 답장을 써서 보냈다. 그런데 정욱이 그녀의 필적을 흉내 내어 서서에게 보내는 가짜 편지를 작성했다. '조조가 나를 허도로 불러들였다. 그리고 조정을 배반한 아들의 죄를 어머니에게 묻는다며 나를 결박하려고 하는데, 다행히 정욱의 덕분에 봉변은 면했다. 네가 항복해야만 내가 죽음을 면하겠다. 이 편지를 보는 즉시 고향으로 돌아가 나와 함께 농사나 지으며 편안히 살자.' 이런 내용의 가짜 편지였다.

어머니의 편지를 받아 본 서서는 눈물이 비 오듯 했다. 결과는 예상대로였다. 서서는 곧 유비에게 달려가 훗날 다시 만나기를 기약했다. 그러자 유비는 방성통곡했다.

"어머니와 아들은 하늘이 내린 인연이오. 그대는 염려치 말고 어서 가서 노모를 뵙도록 하시오. 혹시 인연이 닿아 훗날 나를 지도해 주신다면 천만다행이겠소."

서서는 절하고 곧 떠나려고 했다. 그러나 유비가 간절히 청했다.

"하룻밤만 더 주무시고 떠나시오. 내일 전송해 드리리다."

이날 밤 손건이 유비에게 비밀히 속삭였다.

"서서는 천하의 모사입니다. 우리 군대의 내막을 낱낱이 파악하고 있습니다. 그런 사람을 조조에게 보내면 우리가 위태롭습니다. 결코 보내지 마십시오. 서서가 안 오면, 조조는 반드시 어머니를 죽일 것입니다. 그렇게 되면 서서는 어머니의 원수를 갚기 위해서라도 전력을 기울여 조조를 칠 것입니다."

그러자 유비는 고개를 저었다.

"옳지 못한 일이오. 남의 손을 빌려 어머니를 죽이게 하고,

내가 그 자식을 이용한다면, 이것은 어질지 못하며 의에 벗어난 일이오. 내 차라리 죽을지언정 그런 짓은 할 수 없소.”

모든 사람들이 유비의 말에 감복했다. 유비가 서서를 청하여 술을 대접했다. 그러나 서서는 사양했다.

“조조에게 잡혀 있는 어머니를 생각하면, 금잔에 따른 술조차 목에 넘어가지 않습니다.”

“선생이 떠나게 되었으니 나는 두 팔을 잃었소이다. 그 아무리 훌륭한 안주가 있다 해도 쓴맛이 나오.”

유비와 서서는 술상을 가운데 놓고 서로 울며 밤을 꼬박 새웠다. 날이 밝자 유비가 친히 성 밖까지 나가 서서를 배웅했다. 십리 거리까지 나가니 정자가 눈에 들어왔다. 이곳에서 유비가 서서에게 술잔을 들며 작별을 고했다.

“나는 복이 없고 연분이 없어 이렇게 떠나보내게 되었소. 새 주인을 잘 섬겨 공명을 이루시오.”

“귀공의 높은 대우를 받다 늙은 어머니 때문에 작별하게 됐습니다. 비록 조조가 협박할지라도 귀공에게 해가 될 계책을 쓰지는 않겠습니다.”

유비가 총총히 사라져 가는 서서의 뒷모습을 바라보았다.

‘서서가 떠났으니, 나는 어찌하리오!’

탄식하는데, 두 눈에서 눈물이 한없이 흘러내렸다. 그런데 유비의 흐릿해진 두 눈에 서서가 말을 달려 돌아오는 모습이 점점 크게 들어왔다.

“경황 중이라 한마디 말씀드릴 것을 잊었소이다. 양양성에서 20리 떨어진 융중(隆中)에 제갈량(諸葛亮)이란 기이한 선비가 있습니다. 자를 공명(孔明)이라고 하는데, 유황숙이 그를 얻는다면 천하는 쉽게 장악할 수 있을 겁니다."

"수고롭지만 나를 위해 그분을 내게 데려다 주시고 가시지요?"

"그는 내가 오라고 해서 올 인물이 아닙니다. 유황숙께서 친히 찾아가 만나야 합니다."

서서의 충고에 유비가 물었다.

"그 사람은 선생과 비교하면 어떻습니까?"

"그 사람이 기린이라면 나는 노둔한 당나귀 정도며, 그가 봉(鳳)이라면 나는 까마귀 정도밖에 안 됩니다. 그는 하늘과 땅을 움직이는 능력이 있으니 바로 천하에 제일가는 인물입니다."

유비가 기뻐서 물었다.

"얼마 전에 수경선생이 복룡과 봉추 가운데 한 사람만 얻어도 천하를 평정한다고 했습니다. 이분이 혹시 그 복룡이나 봉추는 아닌지요?"

"봉추는 양양의 방통(龐統)이고, 복룡이 바로 제갈공명(諸葛孔明)이지요."

"오늘에야 비로소 복룡과 봉추가 누군지 알았소이다. 이렇게 큰 인재가 가까이 있는 것도 모르고 있었다니! 선생이 일깨워 주시지 않았더라면 유비는 눈이 있어도 소경이나 다름없었을 것입니다."

서서가 다시 말에 채찍질을 가하며 떠나갔다. 그런데 서서는 조조가 아니라 먼저 제갈량을 찾아갔다. 유비의 인간미에 감복한 데다가 제갈량이 유비의 청을 거절하지나 않을까 하는 염려에서였다.

제갈량이 서서의 말을 듣자 안색이 변하며 대번에 말했다.

"그대는 나를 희생시켜 제물로 바칠 생각인가!"

서서를 책망하고 소매를 뿌리치더니 안으로 들어가 버렸다. 무안해진 서서는 얼굴을 붉히고 제갈량의 초가집을 나와서 말을 달려 허도로 향할 수밖에 없었다.

유비, 삼고초려로 제갈량을 얻다

유비가 예물을 갖추어 융중의 제갈량을 방문하려고 할 때 뜻밖에도 수경선생 사마휘가 찾아왔다.

"서서를 만나러 왔소."

이에 유비가 그동안의 사정을 설명해 주었다. 그러자 사마휘가 탄식했다.

"허허, 조조의 꾀에 넘어갔구려. 그 어머니는 현명한 분이라 아들을 오라는 서신을 보낼 리 없소. 위조 편지가 틀림없는데, 서서가 조조에게 가지 않았다면 어머니가 살겠지만, 갔으면 그 어머니는 반드시 죽소."

유비가 놀라 그 까닭을 물으니 사마휘가 설명했다.

"아들을 사지로 오게 했다는 사실을 어머니는 큰 수치로 아실 것이오."

"서서가 떠날 때 제갈공명을 천거했는데, 어떻게 생각하시는지요?"

사마휘가 입가에 미소를 띠었다.

"가면 자기만 갔지, 왜 다른 사람을 끌어들여 공연한 고생을 시킬 건 뭐람!"

"무슨 말씀인지요?"

"원래 제갈공명은 박릉의 최주평(崔州平), 영천의 석광원(石

廣元), 여남의 맹공위(孟公威) 그리고 서서 등 네 명과 친한 사이요. 이상 네 사람 학문에 열중했지만 제갈공명 홀로 큰 흐름을 꿰뚫고 있었소. 언젠가 시를 읊다가 공명은 그들 네 사람이 자사나 군수 감이라고 말한 적이 있소. 그러자 그들이 공명에게 '자네는 어느 정도의 그릇인가?' 하고 물었더니, 자신을 관중(管仲)과 악의(樂毅)와 비교했소. 이처럼 그의 재주는 측량할 수 없을 정도요."

곁에 있던 관우가 한마디 했다.

"관중과 악의는 춘추전국시대에 천하를 뒤흔든 영웅인데, 공명 스스로가 그들과 비교한다는 것은 지나친 과장이 아닐까요?"

사마휘가 빙그레 웃었다.

"오히려 내 생각에는 공명이 주나라 8백 년의 기틀을 닦은 강태공(姜太公)이나 한나라 4백 년의 기초를 닦은 장량(張良)과 비교할 만한 인물이오."

이 말에 모두 깜짝 놀랐다. 사마휘는 유비에게 작별 인사를 한 뒤, 하늘을 우러러보며 껄껄 웃으며 한마디 했다.

"와룡(臥龍)이 제대로 주인을 만났으나, 때를 만나지 못해 안타깝구나!"

이튿날 유비는 관우와 장비 일행을 데리고 융중으로 갔다. 멀리 산 아래 농부들이 호미로 밭을 매면서 부르는 노랫소리가 들려왔다.

푸른 하늘은 수레의 일산(日傘)같이 둥글기만 한데

대지는 바둑판같이 분열되었네
세상 사람은 흑과 백으로 나뉘어
오며 가며 영화와 치욕으로 다투는도다
영화를 얻은 자는 편안하며
치욕을 당한 자는 비참한 인생일 수밖에 없는데
남양 땅에 숨어사는 이는
베개를 높이 베고 편히 잠자는 것을 즐겨하더라

유비가 말을 멈춘 뒤 농부에게 물었다.
"그 노래는 누가 지었소?"
"와룡선생이 지으신 것입니다."
"와룡선생은 어디 사시오?"
"이 산 남쪽의 높은 구릉이 와룡산이지요. 바로 와룡산 앞 숲 속에 띠로 지은 초가집에 사시지요."
얼마 후 유비가 제갈량의 사립문을 두드렸다. 한 동자가 나와 누구냐고 물었다.
"한나라 좌장군 의성후 예주목사이자 황숙(皇叔) 유비가 선생을 뵈러 왔다고 여쭈어라."
"그렇게 긴 이름은 욀 수가 없나이다."
"그럼 유비가 뵈러 왔다고만 여쭈어라."
"선생님은 아침에 외출했지요."
"어디로 가셨느냐?"
"행선지가 일정하지 않으시니 전들 알 수가 있나요."
"언제쯤 돌아오시냐?"

"오시는 날도 일정치 않으시니 역시 알 수가 없습니다."

성미 급한 장비가 불쑥 한마디 던졌다.

"없다면 돌아갑시다."

관우도 한마디 했다.

"다음에 사람을 먼저 보내서 알아본 뒤에 다시 오지요."

하는 수 없이 유비는 소년에게 왔다는 말을 전하라고 한 뒤 말 위에 올라탔다. 그리고 융중 경치를 돌아봤다. 산은 높지 않지만 수려했다. 물은 깊지 않았지만 맑았다. 땅은 넓지 않았지만 평탄했다. 숲은 크지 않았지만 무성했다. 원숭이와 학은 서로 친한데, 소나무와 대나무는 각기 푸른빛을 섞었음이라. 아무리 보아도 싫증이 나지 않은 경치였다.

이때 검은 도포 차림에 두건을 쓴, 자태가 준수한 사람이 지팡이를 짚으며 산골 작은 길로 내려오는 모습이 눈에 띄었다. 유비가 동생들에게 말했다.

"저분이 와룡선생일 거다."

그러나 그 사람은 제갈량의 친구 최주평이었다. 서로 인사를 마친 뒤 최주평이 물었다.

"장군은 무슨 일로 공명을 찾아왔소?"

"천하를 바로잡을 계책을 여쭈러 왔습니다."

최주평이 껄껄 웃었다.

"귀공의 어진 마음은 존경하오. 그러나 난세와 평화시대는 변화무궁한 것이 아니겠소? 한고조께서 무도한 진(秦) 나라를 쳐 없애 평화시대가 시작한 것이고, 그 평화가 2백 년 지속되다가 왕망이 반역하여 난세가 시작하였소. 그리고 광무제가 중흥하여 다시 평화시대를 열었고, 2백 년 뒤인 오늘날 세상이 다시 어지러워진 것이오. 일단 난세가 시작되면, 한두 사람의 영웅이 애쓴다고 해서 평화시대로 바뀌는 게 아니오. 제갈공명이 아무리 능력이 뛰어나더라도 천지와 인간 세상을 좌우할 수가 없소. '하늘에 순종하는 자는 편안하며, 하늘을 거역하는 자는 자기 자신만 괴롭힌다.'고 하였소. 공연히 헛수고만 할까 염려되오."

"그렇다고 하늘의 섭리에만 맡길 수 있겠습니까?"

"나는 산구석의 사람이라 천하의 일을 논할 사람이 못 되오. 잠깐 망령된 말을 해 봤을 뿐이로소이다."

"가르침 감사합니다. 공명 선생은 어디로 가셨을까요?"

"나도 그를 만나러 온 길이니 알 리가 있겠소?"

"선생을 모시고 싶은데, 같이 신야로 가 주시겠습니까?"

"나는 공명(功名)에 뜻이 없습니다. 훗날 다시 만날 일이 있겠지요."

최주평이 돌아서자 유비는 다시 말에 올랐다. 며칠 후 부하로부터 제갈량이 돌아왔다는 보고를 받았다. 유비가 떠날 채비를 할 때 장비가 퉁명스럽게 한마디 던졌다.

"그까짓 촌사람 하나 때문에 형님이 직접 갈 필요가 어디 있소? 사람을 보내어 불러옵시다."

유비가 장비를 꾸짖었다.

"공명은 당대의 큰 어진 분이시다. 어찌 감히 부른단 말이냐?"

유비가 다시 융중으로 떠났다. 관우와 장비가 뒤를 따랐다.

한겨울의 매운바람이 불더니 흰 눈이 펄펄 날렸다. 장비가 투덜거렸다.

"이렇게 궂은 날씨에 아무 이익도 되지 않는 사람을 찾아 먼 길을 갈 게 뭐요?"

"공명에 대한 나의 성의를 표시하고 싶어서 그런 거야. 동생들은 따라오지 않아도 괜찮다."

"죽는 것도 무섭지 않은데, 이까짓 추위를 무서워하다니요. 형님이 쓸데없이 고생만 하실 것 같아 한 말입니다."

장비가 멋쩍게 변명했다.

도중에 술집에서 노랫소리가 흘러나왔다. 노래를 부른 주인공은 제갈량의 친구, 석광원과 맹공위. 속세에 대한 관심은 그들도 최주평과 마찬가지였다. 유비가 제갈량의 집으로 가자고 요청했으나 거절할 뿐이었다.

와룡산의 띳집에 도착하여 유비가 동자에게 물었다.

"선생이 오늘은 계시느냐?"

"지금 당상에서 책을 보시나이다."

유비가 중문에 이르니 문 안에서 시를 읊는 소리가 들려왔다.

천 길 절벽을 나는 봉황새여, 오동나무가 아니면 앉지 않는도다
깊은 곳에 숨어 있는 선비여, 주인이 아니면 따르지 않는도다

시가 끝나기를 기다렸다가 유비가 공손하게 말을 걸었다.

"유비는 오래전부터 선생을 사모해 왔으나 만나 뵐 인연이

없었습니다. 이제 만나게 되니 큰 영광으로 알겠습니다.”

그러나 시를 읊은 사람은 제갈량이 아니라 동생 제갈균(諸葛均)이었다.

“저희들은 삼형제인데, 큰형님 제갈근(諸葛謹)은 지금 강동(江東)의 손권 밑에서 모사로 있습니다. 공명은 바로 저의 둘째 형님입니다.”

“와룡선생께서 어디로 가셨나요?”

“형님께선 강호에서 노닐기도 하고, 산 위의 승려들을 찾아가기도 하고, 친구를 찾아가기도 하며 동굴에서 거문고와 바둑을 즐기기도 합니다. 가는 곳이 일정치 않으니 저도 알 수가 없지요.”

유비가 탄식했다.

“인연이 이렇게도 없단 말인가!”

제갈균이 차를 대접하려고 할 때 장비가 퉁명스럽게 말했다.

“그 선생인가 하는 자가 없으니 이만 돌아갑시다.”

“여기까지 왔는데, 어떻게 그냥 돌아갈 수 있단 말이냐.”

그리고 제갈균에게 물었다.

“와룡선생이 병법에 통달했다는데, 날마다 병서를 읽겠지요?”

“저는 모르는 일입니다.”

장비가 답답하다는 듯이 내뱉었다.

“눈보라가 심해지니 어서 돌아갑시다.”

유비가 장비를 꾸짖는데, 제갈균이 말했다.

“형님이 돌아오시면 직접 장군을 찾아가 뵙도록 말씀드리겠습니다.”

“어찌 감히 선생을 오라고 할 수 있겠습니까. 다시 뵈러 오겠습니다. 종이와 붓을 빌려 주면 우선 몇 자 적어 놓고 가겠습니다.”

‘두 번이나 찾아왔다가 만나 뵙지 못해 슬프기 짝이 없다. 나라가 어지러워 바로잡고 싶지만 경륜과 지혜가 모자라 선생의 계책을 듣고자 한다. 다시 목욕재계하고 또 한 번 찾아올 테니 그때는 고견을 들려주시라.’ 이런 뜻의 글을 써서 와룡선생에게 전달해 달라고 제갈균에게 부탁했다.

유비가 말에 올라타려고 할 때 노랫소리가 들려왔다. 유비가 반가이 인사하니 그 사람도 제갈량이 아니었다. 사위 제갈량을 찾아온 장인 황승언이었다. 유비는 우울한 심정으로 펑펑 쏟아지는 함박눈을 맞으며 와룡산을 내려올 수밖에 없었다.

이듬해 봄, 유비가 다시 제갈량을 찾아가려고 준비를 서둘렀다. 그러자 장비는 물론 관우까지 탐탁하지 않게 여겼다.

“두 번 찾아갔으면 그것으로 예의는 충분한 겁니다. 제갈량이 형님을 만나지 않으려고 일부러 피하는 것입니다. 배운 것 없이 공연히 명성만 높아져서 그런 게 아니겠습니까?”

“그렇지 않다. 옛날에 제환공(齊桓公)은 동곽씨를 만나러 다섯 번이나 가지 않았느냐. 하물며 나 같은 사람이 어진 선생을 만나러 가는데 그만한 정성이 없어서 되겠느냐?”

장비가 참을 수 없다는 듯이 한마디 던졌다.

“그까짓 촌놈이 무슨 크게 어진 선생이오. 이번에는 불러오도록 하시오. 안 온다면 내가 오랏줄로 묶어 끌고 오리다.”

유비가 장비를 호되게 야단쳤다.

"주나라 문왕(文王)이 강태공을 찾아간 이야기도 모르냐? 문왕은 강태공의 낚시질을 방해하지 않고 해가 질 때까지 기다렸다. 그런데 너는 어찌 이리도 무례하느냐? 넌 따라오지 말라."

그러나 셋이 다시 융중으로 갔다. 와룡산(臥龍山)의 띳집에서 반 마장 떨어진 곳에서 유비는 말에서 내려 걸어갔다. 마침 맞은편에서 제갈균이 다가왔다. 유비가 황망히 절하고 물었다.

"선생께서 지금 댁에 계신가요?"

"엊저녁에 돌아왔으니 만나 볼 수 있으리다."

와룡장(臥龍庄)에 이르자 동자가 나와서 문을 열고 나와 말했다.

"지금 초당에서 낮잠을 주무십니다."

"그렇다면 내가 왔다는 걸 여쭙지 말라."

관우와 장비에게 문 밖에서 기다리라고 말한 뒤, 유비는 혼자 마당 안으로 들어갔다. 그리고 댓돌 아래에서 공손히 두 손을 마주잡고 서서 기다렸다. 반 식경이나 기다렸으나 제갈량이 잠에서 깨어나지 않았다. 유비가 기다리고 있는 모습을 본 장비는 화가 치밀어 관우에게 투덜거렸다.

"저 오만한 선생이란 자 봐라. 형님이 저렇듯 공손히 서 계시는데, 자빠져 자는 척만 하고 있다니! 어디 집에다 불을 지르면 안 일어나나 봐라."

관우가 장비를 달랬다. 제갈량이 몸을 뒤집으며 일어날 듯하더니 다시 잠이 들었다. 동자가 깨우려고 하니 유비가 말렸다. 다시 한 식경이 흘렀다. 비로소 눈을 뜬 제갈량이 동자를 불러서 물었다.

"속세 손님이라도 오지 않았느냐?"

"벌써 오래전부터 유황숙께서 기다리고 계십니다."

"진작 깨울 것이지. 옷을 갈아입고 맞이해야겠다."

또 반식 경이 흘렀다. 단정한 옷차림으로 제갈량이 유비를 서재로 맞아들였다. 유비가 보니 제갈량은 키가 8척이요 얼굴이 관옥처럼 희었다. 두건을 쓰고 학 무늬의 장삼을 걸친 모습이 마치 신선 같았다. 절을 한 뒤에 유비가 입을 열었다.

"탁군 땅 출신인 미천한 몸이 오래전부터 선생의 높은 이름을 들어 왔습니다. 지난번 천한 이름으로 두어 자 적어 두고 갔는데, 혹 보셨는지요?"

"남양 땅 구석에 사는 데다 천성이 게을러 장군을 여러 번 오시게 해서 부끄럽습니다."

동자가 가져온 차를 마신 다음 제갈량이 다시 입을 열었다.

"백성과 나라를 근심하는 장군의 충정은 족히 알겠습니다. 다만 이 사람이 나이도 어리고 재주가 없어서 물으시는 말씀을 감당할 수가 없는 것이 한입니다."

"겸손 마시고 어리석고 보잘것없는 저를 버리지 마십시오. 간곡히 지도해 주십시오."

"밭이나 가는 사람이 어찌 천하의 일을 논할 수 있겠습니까. 수경선생과 서서가 사람을 잘못 천거한 것입니다."

"세상을 경영할 만한 재주를 품었으면서도 숲속의 샘물 아래서 헛되이 늙는 것은 대장부의 도리가 아닙니다. 천하 백성을 염려하사 이 유비를 인도해 주십시오."

제갈량이 마침내 입가에 미소를 띠며 물었다.

"그러면 장군의 뜻을 듣고자 합니다."

유비가 바싹 다가가 앉으며 말했다.

"한 황실은 기울어서 역적들이 천하를 짓밟고 있는 이때, 이 유비가 천하에 대의명분을 펴려고 합니다. 그러나 지혜가 부족해 어찌할 바를 모르겠습니다. 어리석은 저를 가르치고 도탄(塗炭)에 빠진 백성을 건져 주십시오. 간절히 바라니 거절하지 말아 주십시오."

제갈량이 옷깃을 바로 하고 조용히 입을 열었다.

"동탁이 반역을 꾸민 이래로 천하의 영웅들이 다 들고일어났습니다. 이 중에 강성한 군대를 가진 원소는 조조에게 멸망했습니다. 하늘이 준 때를 잘 활용한 것도 있지만 참모들에게 의지한 힘이 컸기 때문입니다. 이제 조조가 1백만 대군을 거느리고 천자를 방패 삼아 모든 제후들을 호령하니, 조조와 겨룰 수는 없는 일입니다. 한편 손권은 강동에 웅거(雄據)하여 이미 삼대를 지냈을 뿐 아니라 국토는 천연 요새를 이루고 백성과 신하들이 충성스러우니, 역시 만만히 볼 상대가 아닙니다.

그러나 형주와 익주는 조조와 손권의 손이 미치지 못하는 땅입니다. 이곳 형주로 말할 것 같으면 북쪽으론 한수와 면수를 두어 남해에 이르기까지 다 이로운 땅이요, 동쪽으로는 오회 땅과 닿고 서쪽으로는 파촉 땅과 통하니 이곳이야말로 군사를 거느리고 천하를 경영할 만한 곳입니다. 그러나 참다운 주인이 아니면 능히 지키지 못할 곳입니다. 익주 역시 마찬가지입니다. 그런데 익주태수 유장(劉璋)은 사리에 어둡고 나약해서 그곳 뜻 있는 백성들은 새로이 어진 주인을 섬기고 싶어 합니다.

장군은 한 황실의 종친으로서 이미 신의를 천하에 드날렸습니다. 장군께서 형주와 익주의 새로운 주인이 되셔서 이곳을 요새로 삼아 남서쪽 오랑캐들과 화친하고 밖으로 손권과 동맹하고 안으론 실력을 쌓으십시오. 그러다가 기회를 봐서 조조와 맞서면 대업을 성취할 것입니다."

이어서 동자를 시켜 지도를 걸게 하고는 천하를 셋으로 나누는, 즉 천하 삼분론을 설명했다.

"이것이 천하 지도입니다. 북쪽의 조조는 하늘의 도움을 받고, 남쪽의 손권은 지형의 도움을 받고 있으니, 각각 내버려두십시오. 장군은 민심을 얻어 먼저 형주를 차지하여 근거지로 삼으십시오. 그런 후에 그들 두 사람과 대적하여 천하를 삼분하십시오. 그러면 천하 통일을 내다볼 수 있을 것입니다."

유비가 일어나 두 손을 앞에 모으고 사례했다.

"선생의 말씀을 듣고 나니 구름과 안개가 걷히고 푸른 하늘을 본 듯합니다. 그러나 형주의 유표와 익주의 유장 둘 다 한 황실의 종친으로 나와 친척뻘인데, 어떻게 그 땅을 빼앗을 수 있겠습니까?"

그러나 제갈량이 단호히 말했다.

"밤에 별을 보니 유표는 곧 인간 세상을 떠날 사람입니다. 그리고 유장은 대업을 성취할 인물이 못 됩니다. 결국은 그들 땅이 다 장군 소유가 될 것입니다."

유비가 절하고 사례하면서 산에서 내려와 자기를 도와 달라고 간청했다. 그러나 제갈량은 고개를 가로저었다. 유비가 눈물을 흘렸다.

"선생이 세상에 나가시지 않는다면 억조창생(億兆蒼生)은 어찌 되겠습니까?"

소매로 눈물을 씻는데 어언 옷깃을 다 적셨다. 제갈량은 유비의 지극한 정성에 감동하지 않을 수 없었다. 유비는 즉시 관우와 장비를 불러들여 제갈량에게 절을 하도록 했다. 유비, 관우, 장비는 이날 밤을 와룡장에서 묵었다.

이튿날 제갈량이 떠나면서 동생에게 부탁했다.

"세 번이나 찾아 주신 은혜를 저버릴 수 없었다. 너는 집안을 잘 보살펴라. 내 뒷날에 돌아와 논밭을 갈며 숨어살리라."

제갈량이 유비를 따라서 와룡산을 내려왔다. 건안 12년(서기 207년) 당시 유비는 47세, 제갈량은 29세였다.

작전은 제갈량이,
싸움은 관우와 장비가

제갈량을 대하는 유비의 태도는 더할 수 없이 극진했다. 유비는 제갈량을 스승처럼 대우하고 식사 때는 한 상에서 밥을 먹으며 잘 때도 한 침상에서 함께 자며 날마다 천하 대사에 관해서 자문을 구했다. 이러니 자연 형제간의 관계도 소원했을 터, 장비뿐만 아니라 자기 의견을 가벼이 말하지 않았던 관우도 제갈량에 대한 태도가 좋을 리 없었다. 관우가 유비에게 한마디 했다.

"공명이 놀라운 재주와 학문이 있기에는 너무 젊습니다. 형님이 지나친 대우를 하는 게 아닙니까?"

그러나 유비의 태도는 한결같았다.

"내가 공명을 얻은 것은 '고기가 물을 만난 거와 같다[水魚之交].' 두 아우는 여러 말 말라."

유비가 근심 없는 듯 지내던 어느 날이었다. 제갈량이 유비에게 물었다.

"주공은 조조와 비교할 때 자신을 어떻게 생각하십니까?"

"나는 조조만 못합니다."

"주공의 군사는 수천 명에 불과합니다. 만일 조조의 군사가 들이닥치면 어찌하시렵니까?"

"내가 근심하는 것이 바로 그것입니다. 그러나 좋은 계책이 떠오르지 않소이다.”

“속히 민병을 모집하십시오. 제가 그들을 조련하여 조조와 대적하게 만들겠습니다.”

유비가 신야의 민병을 모집하니 군사 3천을 새로 얻었다. 제갈량이 그들에게 몸소 아침저녁으로 진법(陣法)을 가르쳤다.

한편 조조는 이때 삼공(三公: 司馬, 司徒, 司空 삼정승의 벼슬)의 직을 폐하고 승상(丞相)인 자신이 전권을 행사했다. 그리고 모든 장수를 불러 모아 남쪽을 치기로 결정했다. 이 소식이 신야에 있는 유비에게 급히 전해졌다.

“조조의 지시를 받은 하후돈이 10만 군사를 이끌고 이곳으로 공격해 온다고 합니다.”

그러자 장비가 관우에게 대뜸 말했다.

“흥! 이제 제갈공명보고 싸우라면 되겠구먼!”

유비는 걱정스럽기만 했다.

“하후돈의 10만 대군을 어떻게 막아야 할까?”

“평소 형님과 공명과의 관계를 ‘수어지교(水魚之交)’에 비교했으니, 그 ‘물[水]’인가 뭔가를 쓰면 될 것 아닙니까?”

유비 앞에서도 장비의 비아냥거림은 그치지 않았다. 그러자 유비가 타일렀다.

“작전은 공명이 세우지만 싸움은 두 아우가 맡아줘야 하지 않겠느냐?”

관우와 장비가 나간 뒤에 유비가 제갈량을 초청하여 계책을 구했다. 제갈량이 말했다.

“운장과 익덕이 내 명령에 복종하지 않을까 염려됩니다. 제가 군사를 지휘하도록 주공의 칼과 인(印)을 빌려 주십시오.”

유비가 제갈량의 요구를 들어주자 제갈량이 모든 장수를 불러들여 명령을 내렸다.

“박망(博望) 왼쪽의 산 예산과 오른쪽의 산 안림에 군사를 매복할 것이다.

관우는 예산에 매복했다가 적군을 통과시켰다가 남쪽에서 불길이 오르는 것을 신호로 적군의 군량과 마초를 불 지르라. 장비는 안림 너머 산골에 매복했다가 역시 남쪽의 불길을 신호로 박망성에 있는 적군의 마초를 불 지르라. 그리고 관평과 유봉은 박망파 양쪽에서 기다리다가 초경(初更: 저녁 7시에서 9시 사이) 무렵에 적군이 당도하거든 즉시 불을 질러라.”

그리고 제갈량은 조운과 유비에게도 할 일을 맡겼다.

“자룡은 앞서 가서 싸우되 이기지는 말라. 그리고 주공께서는 한 대의 군사를 이끌고 자룡을 지원하십시오.”

관우가 냉소를 지으면서 제갈량에게 물었다.

“우리는 다 적군과 싸우러 가는데, 군사(軍師)는 뭘 할 테요?”

“나는 여기서 성을 지키리라.”

장비가 껄껄 웃었다.

“우리는 다 목숨을 걸고 싸우는데, 그대는 집안에 편안히 앉아 있겠다니 참 좋겠소.”

“주공의 칼과 인이 여기 있다. 명령을 어기는 자는 참(斬)하리라.”

제갈량이 단호히 말하자 유비가 장비를 꾸짖었다.

"작전의 계책은 방 안에서 하며 승부는 천리 밖에서 결정한다는 말을 듣지도 못했느냐?"

유비가 이러니 좌우 장수들은 더 말하지 못하고 각기 제갈량의 명령대로 움직였다. 드디어 하후돈이 군사를 이끌고 박망 땅에 이르렀다. 이때 가을이라 시원한 서쪽 바람이 솔솔 불고 있었다.

제갈량의 작전대로 조운이 나서서 싸움을 걸었으나 사력을 다해 싸우지 않았다. 지는 척하고 하후돈의 군사를 유인했다. 하후돈은 조운이 후퇴하는 것을 보자 군사를 몰아 추격에 나섰다. 박망파(博望坡)에 이르니 이번에는 유비가 나타나 싸움을 걸었으나 곧 조운처럼 후퇴했다. 하후돈이 승세를 몰아 군사를 독촉하여 추격에 나섰다.

어느덧 해는 저물고 검은 구름이 빽빽이 끼여 달빛은 없어졌다. 낮부터 솔솔 불던 바람이 거센 바람으로 변했다. 하후돈은 거듭 군사를 독촉하여 달아나는 유비 군을 무찌르며 뒤쫓아갔다. 하후돈을 뒤따르던 우금과 이전이 좁은 길에 이르러 사방을 둘러보니 모두가 우거진 갈대밭이었다.

"적을 업신여기는 자는 반드시 패한다고 했소. 남쪽 길이 이렇듯 좁아들어 산과 냇물은 모여드는 데다가 수목이 울창하니, 적군이 화공을 펼치면 어찌할 테요?"

이전이 말하니 우금도 동감했다. 이전이 급히 뒤따라오던 본대 군사를 멈추라고 명령했으나 이미 군사들은 좁은 길에 들어선 뒤였다. 앞서 가던 하후돈도 뒤늦게 위기를 깨닫고 급히 말을 돌려세우며 외쳤다.

"군사들은 전진하지 말라. 어서 멈추어라!"

마치 이 소리가 신호였던지 등 뒤에서 홀연 함성이 진동했다. 하후돈이 몸을 돌려보니 한 줄기 불꽃이 타오름과 동시에 양쪽 갈대밭에서 불길이 일제히 치솟으며 삽시간에 사면팔방이 불바다로 변했다. 게다가 때마침 큰바람이 불어 불길이 성난 파도처럼 밀어닥쳤다. 하후돈의 군사들은 기겁 초풍하여 달아나며 서로 짓밟는 바람에 밟혀 죽은 자만도 이루 헤아릴 수 없는 지경이었다. 엎친 데 덮친 격으로 이때까지 도망가던 조운이 군사를 돌려 마구 무찌르며 쳐들어오니 하후돈은 연기와 불속을 뚫고 정신없이 달아날 수밖에 없었다.

한편 후방의 이전은 불리한 형세를 알아차리고 급히 박망성으로 군사를 돌려 가는 중이었다. 불빛 속에서 한 대의 군사가 내달아와 길을 막았다. 놀라서 보니 관우였다. 곧 싸움이 벌어졌으나 이전은 도망갈 길을 찾아 말머리를 돌렸다. 우금도 군량과 마초를 실은 수레들이 온통 불덩이가 되어 타오르자 살길을 찾기에 바빴다.

하후난과 한호도 군량과 마초의 임시 창고를 경비하러 달려가다가 장비와 맞닥뜨렸다. 장비가 창으로 단번에 하후난을 찔러 말 아래로 거꾸러뜨리자 한호는 정신없이 달아나 버렸다. 이렇게 유비의 장수들이 날이 샐 때까지 추격하여 마구 무찌르니 시체들이 들에 가득하였고, 피는 흘러 냇물을 이루었다.

승리를 거두고 신야로 돌아오는 길이었다. 제갈량의 수레를 발견하고 관우와 장비가 말에서 뛰어내려 수레 앞에 엎드려 절했다.

승전을 기뻐해야 할 유비는 신야로 돌아와서는 더욱 근심에 쌓였다. 1차 공격에 실패한 조조가 대군을 몰아 2차 공격을 할 것이 뻔했기 때문이었다. 제갈량이 또다시 계책을 내놓았다.

"조조의 대군을 막기에는 신야는 조그만 고을입니다. 요즘 경승(景升: 유표의 字)의 병이 위독하다는 소문이 들립니다. 이 기회에 형주를 차지하여 안전한 기반을 닦으면 조조의 군사를 막을 수 있습니다."

"나는 경승의 은혜를 많이 입은 사람이오. 어떻게 그의 땅을 가로챌 수 있단 말이오."

"이번에 차지하지 않으면 다음에 후회해도 소용없습니다."

"나는 차라리 죽으면 죽었지 의리를 저버리는 짓은 못하오."

"그럼 이 일은 다음에 다시 의논하지요."

아무리 좋은 계책이라 해도 주군이 반대하니 제갈량이 더 강권하지 못했다.

백성을 버리지 않았던 유비

하후돈으로부터 패전 보고를 받은 조조는 자신이 직접 군사를 몰아 유비를 치기로 결정했다. 50만 대군을 5대(隊)로 나누어 제1대는 조인·조홍이, 제2대는 장료·장합이, 제3대는 하후돈·하후연이, 제4대는 우금·이전을 장수로 삼고, 자신은 직접 제5대를 거느리고 출정(出征)하기로 했다. 출정 날짜는 건안 13년(서기 208년) 가을 7월 병오(丙午) 날이라고 못을 박았다.

이에 태중대부(太中大夫) 공융(孔融)이 간했다.

"현덕(玄德: 유비의 字)과 경승(景升: 유표의 字) 다 한 황실의 종친으로 함부로 쳐서는 안 됩니다. 승상은 대의명분도 없이 대군을 일으키려 하니, 천하의 인심을 잃을까 걱정입니다."

조조는 노하여 공융을 내쫓으니, 공융은 승상부에 나와서 하늘을 우러러 탄식했다.

"지극히 어질지 못한 자가 지극히 어진 사람을 치니, 그러고도 패하지 않을까!"

이때 어사대부(御使大夫) 극여의 수하 사람이 이 말을 듣고 극여에게 보고하고, 또 극여는 조조에게 고해바쳤다. 조조는 격분하여 정위(廷尉: 형벌을 맡아보던 버슬)에게 명령하여 공융을 옥에 가두었다. 공융은 북해태수 출신으로 지난날 조조에게 위험에 처해진 서주태수 도겸을 구원해 주었고, 또한 조조에게 독설을 퍼부은 예형과도 친한 사이이기도 했으니 이래저래 조조에게 밉게 보일 요소가 많은 사람이었다.

공융에게는 아들 둘이 있었는데, 다 젊었다. 그들은 집안에서 바둑을 두는 중이었다. 좌우 사람이 급히 고했다.

"주인 대감께서 옥에 갇히셨는데, 곧 참형을 당하실 것이라 합니다. 두 도련님은 어째서 몸을 피할 생각을 않습니까?"

"둥지가 부서졌으니 알이 어찌 성할 리가 있겠느냐[復巢之下 安有完卵]!"

그 말이 끝나기도 전에 정위가 들이닥쳐, 공융의 집안 식구들과 두 아들을 모조리 잡아갔다. 그날로 공융의 집안사람은 다 죽음을 당하였다.

한편 시름시름 앓고 있던 유표는 조조의 대군이 형주로 쳐들어온다는 급보를 받자 곧 세상을 떠났고, 부인 채씨와 모사 채모는 거짓 유서장을 만들어 둘째아들 유종을 형주의 새 주인으로 만들었는데, 유종은 조조가 무서워 인수(印綬)와 병부(兵符)를 갖고 양양(襄陽)으로 피신했다. 첫째아들 유기(劉琦)는 계모의 핍박을 피해 강하(江夏)로 몸을 피해 있었다.

유종이 양양성에 신하들을 모아 놓고 계책을 구했다. 괴월(蒯越), 부손(傅巽)이라는 신하가 항복이 최선의 계책이라고 했다. 이에 유종이 대답했다.

"부친이 남겨주신 업적을 하루아침에 남에게 몽땅 내준다면, 천하의 웃음거리밖에 되지 않겠소?"

그러자 한 사람이 앙연히 앞으로 나와 고했다.

"괴월과 부손의 말이 다 옳거늘, 주공은 어째서 따르려 않습니까?"

모든 사람이 보니, 그는 바로 산양군 고평 땅 출신으로 이름은 왕찬(王粲)이요, 자는 중선(仲宣)이었다. 왕찬은 용모가 비쩍 마른 데다 키가 작아서 볼품없는 사람이었다.

그가 어렸을 때 좌중랑장(左中郞將) 채옹을 찾아간 적이 있었다. 그날도 채옹은 자리에 가득 모인 이름 높은 인사들과 담소하고 있었는데, 왕찬이 찾아왔다는 말을 듣자 '신을 거꾸로 신은 채 급히 나가서 영접했다[倒履迎之].' 손님들이 이 광경을 보고 모두 놀랐다.

"좌중랑장께선 보잘것없는 아이를 어찌 그렇듯 공경하시오?"

채옹이 답했다.

"저 아이는 기이한 천재요, 나는 도저히 그 재주를 따를 수 없습니다."

왕찬은 많은 책을 읽었으며 기억력이 비상해서 아무도 상대가 되지 못했다. 언제인가는 길가에 서 있는 비석의 글을 한 번 읽고서 그대로 왼 일도 있었다. 또 한날은 남들이 바둑 두는 것을 보았는데, 어쩌다가 그 바둑판이 흔들려 무너지자 그는 한 점도 틀림없이 바둑돌을 그대로 놓아준 일도 있었다. 그리고 그는 산술(算術)에 능통했고 문장도 당대에 뛰어났다. 그는 열일곱 살 때 조정에 나가 벼슬을 살다가 난을 피해 유표에게 몸을 의탁해 상빈(上賓) 대우를 받고 있었다.

왕찬이 계속해서 유종에게 물었다.

"장군은 조조와 비교할 때 어떻습니까?"

"나는 조조만 못하오."

"조조는 강한 군사와 용맹한 장수를 거느렸습니다. 게다가 지혜가 대단하고 계책도 많아서 여포를 하비 땅에서 사로잡았으며, 원소를 관도에서 꺾었으며, 유비를 농우 땅으로 몰아넣었으며, 오환(烏桓)을 백등 땅에서 격파했으니, 그가 평정한 곳만도 이루 헤아릴 수 없을 정도입니다. 그러한 조조가 대군을 거느리고 우리를 치러 내려오니, 대적하기가 실로 어렵습니다. 장군은 주저하다가 나중에 후회하지 마십시오."

유종이 대답했다.

"선생의 가르침이 지극히 옳지만, 우선 어머님께 여쭌 뒤에 알리겠소."

이때 병풍 뒤에서 엿듣던 채씨가 나타나서 말했다.

"세 분의 의견이 같다면 나에게 물어 볼 것 있으리오."

이에 유종은 투항을 결심하고 곧 항복 문서를 쓰게 하여 신하를 시켜 몰래 조조에게 바치라고 분부했다.

이 소식이 곧바로 신야에 있는 유비에게 전해졌다. 유비의 신하들이 유비에게 양양이 조조의 손아귀에 넘어가기 전 먼저 양양을 차지하라고 권했으나 유비는 듣지 않았다.

"형님이 위독했을 때 부탁한 그 아들을 사로잡고 그 영토를 빼앗는다면, 다음날 내 죽어서 저세상에 갔을 때 무슨 면목으로 형님을 대할 수 있으리오."

유비의 뜻이 견고한 것을 안 제갈량이 계책을 내놓았다.

"이곳 신야보다는 번성(磻城)이 조조 군을 대적하기에 좋습니다. 속히 번성으로 떠나십시오.”

유비는 사방의 성문에 방문을 내걸어 성안 백성들을 먼저 번성으로 떠나게 했다. 그리고 유비의 군사들은 제갈량의 작전대로 움직였다. 조운은 조조 군을 신야성으로 몰아넣은 뒤 화공으로 공격하고, 뒤이어 미방과 유봉 두 군대가 허둥지둥대는 조조 군을 급습하고, 연이어 백하(白河) 땅에서 목을 축이던 조조 군을 관우가 수공으로 공격하니, 물살이 약한 곳을 찾아 달아나는 조조 군을 박릉(博陵) 땅을 지키고 있던 장비가 다시 공격하니, 조인 · 조홍 · 허저가 이끄는 10만 군사는 서로가 살길을 찾아 달아나기에 바빴다.

조인이 간신히 패잔병을 수습하여 신야 성 밖에서 주둔시킨 뒤 조홍을 조조에게 보내 패전을 보고했다.

조조는 분기탱천하여 말했다.

“촌놈 제갈량이 어찌 이렇듯 무엄하느냐!”

조조는 삼군을 독촉하여 산과 들을 메우듯이 신야 고을로 나아가 진영을 세웠다. 유비가 번성으로 옮겨갔다는 보고를 받자 곧 군사를 옮겨 번성을 쑥대밭으로 만들 작정이었다. 그러나 유엽(劉曄)이 말렸다.

“신야와 번성 두 고을을 폐허로 만든다면 양양 지방의 민심을 잃습니다. 먼저 민심부터 사야 합니다. 그러니 유비에게 항복하도록 권하십시오.”

조조가 연방 머리를 끄덕이며 서서를 사자로 보냈다. 그러나 서서는 조조의 뜻대로 움직이지 않았다. 지난번 유비와 헤어질 때의 ‘귀공에게 해가 될 계책은 쓰지 않겠다.’ 는 약속 때문이었던가. 오히려 그는 유비에게 번성보다 더 방어가 쉬운 곳으로 옮기라고 충고하고 돌아갔다. 제갈량 또한 서서의 계책과 똑같았다.

"번성을 버리고 양양을 취하여 일단 숨을 돌리십시오."

"따르는 백성이 많으니 어찌 버리고 갈 수 있겠소!"

유비의 뜻을 부하 장수들이 백성들에게 알리니 신야와 번성에서 따라온 두 고을 백성들은 일제히 큰 소리로 외쳤다.

"우리는 죽더라도 황숙을 따라가겠소!"

그날로 백성들은 통곡하며 유비의 뒤를 따랐다. 젊은이는 노인을 부축하고 어린것을 팔에 안았다. 남자는 거느리며 여자는 따랐다. 떼를 지어 끊임없이 강을 건너갔다. 양쪽 언덕에서는 통곡소리가 끊이지를 않았다. 유비가 배 위에서 바라보며 크게 울었다.

"나 한 사람 때문에 백성들이 저 고생을 하니, 내 살아서 뭣 하리오."

강물에 몸을 던지려 하니 좌우에서 황급히 유비를 붙들어 말렸다. 이 실정을 듣고 백성 중에서 통곡하지 않은 자가 없었다.

그러나 유비 일행은 양양성으로 들어가지 못했다. 성문은 열렸으나 조교(弔橋) 앞에서 양양성의 군사들이 두 패로 나누어 싸우고 있었다. 유비를 모함했던 채모 편에 선 문빙(文聘)과 유비를 흠모하던 위연(魏延)과의 싸움이었다. 이 광경을 보던 유비가 말을 꺼냈다.

"내 본시 소원은 백성을 보호하는 것이다. 저러다가 백성들을 다 죽이겠으니 양양성으로 들어가지 않겠다."

“그러시면 형주의 요충지인 강릉(江陵)을 근거지로 삼으십시오.”

제갈량의 권고를 받아들여 유비가 백성들을 이끌고 강릉을 바라고 갈 길을 계속했다. 그러자 양양성에 안에 있던 백성들까지 ‘유황숙의 뒤를 따라가겠다.’고 성을 빠져나왔다. 신야, 번성, 양양 세 곳의 백성들이 따르니 그 수는 10만여 명이나 되었다. 이윽고 유표의 무덤 앞을 지나가게 되었을 때, 유비가 장수들을 거느리고 무덤 앞에 가서 통곡했다.

“이 동생이 덕과 재주가 없어서 형님의 부탁을 저버렸습니다. 그러니 죄는 저에게만 있습니다. 형님의 영혼은 이 죄 없는 백성들을 도탄에서 건져 주시기 바랍니다.”

간절하고도 슬픈 이 말을 듣고 모든 군사와 백성이 다 울었다. 그때 조조의 대군이 번성에 주둔하고, 곧 강을 건너 추격할 것이라는 급보가 들어왔다. 그러자 장수들이 입을 모아 유비에게 건의했다.

“강릉은 든든한 요새라 적을 막을 수 있기는 합니다. 그러나 수만 명의 백성을 데리고 하루에 10여 리도 못 가는 형편이니 언제 강릉에 도착할지 막연합니다. 도중에 조조의 군사를 만난다면 어찌하시렵니까. 그러니 백성들을 버리고 먼저 가는 것이 좋겠습니다.”

그러나 유비가 울면서 거절했다.

“큰일을 하는 자는 반드시 어진 마음으로써 근본을 삼아야 하는 법이오. 나 하나만 믿고 따라오는 백성들을 어떻게 버린단 말이오.”

이 말에 백성들이 다 흐느껴 울며 가슴 아파했다. 유비는 강릉을 향해 백성들을 데리고 천천히 가면서 장수들에게 지시를 내렸다. 관우에게는 강하의 유기를 강릉으로 불러내어 연합하여 조조를 치도록 했다. 이것은 제갈량의 계책이었다. 또한 장비에게는 후방에서 뒤쫓아오는 조조 군을 막도록 하고, 조운에게는 노인과 아이를 보호하도록 했다.

이때 번성에 있던 조조는 양양의 유종을 불러들였다. 그러나 겁이 난 유종은 성을 나가지 않으려고 했다. 그러자 왕위(王威)가 유종에게 귀엣소리로 말했다.

"장군께서 이미 항복했고 유비도 달아난 상태라 조조는 자만에 빠져 아무 방비도 하지 않았을 것이오. 이 기회에 기습하여 조조를 사로잡는다면 천하의 지지를 얻을 것이오."

유종이 그 말을 채모에게 전하자, 채모는 당장 왕위를 불러들여 꾸짖었다.

"네가 천명을 알지도 못하면서 망령된 소리를 하느냐?"

비밀이 탄로 난 것을 깨달은 왕위가 채모를 저주했다.

"나라를 팔아먹은 놈아! 네 살을 씹어 먹지 못한 것이 한이로다!"

이 말을 듣고 채모가 왕위를 죽이려 했지만 괴월(蒯越)이 말리는 바람에 참았다. 그리고 장윤(張允)과 함께 번성에 들어갔다. 조조가 들으니 채모와 장윤의 아첨하는 말솜씨가 보통이 아니었다. 조조가 물었다.

"형주의 전력이 어떻게 되는가?"

채모가 대답했다.

"기병이 5만, 보병이 15만, 수병이 8만이니 모두 합해서 28만입니다. 군량과 군비의 태반이 강릉에 있고, 다른 성들에도 1년치 군량을 비축해 놓고 있습니다."

"전함은 누가 통솔하고 있는가?"

"크고 작은 것까지 합쳐서 7천여 척인데, 저와 장윤이 관할하고 있습니다."

조조는 채모에게 진남후 수군 대도독을, 장윤에게 조순후 수군 부도독의 직함을 주었다. 이어서 한마디 덧붙였다.

"경승(景升: 유표의 字)의 아들이 항복하니 그를 천자께 아뢰어 형주의 새 주인으로 삼으리라."

채모와 장윤이 크게 기뻐하면서 조조의 앞에서 물러나가자 순욱이 물었다.

"저놈들은 아첨꾼에 불과한데, 주공께선 어째서 그런 높은 관직을 주는 겁니까?"

조조가 껄껄 웃었다.

"사람을 볼 줄 몰라서 그런 게 아니오. 북쪽 땅에서 온 우리 군사들이 물에서 싸울 줄 모르기 때문에 당분간 저들을 이용하려는 거요. 목적을 이룬 뒤에 처치할 것이오."

아무것도 모른 채 채모와 장윤은 양양으로 돌아가서 유종에게 이렇게 보고했다.

"조조가 천자께 아뢰어 장군을 형주의 새 주인으로 삼겠다고 하더이다."

이 말에 유종이 대단히 기뻐했다. 모든 게 조조의 계산대로 일사천리로 진행됐다. 유종과 채 부인이 인수(印綬)와 병부(兵

符)를 가지고 와 조조에게 바치자 조조는 번성을 떠나 양양성 부중으로 들어가게 됐다.

조조가 괴월을 불러 말했다.

"형주 땅을 얻은 것보다 그대를 얻은 것이 더 기쁘노라."

괴월을 강릉태수 번성후로, 부손과 왕찬의 무리를 관내후로 봉했다. 그러나 유종에게는 청주자사로 임명하여 당장 임지로 출발하라고 명령했다. 유종은 청천벽력과 같은 처사에 깜짝 놀랐다.

"저는 벼슬을 바라지 않습니다. 그저 고향 땅을 지키고 싶습니다."

"청주는 천자가 계시는 허도와 가깝기 때문에 조정 벼슬을 살기에 편리할 것이다. 네가 형주에 머물게 되면 모함을 받을 가능성이 크니 널 위해서라도 떠나라."

유종이 두 번 세 번 사양했으나 조조는 허락하지 않았다. 결국 유종은 어머니 채 부인과 함께 떠날 수밖에 없었다. 따라나선 사람은 오직 왕위뿐이었다. 유종과 채 부인은 청주에 도착하지 못했다. 도중에 우금의 군사들에게 난도질당해 죽었던 것이다. 물론 이렇게 된 것은 조조의 지시 때문이었음은 두말할 필요 없었다.

우금이 돌아와 두 사람을 죽인 것을 보고하자 조조는 융중으로 부하를 파견하여 제갈량의 가족들을 잡아오라고 했다. 하지만 부하들이 융중에 갔을 때 제갈량의 가족은 보이지 않았다. 이런 날이 올 줄 알고 제갈량이 가족들을 삼강 깊숙한 곳에 피란시켰던 것이다. 조조가 제갈량을 더욱 증오하니 순욱이 계책을 올렸다.

"강릉은 형주에서 가장 중요한 곳입니다. 유비가 이곳을 차지하면 함락이 어렵습니다."

"내 어찌 그걸 모를 리 있겠소."

말을 끝내더니 곧 문빙을 찾았다. 문빙은 원래 유표의 장수였다. 강릉의 지형을 가장 잘 아는 사람을 길잡이로 생각했던 것이다. 문빙이 나타나자 조조가 물었다.

"늦게 온 이유가 뭔가?"

"신하 된 사람이 주인의 땅을 지키지 못했습니다. 슬프며 부끄러워 어찌 승상 앞에 낯을 들 수가 있겠습니까."

말을 마치자 흐느껴 울었다.

"그대는 참으로 충신이로다."

칭찬하고 문빙을 강하태수 관내후로 삼고 강릉 가는 길을 안내하라고 지시했다. 이때 파발꾼의 보고가 들어왔다.

"유비가 많은 백성을 이끌고 하루에 10리를 걸었으니 지금쯤 3백 리를 도망쳤을 것입니다."

조조가 다시 문빙에게 지시했다.

"5천 정예 기병을 줄 테니 하룻밤 안에 유비를 뒤쫓으라!"

유비를 향한 조운의 충성,
간담도지(肝膽塗地)

유비가 자신을 따르는 10만여 명의 백성과 3천여 명의 군사를 이끌고 느린 걸음이지만 강릉을 향하여 부지런히 나아가고 있을 때였다. 제갈량이 유비에게 말했다.

"운장이 강하로 간 뒤 아무 소식이 없으니, 이상한 일입니다."

"군사(軍師)께서 친히 가 봐야 할 것 같소. 유기는 지난날 군사의 가르침을 받아 감복한 일이 있으니, 군사께서 가시면 만사가 잘될 것이리다."

제갈량이 유봉과 함께 군사 5백 명을 거느리고 강하로 갔다.

유비 일행이 제갈량을 떠나보내고 행군하던 중이었다. 갑자기 한바탕 광풍이 일어나 티끌과 흙이 하늘로 말아 올리더니 밝은 해를 가렸다. 유비가 놀라서 물었다.

"이 무슨 징조냐?"

음양 이론을 약간 익힌 간옹이 소매 속에서 점을 쳐 보더니 아연실색했다.

"오늘 밤 크게 흉한 일이 일어날 징조입니다. 주공은 속히 백성들을 버리고 달아나십시오."

"백성들이 신야에서부터 따라왔는데, 어찌 버릴 수 있는가!"

거듭되는 충고에도 유비의 마음은 흔들림 없었다. 대답 대신 앞쪽을 가리키며 물었다.

“저곳은 어디인가?”

“당양현(當陽縣)이고, 보이는 산 이름은 경산(景山)이라 합니다.”

유비는 경산에 이르러 군영을 세우도록 지시했다. 가을이 깊을 대로 깊어 겨울철이 시작될 무렵이었다. 쌀쌀한 바람이 뼈에 스며들었다. 더구나 황혼 무렵이었으므로 백성들의 통곡소리가 산과 들에 울려 펴졌다. 이날 밤 4경(四更: 밤 1시에서 3시 사이)쯤 서북쪽에서 함성이 천지를 진동하며 점점 크게 들려왔다. 조조의 대군이었다. 유비가 죽기를 각오하고 싸웠으나 점점 위기에 빠져 들어갔다. 다행히 장비가 달려와 한 가닥 혈로를 열어 주었다. 유비가 동쪽으로 달아나는데, 문빙이 앞을 가로막았다.

“주인을 배반한 놈이 무슨 면목으로 얼굴을 들고 다니냐?”

유비의 꾸짖음에 문빙은 부끄러워했다. 얼굴을 붉히더니 군사를 거느리고 슬머시 동북쪽으로 사라졌다. 장비는 유비를 보호하며 한편 싸우면서 한편 달아났다. 날이 밝을 무렵에야 겨우 적군의 함성이 멀어졌다.

정신을 차리고 군사를 파악하니 겨우 1백여 기의 기병대가 고작이었다. 그 많던 백성들과 그 가족은 물론 미축, 미방, 간옹, 조운 등 1천여 군사도 보이지 않았다. 유비가 통곡했다.

“10만여 명의 백성이 나를 믿고 따르다 이런 참극을 당했다. 모든 장수와 가족들의 생사도 모르니, 사람이 아닌 초목인들 어찌 슬퍼하지 않겠느냐!”

눈물이 앞을 가려 흐린데, 비틀거리는 미방의 모습이 점점 크게 들어왔다.

"자룡이 우리를 배반하고 조조에게 항복하러 갔습니다."

"자룡은 절대로 날 배신할 사람이 아니다. 다시는 그런 말 말라!"

유비의 반응에 장비가 한마디 불쑥 던졌다.

"우리가 끝장났다고 판단하여 저 혼자 부귀를 탐하려고 조조에게 갔을지 누가 아오?"

"고생을 같이 한 사람은 마음이 철석같다. 자룡은 부귀 때문에 변할 사람이 아니다."

그러나 미방이 확신에 찬 듯 말했다.

"자룡이 서북쪽으로 가는 것을 이 두 눈으로 똑똑히 봤습니다."

장비가 더욱 분노했다.

"만나기만 해 봐라. 단번에 창으로 찔러 죽일 테다."

그러자 유비가 훈계했다.

"의심하지 말라. 지난날 운장이 안량과 문추를 죽인 것을 네가 오해한 일을 잊었느냐. 자룡이 갔다면 반드시 이유가 있었을 것이다. 그는 결코 나를 저버릴 사람은 아니다."

하지만 장비의 성격에 그 말을 새겨들을 여유는 없었다. 곧 20여 명의 기병을 이끌고 장판교(長坂橋)로 나아갔다. 동쪽 일대의 울창한 숲을 보자 퍼뜩 한 가지 계책을 생각해 냈다. 군사들에게 나뭇가지를 꺾어 말 꼬리에 매달게 한 다음, 숲속을 이리저리 달리게 했다. 먼지와 흙이 연기처럼 일어나서 마치 많은 군사가 북적거리는 것처럼 해놓았던 것이다. 그리고 자신은 홀로 장판교 위에서 말등에 앉아 장팔사모를 비껴들고 서쪽을 노려봤다.

한편 조운은 4경(四更) 때부터 날이 훤히 밝은 뒤까지 조조의 군사와 싸웠다. 정신을 차려 사방을 둘러보니 유비는 물론 유비의 가족도 보이지 않았다.

'감 부인과 미 부인 그리고 어린 주인 아두의 호위 책임을 맡았는데, 내 무슨 면목으로 돌아가서 주인을 뵈리오. 죽는 한이 있더라도 반드시 그분들을 찾으리오.'

결심하고 좌우를 자세히 둘러보니 기병 30, 40명이 눈에 들어왔다. 조운이 말머리를 돌려 적진 속으로 다시 들어갔다. 신야·번성·양양에서 유비의 뒤를 따라온 백성들이 울부짖고 신음하는 소리가 하늘과 땅을 흔들었다. 화살에 맞거나 창에 찔려 가족들을 버리고 달아나는 백성들의 수효는 이루 헤아릴 수 없을 정도였다. 얼마 후 풀 더미 속에 쓰러져 있는 간옹을 발견했다.

"두 부인이 어디 가셨는지 아시오?"

"두 분은 수레를 버리고 어린 주인을 안고 피하셨소. 난 말을 달려 뒤따르다 적장의 창에 찔려 말에서 떨어져 이렇게 된 것이오."

조운은 부하의 말을 간옹에게 주고, 호위병 둘을 붙여서 먼저 유비에게 가라고 했다.

"하늘과 땅이 무너지더라도 두 부인과 아들을 되찾아 돌아가겠다고 전해 주시오."

말을 마치자 박차를 가하여 장판교 쪽으로 달려가던 중 누군가 길가에서 큰 소리로 외쳤다.

"조 장군은 어디로 가십니까?"

조운이 말을 멈추고 물었다.

"너는 누구냐?"

"유황숙 휘하 군사로서 두 부인의 수레를 호위하다가 화살에 맞아 이렇게 쓰러졌습니다."

"두 부인을 보지 못했는가?"

"조금 전에 감 부인께서 맨발로 머리가 산발이 된 채 피란하는 부녀자들 틈에 끼여서 남쪽으로 가시더이다."

그 말을 들은 조운은 부하 기병을 돌볼 여가도 없었다. 홀로 남쪽으로 말을 달려갔다. 과연 앞을 다투어 달아나는 수백 명의 백성들이 눈에 들어왔다. 조운이 외쳤다.

"이 중에 감 부인이 계시옵니까?"

뒤에 처져 있던 감 부인이 조운을 보자 통곡하기 시작했다. 말에서 뛰어내린 조운이 창을 땅에 꽂고 눈물을 흘렸다.

"두 부인을 잃은 것은 다 저의 죄로소이다. 미 부인과 어린 주인께선 어디 계십니까?"

"수레를 버리고 백성들 틈에 끼여 미 부인과 함께 살길을 찾고 있을 때 적군이 습격하는 바람에 이렇게 나 홀로 떨어지게 됐소."

갑자기 백성들이 비명을 지르며 산지사방으로 흩어져 달아났다. 조인의 부장 순우도가 천여 명의 병사들을 이끌고 달려드는데, 맨 앞에는 미축이 꽁꽁 묶여 있었다. 조운이 벼락같이 고함치면서 창을 높이 들고 쏜살같이 말을 달려 들어갔다. 단칼에 순우도를 베고 미축을 구출했다. 그리고 말을 빼앗아 감 부인을 태운 다음, 적진을 뚫고 장판교로 갔다. 말 위에서 창을 비껴들고 있던 장비가 조운을 보자 크게 외쳤다.

"자룡아! 어째서 우리 형님을 배반했느냐!"

조운은 어리둥절했다.

"두 부인과 어린 주인을 찾기 위해 뒤에 처졌는데, 어째서 반역이라 하느냐!"

그러자 장비의 말이 누그러졌다.

"간옹을 통해 자초지종을 알게 되었지만 확인 차 해 본 말이네. 그렇지 않았다면 벌써 그대를 죽였을 것이다."

"지금 그런 한가한 이야기할 때가 아니다. 주공은 어디 계신가?"

"여기서 과히 멀지 않은 곳에 계시노라."

장비의 말이 끝나자마자 조운은 미축을 돌아보고 말했다.

"감 부인을 모시고 먼저 가시오. 나는 미 부인과 어린 주인을 찾아야겠소."

그 말을 남긴 채 군사 몇 명만 거느리고 왔던 길을 되돌아 달려갔다.

얼마 후 한 장수가 손에 철창을 들고 등에 칼을 멘 채 기병 10여 명을 이끌고 달려들었다. 조운은 아무 말도 하지 않고 단번에 달려들어 창을 한 번 놀려 적장을 거꾸러뜨렸다. 죽은 장수는 하후돈의 동생 하후은이었다.

원래 조조에게는 아끼는 보검이 두 자루 있었다. 의천검(依天劍)과 청홍검(青紅劍)이 그것인데, 의천검은 자신이 차고 청홍검은 하후은에게 맡겨 등 뒤에 메고 다니도록 했다. 그런데 하후은이 제 실력만 과신하고 부하들과 돌아다니면서 노략질 하다 조운에게 목숨을 빼앗기게 된 것이다.

죽어 자빠진 적장의 등에 있는 칼이 범상하게 보이지 않았 다. 조운이 등에서 칼을 풀어 빼 보았다. 칼집에 황금으로 무늬 를 새긴 '청홍' 두 글자가 선연히 들어왔다. 재빨리 청홍검을 등에 메었다. 그리고 다시 적진을 헤치고 돌아다니며 미 부인 과 어린 주인을 찾았다. 백성들에게 묻고 또 물으니 한 백성이 손을 들어 가리키며 알려 주었다.

"부인은 왼쪽다리를 창에 찔려 거동을 못하시고 어린 아기를 안은 채, 저기 무너진 담 안에 계십니다."

역시 미 부인은 불타 버린 집의 무너진 흙담 안쪽 우물가에 서 아두를 안고 울고 있었다. 조운이 말에서 뛰어내려 땅에 엎 드렸다.

"황숙께서 반평생을 떠돌아다니다 늦게야 본 아이입니다. 장군께선 이 아이를 잘 보호해 주세요. 전 죽어도 여한이 없습 니다."

미 부인의 목소리는 사경을 헤맨 사람의 그것 같지 않게 분 명했다.

"다 저의 죄올시다. 어서 말에 오르소서. 저는 걸어가면서 싸 우리다."

조운이 여러 번 권했으나 미 부인은 듣지 않았다.

"아기의 생명은 오로지 장군 한 몸에 달렸소이다!"

말을 남기고 스스로 우물 속에 몸을 날렸다. 슬프기 그지없는 일이었지만 눈물만 흘리고 있을 수만은 없었다. 혹 조조의 군사가 간음할까 염려되어 흙담을 밀어 마른 우물을 덮어 버렸다. 그리고 갑옷 끈을 끌러 엄심갑(掩心甲: 방탄복)과 가슴 사이에 아두를 품었다. 벌써 조홍의 부장 안명이 삼첨양인도(三尖兩刃刀: 끝이 세 개로 갈라진 날카로운 칼)를 휘두르며 달려들었다. 3합 만에 안명을 찔러 죽이고 그 부하들을 무찌르며 퇴로를 열어 달려 나갔다.

그러나 얼마 가지 못했다. 장합이 앞을 가로막았던 것이다. 조운이 장합과 10합을 싸우다가 퇴로를 열어 헤쳐 나갔다. 장합이 뒤에서 맹렬히 쫓아오고, 엎친 데 덮친 격으로 말이 수렁에 빠져 버렸다. 장합이 위에서 창으로 찔러 대니 조운의 목숨이 바람 앞의 등불같이 위태로웠다. 그런데 갑자기 장합이 놀라 뒤로 물러섰다. 보라! 수렁에서 한 줄기 광명이 치솟으며 조운을 태운 말이 한 번에 뛰어올라 바깥으로 날아 나오지 않는가.

조운이 다시 전속력으로 말을 달렸으나 얼마 가지 못했다. 초촉과 장남에게 앞길이, 마연과 장의에게 뒷길이 차단된 것이다. 넷은 원래 원소의 부하였는데, 조조에게 항복한 장수였다. 조운이 네 장수를 상대로 싸우고 있는데, 적군이 벌떼처럼 밀려왔다. 그러자 조운이 창 대신 등에 멘 청홍검을 뽑아 닥치는 대로 내리쳤다. 청홍검이 한 번 놀릴 때마다 적군의 갑옷은 진흙처럼 베어져 피가 샘솟듯 치솟았다. 드디어 포위망을 뚫고 달리기 시작했다.

이때 조조는 경산 위에서 아래를 내려다보고 있었다. 한 장

수가 자신의 부하들을 대나무 쪼개듯 베면서 탈출로를 여는 것
을 보고 급히 물었다.

"저 장수는 누구냐?"

조홍이 곧 말을 달려 산 아래로 내려가 외쳤다.

"장수가 전쟁터에서 이름을 남기고 싶다면 말하시오!"

조운이 목청 높여 외쳤다.

"나는 상산(常山) 조자룡이다."

조홍의 보고를 받은 조조가 감탄을 하면서 죽이기에는 너무
아까운 인물이라고 생각했다.

"활로 쏘지 말라. 반드시 사로잡도록 하라."

그래서 조운이 활을 맞지 않고 포위망을 뚫을 수가 있었다.
가슴에 아두를 품고 포위를 뚫고 나오기까지 베어 쓰러뜨린 기
가 두 개요, 빼앗은 창이 세 자루요, 조조 진영에서 이름깨나
있다는 장수 50여 명을 베어 죽였다.

적진을 벗어났을 때는 전포와 갑옷은 온통 피로 물들였다.
산모퉁이를 지나려고 하는데, 매복해 있던 하후돈의 부장 종
진 · 종신 형제가 군사를 거느리고 소리쳤다.

"조운은 어서 결박을 받으라!"

싸운 지 3합 만에 조운이 종진을 찔러 말 아래로 거꾸러뜨리
고 앞으로 헤쳐 나갔다. 그러자 종신이 뒤를 쫓아가 창을 번쩍
들어 조운의 등을 찌르려고 했다. 그 순간 조운이 번개같이 말
머리를 돌려 왼손에 든 창으로 상대의 창을 막으며 오른손으론
청홍검을 뽑아 힘껏 내리쳤다. 종신의 머리는 투구와 함께 두
쪽으로 갈라져 말에서 떨어졌다. 장수를 잃은 나머지 군사들은

달아나 버렸다.

조운이 장판교를 향하여 급히 말을 몰았다. 그러자 또 뒤에서 하늘과 땅을 뒤흔드는 함성이 들려왔다. 문빙이 군사를 이끌고 쫓아오는 것이었다.

조운이 결사적으로 도망가는데, 지칠 대로 지쳐 말과 함께 쓰러질 지경이었다. 간신히 장판교 앞에 이르자 장팔사모를 짚고 서 있는 장비의 모습이 눈에 들어왔다.

"익덕은 나를 도우라!"

"자룡은 속히 이리로 건너가라. 뒤에 오는 적군은 내가 맡으마!"

조운이 다리를 건너 유비를 만나게 되었다. 말에서 내려 땅에 엎드려 말도 못하고 흐느끼기만 했다. 유비도 따라서 흐느끼기만 했다. 이윽고 조운이 가쁜 숨을 몰아쉬며 말했다.

"만 번 죽어도 씻지 못할 죄를 지었습니다. 미 부인께서는 우물에 몸을 던져 자결하셨고, 공자(公子)를 가슴에 품고 포위망을 뚫고 여기까지 왔습니다. 조금 전까지 공자가 저의 품속에서 울었는데, 아무 움직임도 없으니 혹 잘못 되지 않았나 걱정입니다."

아두를 감싸던 갑옷의 끈을 풀고 보니, 아두는 새근새근 곤히 자고 있었다. 기쁨에 넘친 조운이 아두를 유비에게 바쳤다. 그러나 유비가 아두를 받더니 땅바닥에 팽개치듯했다.

"어린 놈 때문에 장군을 잃을 뻔하다니!"

조운이 황망히 일어나 자지러지게 놀라 우는 아두를 끌어안고 절하며 흐느꼈다.

　“이 조운은 ‘간과 쓸개가 땅에 흩뿌려질지라도[肝膽塗地]’
주공께 보답할 길이 없소이다.”

무장 장비의 지략

문빙이 조운을 전속력으로 추격하여 장판교에 이르렀을 때였다. 앞을 보니 놀라지 않을 수밖에 없었다. 장비가 범 같은 수염을 곧추세우고 고리눈을 부릅뜬 채 손에 장팔사모를 들고 다리 위에 말을 세우고 딱 버티고 있는 게 아닌가. 뿐만 아니라 다리 건너편 숲속에서 먼지가 연기처럼 일어나니 복병이 숨어 있는 줄 알고 기가 질려 감히 가까이 가지 못했다.

얼마 후 조인, 이전, 하후돈, 하우연, 악진 등 조조의 장수들이 속속 달려왔으나 장비가 노기를 품고 장팔사모를 비껴들고 다리 위에 버티고 있는 것을 보자 그들 역시 한 걸음도 더 나아가지 못했다. 조조에게 보고한 뒤 다리 서쪽에서 진영을 벌이고 일자로 늘어설 뿐이었다.

보고를 받은 조조가 급히 달려왔다.

장비는 조조가 온 것을 알고 큰소리로 외쳤다.

"나는 연나라 사람 장익덕이다. 누가 감히 나와 목숨 걸고 싸울 테냐!"

우렛소리 같은 목소리였다. 조조의 군사는 소름이 쪽 돋았다. 조조가 장비의 위용을 보더니 말했다.

"지난번 관우에게 들으니, 장비는 주머니 속 물건 꺼내듯이 백만 군사 틈 속에 있는 적장의 머리를 벤다고 했다. 지금 보니 과연 가벼이 대적할 수가 없겠구나.”

조조가 말을 마치기도 전에 장비가 더욱 눈을 부릅뜨며 또다시 소리를 질렀다.

“연나라 출신 장익덕이다. 누가 감히 나와 목숨 걸고 싸울 테냐!”

장비의 기세에 눌려 조조는 물러가고 싶은 생각이 들었다. 멀리 조조의 후군이 동요하는 것을 바라본 장비가 장팔사모를 짚고 또 외쳤다.

“싸울 테면 싸우고, 물러날 테면 물러날 일이지 뭐하는 짓거리냐!”

장비의 목소리는 천둥벼락이 일제히 몰아치는 듯했다. 얼마나 놀랐던지 조조 곁에 있던 장수 하후걸은 간담이 찢어져 말에서 굴러 떨어졌다. 이에 조조가 말을 돌려 달아났다. 그러자 모든 장수와 군사들도 일제히 서쪽을 향하여 달아나기 시작했다. 달아나는 그들 중에는 창을 버리거나 투구를 떨어뜨린 자가 헤아릴 수 없을 정도요, 그 꼴은 파도가 밀려 나가듯 산이 무너지는 듯하여, 사람과 말이 서로 짓밟게 되었다.

조조가 얼마나 혼이 났던지 서쪽으로 달아나는 그의 모양새는 관과 동곳(상투가 풀어지지 않도록 꽂는 장신구. 금·은·옥 등으로 만듦)이 다 떨어지고 머리는 산발이 된 채였다. 장료와 허저가 급히 뒤를 따라가 조조의 말고삐를 잡았다. 혼이 빠진 조조는 그것도 모르고 달아나려고만 바둥댔다.

“승상은 고정하십시오. 장비 한 놈을 뭘 그리 두려워하십니까. 지금이라도 추격하면 유비를 생포할 수 있습니다.”

그제야 해쓱했던 조조의 얼굴에 겨우 핏기가 돌았다. 장료와 허저에게 장판교로 가서 상황을 알아 오라고 했다.

한편 장비는 퇴각하는 조조의 군대를 추격하지는 않았다. 얼른 장판교를 끊어 버리고 유비에게 돌아가 경과를 보고했다. 이에 유비가 한마디 했다.

"아우의 용맹은 비교할 바 없으나 계책에 한 가지 실수를 했도다."

"실수라니, 그 무슨 서운한 말이우?"

"조조는 꾀가 많은 자다. 네가 장판교를 끊었으니 반드시 우리를 추격해 올 것이다."

장비가 퉁명스레 대꾸했다.

"내가 호통치는 소리에 몇 리나 달아난 주제에 다시 추격해 오겠소?"

"그렇지 않다. 다리를 끊지 않았으면, 조조는 우리가 매복한 줄 알고 뒤쫓을 생각조차 안 할 것이다. 그러나 끊긴 다리를 보고 우리 군사가 적어서 자기네를 겁내는 것이라고 판단하여 반드시 뒤쫓아올 게 아니냐. 조조에게는 백만 대군이 있어 비록 장강·한강이라도 메우고 건널 수 있거늘 그까짓 장판교 하나 끊긴 게 뭐가 두렵겠느냐?"

유비가 즉시 몸을 일으켜 부하들을 재촉하여 한진(漢津)으로 향했다.

한편 장료와 허저를 통해 장판교가 끊어졌다는 보고를 받은 조조가 한마디 던졌다.

"다리를 끊고 갔다는 것은 우리를 무서워한다는 뜻이야."

1만 명의 군사를 동원하여 부교(浮橋)를 가설하고 밤중에 대군이 건너도록 명령했다. 그러자 이전이 불안해했다.

"끊어진 장판교에 제갈량의 또 다른 계책이 숨겨져 있는 게 아닐까요? 경솔히 진격해서는 안 됩니다."

"장비는 무용만 있는 장수다. 그에게는 꾀가 없다."

유비가 한진 가까이 이르렀을 때였다. 등 뒤에서 북소리와 함성이 하늘과 땅을 진동시켰다.

"앞에는 장강이 가로막고, 뒤에서는 추격군이 달려오니 이 일을 어찌할까!"

급히 조운을 불러 적을 막도록 분부했다. 이때 조조는 추격의 고삐를 더욱 잡아당겼다.

"유비는 항아리에 든 고기요[缸中之魚], 우리에 갇힌 호랑이다[籠中之虎]. 이번에 사로잡지 못한다면 물고기를 바다에 내보내는 것이며, 범을 산으로 놓아 보내는 것과 같다. 모든 장수는 신속히 전진하라."

조조의 장수들이 용기백배하여 뒤쫓아가는데, 갑자기 언덕 뒤에서 기병대가 튀어나왔다. 청룡언월도를 들고 적토마를 탄 관우가 맨 앞에서 고함쳤다.

"너희들을 기다린 지 오래다!"

구원병을 청하러 강하(江夏)로 갔던 관우가 이제야 돌아온 것이었다. 뜻밖에 관우와 마주친 조조가 일순 불안감을 떨치지 못했다.

"제갈량의 계책인지 모른다. 속히 대군을 후퇴시켜라!"

조조의 명령대로 추격하던 군사들은 말머리를 돌리기에 바빴다. 관우는 달아나는 조조의 군사를 10여 리쯤 추격하다가 군사를 되돌려 유비에게 돌아왔다. 강변에는 배들이 이미 준비되어 있었다. 배 안에서 관우가 유비에게 물었다.

"둘째형수씨는 왜 안 보이십니까?"

유비의 설명을 듣고 난 관우가 길이 탄식했다.

"지난날 천자께서 사냥할 때, 제가 무엄한 조조를 죽이려 했습니다. 형님께서 말리지 않았더라면 오늘날 이런 기막힌 일은 당하지 않았을 것입니다."

유비의 대답이 의미심장했다.

"나는 그때 쥐를 잡기 위해 좋은 그릇을 집어던질 수는 없었던 것이다."

그때 조조를 호위하던 군사는 많았고, 유비 곁에는 관우가 전부였으니 섣불리 관우가 조조를 향해 칼을 뽑는 것은 실낱같은 희망을 바라고 목숨을 담보로 도박을 하는 행위나 마찬가지였다. 그러니 그때의 상황에서는 쥐란 조조, 좋은 그릇이란 관우를 뜻한 것이리라.

남쪽 언덕에서 북소리가 요란하게 울려 왔다. 대전투 함대가 순풍에 돛을 높이 달고 유비 쪽으로 물살을 헤쳐 왔다. 순간적으로 유비는 간담이 서늘해졌다. 그러나 가까이 온 배에서 소리 친 것은 유기였다.

"이 조카가 숙부께 큰 죄를 지었습니다."

유기가 유비의 배에 올라와 울며 절을 했다.

"숙부께서 조조의 공격을 받고 곤경에 빠졌다는 말을 듣고 서둘러 왔습니다."

유비가 함대와 함께 하류로 내려가는데, 이번에는 서남쪽에서 한 떼의 전함이 일자로 대열을 벌이며 순풍을 따라 물살을 헤쳐 왔다. 이번에는 유기가 깜짝 놀랐다.

"강하의 군사들을 제가 모조리 이끌고 왔습니다. 저건 조조나 손권의 군사들이 틀림없습니다."

유비가 뱃머리에 나서서 보았다. 저쪽 전함 뱃머리에 단정히 앉아 있는 사람은 윤건(綸巾: 굵은 실로 짠 두건)을 쓰고 도복(道服)을 입은 제갈량이 분명했다. 그 뒤에 서 있는 사람은 손건이었다. 유비가 배를 전함 가까이 대게 하고 제갈량에게 물었다.

"어떻게 이리로 오셨소?"

"조조가 추격하는 경우에 주공께서 강릉으로 못 가고 한진으로 몸을 피하실 것이라고 생각했습니다. 그래서 주공을 영접하러 공자 유기를 먼저 보낸 다음, 이 몸은 하구까지 가서 남은 군사를 모두 거두어 오는 길입니다."

유비가 양쪽 함대를 합친 뒤에 조조를 쳐부술 계책을 묻자 제갈량이 입을 열었다.

"하구(夏口)는 험준한 요새며 군량과 재물도 풍족합니다. 그러니 주공께서 하구로 가셔서 군사를 주둔하십시오. 그리고 유기 공자는 강하로 돌아가 전함을 정비하며 무기를 만드시오. 그런 뒤에 연합하면 조조를 막을 수 있습니다. 만일 두 분이 다 강하로 가신다면 세력이 약해질 것입니다."

유기가 한마디 했다.

"지당한 말씀입니다. 그러나 숙부께서는 일단 저와 함께 강하에 가시어 군대를 정돈하십시오. 그런 다음에 하구로 가셔도 늦지 않다고 생각합니다."

유기의 말에 유비가 끄덕였다. 관우에게 5천 명의 군사를 거느리고 하구를 지키라고 지시했다. 그리고 자신은 제갈량, 유기와 함께 강하로 갔다.

제갈량의 세 치 혀

조조는 장판교에서 장비에게 막히고 물러나는 길에 관우에게 기습당했지만 강릉이 형주의 요충지란 걸 잘 알고 있었다. 그래서 군사를 재촉하여 유비보다 먼저 강릉을 점령했다.

강릉을 차지한 조조는 순유의 계책을 받아들여 손권에게 유비를 공격하기 위한 동맹 작전을 제의했다. 그런데 정중한 제의가 아니라 무력시위의 방법을 사용했다. 기마병, 보병, 수병, 도합 83만 명의 대군을 동원하여 서쪽의 형주와 동쪽의 황주(黃州) 사이의 3백 리에 걸쳐 진을 치고 손권을 압박했다.

가장 근심에 쌓인 사람은 손권이 아니라 유비였다. 만약 손권과 조조의 남북 동맹이 성사된다면 근거지도 없이 떠도는 유비에게는 치명적일 게 뻔했다. 조조와 손권의 동맹을 막아야 하는 것이 급선무였다. 이때 제갈량이 강동(江東)으로 가 조조와 맞서는 유비·손권의 동맹을 끌어내겠다고 자원했다.

"이 제갈량은 강동으로 가 세 치 혀를 휘둘러 남쪽 군사와 북쪽 군사 간에 싸움을 붙이겠습니다. 만일 손권이 이기거든 우리도 함께 조조를 쳐 형주 땅을 되찾기로 하고, 조조가 이기거든 조조 편을 들어 강남을 쳐서 빼앗으면 됩니다."

마침 강하(江夏)에는 손권의 사신 노숙이 와 있었다. 강동의 거의 모든 모사와 문관들은 조조가 제의한 동맹 작전에 응하자는 의견이었고, 유비와 동맹하여 조조와 맞서자는 자는 일부 무관과 노숙뿐이었다.

제갈량이 노숙을 따라 강동으로 갔다. 제갈량이 강동의 참모 회의에 초대를 받게 되었다. 강동의 모사들은 제갈량이 강동에 온 목적을 잘 알고 있었다. 조조와 맞서기 위해 자신들의 땅을 전쟁의 불바다에 끌어들이려 왔다는 것을. 그러니 제갈량에게 쏟아지는 질문은 집요하고 혹독했다. 장소가 맨 처음으로 나서서 추궁했다.

"평소 선생은 옛 관중과 악의와 비교한다고 들었소. 그런데 어째서 형주·양양 땅을 조조에게 하루아침에 빼앗겼소?"

"사실 형주·양양 일대를 차지하기란 손바닥을 뒤집는 것보다 쉬운 일이었소. 그러나 우리 주공께서는 몸소 인의(仁義)를 실천하시기 때문에 동성동족(同姓同族)의 땅을 빼앗을 수 없다고 하여 사양하신 것이오. 이제 무도한 조조를 칠 계책을 주공께서 세워 두셨소."

장소가 계속 물고 늘어졌다.

"선생이 유현덕을 섬긴 이래로 신야·번성·당양의 전투에서 잇따라 패했소. 선생은 명성만 관중과 악의가 아니오?"

제갈량이 입가에 웃음을 띠며 답했다.

"'만리를 나는 붕새의 뜻을 어찌 뭇새가 알리오[鵬飛萬里, 其志豈群鳥知識哉]!' 병을 치료하는 약에는 단계가 있는 법이오. 위중한 병에는 순한 약부터 쓰고 차차 강한 약을 써야 하는 것이오. 그렇지 않고 강한 약을 먼저 쓰면 약한 몸이 견디지 못하는 법이오. 여남(汝南)과 신야와 번성의 전투에서 패한 우리

주공의 군대는 병으로 비유하면 증세가 극도로 악화된 때라고
할 수 있소. 나는 강한 약과 순한 약을 다 가지고 있소. 지금은
순한 약을 써 몸의 원기를 회복하는 단계요.

　패함을 갖고 시비를 거는데, 병서(兵書)에도 ‘적은 군사로 대
군을 당해낼 수 없다[寡不敵衆].’라고 나와 있고, 또한 ‘이기고
지는 것은 병가지상사요[勝負乃兵家之常事也].’라고 나와 있
소. 옛날에 한고조께서는 항우에게 번번이 패했으되 해하(垓
下) 땅에서 한 번 싸워 성공하셨소. 이것은 한신(韓信)의 뛰어
난 계책 덕이 아니겠소. 대저 국가를 위한 큰일과 사직(社稷)의
안위는 오로지 계책을 세우는 데 달려 있소. 언변이나 좋아하
는 무리가 명예에 눈이 팔려 사람을 속이는 것과 다르오. 그런
자들은 앉아서 말로는 못하는 것이 없고, 서서는 장담만 일삼
지만 복잡한 현실에 부닥치면 백 가지에 한 가지도 능한 것이
없어서 실로 천하의 웃음거리가 되오.”

　제갈량이 훈계하듯 말하자 장소가 더 입을 열지 못했다. 이
번에는 육적(陸績)이 물고 늘어졌다.

　“선생은 조조가 역적이라고 했지만 그는 한고조의 공신인 정
승 조참의 후손이요. 하지만 유현덕은 중산정왕의 후손이라지
만 돗자리를 짜며 짚신을 삼아서 파는 사람이 만들어 낸 근거
없는 이야기 아니오?”

　“정승의 후손이라면 바로 한나라 신하이거늘, 그런데도 조
조가 천자를 능멸하는 것은 한 황실의 난신이요 또한 조조 집
안의 반역자로다. 그러나 우리 주공은 당당한 한나라 황실의
친척이라. 천자께서 이미 황실의 족보를 조사하시고 ‘유황숙

(劉皇叔)’ 이라는 벼슬을 내리셨거늘, 어째서 증거가 없다고 하느냐? 옛날에 한고조께서는 동네의 우두머리인 정장(亭長) 신분으로서 일어나 마침내 천하를 바로잡아 나라를 세우셨는데, 돗자리를 짜고 짚신을 삼아서 판 것이 무슨 욕될 것이 있는가. 그대의 소견은 유치하기 짝이 없도다.”

육적이 어색해서 아무 말 못하니 엄준(嚴畯)이 작심하고 따졌다.

“공명의 말은 다 억지며 정론이 아니어서 다시 따질 것도 없다. 한 가지만 묻노니 어떤 경전을 공부했는가?”

“평소 문장이나 찾으며 말귀나 따지는 것은 세상의 썩은 선비라. 어찌 능히 나라를 일으키고 일을 성취하리오. 옛날에 유신 땅에서 밭을 갈던 이윤(伊尹)과 위수에서 낚시질하던 강태공(姜太公) 등의 인물은 다 우주를 바로잡은 큰 인재인데, 나는 아직도 그런 인재들이 평생에 어떤 경전을 연구했다는 말을 들어 본 적이 없소. 그들이 어찌 한낱 서생으로서 구차스레 붓방아나 찧으며 검다느니 누르다느니 이론이나 따지고 문장을 뽐내어 휘두르는 걸로 능사를 삼았으리오.”

엄준은 머리를 숙이며 기가 죽어 아무 대답도 못했다. 대뜸 한 사람이 큰소리로 따졌다.

“그대가 비록 큰소리를 잘하나 반드시 배운 바 이루어 놓은 게 없기 때문에 선비들의 웃음거리가 될까 봐 일부러 강변하는 것이로다.”

보니 여남 출신 정덕추(程德樞)였다. 제갈량의 대답이 폭포수처럼 쏟아졌다.

"선비 중에서도 군자와 소인이 있나니, 군자인 선비는 임금에게 충성하고 나라를 사랑하고 바른 길을 지키고 사악한 것을 미워하고, 그 시대에 혜택을 주려고 온 힘을 다한 끝에 이름을 후세에 남기오. 하지만 소인 선비는 오로지 책벌레처럼 책이나 파고 문장이나 다듬고 젊어서는 시부(詩賦)나 짓고 머리가 세어서는 경서(經書)에 능통하며, 붓을 잡으면 비록 수천 말을 써내지만, 가슴속엔 현실에 대한 한 가지 계책이 없음이라. 이는 마치 전한(前漢)의 문장가 양웅(揚雄)이 문장으로 이름을 세상에 드날렸으나, 몸을 굽혀 역적 왕망을 섬기다가 마침내는 높은 누각에서 몸을 던져 죽은 것과 같으니, 이는 소인 선비라. 하루에 수천만 말을 놀린다고 해도 무슨 소용이 있으리오."

제갈량의 말이 끝나자 정덕추뿐만 아니라 좌우의 모사·문관들은 아무 말 못했다.

곧이어 노숙의 안내로 제갈량은 손권을 만났다. 제갈량은 손권의 인상만 보고서도 그의 성격을 꿰뚫어봤다. 손권, 그는 격정적이라 자존심을 건드리면 자신이 의도한 대로 움직일 사람이라는 걸 알아냈다. 간단한 인사말이 서로 오가고 손권이 먼저 본심을 꺼내 놓았다.

"만일 조조가 우리 강동을 차지할 생각이라면, 그들과 싸워야 할지 아니면 싸우지 말아야 할지 귀공은 나를 위해 결단을 내려 주시오."

"제가 한마디 올리겠으나 장군께서 들어주지 않을까 걱정입니다."

"고견을 듣길 원하오."

"난세에 우리 주공과 조조 그리고 장군께서 군사를 일으켰으나 이제 조조가 형주 일대까지 점령하여 천하 대부분을 차지했습니다. 이곳 오(吳)와 월(越)의 많은 군사로써 조조와 겨룰 수 있으면 속히 조조와 절교해야 합니다. 그럴 생각이 아니라면 장군은 곧 이곳 모사들의 의견대로 군대를 해체하고 무기를 버리고 조조 앞에 엎드려 길이 섬기도록 하십시오."

손권이 뭐라고 말할 듯했으나 제갈량이 계속 말을 이었다.

"조조에게 항복할 뜻이라면 결코 속으로는 딴 뜻을 품어서는 안 됩니다. 위기 앞에서 결단을 내리지 못하면 후회해도 소용없는 불행이 눈앞에 닥쳐옵니다."

"그러면 왜 유현덕은 조조에게 항복하지 않소?"

"옛날에 제(齊) 나라 장사 전횡(田橫)은 그 나라가 망하자 많은 부하와 함께 바다 밖의 섬으로 망명하여 한고조께 항거하다가, 결국은 자살함으로써 끝까지 의리를 지키고 굴복하지 않았습니다. 전횡도 그러하였거늘 황실의 친척이요 당대의 영웅인 우리 황숙이 어찌 조조에게 굴복하겠습니까?"

손권은 제갈량의 말을 듣자 자리에서 벌떡 일어나 소매를 뿌리치고 후당으로 들어가 버렸다. 제갈량의 말속에는 유비는 칭송하면서 자신은 전횡만도 못한 인물로 깎아내리는 뜻이 담겨 있었던 것이다.

무안해진 노숙이 제갈량을 책망했다. 그러자 제갈량은 하늘을 우러러 웃으면서 말했다.

"손 장군이 이렇듯 도량이 좁은 줄 몰랐소. 조조를 쳐부술 계책이 있건만, 묻지를 않기에 말하지 않은 것뿐이오."

잠시 후 이번에는 손권이 노숙을 대동하고 제갈량이 있는 후당으로 찾아왔다. 손권이 올 줄 알았던 제갈량은 준비해 놓은 듯 조조 대군을 쳐부술 비책을 손권에게 설명했다.

"조조의 대군이 100만 대군이라 하나 그들에게 허점이 있습니다. 첫째, 그들은 하루에 3백 리를 걸어온 원정군이라 지칠 대로 지쳐 있습니다. 이것이 바로 '강하게 날아간 화살이라 할지라도 그 끝은 비단 한 장도 뚫지 못하는 격입니다[强弩之末 勢不能穿魯縞].' 둘째, 북쪽의 군사들은 기마병과 보병의 연합이라 수전을 할 줄 모릅니다. 셋째, 숫자는 많으나 원소와 유표 밑에 있던 군사들의 연합이라 복종심도 없으며 단결력도 없습니다.

이 허점을 이용하여 우리 주공과 힘을 합치고 한마음 한뜻이 되면 조조 격파는 물론 천하는 중원(中原: 황하 일대, 위나라를 지칭)의 조조와 형주 일대의 우리 주공과 동오의 장군이 삼분하게 됩니다. 천하를 모조리 조조에게 내주고 형주와 강동이 망하느냐 아니면 천하를 삼분할 수 있느냐가 장군의 결정에 달려 있습니다. 깊이 생각하시어 양단간에 결정하십시오."

그러자 손권이 기뻐했다.

"선생의 말씀을 듣고 보니 막혔던 가슴이 후련하오. 내 조조와 싸워 사생결단을 내기로 결심했소."

그러나 손권은 결정 내리지 못했다. 항복하자는 모사·문관들의 건의를 물리친다 해도 조조의 100만에 가까운 대군과 싸우기에는 강동의 군사가 적은 것이 마음에 걸렸다. 승리한다 해도 강동이 크나큰 희생을 치러야만 되는 것이 고민이었다.

이때 손권의 이모인 오태부인이 과거 일을 상기시켜 줬다. "안의 일은 장소에게, 바깥일은 주유에게 물어서 하라."는 손책의 유언을.

파양(鄱陽)에서 수군을 훈련시키고 있던 도독(都督) 주유가 어찌 손권의 고민을 모르겠는가. 손권의 사자가 오기도 전에 그는 손권이 있는 시상군(柴桑郡)으로 들어갔다. 손권을 만나기 전 노숙이 자리를 만들어 주유와 제갈량이 만나게 됐다. 강동의 첫째가는 모사 주유 역시 손권과 마찬가지로 성격이 격정적이라 자존심을 건드리면 판단이 흐려지는 사람이었다.

주유가 '강동이 살길은 조조에게 항복하는 것' 이라고 하자 노숙은 반대 의견을 냈다. 그런데 생각지도 않게 제갈량이 주유의 의견에 맞장구쳤다. 두 모사 간에 상대를 시험해 보는 고단수 머리싸움이었다. 이를 눈치 채지 못하고 노숙이 발끈 화를 냈다. 조조와 맞서서 연합군의 당위성을 주장하는 제갈량을 위해 자리를 마련해 줬건만 반대로 말하는 것이 이상하기도 하고 괘씸했기 때문이었다.

"공명이여! 네 어찌 그런 말을 할 수 있는가!"

제갈량이 대답했다.

"천하의 조조를 대적할 사람이 없소. 여포, 원소, 원술, 유표가 맞섰건만 지금 다 멸망했소. 그러니 멸망하기 전 손 장군이 조조에게 항복하면 처자는 무사할 것이요. 국가 존망의 문제는 다 천명이니, 우리 인간이 애석해할 것은 없소."

노숙이 버럭 화를 냈다.

"네가 우리 주공에게 항복을 권하고, 우리를 매국노로 만들 작정이냐?"

제갈량이 웃으며 답했다.

"그런데 항복하지 않아도 위기를 해결할 계책이 내게 있소. 두 여자를 배에 태워 조조에게 주면 백만 대군은 두말없이 물러갈 것이오."

그러자 잠자코 있던 주유가 물었다.

"그 여자가 도대체 누구요?"

"조조는 여색을 좋아하오. 평소 '천하절색이라는 강동의 대교(大橋) 소교(小橋) 두 여자를 얻어 동작대(銅雀臺)에서 만년을 즐길 수 있다면 죽어도 아무 여한이 없다.'고 말했다고 하오. 그 두 미인을 조조에게 주면 조조는 크게 만족하여 반드시 회군하리다."

증거를 대라는 주유의 말에 제갈량은 조조의 아들 조식이 쓴 '동작대부(銅雀臺賦)'를 막힘없이 읊어 나갔다. 그런데 "동서로 이어진 두 다리[連二橋于東西兮]"라는 구절을 "동남쪽(동오)에 있는 두 교씨 미녀를 양쪽에 끼고서[挾二橋于東南兮]"라는 구절로 바꿔치기 해서 읊어 댔다. 이 대목을 듣자 순간 주유는 얼굴빛이 변하며 자리를 박차고 일어나 북쪽을 손가락질하며 외쳤다.

"늙은 역적 놈이 나를 너무도 모욕하는구나!"

제갈량이 급히 일어나 말렸다.

"옛날에 오랑캐 선우(單于: 흉노족의 우두머리)에게 시달렸던 한나라 천자께서도 공주를 내주고 화친을 맺었소. 장군은 어째서 백성 집 두 딸을 아까워하시오?"

"귀공은 몰라서 그러는 거요. 대교는 바로 전 주공 손책의 부인이시며, 소교란 바로 내 아내요."

제갈량이 깜짝 놀라는 시늉을 하며 사과했다.

이튿날 손권이 주재하는 회의에서 주유가 조조 원정군의 약점을 들어 형주와 강동의 동맹 필요성을 펼쳐 나갔다. 이는 주유의 입에서 나왔지만 제갈량의 논법을 되풀이한 것에 지나지 않은 것이었다. 마침내 손권이 자리에서 벌떡 일어나 조조와 맞서는 형주와 동오의 동맹을 천명했다. 손권의 결정 역시 제갈량의 계산에서 벗어나지 않았다.

주유가 손권에게 말했다.

"신이 대장이 되어 전사한다고 해도 두렵지 않으나 주공께서 결심이 흔들릴까 두렵습니다."

이에 손권이 칼을 뽑아 들고 앞에 놓인 책상을 쳐서 두 조각을 냈다.

"모든 관리와 장수들 중에서 다시 항복하라는 자가 있으면, 이 책상처럼 참할 것이다!"

즉석에서 주유를 대도독(大都督)으로, 정보를 부도독(副都督)으로, 노숙을 찬군교위(贊君校尉)로 삼았다.

이날 밤 주유는 홀로 손권을 찾아갔다. 손권이 칼을 뽑아 조조를 공격하겠다는 뜻을 주위에 내비쳤지만 마음속으로는 흔들리고 있다는 것을 제갈량이 귀띔해 주었기 때문이었다. 주유는 손권으로부터 군사를 동원하여 조조를 공격하겠다는 다짐을 받고 부중을 나왔다. 돌아오는 길에서야 주유는 자신이 제갈량의 의도대로 움직인다는 생각이 불현듯 들었다.

‘공명은 주공의 속마음을 환히 들여다보고 있다. 그의 계책
이 나보다 한 수 높구나! 이런 그가 우리 강동의 큰 걱정거리가
될지 모르니, 죽여 버리자.’

관우, 유비를 모시고
호랑이 소굴로 들어가다

공명이 동오로 떠난 후 유비는 강하의 방어를 유기에게 맡기고 하구성에 주둔하고 있었다. 강남 쪽을 향해 바라보니 군기가 줄줄이 늘어서고 창과 칼이 번쩍였다. 드디어 동오의 대군이 출동한다고 짐작한 유비는 강하의 군대를 모조리 번구(樊口)로 이동시킨 뒤 부하 장수들에게 말했다.

"공명이 동오로 가더니 소식이 없구나. 일이 어찌 되었는지 궁금하기만 하다. 누가 가서 알아보겠느냐?"

그러자 미축이 자원하여 주유를 찾아갔다. 주유는 유비의 예물을 받고 곧 술자리를 마련했다.

"공명이 여기 온 지 오래니, 이번에 함께 돌아갈까 합니다."

그러나 주유는 미축의 청을 거절하면서 오히려 유비를 동오로 초청하고 싶다고 말했다. 미축이 아무 소득 없이 돌아가자 노숙이 주유에게 물었다.

"유현덕과 만나 무슨 의논할 일이라도 있소?"

"유현덕은 만만치 않은 인물이오. 그를 이리로 유인해서 죽일 생각이오. 그래야 우리 오나라의 후환을 제거하게 되는 것이오."

노숙이 거듭 말렸으나 주유의 뜻을 꺾을 수는 없었다.

"도부수(刀斧手) 50명은 장막 뒷벽에 숨어 있어라. 내가 유현덕과 이야기하던 중 술잔을 던지면 즉시 뛰어나와서 그를 죽여라.”

번구로 돌아온 미축은 주유의 제의를 유비에게 보고했다. 유비가 곧 배 한 척을 준비해 떠날 준비를 하고 있는데, 관우가 간했다.

“주유는 꾀가 많은 사람입니다. 게다가 공명의 소식도 모르는 상태니 안 가는 게 좋습니다. 주유의 속임수일지 모릅니다.”

그러나 유비의 생각은 달랐다.

“조조를 쳐부수기 위해 동오와 동맹을 앞두고 있는 시점이다. 이럴 때 주유의 청을 거절하는 것은 동맹의 자세가 아니다. 의심을 사게 해서야 제대로 동맹이 이뤄지겠는가.”

“형님께서 굳이 가시겠다면 제가 모시고 가겠습니다.”

장비도 따라나서겠다고 했지만 유비가 관우의 청만 받아들였다.

“너는 자룡과 함께 진영을 수비하라.”

유비는 관우와 부하 20여 명만 거느리고 나는 듯이 강동으로 갔다. 강동에 이르러 살펴보니, 전함(戰艦)과 무장 군사들의 위세가 대단했다. 유비는 든든한 동맹군을 얻었다며 매우 기뻐했다. 배가 어느덧 언덕에 닿았다. 강동을 수비하던 군사로부터 보고를 받은 주유가 물었다.

“배를 몇 척이나 거느리고 왔더냐?”

“배 한 척에 20여 명의 부하가 고작입니다.”

주유가 빙그레 웃으며 혼자 뇌까렸다.

“드디어 유비가 내 손에 죽는구나!”

얼마 후 복병을 숨겨 놓은 술자리에 유비가 초대됐다. 이때 우연히 강변에 나왔던 제갈량은, 유비가 주유를 만나러 왔다는 소식을 듣고 깜짝 놀랐다. 서둘러 중군 장막으로 들어가서 살펴보니, 주유의 얼굴에는 살기가 넘치고, 양쪽 벽에는 도부수들이 빽빽이 숨어 있었다. 제갈량은 소스라치게 놀랐다. 그런데 유비는 태연히 웃으며 말하고 있는 것이었다. 유비 뒤에서 관우가 칼을 짚고 시립(侍立)하고 있는 것도 눈에 들어왔다. 그제야 제갈량도 안심하고 다시 밖으로 나왔다.

어느덧 유비와 주유 사이에는 술이 여러 순배 돌았다. 드디어 주유가 술잔을 던지려고 일어서려다가 유비 뒤에서 우뚝 서 있는 장수를 보고 주춤했다.

"저 사람은 누군가요?"

"내 동생 관운장입니다."

주유가 놀라 다시 물었다.

"지난날 안량과 문추를 참한 장수가 아닙니까?"

"그러하오."

주유는 등에서 식은땀이 흘렀다. 그는 들었던 잔을 던질 수 없어 술을 따라 관우에게 주었다. 조금 지나자 노숙이 들어왔다. 유비가 노숙에게 물었다.

"공명은 어디 계시오? 귀공께서 공명을 이곳으로 데려다 주면 안 될까요?"

주유가 대신 대답했다.

"조조를 격파한 뒤에 만나도 늦지는 않을 것입니다."

주인이 그러니 유비는 손님으로서 더 요구를 못했다. 이때 관우가 유비에게 거듭 눈짓을 했다. 무슨 뜻인지 알아차린 유비가 자리에서 일어났다.

"오늘은 이만 돌아가지요. 조조를 격파한 뒤에 다시 와서 인사하리다."

주유는 만류하지 않고 진문 밖까지 전송했다. 유비와 관우가 배로 돌아오니 뜻밖에도 제갈량이 기다리고 있었다.

"주공은 오늘 큰 화를 당할 뻔하셨는데, 이를 아십니까?"

유비가 어리둥절했다.

"모르겠소."

"관운장이 없었다면 주공은 주유의 손에 죽음을 당하셨을 겁니다."

유비는 그제야 깨닫고 제갈량에게 번구로 돌아가자고 했다. 그러나 제갈량은 생각이 달랐다.

"제가 비록 범의 아가리 속에 있으나 태산처럼 편안하니 염려 마십시오. 주공은 돌아가시거든 배와 군사를 수습하고 있다가 11월 스무날에 남쪽 강변에 배를 대고 기다리십시오. 11월 스무날입니다. 잊지 마십시오."

유비가 무슨 영문인지 몰라 묻자 제갈량이 대답했다.

"동남풍이 불거든 이 제갈량이 돌아오는 줄로 아십시오."

그리고는 영문을 알 수 없어 하는 유비를 남겨 놓고 주유의 진영 쪽으로 표연히 가 버렸다. 제갈량의 말대로 유비의 배는 곧 하구 쪽으로 뱃머리를 돌렸다. 얼마 가지 못해 맞은편에서 50여 척의 배가 물살을 헤치며 다가왔다. 장비가 지휘하는 배였다. 혹 유비에게 불상사가 생기면 관우 혼자 감당 못할 거라는 생각에 장비가 배를 몰고 온 것이었다. 유비, 관우, 장비는 무사히 번구로 돌아올 수 있었다.

한편 주유를 따라 장막 안으로 들어간 노숙이 물었다.

"유현덕을 이곳까지 유인해 놓고, 왜 죽이지 않았소?"

"관운장은 범 같은 장수요. 내가 유현덕을 죽였으면 난 그의 칼에 죽었을 것이오!"

제갈량, 조조의 화살
10만 개를 거저 얻다

유비가 번구로 돌아가고 난 뒤 조조의 사자가 동오에 왔다. 조조의 서신 겉봉에는 '한나라 대승상은 주 도독에게 보내노라'고 적혀 있었다. 주유는 조조의 건방진 필체에 격분하여 서신을 찢어 버리고 사자를 죽였다. 주유가 자신의 사자를 죽였다는 보고를 받자 조조는 분기탱천하여 채모·장윤 등 형주에서 항복한 장수를 선봉으로 내세우고, 자신은 후군이 되어 전함을 독촉하여 삼강구로 나아갔다.

제1차 전투는 조조의 패배였다. 원래 조조의 군사는 청주와 서주 출신이라 수전을 익히지 못했기 때문이었다. 조조는 이를 깨닫고 채모와 장윤을 수군 대도독으로 삼고 수전 훈련을 시켰다.

한편 주유는 손권에게 승전을 보고했지만 조조의 대군이 여전히 두려웠다. 그날 밤 주유가 높은 곳에 올라가서 보니 서쪽에 무수한 불빛이 하늘에 잇닿았다. 주유가 물어 보니 좌우에서 고했다.

"저것이 다 북군의 등불입니다."

놀라지 않을 수밖에 없었다. 이튿날이었다. 자신이 직접 조조 군의 전력을 살피기 위해 직접 누선(樓船: 다락이 있는 배) 한 척에 몸을 실었다. 조조의 수상 진지가 눈에 들어왔다. 조조

군의 수전 훈련 모습은 언뜻 봐도 강동 수군 못지않게 질서정
연하고 엄정했다. 북군의 수전 훈련 책임자가 채모와 장윤임을
알아내고 강동으로 돌아왔다.

조조 역시 강동 군의 전력이 궁금했다. 그래서 주유와 동문
수학한 장간(蔣幹)을 주유에게 보내 강동 군의 전력을 정탐하
라고 했다. 얼마 후 강동에서 돌아온 장간은 품속에서 서신 하
나를 꺼내 조조에게 바쳤다. 조조가 보니 채모와 장윤의 이름
으로 주유에게 보내는 서신이었다. 장간이 조조에게 고했다.

"채모와 장윤이 강동 군과 내통하고 있습니다."

그러나 이는 수전에 능한 채모와 장윤을 제거하기 위해 주유
가 거짓 정보를 장간에게 흘려 준 것이었다. 곧이어 채모와 장
윤의 머리는 조조 앞에 바쳐졌다. 그들의 머리를 보고서 조조
는 뒤늦게 깨달았다.

'아뿔싸! 내가 주유의 계책에 속았구나!'

모든 장수들은 조조에게 그들을 죽인 까닭을 물었다. 조조는
자기가 '주유의 반간계(反間計: 적의 간첩을 역이용하는 계
책)'에 속은 것을 알면서도 그것을 인정하기 싫었다.

"두 사람이 군법을 지키지 않았기에 참했노라."

이 일은 즉시 첩자에 의해 주유에게 보고됐다. 주유는 뛸 듯
이 기뻐했다.

"채모와 장윤이 근심거리였는데, 없애 버렸으니 아무 걱정
없도다."

노숙이 칭송했다.

"계책이 이렇듯 묘하니, 도독이라면 역적 조조를 격파하는

일쯤이야 간단할 겁니다.”

“내가 이번에 쓴 계책은 아무도 모르리다. 하지만 저 공명은 나보다 한 수 높으니 알 줄 모르겠소. 노숙께서 슬쩍 공명의 속을 떠봐 주시오.”

노숙이 제갈량을 찾아갔다. 제갈량은 노숙을 보자 대뜸 축하한다는 말을 던졌다. 노숙이 어리둥절하자 제갈량이 말했다.

“주 도독이 강동의 근심인 채모와 장윤을 남의 손을 빌려 죽였으니 어찌 축하하고 기뻐하지 않을 수 있습니까. 그런데 조조가 모개(毛玠)와 우금(于禁)을 새로 수군도독(水軍都督)으로 삼았다고 합니다. 두고 보십시오. 모개와 우금 두 사람 때문에 조조의 수군은 다 물귀신이 될 것이오.”

노숙은 그 말을 듣고 넋이 빠진 사람처럼 앉았다가 겨우 인사말만 하고는 주유에게 돌아왔다. 노숙으로부터 보고를 받은 주유는 크게 놀랐다.

“공명을 이대로 놔둘 수 없소. 후환을 없애기 위해서 반드시 죽이리다.”

“공명을 죽이면 도독은 조조의 웃음거리가 되오.”

“어떤 구실을 만들어서라도 그자를 죽이고야 말겠소.”

“무슨 구실로 죽인단 말이오?”

“그대는 구경만 하시오. 내일이면 알 것이오.”

이튿날 강동의 작전회의에 제갈량이 초대받았다. 주유가 제갈량에게 물었다.

“조조의 군사와 전투를 앞두고 있습니다. 수전을 벌이자면 우선 무슨 무기가 필요할까요?”

"무엇보다도 화살이 제일 필요하겠지요."

"선생의 말씀이 바로 제 생각입니다. 그러나 지금 군중에 화살이 부족합니다. 선생께서 화살 10만 대를 만들어 우리를 도와주시오. 이는 우리 양군 공동의 일이니 거절하지 마시오."

"도독의 간청을 내 어찌 거절하겠소. 10만 대를 언제까지 준비하면 되겠소?"

"열흘 안이오."

"조조의 군사가 당장이라도 공격할지 모르는데, 열흘이면 늦지 않겠소?"

"그럼 며칠이면 되겠소?"

"사흘 안으로 10만 대를 갖다 드리지요."

"군중 안에서는 농담을 못하게 되어 있소."

"어찌 도독에게 농담을 하겠소. 군령장(軍令狀)을 쓰리다. 사흘 안으로 마련하지 못하면 엄벌을 받겠소."

주유는 즉시 제갈량으로부터 군령장을 쓰게 했다. 그리고 술상을 차리게 해서 대접했다. 제갈량이 가니 주유가 노숙에게 말했다.

"나는 화살 제작자들에게 일을 늦추도록 분부하겠소. 그러면 공명은 사흘 안에 화살을 못 만들 것이오. 그때에 그 죄를 물어 군령장에 나와 있는 대로 목을 베겠소."

얼마 후에 노숙이 찾아오자 제갈량이 이렇게 말했다.

"무슨 재주로 사흘 안에 화살 10만 대를 만든단 말이오. 그대는 책임지고 날 살리시오."

"안타깝게도 귀공이 스스로 정한 기한입니다. 내가 어떻게 도와준단 말이오.”

“그럼 배 20척을 빌려 주시오. 배에는 각기 30명의 군사를 태우고 배마다 푸른 무명베로 포장을 치고 풀 다발을 천 개씩 양쪽으로 쌓아 두시오. 그럼 내가 정확히 사흘째 되는 날에 화살 10만 대를 바치겠소.”

노숙은 제갈량의 말대로 모든 준비를 해놓고 기다렸다. 그러나 둘쨋날까지도 제갈량으로부터 아무런 소식이 없었다. 3일째 되는 날 4경(밤 2시 전후) 무렵이었다. 제갈량이 노숙을 불렀다.

“왜 날 불렀소?”

“함께 화살을 가지러 가기 위해서요.”

“어디로 간단 말이오?”

“함께 가 보면 알 것이외다.”

제갈량은 긴 쇠사슬로 배 20척을 서로 연결하게 한 뒤에 바로 남쪽 언덕을 향하여 일제히 나아갔다. 이날 밤 안개는 하늘을 뒤덮었다. 장강(長江: 양쯔 강)에는 안개가 자욱해서 바로 옆에 있는 사람과도 서로 얼굴을 못 알아볼 지경이었다. 짙은 안개 외에는 보이는 것이 없었다. 어느덧 배는 조조의 수상 진지 가까이에 이르렀다. 제갈량은 스무 척의 배들의 뱃머리를 서쪽으로, 배꼬리를 동쪽으로 돌려 일자로 세워 놓게 한 다음 북을 힘차게 두드리면서 함성을 지르도록 했다.

노숙이 깜짝 놀랐다.

“조조의 군사가 쏟아져 나오면 어쩌려고 이러시오!”

제갈량이 미소 지으면서 대답했다.

"워낙 안개가 깊어서 군사를 내보낼 엄두도 못할 것이오. 우리는 술이나 마시며 즐기다가 안개가 걷히거든 돌아갑시다."

한편 조조의 수군에서는 강에서 들려오는 요란한 함성과 진동하는 북소리를 못 들을 리 없었다. 새로 수군도독으로 임명된 모개와 우금이 황급히 달려가 조조에게 보고했다.

"강물이 안 보이도록 안개가 짙게 낀 이런 날씨엔 적군이 틀림없이 매복군을 준비했을 것이다. 그러니 섣불리 공격하지 말고 수군과 궁노수(弓弩手: 弩는 여러 대의 화살을 동시에 쏠 수 있는 활 즉 쇠뇌. 궁노수란 활과 쇠뇌를 쏘는 병사)를 모조리 동원해서 활을 쏘아 격퇴시켜라."

또한 조조는 보병 장료와 서황에게 각기 3천 명의 궁노수를 주어 강변에서 활을 쏘아 수상군을 지원하라고 명령했다.

조조의 명령이 하달되기 전이었다. 먼저 수상 진지에서 함성과 북소리가 나는 곳을 향해 일제히 화살을 쏘아 댔다. 강동 수군이 공격하는 것이라고 미리 겁을 집어먹었던 것이다. 그러자 육상 진지에서도 궁노수 만여 명이 모조리 강변으로 나와 안개에 쌓인 강 한복판을 향해 마구 활을 쏘아 대니 화살은 빗발치듯했다.

화살이 배 한쪽에 빈틈없이 박혔다. 그러자 제갈량은 이번에는 모든 뱃머리를 동쪽으로, 배꼬리를 서쪽으로 돌려 대게 하고, 조조의 수상 진지에 더 접근하라고 했다. 날아오는 화살이 배 양쪽 전부에 빽빽이 들어박히게 된 것이었다.

날이 밝아 오고 안개가 걷히기 시작했다. 제갈량은 강남으로 돌아갈 것을 명령했다. 배 양쪽에 높이 쌓여 있는 풀 다발에는

화살이 가득히 꽂혀 있어 마치 큰 고슴도치 같았다. 제갈량은
모든 배의 군사들에게 일제히 나와서 고함을 지르도록 명령했
다. 제갈량의 명령대로 모든 배의 군사가 하나같이 고함을 질
렀다.

"승상이 준 화살, 감사히 잘 받아 가노라!"

강동을 향해 물살을 헤치며 나가는 배 안에서 제갈량이 노숙
에게 말했다.

"20척의 배에 화살이 5, 6천 대씩은 꽂혀 있을 테니 모두 합
하면 10만 대는 넘을 것이오. 조조의 화살로 조조를 치게 되었
으니 얼마나 좋습니까?"

노숙이 감탄하며 물었다.

"선생은 지난밤에 큰 안개가 낄 줄을 어떻게 아셨습니까?"

"장수 된 사람은 천문과 지형 그리고 진법(陣法), 음양과 진
도(陣圖)와 병세(兵勢)에 통달해야 되오. 나는 3일 전에 이미 지
난밤에 안개가 크게 낄 것을 계산했소. 나의 목숨은 하늘이 관
리하는 바라, 주유가 어찌 죽일 수 있으리오."

노숙이 크게 감복한 나머지 일어나 제갈량에게 공손히 절했
다.

제갈량의 손바닥 안에서
진행되는 주유의 작전

제갈량이 화살 10만 대를 얻어 주유의 진영으로 돌아왔다. 주유는 장막(帳幕)에서 내려와 영접하고 제갈량을 칭송하며 부러워했다.

"선생의 신인(神人)다운 계책은 사람을 감복시켰소."

제갈량이 겸손하게 말했다.

"그런 조그만 속임수를 어찌 기이하다 할 것 있겠소."

주유는 제갈량을 장막으로 안내하고 함께 술을 마시며 가르침을 청했다.

"어제 우리 주공께서 군사를 진격시키라는 재촉이 있었소. 선생은 계책으로 날 지도해 주시오."

"나는 원래 보잘것없는 재주뿐이니, 어찌 묘한 계책이 있겠소."

"내게도 조조의 수상 진지를 깰 계책이 있소. 선생이 보기엔 어떤지 고견을 듣고 싶소."

"도독은 그 계책을 말하지 마시오. 손바닥에 각자의 계책을 써서, 우리 의견이 같은지 알아보기로 합시다."

주유는 반색을 하며 벼루와 붓을 가져오라고 했다. 그리고 돌아앉아 먼저 손바닥에 글자를 쓰고 제갈량에게 붓을 넘겨줬다. 제갈량 역시 돌아앉아 손바닥에 글자를 쓴 뒤에 서로 손바닥을 내밀어 펴 보였다.

두 사람은 상대의 것을 보자 함께 크게 웃었다. 주유의 손바닥에 적혀 있는 글자도 불 '화(火)' 자요, 제갈량의 손바닥에도 역시 불 '화(火)' 자가 적혀 있었다. 화공으로 조조의 수상 진지를 공격하자는 뜻이었다.

주유가 당부했다.

"우리 두 사람의 의견이 같으니, 이젠 다시 의심할 것이 없소. 절대 이 일을 누설하지 마십시오."

"우리 양군의 생사가 달린 것을 어찌 누설할 리 있겠소. 도독께서 실천하는 일만 남았소."

한편 조조는 15, 16만 대의 화살을 멀쩡히 잃은 것이 아까워 괴로워했다. 순유가 들어와 계책을 고했다. 얼마 후 주유의 진영으로 채중(蔡中)과 채화(蔡和)가 귀순했다. 그들은 조조에게 죽은 채모의 친척동생이었다. 그런데 그들은 강동군을 정탐하러 거짓 항복한 것이었다. 주유는 오히려 채중과 채화를 역이용하기로 했다.

한밤중이었다. 장막 안에 주유가 앉아 있는데, 황개(黃蓋)가 사전에 연락도 없이 몰래 들어왔다. 황개는 손견, 손책 그리고 지금의 손권까지 3대의 주군을 받들어 전쟁터를 누빈 백전노장 충신이었다.

"어인 일로 한밤중에 왔습니까? 내게 좋은 계책이라도 일러 주려는 것입니까?"

"적군은 대병력이니 숫자상 단연 열세요. 시간을 오래 끌수록 우리가 불리하오. 어째서 화공을 펼치지 않소?"

주유가 물었다.

"누가 장군에게 그런 계책을 일러주었소?"

"내 스스로 생각해 낸 계책이오."

"나도 그럴 생각입니다. 그러자면 우리 쪽에서도 거짓 항복하는 자를 만들어 조조에게 보내야겠는데, 적당한 인물이 없어서 한이오."

이에 황개가 자원했다.

"그렇다면 내가 가겠소."

"그러나 장군이 큰 고통을 겪어야만 조조가 의심하지 않고 믿을 것입니다."

"나는 손씨 집안으로부터 대대로 은혜를 많이 입은 사람이오. 오장육부가 땅에 흩뿌려진다고 해도 아무 여한이 없소."

주유는 일어나 황개에게 절하며 감사했다.

"장군이 '고육지계(苦肉之計)'를 실천해 주는 것이 우리 강동이 사는 길이랍니다."

"염려 마시오. 나는 죽는다고 해도 원망하지 않겠소."

이튿날 주유는 북을 크게 울린 후 모든 장수들을 장하로 모았다. 제갈량도 이 자리에 참석했다. 주유는 모든 장수들에게 일부러 부당한 명령을 내렸다. 그러자 황개가 좌우 사람들 보는 앞에서 반기를 들었다. 군중에서 군사의 명령에 불복종하는 죄는 당연히 참형이었다. 주유가 좌우 부하들에게 추상같이 명령했다.

"어서 황개를 참하여라!"

황개 또한 노기 띤 목소리로 외쳤다.

"나는 파로장군(破虜將軍) 손견을 섬기면서 동쪽, 남쪽을 종 횡으로 달려 싸우며 3대를 섬긴 사람이다. 네깟 애송이가 나를 어쩌겠다는 거냐?"

이 말을 듣고 더 화가 난 주유는 황개를 참하라고 재촉했다. 그러자 감녕(甘寧)이 나서서 말렸다.

"황개는 삼대에 걸쳐 충성을 바친 신하이니, 너그러이 용서 하시오."

그러자 주유는 감녕부터 곤장형에 처했다. 좌우 신하들이 계 속 애걸복걸하자 황개에게 참형 대신에 곤장 50대의 형벌을 내렸다.

모든 관리들이 황개를 부축해 일으켰다. 황개의 살은 온통 찢어져, 시뻘건 피가 줄줄 흘러내렸다. 황개는 부축을 받으며 진영으로 돌아가는 중에도 몇 번씩이나 기절했다. 모든 사람들 은 그 참혹한 꼴을 보고 눈물을 흘리지 않은 이가 없었다.

노숙이 황개를 위문하고 돌아오는 길에 제갈량을 찾아갔다. 노숙이 원망조로 말했다.

"우리는 주 도독의 부하라 더 간하지 못했지만 선생은 손님 으로서 한마디 해도 괜찮은 처지였습니다. 그런데 구경만 하면 서 왜 말리지 않았소?"

제갈량이 웃으며 대답했다.

"귀공이 나의 속을 떠보려는 것이로다."

"선생이 강을 건너온 뒤로 난 한 번도 속인 일 없소. 무슨 그 런 말씀을 하시오?"

"황 장군이 맞은 것이 바로 주 도독의 계책임을 알고 있는데,

내 어찌 주 도독을 말린단 말이오!"

노숙이 감탄하니 제갈량이 계속 말했다.

"그런 고육계를 쓰지 않고는 어떻게 조조를 속이리오! 이제 황 장군이 조조에게 거짓 항복하러 갈 것인데, 그 전에 이미 채중과 채화가 황 장군의 일을 반드시 조조에게 보고할 것이오. 주 도독이 묻거든 귀공은 이 공명이 이번 '고육계'를 눈치 채지 못했다고 전하시오. 다만 공명도 이번 처사는 도독이 너무 심했다고 원망하더라고만 하시오."

노숙은 제갈량과 하직하고 주유를 찾아갔다. 노숙이 제갈량이 일러준 대로 말을 전하니 주유가 껄껄 웃으며 말했다.

"이번에야, 내 계책에 공명이 속아 넘어갔구나!"

"그게 무슨 말이오?"

"황개를 때린 것은 '고육지책' 이었소. 조조를 이 계책으로 속여야만 화공을 펼칠 수 있는 것이오. 그런데 공명도 이것을 눈치 채지 못했단 말이오!"

노숙은 그저 제갈량의 뛰어난 통찰력에 감탄할 뿐이었다. 그리고 제갈량이 주유의 작전을 꿰뚫어 보고 있다는 사실을 주유에게 말하지 않았다.

얼마 후 황개와 절친한 사이인 감택(闞澤)이 조조의 진영을 찾아갔다. 황개의 귀순 서신을 내보이며 의심하는 조조를 설득시키는 감택의 언변이 청산유수였다. 조조는 '황개가 부당하게 주유에게 매를 맞았다.' 라는 채중과 채화의 비밀 확인 서신도 읽어 보게 되었다.

강동으로 돌아온 감택은 즉시 황개를 찾아갔다. 곧이어 감택, 황개 두 사람은 곧 감녕의 장막으로 찾아갔다. 이곳에 채중과 채화가 있었는데, 황개·감택·감녕 세 사람은 그들을 의식하며 마구 주유에 대한 불평불만을 털어놓았다. 그러니 채중과 채화가 안심하고 자신들의 정체를 밝혔다.

"우리 두 사람은 조 승상의 분부를 받고 거짓 항복한 것입니다. 두 분께서 귀순할 뜻이 있다면 우리가 주선해 드리겠습니다."

얼마 후 조조에게 두 장의 비밀 서신이 들어왔다. 한 장은 채중과 채화로부터 온 것으로 '감녕이 우리와 내통할 것'이라는 내용이었고, 한 장은 감택으로부터 온 것으로 '황개가 귀순하기 위해 곧 조조의 군중으로 들어갈 것'이라는 내용이었다.

조조는 연달아 두 밀서를 받고 모든 모사들을 불러 모았다.

"감녕이 주유에게 곤욕을 당해서 우리와 내통하겠다는 뜻을 밝혔고, 황개도 곧 귀순하겠다는 뜻을 밝혔다. 그러나 어찌 그들 말을 믿을 수 있으리오. 누가 주유의 영채에 가서 내막을 알아보고 오겠느냐?"

장간이 나서며 말했다.

"지난번 동오에 갔다가 아무 성과 없이 온 것을 부끄러워하던 참입니다. 이번에 목숨을 걸고 다시 가서 내막을 알아본 후에 돌아오겠습니다."

조조는 반색을 하며 즉시 장간을 동오로 보냈다.

고리처럼 묶어 연결되는 연환계(連環計)

장간은 조그만 배를 타고 바로 강남 수상 진지로 갔다. 주유는 장간이 왔다는 보고를 받자 희색이 만면했다.

"이번 화공은 바로 장간에 달려 있도다!"

그러더니 노숙에게 귓속말로 뭔가를 지시했다. 이때 방통(龐統)은 양양 출신으로 마침 강동에 와 있었다. 일찍이 노숙에게 이렇게 말한 적이 있었다.

"조조의 군사를 격파하려면 불로 공격해야 하오. 그러나 한 배에만 불이 붙으면, 나머지 배들은 사방으로 흩어질 것이오. 모든 배를 한데 비끄러매 놓도록 하는 '연환계(連環計)'를 써야만 성공할 것이오."

주유가 노숙을 방통에게 보낸 뒤 장간이 들어왔다. 장간을 보더니 험한 표정을 짓고 책망했다.

"넌 항복을 권하러 온 모양이다마는, 바다가 마르고 모든 풀이 불타 버리기 전에는 안 될 것이다. 저번에 지난날의 우정을 생각하여 한 침상에서 재웠거늘, 넌 내가 취해 자는 틈을 이용하여 내게 온 서신을 훔쳐 조조에게 건네줬다. 그리하여 채모와 장윤을 죽이게 하고 내 계책까지 망쳐 놓았다. 그런데 오늘 또 조조의 간특한 계책을 부리려 날 찾아온 것이 아니냐? 옛정을 생각하지 않는다면 널 단칼에 두 조각으로 참할 것이다. 그러나 내가 2, 3일 안으로 역적 조조를 격파할 계획이므로 그동안 널 서산 암자로 보내 가두어 놓아야겠다. 그렇지 않으면 또 우리의 작전 기밀을 누설할 게 아니냐?"

곧 장간은 암자 안에 감금당하다시피 되었다. 이날 밤 장간이 밖으로 나와 암자 뒤를 거니는데, 책 읽는 소리가 들려왔다. 초가 앞에 발을 멈추고 창틈으로 안을 엿보았다. 벽에는 한 자루 칼이 걸려 있었다. 한 사람이 등불 앞에서 손자(孫子)와 오기(吳起)의 병법서를 외고 있는 것이 눈에 들어왔다. 문을 두드리니 비범한 풍채의 사나이가 나왔다.

장간이 성명을 물으니 그 사람이 대답했다.

"나의 성명은 방통이요, 자는 사원(士元)이라 하오."

방통은 노숙으로부터 미리 이야기를 들었으므로 장간이 자기를 찾아올 줄을 알고 있었다. 장간이 확인하듯 물었다.

"그럼 그 유명한 봉추선생(鳳雛先生)이 아니시오?"

"그러하오."

"그런데 어찌 이런 궁벽한 곳에 계시는지요?"

"주유가 자기 재주만 믿고 나를 받아들이지 않기에 이곳에서 은거하고 있는 것이오."

그러면서 방통이 주유의 손아귀에서 벗어나고 싶다고 했다. 천하의 모사를 얻게 됐다 싶어 장간은 방추를 배에 태우고 나는 듯이 강 북쪽으로 달아났다. 조조는 방통이 온다는 보고를 받고 친히 장막 밖으로 나와 영접했다.

"명성을 들은 지 오래되나 이제야 선생의 가르침을 받게 되는가 봅니다."

방통이 흔쾌히 말했다.

"우선 승상 군사들의 진용을 한번 봅시다."

조조는 방통과 말을 나란히 하여 높은 곳에 올랐다. 방통은 아래를 살펴보더니 칭찬을 아끼지 않았다.

"산을 곁에 두고 숲을 의지하여 앞뒤로 연락을 취하게 하고 진퇴를 용이하도록 만든 것은 옛날 손자와 오자와 사마양저(司馬穰苴)가 다시 태어난다 해도 이보다 더 잘하지 못하리다!"

방통의 말에 겸손한 척했지만 조조의 얼굴이 기쁨으로 가득 찼다. 조조가 방통을 수상 진지로 안내하니 방통이 다시 조조를 치켜세웠다.

"직접 보니 승상의 용병술이 신묘(神妙)하다는 소문과 다름없소이다."

그리고는 강남을 향해 손가락질하며 저주했다.

"주유야! 넌 틀림없이 망하리로다!"

조조는 매우 흡족했다. 그는 방통을 장막 안으로 초청하여 함께 술을 마시면서 병법을 논했다. 조조가 물으니 방통의 대답은 웅변으로 청산유수처럼 막힘이 없으며 높은 식견이 담겨 있었다. 조조는 그저 깊이 공경하고 감복할 따름이었다. 방통이 갑자기 질문을 던졌다.

"군중에 용한 의원이 있는지요?"

"의원은 뭣에 쓰시려오?"

"수군들 중에 병자가 많은 것 같아서 해 본 질문입니다."

바로 조조의 고민을 정확히 짚어 낸 질문이었다. 조조의 북방 출신 원정군 중에는 강동의 기후와 물이 맞지 않아 풍토병에 걸려 죽는 자가 많았다. 조조는 이 때문에 골치를 앓던 중이었다. 조조가 또다시 감복하고 있는 중에 방통이 넌지시 말했다.

"승상이 수군 훈련하는 법이 묘하긴 하나, 완전하지 못한 게 애석한 일이오."

조조가 몸이 달아 해결책을 거듭 청하니 방통이 대답했다.

"장강의 조수와 바람 때문에 배는 항시 흔들려서 배 타는 일에 익숙지 못한 북쪽의 군사들이 병이 나는 것은 당연하오. 그러니 크고 작은 배들을 30여 척씩 혹은 50여 척씩 쇠고리로 한데 묶은 다음, 그 위에 넓은 철판을 깔면 군사들이 다닐 수 있을 뿐만 아니라 말도 달릴 수 있소. 이런 함선을 타고 가면 바람과 물결이 아무리 거세고 급격할지라도 무엇을 두려워할 것이 있겠소."

조조는 의자에서 내려와 사례했다.

"선생께서 계책을 일러주지 않았다면 동오를 격파하지 못할 것입니다."

방통의 계책대로 조조는 즉시 부하들에게 명령했다. 군중의 대장장이들은 밤을 새워 가며 큰 쇠고리와 못을 만들어 모든 배를 한데 단단히 비끄러매고 연결시켰다.

방통이 또 조조에게 말했다.

"강동으로 달려가 내 세 치 혀를 휘둘러 주유를 원망하고 있는 호걸들을 승상께 다 귀순시키겠소. 그러면 홀로 된 주유는 승상께 곧 잡힐 것이오. 주유만 격파하고 나면 유비 따위는 저절로 망하리로다."

“선생이 그렇게 해 주시면 내 천자께 아뢰어 삼공의 지위에 올리겠소.”

“나는 부귀를 탐하러 온 것이 아니오. 다만 만백성을 도탄에서 건지기 위해서요. 그러니 승상께서 강동을 점령할 때 백성을 함부로 죽이지 마시오.”

조조의 다짐을 받아 두고 방통은 강변으로 갔다. 막 배를 타려는 순간이었다. 홀연 바위 뒤에서 죽관을 쓰고 도포 차림을 한 사람이 나타나더니 방통의 어깨를 잡았다.

“황개는 고육계를 쓰고, 감택은 거짓 항서를 바치고, 자네는 와서 연환계(連環計)를 일러주어 조조를 속였지만 나만은 속이지 못할 걸세.”

방통은 이 말에 정신이 아찔했다. 급히 뒤를 돌아다보니 다름 아닌 서서였다. 방통은 옛 친구를 보자 비로소 마음이 놓였다. 방통이 사정했다.

“자네가 우리의 계책을 폭로하는 날이면 강남 81주의 백성은 다 망하는 걸세.”

서서가 웃으며 대답했다.

“그렇다면 북쪽 80만 군사와 말은 다 죽어도 괜찮다는 말인가?”

“자네 정말 우리 계책을 폭로할 작정인가?”

“난 원래 유현덕의 은혜를 입은 사람이라 조조를 위해 계책을 세우지 않기로 결심한 사람일세. 그러나 나도 북쪽 군사들 속에 있으니 전쟁에 패하는 날에는 나도 죽음을 면할 수 없네. 내가 이곳을 벗어날 수 있는 계책을 하나 가르쳐 주게. 그러면 나는 입을 다물고 멀리 떠날 요량일세.”

그러자 방통은 서서의 귀에다 대고 귓속말로 일러주었다. 서서는 얼굴에 희색을 띠며 작별하고, 방통은 배를 타고 강동으로 돌아갔다. 이튿날 조조에게 급한 보고가 들어왔다.

“서량(西凉)의 한수(韓遂)와 마등(馬騰)이 허도로 쳐들어오고 있다는 소문이 분분합니다.”

강동을 치기 위해 허도를 무방비 상태로 놔둔 조조로서는 소문이라고 해도 놀라지 않을 수 없었다. 이때 서서가 산관(散關) 땅으로 가 한수와 마등이 오는 길목을 막겠다고 자원했다. 잠시 후 서서가 군사 3천과 함께 조조의 진영을 벗어났다. 그런데 한수와 마등이 쳐들어온다는 소문은 방통의 계책을 따라 서서가 퍼뜨린 것이었다.

위, 촉, 오로 천하를 삼분하는 적벽대전

조조는 서서를 보낸 뒤에 수상 진지로 가 수군을 순시했다. 이때가 건안 13년(208) 11월 중순이었다. 방통의 계책대로 배와 배 사이를 쇠고리로 연결하니 수군은 배 위에서 날뛰며 각기 신이 나서 창으로 찌르고 칼로 베는 훈련을 했는데, 전후좌우 각 부대의 깃발은 질서정연했다. 또 조그만 배 50여 척은 큰 배 사이사이를 돌아다니며 순찰하고 독려했다. 지휘대 위에서 군사들의 훈련 모습을 바라본 조조는 크게 기뻐했다.

"봉추가 묘한 계책을 일러준 것은 하늘의 도우심이라. 배들을 쇠고리로 연결해 묶고 보니 강을 건너기가 마치 평지나 다름없도다."

"만일 적이 불로 공격해 오면 꼼짝없이 당하고 맙니다."

정욱의 말에 조조가 껄껄 웃으며 말했다.

"정욱은 앞일을 염려할 줄은 알지만 정확히 볼 줄은 모르는도다."

순유가 말했다.

"정욱의 말이 옳은데, 승상께선 왜 웃으십니까."

"화공(火攻) 전술을 쓰자면 반드시 바람이 불어야 한다. 이 한겨울에 서북풍은 있을 뿐 동남풍은 없다. 그러니 남쪽에 있는 적들이 우리한테 화공 전술을 쓴다면 그들이 오히려 서북풍에 다 타죽을 것이다. 만약 지금이 10월만 된다면 있을지 모를 동남풍에 대비해 두었을 것이다.”

한편 주유는 북쪽에서 북소리가 점점 크게 들려오자 장수들을 거느리고 강가에 있는 산꼭대기에 올라가 강북을 바라보았다. 그는 자기의 계책대로 조조가 움직여 준 것을 직접 눈으로 확인하고 기뻐하면서도 부하들과 연환계 다음의 작전에 대해 골몰하고 있었다. 이때 아득한 조조의 수상 진지에서 중앙의 기가 바람에 펄펄 나부끼다가, 갑자기 부러지더니 강물 위에서 춤추다 떨어지는 것이 눈에 들어왔다. 주유가 크게 웃으며 말했다.

“저건 조조 군에게 크게 좋지 못한 징조로다.”

말을 마치자마자 갑자기 불어 닥친 서북풍이 부러진 깃대의 기폭을 휘말아 주유의 눈을 때리고 지나갔다. 순간 주유는 크게 외마디소리를 지르며 벌렁 나자빠지더니 곧 입에서 시뻘건 피를 토하는 것이었다. 모든 장수들이 황급히 부축해 일으켰으나 주유는 의식을 잃고 말았다.

주유가 의식을 잃었다는 소식을 들은 노숙은 괴롭고 답답해서 제갈량을 찾아갔다.

“도독이 갑자기 병이 나서 큰일이오.”

“귀공은 어떻게 생각하오?”

“이건 조조의 복이며, 우리 강동의 불행이오.”

노숙의 대답에 제갈량이 웃으며 말했다.

“주유의 병은 이 제갈량이 고칠 수 있소.”

“그렇게 된다면 이는 우리 강동의 천행이로소이다.”

노숙은 제갈량을 주유의 장막 안으로 안내했다. 좌우의 부축을 받아 침상에 앉아 있는 주유를 보더니 제갈량이 웃으면서 말했다.

"바람과 구름이 일어나는 것도 미리 짐작할 수 없거늘, 사람 일인들 어찌 알겠소."

주유는 그 말에 얼굴빛이 변하더니, 신음소리를 냈다. 그러자 제갈량이 다시 말했다.

"내가 도독의 병을 치료할 수 있는 처방을 주리다."

제갈량은 사람들을 물러가게 한 다음에 붓을 들어 종이에 다음과 같은 글을 썼다.

'조조를 격파하려면 화공 전술을 사용해야 하는데, 모든 준비는 다 됐으나 다만 동풍이 없구려!'

제갈량은 종이를 주유에게 주면서 말했다.

"이것이 바로 도독의 병이오."

주유는 크게 놀랐다.

'공명은 참으로 신인이로다. 내 마음을 훤히 꿰뚫고 있으니, 사실대로 털어놓는 수밖에 없다.'

"선생이 이미 내 병을 아셨으니, 무슨 약을 써야할지 어서 가르쳐 주시오."

제갈량은 자신은 비와 바람을 부를 수 있는 재주가 있으니 남병산(南屛山) 위에 '칠성단(七星壇)'을 만들어 준다면 동남풍을 불게 해 주겠다고 말했다. 그러자 주유는 곧 제갈량의 말대로 군사를 시켜 칠성단을 만들어 주었다.

건안 13년(서기 208년) 동지 11월 20일, 제갈량이 목욕재계

하고 도의(道衣)를 입고 머리를 풀고 맨발로 칠성단 위에 올라
가 하늘을 우러러 가만히 축원하였다. 이렇게 세 번 단 위에 올
라가고, 세 번 내려왔으나 동남풍은 불지 않았다. 밤 3경(11시
에서 1시 사이)이 되니 군영의 깃발이 일제히 서북쪽을 향하여
나부끼기 시작했다.

주유는 연환계에 꼭 필요한 동남풍을 반겨하면서도 천지조
화의 이치를 알고 귀신도 측량할 수 없는 술법을 지닌 제갈량
이 두렵기 짝이 없었다. 주유는 먼저 정봉(丁奉)과 서성(徐盛)
에게 도부수(刀斧手) 백 명을 주면서 남병산에 가서 제갈량의
목을 베어 오라고 했다. 그러나 정봉과 서성은 빈손으로 돌아
왔다.

"공명이 미리 알고 배를 타고 가 버린 뒤였습니다."

지난날 자신이 부탁한 대로, 유비의 명령으로 조운이 남쪽
강 언덕에 정박시켜 놓았던 쾌속선을 타고 사라졌던 것이다.

주유가 근심에 쌓이자 곁에 있던 노숙이 말했다.

"우선 조조부터 격파하고, 다시 제갈량을 처리합시다."

그러자 주유는 곧 6개 부대로 편성하여 한당(韓當)·주태(周
泰)·장흠(蔣欽) 등 여섯 장수들에게 조조를 공략할 임무를 주
었다. 그리고 황개를 불러 명령을 내렸다.

"장군은 화공용 배를 정돈하고, 조조에게 서신을 보내 오늘
밤에 항복한다고 하십시오."

한편 조운의 호위를 받아 하구로 돌아온 제갈량은 각 장수들
에게 조조를 공략할 임무를 내렸다. 조운에게는 오림(烏林) 땅
소로에서, 장비에게는 호로곡(葫蘆谷)에서, 유기에게는 무창

(武昌) 일대에 매복해 있다가 조조의 퇴주로를 끊으라고 했다. 이때 관우가 곁에 있었건만 제갈량은 거들떠보지도 않았다. 관우가 참다못해 큰 소리로 '왜 자기는 제외시키냐?' 고 묻자 제갈량이 그 이유를 설명했다.

"옛날에 조조가 장군을 극진히 대우했는데, 장군은 그것을 은혜로 생각하여 조조를 놓아줄 것이오."

"그건 사실이나, 내 이미 안량과 문추를 참하고 백마 땅 포위를 풀어 주어 이미 은혜를 갚았소. 절대 그럴 일이 없을 것이오."

"만일 장군이 놓아주면 어찌할 테요?"

"군법대로 처벌을 받겠습니다."

관우로부터 군령장을 받자 그제야 제갈량은 임무를 주었다.

"장군은 화용도(華容道) 옆의 높은 산에 마른풀 더미와 장작을 쌓아 불을 지르고 연기를 올려 조조를 유인하시오."

"연기 오르는 것을 보면 조조가 복병이 있다는 걸 눈치 채니 올 리 있습니까?"

제갈량이 웃고 대답했다.

"병법에 '허허실실(虛虛實實)' 로 적을 대한다는 걸 듣지 못했소? 조조는 연기가 오르는 걸 보고 적이 공연히 위세 부리는 걸로 알고 반드시 화용도로 들어설 것이오."

관우가 명령을 받고 관평, 주창과 함께 5백 명의 군사를 거느리고 화용도로 떠났다. 유비가 제갈량에게 말했다.

"내 동생은 의리를 존중하기 때문에 화용도로 도망 온 조조를 살려 보낼까 걱정이오."

"짐작하고 있습니다. 별의 움직임을 본즉 아직 조조가 죽을 때는 아닙니다. 그럴 바에야 운장을 보내 조조를 살려 주는 것 또한 그의 의기(意氣)를 드날리게 하는 아름다운 일이 아니겠습니까?"

유비가 거듭 감탄했다.

한편 조조는 군영 안에서 강동의 황개가 투항하러 오기만을 기다리고 있었다. 이날 조조의 군영을 향해 동남풍이 점점 거세게 불었다. 모사들이 걱정을 하자 조조가 껄껄 웃었다.

"동지는 양기가 움트는 시절이니, 일시적인 동남풍이 없겠는가. 걱정할 것 없다."

강동군의 군량미를 탈취해 투항하러 온다는 황개의 서신이 들어왔다. 잠시 후 한 무리의 돛단배가 강남 쪽에서 조조의 수상 진지로 들어오고 있었다. 조조는 투항하러 오는 황개의 배로 짐작했다. 배들이 점점 가까이 오자 정욱이 걱정스러운 목소리로 말했다.

"군량을 실은 배라면 그 무게 때문에 이렇게 빨리 오지 못합니다. 더구나 오늘 밤에는 동남풍이 불고 있으니 만일 황개가 흉계를 품었다면 어떻게 대적하시겠습니까?"

이 말을 듣고서야 조조는 정신이 번쩍 났다. 조조의 명을 받고 문빙이 순시선 10여 척을 급히 이끌고 다가오는 배들 앞으로 나가 크게 외쳤다.

"승상의 분부시니, 더 이상 가까이 오지 말고 거기 정지하라!"

문빙의 부하들도 따라서 일제히 소리를 질렀다. 그러나 그

소리가 메아리도 되기 전에 화살 소리가 핑 울리더니 문빙이 왼쪽 팔에 화살을 맞고 배 위에 벌렁 나자빠졌다. 황개가 칼을 번쩍 들어 허공을 휘두르니 20여 척의 화공용 배들에서 일제히 불을 내지르며 앞을 다투어 조조의 수상 진지 안으로 들이닥쳤다. 조조의 배들은 순식간에 모두 불이 붙었다. 모두 다 쇠고리로 서로 단단히 비끄러매어 있었기 때문에 각기 흩어져 달아날 수도 없었던 것이었다.

화공용 배 20척이 사방으로 에워싸고 종횡무진으로 달리며, 타오르는 조조의 배들에 빈틈없이 불을 질렀다. 삼강(三江)에는 불이 바람을 따라 미친 듯 날아, 하늘과 땅, 바다가 온통 불로 변했다. 조조가 육지를 돌아보니 여러 곳 진영에도 연기와 불길이 가득했다.

황개가 날쌘 배로 급히 노를 저어 연기를 무릅쓰고 조조를 잡으러 불속을 뚫고 갔다. 조조가 어쩔 줄을 몰라 했다. 다행히 장료가 부축하여 조그만 배에 태워 불바다에서 빠져나올 수가 있었다.

강에는 온통 불길이 치솟고, 불똥이 쏟아지며 함성은 천지를 진동하는 가운데, 왼편은 한당과 장흠 두 장수가 군사를 거느리고 적벽 서쪽으로부터 와서 공격하고, 오른편은 주태와 진무 두 장수가 군사를 거느리고 적벽 동쪽으로부터 와서 공격했다. 한가운데는 주유가 정보와 서성, 정봉과 함께 함대를 거느리고 일제히 몰려들었다.

불은 군사를 따라 맹렬히 타오르고 군사는 불의 힘을 입어 용기백배하니 이것이 후세 사람이 말하는 바, '삼강수전(三江

水戰)’이요 ‘적벽대전(赤壁大戰)’이었다. 창에 찔려 죽고 화살에 맞아 죽고 불에 타 죽고 물에 빠져 죽으니, 조조의 83만의 군사 중에서 죽은 자의 수를 어찌 다 계산할 수 있으리오.

　이로써 천하는 조조가 다스리는 북쪽의 위(魏), 손권이 다스리는 동쪽의 오(吳), 그리고 유비가 다스리는 서쪽의 촉(蜀)으로 삼분되었던 것이다.

조조를 살려 준 관우

적벽대전에서 패하고 장료의 배를 타고 도망치던 조조는 뭍으로 나와 기병 백여 명을 거느리고 도주로를 찾고 있었다. 장료가 손가락으로 길을 가리키며 고했다.

"저편 오림(烏林) 쪽이 비교적 넓으니 도주로론 적당합니다."

오림 쪽으로 말을 달렸지만 뒤에선 강동 장수 여몽(呂蒙)이 추격해 오고 앞에서 능통(凌統)이 막으니 혼비백산했다. 다행히 서황이 이들을 막아 주고, 마연(馬延)과 장의(張顗)가 호위하니 북쪽을 향해 계속 말을 달릴 수 있었다. 그러나 이도 얼마 못 갔다. 감녕이 나타나 마연과 장의를 베니 급히 이릉(夷陵) 쪽으로 말을 달렸다. 강동 군사에게 쫓겨 말을 채찍질하여 5경(새벽 3시에서 5시 사이) 무렵까지 달아나서야 겨우 정신을 차리고 좌우 군사에게 물었다.

"여기가 어디냐?"

"여기는 오림 땅 서쪽이며 의도(宜都) 땅 북쪽입니다."

조조는 빽빽이 들어선 나무와 험준한 산과 냇물을 바라보더니 말 위에서 갑자기 얼굴을 뒤로 젖히며 크게 껄껄 웃었다. 좌우 장수들이 그 이유를 물으니 조조가 겨우 웃음을 진정하며 말했다.

"주유는 꾀 없고, 제갈량은 지혜 없도다. 내가 만약 제갈량과 주유라면 이곳에다 미리 군사를 매복시켰을 것이니라.”

조조의 말이 미처 끝나기도 전이었다. 갑자기 양쪽에서 북소리가 진동하며 불이 하늘에서 쏟아지듯 일어났다. 한 무리의 군사가 나타나더니 맨 앞의 장수가 크게 외쳤다.

“나는 상산의 조자룡이다. 우리 군사(軍師)의 명을 받고 여기서 너를 오랫동안 기다렸노라!”

조조는 서황과 장합을 시켜 조운과 싸우게 하고, 자신은 연기를 무릅쓰며 불속을 뚫고 달아났다. 어느덧 먼동이 트면서 갑자기 큰비가 내려 전포(戰袍)와 갑옷 속까지 다 젖었다. 조조를 따르던 병사들은 비를 맞은 데다 시장해서 기운을 차리지 못했다. 다행히 이전과 허저가 모사들을 호위하고 왔다. 조조는 매우 기뻐하고 군사와 말들을 거느리고 가다가 앞을 가리키며 물었다.

“저기는 어디냐?”

“하나는 남이릉으로 가는 큰길이며, 하나는 북이릉으로 가는 산길입니다.”

조조는 남이릉 길로 접어들어 호로곡(葫虜谷)에 이르렀다. 군사들에게 휴식령을 내린 다음 자신도 숲 속에 앉았다. 좌우를 둘러보더니 갑자기 머리를 뒤로 젖히면서 크게 껄껄 웃었다. 모든 장수들이 어리둥절해서 물었다.

“저번에도 승상께서 주유와 제갈량을 비웃다 조자룡이 나타나서 많은 군사와 말을 잃었는데, 어째서 또 웃으십니까?”

“제갈량과 주유가 꾀가 없기에 웃었노라. 내가 만약 그들이라면 이곳에 1대의 군사를 매복시켰을 것이다.”

조조의 말이 끝나자마자 갑자기 전방과 후방에서 일제히 함성이 일어났다. 조조는 어찌나 놀랐던지 갑옷도 챙겨 입지 못한 채 말에 올라탔다. 병사들 중에는 미처 말을 수습하지 못한 자도 많았다. 조조의 앞길을 가로막는 장수는 바로 장비였다.

"역적 조조야! 어디로 달아나겠다고 하는 거냐?"

허저와 장료, 서황 세 장수가 장비를 협공하는 틈을 타 조조는 말을 달려 달아났다. 산을 따라 한동안 달아나다가 두 가닥 길을 만나게 됐다. 한 병사가 아뢨다.

"승상께선 어느 쪽 길로 가시렵니까?"

"어느 쪽 길로 가는 것이 빠르겠느냐?"

"큰길은 순탄하나 50리를 더 돌게 되고, 좁은 길로 가면 화용도를 지나가기 때문에 50리가량 단축됩니다. 그러나 화용도는 좁고 험합니다."

조조는 병사를 시켜 산 위에 올라가서 동정을 살피고 오라고 했다.

"화용도에 있는 산 여러 곳에서 연기가 오르고 있습니다. 그 대신 큰길 쪽에는 인기척이 없습니다."

"화용도로 나아가라."

모든 장수가 의아해하며 물었다.

"연기가 나는 곳에는 적군이 매복하고 있을 텐데, 어째서 그리로 가자고 하십니까?"

"그대들은 병서를 보지 못했는가. '겉으로 허하면 속을 실하게 하고, 겉으로 실하면 속을 허하게 한다[虛則實之 實則虛之].'고 했다. 제갈량은 꾀가 많아 화용도에 연기를 피워 군사가 있는 척 보이게 하고, 군사를 매복한 큰길로 유인하려는 것이다. 내가 그의 꾀를 알고 있는데, 어찌 큰길로 가겠는가.”

모든 장수들이 감탄했다.

“승상의 신묘한 안목은 따를 수 없습니다.”

마침내 그들은 화용도로 향했다. 병사들은 배가 고파 지치고 말들은 기진했다. 부상당한 군사도 많으니 도주에 지장이 많았다. 게다가 새벽에 내린 비로 웅덩이에 물이 잔뜩 고여서 말이 진흙에 빠져 헤어나지를 못했다. 조조가 버럭 화를 냈다.

“원래 군사는 산이 막히면 길을 내고 물을 만나면 다리를 놓아 건너야 하거늘, 그까짓 진흙이 두려워서 못 간단 말이냐!”

부상당한 병사는 뒤로 돌리고, 부상당하지 않은 병사들을 앞세워 진흙을 메우면서 전진하라고 했다. 그러면서 장료, 허저, 서황에게 ‘지체하는 병사가 있거든 사정없이 베어 죽이라.’고 했다. 그렇게 행군하던 중이었다. 조조가 갑자기 말 위에서 채찍을 들며 껄껄 웃었다. 모든 장수들이 물었다.

“승상은 어째서 또 크게 웃으십니까?”

“세상 사람들은 모두 주유와 제갈량이 지혜와 꾀가 많다고 말하지만 내가 보건대 참으로 아둔한 것들이로다. 만일 내가 그들이라면 반드시 이곳에다 군사를 매복시켰을 것이다.”

이 말이 끝나기도 전이었다. 갑자기 한 방 포 소리가 나면서 시퍼런 칼을 든 군사 5백 명이 나타났다. 맨 앞에서 오는 장수는 다름 아닌 관우였다. 관우가 청룡언월도를 쥐고 적토마를 타고 앞을 가로막았다. 조조의 군사들이 혼비백산하는 중에 정욱이 조조에게 고했다.

"저는 관운장을 잘 압니다. 운장은 '윗사람에 대해서는 오만하지만 아랫사람에 대해서는 잔인하지 않고, 강한 자를 멸시하나 약한 자를 업신여기지 않습니다.' 또한 은혜와 원수를 대하는 태도가 분명하므로, 승상께서 지난날 운장에게 베푼 은혜에 기대어 친히 사정하시면 이 위기를 면할 수 있으리다."

조조는 머리를 끄덕이고 직접 말을 몰고 나아가 몸을 굽혀 인사했다.

"그간 장군은 별고 없으시오?"

관우 또한 몸을 굽혀 답례하고 말했다.

"나는 우리 군사(軍師)의 명령을 받고 이곳에서 오랫동안 승상을 기다렸소."

"장군은 그 옛날 우리의 정을 참작하여 길을 터 주시오."

"그 은혜는 이미 안량과 문추를 참하여 백마 땅에서 위기를 풀어 드렸으니 갚은 셈입니다. 오늘은 사정(私情)으로 공사(公事)를 망칠 수 없습니다."

조조가 다시 사정했다.

"장군은 옛날에 나를 버리고 다섯 관소를 지날 때 나의 여섯 장수를 죽인 일을 기억하시오? 대장부는 신의를 목숨보다도 소중히 여긴다고 했소. 더구나 장군은 〈춘추〉에 대한 연구가 깊으니 유공지사(庾公之斯)가 자탁유자(子濯孺子)를 뒤쫓던 일을 아실 것이오."

유공지사와 자탁유자 둘 다 춘추시대(春秋時代)의 활의 명수. 자탁유자가 유공지사에게 쫓겨 죽음의 위기에 처했는데, 유공지사는 자탁유자를 쏘지 못했다. 두 사람 직접적인 관계는 없었지만 유공지사의 스승은 자탁유자의 제자, 그러니 자탁유자는 유공지사의 스승의 스승인 셈이었다. 자탁유자는 이 관계를 유공지사에게 환기시켜 사정하니 유공지사는 자탁유자를 놓아줄 수밖에 없었다.

조조가 지난날 자신이 베푼 은혜에다 〈춘추〉라는 고전을 들먹이며 은혜를 소중히 여기는 유공지사의 고사까지 들려주니, 관우의 마음이 흔들리지 않을 수 없었다. 관우는 말을 돌려 세우더니, 자기가 거느리고 온 수하 군사들에게 말했다.

"너희들은 사방으로 흩어져라."

이 말은 조조를 살려 보내겠다는 뜻이 분명했다. 순간 조조는 모든 장수들과 함께 일제히 말을 달려 달아났다. 관우가 다시 말을 돌려 세우고 보니 조조와 모든 장수들은 이미 다 달아나고 없었다.

결국 조조는 남군을 조인에게 맡긴 채 허도로 돌아갈 수 있었고, 관우는 화용도에서 조조를 살려 주고 빈손으로 돌아올 수밖에 없었다. 제갈량은 좌우 무사들에게 추상같이 명령했다.

"어서 관운장을 끌어내어 참하여라!"

유비가 나서서 말렸다.

"옛날에 우리 세 사람은 생사를 함께하기로 맹세했소. 군사는 군법을 어긴 운장의 허물을 기록해 두었다가 그가 공로를 세워서 속죄할 수 있도록 봐주시오."

제갈량은 그제야 마지못하다는 듯이 관우를 살려 주었다.

〈제3장 끝〉

유비는 눈물을 흘리면서 말을 이었다.
"승상의 재주는 조비보다 열 배 이상이오. 틀림없이 천하를 평정하고 큰일을 성취하리다. 짐의 아들이 황제의 자격이 있다면 도와주고, 그렇지 않으면 승상이 성도의 주인이 되라."
제갈량은 이 말을 듣자 온몸에 땀이 흐르고 손발을 둘 바 몰라 절하고 울었다.
"신은 죽음으로써 충성을 바칠 것입니다."

제4장

영웅들 눈을 감다

싸움은 주유가, 전공은 제갈량이

적벽대전에서 승리를 거둔 주유는 크게 잔치를 베풀어 삼군을 위로했다. 드디어 남군(南郡) 공략을 위해 군사를 출동시키는 일만 남았다. 이때 유비의 사자 손건이 들어왔다는 보고가 들어왔다. 주유가 유비의 예물을 받고서 손건에게 물었다.

"유현덕 공은 지금 어디에 계시오?"

"유강(油江) 어귀로 군사를 옮기고 계시오."

주유가 놀랐다.

"그럼 공명도 유강에 있소?"

"그렇소이다."

손건이 돌아가고 나니 노숙이 물었다.

"조금 전에 도독은 왜 그렇게 놀라셨소?"

"유비가 유강으로 군사를 옮기고 있다는 것은 남군을 쳐서 차지하겠다는 배짱이오. 우리는 이번 싸움에 많은 희생을 치렀는데, 그들은 우리를 이용해 야욕을 채우겠다는 것 아니오. 죽는 한이 있더라도 그들을 그냥 놔두지 않겠소."

주유는 노숙을 데리고 유비와 담판을 지으러 유강으로 갔다. 술이 몇 순배 돌자 주유가 본론으로 들어갔다. 그런 끝에 주유와 유비·제갈량 간에 약속이 맺어졌다. 제갈량이 재차 확인하듯 그 약속을 정리해 말했다.

“도독의 말이 참으로 지당하시오. 먼저 도독이 남군을 쳐서 함락하지 못하거든, 그때는 우리 주공께서 남군을 취한다 한들 시비를 걸 사람이 없을 것입니다.”

약속대로 주유가 먼저 남군 공략에 나섰다. 그는 조인의 계략에 말려 왼쪽 옆구리에 독화살을 맞는 수모를 겪으면서 조인을 몰아냈다. 남군성으로 들어가는 순간이었다. 성루에서 한 장수가 내려다보며 소리쳤다.

“도독은 우리를 탓하지 말라. 약속대로 우리가 먼저 이 성을 점령했을 뿐이다. 나는 상산 조자룡이다.”

주유가 조인과 남문성 밖에서 치열하게 싸우는 틈을 이용하여 조운이 성을 점령했던 것이다. 남군뿐만 아니라 형주 일대가 제갈량의 계책에 의해 유비의 차지가 되었다. 남군성에 있던 조인의 병부(兵符: 총사령관을 상징하는 신표)를 도용하여 형주성과 양양성에 거짓 출동 명령을 내려 군사가 성 밖을 나간 사이 장비와 관우에게 점령하게 했다.

제갈량에게 철저히 이용당한 것을 확인하는 순간 주유는 기가 막혀 크게 외마디소리를 지르다가 상처가 터져 쓰러지고 말았다. 까무러친 지 반 식경 만에 깨어났다.

주유가 분연히 말했다.

“촌놈 제갈량을 죽이지 못한다면 어찌 이 원한을 풀리오. 군사를 일으켜 유비, 제갈량과 맞부딪쳐 생사를 결정짓고 남군을 탈환할 것이니, 여러 장수들은 힘을 다해 나를 도와주시오.”

노숙이 진정시켰다.

“그래선 안 되오. 지금 우리는 조조와 서로 전쟁 중이오. 만일 우리가 유현덕과 겨루어 동맹군끼리 서로 싸우는 동안에 조조의 군사가 밀어닥치면 어찌할 테요? 조조가 공격하면 유현덕이 합세하여 우리 동오를 공격할지도 모르지 않소?"

주유가 탄식했다.

"그러나 우리는 싸우기 위해 갖은 계책을 짜내고 수많은 군사의 희생과 엄청난 군비를 처들였거늘 그 결과가 뭐요. 유현덕이 이익을 독차지했으니 어찌 분하지 않겠소."

노숙이 다시 한 번 주유를 진정시킨 뒤 형주에 있는 유비를 찾아갔다. 형주에 이르러 보니 정기(旌旗)는 정연히 열 지어 섰고, 군대의 위세가 자못 삼엄했다. 노숙은 속으로 감탄했다.

'공명은 참으로 비상한 인물이로다!'

노숙이 왔다는 보고를 받자 제갈량이 성문을 활짝 열고 노숙을 영접했다.

"지난날 조조가 백만 대군을 거느리고 강남에 온 것은 사실 유황숙을 치기 위함이었소. 그런데 우리 동오가 조조의 군사를 격퇴하고 유황숙을 구해 드렸소. 하지만 이런 일이 있을 수 있소? 유황숙 같은 분이 잔꾀를 부려 형주와 양양 땅을 가로채다니! 그래 우리 동오는 군사가 희생되고 엄청난 군비를 치르고, 그 이익은 유황숙이 독차지했으니 이래서야 어찌 이치에 합당하다 하겠소?"

제갈량이 대답했다.

"어찌 그런 말씀을 하십니까. 자고로 '물건은 반드시 주인에게로 돌아간다.' 는 말이 있소. 형주 · 양양의 땅은 원래 경승[유표]의 땅이었소. 경승이 비록 세상을 떠났으나 그 아들이 분명히 있으니, 그 아저씨뻘 되시는 우리 주공께서 조카를 돕기 위하여 형주와 양양을 차지한 것이 어째서 이치에 어긋난단 말이오?”

노숙이 트집을 잡았다.

“공자(公子) 유기는 이곳에 있지 않고 지금 강하 땅에 있지 않소?”

그러나 제갈량은 유기를 이미 형주에 데려다 놓았다. 노숙이 유기를 직접 눈으로 확인하니 더 할 말이 없었다. 한동안 묵묵히 앉아 있다가 물었다.

“공자가 없다면 어찌하겠소?”

“그야 공자가 계시면 하루라도 더 이곳을 지켜야 하고, 만일 공자가 안 계신다면야 그때에 동오와 서로 상의를 해야지요.”

“그렇다면 공자가 없을 경우엔, 우리에게 성을 다 돌려주셔야 합니다.”

제갈량이 쾌히 대답했다.

“노숙의 말씀이 옳소.”

형주에서 돌아온 노숙은 주유에게 자초지종을 보고했다.

“유기는 젊은 나이인데, 죽을 리가 있겠소. 형주를 어느 세월에 돌려받는단 말이오?”

“내 눈으로 본즉 유기는 주색이 지나쳐서 병이 골수에 들어 아마 반년도 못 가서 반드시 죽을 것입니다. 그때 우리가 가서 형주를 취한다면 유현덕도 별수 없을 것이오.”

주유는 오히려 울화가 나서 상을 찌푸리고 있는데, 손권이 보내온 사자가 들어왔다.

"주공께서 합비성(合淝城)을 아직 점령하지 못했으니, 도독께서 돌아와서 싸움을 도우라 분부하셨습니다."

이에 주유는 모든 군사들을 거느리고 시상 땅으로 돌아가서 병을 조섭하는 동시에 정보에게 군사와 전함을 주어 합비로 가서 손권을 돕게 했다.

유비, 천하 평정의 웅지(雄志)를 틀다

유비는 적벽대전 이후 형주·남군·양양을 얻은 것에 대해 매우 흡족해하였다. 유비가 부하 장수들과 앞일을 의논하고 있는데, 산양(山陽) 땅 사람 이적(伊籍)이 형주를 오래 지켜 내기 위해선 마씨(馬氏) 형제가 필요하다며 그들을 천거했다.

"이 일대에선 마씨 오형제가 모두 명성이 높습니다. 그들 중에 가장 뛰어난 인물은 마량(馬良)이고, 끝에 동생의 이름은 마속(馬謖)입니다. 마량은 눈썹에 흰 털이 있답니다. 그래서 고을 사람들은 '마씨 오형제 중에서 흰 눈썹이 가장 뛰어나다[馬氏五常 白眉最良].'고 말합니다. 유황숙은 어째서 마량을 불러 이 일을 상의하지 않습니까."

곧이어 유비에게 초청된 마량이 계책을 바쳤다.

"형주, 양양은 사방으로부터 적의 공격을 받기 쉬운 곳이기 때문에 근거지로서는 취약한 곳입니다. 그러니 천자께 표문을 바쳐 유기를 형주자사로 삼아 민심을 달래십시오. 그런 뒤에 남쪽 무릉(武陵), 장사(長沙), 계양(桂陽), 영릉(零陵) 네 군을 손에 넣어 군량과 재물을 비축하여 장구한 방침을 세우도록 하십시오."

유비가 마량의 계책을 받아들여 관우는 형주를 지키게 하고, 곧 영릉 땅을 칠 군사를 일으켰다. 장비는 선봉이 되고, 조운은 후군, 자신은 제갈량과 중군이 되었다. 영릉의 장수 형도영이 조운에게 죽으니 태수 유도는 성문에서 나와 유비의 장막으로 가서 항복했다.

"다음은 계양 땅이다. 누가 가서 얻겠느냐?"

"제가 가겠습니다."

조운이 자원하니 지지 않으려는 듯 장비가 썩 나서며 말했다.

"나도 가겠소."

두 사람이 서로 가겠다고 다투니 제갈량이 심지를 뽑게 하여 결정했다. 그 결과 조운이 가게 되었다. 장비가 버럭 화를 냈다.

"난 많은 군사는 필요 없소. 3천 군사만 주면 계양성 함락은 충분하오."

그러자 조운이 지지 않고 말했다.

"나도 3천 명만 거느리고 가겠소. 만일 계양성을 함락 못하면 군령에 의해서 형벌을 받으리다."

제갈량은 크게 기뻐하고, 조운이 쓴 군령장을 받고 정병 3천 명을 내줬다. 계양태수는 조범(趙範)이었다. 그는 싸울 뜻이 없어 조운의 진영을 찾아가 항복하여 성을 바쳤다.

조범은 조운을 위해 술자리를 마련했다. 술이 몇 순배 돌았을 때였다. 두 사람은 같은 조씨 성에다 고향도 같은 상상군(常山郡) 진정현(眞定縣)이라 서로 의형제를 맺었는데, 조운이 생일이 4개월이 빨라 형이 되었다.

이튿날 다시 조범이 술자리를 마련했다. 조운이 술기가 거나

했을 때였다. 조범이 한 부인을 나오게 하여 조운에게 술을 따르도록 했다. 조운이 그 부인을 보니 상복을 입었는데, 참으로 절세미인이었다. 조범에게 물었다.

"이 부인이 누군가?"

"저의 형수씨온데, 성은 번씨(樊氏)올시다."

조운이 옷깃을 여미고 번씨에게 예를 표했다. 조범이 번씨를 자리에 앉도록 권했다. 그러나 조운이 번씨를 안으로 들어가게 한 다음 조범에게 물었다.

"동생은 하필이면 형수씨를 불러 나에게 술을 따르게 했는가?"

조범이 웃고 대답했다.

"너무 나무라지 마십시오. 저의 형님이 세상을 떠난 지 이미 3년이 지나 그동안 제가 여러 차례 재가를 권했습니다. 그런데 형수씨는 세 가지 조건을 구비하면 재가하겠다고 했습니다. 그 조건은, 첫째 문무겸전한 사람이라야 하고, 둘째 용모가 당당하고 위의가 출중한 사람이라야 하며, 셋째 전남편과 같은 조씨 성이라야 한다는 것이었습니다. 그런데 이 세 가지 조건을 갖춘 사람이 바로 자룡 형님입니다. 그래서 형수씨와 형님을 뵙게 한 것입니다. 비용은 제가 대 드릴 테니 아내로 삼아 참으로 저와 한집안이 되어 주십시오."

조운이 크게 노하여 벌떡 일어나 소리를 질렀다.

"내 이미 너와 의형제를 맺었으니, 너의 형수씨는 바로 나의 형수씨라. 그런데 어찌 세상의 인륜을 어지럽히려 드느냐?"

조범이 무안해서 얼굴을 붉히며 소리 쳤다.

"난 호의로 말했는데, 어찌 이렇듯 무례하냐!"

그리고 좌우 사람에게 '처치해 버리라.'는 눈짓을 했다. 조운이 눈치 채고 한주먹에 조범을 때려눕히고 바로 관아의 문을 나와 말을 타고 자기 진영으로 돌아갔다. 이날 밤 조범은 수하 두 사람을 조운에게 거짓 항복하러 보냈다. 거짓 항복임을 안 조운이 두 사람을 참하고 계양 군사들 틈에 끼여 계양성 안으로 들어갔다. 조운은 조범을 사로잡고 백성들을 안정시키고 즉시 유비에게 사람을 보내 보고했다.

얼마 후 유비와 제갈량이 계양성으로 들어왔다. 조운은 조범을 꿇어앉히고 조범과 관계된 일을 소상히 설명했다. 제갈량이 조운에게 물었다.

"이 또한 아름다운 일인데, 귀공은 어째서 그랬소?"

"첫째는 조범과 의형제를 맺은 처지에 그 형수를 얻는다면 남들이 욕할 것이고, 둘째는 그 형수가 개가하면 절개를 잃는 것이며, 셋째는 조범이 항복은 했으나 그 속뜻을 알 수 없었소이다. 주공께서 장강과 한강 일대를 아직 평정하지 못하사 밤에도 잠을 이루지 못하시는데, 내가 어찌 아내를 얻는 일로 큰일을 소홀히 할 수 있겠습니까."

유비가 그 말을 듣고 조범의 형수씨를 취하라고 권하니 조운은 사양했다.

"천하에 여자가 적지 않은데, 명예를 손상할까 두렵습니다. 어찌 아내와 자식이 없는 것을 근심하겠습니까?"

"참으로 자룡은 남아 대장부로다!"

유비는 찬탄하고, 조운에게 많은 상을 주었다. 그리고 조범의 결박을 풀어 주어 다시 계양태수로 삼았다. 그러자 장비가 갑자기 큰 소리로 외쳤다.

"자룡만 두둔해서 공을 세우게 하고, 그래 나를 이렇듯 괄시하느뇨! 내게도 군사 3천 명만 주어 보라. 즉시 무릉군을 함락하여 태수를 사로잡아 바치겠소!"

장비 역시 조운이 했던 것과 마찬가지로 군령장을 써 놓고 밤낮없이 무릉을 향하여 군사를 재촉했다. 무릉태수 김선 역시 장비의 상대가 아니었다. 장비가 한 번 내지르는 소리에 놀라 싸우지도 못하고 성으로 다시 들어가려 할 때 종사관(從事官) 공지가 배반하여 화살을 날렸다. 화살은 김선의 목을 꿰뚫으니 무릉성은 간단히 함락됐다.

유비는 곧 형주의 관우에게 조운과 장비가 계양, 무릉 두 성을 함락시킨 것을 알렸다. 이번에는 관우가 장사성을 함락시키겠다고 자원했다. 유비가 크게 기뻐하여 장비를 보내 형주를 지키게 하되, 관우를 불러 올렸다. 제갈량이 관우에게 말했다.

"자룡과 익덕이 군사 3천을 갖고 성을 함락시켰으나 이번 장사 땅만은 처지가 좀 다르오. 태수 한현(韓玄)도 만만치 않은 인물이지만 황충(黃忠)이라는 용맹한 장수가 있기 때문이오. 그의 나이 예순에 가까우나 아직도 만 명을 무찌를 수 있는 용기가 있어서 경솔히 대적할 수 없을 테니, 관운장은 많은 군사를 거느리고 떠나시오."

조운과 장비를 자기와 비교하는 게 기분이 상했는지, 관우는 '군사 5백 명이면 장사성을 함락시키겠다.' 고 말했다.

장사성으로 접어드는 길목에 관군교위(官軍校尉) 양영이 관우 앞을 가로막았다. 관우는 불과 3합 만에 청룡언월도로 그를 두 조각 내고 장사성 아래에 진을 쳤다. 한현은 보고를 받자 곧 황충을 내보냈다. 관우는 군사 5백 명을 일자로 벌여 세우고, 칼을 비껴 잡고 말을 세우며 물었다.

"거기 오는 장수는 황충이 아니냐?"

"네가 나의 이름을 알면서도 어찌 감히 우리 경계를 침범했느냐?"

"특히 너의 머리를 얻으러 왔다."

두 장수가 서로 어우러져 싸운 지 백여 합에도 승부가 나지 않자 성 위에서 굽어보던 한현은 혹 황충을 잃을까 겁이 나서 징을 울렸다. 황충이 군사를 거두어 성으로 들어가니 관우도 10리 밖으로 물러났다.

'황충은 늙었으나 과연 용맹하구나. 나와 백여 합을 싸우고도 전혀 빈틈이 없었다. 내일은 달아나는 체하다가 갑자기 돌아서서 한칼에 쳐 죽이리라.'

이튿날 다시 싸움이 시작되었다. 싸운 지 50, 60합이 되어도 전혀 승부가 나지 않았다. 양쪽 군사는 함께 소리를 지르며 박수갈채를 보내는데, 싸움을 독촉하는 북소리는 쉴 새 없이 울려 댔다.

싸우다 말고 관우가 갑자기 말머리를 돌려 달아나니, 황충이 뒤쫓아왔다. 달아나던 관우가 황충을 한칼에 내리찍으려고 몸을 갑자기 돌리는데, 황충이 이미 땅바닥에 나가 떨어져 있었다. 황충이 타던 말이 앞다리를 접치고 엎어졌던 것이다.

관우가 급히 말을 돌려 세우고, 청룡언월도를 번쩍 쳐들며 크게 꾸짖었다.

"내 너의 목숨을 살려 줄 테니, 속히 말을 바꿔 타고 오너라!"

황충은 쓰러진 말을 일으키고 몸을 날려 올라타더니 장사성 안으로 돌아갔다. 한현이 황충을 책망했다.

"너의 활은 백발백중인데, 왜 관우를 쏘지 않았느냐?"

"내일 다시 싸울 때는 거짓 패한 척하고 조교(弔橋) 가까이 관우를 유인하여 쏘리다."

황충이 자기 처소로 물러가서 생각했다.

'세상에 관운장만큼 의기 있는 사람은 없을 것이다. 말에서 떨어진 나를 죽이지 않았으니, 난들 어찌 차마 그를 죽이리오.'

이튿날 황충과 관우의 싸움이 재개되었다. 서로 싸운 지 30합도 못 됐을 때였다. 황충은 패한 체하고 달아나니 관우가 뒤쫓았다. 황충은 어제 자기를 살려 준 은혜를 잊을 수 없어 몸을 돌려 차마 쏘지는 못하고 빈 활을 쐈다. 뒤쫓던 관우가 활시위 소리를 듣고 급히 몸을 비켰으나, 화살은 날아오지 않았다.

관우가 또 뒤쫓아가니, 황충은 뒤를 돌아보며 또 빈 활을 쐈다. 관우가 급히 몸을 비켰으나, 역시 화살은 날아오지 않았다. 그래서 관우는 황충이 활을 잘 쏠 줄 모른다고 방심하고 뒤쫓아 조교 가까이에 이르렀을 때였다. 황충이 다시 말을 돌려 세우고 활을 쏘니 화살이 날아와 관우의 투구 끈 매듭에 정통으로 꽂혔다. 순간 장사의 군사들은 일제히 함성을 질렀다. 관우가 깜짝 놀라 화살을 들고 달아났다. 그제야 관우는 황충이 백보 밖에서 능히 버들잎을 쏘아 맞힐 수 있는 솜씨인 걸 알았다.

'오늘 나의 투구 끈을 쏜 것은 어제 자신을 죽이지 않은 데 대한 보답이었구나!'

감탄하면서 군사를 거느리고 진영으로 물러갔다.

한편 성안으로 들어간 황충은 죄인이 되어 다시 성 밖으로 끌려 나와야 했다. 황충이 관우와 적극적으로 싸우지 않은 것을 눈치 챈 한현이 황충을 내통죄로 참형에 처하려고 했던 것이다. 도부수들이 황충의 목을 치려는 순간이었다. 한 장수가 칼을 휘두르며 달려와 도부수를 한칼에 베어 죽이고, 황충을 부축해 일으켰다. 모두가 그 사람을 본즉 얼굴은 대춧빛 같고, 눈은 반짝이는 별 같으니 바로 의양(義陽) 사람 위연(魏延)이었다. 그는 조조에게 쫓기던 유비를 받아들여야 한다며 양양성 조교 위에서 문빙과 싸운 장수였다. 그 후 유비를 찾아 뒤쫓아 가다가 만나지 못하고 장사의 한현에게로 와 몸을 의탁하고 있었던 것이다.

위연이 나는 듯이 바로 성 위로 올라가서 한칼에 한현을 베어 두 동강을 내고, 장사성을 나와 관우에게 가서 항복했다. 관우는 크게 기뻐하여 성안으로 들어가 백성들을 위로하며 황충을 초청했다. 그러나 황충은 '두 주인을 섬길 수 없다.' 며 병을 핑계로 오지 않았다.

승전 보고를 받고 제갈량과 함께 장사성 안으로 들어온 유비는 관우로부터 황충에 대해 소상히 듣게 되었다. 유비는 곧 황충의 집으로 가서 만나기를 청했다. 그제야 황충은 나와서 항복하고, 한현의 머리와 시체를 줍소사 청하여 장사 땅 동쪽에다 장사를 지냈다.

그런데 위연을 신하로 받아들이는 문제에 있어서 제갈량과 유비와 의견이 달랐다.

"우리에게 공이 있는 항장(降將)을 죽이는 것은 크게 보면 불의(不義)입니다."

유비의 말에 제갈량이 이의를 제기했다.

"주인 밑에서 녹을 먹는 자가 그 주인을 죽인 것은 불충(不忠)입니다. 또한 주인의 땅에 살면서 그 땅을 남에게 바치는 것 또한 불의에 속합니다. 제가 위연의 상을 보니 필시 반역을 일으킬 상이니 훗날 화근을 끊기 위해서라도 참(斬)해야 합니다."

그러나 유비의 뜻이 관철되어 제갈량은 위연으로부터 '유비를 위해서 진충보주(盡忠報主)한다.'는 맹세를 받고 유비의 사람으로 받아들였다.

황충은 유표의 조카 유경(劉敬)을 유비에게 추천했다. 유비는 유경에게 장사군을 다스리도록 맡겼다. 이리하여 영릉·무릉·계양·장사 네 군이 평정되었다. 이때부터 돈과 곡식이 넉넉해지고, 어진 선비들은 속속 모여들어 유비는 형주에서 비로소 천하평정의 웅지를 튼 것이었다.

손해만 본 손권의 미인계

손권이 적벽강에서 크게 승리한 후의 일이었다. 오랫동안 합비 땅에 주둔하면서 조조의 군사와 크고 작은 60여 회의 싸움을 벌였으나 성은 함락시키지 못하고 큰 전과를 거두지 못하고 있었다. 이때 형주 반환 문제로 유비를 찾아갔던 노숙이 돌아왔다. 손권이 노숙을 영접하려고 친히 나서니 노숙은 자신을 기다리기 위해 맨땅에 나와 있는 손권을 발견하고 황망히 말에서 내려 너부시 절을 했다. 노숙을 따라온 모든 장수들도 노숙에 대한 손권의 태도를 보고 크게 놀랐다.

말에 올라타고 말머리를 나란히 하여 가면서 손권이 노숙에게 가만히 말했다.

"내가 말에서 내려 영접했으니, 그대의 영광이 이만하면 족하지 않은가?"

"아니올시다. 주공의 위엄과 덕망이 천하에 골고루 퍼져 구주(九州: 중국 땅 전체)를 통솔하고 능히 제업(帝業)을 이루시어 이 노숙의 이름이 청사(青史)에 오른 뒤라야만 비로소 영광이라 하겠습니다."

손권이 손바닥을 치면서 크게 웃었다. 장막 안으로 들어와 함께 합비성 공략을 의논했다. 마침 장료가 싸움을 걸어 왔다는 보고가 들어왔다. 손권이 직접 나서 장료와 맞섰으나 자신을 호위하던 송겸을 잃은 채 패잔병을 이끌고 돌아와야 했다. 손권이 송겸의 죽음을 애도하여 방성통곡했다. 장사(長史) 장 굉(張紘)이 준엄하게 고했다.

"주공이 젊은 기운만 믿고 적군을 경솔히 보니, 참으로 한심한 일입니다. 적의 장수를 참하고 적의 기를 빼앗고 싸움터에서 용맹을 드날리는 것은 장수의 할 일이지, 주공께서 하실 일은 아닙니다. 주공은 힘으로 다투는 용기를 버리고 천하를 건질 계책을 생각하십시오."

손권이 부끄러워 대답했다.

"나의 잘못이었다. 다시는 그러지 않으리다."

조금 지나서였다. 태사자가 들어와 보고했다.

"저의 수하에 있는 사람이 장료의 수하에 있는 마구간지기와 형제간입니다. 그가 장료에게 원한을 품고서 우리에게 사람을 보내 '불을 질러 신호를 올리고 장료를 찔러 죽여 송겸의 원수를 갚아 주겠다.'는 뜻을 밝혔습니다. 그러니 제가 군사를 거느리고 가겠습니다."

그러나 태사자의 이 계책도 실패로 돌아갔다. 내통 사실은 장료에게 발각됐고, 장료는 태사자의 작전을 역이용하여 태사자를 성안까지 유인한 다음 궁노수를 매복하여 화살로 공격했던 것이다. 결국 손권은 윤주 땅까지 물러나 군사를 주둔시켜야 했다. 손권은 태사자가 위독하다는 보고를 받자 장소를 보내어 문병했다. 태사자가 병상에서 크게 외쳤다.

"대장부가 어지러운 세상에 태어나서 3천 근의 칼을 잡고 역사에 없던 큰 공로를 세워야 하는데, 그렇지 못하고 죽는 게 원통할 따름이다!"

말을 마치자마자 세상을 떠났으니, 이때 태사자의 나이 41세였다.

손권의 패전 소식은 곧 유비에게 들어왔다. 제갈량을 불러 앞일을 상의했다.

"서북쪽 별 하나가 땅에 떨어지는 걸 보았습니다. 반드시 황족 한 분이 세상을 떠났을 것입니다."

제갈량이 이렇게 말하는데, 공자 유기가 죽었다는 보고가 들어왔다. 크게 통곡하고 정신을 차린 뒤 제갈량에게 물었다.

"이제 유기가 죽었으니 약속한 대로 동오가 형주를 돌려달라고 요구할 것이오. 뭐라고 대답하면 좋겠소?"

그러자 제갈량은 염려 말라고 했다. 과연 반달도 안 되어 노숙이 유기의 죽음을 조문하러 형주에 왔다.

"저번에 황숙께선 공자 유기가 없으면 형주를 돌려주마 하셨습니다. 유기가 세상을 떠났으니 이제 우리에게 돌려주셔야 되지 않겠습니까?"

유비는 대답을 회피하는데, 제갈량이 다시 조건을 달아 노숙의 요구를 점잖게 거절했다.

"우리 주공께서 다른 곳을 얻게 되면 그때 형주를 돌려주기로 하면 어떻겠소?"

"그럼 어느 곳을 얻은 뒤에 우리에게 형주를 내주겠다는 거요!"

"중원(中原)은 갑자기 도모할 수 없고, 서천(西川: 지금의 四川 지방)의 유장(劉璋)이 어리석고 나약하기 때문에 우리는 그곳을 염두에 두고 있소. 우리가 서천 땅을 얻게 되면 그때 형주를 내드리리다. 증거로 문서를 써 주리다.”

노숙은 어쩔 도리가 없었다. 배를 타고 돌아가 먼저 시상군에 있는 주유부터 찾았다. 노숙이 건네주는 제갈량의 문서를 읽고 주유는 발을 동동 굴렀다.

“만약 10년이 지나도 서천을 얻지 못하면 10년 동안 돌려주지 않을 것이니 이까짓 문서 조각이 무슨 소용이 있소. 주공께서 벌을 내리실 것이오.”

그 말을 듣고 노숙이 수심에 잠기자 주유가 안심시키듯 말하였다.

“강 북쪽으로 보낸 첩자로부터 그쪽 사정을 파악하면 무슨 좋은 수가 있을 것이오.”

며칠 후 과연 보고가 들어왔다.

“유현덕의 부인 감씨(甘氏)가 세상을 떠나 장사를 지냈다고 하더이다.”

주유가 노숙에게 말했다.

“유현덕을 꼼짝없이 결박하여 형주 땅을 내놓게 하고야 말 테니 두고 보시오.”

얼마 후 형주에 손권의 누이를 유비와 혼인시키려는 사신이 도착했다. 자신을 강동으로 불러 죽이려 하는 계책임을 안 유비는 함부로 움직일 수가 없었다. 그러자 제갈량이 말했다.

“제가 이미 세 가지 계책을 세워 두었고, 조자룡이라면 이 계책을 성공시킬 것입니다.”

그런 뒤에 조운을 비밀리에 불러 당부했다.

"그대는 주공을 모시고 동오로 가되, 이 비단 주머니 세 개를 가지고 가라. 세 주머니 속에 세 가지 계책이 각각 들어 있으니 위기 때 펴 보아라."

비로소 유비는 형주의 일은 제갈량에게 다 맡기고, 조운·손건과 함께 5백 명의 수행원을 거느리고 형주를 떠나 남서로 향했다. 이때가 건안 14년(209년) 겨울 10월이었다.

배가 남서 땅에 이르러 언덕에 닿을 때까지 유비는 내내 불안하고 우울했다. 조운이 제갈량이 준 첫 번째 비단 주머니를 열어 보았다. 조운은 비단 주머니 속의 쪽지에 적힌 계책대로 움직였다. 그 속에는 교국로(橋國老)를 만나 보라는 내용의 쪽지가 있었다.

교국로는 이교(二橋)의 아버지로서 주유와 손권의 형 손책의 장인. 유비에게 자초지종을 듣게 된 교국로는 곧 오태부인을 찾아갔다. 교국로로부터 딸의 혼사를 듣게 된 오태부인은 손권 앞에서 땅을 치며 통곡했다. 딸 혼사가 자신도 모르게 추진된다는 사실이 서러웠던 것이다. 유비를 불러들여 죽이려고 가짜 혼사를 꾸몄다는 말이 손권의 입에서 나오자 더욱 분노하며 저주했다.

"주유는 6군 81주의 대도독이란 주제에 그래 형주 땅 하나를 차지할 계책이 없어서 내 딸을 미끼로 삼아 미인계를 쓰자는 거냐? 유비를 죽이면 내 딸은 시집도 가기 전에 과부 신세가 될 텐데, 그래 내 딸 신세를 망치고 너희들만 좋으면 그만이란 말이냐!"

손권은 원래 효성이 지극하였다. 그는 모친이 유비를 한번 보겠다고 하니 감로사(甘露寺) 방장실(方丈室)에 자리를 마련해 주었다. 그러면서 감로사 방장실에 유비를 죽이려고 도부수 3백 명을 매복시켜 놓았다. 그러나 유비로부터 매복수가 있다는 것을 들은 오태부인은 호통을 치며 도부수들을 물러가게 했다.

잔치가 끝나고 유비가 옷을 갈아입고 대청 앞에 나서서 뜰을 굽어봤다. 큰 돌이 하나 있었다. 유비는 자기 곁을 따르는 부하가 차고 있던 칼을 뽑아 들고 하늘을 우러러 마음속으로 축원했다.

'만일 이 유비가 무사히 형주로 돌아갈 수 있다면, 한칼에 이 돌을 두 조각나게 하시고, 만일 여기서 죽는다면 돌을 베지 못하게 하소서!'

유비의 칼이 허공을 긋고 떨어졌다. 번쩍 불이 나더니 돌이 두 조각이 나 버렸다.

그러자 손권도 마음속으로 축원을 했다.

'앞으로 형주 땅을 얻고 우리 동오가 크게 일어나겠거든 이 돌을 두 조각이 나게 하소서!'

칼을 들어 내리치니 큰 돌이 다시 두 조각이 났다.

결국 유비는 손권의 누이를 아내로 얻어 건안 15년(서기 210년) 정월 형주로 돌아올 수 있었다. 그동안 두 번의 위기가 더 있었으나 그때마다 조운이 제갈량이 준 비단 주머니 속의 계책대로 하여 위기를 벗어났던 것이다.

유비를 뒤쫓던 주유는 오히려 제갈량에게 걸려들어 관우, 황충, 위연 세 장수의 습격을 받아 강으로 달아나야 했다. 주유가 분통을 터뜨리며 외쳤다.

"나의 계책이 실패했으니, 무슨 면목으로 주공을 뵈오리오!"

그러더니 순간적으로 등창이 터져 외마디소리를 지르더니 배 위에서 기절했다.

하늘은 주유를 시샘하여
공명을 내보냈도다!

등창이 터진 주유는 부하들의 부축을 받아 배에 몸을 맡긴 채 시상군으로 돌아와야 했다. 그리고 패전을 손권에게 보고했다. 손권은 화가 나서 주유 대신 정보를 도독(都督)으로 삼고 군사를 일으켜 형주를 치려는데, 또다시 주유의 서신이 왔다. 그 내용도 군사를 일으켜 이번 원한을 씻겠다는 것이었다.

"동맹군을 치면 적벽에서 패한 조조가 군사를 일으켜 쳐들어 올 것입니다. 그렇게 되면 우리 동오는 위태로워집니다."

장소가 간하자 고옹도 같은 의견을 내놓았다.

"유현덕을 치면 유비가 조조와 손을 잡을지 모릅니다. 차라리 천자께 아뢰어 유현덕을 형주목사(荊州牧使)로 추천하십시오. 그런 다음 반간계(反間計: 이간책)를 써서 조조와 유현덕 사이에 싸움을 붙이고, 우리가 그 틈을 보아서 쳐들어간다면 형주 일대를 차지할 수 있습니다."

손권이 흡족히 미소 지으며 즉시 유비를 형주목사로 천거한다는 표문(表文)을 화흠(華歆)에게 주어 허도로 보냈다. 이때 허도에 있던 조조는 동작대에서 문무 관원을 모아 놓고 크게 축하연을 벌이고 있었다. 그가 '동작대시(銅雀臺詩)'를 막 쓰려고 하는데, 강동의 소식을 알려 주는 보고가 들어왔다.

"유비를 형주목사로 제수(除授)시켜 줍소사 하는 표문이 들어왔습니다. 유비는 손권의 누이동생을 취했으며 한상(漢上) 9군 태반이 유비의 손에 들어갔다고 합니다."

조조는 손발이 떨려서 들었던 붓을 던졌다. 정욱이 물었다.

"승상은 그 숱한 전장 터에서도 당황한 적이 없으셨는데, 유비가 형주 일대를 차지했다는 말을 듣고 왜 이리 놀라십니까?"

"유비는 물을 만나지 못한 용이었다. 이제 형주를 차지했다니 이는 '궁벽한 용이 큰 바다에 들어간 격이다.' 그러니 어찌 흔들리지 않을 수 있으리오."

그러자 정욱이 계책을 내놓았다.

"손권과 유비를 싸우게 만든 다음, 승상께서 그 틈을 보아 쳐들어가서 두 적을 격파하게 하리다."

조조가 만면에 희색을 띠면서 그 계책을 물었다.

"손권의 좌우 날개를 자르면 됩니다. 천자께 아뢰어 주유를 남군태수로, 정보를 강하태수로 삼고, 사자로 허도에 온 화흠을 돌려보내지 말고 조정 벼슬을 내리십시오. 그러면 주유는 반드시 유비와 원수 간이 되어 싸울 것입니다. 우리가 그 기회를 보아 무찌르면 됩니다."

한편 형주에선 노숙이 다시 찾아와 유비에게 형주 땅을 인도해 줄 것을 요구했다. 형주 땅을 넘겨주기 어려우면 서천을 정벌할 테니 길을 빌려 달라고 제의했다.

그런데 의외로 제갈량이 선뜻 응해 줬다. 노숙이 돌아가자 유비가 제갈량에게 물었다.

"그들의 속셈이 무엇일까요?"

제갈량이 한바탕 웃었다.

"주유가 죽을 날이 가까웠나 봅니다. 그런 계책은 어린아이
도 속일 수 없을 것입니다."

"좀 자세히 설명해 주시오."

"서천을 친다는 명목을 내세우고 이곳 형주를 치려는 속셈입
니다. 주공이 성에서 나와 강동의 군사를 영접할 때 그 기회를
틈타 주공을 사로잡고 무방비 상태의 성을 쳐서 형주를 차지하
려는 속셈입니다."

곧이어 제갈량이 대응책을 내놓으니 유비는 크게 기뻐했다.

얼마 후 서천 정벌의 명목으로 주유가 직접 강동의 군사를
이끌고 형주성 가까이에 이르렀다. 주유는 일단 말을 세우고
군사를 시켜 문을 열라고 외쳤다. 이 말이 채 끝나기도 전에 홀
연 포 터지는 소리가 나더니, 성 위의 군사들이 창과 칼을 들고
일제히 나타났다. 동시에 조운이 썩 나서며 외쳤다.

"우리 군사(軍師)께서는 도독이 '괵(虢) 나라를 정벌한다는
명목으로 우(虞) 나라로부터 길을 빌려 괵나라를 친 다음에 결
국 우나라를 멸망시키려는 계책[假道滅虢]'을 쓴다는 것을 다
아시고, 이 조운을 여기 남겨 두셨다. 우리 주공께서는 '만일
주유가 서천 땅을 공격한다면 나는 머리를 풀고 산속으로 들어
가 천하 사람들에겐 신의를 잃지 않겠다.'고 하셨노라."

주유가 이 말을 듣고 급히 말머리를 돌려 떠나려 했다. 그러
자 병사가 허둥지둥 달려와서 보고했다.

"큰일났습니다. 사방에서 적군이 쳐들어오고 있습니다. 관
우는 강릉에서, 장비는 자귀에서, 황충은 공안에서, 위연은 이
릉 쪽 소로에서 함성을 지르며 쳐들어오고 있는데, 함성마다

'주유를 잡아라!' 하는 소리뿐입니다."

주유가 기가 차서 말 위에서 크게 외마디소리를 지르니, 아물던 화살 상처가 다시 터져 말 아래로 굴러 떨어졌다. 좌우 사람들은 주유를 급히 구출하여 배로 돌아갔다.

주유가 정신이 깬 지 얼마 지나지 않았는데, 제갈량의 서신이 들어왔다. '만약 귀공이 군사를 거느리고 멀리 싸우러 간 틈에 조조가 쳐들어온다면 귀공의 나라 강남 일대는 쑥대밭이 될 것이다. 그런 비참한 결과를 이 제갈량은 보고 있을 수 없어 특별히 충고하니 깊이 생각하시라!' 는 내용이었다.

주유는 제갈량의 서신을 읽고 길게 탄식했다. 참으로 이럴 수도 저럴 수도 없는 일이었다. 주유는 손권에게 보낼 서신을 남긴 뒤 모든 장수들을 불러 모으고 말했다.

"나는 진충보국할 생각이었으나, 어찌하리오! 하늘에서 받은 나의 목숨이 끝났도다! 그대들은 오후(吳侯)를 잘 섬기고, 함께 천하대업을 성취하라."

말을 마치자 주유는 넋을 잃고 다시 한 번 기절했다. 얼마 후 천천히 깨어나더니, 하늘을 우러러 길이 탄식했다.

"하늘이여! '주유를 이 세상에 내놓고서 어찌하여 제갈량을 이 세상에 다시 내보냈는가[旣生瑜 何生亮]!'"

주유는 계속 같은 말을 부르짖더니, 이내 세상을 떠났다. 이때 주유의 나이 36세였다.

장수들은 주유의 영구(靈柩)를 파구 땅에 두고, 주유가 남긴 서신을 급히 손권에게 보내어 보고했다. 손권은 주유의 죽음에 방성통곡하며 서신을 뜯어보았다. 신임 도독(都督)으로 노숙을 천거한다는 내용이었다.

　한편 형주의 제갈량은 밤하늘을 보더니, 입가에 미소를 띠며 혼잣말 했다.

　"주유가 죽었구나!"

유비, 천하를 다스릴 인재 봉추를 얻다

새벽이 되자 제갈량은 주유가 죽었을 거라고 유비에게 말했다. 유비가 사람을 시켜 알아보니 제갈량의 말대로였다. 유비가 제갈량에게 물었다.

"주유가 죽었으니, 앞으로 어떻게 해야겠소?"

"주유를 대신해서 군사를 거느릴 자는 노숙입니다. 그런데 밤하늘 별의 움직임을 보니 동쪽에 영웅들이 많이 있다는 걸 알았습니다. 제가 주유를 조문할 겸 강동으로 가서 훌륭한 인재를 찾아내어 주공을 돕게 하리다."

강동에 간 제갈량은 주유의 영전에 제물을 차려 놓고 직접 술잔을 바치며 땅에 꿇어앉아 주유를 애도하는 제문(祭文)을 읽었다. 제사를 마치자 땅에 엎드려 방성대곡하며 애통해 마지 않았다.

제사가 끝나자 노숙은 잔치를 베풀어 제갈량을 대접했다. 제갈량이 작별하고 나와서 배에 타려던 참이었다. 이때 강변에 한 사람이 서 있었다. 그는 도포를 입고 죽관(竹冠)을 쓰고 허리에 검은 띠를 두르고 흰 신발을 신었는데, 한 손으로 제갈량의 소매를 잡으며 껄껄 웃었다.

"그대는 주유를 울화통이 터져 죽게 만들고 조문까지 하더니 이렇게 가는가? 동오엔 인물이 전혀 없는 줄 아는가!"

제갈량이 급히 돌아보니, 바로 봉추선생(鳳雛先生) 방통(龐
統)이었다. 제갈량은 크게 웃더니 방통과 손을 잡고 함께 배에
올라타고, 서로 적조했던 심사를 털어놓았다. 그런 후 제갈량
이 서신 한 통을 써서 방통에게 주며 부탁했다.

"내 생각으로는 손권이 그대에게 높은 지위를 주지 않을 것
이오. 곧바로 형주로 와서 나와 함께 유현덕을 섬기도록 하시
오. 유현덕은 관대하고 인자하며 후덕한 분이니, 반드시 귀공
이 평생 배운 공부를 알아줄 것이오."

방통이 승낙하고 작별하자, 제갈량은 형주로 돌아왔다. 그런
데 방통이 형주로 떠나려고 하자 노숙이 먼저 방통을 손권에게
천거했다. 손권이 방통을 보니 눈썹은 탁하고, 코는 들창코에
다 얼굴은 검고 수염은 짧아서 생긴 꼴이 불쾌했다. 방통과 여
러 말 나눴지만 손권은 방통을 쓸 마음이 없었다. 방통도 그러
한 손권을 도와 일할 마음이 없어졌다. 노숙이 방통을 위로하
며 말했다.

"천하를 바로잡을 재주를 가진 그대가 어디엔들 못 갈 리 있
겠소? 장차 어디로 갈 작정인지 솔직히 말해 주시오?"

"조조에게 갈까 하오."

"조조에게 간다는 것은 밝은 구슬을 암흑 속으로 던지는 일
이오. 형주의 유현덕을 만나 보시오. 틀림없이 귀공에게 높은
지위를 줄 것이오."

"나도 그럴 생각이었소. 아까 한 말은 농담이오."

노숙이 당부했다.

"내가 추천장을 써서 드리리다. 귀공이 유현덕을 섬기게 되

거든, 우리 손씨와 유씨 양가가 협력하여 조조를 격파하도록 적극 힘써 주시오.”

“귀공의 말씀이 내 평생소원이었소.”

방통은 제갈량의 추천서에다 노숙의 추천서를 갖고 형주로 유비를 찾아갔다. 그러나 유비 역시 방통의 용모가 추한 것을 보고 불쾌해서 구석진 뇌양현(耒陽縣) 현감 자리를 마지못해 주었다. 얼마 후 방통이 고을 일을 돌보지 않고 밤낮 술만 마신다는 보고가 들어왔다. 유비가 장비를 불러 분부했다.

“너는 형주 남쪽 일대를 순시하고 오너라. 만일 법도를 지키지 않는 자가 있거든 사정없이 문책하여라. 혹 너로서는 잘 모르는 일이 있을 것이니, 손건과 함께 가라.”

장비가 손건과 함께 뇌양현에 도착하니 고을 군사가 장비에게 고했다.

“방 현감은 이곳에 부임해 온 지 근 백여 일이 지났으나, 고을 일은 내팽겨 둔 채 날마다 하루 종일 술만 마십니다. 지금도 전날 마신 술이 깨지 않아서 누워 있습니다.”

장비는 격분하여 즉시 사로잡아 족칠 생각인데, 손건이 신중히 행동하라고 말렸다. 이에 장비는 화를 참고 방통을 불러들이라고 했다. 방통이 나오는데, 의관도 제대로 갖추지 못하고 부축을 받고도 취해서 비틀거렸다. 장비가 호통 쳤다.

“네가 여기 부임해 온 지 백여 일이 지났건만, 날마다 종일 취해 어찌 고을 일을 전폐(全廢)하는가?”

방통의 대답이 간단했다.

“이까짓 백 리 남짓한 조그만 마을의 사소한 일을 결정하는

데 무슨 어려움이 있겠소. 장군은 잠시 앉아서 내가 결재하는 거나 구경하시오."

방통이 아전(衙前)을 불러 분부했다.

"백여 일 동안 밀린 공문을 다 가져오너라."

아전들은 문서와 안건을 가득히 안고 청 위에 올라와서 송사를 고하고, 피고인들을 뜰아래에 겹겹으로 꿇어앉혔다. 방통은 붓을 들어 문서 하나하나에 사건 요지를 정확하게 쓰고, 입으로는 판결을 내리는 한편, 귀로는 송사를 들으면서 시비곡직(是非曲直)을 밝히는 데 추호도 착오가 없었다. 백성들은 그저 머리를 조아리고 복종할 뿐 불만이 없었다.

겨우 반나절도 못 되어 백여 일 동안 밀린 일을 다 판결하고 결재까지 마치자 방통은 붓을 던지며 장비에게 되물었다.

"내가 고을 일을 돌보지 않은 것이 무엇이오? 나는 조조, 손권도 대단치 않게 생각하거늘, 이까짓 조그만 고을 일을 무슨 신경을 쓰겠소?"

크게 놀란 장비는 높은 자리에서 내려와 방통에게 사과했다. 그제야 방통은 장비에게 노숙의 추천장을 보여 줬다. 형주로 돌아간 장비는 유비에게 방통의 놀라운 재주를 자세히 고하면서 방통으로부터 받은 노숙의 추천장을 바쳤다. 비로소 방통에게 결례했음을 깨닫는데, 마침 제갈량이 들어왔다.

"방통은 백 리 땅이나 다스릴 그런 조그만 인재가 아닙니다. 그의 공부는 이 제갈량보다 열 배나 출중하다는 것을 아셔야 합니다. 지난날 내가 방통에게 추천장을 써 줬는데, 주공께 드리지 않았습니까?"

“오늘에야 겨우 노숙의 추천장을 받았고, 아직 군사(軍師)의 추천장은 받지 못했소.”

“큰 인재가 조그만 지위에 머무르면 술로 울분을 풀고 공사를 돌보지 않는 수가 더러 있습니다.”

유비는 곧 장비에게 방통선생을 형주로 모셔 오라 분부했다. 이리하여 방통이 형주로 돌아온 날, 유비는 댓돌에서 내려와 영접하고 사과하는 한편 기쁨에 겨워 말했다.

“옛날에 사마휘가 ‘복룡과 봉추 중 한 사람만 얻어도 천하를 안정할 수 있다.’고 말했는데, 이제 두 분을 다 얻었으니 한 황실을 다시 일으키겠소이다.”

그리고 방통을 부군사(副軍師) 중랑장(中郞將)으로 삼아 제갈량과 함께 계책을 세우며, 군사를 교련하여 훗날의 싸움에 대비하게 했다. 이때가 건안 16년(서기 211년) 여름이었다.

조조를 떨게 했던 서량 장수 마초

허도의 조조는 유비가 제갈량 외에 방통을 새로 모사(謀士)로 삼아 군사를 훈련시킨다는 보고를 받았다. 그러나 남쪽의 유비와 손권을 치기 위해 마음 놓고 군사를 출동시킬 수가 없었다. 북쪽에 있는 마등(馬騰)이 허도로 쳐들어올까 봐 걱정이 되었던 것이다. 순욱이 고했다.

"마등을 정남장군(征南將軍)으로 봉한다면서 허도로 불러들여 죽여 버리면 아무 뒷걱정이 없을 것입니다."

조조는 기뻐하며 그날로 심복에게 조서(詔書)를 주어 마등을 불러오도록 했다. 조서를 받은 마등은 서량 땅에 첫째아들 마초(馬超)를 남겨 놓고, 둘째아들 마휴(馬休)와 조카 마대(馬岱)와 함께 5천 군사를 거느리고 허도로 출발했다. 그런데 마등이 누구인가. 지난날 천자의 밀명을 받고 조조를 제거하기 위해 동승, 유비와 함께 연판장에다 서명했던 인물이 아닌가. 그가 조조가 자기를 죽이기 위해 허도로 불러들였다는 사실을 곧 알게 되어 문하시랑(門下侍郎) 황규와 함께 조조를 죽이기 위해 비밀리에 계획을 꾸몄다. 그러나 이 계획이 조조에게 새어 나가 마휴와 함께 죽음을 당했다.

"숙부께서 조조에게 참형을 당했소."

허도를 탈출한 사촌 마대로부터 자초지종을 들은 마초는 통곡하다가 그만 기절하여 쓰러졌다. 정신을 차리고 마초는 곧 서량태수 한수(韓遂)와 함께 연합하여 총 20만 대군을 거느리고 장안을 향해 물밀 듯 쳐들어가 장안성을 함락한 데 이어 장안성을 버리고 도망간 장안군수 종요(鍾繇)를 쫓아가 동관(潼關)마저 격파했다.

이에 조조는 조홍과 서황에게 군사를 주어 동관을 탈환하도록 했다. 그러나 조홍과 서황도 마초의 적수가 되지 못했다. 동관 탈환에 실패한 조홍은 조조에게 패전을 보고했다. 이번에는 조조가 직접 동관 앞에다 진영을 세우고 마초와 맞섰다.

문기(門旗) 아래 나타난 조조를 보고, 마초가 이를 갈며 외쳤다.

"임금과 백성을 속인 역적 조조야! 게다가 나의 부친과 동생을 죽인 불구대천지원수 놈아! 내 너를 사로잡아 살을 씹어 먹으리라!"

대갈일성으로 저주하더니 창을 비껴들고 말을 몰아 달려 들어왔다. 조조의 뒤에 있던 우금이 달려 나갔으나 8, 9합을 견디지 못하고 달아났다. 잇따라 장합과 이통이 나가 마초를 맞이하여 싸움을 벌였으나 이들 역시 마초를 당해 내지 못했다. 마초가 서량군(西凉軍)을 거느리고 일제히 내달아 와서 조조의 군사를 마구 무찔렀다.

조조는 정신을 못 차리고 달아나기에 바빴다. 들리느니 서량군의 고함소리뿐이었다.

"붉은 전포를 입은 놈이 조조다. 사로잡아라!"

조조는 말 위에서 급히 붉은 전포를 벗어 버렸다. 서량군이 외치는 소리가 또 크게 들려왔다.

"수염 긴 놈이 조조다. 잡아라!"

조조는 크게 놀라 황급히 칼로 자기 수염을 싹둑 잘라 버렸다. 서량 군사들이 이를 알고 다시 외쳤다.

"수염 짧은 놈이 조조란다. 속히 잡아라!"

조조는 아우성소리를 듣자, 기를 찢어 턱을 싸매고 정신없이 달아나기에 바빴다. 마초가 조조를 발견하고 곧 뒤를 쫓아왔다. 조조가 나무 사이를 요리조리 돌아가며 몸을 피하면서 달아나는데, 마초가 창을 조조의 등 뒤에다 대고 힘껏 던졌다. 다행히 창은 빗나가 나무에 박혀 버렸다. 마초가 재빨리 창을 뽑아 들고 다시 조조를 뒤쫓아갔다. 다행히 조홍과 하후연이 길을 막고 싸운 덕택에 조조는 간신히 목숨을 구할 수가 있었다.

진영으로 돌아온 조조에게 서황이 고했다.

"적들이 모두 동관에 모여 있으니 황하(黃河) 서쪽과 위수(渭水) 북쪽으로 건너가 배후를 치면 무너뜨릴 수 있을 것입니다."

"그대의 계책이 바로 나의 뜻과 같도다. 곧 정병 4천을 거느리고 항하 서쪽으로 들어가서 산골짜기에 매복해 있으라. 내가 위수 북쪽을 건너가거든 동시에 출격하라."

서황이 명령을 받고 군사 4천 명을 거느리고 먼저 몰래 떠났다. 이때가 건안 16년(서기 211년) 가을 윤 8월이었다.

그러나 마초가 첩자를 통해 조조의 작전을 알게 되었다. 조조가 위수를 건널 때였다. 조조의 뒤를 마초가 치니 강가의 군사들은 먼저 배에 올라타려고 난장판이 벌어졌다. 수많은 함성과 말발굽 소리가 들려오는데, 백여 보 밖에서 마초가 닥쳐오고 있었다. 이때 허저가 조조를 급히 등에 들쳐 업고 배에 올라 탔다.

배는 하류를 향하여 내려갔다. 허저는 선두에 서서 황급히 노를 젓고, 조조는 허저의 두 다리 사이에 납작 엎드렸다. 강 언덕에서 배의 움직임을 하나도 놓치지 않고 있던 마초는 모든 병사들에게 호령했다.

"강을 따라가면서 쏘라!"

이에 수많은 화살이 소낙비처럼 날아갔다. 허저는 조조가 다칠까 봐 왼손으로 말안장을 번쩍 들어 빗발치듯 날아오는 화살을 막았다. 마초가 쏘는 화살은 하나도 빗나가는 것이 없었다. 배를 젓는 군사들은 화살에 맞아 강물로 떨어졌고, 배 안에 있던 군사 수십 명도 다 화살에 쓰러졌다. 배는 중심을 잃고 심히 흔들리면서 소용돌이치는 급류에 말려들어 뱅글뱅글 돌았다.

허저는 무서운 용맹을 발휘하여 흔들리는 노를 양쪽 사타구니 사이에 꼭 넣어 고정시키고, 한 손으로 삿대질을 하여 배를 조정하고, 한 손으로는 말안장을 들어 날아오는 화살을 막아 조조를 보호했다. 다행히 뒤늦게 달려온 장수들의 도움을 받아 조조는 간신히 자신의 장막으로 돌아올 수 있었다.

이후 조조와 마초 간의 전투가 한 달 이상이나 혼전을 거듭했다. 지지부진한 전투에 양쪽 군사 간에 강화(講和) 분위기가 무르익어 가고 있었다. 이때에 가후(賈詡)가 계책을 내놓았다.

"'병법에 속임수를 꺼려하지 않는다[兵不厭詐].' 는 말이 있습니다. 강화를 허락하는 체 하십시오. 그런 후에 반간계(反間計)를 쓰면 한수와 마초 사이가 서로 의심하게 되어, 북소리 한

번에 그들을 격파할 수 있습니다.”

 얼마 후, 한수의 진영에 조조의 이름으로 한수를 초청한다는 제의가 들어왔다. 한수가 진영에서 나가 조조의 진영을 바라보니 조조가 맨몸으로 나와 있는 것이었다. 조조와 구면이 있었던 한수도 이에 질세라 호기롭게 가벼운 옷으로 갈아입고 필마단기로 나갔다. 그 둘은 말머리를 나란히 하고 군사(軍事)에 관한 일은 일절 입에 담지 않은 채 지난날 젊은 시절의 일을 회고하며 정담을 나눴다. 이를 본 마초가 한수를 의심할 수밖에 없었다. 한수 역시 자신에 대한 마초의 의심이 깊어 가니 마초를 배반할 수밖에 없었다.

 한수가 장막 안에서 부하 다섯 명과 마초를 제거하는 계책을 짜고 있을 때였다.

 “이 도둑놈들아! 어찌 나를 해치리오!”

 소리를 지르면서 마초가 장막 안으로 뛰어들어 한수의 왼쪽 팔을 잘랐다. 한수가 부하들 뒤로 피하니 마초가 그 부하들을 먼저 죽이는 바람에 한수는 장막 밖으로 빠져나갔다. 이때 갑자기 장막 밖에서 함성이 들려왔다. 조조의 대군이 밀려온 것이었다. 마초가 간신히 포위망을 뚫고 농서(籠西) 임조(臨兆) 땅까지 달아나서 보니 그를 따라온 군사는 기병 30명뿐이었다.

낙봉파에서 떨어진 봉추

조조가 마초를 물리치고 그 위엄이 천하에 진동하자 누구보다 놀란 것은 한녕태수(漢寧太守) 장로(張魯)였다.

"서량의 마등이 죽음을 당한 데다 마초까지 패했으니, 이번에는 조조가 반드시 우리 한중(漢中) 땅을 치러 올 것이다. 어찌하면 좋을까?"

염포(閻圃)라는 모사가 말했다.

"익주목사(益州牧使) 유장(劉璋)이 어리석으니 익주 땅을 빼앗읍시오. 우리 한중 땅에다가 익주를 보태면 근거지가 더욱 든든해져 조조가 공격해 온다고 해도 아무 걱정 없습니다."

장로는 반색을 하며 군사를 출동시키려고 했다.

한편 유장은 장로의 어머니와 동생을 죽인 일이 있었기 때문에 장로와는 원수지간이었다. 첩자로부터 한중의 동정을 보고받은 유장은 장로의 위협에서 벗어나기 위해 조조의 힘을 빌리기로 하고, 우선 조조에게 익주 땅 지도를 바치려고 장송(張松)을 허도에 보냈다.

장송이 허도에 도착하였으나 3일 만에야 조조를 만날 수가 있었다. 조조는 장송의 생김새가 못난 것을 보고 불쾌해했다. 장송은 조조가 자신을 무시하는 태도에 감정이 좋을 리 없었다. 그 결과 조조에게 곤장형을 맞고 익주로 돌아가는 길에 차라리 유비에게 지도를 바치리라 마음먹고 형주로 발길을 돌렸다.

제갈량은 장송이 올 줄 알고 형주 관소 입구에 관우와 조운을 보내 그를 맞이하게 했다. 장송은 유비 일행으로부터 3일 동안 정중하게 대접을 받으면서 유비의 인품에 감복했다. 장송은 형주를 떠나면서 주저 없이 지도를 유비에게 바쳤다. 익주로 돌아온 장송은 자신과 친한 법정(法正)·맹달(孟達)과 함께 익주 땅을 유비에게 바치기로 뜻을 모았다. 장송이 곧 유장에게 '장로의 침입을 막기 위해선 유비의 원군이 필요하다.' 며 설득하니, 유장이 유비에게 구원 서신을 보내려고 했다. 이때 종사관(從事官)으로 있는 왕루(王累)가 간했다.

"장로가 국경을 위협하는 것은 '옴과 같은 가벼운 병[疥癬之疾]' 이라면 유비가 우리 익주에 들어오는 것은 '생명을 위협하는 우환[心腹之患]' 이 됩니다. 게다가 유비는 당대의 효웅(梟雄: 용맹스러운 영웅)입니다. 그가 전에 조조를 섬길 때는 조조를 해치려고 했고, 뒷날 오후(吳侯)를 따를 때는 곧 형주를 빼앗았습니다. 그의 속마음이 이러니 어찌 같이 일을 도모할 수 있겠습니까?"

그러나 유장은 왕루의 간언을 받아들이지 않고 장송과 친한 법정에게 서신을 주어 유비에게 보냈다. 법정이 유장의 서신을 유비에게 바치고 속마음을 털어놓았다.

"유장은 익주를 다스릴 만한 인물이 못 됩니다. 머지않아 남의 손에 넘어갈 것이니 장군에게 바치려는 것이 제 생각입니다. 장군께서 차지할 생각이라면 제가 죽음을 마다하지 않고 힘을 다하겠습니다."

　그러나 유비는 결정을 내리지 못하고 생각에 잠기기만 했다. 그러자 옆에 있던 방통이 미소를 지으며 말했다.

　"지금 우리가 있는 형주는 동으로는 손권이, 북으로는 조조가 있어 천하를 도모하기에는 불리한 위치에 있습니다. 그러나 익주는 호구(戶口)가 백만이나 되며 물산이 풍부한 땅이니, 가히 대업의 기반을 이룰 수 있습니다. 이제 다행히도 장송과 법정이 안에서 우리를 돕겠다 하니, 이는 하늘이 주공께 촉(蜀) 땅을 주시는 것인데, 무엇을 주저하십니까?"

　"나와 수화상극(水火相剋)으로 겨루는 자는 조조입니다. 조조가 급히 서두르면 나는 너그러이 대하고, 조조가 횡포하면 나는 어진 태도로 대하고, 조조가 속임수를 쓰면 나는 지성으로 대하여, 매번 조조와 정반대로 겨루어야만 일이 성공하는 법이오. 나는 조그만 속임수에 눈이 어두워 만천하에 신의를 잃는 일은 차마 못하겠소."

　방통이 또 간했다.

　"주공의 말씀은 하늘의 이치에 합당합니다. 그러나 난세에 군사를 써서 힘으로 천하를 다투는 데는 여러 가지 길이 있습니다. 형편 따라 방법을 세워 변화에 대응해야 합니다. 약한 자를 모으고, 어리석은 자를 공격하고, 도리를 거스르고 천하를 빼앗은 후에 그때 도리에 순응하고 지키는 것이 예부터의 도입니다. 천하를 정한 뒤에 의리에 보답하고, 나라를 다스리도록 벼슬을 주면 조금도 신의를 잃지 않습니다. 지금 차지하지 않으면 결국 다른 사람이 빼앗을 것이니 주공은 이 점을 깊이 생각하십시오."

유비가 감탄하며 대답했다.

"선생의 금석(金石) 같은 말씀을 내 마땅히 명심하겠소."

얼마 후 유비는 제갈량과 관우·장비에게 형주를 수비하도록 하고, 황충·위연을 거느리고 익주로 들어갔다. 법정이 몰래 유비를 찾아와 방통과 입을 맞추어 말했다.

"내일 잔치 자리에 신호를 보내시면 숨어 있던 도부수들이 유장을 제거할 것입니다. 허락해 주십시오."

그래도 유비는 원하는 대답을 하지 않았다.

"유장은 나와 친척 간이오. 나는 그의 것을 빼앗을 수 없소."

그러던 어느 날이었다. 장로가 군사를 일으켜 익주의 관문인 가맹관(葭萌關)으로 쳐들어온다는 보고가 들어왔다. 유비가 가맹관으로 들어가 군사를 주둔시켜 군사들에게 노략질을 못하도록 엄격히 단속하고 널리 은혜와 덕을 베풀어 민심을 수습하였다.

한편 손권은 유비가 형주를 비워 두고 있다는 보고를 받자 형주와 양양을 되찾을 좋은 기회라고 여겨 군사를 출동시키려고 했다. 그러나 오국태부인이 두 눈 시퍼렇게 뜨고 있으니 군사를 출동시킬 수 없는 일이었다. 장소가 계책을 내놓았다.

"손 부인에게 국태부인께서 병이 위독하니 보고 싶어 한다고 전하십시오. 그런데 손 부인이 병문안 하러 이곳으로 올 때 아두(阿斗)를 함께 데려오라 하십시오. 그래야만 유비가 자기 아들과 형주 땅을 교환하자고 나설 것입니다."

얼마 후, 손 부인이 동오에서 마련해 준 배 위에 아두를 안고 올라탔으나 뒤쫓아온 조운과 장비에게 아두를 넘겨주게 되니 아무 소득 없이 홀로 동오로 돌아갈 수밖에 없었다.

　누이동생으로부터 자초지종을 들은 손권은 노기등등하여 곧 군사를 형주로 출동시키려고 하는데, 급한 보고가 들어왔다.

　"조조가 40만 군사를 일으켜 적벽대전에서 패한 원한을 갚으러 옵니다."

　우선 조조의 대군을 막는 일이 시급했다. 말릉(抹陵)으로 도읍을 옮기고 유수(濡須) 땅 강변에 보루를 쌓아 방어막을 튼튼하게 했다.

　이때 허도에 있는 조조의 위엄은 천자의 권위를 누를 정도였다. 그는 천자가 입을 수 있는 곤룡포(袞龍袍)를 입고, 천자가 쓸 수 있는 면류관(冕旒冠)을 쓰는 등의 구석(九錫)이라는 아홉 가지 특전을 내려 달라고 천자께 아뢨다. 그러자 전쟁터의 장막 안에서, 승상부(丞相府)의 관청 안에서 조조를 위해 수많은 계책을 내놓았던 순욱이 탄식했다.

　"오늘날 내 이런 일이 있을 줄은 몰랐도다!"

　조조는 이 말을 듣고 순욱을 깊이 미워하게 되었다.

　건안 17년(서기 212년) 10월에 조조는 군사를 일으켜 강남을 치러 떠나면서 순욱에게 함께 가자고 명령했다. 순욱은 조조가 자기를 죽일 생각임을 알아채고, 병을 핑계 대고 수춘 땅에 머물렀다.

　며칠 뒤에 조조가 보낸 사람이 와서 순욱에게 고했다.

　"승상이 보내신 음식을 가지고 왔습니다."

　사신이 건네준 그릇은 조조의 친필로 씌어진 종이로 봉해져 있었다. 순욱이 열어 보니 빈 그릇이었다. 순욱이 조조의 뜻을 알아채고 독약을 마시고 죽으니, 이때 그의 나이 50세였다.

한편 조조는 동오로 남하하여 손권을 공격했으나 변변한 승리 한 번 거두지 못한 채 한 달 뒤 군사를 되돌려 허도로 돌아갔다.

손권이 모든 장수들을 모아 놓고 뜻을 밝혔다.

"조조를 막기 위해 동원된 군사로 형주를 공격하면 어떨까?"

이에 장소가 계책을 올렸다.

"군사를 움직이면 안 됩니다. 우리가 강동을 비우면 반드시 조조가 다시 쳐들어옵니다. 이렇게 하십시오. 유장에게 '유비가 우리 동오와 동맹하여 익주를 빼앗으러 온 것이다.'는 내용의 서신을 보내십시오. 그러면 유장이 유비를 공격할 것입니다. 그리고 장로에게 '군사를 일으켜 형주를 치라.'는 내용의 서신을 보내십시오. 그러면 유비가 진퇴양난에 빠질 테니 그때 우리가 형주를 공격하면 만사는 뜻대로 될 것입니다."

손권이 기뻐하여 곧 유장과 장로에게 서신을 보냈다.

한편 가맹관에 있는 방통은 손권과 조조의 동태를 짐작하고 유비에게 계책을 올렸다.

"주공은 유장에게 이런 내용의 서신을 보내십시오. 즉 '손권이 조조의 공격에 맞서기 위해 우리 형주와 연합하자는 서신을 보내왔소. 손씨·유씨 양가는 동맹군이라 우리는 형주로 돌아가 손씨를 도와 조조를 격파해야겠소. 그러니 친척 간의 정을 보아 정병 3, 4만 명과 군량 10만 곡(斛: 1곡은 10말)을 원조해 주시오.'라고 하십시오."

유비는 방통의 계책을 따라 익주의 도읍 성도(成都)로 서신을 보내니, 얼마 후 유장의 답신을 가져온 사신이 들어왔다. 유비가 유장의 서신을 뜯어보니, '군사 4천을 준다고 했으나 늙고 약한 군사요, 군량미는 1만 곡을 지원한다' 는 내용이었다. 유비가 크게 화를 냈다.

"내가 너희들을 위해 장로와 대치하고 있다. 그런데 너희들이 내게 이렇게 인색하니, 이러고서야 우리 군사들이 어찌 목숨을 내놓고 싸우겠느냐!"

그리고 답장을 찢어 버리니 유장의 사신은 도망쳐 성도로 돌아갔다.

방통이 말했다.

"주공께서는 여태껏 인(仁)과 의(義)를 존중하셨습니다. 그런데 지금 답장을 찢고 몹시 노하셨으니, 그동안 해온 일을 다 포기하시렵니까?"

"그럼 어찌하면 좋겠소?"

"제가 세 가지 계책이 있으니 주공은 그 중에서 한 가지를 결정하십시오."

"그 세 가지 계책을 말해 주시오."

"지금 바로 정병을 거느리고 익주의 도읍 성도를 치는 것이 상책입니다. 중책은 형주로 돌아가는 척하다가 관소를 빼앗아 부성(涪城)을 함락한 다음 성도를 치는 것입니다. 하책은 형주로 물러간 다음 기회를 봐서 천천히 익주를 치는 것입니다. 이 세 가지 계책 중에서 한 가지도 결정짓지 못하고 생각만 하다가는 불행을 당할 것입니다. 그때에 후회한들 무슨 소용이 있겠습니까?"

유비가 머리를 끄덕이며 말했다.

"군사의 상책은 너무 조급하고, 하책은 너무 느리다. 적당한 중간 계책을 쓰기로 하겠소."

유비는 유장에게 조조의 공격에 대비하기 위해 형주로 돌아간다는 내용의 서신을 보냈다.

그러나 그동안 방통과 내통해 왔던 장송이 유장에게 발각되어 유장은 장송과 그 식구들을 모조리 죽이고, 모든 관소에 격문을 띄워 유비를 들여놓지 말라는 엄명을 내렸다.

그제야 유비는 방통의 계책을 받아들여 부수관(涪水關)을 점령하고 잔치를 베풀어 원정 나온 군사들을 위로했다. 이 자리에서 유비가 술에 취하여 방통을 돌아보며 물었다.

"오늘 술잔치는 마음껏 즐기는 것이 어떻소?"

"남의 나라를 치고서 즐거워하는 것은 어진 분으로서 할 짓이 아닙니다."

방통의 뼈 있는 대답에 유비가 언성을 드높였다.

"옛날에 주나라 무왕(武王)은 폭군 주(紂)를 치고 상무(象武)라는 춤을 추었다고 했다. 그대의 말대로라면 그분도 어진 사람이 아니란 말인가. 그대의 말은 도리에 맞지 않으니 썩 물러가라."

방통이 크게 웃으며 일어나 나가고, 좌우 사람들은 유비를 부축하여 후당으로 모셨다.

새벽에 술이 깨자 유비는 방통에게 화를 낸 것을 후회했다. 그래서 옷을 갈아입고 당상에 올라앉아 방통을 초청하여 거듭 사죄했다. 그러자 방통이 웃으며 대답했다.

"임금과 신하가 다 실수를 했는데, 어찌 주공만 탓할 수 있겠습니까."

한편 유장은 장임(張任) 등 네 명의 장수를 보내어 익주 수도 성도의 관문인 낙성(雒城)을 지키게 했다.

유비 군이 낙성 함락을 앞두고 있을 때였다. 제갈량이 보낸 마량이 도착하여 서신을 바치니 유비가 뜯어봤다.

'별의 움직임을 보니 태백(太白: 금성)이 낙성 일대에 나타났습니다. 이는 주공의 신상에 이롭지 못한 징조이니 주공은 조심하고 조심하소서!'

유비는 형주로 돌아가 제갈량으로부터 자세한 이야기를 직접 듣겠다는 뜻을 밝혔다. 방통의 생각은 달랐다.

"저도 또한 별의 움직임을 볼 줄 압니다. 태백이 낙성 일대에 나타난 것은 오히려 익주 군(軍) 쪽에 흉한 징조가 있는 것이니 주공은 조금도 의심 마시고 진격하도록 하십시오."

방통의 주장대로 낙성으로 쳐들어가는 길이었다. 두 갈래 길이었는데, 남쪽은 좁은 길이요 북쪽은 넓게 나 있는 길이었다. 방통이 유비에게 말했다.

"저는 남쪽 좁은 길로 공격하겠으니, 주공은 북쪽 큰길로 나아가십시오."

"전장에서 경험이 더 많은 내가 남쪽 좁은 길로 공격하는 게 좋겠소."

"아닙니다. 적군은 우리가 매복을 피한다고 남쪽 좁은 길로 올 줄 알고 매복을 하고 있을 겁니다. 그러니 안전을 위해서 주공은 북쪽 큰길로 가셔야 합니다."

유비가 말했다.

"군사(軍師)는 내 말을 들으시오. 어젯밤 꿈에 한 신인(神人)이 손에 쇠몽둥이를 들고 와서 내 오른팔을 칩디다. 꿈을 깨고 나서도 오른팔이 쑤시고 아팠으니, 이번에 출전하지 않는 것이 좋겠소."

그러자 방통이 껄껄 웃으면서 말했다.

"사내대장부가 싸움에 나가 죽지 않으면 부상을 당하는 것이 이치에 마땅한데, 어찌 그런 꿈 따위로 의심을 품으십니까."

"내가 의심을 하는 것은 공명의 서신 때문이오. 그러니 군사는 일단 돌아가서 부관을 지키는 것이 어떻겠소?"

"공명은 이 방통이 혼자서 큰 공을 세우지 못하도록 그런 서신을 보내어 주공의 마음을 흔들어 놓은 것입니다. 마음이 산란해서 꿈도 산란해진 것뿐이지, 무슨 불길한 일이 있겠습니까. 방통은 주공을 위하여 '간장과 뇌수가 땅에 흩뿌려지도록 죽는 것[肝腦塗地]'이 소원입니다. 여러 말 마시고 내일 아침에 출전하도록 하십시오."

이튿날이었다. 할 수 없이 유비가 방통의 고집대로 북쪽 길을 택하여 가려던 참이었다. 방통의 말이 늙은 것을 보고 유비는 자신이 타고 있던 흰말을 내주었다. 유비의 군사가 두 길로 나누어 쳐들어온다는 보고를 받은 익주의 장임은 급히 군사 3천을 거느리고 낙성으로 들어오는 남쪽 길에 매복했다.

"저기 군사들 가운데 흰말을 타고 오는 대장이 바로 유비올시다."

보고를 받은 장임이 득의만면하여, 군사들에게 이러이러하도록 지시를 내렸다.

한편 방통은 좁은 산길을 따라 나아가다가 머리를 들어 둘러보니, 양쪽으로 높이 솟은 산이 바짝 다가들어서 몹시 좁고, 나무는 빽빽이 들어차 있었다. 때마침 여름도 끝나 가는 첫가을이라, 나뭇가지와 잎들이 무성하였다.

방통은 갑자기 의심이 나서 말을 세우고 물었다.

"이곳 지명을 뭐라 하느냐?"

익주에서 항복해 온 군사가 대답했다.

"이곳을 낙봉파(落鳳坡)라 합니다."

방통이 깜짝 놀랐다.

"나의 도호(道號)가 봉추(鳳雛)인데, 이곳 지명이 봉새가 떨어진다는 고개라고 하니 나에게 이롭지 못하다."

즉시 호령했다.

"빨리 후퇴하라!"

그때 산 절벽 근처에서 포 소리가 탕 하고 한 방 터지더니 수많은 화살이 흰말을 탄 방통을 향해 빗발치듯 쏟아졌다. 아아 아깝구나! 방통은 마침내 무수한 화살을 맞고 죽으니, 이때 그의 나이 겨우 36세였다.

한편 형주에 있던 제갈량이 밤하늘을 보니, 서쪽 하늘에서 크기가 말[斗]만 한 별이 갑자기 뚝 떨어지며 눈부신 빛이 사방으로 흩어지는 것이었다. 제갈량이 깜짝 놀라 술잔을 땅에 던지고 얼굴을 소매로 가리며 통곡했다.

"애달프구나! 슬프구나! 방통이 죽었도다!"

득롱망촉(得隴望蜀)과 계륵(鷄肋)

낙성 함락을 앞두고 방통의 죽음으로 곤경에 빠진 유비를 지원하러 제갈량은 관우에게 형주의 인수(印綬)를 맡기고, 장비·조운과 함께 군사를 거느리고 익주로 떠났다.

선봉에 선 장비가 파군태수(巴郡太守) 엄안(嚴顔)을 감복시켜 낙성으로 통하는 45개의 관소를 쉽게 통과하여 장임에게 쫓기는 유비를 구출하였다. 곧이어 제갈량과 조운이 낙성에 도착하였다.

제갈량은 유인책과 매복 작전을 써서 장임을 사로잡았다. 유비는 장임을 살려 주려고 했으나 그는 죽기를 자청했다. 제갈량이 그의 이름을 후세에 남겨 주기 위해 참형(斬刑)에 처했다.

낙성이 함락되니 성도도 위험하였다. 그리하여 유장은 마초에게 구원을 청했다. 그런데 마초는 조조의 손에 죽은 아버지 마등의 원수를 갚는 것이 소원이었기 때문에 유비의 휘하에 들어가고, 이에 유장은 세불리를 느낀 데다 마초의 항복 권고로 유비의 휘하에 들어갔다. 마침내 건안 19년(서기 214년) 5월에 유비는 성도를 점령하여 익주 전체를 차지하게 되었다. 이때 제갈량이 유비에게 간했다.

"익주 땅에 두 주인이 있어서는 안 됩니다. 유장을 형주로 보내어 살게 하십시오."

유비는 유장을 진위장군(振威將軍)으로 삼아 즉시 형주로 보냈다.

이때 손권이 '서천[익주]을 차지하면 형주를 반환하겠다'는 전날의 약속을 지킬 것을 요구하자, 유비는 다시 동천[한중]을 차지하면 형주를 반환하겠다고 하니, 동오와 촉 두 나라는 동맹의 관계가 아니라 원수의 관계로 악화되었다.

한편 허도의 조조는 문사들을 대우했다. 이에 시중(侍中)으로 있던 왕찬·두습·위개 등이 조조를 위왕(魏王)으로 높여야 한다고 아부하니, 모사 순유가 반대했다.

"그건 안 될 말이오. 승상의 벼슬이 위공에 이른 데다가 구석의 특전까지 받았소. 왕위에 오른다면 법도에 어긋나는 짓이오."

조조가 그 말을 전해 듣고 몹시 노여워했다.

"그놈이 순욱처럼 되고 싶은 게로구나!"

순유가 그 말을 전해 듣고 우울하고 분하여 병들어 자리에 누운 지 10여 일 만에 죽으니, 이때 그의 나이 58세였다.

또한 조조는 자신을 제거하려는 복(伏) 황후와 그 아버지 복완(伏完)과 일가족 2백여 명을 처참하게 살해하였다. 복 황후는 벽 속에 숨어 있다가 화흠(華歆)에게 몽둥이로 맞아 죽었고, 어린 아들 2명은 독살당했다. 이때가 건안 19년(서기 214년) 11월의 일이었다. 그런 뒤에 귀인(貴人)으로 있던 자기의 딸을 황후로 만들었다.

날로 위세가 등등해진 조조는 손권과 유비를 치기로 작정하였다. 그러자 하후돈이 계책을 내놓았다.

"오와 촉은 쉽게 무너질 상대가 아닙니다. 그러니 먼저 한중의 장로부터 쳐서 없애야 합니다."

조조가 군사를 3대로 나누어 한중으로 출동시켰다. 하후연이 3천 명의 기병을 이끌고 기습하여 양평관(陽平關)을 점령했다. 이어서 조조가 뇌물을 탐하는 장로의 모사 양송(楊松)을 황금으로 만든 엄심갑을 주어 매수했다. 양송이 조조의 의도대로 장로의 맹장 방덕(龐德)을 모함하니 방덕은 조조에게 투항할 수밖에 없었다. 좌우 날개를 다 잃은 장로도 파중성(巴中城)을 바치니 한중은 조조의 손에 들어왔다. 조조는 양송을 찾아내어 말했다.

"이자는 자기 주인을 팔아 부귀영화를 구한 자다."

양송을 참하게 하여 그 시체를 길거리에 내다가 백성들에게 보였다. 그러자 주부(主簿: 문서와 부적을 맡아보는 벼슬)로 있는 사마의(司馬懿)가 고했다.

"한중을 얻은 기세를 몰아 성도에 있는 유비를 쳐서 완전히 무너뜨리십시오. 지혜 있는 사람은 기회를 놓치지 않는 법입니다."

모사 유엽도 같은 의견이었으나 조조는 받아들이지 않았다.

"인생이 괴로운 것은 만족할 줄 모르기 때문이다[人生苦不知足]. '내 이미 한중 땅을 얻었는데, 다시 촉 땅을 더 바라리오[旣得隴 復望蜀也]!"

한편 유비는 한중을 점령한 조조가 곧 서천 땅을 공격해 올 것이라 생각하고, 제갈량에게 계책을 구했다.

"조조는 여전히 손권을 두려워하고 있습니다. 형주의 3개 군을 손권에게 돌려주고, 손권이 합비성(合淝城)을 총공격하도록 만들면 조조는 군사를 거느리고 남쪽으로 떠날 것입니다.”

그래서 달변가 이적(伊籍)을 오나라 땅 말릉으로 보냈다. 이적이 손권에게 예물을 바치고 말했다.

“장군께서 합비성을 치면, 조조는 한중에서 퇴각합니다. 그때 우리 주공께서 한중을 얻게 되면 형주 전체를 장군께 모두 반환할 것입니다.”

손권이 10만 대군을 동원해 합비성을 공격했다. 그러자 조조가 40만 대군을 동원하여 합비성을 구원하러 직접 나섰다. 양군은 한 달 이상을 밀고 밀리는 전투를 거듭할 뿐 승패가 나지 않았다. 먼저 손권이 조조에게 매년 조공을 바치는 조건으로 휴전을 청했다. 조조가 허락하니 손권의 군대가 말릉 땅으로 돌아가고, 조조도 허도로 철수했다.

건안 21년(서기 216년) 5월, 드디어 조조가 위나라 왕(王)이 되었다. 그리고 업군(鄴郡)에 왕궁을 신축하고, 첩 변씨(卞氏)의 소생 중 장남 조비(曹丕)를 왕세자로 삼았다.

건안 23년(서기 218년) 봄 정월이었다. 허도의 김위, 위황, 경기 등이 조조를 제거하려고 일어났으나 하후돈이 간단히 진압하였다. 그리고 황실에 충성하는 신하들을 대대적으로 숙청한 다음, 조조는 자기 마음대로 조정의 직위를 부하들에게 나누어 주었다.

건안 23년 7월, 드디어 유비가 10만 대군을 동원하여 조운을 선봉에 세워서 한중을 공격했다. 조조도 40만 대군을 일으켜 허도를 출발했다. 선봉군은 하후돈이, 후방군은 조휴가, 그리고 자신은 중군을 맡았다.

　그러나 조조가 잇따라 패해 퇴각해야 될 처지에 놓이게 되었다. 선봉에 나선 서황이 황충과 조운에게 패퇴했고, 하후상과 하후연은 황충의 활과 칼에 저세상 사람이 되었고, 허저는 장비의 창에 어깨를 찔려 사곡(斜谷)으로 달아나야 했다. 뿐만 아니라 마초가 곧 두 방면으로 군사를 나누어 공격한다는 보고가 들어왔다.

　조조는 사곡 경계에 군사를 주둔시키고 나가 싸우지 않았다. 며칠이 흘렀다. 쳐들어가자니 마초가 보통 상대가 아니라 자신이 없었고, 그렇다고 허도로 돌아가자니 유비의 군대가 비웃을 것 같아 이러지도 저러지도 못하던 참이었다. 이때 요리를 맡아보는 병사가 닭탕을 바쳤다. 조조는 그릇 속에 '계륵(鷄肋: 닭갈비)'이 들어 있는 것을 보고 더욱 느끼는 바가 있어 곰곰이 생각에 잠겼다. 하후돈이 장막 안으로 들어와서 그날 밤의 암호를 물었다.

　"계륵, 계륵으로 하라!"

　하후돈이 밖으로 나가서 병사들에게 암호가 '계륵'이라고 알렸다. 행군주부(行軍主簿) 양수(楊修)가 이 말을 듣고서 군사들에게 철군 준비를 시켰다. 하후돈이 의아해서 물었더니 양수가 태연하게 대답했다.

　"닭갈비란 먹자니 먹을 것이 별로 없고, 버리자니 아까운 것이지요. 위왕(魏王)께서는 이 한중 땅이 별로 실익이 없는 닭갈비 같은 것이라고 생각해서 그만두려는 거요."

　"귀공은 참으로 위왕의 속맘을 환히 들여다보셨소!"

하후돈이 감탄하고 여러 장수들에게 그 뜻을 전달하고 자신의 부하들에게도 철군 준비를 시켰다. 나중에 그 사실을 안 조조가 자기 속을 훤히 꿰뚫은 양수에 대해서 두려움을 느꼈다. 그래서 근거 없는 말로 군사들의 사기를 떨어뜨려 놓았다는 죄로 목을 베라고 했다. 이때 양수의 나이 34세였다.

이튿날 아침 조조는 양수를 죄 없이 죽였다는 평판을 듣고 싶지 않아 마음에도 없는 공격령을 내렸다.

"장수라 할지라도 후퇴하는 자는 참하리라!"

높은 언덕에서 싸움을 독려하고 있을 때였다. 갑자기 날아온 화살 한 대를 맞고 말에서 떨어졌다. 방덕의 부축을 받아 간신히 진영으로 돌아오니 앞니 두 개가 부러져 있었다. 위연이 쏜 화살에 인중을 맞았던 것이었다.

한중왕 유비

위연의 화살을 맞은 조조가 혼쭐이 빠져 도망치니 삼군의 사기는 완전히 땅에 떨어졌다. 게다가 마초의 복병이 추격해 오니 조조는 군사를 독촉하여 밤낮을 쉬지 않고 경조(京兆) 땅에 이르러서야 간신히 숨을 돌릴 수 있었다.

유비는 한중을 평정하고 백성들을 두루 위로하며 삼군에게 큰 상을 내리니 모두가 기뻐했다. 모든 장수들은 유비를 추대하여 황제로 섬기고 싶은 마음이 간절했다. 장수들의 뜻을 읽은 제갈량이 법정(法正)을 데리고 가서 고했다.

"주공께서는 천하에 인의를 드날리시고, 이미 서천(西川)과 동천(東天: 漢中) 땅을 안정시키셨으니, 천명에 따르고 민심에 순종하여 황제 위(位)에 오르소서!"

유비가 펄쩍 뛰었다.

"그게 무슨 말씀이오? 내가 한나라 종실이긴 해도 역시 천자의 신하가 아니겠소. 왕위에 오른다면 이는 한나라에 대한 반역이오."

"천하가 분열되고 군웅(群雄)이 각 지방에서 패권을 잡고 있습니다. 유능한 인물들이 죽음을 생각지 않고 윗사람을 섬기는 것은, 천하를 바로잡고 공을 세워 이름을 얻기 위해서입니다. 주공께서 사소한 의리만 지키신다면, 하늘의 뜻을 거역하고 백성들의 기대를 저버리는 것입니다."

"허도(許都)에 천자께서 계신데, 내가 어떻게 그런 짓을 할 수 있겠소."

모든 장수들의 계속된 권유에도 유비가 사양했다. 그러자 제갈량이 제안했다.

"의리상 극진한 칭호를 마다하신다면 이제 형주와 양주, 서천과 동천을 장악했으니, 우선은 한중왕(漢中王)이 되시지요."

"천자의 조서를 받지 않고 왕이 된다면 이는 법을 어기는 짓이라."

"'난세에는 상황에 따라 방법을 달리해야 합니다[離亂之時 宜從權變].' 평상시의 법만 따져서는 대사를 그르칩니다."

장비가 보다 못해 외쳤다.

"유씨 성이 아닌 다른 놈들도 왕이 되려고 설치는 판이오. 한나라 종실인 형님이 한중왕(漢中王)뿐만 아니라 황제가 못 될 건 또 뭐요!"

유비가 장비를 꾸짖었다.

"너는 여러 말 말라!"

제갈량이 다시 권했다.

"먼저 한중왕의 자리에 오르신 후에 천자께 표문(表文)을 올려도 늦지 않습니다."

유비가 두 번 세 번 거듭 사양했으나 신하들의 뜻을 막지 못해 마침내 한중왕에 올랐다. 건안 24년(서기 219년) 7월, 유비가 면양(沔陽: 섬서성 한중의 서쪽 지역)에서 즉위식을 치르고, 아들 유선(劉禪)을 세자로 세웠다. 그리고 허정(許靖)을 태부로, 법정을 상서령으로, 제갈량을 군사로 삼아 행정과 군사 문제를 각각 처리하게 했다. 또한 관우·장비·조운·마초·황충을 오호대장(五虎大將)으로 임명하고, 위연을 한중태수로 삼았다.

유비는 표문을 허도로 보냈다. '역적 조조를 쳐 종묘사직을 보호하기 위해 한중왕의 지위에 스스로 올랐다.'는 내용이었다. 이 소식을 업군(鄴郡)에서 들은 조조가 격분했다.

"돗자리를 짜던 미천한 자가 왕이 되었다고? 맹세코 이놈을 없애 버리겠다."

군사를 모조리 동원하여 유비와 일대 결전을 하겠다고 고함 쳤다. 그러자 승상부 주부(主簿: 문서와 부적을 맡아보는 관리)로 있는 사마의(司馬懿)가 간했다.

"일시적인 분노로 원정(遠征)하셔선 안 됩니다. 촉의 병력이 쇠약해질 때까지 기다렸다가 한 장수만 보내면 쉽게 무너뜨릴 수 있습니다."

"중달(仲達: 사마의의 字)은 무슨 묘수라도 있단 말이오?"

사마의가 대답했다.

"손권은 시집간 누이동생을 강동으로 몰래 데려갔으며, 유비는 형주를 점령하고 반환하지 않기 때문에 둘은 서로 이를 갈며 원한을 품고 있습니다. 그러니 말 잘하는 사람을 손권에게 파견해서 형주를 치게 부추긴다면, 유비는 반드시 양천[서천과 동천]의 군사를 일으켜 형주를 구원할 것입니다. 바로 이때에 대왕께서 군사를 일으켜 서천과 동천을 치면 유비는 양쪽을 막지 못하고 무너질 것입니다."

조조가 고개를 끄덕이고는 만총(滿寵)에게 친서를 주어서 손권에게 보냈다. 손권은 만총이 왔다는 보고를 듣고 모든 모사들과 함께 대책을 논의했다. 장소가 먼저 입을 열었다.

"제갈량의 말에 넘어가서 우리가 위와 원수가 됐습니다. 만총이 찾아온 것은 조조가 우리와 친선 관계를 회복하자는 뜻이니, 예의로 대접하십시오."

손권은 만총을 정중하게 대접했다. 만총이 조조의 친서를 바치고 말했다.

"오와 위는 원래 원수 진 일이 없었는데, 유비 때문에 틈이 생긴 것입니다. 제가 온 것은 딴 뜻이 아닙니다. 장군께서 형주를 치면 위왕은 한중과 서천을 앞뒤에서 협공하여 유비를 격파한 다음에 그 땅 반을 장군께 드려 다시는 서로 싸우지 않기로 맹세하는 것입니다."

손권은 잔치를 베풀어 만총을 환대하고 객관(客館)에서 쉬게 했다. 그리고 모든 모사들과 함께 상의했다. 고옹(顧雍)이 신중론을 폈다.

"연합 작전을 수락한다는 언약을 주어 만총을 돌려보내는 한편, 강 건너 관우의 동정을 살핀 이후에 일을 일으켜야 합니다."

손권은 머리를 끄덕였다. 만총을 허도로 돌려보내고, 제갈량의 형인 제갈근을 형주로 보냈다. 형주성 안으로 들어간 제갈근이 관우에게 말했다.

"우리 주공의 아들이 매우 총명한데, 장군의 딸과 혼인을 청하러 왔소. 그러면 더욱 양가의 우호가 도타워지지 않겠소?"

이 말이 끝나자마자 관우가 버럭 소리를 질렀다.

"범의 딸을 어찌 개에게 시집보낼 수 있으리오! 네 동생의 체면을 보아 목숨을 살려 두는 것이니 썩 물러가라."

제갈근은 머리를 감싼 채 도망치다시피 강동으로 돌아왔다. 손권이 분기탱천했다.

"그놈이 어찌 그리도 무례하단 말이냐!"

손권이 즉시 형주 칠 일을 상의하기 위해 모든 문무 관원들을 불러 들였는데, 그 중 보즐(步騭)이 반대했다.

"조조가 우리와 동맹을 맺으려는 속셈은 우리와 유비를 싸우게 해서 나중에 촉을 삼키려고 하는 속셈입니다. 승패에 관계없이 우리도 전쟁의 재앙에서 벗어나지 못할 것입니다."

그러나 손권이 자신의 뜻을 꺾지 않았다.

"그렇긴 하나 나도 형주를 치려고 오래전부터 별러 왔소."

"그러시다면 이렇게 하십시오. 이미 양양과 번성에 조인이 군사를 주둔하고 있습니다. 주공께서 조조에게 '조인을 시켜 먼저 육로로 형주를 치라.' 고 요구하십시오. 그러면 관우는 반드시 형주 군사를 일으켜 번성을 칠 것입니다. 그 틈에 주공께서 형주를 치면 단번에 되찾을 수 있을 것입니다."

손권은 보즐의 계책을 따라 조조에게 친서를 보냈다. 조조는 손권의 제의를 환영하여 만총을 조인에게 보내 형주 공격의 참모 역할을 맡겼다. 또한 동오로 격문을 보내 조인의 군사와 연합하여 형주를 공격하라고 했다.

신의 화타와 무신 관우

한중왕 유비는 조조가 동오와 동맹하여 형주를 치려 한다는 보고를 받고 걱정에 싸였다. 그러나 제갈량은 조조의 움직임을 이미 짐작하고 있었다. 관우에게 번성을 먼저 치게 하면 해결될 것이라고 유비에게 말했다. 유비가 제갈량의 계책을 받아들여 사마비시(司馬費詩)를 관우에게 보냈다.

관우가 성 바깥까지 나가 영접한 뒤 공청으로 안내했다. 간단한 인사가 끝난 뒤 물었다.

"한중왕은 나에게 무슨 벼슬을 내리셨소?"

"장군은 오호대장의 첫째가 됐소이다."

"오호대장이라니, 누구누구요?"

"장군과 장익덕, 조자룡, 마초, 황충 다섯 분입니다."

관우가 노하여 말했다.

"익덕과 마초 그리고 자룡은 나와 같은 지위에 있대도 괜찮소. 하지만 황충이 어찌 나와 한 열(列)에 선 단 말이오. 대장부는 늙은 졸개와 한자리에 있을 수 없소."

관우가 오호대장군의 인수(印綬)를 받으려고 하지 않자 사마비시가 웃으며 말했다.

"장군의 생각은 잘못이오. 옛날에 한고조와 친근했던 소하(蕭何)와 조참(曹參)이 자신들보다 윗자리에 있는 진평(陳平)·

한신(韓信)을 불평했다는 말은 듣지 못했소. 사실 장군은 오호장군에 봉해졌지만 한중왕과는 형제의 의가 있어 장군이 바로 한중왕이며 한중왕이 바로 장군이라, 어찌 다른 사람과 같이 보리오. 장군은 벼슬이 높고 낮은 것을 따져서는 안 됩니다.”

관우는 크게 깨닫고 사마비시에게 두 번 절한 뒤 인수를 받았다. 관우가 군사를 정돈한 다음 양양으로 향한 큰길을 달렸다. 조인은 관우가 공격해 온다는 보고를 받고 직접 군사를 거느리고 양양성 밖으로 나가 진을 쳤다. 그러나 조인과 조인의 부하 장수들은 관우의 적수가 되지 못했다. 관우의 청룡언월도가 한 번 번쩍하더니 하후존이 두 동강이 나서 자빠졌다. 장수를 잃고 달아나는 군사들을 관우의 양아들 관평이 뒤쫓아가 베니 조인의 군사는 반 이상이 양강에 빠져 죽었다.

관우의 추격은 멈추지 않았다. 양양을 점령하고 번성을 치기 위해 군사를 몰아 양강을 건너갔다. 조인은 관우가 쳐들어온다는 보고를 받고 여상을 내보냈으나 그도 관우의 적수가 되지 못했다. 패잔병이 도망쳐 번성으로 돌아오자 급히 사람을 장안으로 보내 구원을 청하였다.

“관우가 양양을 격파하고 번성을 포위하고 있습니다. 속히 장수를 보내어 도와주십시오.”

조조는 우금(于禁)을 정남장군(征南將軍), 방덕을 정서도선봉(征西都先鋒)으로 삼아 7군을 거느리고 출병하라고 했다. 원래 방덕은 마초의 부하였는데, 조조에게 투항한 장수였다. 그는 출전에 앞서 관(棺) 하나를 짜게 했다. 그리고 전송회에 나온 친구들에게 말했다.

"관우를 죽여 이 관 속에 넣겠다. 내가 진다면 이 관 속에 들어가게 될 것이다."

이렇게 호기 있게 떠난 방덕도 관우를 이기진 못했다. 쫓기는 체하다가 활을 쏘아 관우의 왼쪽 팔에 상처를 입히기는 하였지만 우금의 질투심으로 승리할 기회를 놓치고 말았다. 결국 방덕은 증구천의 급한 물결에 말려들어 떠밀려 내려오다 관우에게 사로잡히고 말았다.

방덕은 관우 앞에 붙잡혀 왔지만 끝내 무릎을 꿇지 않았다. 관우가 물었다.

"네 형 방유가 한중에 있고, 너의 옛 주인 마초 또한 서촉의 장수에 있거늘, 어찌하여 항복하지 않는가?"

방덕은 벌컥 화를 내며 말했다.

"칼을 맞고 죽을지언정 너에게 항복할 수 없다."

그러더니 관우에게 온갖 욕설을 퍼부었다.

"끌어내어 참하라!"

관우가 말하니 방덕은 목을 내밀어 도부수의 칼을 맞았다. 관우는 방덕의 죽음을 불쌍히 여기고 성대히 묻어 주었다.

관우는 번성 공격을 서둘렀다. 조조의 원군이 도착하면 어려운 싸움이 될 것이라는 생각에서였다. 관우가 번성 북문 앞까지 이른 뒤 말을 세우고 채찍을 들어 성 위를 가리키며 꾸짖었다.

"너희 좀도둑들은 어서 빨리 항복하여라!"

조인이 성 위에서 내려다보니 관우가 엄심갑(掩心甲)과 녹색 전포만 입고 있었다. 급히 궁노수 5백여 명에게 신호하니, 화살이 빗발치듯 관우를 향하여 쏟아졌다. 관우가 급히 물러서려고 말을 돌려 세우다가 오른팔에 화살 한 대를 맞고 몸을 뒤집으며 말에서 떨어졌다.

조인은 즉시 군사를 거느리고 성 밖으로 나갔으나 관평에게 쫓겨 들어와야 했다. 관평이 부친을 구출하여 진영으로 돌아가 화살 끝을 뽑아냈다. 원래 화살촉에는 독약이 발라져 있었기 때문에 독이 뼈까지 스며들었다. 관우의 오른팔은 퍼렇게 부어서 움직이지를 못했다. 모든 장수들은 걱정되어 사방으로 유명한 의원을 찾아다녔다. 그러던 어느 날이었다.

"나는 패국 초군 땅 사람으로 성명은 화타(華陀)며 자를 원화(元化)라 하오. 천하 영웅이신 관 장군께서 독화살을 맞았다기에 고치러 왔소."

관평은 기뻐하여 화타를 장막으로 데려갔다. 이때 관우는 팔이 쑤시고 아팠으나 군사들의 사기가 떨어질까 봐 내색하지 않았다. 그리고 소일 겸 마량과 함께 바둑을 두었는데, 이날도 바둑을 두고 있었다. 관우는 윗옷을 벗고 팔을 뻗어 보였다. 화타가 말했다.

"독이 뼈까지 스며들었습니다. 속히 치료하지 않으면 이 팔은 쓸모가 없게 됩니다."

"어떻게 치료하면 되겠소?"

"치료 방법은 있으나 장군께서 두려워하실까 걱정입니다."

관우가 웃었다.

"나는 죽음도 두려워하지 않는데, 이까짓 것을 두려워하겠소?"

“뾰족한 칼로 살가죽과 살을 도려내어 뼈까지 드러나게 해야 합니다. 그런 다음 뼈에 퍼진 독기를 긁어내고, 약을 붙여야 고칠 수 있습니다. 그런데 치료 중 고통이 극심해 장군이 손을 움직일 수 있으니 팔을 쇠고리에 끼워 고정시켜야 합니다.”

관우가 웃으며 말했다.

“그런 쉬운 일이라면 고리를 쓸 필요가 없소.”

술상을 내오라고 해서 화타에게 권한 뒤 자기도 술을 몇 잔 마시고, 화타에게 팔을 내맡기면서 마량과 바둑을 두었다.

“이제부터 치료하니, 장군은 놀라지 마시오.”

“마음대로 치료하라. 내 어찌 속세 사람들처럼 무서워하고 아파하리오.”

화타가 칼을 놀려 살가죽과 살을 도려냈다. 뼈는 이미 독이 퍼져 푸르스름했다. 칼로 뼈를 긁어내는 소리가 사르락사르락 나니, 장상(帳上) 장하(帳下)에서 보는 자들이 모두 낯을 가리고 하얗게 질려 했다. 그러나 관우는 간혹 술잔과 고기를 들고 바둑을 두면서 태연히 웃고 말하는데, 전혀 아파하는 기색을 보이지 않았다.

이윽고 관우의 팔 밑에 바친 그릇에 피가 가득 괴었다. 화타가 독을 긁어내고 약을 바르고 상처를 다 꿰매자 관우는 크게 껄껄 웃고 일어나 모든 장수들에게 말했다.

“이 팔을 전처럼 움직여도 아프지 않으니, 선생은 참으로 신인 같은 명의시오!”

“제가 일생 동안 의원 노릇을 했지만, 오늘 같은 일은 처음 봤습니다. 장군은 참으로 천신(天神)이십니다!”

관우가 사례를 표하니 화타가 사양하며 말했다.

"백일 동안 안정이 필요합니다. 만약 그렇지 않으면 다시 상처가 도질 것입니다."

그리고 상처에 바를 약 한 봉지만 남겨 놓고 표연히 떠나갔다.

옥은 깨져도 빛은 변하지 않구나,
관우의 죽음

허도의 조조는 관우가 양양을 차지하고 방덕마저 죽였다는 보고를 받고 천도(遷都)까지 하려고 했다. 관우가 승세를 몰아 허도로 쳐들어온다면 허도를 지켜 낼 자신이 없었던 것이다. 모사 사마의가 고했다.

"걱정하실 것 없습니다. 손권과 유비가 사이가 좋지 않기 때문에 관우의 승리를 손권이 기뻐할 리 없습니다. 그러니 대왕께서는 손권에게 관우의 배후를 쳐서 평정하면 강남 땅을 몽땅 주겠다고 약속하십시오. 그러면 번성의 위기는 저절로 풀리리다."

얼마 후 조조의 서신을 받아 읽은 손권은 조조가 제휴한 양군 협동 작전을 쾌히 승낙했다. 손권은 여몽을, 조조는 서황을 선봉으로 내세우고, 자신들은 중군을 거느리고 관우의 앞뒤를 쳤다. 이때 공안과 남군을 지키고 있던 미방(麋芳: 유비의 처남)과 부사인이 배반하여 손권에게 투항하니, 군량미의 지원도 끊긴 상태였다. 결국 관우는 형주를 여몽에게 빼앗기고, 번성은 점령하지도 못한 채 맥성(麥城)으로 후퇴해야 했다. 수하에 남은 군사라곤 5, 6백 명이 고작이었다. 그나마 반수 이상이 부상병이고, 성안에는 양식이 없어 고통이 이만저만이 아니었다.

살길은 상용(上庸) 땅에서 구원병이 오는 데에 달려 있었다.

관우의 명을 받고 요화(廖化)가 포위망을 뚫고 상용에 당도하여 유봉(劉封)과 맹달(孟達)에게 지원을 요청했다. 유봉은 유비의 양아들 그러니까 관우는 유봉의 숙부인 셈이었다. 그러나 유봉은 선뜻 대답을 하지 않았다.

"우리가 상의할 동안 장군은 좀 편히 쉬시오."

요화를 쉬게 하기 위해 관역(館驛)으로 보낸 뒤 유봉이 맹달에게 말했다.

"숙부께서 곤경에 빠졌다니 어찌하면 좋겠소?"

"보잘것없는 이곳 상용 산성의 군사로 손권과 조조 연합 대군을 대적할 순 없소."

"나도 그건 알지만, 관운장 어른은 바로 나의 숙부시라, 그 어른의 위기를 구경만 하고 돕지 않을 수 있겠소?"

맹달이 웃었다.

"장군은 관공을 숙부로 아는 모양이지만 관공은 장군을 조카로 여기지 않소. 한중왕이 옛날에 장군을 아들로 삼으려 했을 때 관공은 마땅치 않게 여겼소. 뿐만 아니라 한중왕이 세자를 세우려고 제갈량에게 물었더니, '이는 집안일이니 형제와 상의하십시오.' 하고 대답했답니다. 이에 한중왕이 관공에게 물었더니, 관공은 '유봉은 양자다. 양자가 후사를 잇는 것은 말도 안 된다.' 고 반대하면서 '유봉을 멀리 보내어 후환이 없도록 하십시오.' 해서 장군이 이곳 산성으로 오게 된 것이오. 그런데 어째서 실속 없는 숙질의 의를 생각하고 위험한 짓을 하려 하시오."

"그대 말은 옳지만, 그럼 뭐라고 거절하면 좋겠소."

"이곳 산성을 다스린 지가 오래지 않아서 갑자기 군사를 일으켰다가는 반란이 일어날지 모른다고 하면 되오.”

유봉이 맹달한테서 들은 말을 요화에게 되풀이하니 요화가 방성통곡하며 사정하고 애걸했다. 그래도 유봉과 맹달은 뿌리쳤다.

한편 관우는 상용의 지원병이 오기만을 기다리고 있는데, 제갈근이 성안으로 찾아왔다. 제갈근이 항복을 권유하자 관우가 정색하고 대답했다.

“나는 원래 해량(解良) 출신의 일개 무부(武夫)이건만, 우리 주공께서는 항상 자기 손발처럼 나를 아끼셨으니, 내 어찌 의리를 저버리고 적국에 투항할 수 있으리오. 만일 맥성이 함락되는 날에는 죽을 따름이로다. ‘옥은 깨져도 빛이 변하지 않으며[玉可碎而不可改其白], 대나무는 불에 타도 곧은 절개를 굽히지 않나니[竹可焚而不可改其節]’, 몸은 비록 죽지만 죽백(竹帛: 역사)에 남을 것이다. 너는 여러 말 말고, 속히 성을 나가거라. 내 손권과 함께 사생결단을 내리라.”

“우리 오후(吳侯)께서는 군후와 서로 통혼하고 힘을 합쳐 조조를 격파하고, 함께 한나라 황실을 보필하자는 뜻이오. 다른 딴 뜻은 없는데, 어찌 이다지도 고집만 부리시오.”

말이 끝나기도 전이었다. 곁에 있던 관평이 칼을 죽 뽑아 제갈근을 참하려고 했다.

“저 사람의 아우 제갈공명이 촉 땅에서 너의 큰아버님을 돕고 있는데, 지금 이 사람을 죽인다면 그분들의 정을 상하게 함이니라.”

이렇게 말한 뒤 좌우 사람에게 제갈근을 끌어내라 분부했다.

제갈근은 부끄러움을 겨우 참고 말을 타고 성을 빠져나갔다.

"참으로 충신이로다. 그렇다면 어찌해야 좋을꼬?"

제갈근으로부터 관우의 반응을 전해 들은 손권이 고민하자 여몽(呂蒙)이 말했다.

"관운장이 비록 하늘에 오를 날개가 있대도, 제가 펴는 그물에서 벗어나지는 못하리다."

손권이 계책을 물으니 여몽이 대답했다.

"지금 곧 맥성을 공격하되, 북쪽 성문만 남겨 두어 그들이 달아날 길을 열어 주십시오. 군사를 매복해 두었다가 습격하면 관우를 사로잡을 수 있을 것입니다."

손권은 곧 맥성 북쪽에 날쌘 군사들을 매복하도록 했다. 이날 밤 맥성 북쪽에서 함성이 일어났다. 관우가 청룡언월도를 휘두르며 말을 달렸다. 북쪽 문을 벗어나 한참 달려가는데, 난데없이 긴 갈고리와 쇠줄이 관우의 말다리를 감아 쓰러뜨리니 관우 역시 몸을 뒤집으며 굴러 떨어졌다. 결국 관우 부자는 날이 밝자 손권 앞에 끌려오게 되었다.

"과인은 장군의 높은 덕을 흠모하였기에 통혼하자고 청했는데, 어째서 거절하였느냐? 또한 스스로 천하무적이라더니, 어째서 나에게 사로잡혔느냐?"

관우가 소리 높여 꾸짖었다.

"푸른 눈에 수염도 붉은 쥐 같은 놈아. 나는 유황숙 어른과 도원에서 결의하고, 한나라 황실을 일으키자고 맹세했거늘, 어찌 너 같은 역적과 손을 잡으리오. 너희들의 간계에 빠져들어 이렇게 됐을 뿐이다. 죽을 따름이라, 여러 말 마라."

손권이 모든 관리들을 돌아보고 물었다.

"관운장은 당대의 호걸이다. 과인은 예의로 대접하고 항복하도록 권할까 하는데, 어떠한가?"

주부 좌함이 반대했다.

"부당한 말씀이올시다. 예전에 조조도 벼슬을 주며 극진히 대접하였지만 관우는 '다섯 관문의 여섯 장수를 죽이고[五關六斬]' 유비에게 돌아갔습니다. 은혜와 예의도 그의 마음을 돌리게 할 수는 없습니다. 이번에 제거하지 않는다면 다음날에 큰 후환이 있으리다."

손권은 아무 말 없이 한동안 생각하더니 말을 꺼냈다.

"그 말이 옳도다. 참하라!"

건안 24년(서기 219년) 겨울 12월이요, 나이 58세에 관우는 죽음을 당했던 것이다.

손권은 관우의 적토마(赤兎馬)를 마충에게 주었다. 그런데 적토마는 수일 동안을 먹지 않더니 마침내 굶어 죽었다. 유비를 도와 천하를 평정시키겠다는 뜻은, 죽음으로 이루지 못하고 한이 되어 사람들 앞에 나타나 괴롭혔다. 그러나 보정 스님이 영혼을 달래 주자 백성들을 보호하는 신령으로 나타나 사람들은 관우의 덕에 감사하는 사당을 짓고, 춘하추동으로 제사를 지내게 되었다.

관우의 혼령이 여몽의 몸에 나타나더니 여몽은 온몸의 구멍에서 피를 쏟으며 죽었다. 손권은 대경실색하여 어찌할 줄을 몰랐다. 장소가 말했다.

"주공께서 관운장 부자를 살해했기 때문에 우리 강동에 재앙이 닥쳐올 것입니다. 운장은 유비와 함께 도원에서 결의하여 생사를 함께하기로 한 사이입니다. 그런데 유비는 촉나라에서 대군을 거느리고 있고, 제갈량의 지혜와 장비·황충·조운·마초 등 용맹한 장수를 거느린 상태입니다. 유비가 운장의 죽음을 안다면 틀림없이 원수를 갚으러 군사를 총동원하여 쳐들어올 것인데, 그러면 그들을 어떻게 막아 낼 것입니까?”

손권이 이 말을 듣고, 깜짝 놀라 발을 구르며 물었다.

“과인의 실수였소! 그러나 엎질러진 물이니 어떻게 하면 좋겠소?”

“유비가 백만 대군을 거느린 조조와 손을 잡고 쳐들어온다면 우리 동오는 매우 위험합니다. 그러니 유비가 조조를 치도록 만들어야 합니다. 우선 관운장의 목을 조조에게 보내십시오. 그리고 유비에게 관우를 죽인 사람이 조조라고 알리십시오. 그러면 유비는 조조를 저주하며 위나라를 총공격할 것입니다. 우리는 그 둘이 싸우는 것을 구경하다가 어부지리(漁父之利)를 취하는 것이 상책입니다.”

손권이 장소의 말대로 나무 갑에 관우의 목을 넣게 하여 조조에게 보냈다. 이때 조조는 낙양 땅으로 돌아와 있었다.

“관우가 죽었다니 이제 나는 고침안면(高枕安眠)하면서 편히 자겠구나!”

“이는 동오가 자기네의 재앙을 우리에게 뒤집어씌우려는 수작입니다.”

댓돌 아래를 내려다보니 사마의였다. 조조가 그 까닭을 묻자 사마의가 오나라의 속셈을 정확하게 짚어 내어 대답했다. 조조가 머리를 끄덕였다.

"중달의 말이 옳도다. 그럼 어떻게 해야 되겠소?"

"조금도 염려할 필요가 없습니다. 대왕께서는 좋은 향나무로 몸을 만든 뒤 관우의 목과 붙인 뒤 걸맞은 예의로써 장례식을 성대히 치러 주십시오. 유비가 이를 알게 되면 틀림없이 손권에게 복수할 것입니다. 둘이 싸우게 될 때 유비가 유리하면 손권을 치고, 손권이 유리하면 유비를 친 뒤에 힘이 빠진 나머지 하나도 치면 우리 손에 쉽사리 망하리다."

사마의의 말이 끝나자 조조는 곧 만면에 웃음을 띠었다. 기분 좋게 동오의 사자가 바친 나무상자의 뚜껑을 열었다.

관우의 얼굴은 살았을 때와 조금도 다름이 없었다. 조조가 웃으며 물었다.

"운장은 그동안 별고 없었는가?"

말이 끝나기도 전이었다. 죽은 관우가 입을 딱 벌리고 눈을 부릅뜬 채 사방을 흘겨보는데, 머리카락과 수염은 빳빳이 일어섰다. 조조가 그만 기겁하여 나자빠졌다. 한참 후에야 관리들의 부축을 받아 겨우 일어났다.

"관운장이야말로 하늘의 신인(神人)이로다!"

곧이어 동오에서 온 사자가 여몽의 죽음을 조조에게 고했다. 관우의 혼령이 덧씌워져 온몸의 구멍이란 구멍에서 모두 피를 쏟으며 죽었다는 것이었다. 조조가 더욱 두려운 생각이 들어 관우의 장례식에 온 정성을 기울였다. 조조가 직접 제사를 주관하고, 관우에게 형왕(荊王)이라는 왕호를 추증(追贈)한 뒤 관리를 두어 무덤을 지키게 했던 것이다.

간웅 조조의 최후

촉 땅에 있던 제갈량은 밤하늘 별의 움직임을 보고 관우의 죽음을 예감하고 있었다. 그러나 제갈량은 유비에게 내색하지 않았다. 그런데 허정이 제갈량을 찾아와 관우가 죽었다는 것을 보고하고 있을 때, 유비가 두 사람의 대화를 우연히 엿듣게 되었다. 유비가 관우의 생사 여부에 대해 제갈량을 다그치고 있을 때, 형주의 패전 소식이 잇따라 들어왔다.

"형주에서 요화가 왔습니다."

요화가 통곡하며 유봉과 맹달이 구원병을 보내 주지 않아 관우를 위기에 빠트렸다고 아뢨다. 날이 새기도 전에 보고가 또 들어왔다.

"운장께서 동오의 장수에게 붙들렸으나, 의기와 절개를 끝까지 굽히지 않고 아들과 함께 세상을 떠나셨습니다."

유비가 외마디소리를 지르며 마룻바닥에 굴러 떨어져 기절했다. 잠시 후 제갈량이 위로했다.

"주상은 너무 상심 마소서. 죽고 사는 것은 하늘의 뜻입니다. 주상은 옥체를 보전하시고, 부디 관운장의 복수는 천천히 도모하소서."

"과인은 두 아우와 함께 도원에서 생사를 같이하기로 맹세했소. 이제 관우가 죽었으니 어찌 홀로 부귀를 누릴 수 있겠소."

말이 끝나기도 전에 관우의 둘째아들 관흥(關興)이 통곡하며 들어왔다. 유비는 관흥을 보자 또다시 크게 외마디소리를 지르고 목이 메여 기절했다. 하루 사이에 기절하기가 세 번 내지 다섯 번씩이요, 3일 동안에 물 한 모금 마시지 않고 내리 통곡하더니, 눈물이 옷깃을 적시다 못해 나중엔 피가 아롱졌다.

간신히 정신을 차리고 조조가 관우를 장사 지낸 사실을 보고받은 뒤 유비가 결연히 말했다.

"내 이제 군사를 동원하여 동오의 죄를 물으리라."

"지금은 안 됩니다. 오나라는 우리가 위나라를 치기를 바라고, 위나라는 우리가 오나라를 치기를 바라고 있습니다. 우선은 관우의 초상을 치른 다음에 오와 위의 사이가 나빠지기를 기다렸다가 공격해야 합니다."

제갈량의 뒤를 이어 모든 신하들이 간하자, 유비는 겨우 음식을 든 뒤에 상복을 입고 관우를 초혼(招魂)하고 장사를 지내며 종일 통곡했다.

한편 조조는 낙양에 아홉 칸 궁궐의 건시전(建始殿)을 짓고 싶었는데, 기둥과 대들보로 쓰일 재목이 없는 것이 마음에 걸렸다. 목수는 낙양에서 30리 떨어진 약룡담 근처 사당 앞에 있는, 높이가 10여 길이나 되는 배나무를 쓰면 된다고 말했다.

조조가 사당 앞에서 직접 칼을 빼어 나무를 쳤다. 그 순간 쟁그랑 소리가 나면서 나무에서 피가 터져 나왔다. 조조의 온몸은 피투성이가 되어 대경실색하여 칼을 던져 버리고 궁으로 돌아왔다.

그 후 날마다 꿈속에서 배나무의 신이 나타나 조조를 죽이겠다며 괴롭혔다. 이때부터 골머리가 쑤시고 아프더니 의원들이 치료했으나 병은 점점 심해졌다.

명의 화타가 불려와 조조를 진맥하고 말했다.

"대왕의 두통은 풍(風)으로 생긴 병인데, 이미 고름이 뇌수 속에 박혀 있습니다. 이 방법밖에 없습니다. 먼저 마폐탕(麻肺湯)을 잡수시면 제가 날카로운 도끼로 두골을 열고 뇌수에 괸 고름을 씻어 내면 됩니다."

"네가 과인을 죽일 작정이로구나."

화타가 관우를 치료했던 예를 들며 의심하지 말라고 말했지만, 이 점이 오히려 조조를 더 분노케 했다. 천하 권세를 휘어잡은 자신을 적국의 일개 무장과 비교당한다는 것은 지엄한 자신의 자존심에 큰 상처를 입히는 일이었다. 결국 화타는 옥에 갇히게 되고. 조조는 수술받을 기회를 놓치고 말았다.

화타는 옥에서 죽을 운명이었다. 화타가 죽기 전에 자기에게 친절을 베푼 간수 오 압옥(押獄)에게 의학의 비전인 '청낭서(青囊書)'를 맡겼다. 오 압옥이 책을 들추기 전에 청낭서는 이미 아내가 불쏘시개감으로 아궁이에 처넣었다. 청낭서는 다 타 버리고 겨우 두 장이 남았다. 오 압옥이 화를 내자 아내가 시큰둥하게 대답했다.

"그런 걸 배워서 의술이 신통하게 된대도 결국은 화타처럼 옥에 갇혀 죽기나 할 텐데, 무슨 소용이 있단 말이오!"

이리하여 청낭서는 세상에 온전히 전해지지 못했다. 겨우 전해지는 것이라곤 책 두 장에 씌어 있는, 불알을 까서 닭과 돼지를 살찌게 하는 수의(獸醫) 기술뿐이었다.

조조의 병세는 더 악화되었다. 그러던 어느 날 밤에 조조는 말 세 마리가 한 구유통에서 말죽 먹는 꿈을 꾸었다. 꿈에서 깨어난 뒤 가후에게 물었다.

"전에도 같은 꿈을 꾸었을 때, 마등·마휴·마초 세 마씨(馬氏)가 날 해칠까 의심이 나서 다 죽여 버렸소. 그런데 지금 또다시 그런 꿈을 꾸었으니 이 무슨 징조이겠소?"

"녹마(祿馬)는 글자 뜻 그대로 복을 가져다주는 말입니다. 그 복마(福馬)가 구유통[槽(曹操의 '曹'와 음이 같음)]에 모였으니 크게 길한 징조입니다. 대왕은 뭣을 의심하십니까."

조조는 가후의 말을 믿고 안심하였다. 그러나 누가 알았으랴. 조씨는 결국 사마(司馬) 씨에게 망했으니, 그 말 세 마리는 사마의(司馬懿)·사마사(司馬師)·사마소(司馬昭)를 뜻했음을.

밤마다 흉측스런 꿈은 계속되었다. 조조의 손에 죽은 복 황후, 동 귀비, 어린 황자, 복완, 동승 등 20여 명이 온몸에 피를 흘리며 '내 목숨 돌려 달라!' 고 외쳐 댔다. 자신의 최후를 예감한 조조는 조홍, 가후, 사마의를 침상 가까이 오게 하고 뒷일을 부탁했다.

"손권과 유비를 제거하기 전에 과인의 병이 이러하니 집안일을 부탁하노라. 과인이 다섯 아들을 두었는데, 장자는 죽고 지금은 변씨(卞氏) 소생인 비(丕)와 창(彰)과 식(植)과 웅(熊) 이렇게 네 아들이 남았소. 평소 사랑한 식은 성실하지 못하며 술을 좋아하고 방종하니 세자로 적당하진 않소. 오직 맏아들 비가 성실하고 도량이 너그럽고 공손하니 과인의 뒤를 이을 만한지라, 경들은 그를 잘 보좌하라."

그리고 한마디 덧붙였다.

"창덕부(彰德府) 강무성(講武城) 밖에다 나의 무덤을 만들 때 무덤 71개를 더 만들어 내가 어디에 묻혔는지를 세상이 모르게 하여라. 후세에 내 무덤을 도굴할까 두렵노라."

유언을 마치자 길이 탄식하고 눈물을 비 오듯 흘렸다. 건안 25년(서기 220년) 정월, 조조는 66세의 나이로 숨이 끊어졌다. 후세 사람들이 조조의 죽음을 탄식한 '업중가(鄴中歌)'가 있다.

성 하면 업성이요, 물 하면 장수니
이를 따라 특이한 인물이 일어났다
영웅의 계략과 시를 짓는 일에 문학적 소양을 보탠
임금과 신하며 형과 아우요, 또한 아버지와 아들 간이더라
영웅이란 세속의 척도로 잴 수 없나니
어찌 사람들의 눈길을 따라 움직이겠는가
공도 으뜸 죄도 으뜸 다른 사람이 아니니
후세에 욕을 먹고 칭찬을 듣는 이도 한 사람이라
문장에는 호방한 패기와 기상이 있으니
어찌 시시한 보통 사람이 될 수 있으리오
창을 놓고 대를 쌓아 태항(太行)과 가까이 하여
기운과 이치와 형세가 서로 맞겨루는 판이라
어찌 이러한 사람이 세상을 거스를 마음이 없을지며
작게는 패권을 잡거나 크게는 왕이 되지 않으리오
패왕(覇王)으로서 아녀자의 울음을 우니
가득한 불평을 어쩔 수 없었도다

기도를 드려도 소용없다는 것을 너무나 잘 알았고
첩들에게 향을 나눠 주었으니 인정이 없다고는 못하리로다
오호라! 옛 사람은 일을 할 때 크고 작은 것을 생색내지 않았으니
적막도 호화도 다 속뜻이 있었도다
서생(書生)들이 무덤 속 사람을 경솔히 논평하면
무덤 속의 사람은 너희들은 세상을 모른다고 웃으리라

생사의 갈림길에서 탄생된
조식의 칠보시

조비가 조조의 유언대로 위왕(魏王)이 되었다. 화흠이 먼저 조서를 꾸민 다음에 헌제를 협박하여 재가를 청했던 것이었다. 조비는 건안(建安)이란 연호를 연강(延康)으로 바꿨고, 조조에게 무왕(武王)이란 시호를 바쳤다.

조조의 둘째아들 조창은 장례식에 참석했는데, 조식과 조웅은 참석하지 않았다. 그래서 조비가 문책하려고 하자 조웅은 자살해 버렸고, 조식은 임치(臨淄) 땅에서 여전히 술을 즐기기만 했다. 허저가 임치 땅에 가 술에 취한 조식을 결박해 업군(鄴郡)으로 끌고 왔다. 이때 조씨 형제의 어머니 변씨가 내전에서 나와 울면서 말했다.

"딴 뜻이 있어 술을 좋아하고 미친 체한 것이 아니다. 단지 자기 재주를 믿었기 때문에 방종한 것이니, 네가 형제간의 정을 생각하여 식의 목숨을 살려 주면 나는 편히 눈을 감을 수 있겠다."

변씨도 뭇 어머니와 같은 심정이라 혈육 간의 분쟁을 원치 않았던 것이다. 변씨가 울면서 내전으로 돌아가자 화흠이 말했다.

"자건(子建: 조식의 字)은 재주와 지혜를 품은 자이니, 끝내 가만히 있을 인물이 아닙니다. 당장 없애 버리지 않으면 후환이 생길 게 틀림없습니다.”

“모친의 명령을 어길 수는 없지 않소?”

“사람들이 말하기를, ‘자건은 입만 열면 문장이 나온다.’고 합니다. 그러나 신은 곧이 믿지 않습니다. 주상께서는 그를 불러들여 문재(文才)를 시험한 뒤에 생사를 결정하면 천하 문인들의 비평을 듣지 않을 것입니다.”

조비는 화흠의 말에 머리를 끄덕였다. 이윽고 조식이 들어와서 꿇어 엎드렸다. 조비가 굽어보고 말했다.

“사적인 정으로 말하면 나와 너는 형제간이지만, 공적인 의로 말하면 임금과 신하 간이다. 너는 어찌 네 재주만 믿고 나에 대한 예의를 지키지 않았느냐. 넌 운이 좋아 딴 사람의 문장으로 제 글인 양 행세하여 선군(先君)의 사랑을 받았을 것이다. 이제 너에게 일곱 걸음을 걷는 동안의 시간을 줄 테니, 그 안에 시 한 수를 지어 읊도록 하라. 지으면 살려 줄 것이요, 짓지 못하면 거짓으로 알고 용서하지 않으리라.”

“제목을 주시옵소서!”

마침 정전 위에는 수묵화가 걸려 있었다. 그 그림은 두 마리 소가 흙담 밑에서 싸우다가, 그 중 한 마리가 우물에 빠져 죽는 광경을 그린 것이었다. 조비가 그림을 가리키며 요구했다.

“저 그림으로 제목을 삼되, ‘두 마리 소가 담 밑에서 싸웠다[二牛鬪墻下]’든가, ‘그 중 한 마리가 물에 떨어져 죽었다[一牛墜井死]’는 식의 상투적인 말이 들어가서는 안 된다.”

이에 조식이 일곱 걸음을 걷는 동안에 시를 지어 읊었다.

두 살덩어리가 동시에 길을 가는데
머리 위에 오목한 뿔이 달렸다
불룩한 산 밑에서 서로 만나
홀연 맞두딪쳐 서로 받았네
두 적수가 다 억세지 못해서
한 살덩어리는 웅덩이에 드러누웠다
이는 힘이 부족해서 그런 것이 아니고
왕성한 기운 쏟아내지 않았음일세

모든 신하들은 놀랐고 조비는 조식이 더욱 두려웠다. 조식의 시는 바로 골육 간의 다툼을 뜻하는 데다 드러누운 소는 조식을 뜻해 조식이 끌려온 원인이 힘이 없어서가 아니라 골육의 정 때문에 제대로 힘을 발휘하지 않았다는 뜻으로 해석될 수 있었기 때문이었다. 조식이 조비를 향해 보이지 않는 비수를 던진 셈이었다. 그러나 이 정도로 그만둘 조비가 아니었다.

"일곱 걸음 안에 시를 지었으나, 나는 별로 빨리 지었다고는 생각하지 않는다. 너는 제목을 받는 즉시로 시 한 수를 지을 수 있겠느냐?"

"제목을 주시옵소서."

"나와 너는 형제간이니 형제로 제목을 삼되, 형이니 동생이니 그런 뻔한 글자는 쓰지 마라."

조식은 주저하는 빛도 없이 즉석에서 시를 지어 불렀다.

콩을 찌는데 콩깍지로 불을 지피니[煮豆燃豆其]
콩은 가마솥에서 소리내어 우는도다[豆在釜中泣]

원래는 한 뿌리에서 나서 생겨났는데[本是同根生]
왜 이다지도 급히 볶아 대느냐[相煎何太急]

조비는 조식의 시를 듣자, 자기도 모르게 주르르 눈물이 흘렀다. 모친인 변씨가 내전에서 울면서 나오며 말했다.
"형이란 자가 왜 아우를 이다지도 괴롭히느냐?"
조비는 황망히 자리에서 내려와 말했다.
"나라와 법을 폐할 수는 없습니다."
그러더니 조식을 안향후(安鄕侯)로 관등을 깎아 내려 귀양 보내고 말았다.

한 하늘 아래 두 황제, 조비와 유비

성도의 유비는 관우를 구원하지 않은 유봉과 맹달을 잡기 위해 군대를 출동시키려고 했다. 그러자 제갈량이 간했다.

"급히 서두르면 변이 생깁니다. 두 사람을 군수로 승진시켜 서로 떼어 놓은 뒤에 사로잡으소서."

유봉을 면죽태수로 승진시켜 맹달과 떼어 놓으니 맹달이 위나라로 투항하려 한다는 보고가 들어왔다. 유비가 다시 군대를 출동시키려 하는데, 제갈량이 다시 간했다.

"유봉에게 맹달을 사로잡으라는 명령을 내리시어 두 범이 서로 싸우게 하십시오. 유봉은 이기든 지든 성도로 돌아올 것입니다. 그때에 손을 쓰면 두 사람을 다 처치할 수 있습니다."

유봉이 유비의 명령대로 맹달을 추격했으나 오히려 패배해서 성도로 돌아왔다. 유봉이 맹달의 농간에 의해 관우가 죽었다고 변명하자 유비는 노기충천(怒氣衝天)했다.

"너도 사람이 먹는 음식을 먹고, 사람이 입는 옷을 입는다고 하겠느냐. 흙이나 나무로 만든 병신이 아닌 바에야 어찌 역적 놈의 말을 듣는단 말이냐?"

좌우에 명하여 유봉을 참하라 했다.

유비는 양아들 유봉을 죽인 것을 후회했으며, 관우의 죽음을 애달파하던 나머지 그만 병이 들었다.

한편 조비가 왕위에 오른 해 8월, 석읍현에서는 봉황이 나타나고, 임치성에서는 기린이 나타나고, 업군에서는 황룡이 나타났다는 보고가 들어왔다. 그러자 화흠이 중랑장 이복과 태사승 허지와 함께 조비에게 말했다.

"이 같은 상서(祥瑞)가 나타난 것은, 바로 위가 한을 대신해서 천하를 다스려야 할 징조입니다. 어서 수선지례(受禪之禮: 천자가 황제의 자리를 덕 있는 자에게 물려주는 의식)를 베풀어, 한 황제가 천하를 위왕에게 양도하도록 서두릅시다."

그리고 유엽, 환해 등 문무 관원 40여 명과 작당하여 내궁으로 들어가 헌제(獻帝)에게 황제 위를 양도하라고 협박했다. 이에 헌제의 비이자 조조의 딸인 조후(曹后)가 크게 노했다.

"나의 부친은 공로가 세상을 덮고 위엄이 천하를 진동했으나 그래도 천자의 위를 넘보지 않았다. 그런데 왕위를 이어받은 지 얼마 안 된 오라비가 황제 자리를 빼앗으려 하다니, 하늘이 네놈들을 그냥 두지 않으시리라."

조후가 버텼으나 한나라의 녹을 먹은 신하 중 헌제를 위하여 목숨을 바친 중신(重臣)은 없었다. 옥새를 보관하는 부보랑(符寶郞)의 벼슬에 있는 조필(組弼)만이 당당히 저항하다 죽음을 맞을 뿐이었다. 결국 헌제는 화흠 등의 강요에 의해 조비에게 세 번씩이나 '황제의 위에 오르십시오.' 하는 조서를 바치고, 스스로 수선대(受禪臺)를 쌓는 치욕 끝에 황제 위를 빼앗기고 말았다.

황제의 자리에 오른 조비는 연강 원년을 황초(黃初) 원년이라 개원하고, 국호를 대위(大魏)라 하였다. 또한 천하에 대사면령을 내리고, 아비 조조를 태조 무황제(武皇帝)라 높였다.

조비가 황제의 위에 오르고, 헌제는 산양으로 유배 가다 도중에 살해당했다는 보고가 성도에 들어왔다. 이에 제갈량이 중심이 되어 모든 관리들이 유비에게 간했다.

"황제의 위에 오르셔서 한 황실의 정통성을 이어받아 역적 조비를 치십시오."

그러나 유비는 한사코 거절했다. 그러던 어느 날이었다. 제갈량이 병이 났다는 보고가 들어오자 유비가 제갈량의 병상을 찾았다. 제갈량이 한숨을 내쉬며 탄식했다.

"대왕을 모신 이래로 제가 계책을 올리면 대왕은 하나도 빠짐없이 들어주셨습니다. 대왕이 끝내 황제의 위에 오르길 거절하시면, 모든 관원들은 원망하고 머지않아 다 흩어질 것입니다. 문무의 신하들이 떠나고, 오와 위가 쳐들어온다면 서천과 동천 양천(兩川)을 유지할 수 없으니, 신이 어찌 병이 나지 않을 수 있겠습니까."

유비가 실토했다.

"내가 거절하는 것이 아니오. 천하 사람들의 뒷공론이 두렵기 때문이오."

"성인이 말씀하기를 '명분이 옳지 않으면 그 말을 따르지 말라.' 하셨습니다. 이제 대왕은 명분이 옳고 말이 바르거늘, 그 누가 비난하겠습니까. 자고로 '하늘에서 주는 것을 받지 않으면 도리어 벌을 받는다.' 고 하였습니다."

"그럼 군사의 병이 완쾌한 뒤에 다시 의논한대도 늦지 않을 것이오."

이 말을 듣자 제갈량이 병상에서 벌떡 일어나 병풍을 손으로 쳤다. 병풍이 넘어지자, 밖에서 문무 관원들이 일제히 들어와 절했다. 드디어 유비가 굴복하여 건안 26년(서기 221년) 4월에 즉위식을 거행하고 소열제(昭烈帝)가 되었다. 연호를 장무(章武)라 하고, 유선을 태자로 책봉한 뒤 제갈량을 승상으로 하는 등 문무 관원들을 일일이 승진시켜 주었다. 그리고 대사면령을 내리니, 동천과 서천의 군사와 백성들은 모두 환호성을 지르며 기뻐했다.

이튿날 조회를 베푸는 자리에서였다. 문무 관원들이 절을 하고 두 반열로 늘어서자 유비가 칙명(勅命)을 내렸다.

"짐은 군사를 총동원하여 동오를 쳐부수고 역적을 사로잡아 원한을 갚겠노라."

그러자 조운이 계단 아래에 꿇어 엎드리며 간했다.

"국가의 역적은 조조이지 손권이 아닙니다. 이제 그 아들 조비가 한나라를 강탈함에 천하가 함께 분노하니, 조비를 치면 천하 의사(義士)들이 달려와서 호응할 것입니다. 그러나 오를 쳐서 전투를 벌인다면 촉의 운명 또한 알 수 없게 됩니다. 깊이 통촉하소서!"

"손권의 살을 씹고 그 집안을 멸족해야만 비로소 짐의 원한이 풀리는데, 경은 어째서 막는가?"

조운이 계속 아뢨다.

"천하를 위해서 한(漢) 나라의 원수는 갚아야 하지만, 형제의 원수는 사사로운 문제에 불과합니다. 부디 천하를 소중히 여기소서."

"짐이 아우의 원수를 갚지 못한다면 만리강산(萬里江山)을 차지한대도 무슨 귀중한 것이 있으리오."

유비는 끝내 조운이 간하는 것을 듣지 않았다.

"군사를 일으켜 오를 치라."

부하에게 목숨 잃은 장비

낭주(閬州)를 지키고 있던 장비는 관우가 살해당했다는 보고를 받고 아침저녁으로 통곡하니 옷깃이 피눈물로 젖었다. 날마다 남쪽을 노려보고 이를 갈고 눈을 부릅뜨고 분노하고 저주하며 방성통곡했다. 장비는 성도에서 온 사자를 앞세워 유비를 찾아갔다. 이때 유비는 오를 치기 위해 매일 교련장에 나가 직접 군사와 말을 조련하고 있었다. 제갈량이 대신들을 거느리고 교련장으로 가 유비에게 간했다.

"폐하께서 북쪽 위나라를 치려 한다면 대의를 천하에 밝히는 것이라서 친히 6군을 거느리시는 일이 마땅합니다. 그러나 오나라를 치겠다면, 한 장군에게 군사를 맡겨 토벌해도 되는데, 어찌하여 폐하께서 친히 나서십니까?"

유비가 제갈량의 간언을 듣고 겨우 마음을 돌리려 하는데, 장비가 연무청(演武廳)에 들어와 땅에 엎드려 절하고, 유비의 다리를 끌어안고 통곡하니 유비 또한 통곡하지 않을 수 없었다. 장비가 관우의 복수를 위해 군대를 출동할 것을 재촉하니, 유비의 귀에는 좌우 신하들이 간하는 소리가 들어올 리 없었다.

"함께 출동할 것이다. 경은 낭중의 본부 군사를 거느리고 나오라. 짐은 정병을 통솔하고 강주에서 만나 경과 함께 동오를 치고 이 원한을 씻으리라.”

장비가 즉시 낭중으로 돌아가려는데, 유비가 당부했다.

“평소 경이 술에 취하면 부하들을 매질하는 나쁜 버릇이 있다. 이는 재앙을 초래하는 길이니, 부하들을 너그러이 대하도록 하라.”

이튿날이었다. 유비가 군사를 정돈하고 출동 명령을 내리려고 하는데, 학사(學士) 진복이 아뢨다.

“폐하께서 만승(萬乘: 만 대의 수레, 즉 천자를 상징)의 책임을 돌보지 않으시고 조그만 의리를 따르려 하시니 이런 일은 옛 사람도 옳다고 아니했습니다. 폐하는 깊이 통촉하소서.”

화가 난 유비가 진복을 죽이려고 했으나 좌우 신하들의 간언에 옥에 가두라고 했다. 제갈량이 이 일을 전해 듣자 즉시 표문을 바쳤다. 관우의 죽음은 애석하나 사직과 만천하를 위해선 위나라를 먼저 거꾸러뜨려야 하고, 그러면 오는 저절로 항복할 것이라는 내용이었다.

유비가 제갈량의 표문을 땅에 던지며 말했다.

“짐은 이미 결심했으니 더 이상 간하지 말라!”

유비는 마침내 75만 명의 대군을 거느리고 성도를 출발했다. 승상 제갈량에겐 태자를 보호하며 양천을 지키도록 하고, 마초와 마대 형제는 진북장군(鎭北將軍) 위연을 도와 한중 땅을 지키면서 위나라의 공격에 대비하도록 했다. 선봉에 황충과 부장 풍습·장남을 세웠고, 후군엔 조운을 세워 군량과 마초를 감독하게 했고, 중군 호위는 부동·장익을 세웠다. 그리고 황권·정기를 참모로 삼고, 마량·진진은 문서를 다스리게 했다.

이때가 장무 원년 7월 병인일이었다.

한편 낭중에 돌아온 장비는 군사들에게 명령을 내렸다.

"3일 안으로 흰 기와 흰 갑옷을 마련하여라. 우리 삼군은 모두 상복으로 무장하고 오를 치리라!"

이튿날 범강, 장달 두 하급 장수가 장막에 들어와서 고했다.

"3일 안엔 마련할 수 없으니 기한을 좀 늘려 주십시오."

장비가 버럭 화를 냈다.

"내일이라도 역적의 땅에 당도하지 못하는 것을 한으로 생각한다. 네놈들이 어찌 나의 명령을 어기려 드는 거냐!"

장비의 호령에 범강과 장달이 나무에 비끄러매졌다. 장비는 매를 들어 그들의 등을 각각 50번 후려갈겼다. 매질을 끝내고 다시 한 번 호령했다.

"내일까지 다 마련하라. 만일 못하면 네놈들을 죽여 모든 군사들에게 본보기로 보일 테다."

두 사람은 입에서 피를 흘리며 병영으로 업혀 와 서로 머리를 맞댔다. 범강이 먼저 말했다.

"내일까지 마련하지 못하면 성미가 불같은 장비가 우리를 죽일 걸세."

"그가 우리를 죽이기 전에 우리가 그를 죽여야지!"

"하지만 어떻게 가까이 갈 수 있단 말인가?"

"운명에 맡겨 보세. 우리가 살 운명이라면 그는 술에 취해서 잘 것일세."

이날 밤 그 둘은 품속에 단도를 숨기고 장비의 장막으로 들어갔다.

"긴급히 비밀 보고를 하러 왔소."

침실 안에 이르러 장비를 보니 그는 둥근 눈을 부릅뜨고 있었다. 꼭 쳐다보는 것 같아 감히 손을 쓰지 못하고 있었다. 장비는 원래 눈을 뜨고 자는 습관이 있었다. 곧이어 장비의 코고는 소리가 우레같이 났다. 그제야 두 놈은 안심하고 함께 달려들어 칼로 장비의 배를 찔렀다. 장비가 외마디소리 크게 지르지 못하고 죽으니, 이때 그의 나이 55세였다.

두 놈은 그날 밤으로 장비의 목을 베어 밤낮없이 도망쳐 동오로 들어갔다. 한편 유비는 장막 안에서 잠을 이룰 수가 없었다. 장막을 나와 하늘을 우러러보니 서북쪽의 하늘에서 크기가 말[斗]만 한 별이 홀연 땅으로 떨어지는 것이었다. 즉시 제갈량에게 전령을 보내어 무슨 징조인지를 물었다. 전령이 제갈량의 대답을 아뢨다.

"한 대장을 잃을 징조니, 3일 안에 놀라운 보고가 들어올 것이라고 하옵니다."

이튿날부터 행군을 정지시키고 보고가 들어오기만을 초조하게 기다렸다.

"낭중에서 부장 오반의 표문이 들어왔습니다."

유비가 발을 구르며 외쳤다.

"슬프다! 셋째아우가 끝났도다!"

표문은 장비의 죽음을 확인시켜 주는 내용이었다. 유비가 방성통곡하다가 그 자리에 쓰러져 기절하니, 모든 관리들이 급히 약을 써서 깨어나게 했다.

이튿날, 흰 전포에 은으로 만든 갑옷을 입고 달려온 장비의 큰아들 장포(張苞)가 땅바닥에 엎드려 통곡했다. 이때부터 유비는 너무 애통하여 음식을 먹지 못했다.

"폐하께서 용체를 이렇게 손상하시면 어떻게 두 동생의 원수를 갚겠습니까?"

그제야 유비는 음식에 손을 대었다. 이번에도 흰 전포와 은으로 만든 갑옷을 입고 달려온 장수가 있었는데, 바로 관우의 둘째아들 관흥(關興)이었다. 그가 유비 앞에서 땅바닥에 엎드려 통곡했다. 유비는 관흥을 보자 관우가 생각나서 또 방성통곡했다. 여러 관원들이 말리니 유비가 힘없이 말했다.

"짐이 시골 백성으로 있을 때 관우, 장비와 의형제를 맺고 생사를 함께하기로 맹세했다. 이제 짐은 천자가 되었건만 불행히도 두 아우는 비명에 세상을 떠났도다. 두 조카를 보니 어찌 애간장이 끊어지지 않으리오!"

백제성에서 눈을 감은 유비

유비는 관흥과 장포 두 사람을 선봉에 세우고 행군하였다. 관흥과 장포가 의형제가 되었는데, 장포가 한 살 위여서 형이 되었다. 장무 원년 가을 8월에 유비의 대군이 기관(夔關)에 이르러 백제성(白帝城)에 어가를 주둔했다. 앞서 간 전방 부대는 이미 천구(川口)에 당도해 있었다.

"오에서 제갈근이 사신으로 왔습니다."

유비 앞에 온 제갈근이 엎드려 절한 뒤 말했다.

"오후는 지난 일을 후회하고 있습니다. 신을 시켜 손 부인을 보내 드리고, 촉을 배반하고 오로 건너온 장수들을 모조리 결박 지어 폐하께 돌려드릴 작정입니다. 아울러 형주도 반환하여 길이 우호를 맺고, 함께 조비를 쳐서 역적의 죄를 밝히고자 하십니다."

그러나 이런 화해 조건도 유비의 복수심을 누그러뜨리지 못했다. 결국 제갈근은 아무 소득 없이 강남으로 돌아갔고, 유비가 화해 제의를 거절했다는 보고를 받은 손권은 이번에는 조비에게 지원을 요청하는 표문을 바쳤다. 스스로 낮추어 신이라 자칭하여 쓴 것이었다.

그런데 조비는 약속대로 유비의 후방인 한중 땅을 공격하지 않았다. 말은 도와주겠다고 했지만, 조비의 속셈은 오와 촉이 싸우는 걸 구경만 하다 최후에 남은 한 나라를 쳐 없애 버리는 데에 있었다.

유비의 수군이 무구를 지났고, 육군이 자귀까지 왔다는 보고가 들어왔다. 손권은 급히 손환(孫桓)을 좌도독으로 봉하고, 주연(朱然)을 우도독으로 봉해 유비와 맞서기로 했다.

"촉군은 이미 의도 땅에 군영을 세웠습니다."

손환이 기병 2만 5천 명을 이끌고 의도 땅 접경에 가 진영을 세우고 대치했다.

촉나라의 젊은 장수 관흥과 장포의 활약은 눈부셨다. 의형제는 서로 도와 첫 전투에서 사정, 이이, 담웅을 베고 손환을 이릉성까지 패퇴시켰다. 신예 장수들의 전공에 자극받은 노장 황충이 분연히 군사 5, 6명만 거느리고 이릉성 앞에서 싸움을 걸었으나 한당·반장·능통에게 포위당하고 말았다. 이때 황충을 구해 준 장수도 관흥과 장포였다. 황충은 화살 맞은 상처가 도져 75세의 나이로 세상을 떠났다.

"오호대장 중 세 사람이 죽었건만, 짐은 아직도 원수를 갚지 못했으니, 참으로 원통하다!"

유비는 어림군(御林軍: 친위군)을 거느리고 바로 효정(猇亭)으로 나아갔다. 이때가 장무 2년 2월 중순이었다. 이곳에서 장포는 한당의 부하 하순을, 관흥은 주태의 동생 주평을 베어 죽였다. 이를 바라보던 유비가 찬탄했다.

"범 같은 부친에 과연 범 같은 아들이로다!"

관흥은 도망가는 오나라 장수 반장을 아버지 관우의 신상을 모신 집에서 찾아내어 목을 베고 청룡언월도를 되찾았다. 유비

는 관우를 배반한 미방과 부사인이 마충의 목을 베고 제 발로
찾아오자 직접 칼을 뽑아 두 사람을 참하여 관우에게 제사를
지냈다. 장포 역시 아버지의 원수를 갚았다. 손권이 잇따른 패
전에 위기를 느끼고 장비의 머리와 함께 장비를 배반한 범강과
장달을 보냈는데, 장포가 두 놈을 난도질하여 죽이고 장비의
신위에 제사를 지냈다.

그래도 유비의 복수심은 누그러지지 않았다. 장비의 머리를
가지고 온 손권의 사신도 죽이려 하니, 사신은 머리를 감싸고
오나라로 황급히 돌아가야 했다.

유비의 반응을 보고받은 손권이 신하들을 불러 놓고 대응책
을 구했다. 이때 감택(闞澤)이 나서서 육손(陸孫)을 천거했다.
장소와 고옹, 보즐이 어린 서생(書生)에 불과하다며 반대했으
나 손권은 육손을 불러들여 대도독(大都督)으로 임명하였다.
여몽이 생전에 육손을 추천한 적이 있고, 이 육손의 계략으로
관우를 사로잡은 일이 기억에 생생했던 것이었다.

"만일 문무 관원들이 신의 명령에 복종하지 않으면 어찌하
리까?"

손권은 허리에 차고 있던 칼을 육손에게 끌러 주며 말했다.

"만일 대도독의 명을 듣지 않는 자가 있거든 먼저 참하고 나
중에 아뢰라."

육손이 효정 땅에 갔으나 유비와 전투를 벌이지 않았다. 유
비가 효정 땅에서부터 천구 땅까지 7백 리에 걸쳐 군사를 배치
한 것을 바라본 뒤 모든 장수들에겐 일절 유비 군과 대적하지
말라고 명령을 내렸을 뿐이었다. 유비가 효정에 군영을 세운

지 철이 바뀌어 한여름이 되었다. 선봉인 풍습이 아뢨다.

"날씨가 몹시 더워서 군사들은 불속에 있는 것과 같습니다. 물을 길어 오는 데도 불편합니다."

유비가 마침내 모든 군영을 산과 숲이 무성한 곳으로 옮기도록 명령했다. 그리고 군영을 세운 주변의 지형을 그린 사지팔도(四趾八道)를 마량에게 주어 제갈량에게 보이도록 했다.

제갈량이 사지팔도를 보는 순간 책상을 치며 고통스럽게 외쳤다.

"누가 주상께 이런 진법(陣法)을 권고했는가! 그 사람을 참할지라."

"주상께서 하신 일입니다."

제갈량이 탄식했다.

"한나라 운수가 끝났도다!"

마량이 그 까닭을 물으니 제갈량이 대답했다.

"고원과 습지와 험악한 곳에다 진영을 세우면 적이 화공을 펼칠 경우 어떻게 막아 낼 것인가! 또한 진영을 7백 리나 늘어 세우고서야 어떻게 공격한단 말이냐. 그대는 얼른 가서 진영을 다시 배치하라고 여쭈어라."

"만일 동오의 군사가 승리한다면 어찌하오리까?"

"육손(陸遜)이 추격해 오지 않을 것이며, 성도에 관해서는 염려 말라."

안심시킨 뒤 그 이유를 설명해 주었다.

"우리를 추격하면 위군이 후방을 습격하려 한다는 사실을 잘 알고 있기 때문이다. 또한 내가 이미 군사 10만 명을 어복포(魚

腹浦)에 매복해 두었노라.”

한편 육손은 시험 삼아 강변에 있는 유비의 진영을 습격했다. 제갈량이 없다는 것을 확인한 육손이 웃으며 말했다.

“나의 계책은 제갈량만 속일 수 없는데, 그가 없으니 내가 성공하리라.”

드디어 육손이 화공법으로 전투를 시작했다. 초경 무렵에 갑자기 동남풍이 세차게 불더니 유비의 장막 주변 진영까지도 불이 붙었다. 치솟아 오르는 불길 속에 당황한 군사들이 살길을 찾으러 유비의 장막으로 내달아오니, 호위병들은 정신을 잃고 서로 짓밟아 죽는 자가 수를 셀 수 없을 지경이었다. 그 뒤쪽에서 동오의 군사가 나타나 마구 무찌르며 쳐들어오니 적과 아군이 구분이 안 됐다.

급히 말을 타고 도망가는 유비를 부동과 장포 그리고 제갈량이 보낸 조운이 제때 구해 주지 않았다면 유비도 저세상 사람이 될 뻔했다. 완전한 패배였다. 간신히 백제성으로 들어갔을 때는 이미 군영은 모두 불타고 군사와 장수들을 거의 잃은 후였다.

이때 동오에 있던 손 부인은 유비가 효정에서 패해 죽었다는 소문을 들었다. 손 부인은 수레를 달려 강변으로 가서 아득히 서쪽을 바라보고 통곡하다가 강물에 몸을 던져 죽었다. 후세 사람은 그 강변에다 손 부인을 모신 사당을 세우고 ‘효희사(梟姬祠)’라 했다.

한편 육손은 승세를 몰아 서촉을 향하여 군사를 나아가게 했다. 그러나 어복포에서 제갈량이 쌓아 둔 석진(石陣)에 빠져 길을 잃고 말았다. 나오려고 했으나 아무리 찾아봐도 빠져나갈 길이 없었다. 육손이 놀라 당황하고 있는데, 문득 한 노인이 웃으면서 나타나 육손에게 탈출로를 알려 주었다. 그는 제갈량의 장인 황승언이었다.

육손이 제갈량의 전법을 자신이 따를 수 없음을 탄식하고, 군사들에게 철군을 명했다. 좌우에서 물었다.

"유비가 겨우 성 하나에 의지하고 있는 이때 석진 때문에 물러간다니 말이 됩니까?"

"석진이 무서워서가 아니다. 우리가 촉군을 멀리 추격하면 이 틈을 타서 조비의 위군이 쳐들어오면 어떻게 할 것인가."

과연 위나라에서 두 차례 동오를 공격했다. 그러나 육손이 미리 준비를 해 두어 위군을 물리쳤다.

백제성에 들어간 유비는 제갈량을 볼 면목이 없다 하여 성도로 돌아가지 않았다. 백제성에 머물기로 결정하고, 거처하는 관역을 영안궁(永安宮)이라 명명했다. 영안궁으로 들어갈 때부터 병들 조짐이 보이더니, 다음해 장무 3년 여름 4월에 이르러서는 스스로 중병임을 인정하지 않을 수 없게 되었다. 유비가 용탑(龍榻: 황제의 침상)에 누워 있는데, 홀연 음습한 바람이 불어 등불을 꺼트렸다. 잠시 후 저절로 촛불이 켜졌는데, 두 사람의 모습이 눈에 들어왔다. 관우와 장비였다.

"신들은 사람이 아니며 귀신이올시다. 형님과 저희들 형제가 함께 모일 날도 멀지 않았습니다."

유비가 두 아우를 붙들고 통곡하다가 문득 놀라 깨고 보니 아무도 없었다. 자신의 죽음을 직감한 유비는 성도에 있는 제갈량을 급히 불러들였다.

제갈량이 도착해 유비 앞에서 황망히 엎드려 절했다. 유비는 용탑 곁에 앉도록 청하고 제갈량의 등을 쓰다듬었다.

"짐이 승상을 만나 제업(帝業)을 이루었더니, 승상의 말을 듣지 않았다가 이렇게 패하고 말았소. 연약한 태자를 부탁하오."

말을 마치자 눈물이 얼굴 가득 흘러내렸다. 제갈량도 흐느껴 울었다. 유비가 좌우를 둘러보다가 마량의 동생 마속을 나가게 한 다음 제갈량에게 물었다.

"승상은 마속의 재질을 어떻게 보시오?"

"마속은 당대의 영웅감이올시다."

"그렇지 않소. '하는 말이 행동보다 지나치니[言過其實] 큰일을 맡겨서는 안 될 것이오[不可大用].'"

그러고 나서 유조(遺詔)를 써서 제갈량에게 준 뒤 탄식했다.

"승상은 이 유조를 태자 선에게 전하여 깊이 명심하도록 선도해 주시오."

제갈량이 우니 유비가 한 손으로 눈물을 씻으며 제갈량의 손을 잡고 말했다.

"짐은 이제 죽노라. 내 진정 남길 말이 있도다."

유비는 눈물을 흘리면서 말을 이었다.

"승상의 재주는 조비보다 열 배 이상이오. 틀림없이 천하를 평정하고 큰일을 성취하리다. 짐의 아들이 황제의 자격이 있다면 도와주고, 그렇지 않으면 승상이 성도의 주인이 되라."

제갈량은 이 말을 듣자 온몸에 땀이 흐르고 손발을 둘 바 몰라 절하고 울었다.

"신은 죽음으로써 충성을 바칠 것입니다."

말을 마치자 제갈량은 스스로 마룻바닥에 머리를 짓찧으니 피가 흘러내렸다. 이어서 유비가 어린 유영(劉永)과 유리(劉理)에게 말했다.

"짐이 죽은 뒤에 너희 삼형제는 승상을 아버지 섬기듯 공손히 대하라."

그리고 신하들, 특히 조운에게 태자와 사직을 도와 달라고 따로 불러 분부한 뒤 눈을 감았다. 장무 3년(서기 223년) 4월 24일이었으니, 그의 나이 63세였다. 〈제4장 끝〉

삼국시대의 군주 계보

魏
220~265
조등 ― 조숭 ― 조조(무제)
曹騰   曹嵩   曹操(武帝)
① 조비(문제)
曹丕(文帝)
(220~226)
② 조예(명제)
曹叡(明帝)
(226~239)
③ 조방(폐제)
曹芳(廢帝)
(239~254)
조임
曹霖
④ 조모(폐제)
曹髦(廢帝)
(254~260)
조우
曹宇
⑤ 조환(원제)
曹奐(元帝)
(260~265)

蜀
221~263
한 경제
漢 景帝
중산정왕 유승
中山靖王 劉勝
：
유웅
劉雄
유홍
劉弘
유비
劉備
감황후
甘皇后
(선주, 소열제: 221~223)
유선
劉禪
(후주: 223~263)
왕귀인
王貴人
유선
劉璿
유요
劉瑤
유종
劉琮
유찬
劉瓚
유심
劉諶
유순
劉恂
유건
劉虔

吳
222~280
손견(무열왕)
孫堅(武烈王)
손책(장사항왕)
孫策(長沙桓王)
① 손권(대제)
孫權(大帝)
(222~252)
손익
孫翊
손광
孫匡
손등
孫登
손여(건창후)
孫慮(建昌侯)
손화(남양왕)
孫和(南陽王)
손패(노왕)
孫霸(魯王)
손분(제왕)
孫奮(齊王)
③ 손휴(경제)
孫休(景帝)
(258~264)
② 손양(폐제)
孫亮(廢帝)
(252~258)
④ 손호(귀명후)
孫晧(歸命侯)
(264~280)

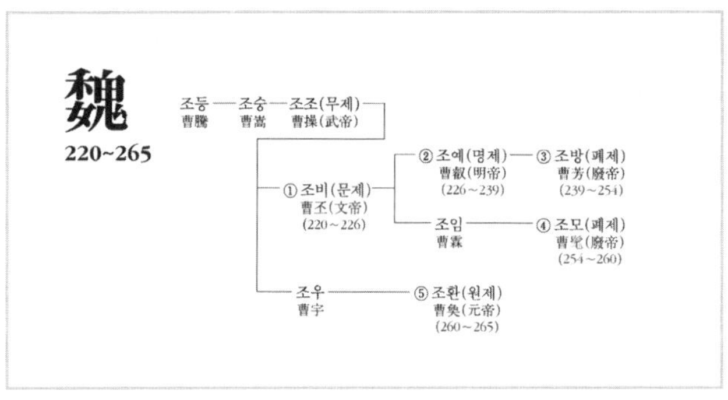

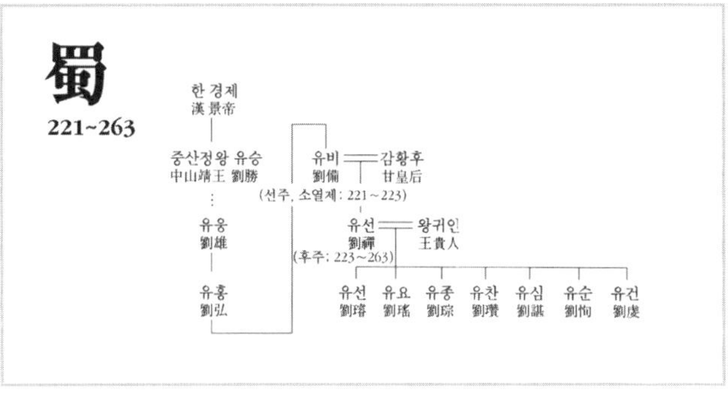

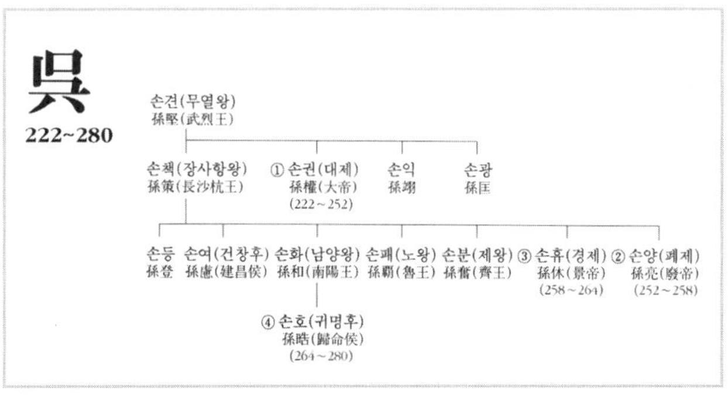

진나라 황제는 손호를 귀명후(歸命侯)에 봉하고, 그 아들과 손자를
중랑(中郞)으로 삼고, 오의 대신들을 모두 열후로 봉했다.
이때부터 삼국은 다 진제(晉帝) 사마염에게로 돌아갔으며,
천하는 하나로 통일됐다. 이른바 천하대세는
'합한 지 오래면 반드시 나뉘며, 나뉜 지 오래면 반드시 합쳐진다
[合久必分 分久必合].'는 바로 그것이었다.

제5장

천하는 다시 하나로

아버지의 원수와 손을 잡은 유선

제갈량은 백제성(白帝城)에서 모든 관원들을 거느리고 자궁(梓宮: 임금의 관)을 받들어 성도로 돌아갔다. 태자 유선(劉禪)이 영구를 정전 안에 모시고, 슬피 울어 상례를 마친 뒤에 유서를 펴 보았다.

'나이 육십 넘게 살았으니 무슨 여한이 있겠느냐. 다만 너희들 형제가 염려될 뿐이다. 이 점을 명심하라. 아무리 작은 악이라도 악한 행동은 하지 말고, 아무리 조그만 선이라도 선한 일이거든 실천하라. 현명하고 큰 덕이 있어야만 사람을 복종시킬 수 있느니라. 승상이 이러한 사람이니 너는 승상을 아버지처럼 섬기고 태만하지 않을지어다.'

모든 신하들도 유조(遺詔: 임금의 유언)를 알게 되었다. 그러자 제갈량이 말했다.

"나라에 하루라도 임금이 없어서는 안 되니, 태자를 임금으로 모시고, 한나라 계통을 이을지라."

마침내 17세인 태자 유선이 황제 위에 올라 연호를 건흥(建興)으로 고치고, 제갈량을 무향후(武鄕侯)으로 봉하고 익주목사를 겸하게 하였다. 또한 유비를 혜릉에서 장사 지낸 뒤 소열황제(昭烈皇帝)라는 시호(諡號)를 바치고, 황후 오씨를 황태후로, 감 부인을 소열황후로, 미 부인을 황후로 높여 시호를 드렸다. 모든 신하들을 승진시키고 천하에 대사면령을 내렸다.

이 일은 즉각 중원의 조비에게 보고되었다.

"유비가 죽었으니 이제 짐은 걱정이 없도다. 촉나라에 주인이 없는 기회에 공격할 것이로다."

가후가 조비의 생각에 반대했으나 한 사람이 분연히 나서며 말했다.

"이 기회에 치지 않으면 어느 때를 기다리란 말이오?"

모든 사람들이 보니 바로 사마의였다. 조비가 반색을 하며 계책을 물으니 사마의가 대답했다.

"오로(五路) 대군을 동원하여 촉을 사방에서 협공한다면 제갈량은 전후좌우를 동시에 막아 내지 못할 것입니다."

조비가 물었다.

"그 오로대군이란 무엇인가?"

50만 군사를 동원하여 다섯 방면으로 촉나라를 치되, 위나라는 10만 병사를 동원하여 한 방면의 공격만 맡고, 나머지 네 방면은 오랑캐 왕과 손권을 포섭하고 달래어 40만 군사를 동원시켜 공격하게 한다는 계책이었다.

조비는 크게 손뼉을 치며 즉시 언변이 좋은 관원 네 사람에게 서신을 주어 다섯 갈래로 떠나게 한 다음, 조진(曹眞)을 대도독으로 삼아 10만 군사로 하여금 양평관(陽平關)으로 진격하게 했다. 이때가 황초(黃初) 5년(서기 224년) 가을이었다.

위의 5로 연합군이 쳐들어온다는 보고가 촉나라에 들어왔다. 놀란 후주(後主: 유비를 先主, 유선을 後主라 한다)는 곧 승상부로 제갈량을 찾아갔다. 이때 제갈량은 병을 핑계로 입궐하지 않았던 것이다. 후주가 승상부의 세 번째 문까지 들어가니 제갈량은 홀로 죽장(竹杖)에 의지하여 조그만 연못가에서 노니는 물고기를 보고 있었다. 제갈량이 후주를 내실로 안내한 뒤 계책을 내놓았다.

"신은 이미 마초, 위연, 이엄, 조운에게 명하여 위나라의 4로 침입에 대비해 두었습니다. 문제는 강동의 손권입니다. 그는 지난번에 조비의 침입을 받았기 때문에 원한을 품고 있는 상태라 조비가 시키는 대로 행동하지는 않을 것입니다. 손권에게 사신을 보내 동오 군사들을 물러가게 하면 나머지 네 방면의 적군이야 걱정할 것이 없습니다. 그러나 동오로 보낼 적당한 인물이 없어서 신이 주저하던 참입니다."

고민이 사라진 후주는 웃으면서 승상부를 나왔다. 그런데 승상부 앞에서 기다리고 있던 관리들 중에서 그 웃음의 의미를 알고 제갈량의 계책을 읽고 있는 사람이 있었으니, 그가 의양군 신야현 출신 등지(鄧芝)였다. 그가 자원하여 동오로 가 손권을 설득했다. 그러자 손권이 고개를 끄덕였다.

"선생 말씀이 바로 과인의 뜻과 같소. 과인은 촉나라 주인과 우호를 맺고자 하니 선생은 나를 위해 주선해 주시오."

손권은 답례 차원에서 장온(張溫)을 촉나라에 사신으로 보냈다. 제갈량은 등지가 손권을 설득하는 데 성공했다는 보고를 받고 후주에게 아뢨다.

"동오에서 온 장온을 폐하는 예의로써 대접하십시오. 우리가 오와 우호를 맺으면 위는 우리를 공격하지 못할 것입니다. 그러면 신은 군사를 거느리고 남쪽으로 가서 남만(南蠻) 오랑캐부터 평정하고 그 뒤에 위를 칠 계획입니다. 위만 쓰러지면 동오도 또한 오래 지속하지 못할 것인즉 바로 천하 통일의 위업을 성취할 수 있으리다.”

후주는 제갈량의 말대로 장온을 정성을 다해 대접했다. 전내(殿內) 왼편에 비단 방석을 하사하여 장온을 앉게 하고, 잔치를 열게 했다. 장온이 제갈량과 술을 마시고 있는데, 홀연 한 사람이 얼근히 취하여 앙연히 들어오더니 길이 읍(揖: 마주잡은 두 손을 얼굴까지 올린 뒤 허리를 굽히고 인사하는 것)하고 자리에 앉았다. 진복(秦宓)이었다. 그는 선주가 살아 있을 때 관우의 복수를 위한 동오 출정을 눈물을 흘리며 간곡히 반대한 신하였다. 곧 장온과 진복 간에 설전이 벌어졌다.

장온이 물었다.

“하늘에도 성(姓)이 있소?”

“어찌 성이 없으리오.”

“무슨 성이오?”

“유(劉)씨지요!”

“어째서 그렇단 말이오?”

“천자의 성이 유씨이기 때문이오.”

장온이 또 물었다.

“해가 동쪽에서 솟는다고 생각하지 않소?”

“비록 동쪽에서 솟지만 결국은 서쪽으로 돌아가오.”

이는 서촉이 결국은 천하를 통일한다는 뜻을 내비친 대답이었다. 진복의 답변은 흐르는 물처럼 거침이 없었다. 장온이 더 묻지 못하자 이번에는 진복이 물었다.

"동오의 명사인 선생은 하늘에 관한 것을 물으셨으니, 깊고 밝은 하늘의 이치를 잘 아시리다. 태초에 혼돈(混沌)이 나뉘면서 음양(陰陽)이 생겨 가볍고 맑은 것은 위로 떠서 하늘이 되고, 무겁고 탁한 것은 아래로 응고하여 땅이 되었다 합니다.

그런데 공공씨(共工氏)가 싸움에 패할 때 머리로 부주산(不周山)을 잘못 들이받아, 그만 하늘을 떠받치던 기둥이 부러지고 땅이 떨어져 나갔기 때문에 하늘은 서북쪽으로 기울고 땅은 동남쪽이 움푹 꺼졌다고 하오. 원래 가볍고 맑은 것이 위로 떠서 하늘이 됐다면 어찌 서북쪽으로 기울어 질 리 있습니까. 그럼 하늘은 가볍고 맑은 것 이외에도 또 다른 요소가 있습니까? 그러하다면 선생은 내게 가르쳐 주시오."

서북쪽의 촉나라가 천하를 통일하는 것이 인간 능력으로 거역할 수 없는 하늘의 뜻임을 내비친 물음이었던 것이다. 장온은 대답할 말이 없어 자리를 피해 앉고 겸손해했다.

"서촉에 이렇듯 많은 인재가 계신 줄은 몰랐소. 강론(講論)을 듣고 나니 막혔던 가슴이 비로소 열린 듯하오."

이리하여 오와 촉은 우호를 맺었다. 이 소식은 곧 조비에게 보고되었다. 화가 난 조비는 오나라를 먼저 치기로 결정했다. 동오의 첩자는 이 일을 탐지하여 연일 밤낮없이 오로 돌아가서 보고했다.

"위왕 조비가 직접 용선(龍船: 길이 20여 장, 2천여 명을 승선시켰다 함)을 타고, 수군·육군 도합 30여 만 명을 거느리고 채하와 영수로 와서, 광릉을 점령한 뒤 강남으로 내려올 것이라 합니다."

'육손이라야 조비를 격퇴시킬 수 있다.'

손권이 육손을 떠올렸으나 육손은 형주를 지키고 있어 불러들일 수 없었다. 이때 서성(徐盛)이 나서서 말했다.

"조비가 대강(大江)을 건너오면 신이 사로잡아 대왕께 바치겠습니다. 대강을 건너오지 않더라도 적군을 죽여 다시는 우리 동오를 넘보지 못하도록 하리다."

손권은 크게 고무되어 서성을 안동장군(安東將軍)으로 봉하고, 건업과 남서 방면의 모든 군사를 통솔하는 도독(都督)으로 임명했다. 그런데 손권의 조카 손소(孫韶)가 선봉에 나서 조조에게 먼저 싸움을 걸겠다고 호기를 부렸다. 서성이 타일렀다.

"조비의 군사는 강하다. 게다가 유명한 장수가 선봉으로 올 테니 섣불리 싸움을 걸어서는 안 된다. 놈들의 전함이 북쪽에 모두 모이면 그때 격파할 계책을 이미 세워 두었노라."

그래도 손소가 선발대로 나서겠다고 두 번 세 번 고집을 부렸다. 서성이 노하여 말했다.

"네가 이처럼 명령을 듣지 않으니 이러고서야 내 어찌 전군을 지휘하리오. 본보기로 이놈을 참하라."

손권이 이 보고를 듣자 나는 듯이 말을 달려왔다. 마침 형(刑)을 집행하려는 참이었다. 손권이 도부수들을 꾸짖고 손소를 구출하니 서성이 말했다.

"대왕께서 위군을 물리치기 위해 신을 도독으로 삼으셨습니다. 이제 손소가 군법을 따르지 않기에 군법으로써 참하는 것이 마땅한데, 어찌 구출하셨습니까?"

"혈기방장(血氣方壯)함 때문에 군령을 범한 것이니 너그러이 용서하시오."

"법은 신이 만든 것이 아니며 대왕께서 만든 것도 아닌 바로 국가의 법입니다. 친한 사이라서 용서하기로 한다면 대군을 무엇으로 지휘할 수 있겠습니까?"

"법을 범했으니 장군이 처치하는 것은 마땅하오. 그러나 장군도 알다시피 이 아이의 성이 본래 유씨였으나 과인의 형님[손책]께서 깊이 사랑하여 손씨 성을 주셨으니, 죽인다면 과인이 형님의 뜻을 저버림이라."

"그러시다면 대왕을 봐서 용서하리다."

손권은 손소더러 서성에게 절하고 감사하라 분부했다. 손소는 절은커녕 서성에게 큰소리쳤다.

"내 생각대로 즉시 강을 건너가 조비를 격파하는 것이 옳으니 죽어도 너에게 복종하지 못하겠다."

순간 서성의 얼굴빛이 변했다. 그러자 손권이 손소를 꾸짖어 물러나게 한 뒤 서성에게 말했다.

"그놈 하나 없어도 우리 동오에 무슨 손실이 있겠소. 장군은 다시는 저놈을 기용하지 마시오."

손권은 그 말을 남기고 돌아갔다. 이날 밤, 손소에 관한 보고가 들어왔다.

"손소가 3천 군사를 이끌고 몰래 강을 건너갔습니다."

서성은 곧 정봉(丁奉)을 불러 은밀히 군사 3천을 주어 강을 건너 손소를 돕도록 했다. 이때 조비의 군사들은 광릉(廣陵)에 이르렀다. 그런데 이상하게도 강 건너 언덕 쪽에는 강동의 군사가 한 명도 보이지 않았다. 조비가 용선을 타고 대강에 이르러 강 남쪽을 바라보아도 역시 사람 한 명도 없는 것이었다. 조비는 이상한 생각이 들어 섣불리 공격하지 않고 며칠 두고 보기로 했다. 이날 밤이었다. 달이 없어 조비의 군사들은 모두 불을 밝혀서 하늘과 땅이 다 대낮 같은데, 아득한 강 남쪽은 캄캄하였다. 조비가 좌우 신하에게 물었다.

"왜 저들은 불을 켜지 않을까?"

곁에 있던 신하가 대답했다.

"폐하의 군사가 온 걸 알고 쥐구멍을 찾듯 모두 숨었나 봅니다."

조비는 소리 없이 씩 웃었다. 어느덧 새벽이 되었으나 안개가 가득 끼여 서로 얼굴을 대하고도 못 알아볼 지경이었다. 다시 바람이 일고 구름이 걷히면서 강남 일대가 아득히 나타났다. 그런데 이 웬일인가. 보이느니 전부가 긴 성(城)이요, 성루(城樓)마다 칼과 창이 햇빛에 번쩍이고, 성 둘레에는 모두 정기(旌旗)가 나부끼고 있는 게 아닌가. 정탐병이 황급히 들어와 보고했다.

"남서 땅 강변 일대로부터 석두성까지 수백 리가 모두 성곽과 배와 군사들로 끝없이 이어졌습니다. 이 모두가 하룻밤 사이에 이루어진 일입니다."

조비가 깜짝 놀랐다. 그런데 그 군사들은 서성이 강변의 갈대를 엮어 인형을 만들어 푸른 옷을 입히고, 정기를 잡게 한 후에 가짜 성에 모조리 세워 둔 것이었다. 강을 사이에 두고 멀리서 이것을 바라본 위나라 군사들은 진짜 군사로 봤으니 어찌 아찔하지 않을 수 있으리오.

조비가 탄식했다.

"짐에게 수천 부대의 군사가 있건만 강남 인재들이 저러하니 공격을 서두를 수가 없겠구나!"

아무래도 믿기지가 않아 두 눈으로 확인하고 있는데, 문득 광풍이 크게 불어 파도가 높이 일어 조비의 용포를 적시고 큰 배가 기우뚱거리며 엎어지려 했다. 조비의 용선에 탄 군사들은 이리 쓰러지고 저리 나둥그러졌다. 작은 배에 있던 문빙이 황급히 용선 위로 뛰어올라 조비를 들쳐 업고 다시 작은 배로 뛰어 내려 간신히 항구로 배를 몰았다. 깊숙한 나룻가로 올라와 한숨을 쉬고 있는데, 척후병이 달려와 급보를 전했다.

"촉장 조운이 군사를 거느리고, 양편관을 거쳐 장안으로 쳐들어가고 있다 합니다."

"즉시 회군하라!"

조비가 대경실색하여 도망치기 위해 다시 용선 위에 올라탔다. 위나라 군사들은 사기를 잃고 싸울 생각은 않고 저마다 달아나려 했다. 이 순간 배후에서 난데없이 오나라 군사가 나타나 공격해 들어왔다. 조비가 어물(御物: 천자가 쓰는 물건)까지 모두 버리고 내빼라고 명령을 내렸다.

용선이 물결을 헤치고 회하(澮河)로 접어들려던 참이었다. 난데없는 북소리가 일제히 일어나면서 함성이 크게 진동했다. 이와 함께 옆으로부터 한 떼의 군사가 쳐들어오는데, 맨 앞에서 다가오는 장수는 바로 손소였다. 위군은 기습 공격을 당해 내지 못하고 대부분 배 위에서 아니면 강물에 빠져 죽었다.

조비가 장수들의 호위를 받아 배를 돌려 회하를 30리쯤 갔을 때였다. 갑자기 불이 사방에서 일어나더니 세찬 바람을 타고 하늘에 가득히 퍼져 용선을 가로막았다. 서성이 미리 강변 일대의 갈대밭에 인화물인 생선 기름을 뿌려 놓았던 것이었다.

다시 조그만 배에 옮겨 타고 강가에 닿으니 용선은 이미 불덩어리로 변해 있었다. 조비가 급히 말로 바꿔 타고 정신없이 달아나는데, 언덕 위에서 한 떼의 군사가 쳐들어왔다. 맨 앞에서 달려오는 장수는 정봉이었다. 장료가 조비를 등 뒤로 하여 급히 앞으로 말을 몰았다. 그러자 정봉은 화살을 쏘아 장료의 허리를 맞혔다. 장료가 말 위에서 비틀거리자 서황이 급히 와서 장료를 구출하고 함께 조비를 호위하여 허둥지둥 달아났다.

위군의 전사자는 그 수를 셀 수 없을 정도였고, 뒤쫓던 손소와 정봉은 말과 수레와 배와 무기를 무수히 노획했다. 오나라의 대승이었고, 위나라의 완전한 패배였다. 손권은 서성에게 큰 상을 하사했다.

마음을 무너뜨리는 계책,
제갈량의 칠종칠금

조운은 후퇴하는 조비의 군대를 더 추격하지 못하고 말머리를 돌리게 되었다. 제갈량이 서신을 보내 익주의 옹개(雍蓋)와 남만(南蠻: 중국인들은 동쪽의 오랑캐들은 夷, 서쪽의 오랑캐들은 戎, 남쪽의 오랑캐들은 蠻, 북쪽의 오랑캐들은 狄이라고 지칭했음) 왕 맹획(孟獲)을 토벌하라고 명했던 것이었다.

한편 촉의 조정에서 제갈량이 남만 토벌의 뜻을 아뢸 때 후주는 걱정하며 이렇게 말했다.

"상부(相父: 아버지와 같은 승상. 후주 유선은 제갈량을 이렇게 높여 불렀다)가 짐을 버리고 떠나간 사이에 오나 위가 쳐들어오면 어쩐단 말이오?"

제갈량이 대답했다.

"동오는 우리와 우호를 맺은 지 얼마 안 되니 딴생각을 품지 않을 것입니다. 그래도 만일을 대비하여 이엄에게 백제성을 맡겼습니다. 또 조비는 이번에 패하여 전의를 상실했습니다. 그래도 만일을 대비하여 마초에게 조운을 대신하여 한중 곳곳을 지키게 했습니다. 이 외에도 관흥과 장포에게 상황을 보아 적절히 대처하도록 해 놓았으니 그들이 폐하를 보필하는 데 실수가 없을 것입니다.

신은 이제 남쪽 오랑캐를 소탕한 다음에 북쪽 중원(中原: 황

하 일대. 위나라를 지칭)을 쳐서 천하를 평정하여 선제(先帝)께
서 옛날에 신을 초려(草廬)로 세 번이나 찾아 주신 은혜와 신에
게 폐하를 맡기신 중책에 보답하리다.”

“짐은 나이가 어리고 아는 것이 없으니, 상부가 모든 일을 잘
헤아려 행하시오.”

반열 가운데서 한 사람이 나서서 말했다.

“그래서는 안 됩니다!”

사람들이 보니, 그는 바로 남양 땅 출신으로 간의대부(諫議
大夫)로 있는 왕련이었다. 그가 계속해서 말했다.

“남방은 불모의 땅이며 괴질이 들끓는 곳입니다. 이곳을 정
벌하러 국가의 중대사를 도맡아 보는 승상께서 몸소 원정(遠
征)에 나선다는 것은 마땅한 일이 아닙니다. 옹개 등은 한낱 가
려운 옴 정도에 불과하니, 유능한 장수에게 맡겨도 토벌할 수
있을 것입니다.”

제갈량이 타일렀다.

“남만은 왕의 교화를 입지 못한 너무나 먼 곳에 있소. 내가
직접 가야만 그들을 교화할 수 있으니, 결코 남에게 맡길 일은
아니오.”

왕련이 거듭거듭 간했으나 제갈량은 결국 군사를 동원했다.
조운과 위연 두 사람을 대장으로 삼아 군사 50만 명을 거느리
고 익주를 향해 출발했다. 행군하는 도중에 마침 관우의 셋째
아들 관삭(關索)이 찾아왔기에 그를 전부(前部) 선봉으로 삼아
함께 남쪽으로 행군했다.

한편 옹개는 제갈량이 대군을 거느리고 온다는 보고를 듣자

마자 고정(高定), 주포와 함께 상의한 뒤 군사를 세 방면으로 나누어 막기로 했다. 자신은 왼쪽 길을, 고정이 중간 길을, 주포는 오른쪽 길로 나누어 출발했다. 그러나 이들은 곧 평정되었다. 제갈량의 반간계(反間計: 이간질시키는 작전) 작전에 말려들어 고정이 옹개를 죽이고, 다시 주포의 머리를 제갈량에게 바쳤던 것이었다. 제갈량은 고정을 익주태수로 임명하여 삼군(三郡)을 통치하라고 했다.

3로의 반란군이 평정되니 다음은 남만왕 맹획을 정벌할 차례였다. 군사를 출동하기 전 제갈량은 영창태수 왕항의 수하에 있는 여개(呂凱)로부터 남만의 지형을 상세히 그린 '평만지장도(平蠻指掌圖)'를 받았다. 제갈량은 희색이 되어 곧 여개를 행군교수(行軍敎授) 겸 향도관(嚮導官: 길 안내관)으로 삼아 남만 땅 깊숙이 들어갔다. 이때에 수하 장수가 고했다.

"천자께서 마속(馬謖)을 칙사로 보내셨습니다."

마속은 흰 도포에 흰옷의 상복 차림이었다. 그의 형 마량(馬良)이 최근에 세상을 떠났던 것이었다. 마속이 칙명을 전했다.

"폐하께서 술과 포목으로 군사들을 위로하라고 하셨소."

제갈량은 칙명대로 하고 마속을 장중에 들어오게 한 뒤 의견을 구했다.

"천자의 칙명을 받고 남쪽 오랑캐를 토벌하러 왔으나, 좋은 계책이 생각나지 않소. 지견(知見)이 출중한 유상(幼常: 마속의 자)은 어떻게 생각하오?"

"어리석은 소견이나마 한 가지 말씀 드리겠습니다. 남만은 우리 땅과 먼 거리에 있고, 험준한 산세를 믿어 복종하지 않았던 것이나 승상께서 이번에 반드시 평정할 것입니다. 그런데 회군하는 날에는 틀림없이 또다시 배반할 것입니다.

'무릇 군사를 쓰는 데는[夫用兵之道] 적의 마음을 공격하는 것이 상책이고[攻心以上], 적의 성을 공격하는 것은 하책이며[攻城以下], 아울러 마음으로 싸우는 것이 상책이고[心戰以上], 군사로 싸우는 것은 하책입니다[兵戰以下]. 원컨대 승상께서 남만(南蠻)의 마음만 감복시킬 수만 있다면 더 이상의 상책은 없습니다."

"유상은 내 마음을 훤히 아는도다!"

제갈량이 감탄하여 마속을 참군(參軍)으로 삼아 대군을 거느리고 전진하였다.

한편 남만왕 맹획은 옹개 등이 격파됐다는 보고를 받고 금환삼결, 동도나, 아회남 세 동천(洞天)의 원수에게 세 방면으로 나가 제갈량과 맞서라고 지시했다. 이에 제갈량은 남만의 지리에 밝은 왕평과 마충을 선봉으로 내세웠다. 그러나 이는 조운과 위연을 자극시키기 위한 계책이었다. 예상대로 조운과 위연이 분발하여 금환삼결을 죽이니, 제갈량은 평만지장도를 참고로 삼아 군사를 매복시켜 두었다가 조운과 위연에게 쫓기던 동도나와 아회남을 사로잡을 수 있었다.

패배를 보고받은 맹획은 직접 만병(蠻兵)을 일으켰으나 그도 제갈량의 매복 작전에 걸려들어 위연에게 사로잡히고 말았다. 역시 제갈량이 평만지장도를 참고로 하여 예상 탈주로에 군사를 매복시켜 놓았던 것이었다.

제갈량이 맹획의 수하 부하들을 각기 고향으로 돌려보내고,

무사들이 맹획을 결박 지어 장하에 꿇어앉혔다.

제갈량이 물었다.

"패배를 인정하고, 진심으로 항복하겠느냐?"

"탈주로가 좁아서 너의 손에 잘못 걸려들었을 뿐이니 어찌 복종하겠는가?"

"그렇다면 내가 너를 풀어 주면 어쩔 테냐?"

"풀어 주기만 한다면 다시 군사를 수습하여 승부를 결정하겠다. 그때 다시 잡히면 진심으로 복종하마."

제갈량이 즉시 결박을 풀어 주었다. 그러자 모든 장수들이 장상에 올라와 물었다.

"맹획은 남만의 괴수입니다. 승상께선 무슨 연고로 그를 돌려보냈습니까?"

제갈량이 웃었다.

"'맹획을 사로잡는 것은 주머니 속 물건을 꺼내는 것처럼 쉬운 일이다[吾擒此人 如囊中取物也].' 그가 진심으로 항복해야만, 남방이 자연히 평정되느니라."

곧이어 맹획은 두 번, 세 번 제갈량에게 잡혀 왔다. 그때마다 맹획은 다음과 같이 변명하며 항복하지 않았다.

"부하들의 배반 때문에 잡혀 온 것일 뿐이다."

"하늘이 나를 망친 것이지 내가 능력이 없어서 이렇게 된 것은 아니다."

맹획이 동생 맹우와 함께 세 번째 풀려났을 때는 잔뜩 분이 나서 남만의 모든 부락의 군사를 동원했다. 정탐병이 이 사실을 즉시 제갈량에게 보고했다.

"바라던 바다. 모든 만병들에게 나의 능력을 보일 것이다."

네 번째 싸움에서는 맹획뿐만 아니라 남만의 모든 추장과 장정들이 잡혀 왔다. 제갈량은 그들을 술과 고기로 대접한 뒤 모두 석방시켰다.

그래도 맹획은 항복하지 않고 변명을 되풀이했다.

"이번엔 속임수에 걸렸다. 이번에 다시 한 번 놓아주면 네 번 잡힌 원한을 다 설욕할 것이다."

이번에는 맹획이 독룡동(禿龍洞)의 타사대왕과 손을 잡았다는 보고가 들어왔다. 제갈량이 직접 치기 위해 독룡동으로 군사를 출동시켰다. 그런데 군사들이 독룡동으로 들어가는 서북쪽 길에서 샘물을 마시다 벙어리가 되어 말을 못하게 되었다. 다행히 산신의 주선으로 타사대왕의 형 만안은자의 도움을 받아 군사들을 해독시키고, 독이 없는 샘물을 파 식수로 삼아 독룡동 아래에 군영을 설치할 수 있었다.

만병의 척후병이 즉시 맹획에게 보고했다. 맹획과 타사대왕은 놀라 함께 높은 산에 올라가 아래를 내려다보았다. 과연 촉군은 유유히 큰 통을 지고 작은 통을 메고 물을 운반해서 말을 먹이며 밥을 짓고 있었다. 타사대왕은 머리가 쭈뼛해져서 맹획을 돌아보며 말했다.

"저들은 바로 신인(神人)의 군사요, 보통 인간이 아니로다."

"우리 형제 두 사람은 촉군과 죽음을 각오하고 싸우겠소. 어찌 두 손에 결박을 받을 수 있겠소."

타사대왕이 동조했다.

"대왕의 군사가 지면 나의 처자도 또한 죽게 되오. 그러니 우선 군사들을 잘 먹인 뒤 물불 가리지 않고 싸우게 한다면 이길 수 있으리다.”

그들이 군사를 배불리 먹인 뒤 공격하려고 하는데, 파발꾼의 보고가 들어왔다.

“서쪽에 있는 은야동의 동주(洞主) 양봉이 군사 3만 명을 이끌고 도우러 왔습니다.”

맹획과 타사대왕은 기뻐 잔치를 벌였다. 다들 술이 얼근히 취했을 때였다. 흥을 돋우기 위해 오랑캐 여자 수십 명이 춤을 추는 가운데 양봉의 두 아들이 맹획과 맹우에게 술을 따랐다. 맹획과 맹우 두 사람이 술을 받아서 막 마시려는 찰나였다. 양봉의 벽력같은 소리를 신호로 두 아들이 맹획과 맹우의 멱살을 덥석 잡고 자리 아래로 끌어내렸다. 타사대왕 역시 도망가다 양봉에게 붙들렸다. 맹획이 양봉에게 볼멘소리를 했다.

“‘토끼가 죽으면 여우도 슬퍼하는 법이다[兎死狐悲]. 같은 부류의 것끼리는 서로를 해쳐서는 안 된다[勿傷其類].’는 옛말이 있다. 나와 너는 남만의 같은 동주이며 원수진 일도 없는데, 어찌 나를 죽이려 하느냐?”

“내 형제와 조카들이 모두 제갈 승상의 은혜로 살고 있던 차였다. 이제 반역한 너를 잡아 바쳐 그 은혜에 보답하고자 한다.”

그날로 양봉은 맹획, 맹우, 타사대왕을 결박 지어 제갈량의 군영으로 끌고 갔다. 제갈량이 껄껄 웃으며 말했다.

“이젠 진심으로 항복하겠구나.”

“네 능력으로 붙들린 게 아니다. 우리 동족이 나를 팔아넘긴 것이니 죽어도 항복할 순 없다.”

이번에도 제갈량은 맹획을 놓아주었다. 맹획이 남만의 다른 부족장 목록대왕과 연합했으나 또다시 잡혀 들어왔다.

“일곱 번 째 나를 사로잡으면 진심으로 항복하여 다시는 반역하지 않겠다.”

이번에도 제갈량은 맹획을 놓아주니 일곱 번째였다. 풀려난 맹획은 오과국(烏戈國)의 대왕 올돌골과 연합하였다. 올돌골의 군사는 기름칠한 등갑(藤甲)으로 무장하였다. 기름이 칠해져 있는 등갑은 물에 젖지 않고 가라앉지 않아 수전(水戰)에 효과가 있었지만 화공(火攻)에 약한 허점도 있었다. 제갈량이 이를 간파하여 올돌골에게 져 주어 만병을 육지로 유인했다. 올돌골이 달아나는 촉군의 뒤를 호기 있게 추격했다.

산골짜기에서였다. 갑자기 양쪽 산 위에서 무수한 횃불이 마구 날아 떨어지고, 횃불이 땅에 닿자마자 땅속에 있던 도화선에 불이 붙어 철포(鐵砲)가 폭발하니, 온 골짜기에 불덩어리가 어지러이 춤을 추며 날았다. 만병들이 입은 등갑마다 모조리 불이 붙어 올돌골과 3만 명 등갑군은 서로 껴안고 골짜기 안에서 모두 타 죽었다.

제갈량이 산 위에서 굽어보니 만병들은 불에 타서 손발이 쭉 뻗어 있고, 대다수가 철포에 맞아 머리가 깨지거나 또는 몸 일부가 없어진 채로 죽어 있었다. 화약 냄새와 피비린내의 지독한 악취에 코를 들 수가 없었다.

제갈량이 눈물을 흘리며 탄식했다.

“내 국가를 위하여 공은 세웠으나, 이런 참혹한 짓을 했으니 나도 오래 살지는 못할 것이로다!"

좌우의 장수들도 머리를 숙이고 추연해했다. 드디어 맹획이 일곱 번째 제갈량 앞에 결박된 채 끌려왔다. 맹획이 울며 말했다.

"'일곱 번이나 사로잡았다가 일곱 번을 놓아준다[七縱七擒].'는 일은 예로부터 없었다. 내 비록 왕의 은덕을 모르는 외방(外方) 사람이라 예의를 많이 모르나 어찌 염치마저 없겠느냐!"

맹획은 진심으로 항복했다. 그러자 제갈량은 맹획을 장상으로 부축해 올리고, 잔치를 베풀어 위로하는 동시에 그동안 빼앗은 땅을 모두 돌려주어 맹획에게 남만 땅을 다스리게 했다.

제갈량이 남만을 완전 정벌하여 군사를 돌려 촉으로 향했다. 노수(爐水: 현재의 金沙江) 강가에 이르렀을 때였다. 이곳은 지난날 복파장군(伏波將軍) 마원(馬援)이 남만을 정벌하다 군사 3천여 명을 잃은 곳이었다. 촉군을 향해 갑자기 사방에서 검은 구름이 몰려들고, 노수 물에서 한바탕 광풍이 일더니 모래가 날고 돌이 데굴데굴 굴러 떨어졌다. 군사들이 더 이상 나아갈 수가 없게 되자 맹획이 제갈량에게 조언했다.

"노수의 미친 귀신이 재앙을 일으키는 것이니 이를 달래는 제사를 지내야 합니다."

"제물로는 어떤 걸 써야 하는가?"

"지난번에는 49개의 사람 머리와 검은 소와 흰 염소를 잡아 제사 지냈더니 바람과 물결이 잔잔해졌을 뿐만 아니라 풍년까지 들었습니다."

"이제 모든 일이 평정됐는데, 어찌 사람을 또 죽일 수 있겠는가!"

제갈량이 직접 노수가에 가 보았다. 과연 음습한 바람이 크게 불고 파도가 들끓어서 사람과 말이 다 놀라고 있었다. 근처에 사는 남만의 노인이 말했다.

"지난날 승상이 이곳을 지나간 후로 밤마다 물가에서 귀신들이 나타나 울부짖었는데, 그 곡성이 그치지 않고 새벽까지 이어져 아무도 건너가지 못했습니다."

제갈량이 말했다.

"이는 다 나의 죄로다. 지난번에 마대가 거느린 우리 군사 천여 명이 다 이 물에서 죽었고, 우리가 죽인 남만 사람을 다 이 물에 버렸으니, 미친 넋과 원한 맺힌 귀신들이 그들을 위로한다고 어찌 원통해하지 않겠는가. 내 오늘 밤에 제사를 지내고 위로하리다."

남만 사람이 또 말했다.

"예부터 49명의 사람 머리를 바치고 제사 지내면 원귀들이 저절로 흩어졌습니다."

"본시 사람이 죽어서 원귀가 된 것인데, 그들을 위로한다고 어찌 또 산 사람을 죽인단 말이냐!"

제갈량은 곧 취사병에게 밀가루를 반죽하여 사람 머리를 만들게 했다. 그리고 그 속에 사람 고기 대신 쇠고기와 염소 고기를 넣게 하고, 이를 '만두(饅頭)'라 이름 지었다.

그날 밤 3경, 노수 언덕에서는 큰 제사상이 차려졌다. 제사상 위에는 향불이 타올랐고, 각종 제물이 놓이고, 49개의 등잔

이 어둠을 밝혔다. 그리고 49개의 만두가 놓여 있었다. 제갈량은 금관을 쓰고 학창의(鶴氅衣: 소매가 넓고 뒷솔기가 갈라진 흰색 도포의 가장자리를 검은 천으로 넓게 댄 웃옷)를 입고 제사상 앞에 자리했다. 제갈량은 동궐에게 남만 병사들의 넋을 위로하는 제문을 읽게 했다.

동궐이 제문을 다 읽자 제갈량이 방성통곡하니, 삼군도 따라 울고 맹획 등 모든 남만 사람들도 다 울었다. 그러자 수심에 잠긴 듯한 구름과 원한이 서린 듯한 안개 속에서 은은히 나타났던 수천의 귀신들이 다 바람을 따라 흩어졌다. 제갈량은 좌우 사람들에게 만두를 비롯하여 모든 제물을 노수 물에 던져 넣으라고 했다.

이튿날, 제갈량이 대군을 거느리고 노수의 남쪽 언덕에 이르니, 구름이 걷히고 안개가 흩어지고 바람은 자고 물결은 조용했다. 촉군은 이제 마음 놓고 노수를 건너갈 수 있었다.

영창(永昌) 땅에 당도하자, 왕항과 여개를 남겨 영창의 네 개 군을 다스리게 했고, 이곳까지 따라온 맹획을 돌려보내면서 당부했다.

"부디 정사에 부지런하여 백성들을 편안하게 하고, 농사의 때를 잃지 말라."

맹획 등은 울며 절하고 돌아갔고, 제갈량은 군사를 이끌고 곧장 성도로 돌아갔다.

제갈량의 출사표와
조운의 마지막 용맹

위왕(魏王) 조비가 제위에 오른 지 7년째 되는 해, 촉한(蜀漢)으로 말하면 건흥 4년이었다. 그해 여름 조비는 한질(寒疾) 병이 도져 임종을 맞이하게 되었다. 그는 사마의 등 조정 대신 두 사람에게 아들 조예(曹叡)를 보좌하라는 유언을 남긴 채 눈을 감았다. 이때 그의 나이 40세였다.

조비의 뒤를 이어 제위에 오른 조예는 조비의 첫 번째 부인 견씨(甄氏)의 소생이었다. 원래 견씨는 원소의 둘째아들 원희의 아내였는데, 그녀의 미모에 반한 조비가 그녀를 자신의 아내로 취했던 것이었다. 그 후 조비는 새 여자 곽(郭) 귀비를 총애했고 곽 귀비가 견씨를 모함했다. 결국 견씨는 조비가 내린 사약을 받고 죽었는데, 곽 귀비의 무리들은 조예마저 죽이려고 했다. 그러나 조비가 유난히 사랑했기 때문에 쉽게 행동에 옮기지는 못했다.

조예가 15살이 되었을 때였다. 활을 잘 쏘아 조비가 사냥에 데리고 갔다. 둘이 산속을 달리는데, 어미 사슴과 새끼 사슴 두 마리가 뛰어나왔다. 조비가 활을 당겨 단번에 어미 사슴을 쏘아 죽이고 돌아보니, 새끼 사슴이 앞으로 지나가도 조예는 활을 쏘지 않았다. 조비가 큰소리쳤다.

"어째서 활을 쏘지 않았느냐?"

조예가 말 위에서 울면서 고했다.

"폐하께서 그 어미를 죽였는데, 차마 그 자식까지 죽일 수야 있겠습니까?"

이 말을 듣자 조비는 활을 땅에 던지고 탄식했다.

"나의 아들은 참으로 인자하고 덕 있는 주인이로다!"

이리하여 평원왕(平原王)으로 봉해져 있다가 조비의 유언으로 제위에 올랐던 것이었다.

제갈량은 조비가 죽었다는 보고를 받고 곧 위나라를 공격하기로 마음먹었다. 그러나 사마의가 위나라에 건재하고 있다는 사실이 발목을 부여잡았다. 그래서 마속의 계책을 받아들여 비밀리에 사람을 업군으로 보냈다.

얼마 후 업군에는 '사마의가 반역한다!' 는 유언비어가 퍼졌고, '조예는 덕이 없어 황제감이 못 되니 군사를 일으킨다.' 는, 사마의의 이름으로 된 방문이 곳곳에 나붙었다. 게다가 화흠이 이 방문을 조예에게 보여 주며 조조가 생전에 하던 말, '사마의는 독수리 눈이며 돌아볼 때는 늑대 눈이니 결코 그에게 병권(兵權)을 맡겨서는 안 된다.' 는 주의 사항을 들려주니 과연 제갈량의 예상대로 사마의는 삭탈관직당하여 고향으로 돌아가야 했다.

제갈량은 사마의가 삭탈관직됐다는 보고를 받고 크게 기뻐했다. 이튿날 제갈량이 반열에서 나와 출사표(出師表: 장수가 출전에 앞서 임금에게 바치는 글)를 후주에게 올렸다. 이때가 건흥 5년(서기 227년)으로서 다음과 같은 내용이었다.

'천하가 삼분된 이때 선주가 없는 촉은 존망의 위기에 서 있습니다. 그러나 다행스럽게 선주의 은혜에 보답하기 위해 안팎에서 목숨을 아끼지 않는 옛 신하들이 아직도 있으니 후주께서는 충신의 간언(諫言)을 귀 기울여 듣고 법 적용에 있어서 공평무사하시면 됩니다. 또한 현신을 등용하고 내치에 힘쓰십시오. 각 방면에 유능한 신하가 있는데, 이 신하는 어질고 성실하기 때문에 궁중의 크고 작은 일을 물어 보시고, 이 신하는 군사에 숙달했기 때문에 군중의 대소사를 막론하고 자문을 구하시고, 이 신하는 절개를 위하여 죽을 수 있는 신하니 믿고 가까이 하십시오.

신이 그동안 동오와 동맹을 맺고 적벽대전을 치른 일이며 노수(爐水)를 건너 남만 정벌에 동분서주했던 것과 지금 북쪽의 위나라로 출정하려는 것은 다 삼고초려(三顧草廬)의 예를 베풀어 주신 선주의 은혜에 보답하기 위해서입니다. 각 신하에게는 맡은 바 책임이 있는데, 책임을 다하지 못할 경우에는 그 태만함을 문책하시고, 이것에서 신 제갈량도 예외는 아닙니다. 신이 없는 사이 후주께서는 신하의 충언을 받아 국정에 임하고 스스로도 연구하시어 선주의 유지를 명심하십시오. 이제 멀리 떠나니 눈물이 앞을 가려 더 이상 표문을 쓰지 못하겠나이다.'

후주가 표문을 다 읽고 말했다.

"상부(相父)가 갖은 고생 끝에 남방을 정벌하고 돌아온 지 얼마 안 됐는데, 이제 또 북쪽으로 치러 간다면 심신이 소모되지 않겠소."

제갈량의 출정을 은근히 말리는 말이었다. 또한 초주(譙周)도 반열에서 나와 말했다.

"신이 밤에 천문을 보니, 북쪽을 맡은 별이 배나 밝고 왕성해 지금은 북쪽을 칠 때가 아닌 줄로 아오. 승상은 신보다 천문을 잘 알면서 어찌 무리를 하려 하시오?"

제갈량이 대답했다.

"천도(天道)는 항상 변하는 것이라. 어찌 한때의 현상에 얽매이리오. 나는 일단 군사를 한중(漢中) 땅에 주둔시키고 동정을 살핀 후에 위나라를 칠 생각이오."

드디어 건흥 5년(서기 227년) 3월 병인일에 위를 치러 북쪽으로 출사(出師)하려는데, 장하에서 한 늙은 장수가 소리를 버럭 지르며 나왔다.

"내 비록 늙었으나 오히려 염파(廉頗: 전국시대 조나라의 명장)의 용맹과 마원(馬援)의 기상이 있도다. 그 장수들 역시 노장인데도 싸워 이겼거늘 어째서 나를 쓰지 않는가!"

모든 사람들이 보니 조운이었다. 이때 그의 나이 70이었다. 제갈량은 걱정이 되어 등지에게 조운을 돕도록 하고, 정병 5천과 부장급 장수 열 명을 주어 선봉에 내세웠다. 그리고 자신은 30만 대군을 이끌고 조운을 뒤따랐다.

한편 위나라의 조예는 제갈량이 쳐들어온다는 보고를 받고 하후무(夏候楙)를 대도독으로 삼아 군사 20만을 주어 대적하라고 했다. 하후무는 황충에게 죽은 하후연의 아들로 아버지의 복수를 위해 자원해 나섰던 것이었다. 그는 조조의 사위이기도 하여 그 후광으로 병권(兵權)을 잡고 있었으나 실전 경험이 없는 장수였다.

하후무는 서강(西羌: 서쪽 오랑캐)의 8만 군사까지 동원하여 그들을 선봉에 내세웠다. 서강의 장수 한덕(韓德)은 개산대부(開山大斧: 큰 도끼)를 잘 썼고, 그의 아들 네 명은 모두 무예와 궁마에 뛰어났다.

한덕의 군사와 조운의 군사가 봉명산(鳳鳴山)에서 만나 양쪽에 진을 쳤다. 한덕이 네 아들을 좌우에 거느리고 나와 큰 소리로 외쳤다.

"나라의 역적 놈아! 어찌 감히 우리 경계를 침범하느냐?"

조운이 분개하여 창을 잡고 달려 나와 한덕과 일대일로 싸웠다. 큰아들 한영이 말을 달려 나와 아비를 도왔으나 불과 3합에 조운의 칼에 찔려 죽었다. 한영이 말 아래로 떨어지자 둘째 한요가 칼을 휘두르며 덤벼들었다. 조운이 지난날 그 범 같은 위엄을 분발하여 정신을 집중하여 창을 휘두르니 한요가 쩔쩔 맸다. 그러자 셋째 한경이 방천화극을 휘두르며 한요와 함께 공격했다. 그러나 조운은 조금도 겁을 내지 않았고, 창 쓰는 법에 추호도 흐트러짐이 없었다.

두 형이 조운을 꺾지 못하는 것을 바라보다가 넷째 한기가 말을 달려와 두 자루의 일월도를 휘두르며 조운을 에워쌌다. 조운은 세 장수를 상대로 싸워 한기를 먼저 창으로 찔러 죽였다. 한기가 말에서 떨어지자 한덕의 진영에서 한 편장(偏將)이 나와 달려들었다. 조운이 이를 보고 말머리를 돌렸다. 한경이 조운의 등 뒤에다 대고 화살 세 대를 쏘았다. 그러나 조운이 등을 돌려 날아오는 화살을 모두 창으로 쳐서 다 떨어뜨렸다. 분을 참지 못해 방천화극을 휘두르며 쫓아오는 한경을 조운이 등을 돌려 화살을 쏘아 말에서 떨어뜨렸다. 어느새 달려왔는지 한요가 조운을 향해 칼을 번쩍였다. 순간 조운은 창을 땅에 던지고 날아오는 칼을 피하며 팔을 뻗어 한요를 잡아 끌어안은 채 말을 달려와 자기 진중에 내려놓았다. 그런 뒤에 다시 조운은 말을 달려가서 땅바닥의 창을 주워 들고 적진 속으로 쳐들어갔다.

한덕은 정신이 아찔했다. 삽시간에 네 아들의 죽음을 두 눈으로 보자 외마디소리를 지르며 진영 속으로 달아나 버렸다. 서강 병사들은 일찍이 조운의 명성을 듣고 있던 차에 직접 그 용맹을 눈으로 확인하니 누가 감히 맞서겠는가. 조운이 이르는 곳마다 한덕의 진영은 산산조각이 났다. 조운은 필마단창(匹馬單槍)으로 좌충우돌하며 무인지경 드나들 듯 휩쓸었다.

조운이 군사를 거두어 진영으로 돌아오자 등지가 치하했다.

"장군께서는 연세가 칠순인데도 그 용맹함이 젊은 시절과 다름이 없습니다. 오늘 진 앞에서 적장 넷을 참한 것은 세상에 드문 일입니다."

"승상이 내 나이를 문제 삼아 기용하지 않으려고 하기에, 녹슬지 않음을 보여 줬을 뿐이로다."

곧이어 하후무가 당도하여 황금 투구를 쓰고 백마를 타고 손에 대척도를 잡고 문기(門旗) 아래로 나섰다. 원군이 도착하여 힘을 얻었는지 한덕이 이를 갈며 말했다.

"저놈이 내 아들 넷을 죽였소. 내 어찌 원수를 갚지 않을 수 있으리오!"

개산대부를 휘두르며 말을 달려 바로 조운에게 덤벼들었다. 그러나 조운이 불과 3합에 창으로 찔러 죽이고 바로 하후무에

게 쳐들어갔다. 하후무는 혼비백산하여 진영 안으로 도망쳐 들
어갔다. 때를 놓치지 않고 등지가 군사를 휘몰아 공격하니, 위
군은 또 패하여 10여 리쯤 물러가서 진영을 세워야 했다.

제갈량의 마음을 읽어 냈던
후계자, 강유

조운이 한덕의 네 아들을 죽이고 이들을 도우러 온 하후무까지 물리친 이튿날이었다. 조운은 승세를 몰아 하후무의 뒤를 쫓다 정욱의 아들 정무(程武)의 매복 작전에 말려들어 사면팔방으로 포위되고 말았다. 진시(辰時: 오전 7시부터 9시)부터 유시(酉時: 오후 5시부터 7시)까지 위군을 헤치고 탈출로를 찾으려 했으나 위군의 포위망은 점점 옥죄어들 뿐이었다.

"내 늙지 않았다고 버티다가 결국 이곳에서 죽는구나!"

바로 이때였다. 문득 동북쪽에서 함성이 크게 일어나더니 장팔점강모(丈八點鋼矛)를 든 장포가 나타났다. 곧이어 한 손에 청룡언월도(靑龍偃月刀)를 잡고 관흥이 나타났다. 제갈량이 조운을 보호하기 위해 두 장수를 보낸 것이었다. 조운이 다시 한 번 분발하여 즉시 군사를 거느리고 하후무의 뒤를 추격했다.

하후무는 남안성으로 달아나 성문을 굳게 닫아걸고 나오지 않았다. 그러나 제갈량은 하후무 명의의 위조 친서를 이용하여 구원병이 성 밖으로 나가자 무방비 상태가 된 안정성을 함락했다. 그리고 안정성 태수 최량(崔凉)을 회유하여 남안성까지 함락했다. 제갈량은 하후무를 함거(檻車)에 가둔 채 안정성을 공략했던 똑같은 계책을 써서 천수성을 함락시키려고 했다.

천수성에서도 성안의 병력을 출동시키라는 하후무의 위조

친서가 들어왔다. 문무 관리들과 회의한 끝에 천수태수(天水太守) 마준(馬遵) 역시 군사를 일으키려 하는데, 밖에서 한 사람이 들어오며 외쳤다.

"태수는 제갈량의 계책에 빠지지 마십시오!"

모든 사람들이 보니 바로 천수군 기현(冀縣) 땅 출신 강유(姜維)였다. 그의 자는 백약(伯約)으로서 어려서부터 많은 책을 널리 보아서 병법과 무예에 정통했으며, 어머니를 지성으로 섬기는 효자였기 때문에 천수군 사람들은 다 그를 공경했다. 강유는 제갈량의 계책을 꿰뚫고 있었다.

"요즘 들리는 소문에 의하면, 제갈량이 남안성 안에다 하후무를 감금하다시피 포위하고 물샐틈없이 공격한다는데, 누가 그 포위를 뚫고 나올 수 있겠습니까. 더구나 하후무의 친서를 전달한 자와 안정군에서 왔던 자는 듣지도 보지도 못했던 사람입니다. 이건 촉군의 위장 병사이며 태수를 성 밖으로 끌어내려는 속임수입니다. 지금 촉군은 틀림없이 가까운 곳에 매복하고 있을 것입니다. 태수께서 군사를 밖으로 끌고 나가면 이 틈을 타 촉군이 빈 성으로 쳐들어올 것입니다."

마준은 정신이 번쩍 들었다. 그러자 강유가 웃으며 계책을 내놓아 안심시켰다.

"저에게 정병 3천 명만 주시면 요긴한 곳에 매복하고 있겠습니다. 태수께서도 군사를 거느리고 남안성을 구원하는 척 성을 떠났다가 제가 촉군을 공격하면 다시 돌아와 적을 협공하십시오. 그러면 제갈량이 온다 하더라도 제가 사로잡을 수 있을 것입니다."

과연 조운은 천수성 아래에서 강유와 마준에게 협공을 당해 위기에 몰렸다. 다행히도 장익과 고상의 도움을 받아 간신히 진영으로 돌아와 제갈량에게 보고했다.

제갈량이 놀라며 말했다.

"도대체 누구기에 나의 계책을 알았을까?"

남안 사람이 강유에 대해 자세히 설명해 주자 조운 또한 칭찬을 아끼지 않았다.

"그의 창 쓰는 솜씨도 보통 사람과 크게 달랐습니다."

제갈량이 말했다.

"내 이번에 천수성을 간단히 점령할 줄 알았는데, 그런 인물이 군사를 지휘할 줄 몰랐다."

얼마 후 제갈량이 직접 군사를 이끌고 천수성을 공격했으나 오히려 강유가 매복한 4대의 군사에 협공당해 물러나야 했다. 관흥과 장포의 호위가 없었다면 제갈량도 적진 속에서 꼼짝없이 당할 뻔했던 것이었다. 제갈량이 찬탄했다.

"필요한 것은 군사의 수효가 아니라, 군사를 쓸 줄 아는 인물이로다. 강유는 참으로 훌륭한 인물이로다!"

제갈량은 군사를 거두고 진영으로 돌아와 한동안 생각에 잠겼다.

얼마 후 촉군의 동태를 파악한 보고가 천수성에 들어왔다.

"촉군은 세 방면으로 군대를 출동시켰습니다. 그 중 하나는 우리 군을 노리고 있고, 또 하나는 상규(上邽) 땅을 치러 가고, 또 하나는 기성(冀城) 땅을 치러 갔습니다."

강유는 이 말을 듣자, 태수 마준에게 슬피 고했다.

"저의 어머님이 기성 땅에 계시는데, 혹 무슨 일이 생길까 두렵습니다. 한 대의 군사를 거느리고 가서 기성을 구하고 겸하여 늙은 어머님을 보호하도록 허락해 주십시오."

태수 마준은 두말 않고 강유에게 군사 3천을 내주었다. 강유는 기성 입구에서 위연을 만났으나 의외로 손쉽게 물리치고 기성으로 들어갈 수 있었다. 강유는 늙은 어머니를 뵙고, 나와서 싸우려 하지 않았다. 이 사이 제갈량은 강유가 항복했다는 소문을 퍼뜨리고 하후무를 일부러 풀어 주었다. 그리고 항복한 가짜 강유에게 천수성과 상규성을 야밤에 한 차례 공격하라고 했다. 직접 당하고 보니 천수성 태수 마준은 하후무가 일러준 준 대로 강유가 배신했다는 것을 믿을 수밖에 없었다.

곧이어 제갈량이 기성 아래에서 군량을 수레에 싣고 위연의 진영으로 운반하게 했다. 군량이 모자라 고민했던 강유는 성문을 나와 제갈량의 군량을 빼앗았다. 강유가 성으로 들어가려는데, 성 위에는 이미 촉군의 기가 펄펄 나부끼고 있는 게 아닌가. 강유가 군량을 약탈하러 나간 사이 위연이 성을 점령했던 것이었다. 말머리를 급히 돌려 천수성으로 달아나려는데, 장포가 들이닥치니 여지없이 패해 필마단창(匹馬單槍)으로 간신히 천수성에 당도했다. 그러나 천수성의 문은 열리지 않았다.

"강유가 우리 성을 팔아먹으려 왔다! 활을 마구 쏘아 죽여라!"

마준의 명령으로 성 위에서 화살이 어지러이 쏟아져 내려왔다. 할 수 없이 상규성을 찾아갔으나 역시 마찬가지로 성 위에서 화살이 빗발치듯 날아오는 것이었다. 변명할 여지도 없었다. 그는 하늘을 우러러 길게 탄식하고 울면서 말을 돌려 장안을 향하여 달렸다. 얼마 못 가 관흥이 길을 가로막고 있으니 방향을 바꾸어 달아나야 했다. 산모퉁이에서였다. 한 대의 수레가 나오는데, 수레를 탄 사람이 윤건(綸巾)을 쓰고 학창의(鶴氅衣)를 입고 깃털 부채로 부채질하고 있었다. 제갈량이 말을 꺼냈다.

"백약은 왜 항복하지 않는가?"

강유는 한참 생각했다. 앞에는 제갈량이 있고, 뒤에는 관흥이 있어 빠져나갈 길마저 없었다. 마침내 강유가 말에서 내려 항복하니, 제갈량은 황망히 내려와 영접하고 강유의 손을 잡았다.

"내가 초려(草廬)에서 나온 후로 내 평생 배운 바를 어진 사람에게 전하려고 했으나 그런 사람을 찾지 못해 한이었소. 이제야 백약을 만나니 내 소원을 이룬 셈이오!"

강유는 크게 감동하여 절하고 감사했다. 이에 제갈량은 강유와 함께 진영으로 돌아와서 장상에 올라 천수군과 상규군을 무너뜨릴 계책을 상의했다. 강유가 말했다.

"천수성 안의 윤상과 양서 두 사람은 저와 매우 친한 사이입니다. 밀서 두 통을 써서 성안으로 쏘아 보내어 내란을 일으키게 하면 성을 함락할 수 있습니다."

제갈량이 머리를 끄덕이고 허락했다. 과연 강유의 의도대로 윤상과 양서가 성문을 활짝 열어 촉군을 끌어들였다. 하후무와 마준은 천수성을 버리고 오랑캐 땅으로 달아났고, 제갈량은 양서와 윤상의 영접을 받아 성안으로 들어갔다. 이렇게 해서 천수성은 함락됐다. 상규성의 성주 양건은 양서의 동생, 형의 설득에 곧 형과 함께 제갈량을 찾아와 투항했다.

연회의 자리에서 모든 장수들이 제갈량에게 물었다.

"승상은 어찌하여 하후무를 잡으러 가지 않습니까?"

제갈량이 대답했다.

"백약은 봉황 같은 인물이다. 봉황을 얻었는데, 어찌 오리 한 마리 정도 놓친 걸 아까워하겠는가!"

제갈량이 천수·기성·상규 세 성을 차지한 후로 그 위엄과 명성은 널리 알려져, 멀고 가까운 모든 고을이 바람에 쏠리는 풀처럼 제갈량에게 항복했다. 이에 제갈량은 군마를 정돈한 뒤에 한중의 군사를 모조리 거느리고 전진하여, 기산 앞으로 나아가 위수(渭水) 서쪽으로 육박했다.

선 조치 후 보고, 늘어난 사마의의 권한

하후무의 패배와 촉군의 선봉 부대가 위수 서쪽까지 진격했다는 보고가 낙양에 들어왔다. 이때가 위의 태화(太和) 원년(서기 227년)이었다. 위주(魏主) 조예는 조진(曹眞)을 대도독, 곽회(郭淮)를 부도독, 왕랑(王朗)을 군사로 임명하고 군사 20만을 주어 촉군과 대적하라고 했다.

그러나 조진 등은 제갈량의 적수가 못 되었다. 기산(祁山) 앞에서 서로의 진영을 뒤로한 채 제갈량과 왕랑이 설전을 벌였는데, 왕랑은 제갈량의 물 흐르는 듯한 답변에 가슴이 꽉 막혀 크게 외마디소리를 지르더니 말 아래로 떨어져 죽었고, 조진과 곽회 역시 제갈량의 역매복 작전에 걸려들어 서로 죽고 죽이다가 전세를 만회하기 위해 서강국(西羌國)의 군사 25만까지 끌어들였으나 선봉 조준과 주찬 두 장수만 잃고 위수(渭水)의 진지까지 빼앗겨 철저하게 패했던 것이었다.

조예가 패전을 보고받고 신하들에게 계책을 구하니 태부(太傅) 종요가 아뢨다.

"무릇 장수 된 자는 아는 것이 출중해야 적을 제압할 수 있습니다. 손자는 말하기를 '상대를 알고 나를 알면 백 번 싸워 백 번 이긴다[知彼知己 百戰百勝].'고 하였습니다. 신이 생각건대, 조진은 오랜 전투 경험이 있지만 제갈량을 상대할 만한 적수가 못 됩니다. 신은 한 사람을 천거하여 촉군을 물리치도록 하겠으니, 폐하는 윤허하여 주십시오.”

“그런 훌륭한 인물이 있다면 속히 불러와 짐의 근심을 덜게 하라.”

종요가 계속 아뢨다.

“저번에 이 사람이 있었을 때는 촉군이 중원을 침범하지 못하다가 제갈량의 유언비어에 조정을 떠나자 쳐들어온 것입니다. 이제 폐하께서 이 사람을 다시 불러 쓰시면 제갈량이 저절로 물러가리다.”

“그 사람이 누군가?”

“표기대장군 사마의입니다.”

조예가 탄식했다.

“지난번 일은 짐도 후회하노라. 지금 중달은 어디에 있는가?”

“요즘 들건대 중달은 완성 땅에서 한가히 지내고 있다고 합니다.”

조예가 즉시 조명(詔命)을 내렸다.

“칙사를 보내어 사마의를 복직시켜 평서도독(平西都督)으로 삼고, 남양 모든 방면의 군사를 일으켜 장안으로 오라 하라.”

이에 칙사는 밤낮을 가리지 않고 완성 땅으로 말을 달려갔다. 이 일은 정탐병에 의해 즉시 제갈량에게 보고되었다.

“위주 조예는 낙양에서 장안으로 행차하고, 한편 사마의는 복직이 된 데다가 평서도독이 되어 완성 일대의 군사를 일으켜 조예와 합류하러 장안으로 가는 중입니다.”

곧이어 지난날 관우를 배반하고 위나라에 투항했던 맹달이 보낸 사자가 들어와 알렸다.

"맹달 장군이 귀순하여 군사를 이끌고 낙양으로 쳐들어가겠다 하옵니다."

사마의의 복직 보고가 들어오자 제갈량은 놀라는 기색이 역력하더니 이내 기쁜 표정을 짓는가 하더니 금세 알 수 없는 미묘한 표정을 보이는 것이었다. 제갈량의 표정 변화에 참군 마속이 물었다.

"그까짓 조예 따위를 걱정할 건 없습니다. 그들이 장안 땅으로 모여들면 곧 쳐들어가서 사로잡을 수 있는데, 승상은 왜 놀라고 걱정하십니까?"

"내가 어찌 조예를 두려워하겠는가. 걱정인 것은 사마의뿐이다. 이제 맹달이 큰일을 일으킨다는 것은 반가운 일이나 사마의와 대결하는 날에는, 반드시 실패하고 말 것이다. 맹달이 지금 죽으면 중원을 얻을 절호의 기회를 놓치는 것이다."

마속이 물었다.

"그렇다면 속히 맹달에게 주의 서신을 보내면 되지 않습니까?"

제갈량은 머리를 끄덕이며 곧 서신을 써서 내주니, 맹달의 사자는 밤낮을 가리지 않고 신성(新城)으로 말을 달려갔다. 그러나 맹달은 제갈량의 주의 사항을 귀담아듣지 않았다.

한편 완성에서 한가한 세월을 보내고 있던 사마의는 위군이 촉군에게 잇달아 패했다는 소식을 듣자 하늘을 우러러 길게 탄식했다. 이때 옆에 사마의의 두 아들이 있었다. 큰아들 사마사

(司馬師)의 자는 자원(子元), 둘째아들 사마소(司馬昭)의 자는
자상(子尙)이라고 했다. 이들 두 사람은 평소 큰 뜻을 품고 병
서에 능통했다.

"아버님께서 왜 그렇게 탄식하셨습니까?"

"너희들이 어찌 큰일을 알겠느냐?"

사마사가 물었다.

"위주(조예)가 부친을 불러 쓰지 않기 때문입니까?"

사마소가 웃으며 사마의 대신 말했다.

"조만간에 나라에서 아버님을 부를 것입니다."

그 말이 끝나기도 전에 수하 사람이 들어와서, 칙사가 절(節:
신표)을 가지고 왔다고 고했다. 칙서를 읽어 보니 자신을 도독
으로 임명하니 군사를 일으켜 장안으로 들어오라는 내용이었
다. 사마의가 곧 완성 일대의 군사를 일으키려 하는데, 맹달의
외생질 등현이 보내온 고발장이 들어왔다. 맹달이 모반한다는
내용이었다. 큰아들 사마사가 말했다.

"부친은 속히 표문을 보내어, 천자께 이 일을 알리십시오."

"먼저 보고하고 명령을 기다리자면 사신이 왕복하는 데 적어
도 한 달은 걸릴 것이다. 그러고 나면 일은 걷잡을 수 없을 만
큼 확대되고 만다."

사마의는 장안으로 가기 전 맹달이 있는 신성으로 군대를
출동시켰다. 맹달은 사마의와 함께 온 서황을 활로 쏘아 죽였
으나 결국 사마의의 계책에 빠져 배반자 신탐의 창에 죽고 말
았다.

장안에서 조예는 사마의를 보고 무척 기뻐했다. 사마의가 맹

달을 죽인 일을 아뢨다.

"신은 맹달이 모반한다는 사실을 표문을 올려 폐하께 아뢰는 것이 먼저 일이란 것을 알고 있습니다. 하지만 그러자면 많은 시간이 걸리므로 칙명을 기다리지 않고 급히 신성으로 갔던 것입니다. 폐하께 먼저 아뢨다면 이 사이 제갈량이 장안으로 쳐들어왔을지 모를 일입니다."

사마의는 제갈량이 맹달에게 보낸 답장을 꺼내어 바쳤다. 조예는 그 답장을 읽고서 말했다.

"경의 학식은 옛 손자(孫子)나 오자(吳子)보다 뛰어나도다!"

크게 기뻐하고 황금으로 만든 부월(斧鉞) 한 쌍을 하사하며 말했다.

"이후에도 기밀에 관한 일이 생기거든, 짐에게 아뢸 것 없이 상황 따라 알맞게 대처하라."

그리고 촉군을 격파하도록 명령했다. 이 일은 곧 기산의 진영에 있던 제갈량에게 보고됐다.

"사마의가 맹달을 죽였고, 장안으로 가 다시 군사를 거느리고 장합을 선봉에 내세워 대적하러 오는 중입니다."

제갈량은 크게 놀라며 말했다.

"사마의는 틀림없이 가정(街亭) 땅을 점령하고 우리의 숨통 같은 군사로를 끊을 것이다. 누가 군사를 거느리고 가정 땅을 지킬 테냐?"

참군 마속이 썩 나섰다.

"제가 가겠나이다."

제갈량이 마속에게 신신당부했다.

"가정은 비록 조그만 곳이나 작전의 요충지이다. 만일 가정을 잃으면 우리 대군은 다 무너지고 만다. 그대가 비록 꾀와 지략이 출중하나 그곳에는 성도 없고 험준한 곳도 없어 지키기 매우 어려울 것이니 주의하라."

"어려서부터 병서를 숙독하여 자못 병법을 압니다. 어찌 가정 하나 지키지 못하겠습니까?"

"사마의는 보통 무리와 다르고, 또 장합 역시 위의 명장이다. 그대가 대적하지 못할까 걱정이다."

"사마의와 장합 따위에 신경 쓸 필요 없습니다. 위주 조예가 온다 한들 두려울 것 없습니다. 만약 제가 실패하면 우리 집 가족을 다 참하십시오."

"군법에는 농담이 있을 수 없느니라."

"그럼 제가 군령장(軍令狀)을 쓰고 가겠습니다."

마속은 드디어 군령장을 써서 바치니 제갈량이 말했다.

"정병 2만 5천 명을 주고, 또 일급 장수 한 사람을 붙여 돕게 하리라."

제갈량은 즉시 왕평(王平)을 불러 분부했다.

"나는 그대가 평소 매사에 신중하다는 것을 알고 있어 이런 중대한 임무를 맡기는 것이오. 그대는 중요한 길목을 신중히 골라 복병을 세워 적군이 통과하지 못하도록 하라. 일단 진영을 세우면 그곳 지리를 소상히 그려 지도로 만든 뒤 나에게 보내라. 매사를 신중히 대처하며 결코 경솔하지 말라. 그곳을 잘 지키기만 하면, 우리가 장안을 치는 데 일등 공로자는 그대가 되는 것이니 명심하고 조심하라."

두 사람이 떠나자 제갈량은 안심이 되지 않아서 다시 고상을 불러들였다.

"가정 동북쪽에 열류(列柳)라는 작은 성이 있다. 그곳은 산속에 좁은 길이 나 있어 진영을 세우고 군사를 주둔시키기에 좋은 곳이다. 그대에게 군사 만 명을 줄 테니 그곳에 주둔하고 있다가 만일 가정이 위태롭거든 즉각 군사를 달려가 구원하라."

고상은 즉시 군사를 거느리고 떠났다. 그래도 제갈량은 마음이 놓이지 않았다.

'고상은 장합의 적수가 못 된다. 반드시 한 장수를 가정의 오른쪽에 주둔시켜야만 막을 수 있을 것이다.'

제갈량은 마침내 위연을 불러 본부 병사를 거느리고 가정 뒤쪽에 주둔하라고 했다. 위연이 반문했다.

"제가 선봉이 되어 적을 격파하는 것이 마땅한데, 어째서 그런 한가한 곳에 있으라 합니까?"

"선봉이 되어 적을 공략하는 일은 편장(偏將)이나 비장(裨將)도 할 수 있는 것이다. 가정 뒤쪽을 지키는 일은 우리 한중의 숨통 같은 길을 지키는, 실로 막중한 책무가 따르는 큰일이다. 어찌 한가한 곳이라 할 수 있겠는가?"

위연은 매우 기뻐하며 군사를 거느리고 떠났다. 제갈량은 그제야 겨우 안심하고 조운과 등지를 불러 분부했다.

"이번 사마의의 출병은 지난날의 그들과는 다르오. 그대들은 각기 군사를 거느리고 기곡 땅에 주둔하되 만일 위군이 오거든 치고 빠지면서 그들을 현혹시켜라. 그때 내가 사곡으로 경유하여 바로 미성(郿城)을 빼앗으면 장안은 쉽게 격파

될 것이다."

두 사람도 군사를 거느리고 떠났다. 제갈량은 곧 강유를 선봉으로 삼아 사곡으로 군사를 몰고 나갔다. 한편 마속과 왕평은 가정에 도착하자 곧 사방 지세를 살폈다. 마속이 웃으면서 말했다.

"승상의 세심함이 너무 지나쳤도다. 이런 궁벽한 산간으로 위나라 군사가 어떻게 온단 말이냐."

왕평이 말했다.

"위군이 안 온다 하더라도 다섯 갈래의 길목에다 진영을 세우고, 군사들에게 나무를 베어다가 목책(木柵)을 세워서 대비를 해 두어야 하오."

"길목에 진영을 세워서는 안 된다. 저기 저 산은 사방으로 이어진 산이 없고 수목이 무성하니, 이는 하늘이 주신 요충지 같다. 그러니 저 산 위에 군사를 주둔시키도록 하라."

"그건 참군이 잘못 생각한 것이오. 군사를 길목에 주둔시키고 벽을 쌓아 올리면 비록 적병 10만이 온다 해도 통과하지 못할 것이오. 그런데 이런 중요한 길목을 놔두고 산 위에 주둔했다가, 만일 위군이 산을 사방으로 포위하면 어쩔 요량이오?"

마속이 크게 웃었다.

"참으로 아녀자 같은 소견이로다. 병법에 이르기를, '높은 곳을 차지하고 아래를 굽어보며 쳐 내려가면 그 기세가 마치 대를 쪼개는 것과 같다[憑高視下 勢如破竹].'고 했다. 만일 위군이 나타나면 한 놈도 살려서 돌려보내지 않으리라."

"나는 승상을 모시고 여러 차례 전투를 치러 왔소. 그때마다 승상은 마음을 다하여 내게 진법(陣法)을 가르쳐 주어 이제는 제법 아오. 저 산은 홀로 떨어진 곳이라 만일 위군이 우리의 식수로(食水路)를 끊어 버리면 우리 군사는 싸워 보지도 못하고 혼란에 빠질 것이오."

"더 이상 여러 말 말라. 〈손자병법〉에, '사지에 들어선 뒤에야 살아날 수 있다[置之死地而後生].'고 했다. 만일 위군이 우리의 식수로를 끊는다면 우리 군사들은 죽기를 각오하고 일당백 할 것이다. 내가 일찍이 병서를 읽어 승상께서도 내게 모든 일을 물으시는데, 네가 뭘 안다고 나서느냐?"

"참군이 꼭 산 위에 진영을 세우겠다면 나에게 군사를 나눠 주시오. 난 산 서쪽 아래에 조그만 진영을 세워 기각지세(掎角之勢: 앞뒤에서 적을 협공하는 태세)를 이루고 있다가 위군이 온다면 서로 호응하리다."

마속은 왕평의 요구도 거절하려 했다. 이때 산속에 사는 사람들이 떼를 지어 달려와서 말했다.

"위군이 옵니다!"

그제야 마속이 왕평의 요구를 들어주었다. 왕평이 군사를 거느리고 산에서 10리 떨어진 곳에 진영을 세운 뒤 지도를 그려 부하에게 주면서 말했다.

"밤낮을 가리지 말고 승상께 가서 이 지도를 바쳐라. 그리고 마속이 산 위에 진영을 세운 사실을 고하여라."

제갈량, 읍참마속(泣斬馬謖)하다

사마소는 아버지 사마의에게 제갈량의 군대가 이미 가정에 진을 쳤다는 보고를 했다.

"제갈량은 참으로 신 같은 사람이로다! 도저히 내가 당해 낼 수 없구나."

사마의가 탄식하자 사마소가 웃었다.

"아버님께서는 왜 비굴해지십니까. 소자는 가정 땅을 차지하기는 쉽다고 생각합니다."

"왜 그렇게 큰소릴 치느냐?"

"소자가 살펴보니 길목에는 진지도 없었고 목책도 없는 데다가 군사들은 다 산 위에 주둔해 있었습니다."

사마의는 귀가 번쩍 뜨였다.

"적군이 산 위에 있다면, 이건 하늘이 나의 성공을 도우심이로다."

곧바로 옷을 갈아입고, 기병 백여 명을 거느리고 가정으로 달려갔다. 과연 사마소의 말대로였다. 사마의는 산 위에서 마속 군의 진지를 굽어보며 말했다.

"이 세상에 살 생각이 있다면, 나라면 결코 저 산 위에다 진지를 치지는 않았으리라."

사마의는 모든 장수들에게 명령을 내렸다.

"내가 산 위에서 붉은 기를 휘둘러 지시하는 대로 공격하라!"

사마의는 진영으로 돌아왔다. 곧바로 촉군의 장수는 마속이라는 것과 왕평이 산 10리 떨어진 곳에 또 하나의 진영을 세웠다는 보고를 받았다. 장합에게 명령을 내렸다.

"한 대의 군사를 거느리고 가서 왕평이 올 길을 끊어라. 신탐과 신의는 산을 포위하여 적의 식수로를 끊도록 하게 하라. 그러면 적이 혼란에 빠질 것이니 이때에 공격하라."

이튿날 과연 전세는 사마의의 계책대로 흘러갔다. 사방에서 위군이 산속을 옥죄어드니 촉군은 겁을 집어먹었다. 마속이 부하 장수 두 명을 참하고 맞서 싸우라고 호령했으나 병사들은 움직이지 않았다. 왕평이 마속을 구원하러 군사를 출동시켰으나 장합에게 가로막혀 이리저리 몰려다니기만 했다. 그러나 사마의는 공격에 나서지 않았다. 진시(辰時: 아침 7시부터 9시)부터 술시(戌時: 밤 7시에서 9시)까지 산속을 포위하고만 있었다. 그러자 식수로가 끊긴 촉군은 갈증과 배고픔을 참지 못해서 잇따라 위군에게 항복했다.

사마의가 드디어 군사들을 시켜 산 주위에 일제히 불을 지르게 했다. 산 위의 촉군은 뜨거운 불길에 갈팡질팡했고, 마속은 더 버틸 수가 없어 남은 군사를 수습하여 서쪽을 바라보고 산 아래로 달려 내려갔다. 사마의는 일부러 길을 열어 주고 장합을 보내어 그 뒤를 쫓게 했다.

제갈량의 계책은 마속 때문에 잇따라 실패로 돌아갔다. 마속이 못 미더워 보낸 위연이 마속을 구원하여 가정을 탈환하는가 싶더니 사마의 부자의 공격을 당해 진영까지 빼앗겼고, 왕평 역시 위연을 구원하기 위해 싸우는 통에 진영까지 빼앗겨 왕평과 위연은 함께 열류성을 향해 달아나야 했다. 열류성을 지키고 있던 고상 역시 성을 나와 위연과 왕평을 구원하기 위해 위군과 싸우는 통에 성마저 빼앗기고 말았다.

사태가 이렇듯 뒤틀리자 위연과 왕평은 양평관(陽平關)마저 빼앗길 수 없어 황급히 그곳으로 달려갔다.

한편 왕평이 보낸 병사가 제갈량에게 지도를 바쳤다. 제갈량이 곧 책상을 치며 크게 놀랐다.

"마속, 이 무지한 자가 우리 군사를 다 함정에 빠뜨렸도다!"

곧 대비책을 마련해 가정에 전령을 급파하려고 하니 또 보고가 들어왔다.

"가정과 열류성을 다 잃었습니다."

제갈량이 발을 굴렀다.

"큰일을 망쳤구나! 모두가 내 실수로다."

한참을 길이 탄식하더니, 급히 관흥과 장포를 불러 지시하였다.

"너희들은 무공산 사잇길로 가되 도중에 위군을 만나면 싸우지 말고 다만 북소리와 함성만 요란하게 내라. 그러면 위군이 우리 군사가 많은 것으로 알고 달아날 것이기 때문에 무사히 양평관에 당도할 수 있을 것이다."

그리고 강유와 마대에게 별도의 지시를 내린 뒤 부하 장수들에게 은밀히 후퇴를 준비하도록 지시했다. 일일이 지시를 내린 다음 직접 군사 5천을 거느리고 촉군(蜀軍)의 군량을 쌓아 둔 서성현(西城縣)으로 물러갔다. 군량미와 마초(馬草)를 옮기는데, 잇따라 파발꾼이 달려와 보고했다.

"사마의가 15만 대군을 이끌고 이곳으로 벌떼처럼 쳐들어오고 있습니다."

이때 제갈량의 신변에는 장군들이 별로 없었고 일반 문관들뿐이었다. 그나마 5천 군사 중 반은 곡식과 마초를 운반하기 위해 성 밖에 나가 있어서 남은 군사라고는 고작 2천 5백뿐이었다. 모든 문관들은 다 얼굴빛이 변했다. 제갈량이 성 위에서 바라보니, 과연 하늘 가득히 티끌이 일며 위군이 두 갈래로 몰려오고 있었다. 제갈량이 곧 명령을 내렸다.

"모든 정기(旌旗)는 거두어 숨겨 두고, 동서남북의 성문은 크게 열어 놓아라. 그리고 성문마다 20명의 군사를 백성으로 변장하여 빗자루를 들려 청소를 시켜라. 위군이 가까이 와도 절대 동요해서는 안 된다. 내 계책이 있느니라."

제갈량은 곧 학창의 차림에 윤건을 쓰고, 두 동자에게 거문고를 들려 성루 위로 올라갔다. 그리고 향을 사르며 난간에 의지하고 앉아 유유히 거문고를 탄주하기 시작했다.

잠시 후, 성 밑에 도착한 사마의의 군사들은 제갈량의 모습을 바라보고서 기가 질려 감히 나아가지 못했다. 보고를 받은 사마의는 웃기만 할 뿐 믿지 않았다. 그런데 직접 눈으로 보니 과연 제갈량이 성루 위에 앉아 향내가 번지는 가운데 미소를 지으면서 유연히 거문고를 탄주하고 있는 게 아닌가. 왼쪽 동자는 보검을 받쳐 든 채 서 있고, 오른쪽 동자는 손에 불자(拂子: 먼지떨이)를 들고 서 있었다. 뿐만 아니라 성문 안팎에는 백성 20여 명이 머리를 숙이고 길을 쓸고 있는데, 그야말로 방약무인(傍若無人)한 태도였다.

사마의가 즉시 후퇴 명령을 내렸다. 후군을 전군으로 삼고, 전군을 후군으로 삼아 마침내 북쪽 산 사잇길로 물러갔다. 둘째아들 사마소가 물었다.

"제갈량은 군사가 없어 저렇게 위장한 것입니다. 그런데 아버님은 왜 후퇴하십니까?"

"제갈량은 매사에 삼가고, 결코 모험을 하는 성격이 아니다. 틀림없이 복병을 숨겨 놓고 성문을 활짝 열어 놓았을 것이다. 이럴 때 공격하면 제갈량의 계책에 빠져드는 것이다. 너희들이 뭘 알겠느냐. 어서 물러나기나 하여라."

위군이 자취를 감추자 제갈량은 손바닥을 쓰다듬으며 웃었다. 모든 관리들이 놀라 제갈량에게 물었다.

"15만 대군을 거느리고 온 사마의가 승상을 보고는 황급히 물러가니 이 무슨 까닭입니까?"

"사마의가 날 너무 잘 알았기에 이 점을 이용한 것이다. 평소 내가 매사에 신중하며 위험한 도박을 않는다는 걸 염두에 뒀기 때문에 복병이 있는 줄로 의심하고 물러난 것이다. 형편상 어쩔 수가 없어서 변칙을 썼노라. 지금 사마의는 북쪽 산 사잇길로 군사를 이끌고 갔을 것이다. 내가 이미 그곳에 관흥과 장포를 매복시켜 사마의를 치게 해놓았노라."

모든 관원들은 다시 한 번 제갈량의 말에 놀라고 탄복해 마지않았다.

"승상의 전술은 신인과 귀신도 측량하지 못하리다. 저희들이라면 벌써 성을 버리고 달아났을 것입니다.”

제갈량이 대답했다.

“군사는 2천 5백 명에 불과하며 또 성을 버리고 달아나면 어디까지 달아날 수 있단 말이냐. 반드시 멀리 못 가서 사로잡혔을 것이다.”

제갈량은 말을 마치자 손뼉을 치고 껄껄 웃었다.

“내가 사마의라면 결코 물러나지 않았으리라.”

이어서 곧 명령을 내렸다.

“군사들은 서성 백성들을 이끌고 한중 땅으로 가라. 사마의가 틀림없이 다시 올 것이다.”

제갈량이 서성 땅의 백성을 거느리고 한중 땅으로 달리니, 천수·안정·남안 세 군의 관리와 백성들도 제갈량의 뒤를 따랐다.

한편 사마의가 무공산 사잇길을 달려가고 있을 때, 별안간 산 뒤에서 함성이 하늘을 진동하며 땅을 뒤흔들었다. 사마의가 두 아들을 돌아보고 말했다.

“이게 바로 제갈량의 계책이지 않느냐?”

곧 한 대의 적군이 하늘과 땅을 뒤흔드는 함성을 지르며 쳐들어왔는데, 깃발에는 ‘우호위사(右護衛使) 호익장군(虎翼將軍) 장포(張苞)’라는 글자가 씌어 있었다. 위군이 모두 기겁을 하고 갑옷과 창을 버리고 달아났다. 불과 한 마장도 못 갔을 때였다. 함성이 진동하며 북소리가 하늘을 흔들더니 앞에 불쑥 나타난 큰 기에는 ‘좌호익사(左護翼使) 용양장군(龍驤將軍) 관흥(關興)’이라는 글자가 씌어 있었다. 위군은 촉병의 수가 헤아릴 수 없이 많다고 생각하여 군수품도 버리고 허둥지둥 달아났다. 관흥과 장포는 제갈량의 지시대로 위군을 추격하지 않고 위군이 버린 무기와 군량과 마초를 거두어 돌아갔다.

사마의는 겁을 집어먹고 큰길로 나서지 못하고 가정 땅으로 돌아갔다.

이때 조진은 제갈량이 물러간다는 보고를 받고 급히 군사를 이끌고 추격에 나섰다. 얼마 후 산 뒤에서 포 소리가 일어나면서 촉병들이 나타났다. 제갈량의 지시대로 위군을 기다리고 있던 강유와 마대의 군사였다. 깜짝 놀란 조진이 급히 후퇴하려 했으나 선봉 진조가 마대의 칼에 쓰러졌다. 조진은 쥐구멍을 찾듯이 도망쳐야 했다.

그러나 제갈량은 전세를 역전시키지 못하고 결국 사마의에게 가정과 기현 등 농서(隴西)의 모든 고을을 빼앗기고, 장수와 백성들을 데리고 한중 땅으로 무사히 돌아오는 것에 만족해야 했다. 곧이어 조운과 등지가 돌아오고, 마속과 왕평·고상이 돌아왔다는 보고를 받았다. 제갈량이 왕평을 불러 자초지종을 들은 뒤 마속을 장막 안으로 불러들였다. 마속은 스스로 자기 몸을 결박하고 들어와서 장막 안에 무릎을 꿇었다. 제갈량의 안색이 변했다.

"너에게 가정의 중요성에 대해 거듭거듭 주의시켰고, 너는 온 집안 식구의 목숨을 담보로 삼아 군령장까지 써 두고 떠났다. 그런데 패하여 돌아왔으니 군법대로 너를 참할 테니 원망하지 말라. 너의 집안 식구 모두는 내가 보살펴 줄 테니 아무 걱정 말라."

좌우 무사들에게 마속을 끌어내어 참하라 호령했다. 마속은 울면서 말했다.

"승상은 저를 늘 자식처럼 대하고 저도 승상을 아버지처럼 섬겼습니다. 마땅히 벌을 받겠습니다. 승상께서는 옛 순(舜) 임금이 곤(鯀)을 죽이고 그 자식 우(禹)를 쓴 의리를 생각해 주셔서 저의 가족을 보살펴 주신다면 저는 죽어 구천(九泉: 저승)에 갈지라도 아무 여한이 없겠습니다."

제갈량이 눈물을 씻으며 대답했다.

"나와 너는 의리상 형제로다. 너의 아들이 바로 나의 아들이니 여러 말 부탁할 것 없다."

장완이 간곡히 말렸으나 제갈량의 결심은 바뀌지 않았다. 곧 마속의 목이 댓돌 아래에 바쳐지자 제갈량이 큰 소리를 내어 울었다. 장완이 말했다.

"유상(幼常: 마속의 자)의 죄를 군법으로 밝힌 사람이 승상이었는데, 어찌 이리도 섧게 우십니까?"

제갈량이 대답했다.

"나는 마속을 위해서 우는 것이 아니오. 지난날 선제(先帝: 유비)께서 백제성에서 유언을 남기실 때 '마속을 중요한 일에 쓰지 말라.'고 하셨는데, 그 유언대로 오늘의 일이 들어맞았소. 그러므로 사람을 잘못 본 나 자신을 깊이 원망하는 동시에, 새삼 선제의 밝으신 혜안을 생각하니 이처럼 울음이 터진 것이오."

이 말을 들은 장수와 군사들은 눈물을 흘리지 않는 자가 없었다. 이때 마속의 나이 39세, 건흥 6년 여름 5월이었다.

제갈량의 후출사표와 강유

제갈량은 마속을 참한 뒤 곧 표문을 바쳐 자신의 벼슬을 삼 등급 깎도록 청했다. 후주는 제갈량을 우장군에 임명하였으나 승상의 직무는 그대로 맡게 하고, 군사를 총지휘하라는 내용의 조서를 내렸다.

시중(侍中) 벼슬에 있는 비의(費褘)는 제갈량이 혹 부끄러워할까 봐 제갈량의 공을 찾아내어 말했다.

"그래도 우리 서촉 백성들은 승상께서 처음에 출진하자마자 적의 네 고을을 점령한 데 대해 무척 기뻐하고 있습니다."

제갈량의 표정이 변했다.

"그게 무슨 말이오. 얻었다가 다시 잃으면 얻지 못한 것과 같소. 이러한데 귀공이 치하하니 참으로 나를 부끄럽게 만들 작정이구려."

비의가 다시 위로했다.

"천자께서는 승상이 강유를 얻었다는 소식을 들으시고, 매우 기뻐하셨습니다."

제갈량이 노했다.

"패하고 돌아와 한 치의 땅도 빼앗지 못한 것이 군사의 가장 큰 죄요. 강유 한 사람을 얻었다 할지라도 그것이 위(魏)에 무슨 손실이 되리오."

곧이어 스스로 패인을 분석했다. 군사의 수적인 열세가 아니라 대장을 잘못 기용한 것 때문에 진 것임을 밝혔다. 그리고 자신이 위나라 출병을 고집한 것에도 원인이 있음을 인정하였다. 그러면서 국가의 앞날을 위해서는 자신의 잘못과 단점을 지적하고 꾸짖어 달라고 했다. 그런 뒤 무기를 새로 만들고 곡식과 마초를 비축하여 싸움에 대비했다.

제갈량이 전쟁 준비를 하고 있을 때 위나라와 오나라 간에 싸움이 벌어졌다. 오나라 파양태수(鄱陽太守) 주방(周魴)이 거짓 항복하여 위군을 석정(石亭)으로 유인한 뒤 위나라의 대군을 짓밟아 양주 사마대도독 조휴는 간신히 목숨만 건진 채 달아나야 했다. 승전을 기념하는 연회 자리에서 육손이 손권에게 아뢰었다.

"이번에 조휴가 대패하여 위는 전의를 상실했을 것입니다. 어서 제갈량에게 위를 공격하라고 하십시오."

손권은 육손의 말대로 국서(國書)를 써서 서천으로 사자를 보냈다. 동오의 국서를 읽어 본 후주는 매우 기뻐하며 동오의 서신을 다시 제갈량에게 보냈다. 이때 제갈량은 모든 전쟁 준비를 끝내고 바로 군사를 일으키려던 참이었다. 제갈량이 국서를 읽고 난 뒤 곧바로 모든 장수들을 모아 놓고 출병할 일을 상의하고 있을 때였다. 갑자기 동북쪽에서 한바탕 큰바람이 일어나더니, 뜰 앞 소나무를 쓰러뜨렸다. 모든 사람들이 크게 놀랐고, 제갈량이 점괘를 뽑아 보고 말했다.

"이 바람이 우리 주장(主將) 한 사람을 빼앗는구나!"

잠시 후 부하가 황급히 들어와 고했다.

"진남장군(鎭南將軍) 조자룡의 큰아들 조통(趙統)과 둘째아들 조광(趙廣)이 승상을 뵈러 왔습니다."

제갈량이 크게 놀라, 술잔을 땅바닥에 던지며 탄식했다.

"아아, 조자룡이 갔구나!"

조운의 두 아들이 들어와서 통곡하며 절했다.

"아버님께서 지난밤 3경(밤 11시에서 1시)에 세상을 떠나셨습니다."

제갈량이 발을 구르며 통곡했다.

"조자룡이 세상을 떠나니 국가의 기둥 하나를 잃은 것이고, 내가 팔 하나를 잃은 것이다!"

모든 장수들도 울지 않는 자가 없었다. 제갈량은 두 아들을 성도로 보내어 직접 그의 죽음을 아뢰도록 했다. 후주 역시 조운이 죽었다는 말을 듣자 방성대곡했다.

"짐이 어렸을 때 조자룡이 아니었으면 난리 속에서 죽었을 것이다."

후주는 즉시 조운을 대장군으로 추증(追贈: 죽은 뒤에 올려주는 벼슬)하고 순평후(順平侯)라는 시호(諡號: 사후에 주는 호)를 내리고, 칙명을 내려 성도 금병산 동쪽에 장사 지낸 뒤 사당을 세우게 했다. 이때가 촉한 건흥 7년(서기 229년) 4월이었다.

후주는 위나라로 출병하는 데 마음을 정하지 못했다. 출병을 찬성하는 신하는 적었고, 시기상조라고 말하는 신하가 대부분이었기 때문이었다. 이때 제갈량의 출사표가 들어왔다. 다음과 같은 내용이었다.

‘선제는 의심하지 않고 재주 없는 신에게 역적 위나라를 칠 중책을 맡겼습니다. 그래서 신은 밤이면 잠을 편히 이루지 못하고[寢不安席], 날마다 음식을 먹어도 맛을 느끼지 못하고[食不感味] 역적 위나라를 칠 생각만 하였습니다. 이러한 생각으로 신하들의 반대가 있었지만 남만(南蠻)을 정벌한 것입니다. 과거 신의 계책이 옳지 않다고, 또한 지금 위 정벌을 반대하는 신하들이 있는데, 오히려 그들에게는 다음과 같은 여섯 가지 이해할 수 없는 일이 있습니다. 그 여섯 가지 모순점을 신은 고금의 예를 인용하여 조목조목 밝히겠나이다.

첫 번째는, 한고조 유방은 유능한 신하를 거느리고도 숱한 위험을 거쳐 천하를 통일했는데, 폐하의 신하는 그들보다도 못한데 저절로 이기기를 바라고 있습니다. 두 번째는, 강동에서 할거한 유요(劉繇) 등이 손권에게 패한 원인은 입으로만 성인의 말을 인용했지 심약하고 결단력이 없었기 때문인데, 혹 폐하의 신하들도 그렇지 않습니까. 세 번째는, 지혜와 계책이 뛰어난 조조도 숱한 위기를 겪고 나서야 기반을 세웠는데도 그보다 재주도 못한 신에게 위험한 일은 하지 말고 천하를 바로잡으라는 것은 불가능한 일입니다. 네 번째는, 조조도 죽을 뻔한 여러 번의 실수와 패배 끝에 일을 이루었는데, 노둔(老鈍)한 신에게 출병하지 않고 이기기만을 바란다는 것은 이해할 수 없는 일이옵니다. 다섯 번째, 한중에 온 지 일년 동안 조운을 비롯한 유능한 장수 70여 명을 잃었는데, 가만히 앉아서 세월만 기다린다면 나중에는 적군과 대적할 장수도 없게 됩니다. 여섯 번째, 지금 국가는 지키거나 나아가거나 노력과 비용은 마찬가지 상태입니다. 그런데도 장기전으로 버티려고 하는 것은 이해할 수 없는 일이옵니다.’

그러면서 승산이 없을지도 모를 위(魏)와의 싸움을 앞두고 자신의 각오를 밝히는 다음과 같은 글로 출사표를 끝냈다.

'대저 평정하기 어려운 것은 천하의 일입니다. 옛날에 선제께서 초(楚: 형주) 땅에서 패했을 때 조조는 손뼉을 치며 천하를 이미 평정했다고 기뻐했으나, 그 후 선제께서 동쪽 오월(吳越: 동오)과 손잡고 서쪽 파촉(巴蜀: 익주)을 차지하고, 군사를 일으켜 북쪽 위를 쳐서 하후연의 목을 베었습니다. 이는 조조가 계책을 잘못 쓴 바이며, 우리로서는 큰일을 성취할 기반을 세웠던 것입니다. 그러나 그 후 동오가 동맹을 어겨 관우가 패하고, 계속 자귀 땅에서도 패하자 마침내 조비가 황제라고 참칭(僭稱)하게 되었습니다. 이렇듯 무릇 천하 일이란 예측하기 어려운 것입니다. 그러므로 신은 '국가를 위하여 몸이 부서질 때까지 있는 힘을 다 기울이고[鞠躬盡瘁], 죽은 뒤에야 그만둘 작정입니다[死而後已].' 성공하느냐 실패하느냐의 이해득실에 관해서는, 신의 소견으로서 미리 알 수가 없는 바로소이다.'

후주는 출사표를 읽고 매우 기뻐하면서 즉시 칙사를 보내어 제갈량에게 출군할 것을 명령했다. 제갈량은 즉시 정병 30만 명을 일으키고, 위연을 전부(前部) 선봉으로 세워 진창(陳倉) 땅으로 향했다.

한편 제갈량이 공격해 온다는 보고를 받은 조예는 조진(曹眞)을 대도독으로 삼고 왕쌍(王雙)을 선봉으로 봉하여 제갈량과 대적하라고 했다. 드디어 위연이 진창성을 지키던 학소(郝昭)와 첫 전투를 벌였다. 학소의 저항이 만만치 않으니 전투를 지켜보던 제갈량이 직접 공격을 지휘했으나 이도 통하지 않았다. 제갈량이 운제(雲梯: 성벽에 걸쳐 군사가 타고 올라가 성을 함락할 때 사용하는 사다리)로 공격하면 학소는 화전(火箭)으로 대응했고, 제갈량이 충거(衝車: 철판으로 만든 전차)로 공격하면 학소는 큰 돌덩어리를 사용해 충거를 부서뜨렸다. 땅굴을 팠으나 호를 파서 땅 밑 길을 끊었다. 이렇게 밤낮을 공격한 지 20여 일이 지났으나 진창성은 함락되지 않았다. 게다가 왕쌍에게 사웅과 공기 두 장수가 죽고 장의는 유성추(流星鎚)에 맞았다. 그러자 강유가 계책을 내놓았다.

"진창의 방어가 완강하니 일단 가정(街亭)을 든든히 방어한 뒤 승상께서 직접 대군을 거느리고 가서 기산(祁山)을 기습하십시오. 제게 조진을 사로잡을 계책이 있습니다."

강유는 곧 조진에게 귀순할 것이라는 밀서를 보냈다. 촉군의 후방에서 불을 질러 마초와 곡식을 태울 테니 이때 공격하라는 내용이었다. 조진은 강유의 밀서를 완전히 믿을 수 없어 비요를 사곡에 내보냈다. 촉군과 하루 낮 하루 밤 동안 싸운 끝에 사륜거를 탄 제갈량이 나타났다. 비요는 은근히 기뻐했다. 곧 강유의 배반으로 촉군의 뒤에서 불이 오르기만을 고대했다. 드디어 촉군의 진영에서 불이 오르자 비요는 즉시 군사들을 이끌고 쳐들어갔다. 그러나 이것은 강유의 매복 작전, 관흥과 장포의 기습에 혼비백산하여 앞을 다투고 서로 짓밟아, 계곡 물에 떨어져 죽은 자만도 무수했다. 비요가 정신없이 달아나다가, 바로 산 출구에서 또 한 떼의 군사와 맞닥뜨리니, 앞장선 장수는 바로 강유가 아닌가.

비요가 크게 저주했다.

"원래 반역한 놈은 신용이 없음을 알았건만, 내가 너의 간특한 계책에 걸려들었구나."

강유가 껄껄 웃었다.

“내가 조진을 사로잡으려 했는데, 엉뚱하게도 네가 걸려들었다. 속히 항복하라.”

비요는 달아나다 길이 막히자 자기 목을 치고 죽었고, 나머지 위군은 다 항복했다. 이에 제갈량이 기산 앞에다 진영을 세우고 강유에게 많은 상을 주었다. 강유가 말했다.

“이번에 조진을 잡아 죽이지 못한 것이 한입니다.”

제갈량이 머리를 끄덕이며 말했다.

“큰 계책을 조그만 계책으로 쓰고 말았으니, 아까울 따름이다.”

한편 조진이 기산에서 패했다는 보고가 조예에게 들어왔다. 조예는 사마의의 계책을 받아들여 즉시 조진에게 조서를 보냈다. 촉군의 군량과 마초가 떨어질 때까지 지연전을 펼치라는 내용이었다. 조진은 조서의 내용대로 진영의 군사들에게 방어에만 전념하라는 지시를 내렸다. 그러면서 제갈량을 유인하여 잡을 욕심이 생겼다. 얼마 후 제갈량에게 농서 지방의 위군이 수천 대의 수레에 군량미를 가득 싣고 기산 서쪽으로 운반 중이라는 보고가 들어왔다.

제갈량은 호탕하게 웃으며 말했다.

“우리가 곡식이 부족한 것을 알고 속임수를 쓰는 것이다. 수레에 가득 실은 것들은 곡식이 아니고 불 잘 붙는 풀과 장작이 틀림없다. 내 평생 화공에 익숙하거늘, 그들이 어찌 그런 수법으로 나를 유인할 수 있으리오. 내 그들의 계책을 역이용하리라.”

제갈량의 지시대로 마대, 마충, 장의, 관흥과 장포 그리고 오반과 오의는 움직였다. 먼저 마대가 불을 질러 수레를 불태우니 위군이 당황했다. 그러자 마충과 장의가 들이닥쳤고, 잇따라 마대가 불빛 속에서 위군을 협공했다. 도망치는 자기 편 군사를 구하러 위군이 진영을 비우니 관흥과 장포가 빈 진영을 손쉽게 점령했던 것이었다.

그런 후 뜻밖에도 제갈량은 후퇴 지시를 내렸다. 모든 장수들이 의아해하자 제갈량이 그 이유를 설명했다.

"우리 군사는 군량이 부족해 장기전을 할 수 없다. 그런데 적들이 방어에만 전념하고 있는 데다 곧 그들의 구원군이 올 것이다. 그러면 우리는 돌아갈 길도 잃고 만다. 위군이 패한 지금 우리는 그들의 추측을 뒤집고 이 기회에 물러가야 한다."

장안에 있는 사마의가 제갈량의 의중을 꿰뚫고 급히 장합을 통해 지원군을 보냈다. 그러나 지원군이 도착했을 때는 제갈량의 진영들이 텅 비워졌고, 위연이 왕쌍을 베어 안전한 후퇴로를 확보한 뒤의 일이었다.

제갈량과 사마의의 정면 승부

제갈량이 출사표를 바치고 위나라와 싸운 해, 오나라에서는 손권이 황제 위에 올랐다. 황무 8년 즉 황룡(黃龍) 원년(元年: 서기 229년)의 일이었다. 손권은 아들 손등(孫登)을 황태자로 책봉했는데, 제갈근의 맏아들 제갈각(諸葛恪)을 태자 좌보(左輔: 보좌관)로 삼았다.

제갈각은 키가 7척으로 매우 총명했고, 언변에 능해 손권의 두터운 신임을 받았다. 그가 여섯 살 때의 일이었다. 아버지 제갈근을 따라 오왕의 잔치 자리에 참석한 일이 있었다. 이때 손권은 제갈근의 얼굴이 긴 것을 보고, 당나귀 한 마리를 끌고 오게 한 뒤 분필로 당나귀 얼굴에다 '제갈자유(諸葛子瑜: 자유는 제갈근의 자)' 라고 썼다. 즉 제갈근의 얼굴이 당나귀처럼 길다고 놀린 것이었다.

모든 사람들이 다 크게 웃었다. 이때 여섯 살 난 제갈각은 뛰어가서 분필을 잡고, 당나귀 얼굴에다 '지려(之驢)' 두 자를 썼다. 그러고 보니, '제갈자유지려(諸葛子瑜之驢)', 즉 '우리 아버지의 당나귀' 라는 뜻으로 바뀌었다. 잔치 자리에 모인 모든 사람들은 크게 놀라고 감탄했다. 손권은 매우 기특히 여기고, 마침내 그 당나귀를 제갈근에게 하사했다.

손권은 위나라의 도독 조진이 제갈량에게 패했다는 보고를 받자 이 기회에 위를 치기로 작정했다. 우선 촉과 동맹하기 위해 사신을 보냈다.

"손권이 황제가 된 것 역시 역적의 짓이니, 어찌 역적과 동맹할 수 있습니까?"

신하들이 반대하니 후주는 곧 한중으로 신하를 보내 제갈량의 뜻을 물었다. 제갈량은 신하를 통해 자신의 생각을 밝혔다.

"예물을 보내서 손권의 황제 즉위를 축하한 뒤 손권에게 육손을 시켜 위를 치라고 권하십시오. 그러면 위는 반드시 사마의를 시켜 남쪽 동오를 막을 것입니다. 이때에 신이 다시 기산(祁山)으로 나아가면 장안을 점령할 수 있을 것입니다."

후주는 제갈량의 말대로 사신을 오나라에 보냈다. 제갈량의 계책을 간파한 육손이 손권에게 말했다.

"이는 공명이 사마의를 두려워한 나머지 짜낸 계책입니다. 그러나 이미 동맹까지 한 처지라 촉의 요구를 거절할 수도 없으니 일단 군사를 일으켜 촉을 돕는 체하십시오. 상황을 보고 있다가 공명이 공격하여 위가 위급해지거든 그 틈을 타서 중원을 차지하도록 하십시오."

육손의 계책은 곧 제갈량에게 보고되었다. 이때 제갈량은 진창 땅을 다시 노리고 있었다.

"진창성 안의 학소가 병이 위중합니다."

"이제야 큰일이 이뤄지도다!"

제갈량은 진창성뿐만 아니라 산관, 사곡, 건위 땅도 점령하였다. 위나라의 구원군이 오기 전 군사를 출동시키는 속전속결로 나섰던 것이었다. 무도와 음평을 점령할 때도 마찬가지였

다. 사마의가 보낸 곽회와 손예의 지원군은 제갈량의 군대보다
한 발 늦게 도착했다. 곽회와 손예가 제갈량에게 쫓겨 간신히
목숨을 구해 사마의에게 돌아왔고, 이 와중에 장포가 머리가
깨지는 큰 부상을 당했다. 곽회와 손예를 뒤쫓다 말이 발을 잘
못 디디는 바람에 계곡으로 떨어졌던 것이었다. 제갈량은 곧
장포를 성도로 보내 요양하게 했다.

간신히 도망쳐 온 곽회와 손예에게 사마의가 말했다.

"이는 그대들의 잘못이 아니다. 공명의 지혜가 나보다 앞선
탓이다. 그대들은 촉군의 진영을 습격하라. 공명은 지금 무도
와 음평의 백성들을 위무(慰撫)하기 위해 진영을 비워 두었을
것이다."

그러나 사마의의 이 계책도 제갈량에겐 통하지 않았다. 제갈
량은 사마의의 계책을 역이용하여 진영에서 몸을 감춘 채 위군
이 오기만을 기다리고 있었다. 장합과 대능은 오히려 역습을
당해 1만 군사만 잃고 돌아와야 했다.

"공명은 참으로 신인이로다. 차라리 물러가는 게 낫다."

겁을 집어먹은 사마의는 군사를 내보내지 않았고, 무도와 음
평을 점령한 공으로 제갈량은 다시 승상으로 복직되었다.

양군의 접전이 없던 어느 날이었다.

"제갈량의 군사가 물러갑니다."

그러나 사마의는 추격에 나서지 않았다. 후퇴도 작전의 하
나, 제갈량이 그냥 물러난다고 생각하지 않았기 때문이었다.
그러자 장합이 닦달하는 바람에 뒤늦게 추격에 나섰으니 제갈
량을 잡을 수는 없었다.

한편 제갈량은 한중으로 향하던 중 성도에서 온 사람으로부터 보고를 받았다.

"장포가 세상을 떠났습니다!"

이 말을 듣자 제갈량은 방성통곡하다가 피를 토하고 쓰러졌다. 좌우 사람이 황망히 부축하여 깨어났으나 제갈량은 이때부터 병이 나서 자리에 눕고 말았다. 모든 장수들은 장수를 아끼는 제갈량의 마음씨에 감복했다.

건흥 8년(위의 太和 4년, 서기 230년) 가을 7월에 위나라 조예는 조진을 대사마 정서대도독(征西大都督)으로 삼고, 사마의를 대장군 정서부도독으로 삼고, 유엽을 군사로 삼아 한중 땅으로 향하게 했다. 그러나 장맛비가 30일 간 내려 사마의는 전투다운 전투를 치르지 못했다. 그러자 조예는 사마의에게 낙양으로 돌아오라는 조서를 내렸다. 이때 제갈량은 적파(赤坡) 땅에 대군을 주둔시키고 있었다.

사마의에게도 후퇴는 작전의 하나, 그는 매복군을 배치시켜 놓고 낙양으로 말머리를 돌렸다. 제갈량은 적이 퇴각하는 틈을 타 자신은 기산을 점령하겠다고 말했다. 그리고 진식과 위연 등 장수들에게 사마의를 추격하되 절대 경솔히 행동하지 말라고 당부했다.

그러나 진식과 위연이 제갈량의 말을 듣지 않고 앞서 나가다 사마의의 매복군에게 대패하여 기산의 제갈량에게 돌아온 군사는 부상병만 4, 5백뿐이었다. 제갈량은 진식을 참하고 용맹한 위연은 아직 쓸모가 있다고 판단해서 살려 주었다.

한편 위나라의 조진은 군사(軍師) 사마의의 말을 듣지 않고 방심하다 기산의 서쪽 땅 사곡을 제갈량에게 빼앗겼다. 조진은 부끄럽고 미안한 나머지 그만 병이 나서 일어나지 못했다. 위수 언덕에 군사를 주둔시킨 사마의는 군사들이 동요될까 봐 감히 후퇴하자고 권하지도 못했다.

얼마 후 정탐병으로부터 조진이 병이 나서 장막 안에서 치료받고 있다는 보고가 들어왔다. 제갈량은 저절로 무릎을 치며 모든 장수들에게 말했다.

"조진의 병이 가볍다면 장안으로 돌아갔을 텐데, 군중에 머물러 있는 것을 보면 병이 위중한 것이 틀림없다. 내 서신 한 통을 써서 조진에게 보내리라. 조진이 내 서신을 보면 반드시 죽으리라."

조진의 무능함을 마음껏 조롱하는 편지였다. 조진은 제갈량의 편지를 읽자마자 분통한 나머지 가슴이 막혀 그날 밤 군중에서 숨을 거두었다. 낙양에서 조진의 죽음을 보고받은 조예는 사마의에게 출전을 독촉했다.

이튿날 제갈량은 기산의 군사를 모조리 일으켜 위수로 나아가니, 한쪽은 강물이요, 한쪽은 산이며, 한가운데는 광야라 참으로 싸우기 좋은 곳이었다. 양군은 서로 거리를 두고 활을 쏘아 진영의 범위를 정했다. 서로의 문기(門旗)를 뒤로 하여 제갈량과 사마의가 나왔다. 제갈량이 물었다.

"너는 장수로 싸우려는가, 군사로 싸우려는가. 아니면 진법(陣法)으로 싸우려는가?"

"먼저 진법으로 싸우리라."

"그럼 네가 먼저 진을 벌여 보아라."

이에 사마의는 노란 기를 휘둘러 좌우 군사를 움직여 진 하나를 벌인 뒤 제갈량에게 물었다.

"네가 나의 진법을 알겠느냐?"

제갈량이 웃으며 말했다.

"우리 장수는 누구나 그런 정도의 진법을 벌일 줄 안다. 그것은 바로 혼원일기진(混元一氣陣)이니라."

"이번엔 네가 진을 벌여 보아라."

제갈량은 진으로 들어가서 깃털 부채를 한 번 흔들어 지휘하고, 다시 진 앞에 나와서 물었다.

"네가 나의 진을 알겠느냐?"

사마의가 대답했다.

"팔괘진(八卦陣)을 내 어찌 모르리오."

"알았다면 나의 진을 공격할 수 있느냐?"

"어찌 공격을 못하겠는가."

"그럼 네 맘대로 쳐 보아라."

사마의는 본진으로 돌아가서 대능, 장호, 악침 세 장수를 불러 분부했다.

"제갈량이 벌인 진 안에는 휴(休)·생(生)·상(傷)·두(杜)·경(景)·사(死)·경(驚)·개(開)의 여덟 문(門)이 있다. 너희들 세 사람은 바로 동쪽 생문(生門)으로 쳐들어가서 서남쪽 휴문(休門)으로 무찌르고 나와, 다시 바로 북쪽 개문(開門)으로 쳐들어가면 그들의 진을 격파할 수 있다."

세 장수는 사마의의 명령대로 촉진 속으로 쳐들어갔다. 그런데 진 안이 성을 이은 것 같아 아무리 돌격해도 나갈 수가 없었다. 그만 당황하여 기병을 거느리고 진영의 구석을 돌아 서남쪽으로 가는데, 촉군이 마구 활을 쏘았다. 그래서 더 가지를 못하는데, 진은 중중첩첩으로 늘어나고, 모두가 문(門)으로 나타나니 어디가 동서남북인지 분별할 수 없었다.

세 장수는 서로 돌볼 여가도 없이 미친 듯이 날뛰니, 보라 수심스런 구름은 막막하고 참담한 안개는 뭉게뭉게 피어오르며 함성이 일어나더니, 위군은 한 명씩 한 명씩 다 결박을 당하여 중군으로 끌려갔다.

제갈량은 끌려온 위군의 장수들을 보자 웃으며 말했다.

"내 너희들을 사로잡은 일이 무슨 기이할 것 있으리오. 너희들을 다 돌려보낼 테니, 돌아가서 사마의에게 다시 병서를 읽고 전법을 배운 뒤에 자웅(雌雄)을 결정하여도 늦지 않다고 전하여라. 모든 무기와 전마(戰馬)는 두고 가거라."

이에 위군은 갑옷이 벗기고 얼굴에 온통 먹칠을 당해 걸어서 돌아와야 했다. 사마의는 그들의 꼴을 보자 분통을 터뜨리며 모든 장수들을 돌아보고 말했다.

"이런 치욕을 당하고야 내 무슨 면목으로 중원에 돌아가서 대신들을 대하리오!"

사마의는 즉시 삼군을 지휘하여 촉군의 진영으로 쳐들어갔다. 그러나 사마의는 세 방면에서 협공을 당해 간신히 활로(活路)를 찾아 후퇴했다. 혼이 난 사마의는 위수 남쪽 언덕에다 영채를 세우고는 굳게 지킬 뿐 나오지 않았다.

이제 제갈량에게 남은 일은 사마의를 사로잡는 일뿐이었다. 그런데 군량미 운반 책임을 맡은 구안이 술을 먹다 늑장을 부려 기일보다 열흘이나 늦게 온 사건이 생겼다. 제갈량은 군법대로 참(斬)하려고 했으나 신하들의 만류로 곤장 80대의 벌을 내렸다. 구안은 원한을 품고 곧 사마의에게 투항했다. 사마의가 구안을 구슬렸다.

"너는 곧 성도로 돌아가서 '제갈량이 반감과 원한을 품고 조만간에 황제라고 참칭(僭稱)하려 든다.'고 유언비어를 퍼뜨려라. 그리하여 너의 주상이 제갈량을 소환하기만 하면 천자께 아뢰 상장(上將)을 시켜 주마."

구안이 성도에 들어갔고, 후주는 사마의의 계책대로 움직였다. 결국 제갈량은 후주의 소환 명령으로 사마의를 사로잡지 못한 채 성도로 돌아갈 수밖에 없었다. 사마의 역시 퇴각하는 제갈량을 적극적으로 뒤쫓지는 못했다. 제갈량의 신출귀몰한 계책이 두려워 주저하고 있다가 뒤늦게 추격하니 제갈량을 사로잡을 수 있겠는가. 결국 사마의도 대군을 거느리고 낙양으로 돌아갔다.

제갈량의 탄식,
'사람의 일, 하늘의 뜻!'

후주의 소환 명령 때문에 사마의를 잡지 못하고 성도로 돌아온 제갈량은 후주를 뵙고 아뢨다.

"노신(老臣)이 기산으로 나아가 장안을 취할 작정이었는데, 폐하께서 갑자기 소환하셨으니 무슨 큰일이라도 있나이까?"

후주는 할 말이 없어 한참 만에야 대답했다.

"짐은 오랫동안 승상을 보지 못했기 때문에 소환한 것이지 큰일이 뭐 있겠소."

제갈량이 말했다.

"이는 폐하의 본심이 아니시며, 필시 곁에서 모시는 간신들이 폐하께 신 제갈량이 딴 뜻을 품고 있다고 모략했기 때문입니다."

후주는 아무 소리도 못했다. 제갈량이 물었다.

"노신은 선제의 깊은 은혜를 입고 폐하께 죽음으로써 보답하기로 맹세했는데, 이제 궁 안에 간신들이 있다면 신이 어찌 역적을 칠 수 있겠습니까?"

"짐은 환관의 말을 곧이들은 잘못으로 승상을 소환했소. 이제야 모든 것을 깨달으니 후회막급이오."

제갈량은 드디어 환관들을 불러들여 심문한 후에 비로소 구안이 유언비어를 퍼뜨린 사실을 알고 급히 잡아 오라 명령했으나, 구안은 이미 위나라로 달아나고 없었다. 제갈량이 후주께 하직하는 절을 하고 다시 한중 땅으로 돌아가 출병을 상의했다. 장사(長史) 벼슬로 있는 양의(楊儀)가 말했다.

"자주 출병한 상태라 군사 모두가 피곤한 상태입니다. 이번에는 군사를 두 대로 나눠 3개월마다 교대하면 어떻습니까? 이렇듯 서로 교대로 주둔하면 병사들도 지치지 않으니 중원을 칠 수 있을 것입니다."

제갈량도 그렇게 생각했던 터라 즉시 대군을 두 대로 나눠 백일 기한으로 교대하기로 했다. 건흥 9년(서기 231년) 봄 2월에 제갈량이 다시 위를 치니 이때가 위나라 태화(太和) 5년이었다.

제갈량은 우선 군량과 마초의 부족을 해결해야 했다. 그래서 농상 땅에서 사마의와 위군 앞에 팔문둔갑술(八門遁甲術)과 육정육갑신(六丁六甲神)의 축지법을 사용했다. 제갈량을 사로잡기 위해 추격하던 위군 앞에 동에 번쩍 서에 번쩍 가짜 제갈량이 잇따라 나타나니 그들은 겁을 집어먹고 상규성으로 들어가서 나오지 않았다. 이 사이 제갈량의 지시를 받은 3만의 정병들이 농상의 보리를 다 베어 노성으로 들어왔다.

뒤늦게 속은 것을 안 사마의가 노성을 기습했으나 제갈량의 매복병에게 패하여 물러나야 했다. 그 뒤 이상하게도 사마의의 군대가 다시 쳐들어오지 않았다. 이렇게 백일 가까이 흘렀다. 양의가 장막에 들어와 고했다.

"지난날 백일마다 군사를 교대하기로 약속하셨습니다. 이제 약속 기한이 되어 한중(漢中) 땅 군사들이 교대하러 오고 있다고 합니다. 그들이 오면 8만 군사 중에서 4만 명을 교대시키십시오."

제갈량이 대답했다.

"약속한 대로 속히 시행하라."

군사들이 각기 떠날 준비를 서두르는데, 정탐병이 급히 달려와 보고했다.

"사마의가 옹주와 양주의 군사 20만 명까지 동원하여 이곳을 치러 옵니다."

이 말을 듣자 촉군은 모두 다 놀랐다. 양의가 다시 고했다. 우선 적군을 격퇴한 다음에 교대하라는 것이었다.

"그렇지 않다. 군대의 명령은 오로지 신용으로써 근본을 삼고 있다. 교대할 군사는 돌아갈 준비를 하라고 하여라. 그들의 부모와 처자가 사립문에 기대며 서서 기다릴 텐데, 내 이제 위급하다 해서 그들을 남겨 둘 순 없다."

제갈량의 이 같은 명령을 전해 들은 군사들은 큰 소리로 외쳤다.

"승상께서 이렇듯 은혜를 베푸시니 우리는 돌아가지 않겠습니다. 목숨을 걸고 싸워 승리하여 승상께 보답하리다!"

제갈량이 다시 교대하라고 명령을 내리니 이 명령은 군사들의 사기를 북돋울 뿐이었다.

"그렇다면 적들이 오거든 숨을 돌릴 틈을 주지 말고 신속히 무찔러라. 이것이 편안히 앉아 있다가 먼 길을 달려와 피곤한 적을 쳐부수는 전법이다."

사기충천한 군사들이 기꺼이 성 밖으로 나가 초전에 승리하고 후퇴하는 적군을 뒤쫓으며 칼로 베고 마구 활을 쏘니, 위군(魏軍)의 시체는 들에 가득하고 피는 흘러 도랑을 이루었다.

성안에 들어와 제갈량이 군사들을 위로하며 상을 주었다. 군사들의 사기는 더 드높아졌는데, 급보가 들어왔다. 동오가 위와 손을 잡고 서축(익주)을 치려 한다는 내용이었다. 제갈량은 급히 군사를 거두어 한중 땅으로 돌아갔다. 그런데 제갈량이 누군가. 후퇴하면서도 매복군을 남겨 두어 목문도에서 장합을 죽였던 것이다.

제갈량이 한중에 들어오자마자 후주의 명을 받은 비의가 찾아왔다.

"이엄이 천자께 '군량을 마련했는데, 승상이 아무 이유 없이 회군했다.' 고 아뢰었습니다. 그래서 나를 승상께 보내어 사연을 알아오도록 하셨습니다."

뜻밖의 소식에 제갈량이 사람을 시켜 자세한 사연을 알아보게 했다. 이엄이 군량을 마련하지 못해서 문책을 당할까 겁을 먹고 그런 터무니없는 서신을 보내 자기 허물을 제갈량에게 슬쩍 넘기려 한 것임이 밝혀졌다. 후주도 이 같은 사실을 알고 이엄을 참하려 했으나 선주와의 옛일을 참작하여 삭탈관직하여 서민으로 살게 했다. 제갈량은 성도에 돌아와 마초와 군량을 비축시키고, 병사들을 훈련시키면서 3년 후에 다시 출정하겠다고 선포했다.

3년 뒤 이때가 촉나라 건흥 12년(서기 234년) 봄 2월, 위나라로서는 청룡 2년이었다. 1년 전에 마파의 우물에서 푸른 용이 나왔기 때문에 연호를 청룡으로 고쳤던 것이었다.

제갈량이 출정하기 전, 한중에서 장수들과 작전을 상의하고 있는데, 관흥이 병으로 죽었다는 보고가 들어왔다. 뜻밖의 소식에 제갈량은 방성통곡하고 기절했다가 한참 만에야 깨어났다. 모든 장수들이 거듭거듭 고정하시라며 위로했다. 제갈량이 탄식했다.

"아깝다! 하늘이 충의 있는 사람에게 수(壽)를 주지 않았도다. 출정도 하기 전에 또 한 명의 대장을 잃었구나!"

한편 사마의는 제갈량이 34만 군사를 이끌고 또다시 기산으로 나왔다는 보고를 받자 하후연의 네 아들 하후패·하후위·하후혜·하후화를 선봉과 행군사마로 삼고, 40만의 군사를 거느리고 위수 가에 진영을 세웠다.

곧 제갈량과 사마의와의 전투가 시작됐다. 첫 번째 위수의 전투에서는 사마의가 이겼고, 두 번째부터는 제갈량의 승리였다. 네 번째 전투에서는 제갈량은 사마의를 상방곡으로 유인했다. 상방곡은 호로병과 같다고 해서 호로곡(葫蘆谷)이라고도 하는데, 골짜기 안은 4, 5백 명의 사람을 수용할 만큼 넓었지만 입구는 겨우 사람 한 명이나 말 한 마리가 통과할 수 있을 정도로 좁았다.

위연을 뒤쫓던 사마의가 의심이 나서 같이 따라온 두 아들에게 물었다.

"만일 적군이 이 산골짜기 출구를 막아 버리면 어찌할까?"

이 말이 끝나기도 전이었다. 함성이 천지를 진동하면서 산 위에서 무수한 횃불이 떨어져 내려 출구를 태우고 끊어 버리니 위군은 도망쳐 나갈 길이 없었다. 산 위에서 불붙은 화살이 빗발치듯 쏟아지더니, 일제히 지뢰에 불이 붙고 이어서 초가집들 위의 마른 장작이 모두 번져 화염은 하늘을 찌르고 삽시간에 불바다로 변했다. 사마의는 기겁을 하고 어찌할 바를 몰라 말에서 뛰어내려 두 아들을 얼싸안은 채 크게 울었다.

"우리 부자 세 사람이 다 이곳에서 죽는구나!"

서로 얼싸안고 통곡하는데, 홀연 광풍이 크게 일어나며 검은 기운이 하늘에 가득 퍼지더니, 천지를 찢어발기는 듯한 우렛소리가 나면서, 소나기가 억수로 퍼부었다. 골짜기에 가득하던 불이 다 꺼지면서 지뢰는 터지지 않고 모든 화기가 아무 소용없게 되었다.

제갈량은 산 위에서 사마의 부자가 산골짜기로 들어간 뒤 삽시간에 불빛이 크게 일어나는 것을 바라보고는 '이번에는 사마의가 죽었구나!' 하고 기뻐했는데, 뜻밖에도 하늘에서 큰비가 쏟아지니 당황할 수밖에 없었다. 정찰병이 달려와 보고했다.

"사마의 부자가 다 도망쳤습니다."

그러자 제갈량이 순간적으로 하늘을 우러러보며 탄식했다.

"'일을 꾸미는 것은 사람이지만[謀事在人], 일을 성공시키는 것은 하늘에 달려 있구나[成事在天]!' 사람이 억지로 한다고 되는 것은 아니구나!"

오장원에서 진 큰 별, 제갈량

불구덩이 속에서 다행히 비가 내려 목숨을 건진 사마의는 위수 북쪽 군영만 지키고 있을 뿐, 제갈량과 싸울 생각은 전혀 없었다. 이때 곽회가 들어와서 고했다.

"요즘 제갈량이 군영을 세울 장소를 찾으려는 듯 사방을 순찰한다고 합니다."

사마의가 머리를 끄덕이며 말했다.

"제갈량이 무공 땅으로 나아가 산을 의지하고 동쪽에 자리를 잡으면 우리 전부가 위험하지만, 위수 남쪽으로 나아가 서쪽 오장원(五丈原)에 진을 친다면 걱정할 것이 없다."

사람을 보내 정탐하게 했더니, 수일 후에 돌아와서 보고했다.

"제갈량이 오장원에 주둔했습니다."

사마의는 손을 이마에 대며 말했다.

"이는 우리 대위(大魏) 황제의 큰 복이시다. 모든 장수는 방어에만 전념하고 결코 공격하러 나가지 말라. 이대로만 오래가면 촉군에서 틀림없이 변이 일어난다."

제갈량이 오장원에 주둔한 이후로 사마의에게 싸움을 걸었으나 군영 밖으로 나오는 위군은 없었다. 그러자 제갈량은 사마의에게 부녀자의 상복과 따리 그리고 서신 한 통을 함에 넣어 보냈다. 사마의가 그 서신을 뜯어보니 다음과 같은 내용이었다.

'중달(仲達: 사마의의 자)은 싸울 생각은 않고 칼과 화살을 피하기만 하니 부녀자와 다를 것이 무엇인가. 그래서 부녀자의 물건을 보내니 공손히 받으라. 그렇지 않고 진정 사내대장부라면 속히 쳐들어오너라.'

사마의는 서신을 보고 매우 불쾌했으나 억지웃음을 지으며 서신을 가져온 사자에게 물었다.

"요새 공명은 어떻게 지내는가?"

"우리 승상께서는 새벽 일찍 일어나시고 밤늦게야 주무십니다. 그래도 사소한 형벌에 대해서까지 친히 결재하시고, 음식은 하루에 몇 홉에 지나지 않습니다."

사마의는 모든 장수들을 돌아보며 말했다.

"제갈량이 먹는 것은 적고 일은 많으니, 어찌 그의 수명이 오래가겠는가!"

사자가 곧 돌아와 제갈량에게 보고했다. 제갈량이 탄식했다.

"그가 나를 잘 아는도다!"

한편 사마의가 제갈량으로부터 모욕을 당하고도 가만 있자 위군의 병사들은 너나 할 것 없이 불평을 터뜨렸다. 사마의가 이를 가라앉히기 위해 조예에게 출진(出陣)을 허락해 달라는 표문(表文)을 바쳤다. 그러자 조예의 대답은 '출진 불가'로 사마의의 예상에서 벗어나지 않았다. 사마의와 조예 두 사람은 촉군의 힘이 빠질 때까지 장기전으로 시간을 끌어 보겠다는 같은 생각이었다.

시간이 흘러가자 지구전을 할 수 없는 제갈량은 동오에서 구원군이 오기만을 기다렸다. 그런데 육손이 초전에 만총에게 패해 전의를 상실하고 동오로 돌아갔다는 보고가 들어왔다.

제갈량은 길게 탄식하다가 그만 땅바닥에 쓰러져 기절했다. 장수들이 급히 부축하였으나, 제갈량은 반 식경 후에야 비로소 깨어났다.

사마의가 진영에 들어박혀 굳게 지키기만 하던 어느 날이었다. 밤하늘을 우러러보더니 매우 기뻐하면서 하후패에게 말했다.

"천문을 보니 장성(將星)이 제자리를 잃었으니 제갈량이 틀림없이 큰 병이 들어 곧 죽을 것이다. 너는 군사 천 명을 거느리고 오장원으로 가서 정탐하라. 촉군이 싸우러 나오지 않는다면 제갈량이 병든 증거니 이 기회를 놓치지 않고 공격할 것이다."

한편 제갈량은 장막 안에서 등불을 켜 놓고 자기의 수명을 연장시켜 달라는 기도를 하고 있었다. 기도를 올린 지 6일째가 되었다. 제갈량이 정성껏 기도하면서 살펴보니 자신의 수명을 나타내는 본명등(本命燈)이 몹시 밝아져 있었다. 제갈량은 기뻐했다. 강유가 장막 안에 들어가 보니 제갈량은 머리를 풀고 칼을 짚은 채 조심스레 등불을 소생시키고 있었다. 이때 갑자기 진영 밖에서 함성이 일어나더니 위연이 장막 안으로 황급히 뛰어들면서 고했다.

"위군이 쳐들어왔습니다."

위연이 큰 몸을 주체할 겨를도 없이 그만 제갈량의 등불을 밟고 말았다. 제갈량이 칼을 버리며 탄식했다.

"죽고 사는 것은 천명이라, 등불이 안 꺼진다고 해서 내가 살 수 있겠는가!"

위연은 너무나 황공해서 꼬꾸라지듯 땅바닥에 꿇어 엎드려 어찌할 바를 몰랐다. 강유는 분노를 참을 수 없어 칼을 뽑아 위연을 죽이려 했으나 제갈량이 제지했다.

"내 목숨이 다한 것이다. 문장(文長: 위연의 자)의 허물이 아니다."

제갈량은 몇 번 피를 토하더니 이내 쓰러지고 말았다. 제갈량이 침상에 누워 위연에게 말했다.

"사마의가 내가 병든 줄 알고 확인하기 위해 군사들을 보낸 것이니, 어서 나가 맞서 싸워라."

하후패는 위연이 달려 나오는 것을 보고 급히 군사를 거두어 달아났다. 위연이 다시 돌아오자 제갈량은 위연을 내보낸 뒤 강유에게 말했다.

"나는 충성을 다하여 중원을 회복하고 한나라 황실을 다시 일으키려 했으나, 하늘의 뜻이 이러하니 어찌하리오. 내가 평생 배운 것을 24편 10만 4천 1백 12자로 저술했다. 여기에는 팔무(八務), 칠계(七戒), 육공(六恐), 팔구(八懼)의 내용이 실려 있다. 이것을 전해 줄 사람이 장군밖에 없으니 결코 소홀히 하지 마시오."

강유가 울면서 절하고, 그 책을 받았다. 제갈량이 계속해서 말했다.

"내가 연노(連弩: 화살을 연달아 쏘게 하는 무기)를 만드는 법을 알고 있으나 한 번도 써 보지 않았소. 유념해 들으시오. 화살 길이가 8촌이요, 한 노가 한 번에 열 발을 쏠 수 있는 무기요. 여기 설계도가 있으니, 이대로 만들어서 사용하도록 하시오."

강유는 다시 한 번 절하고 받았다.

"우리 촉나라로 들어가는 길은 험준해서 염려할 바는 없소. 다만 음평 땅을 소홀히 하지 마시오. 이곳도 험준하긴 하지만 적에게 빼앗길지 모르오."

제갈량은 마대를 불러 귀에다 밀계(密計)를 일러줬다.

"내가 죽은 뒤에 너는 내가 말한 대로만 하여라."

마대가 물러나자 양의가 들어왔다. 제갈량은 병상 가까이에 불러 비단 주머니 한 개를 주며 은밀히 부탁했다.

"내가 죽으면 위연이 반드시 배반할 것이다. 그때 이 비단 주머니를 끌러 보아라. 위연의 목을 벨 사람이 있을 것이다."

제갈량은 곧 혼수상태에 빠졌다가 저녁 늦게야 깨어났다. 제갈량은 표문을 주어 후주에게 보냈다.

후주는 표문을 읽고 깜짝 놀라서 상서(尙書: 천자와 신하 사이에 오가는 문서를 맡아보던 벼슬) 이복을 제갈량에게 보냈다. 제갈량은 이복을 보자 눈물을 흘리며, '자신이 죽은 뒤에도 신하들은 후주에게 충성을 바칠 것과, 옛 제도와 옛 신하를 경솔히 바꾸지 말 것이며 강유에게 자신의 병법을 전한 사실과 후주께 표문을 다시 바칠 것'이라고 말했다.

이복은 제갈량의 말을 듣고 성도를 향하여 떠나갔다. 제갈량은 병든 몸을 일으켜 좌우의 부축을 받아 조그만 수레를 타고

서 모든 진영을 두루 살펴보았다. 가을바람이 얼굴을 스치자 뼈에 사무치도록 추워서 길게 탄식했다.

"다시는 진영 앞에 나서서 역적을 토벌하지 못하겠구나. 유유한 푸른 하늘이여! 어찌 내게 이런 운명을 주었는가!"

제갈량이 한동안 탄식하다가, 장막으로 돌아오니 병세가 더욱 악화됐다. 제갈량은 양의를 불러 뒷일을 부탁했다. '후퇴하되 조급히 서두르지 말며 강유에게 뒷길을 책임지게 하라.'는 내용이었다. 그러고 나서 후주께 바치는 마지막 표문을 썼다.

이날 밤 제갈량은 부하들의 부축을 받아 밖으로 나갔다. 하늘의 북두(北斗)를 우러러보다가, 아득한 별 하나를 손으로 가리켰다.

"저것이 바로 나의 별이다."

모두가 보니, 그 별은 희미하고 금세 떨어질 듯이 흔들렸다. 제갈량이 칼을 들어 그 별을 가리키며 입으로 주문을 외고 나서, 급히 장막으로 돌아갔을 때는 이미 정신을 잃고 있었다. 장수들이 당황하고 있는데, 홀연 이복이 다시 막사 안으로 들어왔다. 이복이 제갈량의 상태를 보자 큰 소리로 울면서 말했다.

"내가 국가의 큰일을 그르쳤도다!"

잠시 뒤에 제갈량이 다시 깨어나 주위를 둘러보다가, 이복을 발견하고 입을 열었다.

"그대가 되돌아온 뜻을 아노라."

이복이 사죄했다.

"천자로부터 누가 승상의 뒤를 이어 큰일을 맡겨야 할지 알아 오라는 칙명을 받았지만 아까 너무나 황급한 바람에 여쭙지 못했습니다."

제갈량이 말했다.

"내가 죽으면 큰일은 장완(蔣琬)에게 맡기는 것이 좋으리라."

이복이 다시 물었다.

"장완의 뒤는 누가 계승해야겠습니까?"

"비의가 좋지."

"비의의 뒤는 누가 계승해야겠습니까?"

"……"

제갈량은 대답이 없었다. 마침내 제갈량이 눈을 감으니 이때가 건흥 12년(서기 234년) 가을 8월 23일, 그의 나이 54세였다. 한편 이날 밤 사마의는 밤하늘을 보더니 기뻐서 어쩔 줄을 몰랐다.

"제갈량이 죽었도다!"

죽은 제갈공명이
산 중달을 달아나게 하다

제갈량의 죽음을 직감한 사마의는 촉군의 진영을 공격하기 위해 즉시 말에 올라탔으나 실행에 옮기지 못하고 다시 진영 안으로 들어와야 했다. 섣불리 공격했다가는 또 제갈량의 유인책에 걸려들지 모른다는 불안감 때문이었다. 대신 하후패에게 기병 수십 명을 주어 몰래 촉군의 동정을 염탐하도록 했다.

이날 밤 촉장 위연은 머리 위에 난데없이 뿔 두 개가 나는 꿈을 꾸었다. 이튿날 그는 행군사마(行軍司馬) 조직에게 해몽해 달라고 부탁했다. 조직은 한참 동안 생각하다가 대답했다.

"아주 길한 징조요. 기린도 머리에 뿔이 있고, 청룡도 머리에 뿔이 있으니, 이것은 장군이 높은 자리에 오를 조짐이요."

기뻐하는 위연을 등 뒤로 하고 조직은 마침 앞에서 오는 상서 비의를 만났다.

"위연이 해몽을 해 달라기에 들어 보니 아주 불길한 징조였소. 그런데 사실대로 말해 주지 않았소. 바른말하면 덤벼들까 두려워서 그랬던 것이오."

"어째서 그 꿈이 불길한 징조라고 믿소?"

"칼 도(刀) 아래 쓸 용(用) 자를 붙인 것이 뿔 각(角) 자 아니겠소. 머리에 칼을 쓰는 것보다 더 흉몽이 어디 있겠소."

그러자 비의가 조직에게 당부했다.

“이 일을 누구에게도 발설하지 마시오.”

그리고 위연의 장막을 찾아가 다음과 같은 말을 했다. ‘승상은 임종 시에 그대에게 퇴각하는 부대의 후방을 방어하도록 했다. 그리고 양의에게 승상의 일을 대신하게 했고, 용병의 비법은 강유에게 전달했다. 그러니 그대는 즉시 출병하라.’ 는 것이었다. 위연이 발끈했다.

“양의의 벼슬은 한낱 장사(長史: 승상의 속관)에 불과한데, 어찌 이 같은 큰 책임을 맡는단 말이오. 양의는 승상의 영구를 모시고 서천으로 돌아가서 장사(葬事)나 지내는 것이 마땅하오. 나는 대군을 거느리고 사마의를 물리쳐서 공을 세우겠소. 승상 한 사람 때문에 국가의 큰일을 폐지할 수는 없소.”

“승상께서 유언하신 명령이니, 어서 후퇴하도록 합시다.”

비의가 달랬으나 위연이 화를 내며 고집을 꺾지 않았다.

“승상이 일찍이 내 계책대로만 했어도 벌써 장안을 장악했겠소. 그리고 내 벼슬이 전장군 정서대장군 남정후인데, 어찌 장사 벼슬 따위인 양의의 명령을 받고 후방이나 맡겠소.”

할 수 없이 비의가 ‘양의를 타일러 병부(兵符)를 넘겨주도록 할 테니 잠시 기다리라.’ 고 하자 위연이 비로소 머리를 끄덕였다. 비의가 위연의 장막에서 나와 곧바로 양의를 찾아가 위연의 반응을 전했는데, 양의는 놀라지 않았다. 이미 제갈량이 위연의 행동에 대해 일러준 것이 있었기 때문이었다.

“승상의 유언이 바로 들어맞았으니 원래대로 강유에게 후방 방어를 맡기도록 하겠소.”

양의는 제갈량의 유언대로 전군에게 후퇴 명령을 내렸다.

한편 위연은 자신의 진영에서 암만 기다려도 비의가 오지 않자 마대를 시켜 양의의 진영을 염탐하도록 했다. 마대가 곧 돌아와 상황을 보고했다.

"후군은 강유가 총지휘하고, 전군은 태반이나 산골짜기로 철수했소."

위연이 분개하자 옆의 마대가 맞장구쳤다.

"나 역시 양의에게 원한이 있소. 장군을 도와 공격하겠소."

한편 제갈량이 죽었다는 것을 뒤늦게 확인한 사마의는 자신이 선봉이 되어 추격에 나섰다. 오장원에 당도하니 이미 촉군의 영채는 비어 있었다. 말에 박차를 가해 추격하니 산기슭을 지나는 촉군의 모습이 눈에 들어왔다. 산기슭로 힘을 다해 쫓아가는데, 난데없이 산 뒤에서 포 소리가 일어나며 함성이 크게 진동했다. 쫓겨 가던 촉병이 깃발을 돌리고 북을 치며 나무 그늘 속에서 쏟아져 나왔다. 중군의 큰 기에는 '한승상 무향후 제갈량'이라는 글자가 씌어 있었다. 사마의가 대경실색하여 눈을 똑바로 뜨고 바라보니, 수레 안에는 놀랍게도 제갈량이 학창의를 입고 윤건을 쓰고 깃털 부채를 부치면서 단정히 앉아 있는 게 아닌가. 사마의는 정신이 아찔했다.

'또 제갈량의 계책에 빠져 위험한 곳까지 왔구나!'

사마의는 급히 말머리를 돌려 달아났다. 바로 등 뒤에서 강유의 목소리가 크게 들려왔다.

"역적은 달아나지 말라. 너는 승상의 계책에 완전히 걸려들었도다!"

이 말을 듣자 위군은 혼비백산하여 갑옷과 투구와 칼과 창을 버리고 서로 앞을 다투어 달아났다. 이 바람에 서로 짓밟고 밟혀 죽은 자만도 무수했다. 사마의가 50여 리를 달아났을 때 뒤에서 장수 두 명이 겨우 뒤쫓아와서 사마의의 말고삐와 재갈을 움켜잡고 외쳤다.

"도독은 진정하십시오."

사마의가 머리를 만지며 물었다.

"내 머리가 있나 보아라."

두 장수가 대답했다.

"도독은 겁내지 마소서. 촉군이 멀리 가 버렸습니다."

사마의는 한동안 헐레벌떡거리다가 정신을 차렸다. 자세히 보니 좌우의 두 장수는 하후패와 하후혜였다. 또다시 제갈량의 계책에 속았음을 알게 되기까지에는 이틀의 시간이 걸렸다. 고을 백성이 와서 고했다.

"군사 중에 흰 기를 든 자가 있었으니 제갈량이 죽은 게 틀림없습니다. 강유만 남아서 후방 길을 끊었고, 전날 사륜거(四輪車) 위에 앉아 있던던 제갈량은 실은 나무를 깎아 만든 것이었습니다."

사마의가 탄식했다.

"나는 공명이 살아 있는 줄만 알았지, 죽은 것을 몰랐도다!"

이리하여 촉 땅 사람들 사이에는 '죽은 제갈공명이 살아 있는 사마의를 달아나게 했다[死諸葛能走生仲達].' 는 속담이 생겨났다.

한편, 위연이 드디어 반역을 하여 마대와 함께 남정성을 공격했다. 성안에 있던 양의는 제갈량이 남겨 준 비단 주머니를 끌러 보았다. 잠시 후 양의가 성 밖으로 나와 웃으면서 위연에게 말했다.

"승상께서 생전에 네놈이 반역할 것이라 하셨는데, 이제 그 말씀이 들어맞았도다. 네 놈이 말 위에서 '누가 감히 나를 죽이겠느냐?' 하고 세 번 외쳐 봐라. 그렇게 하면 두말 않고 모든 성과 땅을 넘겨주마."

위연이 크게 껄껄 웃었다.

"내가 약간 두려워한 사람이라곤 공명뿐이었다. 이제 그도 죽고 없는데, 누가 감히 날 대적하리오. 그 따위 말은 3만 번이라도 하겠다."

위연은 말고삐를 잡은 채 큰 소리로 외쳤다.

"누가 감히 나를 죽이겠느냐?"

첫 번째 외치는 소리가 끝나기도 전이었다. 바로 뒤에서 큰 소리가 났다.

"오냐, 내가 너를 죽여 주마."

칼이 한 번 번쩍하자, 위연의 목은 말 아래로 떨어져 데굴데굴 굴렀다. 바로 마대가 위연을 참한 것이었다. 마대는 제갈량이 죽기 직전에 밀명을 받은 대로 실행했을 뿐이었다.

임금을 누르는 신하들

촉한 건흥 13년(서기 235년)은 위주 조예의 청룡 3년이요, 오주 손권의 가화(嘉禾) 4년이었다. 이해에는 세 나라가 각기 군사를 일으키지 않았다. 여기서 위나라만 언급하기로 하면, 위주 조예는 사마의를 태위(太尉)로 봉하고, 모든 군사를 통솔하여 모든 변방을 지키게 했다. 이에 사마의는 절하고 감사를 드리며 낙양으로 떠났다.

허도에 있는 위주 조예의 사치와 음락(淫樂)은 역대 폭군에 못지않았다. 허도의 궁전뿐만 아니라 낙양에다 조양전(朝陽殿)과 태극전(太極殿) 등의 궁전과 방림원(芳林園) 등의 대규모 토목 공사를 잇따라 벌였는데, 이런 공사에 30만의 백성들이 동원됐고, 백성이 죽어 빈자리가 생기면 조정 중신까지 동원하게 했다. 이에 동심·양부 등이 잇따라 간했으나 조예는 이들을 죽이거나 귀양 보냈고, 정부인 모황후(毛皇后)마저 질투가 많다고 하여 사약을 내렸다. 조정 신하들은 기가 질려 감히 간하는 자가 없었다.

이때 요동 땅의 공손연(公孫淵)이 반역하여 스스로 연왕(燕王)이라 참칭(僭稱)하고 15만 군사를 이끌고 중원으로 쳐들어왔다. 이에 사마의가 조예의 명령을 받고 4만 군사로 공손연 부자를 양평성에서 포위하니, 공손연이 아들을 볼모로 보내는 조건으로 항복을 청했다. 이에 사마의의 대답은 차가웠다.

"군사의 대요(大要)에는 다섯 가지가 있다[軍事大要有五]. 싸울 수 있으면 싸우면 되고[能戰當戰], 싸울 수 없으면 수비하면 되고[不能戰當守], 수비할 수 없으면 도망가면 되고[不能守當走], 도망갈 수 없으면 항복하면 되고[不能走當抗], 항복할 수 없으면 죽음이 있을 뿐이다[不能抗當死]!"

결국 공손연 부자는 사마의에게 사로잡혀 서로의 모습을 마주보는 자세로 꿇어앉힌 채 도부수의 칼을 맞고 말았다.

사마의의 전공이 혁혁하니 그에 대한 조예의 신임은 날로 두터워졌다.

그렇게 해가 바뀌던 어느 날이었다. 조예는 자신이 죽인 모 황후의 혼령에 시달리다 병이 들었다. 죽음을 예감한 조예는 사마의를 불러 당부했다.

"옛날에 유현덕은 백제성에서 병이 위중했을 때 어린 아들 유선을 제갈공명에게 부탁했는데, 공명은 충성을 다하다가 죽은 후에야 만사를 잊었소. 조그만 나라도 그러했는데, 더구나 우리는 큰 나라가 아니오. 짐의 어린 아들 조방(曹芳)은 이제 겨우 8세라 막중한 사직(社稷) 일을 감당할 수 없소. 그러니 태위와 종형(宗兄)과 그리고 훈구대신(勳舊大臣)들은 태자를 돕는 데 힘을 다하시오. 부디 짐의 부탁을 저버리지 말라."

이번에는 어린 조방을 가까이 오라 하여 유언을 남겼다.

"중달은 짐과 다름없으니, 태자는 마땅히 짐을 대하듯이 공경하여라."

사마의에게 조방의 손을 잡아 주도록 분부하니, 어린 조방이 먼저 사마의의 목을 안고 놓지 않았다. 조예가 그 광경을 보면서 말했다.

"태위는 오늘날 어린것이 이처럼 그대를 사랑하는 정을 잊지 말라."

조예의 두 눈에 하염없이 눈물이 흐르니, 사마의도 머리를 조아리며 흐느껴 울었다. 위주 조예는 울다가 말문이 막혀, 겨우 손을 들어 태자를 가리키다가 그만 숨이 끊어지고 말았다. 황제의 위(位)에 있은 지 13년이요, 나이는 36세였다. 이때가 위나라 경초(景初) 3년(서기 239년) 봄 정월 하순이었다.

그러나 사마의는 제갈량이 아니었다. 조조가 사마의에게 병권을 맡기지 말라는 말을 남겼듯이, 그는 야심이 대단한 인물이었다. 한때 조진의 아들 조상(曹爽)에게 병권을 빼앗겼으나 그는 조상과 그 일가족을 참한 후 병권뿐만 아니라 정권을 손아귀에 넣었다.

이 과정에서 사마의에게 저항한 조씨(曹氏) 댁 여자가 있었는데, 그녀는 하후령(夏侯令)의 딸로서 이름은 전해지지 않았다. 그녀는 소생도 없이 일찍이 과부가 됐다. 그녀의 친정아버지가 개가시키려 하자, 그녀는 자기 귀를 베고 다시는 시집가지 않겠노라 맹세했다. 그러다가 조상이 죽음을 당하자, 그녀는 자기 코를 잘라 버렸다. 그러자 집안사람들이 놀라워하며 말했다.

"세상 사람의 한평생이란 가벼운 티끌이 연약한 풀잎에 놓인 것과 같은데, 어찌 자신을 이처럼 괴롭히는가. 더구나 시댁 조씨 일문은 이제 사마씨에게 몰살을 당했는데, 누구를 위해 절개를 지키겠다는 것인가?"

그녀가 울면서 말했다.

"사람들이 말하길, '어진 사람은 성쇠를 따라 절개가 변하지 않으며, 의로운 사람은 흥망을 따라 마음이 변하지 않는다.' 고 하였습니다. 이렇듯 조씨 집안이 한창 세도를 부렸을 때도 수절했는데, 멸망한 지금에 와서 어찌 마음이 변할 수 있나이까."

사마의는 이 소문을 듣자 현숙한 부인이라 감탄하고 양자를 두어 조씨 집안의 뒤를 잇게 했다. 후세 사람이 그 부인을 찬탄한 시가 있다.

작은 티끌이 연약한 풀 위에 놓여 흔들리면서 인생을 달관했다고 말하는도다
그러나 하후씨에게 딸이 있어 그녀는 의리가 태산과 같다
대장부가 치마 두르고 비녀 꽂은 여자의 절개만도 못했으니
스스로 돌이켜 보라, 수염 있는 남자가 부끄러울 지경이다

조씨 인척인 하후패(夏候覇)는 사마의에 대항하다 촉나라로 건너갔다. 촉의 강유는 하후패와 함께 사마의를 치러 군사를 출동시켰으나 뜻을 이루지 못하고 다시 촉나라로 돌아와야 했다. 강유가 양평관에서 제갈량이 가르쳐 준 연노법(連弩法)을 사용하여 뒤쫓아오는 사마사를 물리친 것이 특기할 정도였다.

사마의의 하늘을 찌를 듯한 권세도 죽음 앞에서는 무력했다. 가평 3년(서기 251년) 가을 8월에 사마의가 죽자 사마의의 아들인 사마사와 사마소가 대를 이어 위나라의 전권을 장악했다.

한편 오나라에서는 손권이 죽었다. 오나라의 연호로 태화(太和) 원년이었으니 사마의가 죽었던 해와 같은 서기 251년의 일이었다. 손권은 태부 제갈각과 대사마 여대를 침상 가까이에 불러 뒷일을 부탁하고 세상을 떠나니, 제위에 있은 지 24년이요, 나이는 71세니, 바로 촉나라 연희(延熙) 15년의 일이었다.

손권이 죽자, 제갈각은 손량(孫亮)을 황제로 세우고, 천하에 대사면령을 내리고, 연호를 건흥(建興)이라고 바꿨다. 제갈각의 권세가 이러니 오나라는 손씨가 아니라 제갈씨의 나라가 된 듯했다.

손권의 죽음은 곧 위나라의 사마사에게 보고되었다. 사마사는 동생 사마소를 대도독으로 삼아 30만의 군사로 강동을 치라 했다. 이에 맞서 제갈각이 정봉을 선봉으로 내세웠다. 정봉의 활약으로 동흥 땅에서 오나라가 한때 이겼으나 신성 함락을 앞두고 제갈각이 사마사의 계책에 속아 패하여 오나라로 돌아와야 했다.

동오에 돌아온 제갈각은 패배의 책임을 장수들에게 돌려 마구 죽였다. 그리고 어림군의 지휘를 심복 장수인 장약과 주은에게 맡겼다. 어림군을 빼앗긴 손준(孫峻)은 화가 머리끝까지 치밀어 올랐다. 그는 손견의 동생 손정의 증손으로서 동오의 황제 손량의 7촌 조카이지만 나이가 오히려 24살이나 더 많았으니, 손씨를 지탱시켜 줄 수 있는 유일한 인물인 셈이었다.

어느 날 제갈각이 손량의 궁중 잔치에 부름을 받았다. 전날 자신에게 죽은 군사들의 혼령에 시달린 탓에 기분이 좋지 않았다. 심복 장약도 불길한 예감이 든다고 말했다. 드디어 제갈각이 궁으로 들어가 손량에게 절하고 자리에 앉았다. 술이 몇 순배 돌았을 때였다. 손량이 잠깐 볼일이 있다며 나가고, 손준이 궁전에서 내려와 거추장스런 관복을 벗어버렸다. 그의 짧은 옷 속에 갑옷이 번쩍 빛나는가 하더니 어느새 날카로운 칼을 잡고 목청껏 외쳤다.

"천자의 어명을 받들어 이 역적 놈을 죽이노라!"

제갈각은 소스라치게 놀라 술잔을 던지며 벌떡 일어나 칼을 뽑아 들었으나, 어찌하리오! 순간 목이 달아났다. 곧이어 제갈각의 식구는 남녀노소 할 것 없이 몽땅 붙들려 거리로 끌려 나가 죽음을 당한 것은 물론이었다. 옛날에 아버지 제갈근이 살아 있을 때의 일이었다. 제갈각이 지나치게 총명한 것을 보고 탄식했다.

"내 아들은 집안을 보전할 사람이 못 된다."

또 위나라 광록대부(光祿大夫) 장집(張緝)이 일찍이 이렇게 예언했다.

"제갈각은 머지않아 죽을 것입니다."

사마사가 그 까닭을 묻자, 이렇게 대답했다.

"그의 위엄이 주인을 벌벌 떨게 하니, 어찌 오래가겠습니까!"

그 말이 오늘에 이르러 과연 들어맞았던 것이었다.

준엄한 역사는 되풀이된다

촉한 연희(延熙) 16년(서기 253년) 가을에 강유는 하후패와 함께 위를 치기 위해 군사 20만 명을 일으켰다. 위나라의 선봉 서질을 죽이고 철롱산에서 사마소를 죽일 좋은 기회를 잡기도 했으나 동맹군 서강군(西羌軍)의 배반으로 패해 한중 땅으로 다시 돌아와야 했다.

승전하여 낙양으로 돌아온 사마소는 형 사마사와 함께 조정 권세를 잡고 마음대로 휘둘렀다. 모든 신하는 복종하지 않을 수 없었고, 위주(魏主) 조방(曹芳)은 사마씨 형제를 보기만 하면 무서워서 벌벌 떨며 마치 바늘방석에 앉아 있는 것 같았다.

조회(朝會)가 열리는 어느 날이었다.

조방이 용상에 앉아 있는데, 사마사가 허리에 칼을 차고 정전으로 올라오고 있었다. 이에 조방이 황망히 용상에서 내려와 영접했다. 사마사가 웃었다.

"임금이 어찌 신하를 영접합니까. 폐하는 가만히 앉아 계십시오."

모든 신하가 정사를 아뢰니, 사마사는 혼자서 일일이 결재하고 지시하며, 조방에게는 아뢰지 않았다. 조회가 끝나자 사마사는 머리를 꼿꼿이 들고 정전에서 내려와 수레를 타고 나가는데, 앞뒤로 호위하는 자가 수천 명이었다. 후궁으로 물러가는 조방을 따르는 자는 겨우 세 명뿐이었다. 하후현과 이풍과 장집(張緝)이었다. 장집은 바로 장 황후의 친정아버지요, 조방의 장인이었다. 밀실에서 세 사람이 사마사를 제거하겠다고 말하니 조방이 손가락을 깨물고 비밀 조서를 써서 그들에게 줬다. 그러나 세 사람은 밀실에서 나오자마자 사마사에게 들켜 죽음을 당했다.

사마사는 바로 후궁으로 들어갔다. 이때 조방은 장 황후와 사마사를 제거하기 위한 일을 상의하는 중이었다. 사마사가 불쑥 들어오자 장 황후는 소스라치게 놀랐다. 사마사가 칼을 짚고 장 황후를 노려봤다.

"신의 부친이 폐하를 세워 임금으로 삼았으니, 그 공로는 옛 주공(周公: 주나라 때 어린 成王을 보필했던 신하)만 못하지 않고, 신이 폐하를 섬긴 것도 또한 옛 이윤(伊尹: 殷 나라 湯王을 도와 선정을 베풀었던 재상)과 다를 것이 뭣입니까? 그런데 이제 은혜를 원수로 삼고 공로를 허물로 삼아, 보잘것없는 신하 두세 사람과 함께 짜고서 우리 형제를 죽이려 드니, 웬일입니까?"

조방이 조용히 대답했다.

"짐은 그런 일이 없노라."

사마사는 소매 속에서 한삼 조각을 꺼내어 동댕이쳤다.

"이건 누가 쓴 글입니까!"

조방은 정신이 아찔해서 벌벌 떨었다.

"그건 강요에 못 이겨서 쓴 것이다. 짐이 어찌 감히 그런 글을 썼으리오."

"망령되이 대신(大臣)을 모략한 죄는 무슨 벌을 받아야 마땅
합니까?"
조방이 무릎을 꿇고 애걸했다.
"짐이 잘못했으니, 대장군은 용서해 주시오."
"폐하는 일어나십시오. 국법을 폐할 수는 없습니다."
사마사는 손가락으로 장 황후를 가리켰다.
"저건 바로 장집의 딸년이니, 마땅히 없애 버려야 합니다."
조방은 대성통곡하며 용서해 달라고 빌었으나, 사마사는 듣
지 않고 좌우 장수들에게 장 황후를 끌어내라 호령했다. 이날
장 황후는 잡혀 나가 동화문 안에서 흰 비단에 목이 졸려 죽음
을 당했다. 후세 사람이 이 일을 탄식한 시가 있다.

그 당시 조조에게 복후가 궁문 밖으로 쫓겨날 때
맨발로 슬피 울며 천자와 이별했도다
오늘날 사마사가 그 짓을 되풀이하니
조조의 자손이 당하는 꼴은 하늘의 보답인가

이튿날 사마사는 모든 신하들을 모았다. 그리고 조방을 폐하
고 조모(曹髦)를 황제 위에 앉혔다. 또한 연호를 바꾸어 정원
(正元)이라 했으니 이때가 가평 6년(서기 254년)이었다. 다음
해 정원 2년 봄 정월이었다. 진동도독(鎭東都督) 관구검(毌丘
儉)과 양주자사(揚州刺史) 문흠(文欽)이 임금을 폐위한 것에 대
해 불만을 품고 군사를 일으켰다는 보고가 들어왔다.
이때 사마사는 왼쪽 눈에 혹이 생겨 아프고 가려웠다. 동생

사마소를 낙양에 남기고 병중에 출전하다 곪은 상처에서 눈알이 툭 튀어나와 장막 안에서 누워 있어야 했다. 다행히 동오의 군사가 문흠의 뒤를 쳐 주었기 때문에 문흠은 손준에게 투항했고, 병력이 약화된 관구검은 도망치다 신현성 현령에게 죽었다는 보고를 받고 군사를 돌려 허도로 돌아올 수 있었다.

돌아가는 도중에 사마사는 눈이 아파서 낮이면 신음하고, 밤이면 밤마다 지난날 죽인 이풍·장집·하후현 세 사람이 나타나서 목숨을 살려 달라는 흉몽을 꾸었다. 사마사는 자신의 죽음을 예감하고 낙양의 사마소를 급히 불러들였다. 사마사는 우는 동생을 보며 유언했다.

"너는 나의 뒤를 이어 노력하되, 결코 국가대사는 남에게 맡기지 마라. 그러는 날이면 우리 집안은 멸족을 당할 것이다."

말을 마치자 사마사는 인수(印綬)를 전하고, 눈물만 가득히 흘렸다. 사마소가 앞일을 물으려고 하는데, 사마사는 외마디소리를 지르며, 남은 눈알마저 튀어나오더니 그 자리에서 죽었다. 때는 정원 2년(서기 255년) 2월이었다.

충신은 뜻을 굽혀
구차스레 살지 않네!

형의 뒤를 이어 대장군이 된 사마소는 위나라의 권력을 모두 잡게 되었다.

한편 사마사가 죽었다는 보고를 받은 강유는 다시 한 번 위나라 정벌에 나섰다. 배수진(背水陣)을 치고 위수에서 승리를 거뒀으나 적도성에서 등애(鄧艾)의 의병계(疑兵計: 많은 군사가 있는 것처럼 속이는 작전)에 말려들어 패하고 말았다. 이곳에서 한중으로 돌아와야 했으나 강유는 계속 상규 땅으로 전진했다. 위수 전투에서 승리했다는 보고를 받은 후주가 조서를 내려 강유를 대장군으로 봉했는데, 이에 우쭐해진 강유가 뱀을 그리고 나서 뱀의 발을 그리려는 고집이 생겨났던 것이었다.

무성산은 험하고 좁아 길이 매우 험준했다. 강유가 향도관(嚮導官: 길 안내관)에게 물었다.

"이곳을 뭐라 하느냐?"

"단곡이라 합니다."

강유가 깜짝 놀랐다.

"그 이름이 좋지 못하구나. 단곡(段谷)은 단곡(斷谷)과 음이 같으니, 만일 누가 이 산골짜기의 입구를 끊는다면 어찌할 것인가!"

한참 주저하는데, 갑자기 전군에서 기별이 왔다.

"산 뒤에서 먼지가 자욱하니, 복병이 있는 게 틀림없습니다."

강유는 군사들에게 급히 후퇴하도록 지시했으나 늦은 일이었다. 등애가 이미 군사를 매복시키고 기다렸던 것이었다. 포위를 당하여 죽음이 눈앞에 있는 순간, 부하 장수의 희생으로 간신히 빠져나와 한중 땅으로 돌아올 수 있었다. 강유는 옛날에 제갈량이 가정 전투에 대한 책임을 졌던 일을 본받아 표문을 바친 다음, 스스로 자기 지위를 후장군(後將軍)으로 깎아 내리고, 대장군의 일은 그대로 했다.

이때 위주 조모는 정원 3년(서기 256년)에 연호를 감로(甘露)라 바꾸고, 사마소는 천하의 병마를 통솔하는 대도독이 되었다. 그가 출입할 때면 늘 완전무장한 씩씩한 장수 3천 명이 앞뒤로 호위했다. 사마소는 일체의 모든 정사를 조모에 아뢰지 않고 상부(相府)에서 마음대로 결재하니, 이때부터 반역할 뜻을 품게 되었다.

사마소의 심복 부하가 있었는데, 그의 이름은 가충(賈充)이었다. 그는 고(故) 건위장군(建威將軍) 가규의 아들이었다. 가충이 사마소에게 말했다.

"주공께서 성급히 대권을 잡으려다 사방 원성만 살지 모릅니다. 그러니 먼저 민심부터 살펴보고 큰일을 도모하소서."

가충은 사마소의 명을 받아 민심을 살피는 차원에서 제갈탄(諸葛誕)을 찾아갔다. 그는 제갈량의 종제(從弟: 사촌동생)로서 형이 촉한에 있는 동안 벼슬이 오르지 않다가 형이 죽은 후에 비로소 중요한 직위를 거친 끝에 고평후가 되어 회남과 회북 일대의 병권을 쥐고 있었다. 그러나 제갈탄은 아버지와 반대의 길을 걷는 가충과는 달랐다.

“너는 바로 건위장군 가규의 아들로서, 대대로 위나라의 국록을 먹고 살아왔거늘, 어찌 감히 이런 되지 못한 말을 하느냐?”

가충으로부터 보고를 받은 사마소는 양주자사 악침에게 제갈탄을 죽이라는 밀서를 보냈다. 그러나 제갈탄이 양주자사 악침을 베고 역적 사마소의 죄목을 낱낱이 따진 표문을 낙양에 보낸 뒤 오나라에 연합을 제의했다. 이때 동오의 승상 손준은 병으로 죽고, 그의 종제뻘인 손침(孫綝)이 정권을 장악하고 있었다. 손침은 제갈탄의 제의를 수락하여 군사 7만 명을 이끌고 위나라로 향했다.

한편 제갈탄의 표문을 미리 읽어 본 사마소는 발끈하여 직접 군대를 출동시키려고 했다. 가충이 간했다.

“천자를 놔두고 갔다가, 하루아침에 변이라도 일어나는 날이면, 그때 후회해도 소용없습니다. 그러니 태후와 천자께 아뢰고 함께 가시면 아무 염려가 없으리다.”

사마소는 기뻐했다.

“그 말이 바로 나의 뜻에 맞도다.”

궁으로 들어가서 먼저 태후에게 아뢰니, 겁이 난 태후는 순종할 수밖에 없었다. 이튿날, 위주(魏主) 조모에게 함께 출발하도록 청했다. 조모가 대답했다.

“대장군이 천하의 모든 군사를 통솔하고 임의로 조종하는 터인데, 짐까지 갈 것 있겠는가.”

“그렇지 않습니다. 옛날에 무조(武祖: 조조)께서는 천하를 종횡으로 달리셨고, 문제(文帝: 조비)와 명제(明帝: 조예)께서도 우주를 포섭하시려는 뜻과 천하를 평정하려는 마음이 있어, 무릇 큰 적이 나타나기만 하면 반드시 친히 가셔서 토벌하셨습니다. 폐하는 마땅히 선군이 남기신 뜻을 계승하여 불측한 놈들을 쳐야만 하실 텐데, 어째서 나서지 않으십니까?"

조모는 사마소의 위엄과 권력에 눌려, 더 이상 아무 말 못하고 가기로 했다. 이리하여 사마소는 조서를 내리고 각 장수들에게 직분을 준 뒤 호호탕탕히 회남 땅으로 쳐들어갔다. 제갈탄은 사마소의 선봉 부대와 맞서 싸웠으나 패하여 잔병을 수습해서 수춘성으로 들어가 성문을 굳게 닫고 지켰다. 이때 동오의 본대는 안풍에 주둔해 있었고, 위주 조모의 어가는 항성 땅에 와 있었다.

종회(鍾會: 종요의 둘째아들)가 사마소에게 말했다.

"수춘성 안에 곡식과 마초가 많으니 제갈탄은 장기전으로 임할 것입니다. 더군다나 오군이 안풍 땅에 있으니 기각지세(掎角之勢: 앞뒤에서 협공하는 형세)를 이루었습니다. 그러니 성의 삼면으로 공격하고, 남문을 내주어 적들이 달아날 길을 터주었다가 도주로를 끊어 기습 공격을 해야 합니다. 동오의 군사들은 멀리서 오느라 군량이 떨어졌을지 모르니 우리가 그 후방을 치면 승산이 있습니다."

사마소는 종회의 등을 쓰다듬으며 말했다.

"그대는 참으로 나의 장자방(張子房: 한고조의 모신 張良)이로다!"

한편 안평 땅에 주둔하고 있던 손침은 위군에게 패하고 돌아온 부하 장수들에게 잔인했다. 주이가 수춘성을 구원하지 못하고 돌아오자 즉시 참하고, "지거든 다시 만날 생각을 하지 마라."는 말을 장수들에게 남기고 자신은 동오로 되돌아갔다. 싸우자니 자신이 없고, 돌아가자니 문책이 두려웠던 동오의 장수들은 속속 사마소에게 투항했다. 제갈탄 또한 성안에서 결정적 실수를 했다. 속전속결을 주장하는 장수들을 참한 데다 문흠을 죽였던 것이었다. 그러자 문흠의 아들 문앙과 문호는 수춘성 위에서 뛰어내려 사마소에게 투항했다.

사마소는 지난날 문흠이 관구검과 함께 반기를 든 일이 생각나 문앙 형제를 죽이려고 했다. 종회가 간했다.

"그 당시의 죄는 문흠에 있습니다. 이제 문흠은 죽었고, 이들은 항복해 온 것입니다. 투항한 장수를 죽인다면 성안의 사람들을 더욱 단결시키는 결과가 됩니다."

사마소는 그 말을 옳게 여겨 문앙과 문호 형제를 편장군으로 삼아 관내후(關內侯)에 봉했다. 문앙과 문호가 적진에서 대우받는 것을 본 성안의 사람들은 속속 투항했다. 곧이어 위군이 수춘성 안으로 들이닥쳤다. 제갈탄은 도망치다 호준을 만나 단칼에 목이 베였다. 동오에서 구원 나온 우전은 왕기와 성 서쪽 문에서 맞닥뜨렸다. 왕기가 대갈일성했다.

"네 어찌 빨리 항복하지 않느냐?"

우전이 분노하여 말했다.

"장수가 명령을 받고 와서 구출해 주지는 못할망정 적에게 항복한다는 것은 의리가 아니다."

투구를 벗어 던지며 다시 말했다.

"장수가 전장에서 죽는 것만도 다행이다!"

목청껏 외치고, 급히 칼을 휘둘러 싸운 지 30여 합에 말과 함께 지칠 대로 지쳐 혼전 속에서 죽었다.

수춘성으로 들어간 사마소는 제갈탄의 가족을 남녀노소 할 것 없이 모조리 목을 베어 죽였다. 사마소는 끌려온 제갈탄의 직속 군사들에게 말했다.

"너희들은 항복할 테냐?"

"어른을 따라 죽고 싶다! 결코 너에게 항복하진 않겠다."

사마소는 화를 꾹 참고 다시 한 번 말했으나 그들은 아무도 항복하지 않았다. 사마소는 그들을 모두 죽인 뒤 한참을 탄식하며, 시체들을 잘 묻어 주라고 했다.

강유와 등애의 정면 승부

사마소가 수춘성을 함락하기 전의 동정을 정탐병이 강유에
게 보고했다.

"회남 땅의 제갈탄이 군사를 일으켰기 때문에 사마소는 양도
(兩都: 낙양과 장안)를 비우고 위주까지 출병시켰습니다."

강유는 무릎을 치며 말했다.

"내 이번에야 큰일을 완수하리라."

후주에게 군사를 일으켜 위를 치겠다는 내용의 표문을 올렸
다. 중산대부(中散大夫) 초주(譙周)는 이 사실을 알고는 나라의
앞날이 걱정되어 탄식했다.

"요즘 천자는 주색에 빠져 환관만 신임하고 나랏일은 다스리
지 않고 그저 환락만 누리는가 하면, 백약(伯約: 강유의 자)은
전쟁만 일삼으며 군사들을 사랑하지 않으니, 장차 나라가 위태
롭겠구나!"

초주는 곧 구국론(救國論)이 아니라 '구국론(仇國論)' 한 편
을 지어 강유에게 보내 출병의 무모함을 경고했다. 강유가 뜯
어보니 다음과 같은 내용이었다.

"어떤 사람이, '자고로 약한 자가 강한 자를 이기기 위해서는 어떤
방법을 썼습니까?' 하고 묻는다면 이렇게 대답하리다. '큰 나라는 걱

정이 없으면 늘 태만하고, 조그만 나라는 걱정이 있으면 늘 착한 일을 생각합니다. 지나치게 태만하면 변란이 일어나고, 착한 일만 생각하면 잘 다스려지는 것은 당연한 이치입니다. 주나라 문왕(文王)은 백성을 잘 길렀기 때문에 조그만 땅에서 일어나 많은 땅을 차지했고, 전국시대 구천(句踐)은 백성을 극진히 아껴 마침내 약한 전력으로 강한 자를 거꾸러뜨렸으니, 이것이 바로 그 방법입니다'.

어떤 사람이 또 묻기를, '옛날에 항우(項羽)는 강하고 한고조(漢高祖)는 약해서 하는 수 없이 홍구(鴻溝) 땅을 경계로 삼자고 약속했으나, 장량(張良)은 민심이 일단 안정되면 다시 출병하기 어렵다고 주장하여 군사를 거느리고 추격하여 마침내 항우를 쓰러뜨렸으니, 이런 점으로 볼 때 반드시 주나라 문왕이나 전국시대 구천을 본받아야 할 필요가 없지 않습니까?', 한다면 이렇게 대답하리다."

그 대답의 내용은 다음과 같았다. '약한 나라의 장수가 강한 나라를 칠 때에는 백성들은 고역(苦役)에 지칠 대로 지치고 천하의 질서는 무너져 각지에서 호걸들이 들고일어나 서로 다투는 판국이었다. 그러나 지금은 천하가 삼분정립(三分鼎立)되어 구태여 약한 나라가 강한 나라를 칠 때가 아니다.' 그러면서 다음과 같이 끝을 맺었다.

"매사는 때를 기다려 움직여야 하고, 기회에 맞추어 일을 일으켜야 하나니, 그러기에 은나라 탕왕(湯王)과 주나라 무왕(武王)은 한 번 싸워서 하나라 걸왕(桀王)과 은나라 주왕(紂王)을 단번에 이긴 것입니다. 이는 진실로 백성들의 삶을 소중히 여기고, 시국을 신중히 살폈기 때문입니다. 만일 무기만 믿고 전쟁만 일삼다가 불행하여 일단 실패하는 날이면, 제아무리 지혜가 출중한 자라도 걷잡지 못하고 파멸할 것입니다.”

강유는 다 읽고 나서 노기등등했다.
“이건 썩은 선비들의 논설이다!”
초주의 글을 땅바닥에 내던진 후, 서천 군사를 일으켰다. 그래서 낙곡을 함락하고, 침령을 넘어 장성 땅을 향하여 나아갔다. 장성은 사마소의 종형(從兄) 사마망이 지키는 성이었다. 강유가 함락 직전에서 등애의 지연전에 말려든 데다 사마소가 제갈탄을 죽이고 구원하러 온다는 급보를 받고 할 수 없이 한중으로 돌아와야 했다.
한편 동오의 대장군 손침(孫綝)은 제갈탄을 구원하러 떠났던 오의 장수들이 사마소에게 투항했다는 소식을 듣고 그들의 가족을 잡아들여 모조리 참했다. 그리고 오주 손량을 폐하고 낭야왕으로 있던 손휴(孫休)를 천자로 세웠다. 손휴는 연호를 영안(永安: 서기 258년)이라 바꾸고 손침을 승상 겸 형주목사로 삼고 여러 관리를 진급시켜 줬는데, 손침의 일문(一門)에서 다섯 명의 후(侯)가 나니, 그들은 모두 궁중의 군사를 거느려 그 권세가 임금을 눌렀다.
손침의 교만과 횡포는 더욱 심해졌다. 마침내 손휴의 밀명을 받은 장포의 손에 죽음을 당하고 그의 동생들은 정봉의 손에 죽음을 당했다. 동오는 이 사실을 국서로 써서 서촉의 성도에 보냈다. 촉나라에선 축하 사신을 보냈고, 오나라에선 답례 사신을 보냈다. 촉나라에서 설후가 돌아오니 오주(吳主) 손휴가 물었다.

"요즘 촉나라 형편이 어떤가?"

"촉나라는 중상시(中常侍) 황호가 조정 일을 농단(壟斷)하고, 공경대부라는 사람들도 대부분이 아첨하는 무리였고, 그곳 백성들은 굶주린 기색이 완연했습니다. 말하자면 '연작(燕雀: 보통 사람을 가리킴)'이 당상(堂上)에 득실거리니, 큰 집이 언제 불탈지 모른다.'는 격이었습니다."

손휴가 탄식했다.

"만일 제갈무후[제갈량]가 살아 있다면, 어찌 그 지경에 이르리오!"

손휴는 또 국서를 성도로 보냈다. 그 내용은 만약 사마소가 위(魏)의 임금 자리를 빼앗으면 오와 촉을 침범할 것이니 동맹하자는 것이었다.

강유는 오나라에서 이런 교섭이 왔다는 소식을 듣자, 흔연히 표문을 올리고 다시 위나라를 향해 군사를 출동시켰다. 때는 촉한 경요 원년(서기 258년) 겨울이었다. 20만 군사를 동원하여 기산에 진영을 세운 뒤 곡구에서 등애와 맞섰다. 서전은 등애가 파 놓은 지하도를 예상치 못해 강유가 패했다. 이튿날이었다. 양쪽 군사는 기산 앞에서 대치했다.

강유는 제갈량의 팔진법(八陣法)을 본받아 천(天)·지(地)·풍(風)·운(雲)·조(鳥)·사(蛇)·용(龍)·호(虎)의 진을 벌였다. 이에 등애도 강유와 똑같은 팔진법을 벌였다. 강유가 창을 잡고 말을 달리며 크게 외쳤다.

"팔진법을 흉내 낸 것 말고 진을 변화시킬 수 있느냐?"

등애는 웃으며 말했다.

"진을 변화하는 법을 모르고서야 어찌 진을 쳤겠는가."

곧 8·8이 64개의 문으로 변화시키고, 다시 진 앞으로 나와서 외쳤다.

"내가 진을 변화시키는 법이 어떠냐?"

강유가 대답했다.

"비록 틀린 데는 없다만, 그럼 네가 우리의 진영을 포위할 수 있겠느냐?"

등애는 강유의 진영을 포위하려다 오히려 강유의 '장사권지진(長蛇捲地陣)'에 갇혀들어 빠져나갈 수가 없었다.

"내가 진법을 자랑하려다가 강유의 계책에 걸려들었구나!"

탄식하고 있는데, 마침 사마망(司馬望)이 구하러 왔다. 등애가 빠져나왔을 때는 기산의 아홉 개 진영을 강유에게 빼앗긴 뒤였다. 등애는 패잔병을 거느리고 위수 남쪽 언덕에 진영을 세운 후에 사마망에게 물었다.

"귀공은 어떻게 적의 진법을 알고 나를 구출했소?"

사마망이 대답했다.

"어렸을 때 형남 땅에서 공부를 한 적이 있소. 그때 제갈량의 친구인 최주평과 석광원이 이 진법에 대해서 논의하는 것을 들은 적이 있소. 이 장사권지진은 머리 부분인 서북쪽이 약점이라고 했소. 그 말을 따라 서북쪽을 쳤기 때문에 격파할 수 있었던 것이라오."

등애가 사마망에게 감사를 표하며 자기 대신 진법으로 강유와 싸워 주길 청하며 이렇게 말했다.

"내일 귀공이 강유와 진법으로 싸우고 있는 동안 나는 몰래 기산 뒤로 돌아가서 습격할 것이오. 우리가 협공하면 빼앗긴 진영을 다 찾을 수 있을 것이오."

동시에 등애는 강유에게 내일 싸우자는 전서를 보냈다. 강유는 등애의 전서를 읽어 보고 모든 장수들에게 말했다.

"나는 이미 제갈무후[제갈량]의 진법을 물려받았다. 이 진법은 하늘의 수를 따라 365가지 변화하는 것이다. 그들이 이러한 나에게 진법으로 싸움을 거는 것은 그야말로 당랑거철(螳螂拒轍: 사마귀가 수레를 막는 것처럼 제 분수도 모르고 강한 적에게 덤벼드는 것)이로다. 그들은 필시 무슨 속임수를 쓰려는 수작이니 그대들은 알겠는가."

요화가 대답하니 강유는 웃으며 말했다.

"귀공의 말이 바로 나의 짐작과 같도다."

즉시 장익과 요화에게 군사 만 명을 주어, 산 뒤에 가서 매복하게 했다. 이튿날이었다. 강유의 예상대로 사마망이 진을 펼치고 등애는 보이지 않았다. 등애는 선봉 정윤을 독촉하여 산 뒤로 쳐들어가고 있었다. 갑자기 한 방 포소리가 터지자 북소리가 하늘을 진동하며 강유의 복병들이 일제히 나타나 내달아오니, 맨 앞에 선 장수는 바로 요화였다. 요화의 칼이 번쩍하더니 정윤이 말 아래로 떨어져 죽었다. 등애는 놀라 급히 군사를 거두어 물러가려는데, 장익이 한 대의 군사를 거느리고 쇄도하여 요화와 함께 협공하니 위군은 크게 패했다. 등애는 간신히 활로를 찾아 빠져나왔으나 몸에 화살 네 대를 맞고 위수 남쪽으로 도망쳐 돌아오니, 사마망도 패하여 돌아와 있었다.

두 사람은 이 위기를 빠져나가려고 머리를 맞댔다. 얼마 후 등애의 모사 당균이 성도에 잠입하여 뇌물을 쓰기 시작했다. 그 후 성도에선 유언비어가 나돌기 시작했다.

"강유는 천자를 원망하고 있다네!"

"머지않아 위에 투항할 것이라네!"

곧이어 후주의 칙사가 강유의 진영에 당도했다. 제갈량의 진법을 사용한 강유, 그도 제갈량처럼 승리를 목전에 두고 후주에게 소환되는 것을 피할 길이 없었다.

죽음을 자초한 조모의 잠룡시

성도(成都)에 돌아온 강유, 지난날 승리를 목전에 두고 성도로 돌아와야 했던 제갈량처럼 후주로부터 똑같은 대답을 들어야 했다.

"짐은 경이 오랫동안 전쟁터에서 돌아오지 않기에 군사들이 큰 고생할까 봐 소환한 것이지, 딴 뜻은 없노라."

강유는 궁에서 나와 탄식하며 한중 땅으로 떠나갔다.

한편 사마소는 촉나라의 동정을 보고받고 기뻐하더니 금방 화가 치밀었다. 조모(曹髦)가 쓴 잠룡시(潛龍詩)를 전해 듣고 난 후의 일이었다. 조모가 사마소에 억눌려 사는 자신의 심정을 읊은 것인데, 다음과 같다.

슬프다, 용은 곤경에 빠져
능히 깊은 못에서 벗어나지 못하네
위로는 하늘을 날지 못하고
아래론 밭에도 나타나지 못하며
우물 속에 따리를 틀고 있으니
미꾸라지와 뱀장어 등이 그 앞에서 춤을 추는구나
어금니를 감추고 손톱을 숨긴 모양이여
슬프다 그 신세 나와 같구나!

사마소는 칼을 차고 궁전으로 올라갔다. 때는 위의 감로 5년 (서기 260년) 4월이었다.

사마소를 보고 조모가 일어서서 영접했다. 사마소가 따졌다.

"잠룡이라는 시를 지어, 우리를 미꾸라지나 뱀장어 같다고 했으니 그게 무슨 예의요?"

조모는 대답하지 못했다. 사마소가 싸늘하게 비웃고 궁전을 내려가니, 모든 신하는 저절로 몸이 떨렸다. 조모는 후궁으로 들어가서 시중 왕침과 상서 왕경, 산기상시(散騎常侍) 왕업 등 세 사람을 안으로 불러들이고 울며 말했다.

"사마소가 역적질할 뜻을 품은 것은 누구나 다 아는 바라. 짐은 앉아서 내쫓기는 굴욕을 당할 순 없다. 그러니 경들은 짐을 도와 다오."

왕경은 지금은 때가 아니니 은인자중하라고 당부했고, 왕침과 왕업은 냉담한 반응이었다. 그러자 조모가 억울한 심정을 고하기 위해 태후에게 갔다. 왕침과 왕업이 왕경에게 속삭였다.

"그냥 있다가는 우리가 멸족을 당하겠소. 어서 사마공(司馬公)의 부중으로 가서 사실을 고하고 목숨이나 유지합시다."

왕경이 분노했다.

"임금에게 근심이 있으면 신하는 굴욕을 당하게 마련이며, 임금이 굴욕을 당하면 신하는 죽어야 마땅하거늘, 어찌 딴 뜻을 품을 수 있으리오!"

왕경이 완강한 태도를 보이자 왕침과 왕업은 사마소의 부중으로 떠났다. 이윽고 조모가 궁중의 잔심부름꾼까지 포함하여

3백 명을 모아 북을 치고 함성을 지르게 하고 자신은 직접 칼을 잡고 연(輦: 임금이 타는 가마)을 타고 나갔다. 왕경이 앞을 막으며 대성통곡했다.

"이제 폐하께서 이런 사람들로 사마소를 치러 가는 것은 마치 염소를 몰고 호랑이 입으로 들어가는 것과 다름없습니다. 공연히 목숨만 버릴 뿐 아무 이익이 없습니다. 신은 죽는 것이 두려워서가 아니라 결과를 뻔히 알기 때문에 이처럼 간하는 것입니다."

"짐은 이미 군사를 일으켰으니, 경은 막지 말라."

그러나 이미 사마소의 심복 가충, 성수, 성제(成濟)가 무장한 군사 수천 명을 거느리고 함성을 지르며 쳐들어오고 있었다. 조모가 칼을 짚고 꾸짖었다.

"나는 천자다! 너희들이 궁정으로 돌입하니, 그래 임금을 죽일 작정이냐!"

순간 천자 호위를 책임 맡은 금군(禁軍)들은 움직이질 못했다. 가충이 성제를 돌아보며 호령했다.

"사마공께서 뭣 때문에 너를 기르신 줄 아냐? 바로 오늘날 이 일을 위해서니라."

성제는 선뜻 창을 바로잡고 가충에게 물었다.

"그럼 죽여 버릴까요, 아니면 결박할까요?"

가충이 대답했다.

"사마공의 명령이시니 두말 말고 죽여라."

성제는 창을 꼬느어 들고 달려 들어가니 조모가 큰소리로 꾸짖었다.

"보잘것없는 놈이 감히 이렇게 무례하느냐!"

말이 끝나기도 전이었다. 성제는 단번에 조모의 앞가슴을 찔러 연에서 굴러 떨어뜨렸다. 그래도 모자란지 다시 창을 들어 내리찍었다. 창끝은 조모의 가슴을 통과하여, 등 뒤까지 뚫고 나왔다. 조모는 외마디소리도 지르지 못하고 연 옆에 쓰러져 죽었다.

가충의 보고를 받고 온 사마소는 크게 놀란 체하고 머리를 연에 짓찧으며 울었다. 잠시 후 모든 신하들을 궁전으로 들어오게 했다. 사마소가 목청을 높여 말했다.

"임금을 죽인 성제는 대역무도한 놈이다. 그놈의 삼족을 멸하여라!"

성제가 사마소를 극도로 저주했다.

"나는 아무 죄가 없다. 가충이 너의 명령이라고 하기에 죽인 것일 뿐이다. 그러니 너야말로 대역무도한 놈이 아니냐!"

사마소는 즉시 명령을 내려 성제의 혀를 잘랐다. 사마소는 다시 명령을 내려 왕경과 그 집안 식구들을 동시(東市)로 끌고 나가 죽였다. 사마소는 황제 위에 오르지 않았다. 조조처럼 자신의 아들을 황제로 만들 의도였던 것이었다. 이해 6월에 사마소는 조황(曹璜)을 황제로 삼고, 연호를 경원(景元)으로 바꾸었다. 조황은 이름을 조환(曹奐)이라 고쳤는데, 그는 바로 조조의 손자이며 연왕 조우의 아들이었다.

만사는 끝났도다! 촉의 멸망

위나라의 동정은 정탐병에 의해서 강유에게 보고되었다. 강유는 곧 위나라를 정벌하기 위해 기산으로 15만 군사를 출동시켰으나 등애의 방어막을 뚫지 못하고 한중으로 돌아왔다. 촉한 경요 5년(서기 262년) 겨울 10월 다시 30만 군사를 일으켜 기산을 노리는 척하면서 군사를 나누어 조양 땅으로 나아갔다.

등애와 강유 두 장수는 기산과 조양 두 곳을 오가며 전투를 벌였다. 강유는 조양 땅에서 하후패를 잃고 이번에도 뜻을 이루지 못하고 다시 돌아와야 했다. 황호의 농간으로 후주가 강유를 소환한 것이었다.

강유는 성도로 가 황호를 죽이려 했으나 후주의 제지로 뜻을 이루지 못했다. 성도 땅에 더 있다간 자신이 화를 당할지 모르는 일, 그래서 강유는 위나라와의 국경에 있는 답중 땅으로 가 둔전병(屯田兵: 평시에는 농사를 짓지만 전쟁 시에는 전투를 벌이는 병사)을 길렀다.

한편 사마소는 등애로부터 강유가 둔전병을 기르고 있다는 보고를 받고 종회를 불러 두 갈래로 강유를 치라고 했다. 종회는 진서장군(鎭西將軍)의 인수(印綬)를 받고 오를 친다는 명목으로 오나라와의 접경지대인 형주, 양주 등 다섯 지방에 영을 내려 큰 배를 만들라 하였다. 또한 이미 만들어 놓은 배를 징집했다.

사마소는 그 뜻을 모르고 종회를 불러 물었다.

"그대는 육로로 나아가서 서천을 취할 터인데, 배는 만들어서 뭣에 쓰려 하오?"

"촉이 만일 우리 대군이 쳐들어올 것을 안다면, 즉시 동오에게 구원을 청할 것입니다. 동오를 칠 듯이 하면서 촉을 치면 동오는 촉을 구원하지 못할 것입니다. 또한 촉을 격파하는 동안에 배가 다 만들어졌을 테니 동오를 치는 데 매우 유용하게 쓰일 것입니다."

사마소는 크게 만족했다. 드디어 위 경원 4년(서기 263년) 가을 7월 초사흘에 종회가 10만 대군을 거느리고 출발하니 사마소는 성 밖 10리까지 전송하고 돌아왔다. 이때 심복 소제(邵悌)가 조그만 소리로 사마소에게 말했다.

"이번에 주공께서 종회에게 촉을 치기 위해 10만 군사를 주신 것에 걱정이 앞섭니다. 왜냐 하면 종회는 원래 뜻이 크고 도량이 넓은 사람입니다. 그런 사람에게 큰 권력을 주면, 도리어 위험한 꼴을 당하는 수가 있습니다."

사마소가 웃으며 말했다.

"난들 그것을 어찌 모르겠는가!"

그러면서 걱정 없다는 듯이 다음과 같은 말을 했다.

"종회는 싸움을 두려워하지 않는 사람이다. 이런 사람이 이기기 마련이니 틀림없이 촉을 격파할 것이다. 그런데 촉이 무너지면 촉의 사람들은 슬픔과 절망에 빠질 것이다. 자고로 '싸움에 패한 장수는 용기를 말하지 않으며[敗軍之將 不可言勇],

망한 나라의 대신은 국가의 운명을 말하지 않는다[亡國之大夫
不可圖存].'고 했다. 그러므로 종회가 불측한 뜻을 품고 있다
할지라도, 촉 땅 사람들은 아무도 그를 돕지 않을 것이다. 또
우리 군사들은 이기면 반드시 귀환하려는 생각이 앞서서 종회
를 따라 반역하지 않을 것이니, 무엇을 염려할 것 있겠느냐. 이
일은 결코 딴 사람에게 누설하지 마라."

소제는 사마소의 식견에 감복하고 절했다. 종회가 출발하던
날, 모든 사람들이 종회를 칭찬하고 부러워하였는데, 상국참군
(相國參軍) 유실(劉實)만은 싸느랗게 비웃었다. 태위 왕상이 유
실에게 물었다.

"이번에 가는 종회와 등애 두 사람이 촉을 평정할 수 있을지
요?"

"틀림없이 촉을 격파할 것이오. 그러나 두 사람 다 돌아오지
못할 것 같소."

왕상이 그 까닭을 물으니, 유실은 계속 웃기만 하고 대답하
지 않았다.

한편 후주는 경요 6년에 연호를 염흥(炎興: 서기 263년)으로
바꾸고, 날마다 환관 황호와 더불어 궁중에서 놀며 즐겼다. 위
나라에서 등애와 종회가 쳐들어온다는 강유의 표문을 받고도
한다는 짓이 기껏 궁중에 무당을 불러 굿을 하는 일뿐이었다.
이 사이 위군은 성도를 향해 점점 가까이 다가오고 있었다. 등
애와 종회가 두 갈래로 쳐들어오니 강유 혼자서 답중에서 감
송, 감송에서 다시 강천, 음평교로 부지런히 뛰어다녔으나 역
부족이었다.

강유는 마침내 검각(劍閣) 땅까지 몰리게 되었다. 종회는 검각 땅 20리 앞에다 진을 쳤다. 이때 종회가 등애의 수하 장수 제갈서를 명령 불복종 죄로 참한다는 소식이 들려왔다. 등애가 이를 듣고 격분했으나 종회를 찾아가 의외의 제안을 했다.

"나는 음평 땅 좁은 길로부터 한중 땅 덕양정으로 빠져나가서 바로 성도를 기습하겠소. 그러면 강유는 반드시 군사를 거두어 구원하러 올 것이니, 그 기회에 장군은 검각을 점령하시오. 그러면 촉은 무너질 것이오."

종회가 매우 기뻐하면서 쾌히 승낙하고 술을 권했다. 등애가 떠나가니 종회가 말했다.

"사람들은 다 등애를 유능한 장수라 하더니, 오늘 내가 본즉 보잘것없는 인물이다."

모든 장수가 그 까닭을 물으니, 종회가 대답했다.

"음평 땅 좁은 길은 다 산이 높고 험악한 지대다. 만일 촉군이 백여 명만 그 험악한 요충지를 지키고 그 돌아갈 길을 끊어버리면, 등애의 군사는 다 굶어 죽었지 별도리 없으리라. 그러나 나는 정정당당히 큰길로 나아갈 것인즉 어찌 촉을 격파 못할까 걱정하리오."

그러나 종회의 예상은 빗나갔다. 누가 험준하기 이를 데 없는 음평관(陰平關)으로 쳐들어오겠냐는 방심에 후주 유선이 수비병을 철수시켜 폐쇄했는데, 이 허점을 등애가 노린 것. 결국 '적군이 들어올 곳은 음평관' 이라는 제갈량의 임종 시 예언이 들어맞게 되었다. 등애가 음평관을 넘어 들이닥치니 난데없이 나타난 적군에 놀란 부성과 강유성의 관리와 백성들은 싸움 한 번 해보지도 못하고 성을 나와 항복하고 말았다.

이 사실은 급히 성도에 보고됐다. 뒤늦게 사태를 파악한 후주는 제갈첨(諸葛瞻)을 불러들였는데, 그는 제갈량의 아들로 후주의 딸에게 장가들어 부마도위(駙馬都尉)의 벼슬에 있었다. 후주가 울면서 호소했다.

"등애의 군사가 부성까지 쳐들어왔다 하니 이곳 성도가 위기에 놓였다. 경은 선친을 생각해서라도 짐의 목숨을 구해 다오."

제갈첨이 또한 울며 아뢨다.

"신의 부자는 선제와 폐하로부터 깊은 은혜를 받았으니, 비록 '간과 쓸개가 땅에 흩뿌려질지라도[肝膽塗地]' 그 은혜 다 보답할 수는 없습니다. 성도의 군사를 다 거느리고 나가 목숨을 걸고 싸워 폐하를 구하리다."

제갈첨이 아들 제갈상(諸葛尙)을 선봉에 내세워 7만 군사를 이끌고 성 밖으로 나갔다. 그러나 제갈첨 부자의 충정도 쓰러져 가는 나라를 일으켜 세울 수 없었다. 면죽 땅에서 등애에게 패해 제갈첨은 자결했고, 아버지의 죽음을 바라보던 제갈상은 단신으로 나가 싸우다가 역시 적진에서 죽었다는 보고가 들어왔다. 잇따라 위군이 성도성 아래까지 쳐들어온다는 보고도 들어왔다.

여러 대신들의 의견이 분분했다.

"일단 남쪽으로 가 만병(蠻兵: 남만 오랑캐 군사)을 빌려 앞날을 도모하소서!"

"오는 우리와 동맹한 사이니 우선 오나라로 가십시오!"

초주가 간했다.

"천자가 다른 나라에 간다는 것은 신하가 된다는 뜻입니다. 오에 가서 신하 노릇을 하면 이는 첫 번째 굴욕이며, 만일 오가 위에 망하면 폐하는 다시 위에게 신하 노릇을 하셔야 하니, 그러면 두 번 굴욕을 당하는 셈입니다. 그러니 위에게 항복하소서. 위는 반드시 땅을 나누어 폐하께 줄 것입니다. 그러면 위로는 종묘를 지킬 수 있으며 아래로는 백성을 도탄에서 건질 수 있습니다. 폐하는 깊이 생각하소서."

이튿날도 신하를 모았으나 의견만 분분할 뿐이었다. 결국 초주의 상소를 받아들여 위에 항복하려는데, 다섯째 아들 유심(劉諶)이 나서서 말했다.

"성도에는 아직도 수만 군사가 있고, 검각에도 강유의 군사가 있습니다. 강유가 이 위기를 안다면 반드시 구원하러 올 입니다. 어찌 썩은 선비의 말만 믿고 선제께서 이루어 놓은 기반을 경솔히 버리려 하십니까?"

후주가 꾸짖었다.

"너 같은 어린것이 어찌 천명을 알리오."

유심이 머리를 조아리며 통곡했다.

"만일 형세와 힘이 다하여 큰 불행이 닥쳐오면, 마땅히 부자·군신이 성을 등지고 싸워 국가와 함께 죽어 선제[유비]를 뵙는 것이 옳거늘, 어찌 항복한단 말씀입니까?"

그러나 후주는 항서(降書)와 옥새 그리고 국가 문서를 초주를 통해 낙성에 있던 등애에게 바쳤다. 마침내 12월 초하룻날을 택해 항복하기로 한다는 소식을 듣고 유심은 분노를 참을 수 없어서 허리에 칼을 차고 궁으로 들어갔다. 남편이 자결하려는 뜻임을 알고 부인 최씨가 말했다.

"첩이 먼저 죽고 왕께서 죽어도 늦지는 않으시리다!"

"그대가 왜 죽으려 하오?"

"왕은 부친을 위해 죽고 첩은 남편을 위해 죽으니 그 뜻은 마찬가지라. 남편이 죽는데, 첩이 죽는 이유를 물으실 것 있나이까!"

최 부인은 말을 마치자 기둥에 머리를 짓찧어 쓰러져 죽었다. 이에 유심은 자기 아들 세 명을 죽이고, 아울러 아내의 목을 베고 소열묘(昭烈廟: 유비의 사당)에 가서 엎드려 피눈물을 쏟으며 스스로 목을 베어 죽었다. 후세 사람이 시를 지어 유심을 찬탄했다.

임금과 신하는 기꺼이 무릎을 꿇는데
한 아들이 홀로 슬퍼하고 애달파하도다
만사는 끝났도다, 서천의 일이여
씩씩하구나, 북지왕(北地王) 유심이여
몸을 버려 열조(烈祖) 유비에 보답하고
스스로 목을 쳐서 하늘에 울었도다
늠름하구나, 그 인물이 살아 있는 듯하니
한나라가 망했다고 누가 말할 수 있으리오

이튿날 후주는 태자와 모든 왕과 신하들 60여 명을 거느리고 면박여츤(面縛輿櫬: 항복과 사죄의 표시로 스스로 손을 묶고 관을 짊어지는 것)하면서 북문 10리 밖에 나가서 항복했다. 등애는 후주를 부축해 일으키고 친히 그 결박을 풀어 주며, 관

을 불태워 버리고 함께 수레를 타고 성도성으로 들어갔다. 등
애는 이날 후주를 표기장군으로 삼고 나머지 대신들에게 각기
지위에 따라 벼슬을 주었다. 그리고는 사신을 낙양으로 보내어
승리를 보고했다.
　이리하여 한나라는 완전히 망했던 것이었다. 이때가 염흥 원
년(서기 263년)이었다.

토끼 사냥이 끝나니
사냥개가 삶아지는구나!

후주 유선이 위나라 등애에게 옥새를 바치고 항복한 얼마 후, 검각 땅에 있던 강유는 후주 유선이 보낸 태복(太僕: 왕명을 전달하는 벼슬) 장현으로부터 유선의 마지막 칙명을 받게 되었다. '임금이 항복했으니 강유 또한 위군에게 항복하라.' 는 내용이었다. 강유는 너무나 놀라 대답도 못하였다. 장하(帳下)의 장수들은 이 일을 알자 일제히 원망하며 이를 갈고, 분노한 눈을 부릅뜨며 수염과 모발이 치솟으며 칼로 돌을 치고 큰 소리로 외쳤다.

"우리가 죽기를 각오하고 싸우는데, 어째서 먼저 항복했단 말이냐!"

통곡하는 울음소리가 수십 리에서 일어났다. 강유는 좋은 말로 위로했다.

"모든 장수는 근심하지 말라. 나에게 한나라 황실을 다시 일으킬 계책이 있도다."

강유가 항복하여 종회의 장막 안으로 들어갔다. 종회는 자리에서 내려와 맞절을 하고 강유를 상빈으로 대접했다. 강유가 종회에게 말했다.

"장군은 회남 땅 싸움 이래 계책을 쓰되 한 번도 실수가 없었소. 사마씨가 오늘날 성대히 일어난 것도 실은 다 장군의 힘이었소. 그래서 이 강유가 장군에게 진심으로 머리를 숙여 항복한 것이오. 만일 등애라면 목숨을 걸고 싸웠지 결코 이렇게 항복하지는 않았소.”

종회는 그 말이 어찌나 솔깃했는지, 마침내 화살을 꺾어 맹세하며 강유와 의형제를 맺었다. 종회는 강유와 나날이 친밀해지자, 강유에게 지난날의 군사를 도로 내줬다.

한편 성도성을 점령하여 우쭐해진 등애는 낙양의 사마소에게 서신을 보냈다. ‘자신의 공을 자랑하고, 종회를 시기하는 내용과 후주 유선을 지금 낙양에 보내면 민심이 좋지 않을지 모르니 내년 겨울에 보내기로 하고, 그동안은 부풍왕으로 봉하여 재물을 주는 것이 좋겠다.’는 내용이었다. 등애의 서신을 받아 본 사마소는 등애가 제 맘대로 일을 처리한다는 생각에 일단 불쾌했지만, 등애의 공을 인정하여 벼슬을 높여 태위(太尉: 병권 총책임자 벼슬)로 삼는다는 조서와 자신의 친서를 감군(監軍) 위관에게 주어 등애에게 보냈다. 그 친서는 다음과 같았다. ‘그대가 보낸 서신의 뜻은 잘 알겠으나, 일단 천자께 아뢰고 재가를 받아야 하니, 결코 맘대로 일을 하지 말라.’

사마소의 친서를 뜯어본 등애는 분노가 솟구쳤다.

“장수가 외방(外方)에 있을 때는 임금의 명령도 듣지 않는 법이다. 내가 천자의 칙명을 받아 싸워 이겼는데, 감히 누가 나의 행동을 막는단 말이냐!”

등애는 자기주장을 굽히지 않겠다는 서신을 다시 사마소에게 보냈다. 사마소는 등애의 서신을 읽고 등애를 이대로 두어서는 안 되겠다는 생각을 확고히 하게 됐다.

한편 종회에게는 사도(司徒: 교육과 민심 파악의 총책임자 벼슬)로 삼는다는 조서가 도착했다. 그런데 사도는 태위보다 낮은 벼슬이었다. 사마소가 등애와 종회를 서로 의심하고 견제하려는 계책이었다. 옆에 있던 강유가 가만히 있을 리 없었다. 은근히 종회의 불만을 부채질한 뒤 좌우 사람들을 물러나게 했다. 그리고 자신의 소매 속에서 지도 한 장을 내어 보이면서 속삭였다.

"옛날 제갈무후께서 초당(草堂)을 나올 때 먼저 이 지도를 선제께 바치면서 '익주 땅은 기름진 들이 천 리며 백성은 넉넉하고 나라는 부유하니, 패업(覇業)을 일으킬 수 있습니다.' 라고 말했다 합디다. 그래서 선제는 이 지도로 성도에서 창업의 기틀을 세웠던 것이오. 이제 등애가 이런 좋은 지역을 손아귀에 넣었으니 어찌 딴생각을 품고 미쳐 날뛰지 않을 리가 있겠소."

종회는 매우 기뻐하며 산천 형세를 물으니, 강유가 지도를 가리키며 일일이 대답했다. 종회가 또 물었다.

"등애를 없애 버리자면 어떤 계책을 써야 하겠소?"

강유가 대답해 주니 종회는 강유의 말대로 낙양에 표문을 보냈다. 등애가 반역할 기미라는 내용이었다. 뿐만 아니라 종회는 등애의 표문을 도중에서 빼앗고, 등애의 필적을 본떠 오만불손한 내용으로 바꾸어 보냈다.

등애의 표문을 받아 본 사마소는 즉시 종회에게 등애를 치라는 영을 내리고, 가충으로 군사 3만 명을 주어 사곡으로 나아가라 하고, 자신은 직접 위주 조환(曹奐)과 함께 출정할 준비를 서둘렀다. 소제(邵悌)가 간했다.

"종회의 군사는 등애의 군사보다도 여섯 배나 많습니다. 종회를 시켜 등애를 쳐도 충분한데, 하필이면 주공께서 직접 가려 하십니까?"

사마소가 웃었다.

"종회가 결국은 반역할 것이라고 네가 말한 것을 잊었느냐. 내가 이번에 가는 것은 등애가 아니라 종회 때문이니라."

소제도 또한 웃었다.

"저는 주공께서 혹 잊었을까 걱정이 되어서 한 번 물어 본 것뿐입니다. 절대 누설되지 않게 은밀히 하소서."

한편 성도성에선 등애 부자가 결박당해 있었다. 잠자고 있는 사이에 종회의 부하 위관(衛瓘)에게 꼼짝없이 사로잡히고 만 것이었다.

종회는 등애 부자를 낙양으로 보내고, 등애의 소속이었던 군사와 군마를 모조리 장악하니, 그 위엄이 크게 떨쳤다. 종회가 강유에게 말했다.

"오늘에야 비로소 내 평생소원이 이뤄졌도다!"

강유가 속삭였다.

"옛날에 한신(韓信: 한나라 개국공신으로 나중에 고조에 의해 죽음을 당함)은 자신의 모사 괴통(蒯通)이 거사하라고 했으나 그의 말을 듣지 않다가, 마침내 미앙궁에서 여태후(呂太后)의 손에 죽음을 당했소. 또 월나라 문종(文鍾: 전국시대에 구천을 도와 오를 격파했으나 결국 구천에게 죽음을 당함)은 범려(范蠡: 월왕 구천을 도와 오나라를 무너뜨린 뒤 스스로 몸을 숨겼음)를 따라 오호(五湖)로 떠나가지 않았기 때문에 결국 죽음을 당했소. 그들 두 사람은 큰 공로를 세웠건만, 이해에 밝지 못하고 사태를 관찰하는 눈이 빠르지 못해서 원통한 죽음을 당한 것이오.

그런데 이제 귀공은 큰일을 성취하여 그 위엄이 주인보다도 더하거늘, 어째서 모든 벼슬을 버리고 아미산에 올라가 옛 적 송자(赤松子: 한신 등 창업 공신들이 잇따라 죽음을 당하자 고조의 의심을 피해 산속에 들어간 사람)처럼 유유자적 거닐지 않소?"

종회가 웃었다.

"그대 말은 옳지 않다. 내 나이 마흔도 안 됐으니, 앞으로 더 나아가야지 어찌 은퇴하여 한가한 일을 하리오."

"은퇴할 생각이 없다면 빨리 좋은 계책을 도모하시오. 그만한 것은 총명한 귀공께서 능히 할 수 있는 일이니, 이 늙은 사람은 더 이상 잔소리를 않겠소이다."

종회는 연방 손바닥을 쓰다듬으며 껄껄 웃었다.

"그대가 내 맘을 아는도다!"

강유는 종회와 함께 거사하기 위해 날마다 상의했다. 그러는 한편 비밀리에 후주에게 글을 보냈다. 며칠만 굴욕을 참으면 이 강유가 망해 가는 사직을 다시 일으키겠다는 내용이었다.

그러나 강유의 이 계획은 실현되지 못했다. 종회가 강유의 계책대로 부하들에게 가짜 곽 태후의 조서를 보여 주면서 역적 사마소를 치기 위해 나서라고 해도 따라 주는 자는 없었다. 칼로 위협해도 마찬가지였다. 할 수 없이 부하들을 일단 옥에 가두었다. 강유가 그들을 구덩이에 생매장시켜 죽이려고 했는데,

갑자기 가슴이 쑤시고 아파서 쩔쩔매더니 그만 땅바닥에 쓰러져 기절했다. 주위 사람들이 급히 부축해서 일으키니 반 식경이나 지나서야 겨우 깨어났다. 이때 궁 밖에서 반역 사실을 안 군사들이 들이닥치니 종회는 몇 번 반항하다 화살에 맞아 쓰러졌다. 강유는 칼을 뽑아 정전 위에서 이리 뛰고 저리 뛰며 닥치는 대로 쳐 죽이는데, 점점 가슴이 쑤시고 아파서 하늘을 우러러 크게 외쳤다.

"나의 마지막 계책이 성공하지 못한 것은 바로 하늘의 뜻이로다!"

하고 마침내 칼로 자기 목을 쳐서 죽으니, 이때 그의 나이 59세였다.

한편 낙양으로 끌려가던 등애도 면죽 땅에서 위관의 부하에게 죽음을 당하고 말았다. 만약 등애가 낙양에 가 무죄임이 밝혀지면 위관이 등애에게 죽음을 당할 것은 뻔한 일, 그래서 위관은 심복을 시켜 등애뿐만 아니라 그 아들 등충도 죽이고 말았다.

이후 성도에서 군사들과 백성들 간에 한 차례 혼란이 있었지만 가충이 진압하였다. 그는 위관에게 성도를 지키도록 하고, 후주를 낙양으로 압송해 갔다. 후주를 따르는 사람은 상서령 번건과 시중 장소, 광록대부 초주, 비서랑 극정 등 몇 사람뿐이었다. 요화와 동궐은 병들었다고 핑계를 대며 몸져누웠다가 그 후 울화병으로 죽었다. 이때가 위나라 경원 5년(서기 264년)이었는데, 다시 함희(咸熙) 원년으로 연호를 바꿨다.

위나라, 사마씨의 진(晋) 나라가 되다

사마소는 후주 유선을 안락공(安樂公)으로 봉했고, 그 아들 유요(劉瑤)와 지난날 촉나라 신하였던 번건, 초주, 극정 등을 모두 후작에 봉했다. 망국의 임금이 최후의 용틀임을 할 법하건만 사마소는 후주가 융통성이 없고 꽉 막혀서 거짓말도 할 줄 모르는 변변치 않은 인물임을 알고 죽이지 않았다.

조정 대신들은 사마소가 촉을 평정했으니 그를 왕으로 높여야 한다는 표문을 위주(魏主) 조환에게 올렸다. 이때 조환은 명색만 천자일 뿐 아무런 뜻도 펴지 못했고, 정치는 사마씨 맘대로 하는 판국이라 감히 거부할 수 없어 진공(晋公) 사마소를 진왕(晋王)으로 봉하고, 죽은 그 아비 사마의를 선왕(宣王)으로, 역시 죽은 형 사마사를 경왕(景王)으로 높였다.

사마소에게는 두 아들이 있었다. 큰아들 사마염(司馬炎)은 일어서면 머리카락이 땅에까지 드리워지고, 두 손은 무릎 밑까지 닿고, 총명하고 영특하고 대담해서 그 도량이 비범했다. 작은아들 사마유(司馬攸)는 성격이 온화하고 공손하며, 검박하고 효성과 우애가 지극했다. 그래서 사마소는 작은아들을 더 사랑했고, 입버릇처럼 '천하는 바로 이 아이의 소유가 될 것이다.'라고 말하며 사마유를 세자로 세울 뜻을 여러 번 비쳤다.

　그러나 신하들의 의견은 하나같이 사마염을 세자로 삼아야
한다는 것이었다.

　"옛날에 동생을 세웠다가 국가가 혼란한 적이 많았으니, 전
하는 깊이 생각하소서."

　이 말에 사마소의 마음이 흔들려 마침내 큰아들 사마염을 세
자로 책봉했다. 어느 날 사마소가 갑자기 중풍증에 걸려 말도
못하다가 겨우 손을 들어 사마염을 가리키고는 죽었다. 이날
사마염이 즉시 진왕(晉王)의 위에 오르고, 죽은 사마소를 문왕
(文王)으로 높여 장사 지냈다. 사마염이 가충과 배수를 궁으로
불러들여 물었다.

　"과인의 부왕(父王)은 조조와 비교할 때 어떠한가?"

　가충이 대답했다.

　"조조는 비록 그 공로가 천하를 덮고 아래론 백성들이 그 위
엄을 두려워했으나, 아무도 그 덕을 느끼지 못했습니다. 그 아
들 조비는 창업을 계승했으나 부역(賦役)이 과중했고, 전란으
로 동분서주하기에 바빴으니 어느 해건 천하가 편한 날이 없었
습니다. 그러나 우리 선왕[사마의]과 경왕[사마사]께서 누차 위
대한 공로를 세워 은혜를 펴고 덕을 베푸시니 천하의 인심이
돌아온 지 오래며 더구나 문왕[사마소]으로 말하자면 서촉을
평정하여 그 공로가 천하를 덮었으니, 어찌 조조 따위와 비교
하리까."

　사마염이 단호히 말했다.

　"조비 따위도 한나라의 뒤를 이어받았는데, 과인인들 어찌
위의 왕통을 계승하지 못할 것 있으리오!"

가충과 배수가 두 번 절하며 아뢨다.

"전하께서는 마땅히 조비가 한나라를 계승한 옛일을 본받아, 다시 수선대(受禪臺)를 쌓고 천하에 포고하시어 대위에 오르소서!"

사마염은 크게 흐뭇해했다. 이튿날 허리에 칼을 차고 대궐로 들어갔다. 조환은 사마염이 들어오는 것을 보고 용상에서 앉아 있다가 황망히 내려와 영접했다. 사마염이 용상에 앉더니 물었다.

"위나라의 천하는 다 누구의 힘으로 유지되고 있습니까?"

"진왕(晉王)의 부친과 조부(祖父)께서 주신 바요."

사마염이 웃었다.

"폐하의 문(文)은 능히 도를 논할 만한 수준이 못 되며, 무(武)는 능히 국가를 경영할 만한 수준이 못 되는데, 어째서 재능과 덕을 겸비한 사람에게 자리를 양도하지 않소?"

조환은 너무 놀라 입을 다물며 감히 아무 말도 못했다. 곁에서 황문시랑(黃門侍郎: 임금의 시종관) 장절(張節)이 꾸짖었다.

"진왕의 말은 잘못이다. 옛날에 위 무조황제[조조]께선 동서남북을 쳐서 이 천하를 어렵게 얻은 것이오. 더구나 오늘날 천자께서는 덕이 있고 아무 죄도 없거늘, 어찌 남에게 양도하란 말이냐!"

사마염이 벌컥 화를 냈다.

"이 나라 사직은 바로 대한(大漢)의 사직이었다. 조조가 천자를 끼고 천하를 호령하다가 마침내 스스로 위왕이 되어 한나라 황실을 빼앗은 것이며 그것도 나의 조부, 부친 3대께서 위를 보좌하여 얻은 것이다. 오늘날 천하를 유지하고 있는 것은 결코 조씨의 힘이 아니며, 실로 우리 사마씨의 힘이란 것은 온 세상이 다 아는 바다. 그런데 내가 왜 위의 천하를 계승하지 못하겠느냐?"

장절이 단호히 말했다.

"그 따위 짓은 나라를 빼앗는 역적질이 아니고 무엇이냐?"

사마염은 노기충천했다.

"어쨌든 나는 한나라의 원수를 갚아 주려는 것이다."

사마염은 곧 무사들에게 명령하여 그 자리에서 장절을 몽둥이로 마구 패 죽였다. 조환이 무릎을 꿇고 울면서 고했지만, 사마염은 벌떡 일어나 정전 밖으로 나가 버렸다. 조환이 가충과 배수에게 물었다.

"이 일을 어찌하면 좋은가?"

사마염의 충복 가충이 조환을 위해 좋은 말을 해줄 리 없었다. 수선대(受禪臺)를 쌓고 대례를 갖추어 사마염에게 황제 위를 양도하라는 말뿐이었다. 12월 갑자일이었다. 진왕 사마염이 수선대에 올라가서 대례를 받고, 조환은 수선대에서 내려와 관복을 입고 문무백관의 맨 앞에 섰다. 그러자 가충과 배수가 칼을 잡고 조환에게 '두 번 절하고 땅에 엎드려 명령을 들으라.' 했다. 가충이 사마염의 명령을 전했다.

"한나라 건안(建安) 25년(서기 230년)에 위가 한으로부터 천하를 양도받은 지도 이미 45년이 지나 마침내 천명이 진에 돌아왔다. 사마씨의 공덕은 더욱 높고 높아 하늘과 땅에 가득하여 황제의 대위에 나가 위의 통치를 잇는 바, 오늘 그대를 진류왕으로 봉하나니 금용성에 가서 살되, 천자의 조서가 내리지 않는 한 결코 도성으로 들어오지 말라.”

　조환은 슬피 울며 감사하고 떠났다. 이날 문무백관들은 대 아래에서 두 번 절하고 크게 만세를 외쳤다. 사마염은 위를 이어받아 국호를 대진(大晉)이라 하고, 연호를 태시(太始)로 바꾸고, 천하에 대사면령을 내렸다. 이리하여 위는 마침내 망했던 것이었다. 이때가 서기 265년의 일이었다.

천하대세는 나뉜 지 오래면 반드시 합쳐진다

손휴는 사마염이 위의 제위를 빼앗아 차지했다는 보고를 받자, 머지않아 그들이 오로 쳐들어올 것을 근심하던 나머지 병이 들어 눕게 되었다. 자신의 죽음을 예감한 손휴는 승상 복양흥(濮陽興)을 불러들이고, 태자 손만(孫曼)을 나오라 하여 복양흥에게 절을 시켰다. 그런 뒤에 손휴는 복양흥의 팔을 잡고 손으로 손만을 가리키면서 죽었다. 즉 승상 복양흥에게 태자를 부탁한다는 뜻이었다.

그러나 손만은 손휴의 뒤를 잇지 못했다. 너무 어리다는 것을 트집 삼아 좌전군(左典軍) 만욱, 좌장군 장포가 오정후(烏程侯) 손호(孫晧)를 밀었던 것이었다.

오나라 임금이 된 손호의 자는 원종(元宗)으로 손권의 태자 손화의 아들이었다. 동오도 천명이 다했는지 황제가 된 손호는 날로 횡포가 심하고 술과 여색에 빠져, 중상시 잠혼(岑昏)만 총애했다. 복양흥과 장포가 간하자, 손호는 두 사람을 참하고 그 삼족까지 몰살했다. 이때부터 조정의 신하들은 다 입을 봉하고 다시는 간하는 자가 없었다. 승상 육개의 상소문엔 이맛살을 찌푸릴 뿐이었다.

손호의 눈에는 조정 중신도 부역꾼밖에 보이지 않았다. 소명궁(昭明宮)을 짓는데, 문무 고관들에까지지도 각기 산에 들어가서 좋은 나무를 골라 베어 오라고 했다. 또한 술객(術客) 상광의 점괘에 흥분하여 위나라를 정벌하겠다고 했다. 이에 중서승(中書丞) 화핵(華核)이 간했다.

"촉주는 성도를 지키지 못해서 사직이 무너졌습니다. 사마염은 반드시 우리 동오로 쳐들어올 것입니다. 폐하께서는 이곳에서 덕을 닦아 민심을 헤아려 주시는 것이 무엇보다도 상책입니다. 만일 무리하게 군사를 동원하면 이것은 마치 삼베 옷 차림으로 타오르는 불을 끄려는 것과 같아서, 도리어 자기 몸을 불태울 것입니다. 그러니 폐하께서는 깊이 통촉하소서."

손호가 버럭 화를 냈다.

"짐이 대업을 성취하려는 마당에 어찌 재수 없는 말을 하는가. 지난날의 공을 참작하지 않았다면 당장에 네 목을 참하라 호령할 것이다."

무사에게 화핵을 끌고 나가라고 했다. 화핵은 길게 탄식했다.

"아깝고 아깝구나! 이 아름다운 강산이 머지않아 남의 손에 들어가겠구나!"

그 후 화핵은 은거하여 다시는 세상에 나오지 않았다.

한편 오나라와 진(晋) 나라의 접경지대인 양양을 지키는 두 장수는 육손(陸遜)의 아들 육항(陸抗)과 사마염의 충신 양호(羊祜)였다. 적장 관계인 그들이었지만 사냥터에서 서로의 얼굴을 본 뒤 인간적인 신뢰가 쌓이게 되었다. 이때 손호가 보낸 칙사가 왔다.

"천자께서 장군께 먼저 공격하라는 칙명을 내리셨습니다."

육항이 그 말을 듣고 말했다.

"너는 먼저 돌아가거라. 내 곧 표문을 지어 상소하리라."

육항은 곧 표문을 지어 건업으로 보냈다. 손호가 육항의 상소문을 뜯어보니 진나라를 칠 수 없는 이유가 자세히 적혀 있었다. 게다가 전쟁에 골몰하기보다는 덕을 닦고 형벌을 줄이며 국내를 편안히 하도록 힘쓰시라는 권고가 적혀 있었다.

손호는 상소문을 내던지며 말했다.

"육항이 국경에서 적과 내통한다는 말이 과연 사실이구나!"

손호는 곧 사람을 양양으로 보내 육항의 병권을 거두고, 사마(司馬) 벼슬로 강등시킨 뒤 좌장군 손기에게 육항의 군사를 통솔하게 했다. 아무도 감히 이 일을 간하는 자가 없었다.

양호는 육항이 파직당하고 손호의 민심이 땅에 떨어졌다는 사실을 보고받았다. 이제야 오를 칠 때가 됐다 하여 마침내 낙양으로 표문을 보냈다.

사마염은 양호의 표문에 동감하여 즉시 군대를 동원시키려고 했다. 그러나 가충, 순훈, 풍통 세 사람이 극력 간해 양호의 뜻은 이뤄지지 않았다. 이에 양호는 병을 조섭한다는 핑계로 낙양에 돌아갔다. 이해 11월에 양호는 큰 병이 들었다. 사마염은 어가를 타고 직접 양호의 집으로 문병 가서 병상 앞에 이르렀다. 양호가 눈물을 흘렸다.

"신은 만 번 죽는다고 해도 폐하의 은덕에 다 보답하지 못하리다."

사마염 또한 울었다.

"짐은 경이 건의한 대로 오를 치지 않았던 일을 후회하고 있소. 경의 뜻을 이어받을 사람이 누가 있겠는가?”

양호가 눈물을 머금고 말했다.

“우장군 두예(杜預)가 이 일을 틀림없이 해낼 것입니다.”

“착한 인물과 어진 인재를 추천하는 것은 자고로 아름다운 일이로다. 경은 짐에게 사람을 천거하면서도 어찌하여 그대 생각은 말하지 않는가?”

“조정에서 벼슬을 받은 몸이기에 개인적인 생각을 말씀 드려 그 은덕을 훼손시키고 싶지는 않습니다.”

양호가 숨을 거두자 사마염은 대성통곡했다. 궁으로 돌아간 사마염은 양호의 유언대로 두예를 진남대장군(鎭南大將軍)으로 삼아 동오를 치게 했다.

두예는 원래 사무에 숙달되고 노련한 데다가, 평소 학문을 매우 좋아해서, 특히 공자의 〈춘추〉를 해석한 좌구명(左丘明)의 〈춘추전〉을 애독했다. 그는 밤낮으로 〈좌씨춘추전〉을 곁에 두었으며, 출입할 때면 반드시 아랫사람에게 들려 말 앞에 세우고 다녔기 때문에, 그 당시 사람들은 그에게 ‘좌전벽(左傳癖)’이라는 별명까지 붙여 줬다.

두예는 과연 사마염과 양호의 기대를 저버리지 않은 장수였다. 오나라 강릉에 당도하여 수륙 대군을 동시에 거느리고 나아가서 오나라 장수 손흠, 육경, 오연을 차례로 죽이고 강릉 땅을 완전히 점령하였다. 이에 원(沅)과 상(湘: 둘 다 洞庭湖로 들어가는 큰 강) 일대로부터 바로 황주(黃州)에 이르기까지의 모든 고을의 수령들은 싸우기도 전에 인수(印綬)를 바치며 항복했다. 두예는 다시 전진하여 무창 땅을 공격하여 항복을 받았

다. 이제 건업 땅을 점령하면 천하통일 대업이 이뤄지는 것이
었다. 이때 호분이 말했다.

"백년 적군을 하루아침에 다 항복받을 수 없습니다. 요즘 한
창 봄물이 불어나니 오래 머물 수도 없으니 겨울이 되기를 기
다려 다시 공격하기로 합시다."

두예가 대답했다.

"옛날에 악의(樂毅: 전국시대 연나라 장수)는 제수 서쪽에서
일대 결전을 벌여 강적 제(齊) 나라를 평정했다. 이제 우리 군
사는 '대쪽을 쪼개는 기세[破竹之勢]' 로 그냥 쳐들어가기만 하
면, 적군은 저절로 무너질 것이니 공격할 필요도 없을 것이다."

마침내 각 방면의 장수에게 격문(檄文)을 보냈다.

"일제히 건업 땅으로 총공격하라!"

두 갈래로 나누어 큰 강을 따라 공격하는 진나라의 수군은
가는 곳마다 승리를 거두었다.

한편 동오의 승상 장제(張悌)는 좌장군 심형(沈瑩)과 우장군
제갈정(諸葛靚)에게 진나라 군사를 맞아 싸우게 했다. 그런데
강을 타고 내려오는 위군을 바라보니 도저히 대적할 수 없는
기세로 쳐들어오는 것이었다. 심형과 제갈정이 곧 장제에게 돌
아가 전황을 보고하자 장제가 말했다.

"국가가 망하려고 하는데, 군신(君臣)이 모두 항복하려고만
하고 국난과 함께 죽으려고 하는 사람이 하나도 없다는 것은
국가의 수치다!"

그러자 제갈정이 한마디 했다.

"국가의 존망은 천수(天數)에 있는 것이지 일개인이 지탱할

수 있는 것은 아닙니다. 그런데 괜히 목숨을 내놓을 필요 있겠습니까?"

장제가 다시 말했다.

"나는 어려서부터 오나라의 녹(祿)을 먹어 지금 승상의 지위에까지 올랐으니 마땅히 오나라와 함께 운명을 같이해야 한다. 어찌 목숨을 빌어 후대에 불의지명(不義之名)을 남기겠는가!"

마침내 장제와 심형은 군사를 거느리고 가서 싸우다가 적진 속에서 죽고 말았다.

진나라 군사는 우저(牛渚) 땅을 완전히 점령하여 오나라 안 깊숙이까지 쳐들어갔다. 오나라 사람들은 진나라 깃발을 바라만 보고도 항복했다. 손호는 군사들이 힘없이 무너진다는 보고가 잇따라 들어오자 대경실색했다. 모든 신하가 고했다.

"북쪽 군사가 점점 눈앞에 나타나는데, 우리의 군사와 백성들은 싸우지도 않고 항복하니, 장차 어찌하렵니까?"

손호가 되물었다.

"왜 싸우지 않는다더냐?"

"폐하, 오늘날 이렇게 된 것은 다 잠혼의 죄이니 그를 죽이소서. 그러면 신들이 성 밖에 나가서 목숨을 걸고 싸우겠습니다."

"한낱 환관 따위가 어찌 나라를 망칠 수 있겠는가. 그런 말 마라."

모든 대신이 크게 외쳤다.

"폐하는 촉을 망친 자가 환관 황호라는 것을 잊으셨습니까?"

대신들은 일제히 궁 안으로 몰려 들어가서 잠혼을 난도질하여 죽이고, 그 살을 씹었다. 그런 후 도준(陶濬)이 말했다.

"제게 군사 2만과 큰 배를 주시면 적을 물리칠 수 있습니다."

손호는 도준에게 어림군(御林軍)을 내주어 적을 상류에서 격퇴하라 하고, 전장군 장상(張象)에겐 수군을 거느리고 하류에서 적군을 격퇴하라고 명령했다. 두 장수가 군사를 출동시키려고 할 때 갑자기 서북풍이 크게 불었다. 오나라의 모든 깃발은 다 배 안으로 거꾸로 넘어져 박혀 버렸다. 이 광경을 본 군사들은 불길한 생각이 들어 사방으로 흩어져 달아났다. 남아서 장상을 따르는 군사는 겨우 수십 명이었다.

오나라 성도 곧 함락되었다. 장상이 투항하니 왕준(王濬)이 그를 길잡이로 삼아 손쉽게 석두성(石頭城)으로 들어갈 수 있었던 것이었다. 손호는 스스로 칼을 뽑아 자살하려 들었다. 중서령(中書令) 호충과 광록훈(光祿勳) 설형이 아뢨다.

"폐하는 어찌하여 안락공이 된 촉주 유선을 본받지 않으십니까?"

손호는 이 말을 좇아 면박여츤(面縛與櫬: 죄인임을 인정하는 태도로 스스로 손을 묶고 관을 짊어지는 것)하면서 문무 대신들을 거느리고 왕준을 찾아가 항복했다. 왕준은 그 관을 불 질러 버리고, 결박을 풀어 주며 왕에 대한 예의로 손호를 대우했다. 사태가 이 지경이 되니 오나라 도준의 군사는 싸우지도 않고 무너졌다.

이튿날 두예가 당도하여 삼군을 대대적으로 호궤(犒饋: 군사에게 음식과 상을 주어 위로하는 것)한 다음, 곳간의 곡식을 내어 오 땅 백성들에게 주어 민심을 달랬다.

왕준은 군사를 거느리고 낙양으로 개선했다. 왕준을 따라온 손호가 정전에 올라가 진나라 황제를 뵈었다. 진제(晋帝) 사마염이 앉을 자리를 정해 주고 말했다.

"짐은 이 자리를 마련해 놓고 경을 기다린 지 오래노라."

손호가 대답했다.

"신도 남방에서 또한 이런 자리를 마련해 놓고 폐하를 기다렸소이다."

진나라 황제가 크게 웃었다. 가충(賈充)이 손호에게 물었다.

"듣건대 그대는 남방에서 사람의 눈알을 뽑고 '얼굴 가죽을 벗겼다는데[剝面皮]', 그건 어떤 죄에 쓰는 형벌이냐?"

"신하로서 임금을 죽이거나 또는 간특하고 교활하며 충성이 없는 자에게 그런 형벌을 내렸을 뿐이다."

"……."

가충은 부끄러워서 아무 말도 못했다. 가충은 위를 배반하고 진을 위해 충성한 사람이었다.

진나라 황제는 손호를 귀명후(歸命侯)에 봉하고, 그 아들과 손자를 중랑(中郎)으로 삼고, 오의 대신들을 모두 열후로 봉했다. 이때부터 삼국은 다 진제(晋帝) 사마염에게로 돌아갔으며, 천하는 하나로 통일됐다. 이른바 천하대세는 '합한 지 오래면 반드시 나뉘며, 나뉜 지 오래면 반드시 합쳐진다[合久必分 分久必合].'는 바로 그것이었다.

그 후 촉주 유선은 진나라 태시(泰始) 7년(서기 271년)에 세상을 떠났고, 오주 손호는 태강(太康) 4년(서기 283년)에 세상을 떠났고, 위주 조환은 태안(太安) 원년(서기 302년)에 세상을 떠났다. 〈누구나 한 번은 꼭 읽어야 할 삼국지〉 끝

〈삼국지〉 편역을 끝내면서

　어떤 학생은 〈삼국지〉를 읽고서 논술시험을 무난히 치러 명문대에 합격했다고 한다. 어떤 노년은 인생의 참맛을 알려면 〈삼국지〉를 읽어야 한다며 자신은 열댓 번 읽었고, 또 지금도 〈삼국지〉를 읽는 중이라고 한다. 청소년이고 성년이건 가리지 않고 〈삼국지〉를 꼭 읽어야 한다고 한다. 왜 〈삼국지〉가 이 시대에 강조되는가.

　유비를 유교를 상징하는 인물로, 조조를 법가를 상징하는 인물로 평하는 사람도 있다. 유비를 정도를 추구하는 군자로 조조를 출세 지향적인 간웅으로 평가하더니, 이제는 그와 반대로 유비를 '쪼다' 조조를 '불세출의 영웅'으로 하는 새로운 평이 설득력 있게 받아들이는 세태다. 엄연히 역사에서도 한나라의 정통성을 잇는 나라는 유비의 촉나라가 아니라 조조의 위나라로 기록되고 있는 것이다.

　사실 유비의 '어짊'과 '겸손'은 공자의 인(仁)과 예(禮)를 흉내 낸 것에 불과하다. 속을 들여다보면 그의 인과 예는 계산된 어짊과 겸손이어서 공자의 철학을 천박한 처세술로 떨어뜨린 감이 있다.

또한 제갈량도 마찬가지다. '칠종칠금(七縱七擒)'은 제갈량의 신출귀몰한 전법 하면 첫째로 떠올리게 되는 것인데, 그의 죽음과 촉나라의 멸망은 사실 이 '칠종칠금'에서 비롯된 것이라 할 수 있다. 남만 정벌에 쓸데없이 힘을 소비하는 바람에 정작 대적해야 할 위나라와의 결투에서 졌기 때문이다. 그의 신출귀몰하다는 병법도 그 속을 들여다보면 '매복'과 '기습' 이 두 가지로 집약되는 것이다. 하긴 약자가 강자를 정공법으로 대적하기에는 힘이 부치기 때문에 병법이라곤 이런 변칙밖에 없었으리라.

어쨌건 제갈량은 패자(敗者)이다. 제갈량의 병법이 아무리 신출귀몰하여 위나라와 오나라를 마음껏 농락했다 해도 그것은 승부와 관계없는 싸움이었으며, 그는 승부를 결정짓는 최후의 전투에서 진 패배자였다.

그렇다면 왜 〈삼국지〉를 읽고, 왜 〈삼국지〉가 이 시대에 강조되고 있는가. 자라나는 청소년들에게 매복과 기습, 아니면 음모와 술수, 이런 것들을 배우라고 〈삼국지〉를 읽어야 한다고 하는가. 아니다.

또한 현실의 삶에서 배신과 음모, 치욕과 좌절 이런 것들을 겪게 되면 아물기 어려운 상처를 입게 되니까 미리 〈삼국지〉를 통해 간접 경험을 하여 면역성을 기르기 위해 〈삼국지〉를 읽어야 된다고 하는가. 아니다.

어쩌면 삶은 승리보다는 패배가 더 많고 영광보다는 좌절이 더 많은 것인지도 모른다. 그런데 패자에게 주목하여 〈삼국지〉만큼 큰 감동과 재미를 준 소설이 있었는가. 어디 패자들의 사적인 사연에 '도원결의(桃園結義)'라는 큰 의미를 부여하고, 사마의에게 패하여 죽은 제갈량을 '죽은 공명이 산 중달을 달아나게 했다.'는 장엄한 후일담을 만들어 범접할 수 없는 영웅으로 만든 소설이 어디 있는가.

영광과 승리에 주목하다 보면 약자와 패자들의 치욕스런 삶에 냉소를 보내거나 그들의 사연에 각박해지게 마련이다. 이 글에는 영웅뿐만 아니라 이름 없는 필부필부(匹夫匹婦)들의 충성과 절개도 빠지지 않고 소개했다. 그것은 과거의 삶뿐만 아니라 현재와 미래의 삶 역시 영웅 한 사람이 주인공이 되어 움직이는 것이 아니라 필부필부들의 알려지지 않은, 착하고 용감한 행동에 의해서 움직인다는 편역자의 소박한 믿음과 희망 때문이다.

〈삼국지〉를 통해서 인생의 폭을 넓혔다거나, 인생을 한층 더 깊이 바라보게 되었다는 것도 좋다. 그러나 인생에 있어서 중요한 것은 계산된 사랑, 사랑 속의 증오 이런 천박한 처세술이 아니다. 중요한 것은 정공법이며 그리고 수식되지 않는 사랑이다. 〈삼국지〉를 통하여 패자들의 좌절과 치욕스런 삶에 대해 이해와 아량이 생겨났다고 한다면 편역자로서는 더 바랄 것이 없다. 아마 패자의 삶을 〈삼국지〉를 통하여 영웅들의 삶으로 화려하게 부활시킨 나관중의 의도도 여기에 있지 않을까.

2010년
편역자 이항규 · 남종진 識.

〈삼국지〉에 나오는 고사성어

논술 등의 글쓰기에 깊이 있는 문장을 만들기 위한,
일상 언어생활의 품격 있는 대화에 도움을 주는,
필수 고사성어와 한문 기본 문장

〈三國志〉 원전에는 '고사성어(故事成語)의 보고(寶庫)'라 할 만큼 고사성어가 많이 나와 있다. 제갈량이 수하 장수 마속을 일벌백계 차원에서 울면서 베었다는 '읍참마속(泣斬馬謖)', 조조의 과욕(過慾)과 관계된 즉 동천을 정벌하고 서천 땅까지 손에 넣으려는 일에서 유래된 '득롱망촉(得隴望蜀)'과 '계륵(鷄肋)'과 같은 고사성어도 나와 있다. 뿐만 아니라 이미 삼국시대 이전 하·은·주(夏·殷·周) 시대의 폭군 걸왕과 주왕의 음탕무도성에서 유래된 '주지육림(酒池肉林)'과 '포락지형(炮烙之刑)' 같은 고사성어도 나와 있다.

〈三國志〉의 등장인물들은 고사성어를 만들어 낸 주인공이기도 하지만 과거의 고사성어를 대화에 인용하고 작전에 활용하여 때로는 상대를 감동시키는가 하면 때로는 적을 함정에 빠트려 자신의 목적을 달성했다. 사도 왕윤이 동탁과 여포를 이간질시키려고 초선이라는 미인을 이용했다는 '미인계(美人計)'는 춘추시대 월왕 구천이 오왕 부차를 속이기 위해 사용한 '미인계'를 활용한 계책이었던 것이다.

편역자는 〈三國志〉에 나오는 수많은 고사성어 중에서 일반인들의 상식 함양과 중고등 학생들의 한문과 논술 학습용으로 꼭 알아두어야 할 중요한 고사성어를 본문과 연계시켜 가나다 순으로 소개한다. 아울러 한문 해석에 있어서 꼭 알아야 할 기본적이고도 중요한 문장들을 소개한다. 한자교육과 논술교육이 나날이 강화되는 시점에서 기본적인 한문 문장과 고사성어에 대한 지식은 필수이다. 아무쪼록 한문 기본 문장과 고사성어를 논술 등의 글쓰기에 적절히 인용하여 깊이 있는 문장을 완성하기를 바라고, 일상의 언어생활에서 적절하게 활용하여 품격 있는 대화에 도움이 된다면 더 바랄 나위 없다.

가도멸괵(假途滅虢): '길을 빌려서 괵을 멸한다.'는 뜻.

춘추시대에 진(晋) 나라 헌공(獻公)이 우(虞) 나라에 길을 빌려 괵나라를 무너뜨렸다는 고사에서 비롯되었다. 결국 길을 빌려 준 우나라도 진헌공이 괵나라를 무너뜨리고 돌아오는 길에 멸망하였다.

주유가 길을 빌려 익주를 치는 척하면서 형주를 치려는 계책, 이른바 '假道滅虢' 계책을 사용하자, 제갈량이 이미 이를 간파하고 조운 등의 휘하 장수에게 대비책을 세우게 하여 주유를 농락하였다. ─본문 399p, '하늘은 주유를 시샘하여 공명을 내보냈도다!' 중에서.

간담도지(肝膽塗地): '간과 쓸개를 땅에 흩뿌린다.'는 뜻. '간뇌도지(肝腦塗地)'라고도 함.

조운이 사지를 뚫고 유비의 아들 아두를 구해 오자 유비가 아두를 땅바닥에 집어던지며, '이 아이 하나 때문에 명장을 잃을 뻔했구나!' 고 탄식하자 조운이 감복하여 '간과 쓸개를 땅에 흩뿌릴지라도 주공의 은혜에 보답할 길이 없소이다.' 라고 말하였다. –본문 317p, '유비를 향한 조운의 충성, 간담도지(肝膽塗地)' 중에서

강노지말(強弩之末): '강하게 날아간 화살도 멀리 날아가 끝에 이르러서는 비단결 한 장 뚫지 못한다.' 라는 뜻.

제갈량이 적벽대전에 앞서 손권을 만나면서 그를 안심시키기 위해 '강노지말' 이라고 말하였는데, 여기서 강노는 조조의 병력을 뜻한다. –본문 331p, '제갈량의 세 치 혀' 중에서

개문읍도(開門揖盜): '문을 열어 두고 도둑을 맞이한다.' 는 뜻. '개문납적(開門納賊)' 이라고도 함.

손책 사후 그의 뒤를 이은 손권이 자칫 슬픔에 젖어 국정을 그르칠까 두려워 장소가 충고한 말. –본문 247p, '유비 삼형제의 재회, 소패왕 손책의 최후' 중에서.

계륵(鷄勒): 닭갈비. 먹자니 먹을 게 없고 그렇다고 버리긴 아까운 것을 지칭.

조조가 서천(西川)의 유비를 무너뜨리려고 공격했으나 사곡 경계에서 한걸음도 더 나아가지 못하고 답보 상태에 빠지게 되었다. 자신의 뜻대로 되지 않자 무심코 '계륵' 이라고 내뱉었는데, 이는 유비를 공격했으나 무너뜨리지는 못하고, 그렇다고 군대를 돌리자니 세상 사람들의 비웃음을 살까 봐 이러지도 못하고 저러지도 못하는 심정을 내비친 말이었다. 이때 옆에 있

던 행군주부 양수(楊修)가 조조의 속뜻을 간파하여 조조의 명이 떨어지기 전에 퇴각하기 위해 미리 행장을 챙겼다. 이에 조조는 자신의 속마음이 들킨 데에 대해 두려움을 느껴 양수를 '거짓말로 군사들의 사기를 떨어뜨린 자'라는 죄명을 씌워 사형에 처했다. —본문 425p, '득롱망촉(得隴望蜀)과 계륵(鷄肋) 중에서'.

관공삼약(關公三約): 관우가 조조의 투항 제의를 받아들이면서 내세운 세 가지 조건 또는 약속. 유비를 향한 관우의 충성심을 엿볼 수 있는 말이다.

관우가 내세운 세 가지 조건이란 다음과 같다.

첫째, 조조에게 투항하는 것이 아니라 한나라 황제께 투항하는 것이다.

둘째, 감·미 부인에게 황숙의 부인의 예에 해당하는 봉록을 주고, 그에 알맞은 예우를 한다.

셋째, 유비가 어디 있는지 알게 되면 언제든지 달려간다. —본문 218p, '관우가 조조를 떠날 세 가지 조건' 중에서.

구호탄랑지계(驅虎呑狼之計): '범을 몰아서 이리를 잡아먹게 하는 계책'이라는 뜻.

유비와 여포를 서주성이란 먹이를 두고 서로 싸우게 하는 순욱의 '二虎競餐之計'가 실패하자 순욱은 다시 계책을 올리는데 이것이 '驅虎呑狼之計'이다. 즉 천자의 조서를 내리게 하여 유비에게 원술을 치라고 하면 이 틈을 타 야심이 많은 여포가 유비를 배반하여 서주성을 빼앗을 것이라고 한다. 여기서 호랑이는 여포를, 이리는 유비 또는 서주성을 일컫는다. 결국 유비는 '驅虎呑狼之計'에 의해 서주성을 여포에게 빼앗기고 만다.
–본문 128p, '조조, 천자를 끼고 지방 제후들을 농락하다' 중에서.

국궁진췌, 사이후이(鞠躬盡瘁, 死而後已): '국가를 위하여 몸이 부서질 때까지 있는 힘을 다 기울이고, 죽은 뒤에야 그만 둔다.'라는 뜻. 온 정성을 다하고 몸이 부서질 때까지의 노력과 충성을 일컫는 말. –본문 533p, '제갈량의 후출사표와 강유' 중에서.

기생유 하생량(旣生瑜 何生亮): '주유를 이 세상에 내놓고서 어찌하여 제갈량을 이 세상에 다시 내보냈는가!' 주유가 죽으면서 외친 말이다.

신출귀몰하는 계책을 구사하는 제갈량, 그 제갈량에게 번번이 당하고 마는 주유로서는 넘을 수 없는 제갈량이라는 벽에 대한 원통함이 표출된 말이다. –본문 400p, '하늘은 주유를 시샘하여 공명을 내보냈도다!' 중에서.

낭중취물(囊中取物): '주머니 속의 물건을 취하다.'라는 뜻. 주머니 속 물건을 얻듯 쉬운 일을 일컫는 말.

관우가 안량의 목을 베어 오니 조조와 수하 장수들은 관우의 무용을 치하해 마지않았는데, 관우는 오히려 겸손함을 표시하면서, "제 아우 장익덕은 100만 적군 속에서 적장 목을 베어 오길 마치 주머니 속 물건 꺼내듯이 베어 올 수 있습니다[于百萬軍中取上將之頭, 如探囊中取物].'"라고 말한 데에서 유래됐다. –본문 221p, '관우가 조조를 떠날 세 가지 조건' 중에서.

제갈량이 남만 왕 맹획을 첫 번째 사로잡은 뒤 풀어 주면서 "맹획을 사로잡는 것은 주머니 속 물건을 꺼내는 것처럼 쉬운 일이다[吾擒此人 如囊中取物也]."라고 하면서 맹획으로부터 진정한 항복을 얻고자 하는 일에 대해 자신감을 내비치기도 했다. ─본문 492p, '마음을 무너뜨리는 계책, 제갈량의 칠종칠금' 중에서.

노익장(老益壯): '늙었지만 기력이 점점 좋아진다.'는 뜻
늙어서도 청년 못지않은 기개를 보이는 사람을 일컫는데, 칠순을 넘겨 공을 세운 황충이나 조운을 지칭하는 말이다. ─본문, '백제성에서 눈을 감은 유비', '제갈량의 출사표와 조운의 마지막 용맹' 중에서

누세통가(累世通家): '여러 세대에 걸쳐서 집안끼리 친하게 지낸 사이'라는 뜻.
어린 공융이 당대의 실력자 이응에게 한 말로, 지난날 공자와 이씨 성인 노자가 예(禮)에 대하여 논한 일을 떠올리면서 두 집안 사이의 친분이 뿌리 깊음을 강조한 말. ─본문 89p, '유비, 조조와 서주성에서 대립하다' 중에서.

도리상영(倒履相迎): '신을 거꾸로 신고 손님을 맞이한다.'는 뜻. 손님을 반가이 맞이하는 것을 일컫는 말.
어린 왕찬이 좌중랑장 벼슬에 있는 채옹을 찾아가자 채옹이 신을 거꾸로 신고 급히 나가서 왕찬을 환영했다는 구절이 나온다. ─본문 298p, '백성을 버리지 않았던 유비' 중에서.

도원결의(桃園結義): '복숭아나무 정원에서 유비, 관우, 장비 세 사람이 황건적 토벌에 나서기 위해 의형제 결의를 맺다.'라는 뜻. 의형제를 맺거나 사욕을 버리고 결의하는 것을 일컫는 말. ―본문 14p, '삼형제의 도원결의' 중에서.

득롱망촉(得隴望蜀): '농 지방을 얻고 촉 지방까지 바란다.'라는 뜻으로 인간의 한없는 욕심을 일컫는 말.
　조조가 한중을 얻고 허창으로 되돌아가려 할 때, 사마의가 조조에게 권하길, "한중을 얻은 기세를 몰아 성도에 있는 유비를 쳐서 완전히 무너뜨리십시오. 지혜 있는 사람은 기회를 놓치지 않는 법입니다."라고 했으나 조조는 다음과 같은 이유로 받아들이지 않았다.
　"인생이 괴로운 것은 만족할 줄 모르기 때문이다[人生苦不知足]. 내 이미 한중 땅을 얻었는데, 다시 촉 땅을 더 바라리오[旣得隴 復望蜀也]!"―본문 425p, '득롱망촉(得隴望蜀)과 계륵(鷄肋)' 중에서.

망매해갈(望梅解渴): 조조가 전쟁 중에서 물을 구하지 못하여 병사들이 갈증을 이기지 못해 사기를 잃자, 조조는 한 곳을 가리키며 "저기에 매화나무 숲이 있다"라고 하니, 이 말을 들은 군사들이 입안에 군침이 생겨 갈증을 면한 데서 비롯된 말이다. ―본문 186p, '천하 영웅은 조조와 유비뿐이다!' 중에서.

모사재인 성사재천(謀事在人 成事在天): '일을 꾸미는 것은 사람이지만, 일을 성사시키는 것은 하늘에 달려 있구나!'라는 뜻. 호로곡에 잡아 가둔 사마의를 불에 태워 죽이기 직전 제갈량이 회심의 미소를 짓고 있을 때 마침 소나기가 쏟아져 불이 꺼지자, 제갈량이 통탄하며 한 말. –본문 550p, '제갈량의 탄식, 사람의 일, 하늘의 뜻!' 중에서.

미염공(美髥公): 아름다운 수염을 가진 관우에게 천자 헌제가 내린 명칭. 조조에게 투항한 관우가 조조의 주선으로 작위를 받고 천자를 알현하게 되었다. 이때 헌제가 관우에게 "참 아름다운 수염을 가졌구려. 앞으로 공을 '미염공'이라고 불러야겠소."라고 말한 데에서 비롯되었다. –본문 222p, '관우가 조조를 떠날 3가지 조건' 중에서.

박면피(剝面皮): 오나라 손호가 내시들에게 규탄관이라는 관직을 주어 자신에게 간언을 하는 사람들의 얼굴을 벗겨내게 한 것에서 비롯된 말. 후에 진(晉)에 투항하면서 보여준 낯짝 두꺼운 행동으로 손호는 '면피후(面皮侯)'라는 호칭을 얻었다. –본문 616p, '천하대세는 나뉜 지 오래면 반드시 합쳐진다' 중에서.

방룡입해 방호귀산(放龍入海 放虎歸山): '용을 바다로 들여보내고, 범을 산으로 풀어 주다.'라는 뜻. '교룡입해 종호귀산(蛟龍入海 縱虎歸山: 교룡이 바다에 들어가고 호랑이가 산속으로 들어간다)'이라고도 함.
　조조의 손아귀에 있던 유비가 원술을 친다는 명목 아래 조조를 벗어나자, 정욱이 이를 답답히 여기며 조조에게 한 말. 여기서 호랑이와 교룡은 유비다. 교룡은 용이 되어 승천하기 전의 이무기로, 뜻을 이루지 못한 영웅을 비유한다. –본문 193p, '천하 영웅은 조조와 유비뿐이다!' 중에서.

배수진(背水陣): '물을 등에 업고 진을 친다.' 라는 뜻. 중대사를 해결하기 위한 비장한 각오를 일컫는 말.

한나라 창업 삼걸 중 한 명인 명장 한신(韓信)이 소수 병력으로 조나라의 대군과 싸울 때 사용하던 전법.

〈三國志〉에서는 유비가 원술의 상장 기영과 싸울 때, 그리고 조조가 창정 땅에서 원술의 30만 대군과 싸울 때 배수진의 전법으로 승리를 거두었다.

백면서생(白面書生): 오로지 글만 읽고 세상일에 전혀 경험이 없는 사람을 일컫는 말.

원래는 〈宋書〉 '沈慶之傳'에 나오는 이야기다. 남북조 시대 남조 송나라 효무제가 북벌을 결심하고 문신들을 모아 놓고 계책을 숙의했다. 이때 건무장군 심경지가 효무제에게 부당성을 간하면서 한 말. 원말은 "폐하, 밭갈이는 농부에게 맡기고, 바느질은 아낙에게 맡겨야 하옵니다. 하온데 폐하께서는 어찌 북벌 출병을 '白面書生'과 논의하려 하시나이까?"

그러나 효무제는 심경지의 의견을 듣지 않고 문신들의 의견을 받아들여 출병했다가 크게 패하고 말았다.

〈三國志〉에서는 유비가 근거지도 없고 인재난에 허덕일 때, 수경선생이 유비의 휘하 참모들을 평가하면서 한 말. 이와 반대되는 인물로는 '伏龍'과 '鳳雛'가 있는데, 그들은 '경세제민(經世濟民: 세상을 다스리고 백성을 구제함)' 할 능력이 있으니 그들을 자기 사람으로 만들라고 권유했다. ―본문 268p, '서서, 제갈량을 천거하다' 중에서.

　　백미(白眉): '마량의 흰 눈썹'을 뜻함. '마씨 형제 다섯 중 눈썹이 흰 마량의 재주가 가장 출중하다[馬氏五常 白眉最良].' 하여, 여럿 중 제일 나은 인물 혹은 물건 따위를 일컫는 말. ―본문 381p, '유비, 천하 평정의 웅지(雄志)를 틀다' 중에서.

　　법불가어존(法不可於尊): '법은 존귀한 데에는 미치지 못한다.' 라는 뜻.

　조조는 자신의 군대에게 행군 중 민폐를 끼치는 일은 절대 없도록 하라고 엄명을 내렸다. 그런데 자신의 말이 보리밭을 밟게 되자, 조조는 군법에 따라 자신의 목을 베려 하였다. 그러자 곽가가 조조에게 말하길, "〈춘추〉에 이르길 '법은 존귀한 데에는 미치지 못한다.' 고 했으니, 승상께서는 크게 자책하실 필요는 없습니다,"라고 한 데서 유래된 말. ―본문 171p, '조조가 원소를 이길 수밖에 없는 10가지 이유' 중에서.

　　병불염사(兵不厭詐): '군사를 쓰는 데에 속임수를 꺼리지 않는다.' 라는 뜻.

　원소의 그릇됨에 실망한 허유는 조조를 찾아가 원소를 깰 비책을 일러주려고 했다. 이때 조조 군의 군량미는 바닥이 난 상태였다. 허유가 조조 군의 군량미의 재고 상태에 대해 묻자 조조는 자신의 허점을 보이고 싶지 않아 계속 거짓말로 둘러댔다. 이에 화가 난 허유가 조조를 떠나려고 하자 조조가 변명 삼

아 허유에게 한 말. ―본문 255p, '7만 대 70만의 싸움, 조조와 원소의
관도대전' 중에서.

보수설한(報讎雪恨): '원수를 갚고 한을 씻는다.' 는 뜻.
조조의 부친 조숭이 도겸의 장수 장개에게 죽임을 당하자, 조
조는 이에 크게 격분하여 이 글귀를 내걸고 도겸을 치러 나섰
다. ―본문 87p. '유비, 조조와 서주성에서 대립하다' 중에서.

복소지란(復巢之卵): '둥지가 부서지면 알이 성할 리가
없다.' 는 뜻. 원말은 復巢之下 安有完卵.
공융이 조조의 노여움을 사 끌려가자, 그의 비복들이 공융의
두 아들에게 몸을 피하라고 권했지만, 둘은 고개를 가로저으며
"둥지가 부서졌으니 어찌 알이 성할 리가 있겠느냐[復巢之下
安有完卵]!"라고 한 말에서 유래됐다.―본문 297p, '백성을 버리지
않았던 유비' 중에서.

비육지탄(髀肉之嘆): '허벅지가 살찜을 한탄한다.' 는
뜻. 헛되이 세월만 보내는 것에 대해 한탄하는 것을 일컫는 말.
유표의 부름을 받은 유비가 문득 눈물을 흘리며 '오랫동안
말을 타지 않았더니 허벅지살이 붙었습니다. 세월은 흘러 점점
늙어 가는데, 아무런 업적도 이루어 놓은 것이 없으니 슬픔을
참을 길 없습니다.' 라고 말하며 한탄한 데에서 비롯되었다. ―본
문 267p, '서서, 제갈량을 천거하다' 중에서.

빙고시하 세여파죽(憑高視下 勢如破竹): '높은

곳에서 아래를 굽어보며 쳐 내려가면 그 기세가 대나무를 쪼개는 것과도 같다.'는 뜻.

마속이 산위에 진을 치며 병법에 나오는 글귀를 인용한 말. −본문 519p, '선 조치 후 보고, 늘어난 사마의의 권한' 중에서.

사제갈 능주 생중달(死諸葛 能走 生中達): '죽은 제갈량이 살아 있는 사마의를 달아나게 했다.' 라는 뜻.

오장원에서 제갈량은 죽기 전에 사마의를 몰아낼 계책을 세워 두었다. 얼마 후 사마의는 제갈량이 죽었다는 소식을 듣고 급히 촉군을 들이쳤으나, 촉군 진영엔 제갈량이 죽지 않고 군대를 통솔하고 있었다. 사마의는 혼이 빠질 듯이 도주했는데, 실제로 그것은 제갈량이 아니라 목상이었다. 당시 세상 사람들은 도망가는 사마의를 두고 '죽은 제갈량이 살아 있는 사마의를 달아나게 했다' 고 했다. −본문 561p, '죽은 제갈공명이 산 중달을 달아나게 하다' 중에서.

삼고초려(三顧草廬): '유비가 작은 초가에 은거하던 제갈량을 얻기 위해 세 번이나 방문하다.' 라는 뜻. 인재를 얻기 위해 온갖 정성을 다하는 것을 일컫는 말. −본문 277~289p, '유비, 삼고초려로 제갈량을 얻다 ' 중에서.

생사지교(生死之交): 생과 사를 같이 하는 사귐. 관우 자신이 유비와의 관계를 설명하는 말로 쓰였다.

관우가 세 가지 조건을 내걸고 투항하여 조조의 밑에서 지내고 있을 때였다. 조조는 온갖 선물로 관우의 환심을 사려고 했지만 정작 관우의 진심을 알 수가 없었다. 그래서 장료라는 부하를 보내 관우의 속마음을 알아 오게 했다. 이에 관우는 장료에게 자신과 유비와의 관계를, '生死之交'라고 표현했다. 이는 친구 사이의 가장 이상적인 사귐인, '생아자부모 지아자포숙(生我者父母 知我者鮑叔)'이라는 말로 유명한 '관포지교(管鮑之交)'를 뛰어넘는, '살면 같이 살고 죽으면 같이 죽는 生死之交'라고 설명했다. 그러면서 자신과 장료와의 관계는 서로 도움을 주는 사이지만 어디까지나 만남에 한계가 있는 '邂逅相交'라고 일침을 놓았다. -본문 226p, '관포지교를 뛰어넘는 관우의 생사지교' 중에서.

수어지교(水魚之交): 물과 물고기의 관계. 아주 친밀하여 서로 떨어질 수 없는 관계를 일컫는 말.

유비가 삼고초려 끝에 군사(軍師)로 모신 제갈량을 대하는 태도는 극진했다. 이를 관우, 장비 두 아우가 못마땅하게 여기자 유비가 두 동생을 달래면서 다음과 같이 말했다.

"내가 공명을 얻은 것은 '고기가 물을 만난 거와 같다[水魚之交].' 두 아우는 여러 말 말라." -본문 290p, '작전은 제갈량이, 싸움은 관우와 장비가' 중에서.

순망치한(脣亡齒寒): '입술이 없으면 이가 시리다.'라는 뜻. 가까운 사이의 한쪽이 망하면 다른 한쪽도 온전치 못함을 일컫는 말.

춘추시대 진헌공(晉獻公)의 '가도멸괵(假道滅虢)' 계책에 말려들어 우(虞) 나라의 우공이 진나라에 길을 빌려 주려고 하자,

궁지기(宮之奇)라는 신하가 진헌공의 속셈을 알고 우나라와 괵나라 양국의 관계는 '순망치한'과도 같으니 길을 빌려 주면 안 된다고 간언한 데서 비롯되었다.

〈三國志〉에서는 여포의 사신 왕해가 원술을 찾아가 조조와 대항하기 위해 여포 · 원술 연합군을 형성해야 한다는 논리로, 촉의 운명이 바람 앞 등불일 때에 화핵이 오나라의 손휴에게 촉 · 오의 동맹군을 연합해야 하는 논리로 '脣亡齒寒'을 인용하여 설득했다.

언과기실(言過其實): '실제보다 말이 더 앞선다.'는 뜻.

제갈량이 마속을 높이 평가하자, 유비는 숨을 거두기 전 "마속은 '하는 말이 행동보다 지나치니[言過其實] 큰일을 맡겨서는 안 될 것이오."라고 충고했다. 제갈량은 유비의 유언을 듣지 않고 마속을 중용하였으나 가정 전투에서 마속이 제갈량의 작전을 어그러뜨리게 되었다. 결국 제갈량은 마속의 죄를 물어 울면서 그를 베면서 새삼 유비의 선견지명에 눈물을 흘렸다. −본문 473p, '백제성에서 눈을 감은 유비' 중에서.

영아부인 무인부아(寧我負人　無人負我): '내가 천하 사람을 저버릴지언정, 어찌 천하 사람이 날 저버리게 놔둘 것인가!'라는 뜻. 원말은 '寧使我負天下人, 休敎天下人負我'

진궁이 조조가 여백사를 죽인 이유를 묻자 조조가 진궁에게 차갑게 내뱉은 말. −본문 48p, '동탁과 17진 연합군의 전투' 중에서.

오관육참(五關六斬): '다섯 관문을 지나면서 여섯 명을

벤다.'는 뜻.

　서주성에서 조조에게 패한 삼형제는 뿔뿔이 흩어지게 됐다. 그 후 관우가 원소에게 몸을 의탁한 유비를 만나기 위해 그를 가로막는 조조 휘하의 다섯 관문을 지키는 장수 여섯을 베었다. 유비에 대한 관우의 충절을 일컫는 말. –본문 231~234p, '관우, 조조를 떠나면서 여섯 장수를 참하다' 중에서.

우도할계(牛刀割鷄): '소 잡는 칼로 닭을 잡는다.'는 뜻. 작은 일을 처리하는 데 지나치게 큰 방법을 사용하는 것을 일컫는 말.

　동탁이 사수관을 지킬 장수로 여포를 보내려 하자, 화웅이 여포를 소 잡는 칼, 손견을 닭에 비유하며 출전을 자청하여 사수관을 지키는 장수가 됐다.

　공자가 그의 제자 자유(子遊)에게 "닭 잡는 데 어찌 소 잡는 칼을 사용하리오[割鷄焉用牛刀]!"란 말에서 유래됐다. –본문 51p, '동탁과 17진 연합군의 전투' 중에서.

읍참마속(泣斬馬謖): '눈물을 흘리며 마속을 베다.'라는 뜻. 큰 목적을 위하여 아끼는 사람을 희생하는 것을 일컫는 말.

　제갈량이 군령을 어기다가 가정 전투에서 패한 마속을 군법 때문에 하는 수 없이 참형에 처하면서 눈물을 흘렸다고 한다. –본문 528p, '제갈량, 읍참마속(泣斬馬謖)하다' 중에서.

이호경찬지계(二虎競餐之計): '두 마리 호랑이가 먹이를 두고 다투도록 만드는 계책'이라는 뜻. '二虎競食之計'라고도 한다. 상대의 갈등을 조장하여 서로 싸우게 함으로써 이득을 취하는 계책을 일컫는 말이다.

서주성의 주인이 된 유비가 여포를 받아들이자 이에 불안을 느낀 조조에게 모사 순욱이 계책을 올리면서 한 말. 내용은 다음과 같다.

"유비를 정식 서주목사로 임명한다는 칙서를 내리시게 하는 한편 여포를 제거하라는 밀서를 보내십시오. 만약 유비가 여포를 제거하면 유비는 힘이 약해질 것이고, 그렇게 되지 않더라도 여포는 유비를 반드시 죽이려고 할 것입니다. 이것이 바로 서주란 먹이를 두고 두 범을 다투게 하는 '二虎競餐之計' 입니다." –본문 125p, '조조, 천자를 끼고 지방 제후들을 농락하다' 중에서.

장계취계(將計就計): 적의 계책을 역이용하는 계책.

조조와 여포의 복양성 전투에서 조조가 화상으로 죽었다는 소문을 퍼뜨리고, 이를 기회로 여포가 조조를 공격했으나 조조가 다시 이를 역이용하여 여포를 기습하여 승리를 거두었다. –본문 103p, '조조는 술수로, 유비는 겸손으로 ' 중에서.

좌전벽(左傳癖): 오나라를 평정하고 삼국을 통일한 진(晋) 나라 장군 두예(杜豫)의 별칭. 공자가 편찬한 〈春秋〉 주석서인 〈左氏春秋〉를 읽는 것을 좋아한다 하여 붙여진 별칭이다. –본문 612p, '천하대세는 나뉜 지 오래면 반드시 합쳐진다' 중에서.

중니불사 안회회생(仲尼不死 顔回回生): '공자가 죽지 않고, 안회가 되살아났다.' 는 뜻. 공융과 예형이 서로를

공자와 안회에 비유해서 서로의 학문적 자존심을 치켜세우며 한 말. ─본문 209p, '유비, 조조에게 패해 원소를 찾아가다' 중에서.

천재일우(千載一遇): '천 년 동안 단 한 번 만난다.'는 뜻. 천 년에 한 번 오는 기회, 좀처럼 만나기 어려운 기회를 일컫는 말.

동탁의 등에 떠밀려 낙양에서 장안으로 천도한 헌제가 동탁 사후 다시 낙양으로 재천도한다는 소식이 조조 진영에 보고되었다. 모사 순욱은 '이때를 놓치지 말고 외톨이 신세인 천자를 모시면 천하의 민심을 얻을 수 있으니 千載一遇의 좋은 기회를 놓치지 말라'고 권유했다. 결국 조조는 순욱의 계책을 받아들여 자신의 근거지인 허도에 천자를 모셔 와 천자를 끼고서 지방 제후들을 농락할 수 있었다. ─본문 119p, '조조, 천자를 끼고 지방 제후들을 농락하다' 중에서.

한편 동진(東晉)의 학자 원굉(袁宏)은 〈문선(文選)〉의 '삼국명신서찬(三國名臣序贊)'이란 글에서 명군과 현신의 만남을 백락과 천리마가 만나는 千載一遇의 기회라고 비유하며 순욱을 찬양했는데, 내용은 다음과 같다.

"대저 백락을 만나지 못하면, 천 년이 지나도 천리마 한 필을 찾아내지 못한다[夫未遇伯樂 則千載無一驥].…… 말에 대하여 안목이 높은 말의 명인 백락을 만나지 못한다면, 천 년이 지나도 한 마리의 천리마도 발견할 수 없다는 것은, 어진 신하가 명군을 만나는 것이 어렵다는 것과 통한다. '대저 만 년의 한 번 기회는 이 세상의 통하는 길이며[夫萬歲一期 有生之通塗]', '천 년에 한 번 좋은 기회를 만나는 것은 현인과 지혜 있는 사

람의 아름다운 만남이다[千載一遇 賢智之嘉會].' 이와 같은 기
회를 누구나 기뻐하지 않고는 못 견디니, 기회를 잃으면 누구
나 어찌 능히 개탄하지 않을 수 있겠는가?"

치세지능신(治世之能臣) 난세지간웅(亂世之奸雄): '태평시대에는 훌륭한 신하가 될 것이고, 난세에는 간특한 영웅이 될 것이다.' 라는 뜻. '월단평(月旦評)' 의 주인공 허소(許劭)가 조조를 평가한 한 말. 이 말을 듣고 조조는 기뻐했다 한다.

'月旦評' 이란 허소가 매월 초하룻날 사람들을 모아 놓고 당
대의 인사들을 평했는데, 그 평가가 정확하기로 소문이 자자
했다. 이로부터 '월단평' 이라 함은 '인물평' 을 뜻하게 됐다.
–본문 17p, '황건적 토벌에 공을 세운 삼형제' 중에서.

치지사지이후생(置之死地而後生): '사지에 들어선 뒤에야 살아날 수 있다.' 는 뜻.

마속이 가정을 지키기 위해 산 위에 진을 치려고 하자 부장
왕평이 적이 식수로를 끊으면 어떻게 하냐고 걱정하자 그를 달
래며 한 말. 원래는 〈손자병법〉에 나오는 말. –본문 520p, '선 조
치 후 보고, 늘어난 사마의의 권한' 중에서.

칠보지재(七步之才): '일곱 걸음을 걸을 동안에 시를 지을 만한 재주' 라는 뜻. 칠보시에 능했던 조조의 아들 조식(曹植)을 칭하는 말. 또는 아주 뛰어난 글재주를 일컫는 말.

조조의 뒤를 이어 위왕이 된 조비(曹丕)는 재주가 많은 동생

조식이 두려웠다. 그래서 동생을 죽일 의도로 '칠보를 걸을 동안에 시를 지으면 살려 줄 것이고, 그렇지 못하면 죽일 것'이라고 하였는데, 문재가 뛰어난 조식은 형제를 두 마리 소로 비유하여 그 중 웅덩이에 드러누운 소에 핍박받는 자신의 처지를 대입시켜 칠보 안에 시를 완성하여 읊었다. ─본문 455p, '생사의 갈림길에서 탄생된 조식의 칠보시' 중에서.

칠종칠금(七縱七擒): '일곱 번 사로잡았다가 일곱 번 놓아준다.'는 뜻. 마음대로 잡아 놓았다 풀어 주었다 하는 것을 일컫는 말.

유비 사후, 제갈량이 남정(南征)을 떠나 남만왕 맹획과 싸워 일곱 번 잡고 일곱 번 풀어 준 후에 마음으로부터의 진정한 항복을 얻어냈다. ─본문 496p, '마음을 무너뜨리는 계책, 제갈량의 칠종칠금' 중에서.

침불안석, 식불감미(寢不安席, 食不感味): '잠을 편히 이루지 못하고, 음식을 먹어도 맛을 느끼지 못한다.'는 뜻. 제갈량의 후출사표에 나오는 말로, 강대국의 위협에 시달리는 약소국 충신의 우국지정이 드러난 글이다. ─본문 532p, '제갈량의 후출사표와 강유' 중에서.

토사호비 물상기류(兎死狐悲 勿傷其類): '토끼가 죽으면 여우가 슬퍼하는 법이므로, 같은 부류의 것끼리 서로를 해쳐서는 안된다.'는 뜻.

제갈량의 남만 정벌 시 남만 왕 맹획이 은야동의 동주(洞主)

양봉과 그 아들에게 잡히자, 어이없어 하면서 한 말. 토끼와 여우는 각각 그들 남만족을 일컫는 말이다. –본문 494p, '마음을 무너뜨리는 계책, 제갈량의 칠종칠금' 중에서.

파죽지세(破竹之勢): '대나무를 쪼개는 기세' 라는 뜻. 감히 대적할 상대가 없을 정도로 맹렬하고 강대한 기세를 일컫는 말.

진(晉)의 장수 두예가 오나라 무창 창을 점령하고 기세를 몰아 건업 땅으로 진격하려고 했다. 이제 건업 땅마저 점령하면 삼국 통일이라는 위업을 달성하는 것이었다. 이때 호분이 두예에게 시기상 진격할 때가 아니니 공격을 늦추는 것이 어떠냐고 권하자 단호히 거부하며 말했다. "破竹之勢로 그냥 쳐들어가면 적군은 저절로 무너질 것이니 공격할 필요도 없을 것이다." 하고 말고삐를 늦추지 않았다. 과연 두예는 자신의 예언대로 파죽지세로 몰아쳐 단숨에 건업을 함락시키고 삼국을 통일하는데 일등공신이 되었다. –본문 613p, '천하대세는 나뉜 지 오래면 반드시 합쳐진다' 중에서.

할수기포(割鬚棄袍): '수염을 자르고 도포를 버린다.'는 뜻. 동관에서 마초와 맞닥뜨린 조조가 마초에게 패하여 도망갈 때, "붉은 전포를 입은 놈이 조조다!"라는 말에 도포를 버리고, "수염이 긴 놈이 조조다!"라는 말에 수염을 잘랐다고 한다. –본문 409p, '조조를 떨게 했던 서량 장수 마초' 중에서.